suhrkamp taschenbuch 2804

»Brechts Hauptwerk«, eine »der wesentlichsten Leistungen Brechts«, »Bericht über die Kulturinhalte unserer Epoche«, ein »Kompendium der Zeit von wahrhaft homerischen Ausmaßen«, verfaßt von einem »Epiker von hohen Graden« mit der »Bitterkeit und Schärfe Swifts«. Solche und ähnliche Superlative finden die Kritiker 1934/35 nach Erscheinen des *Dreigroschenromans*, der ersten großen Arbeit, die Brecht im dänischen Exil fertigstellt. Nachdem das deutschsprachige Theaterpublikum seit seiner Vertreibung aus Deutschland im Februar 1933 für ihn nicht mehr erreichbar ist, wendet er sich verstärkt der Prosa zu, knüpft hier mit Titel und wichtigen Figurennamen an den großen Erfolg der *Dreigroschenoper* (1928) und der *Songs der Dreigroschenoper* an. Doch es entsteht keine Prosafassung des Opernstoffs, sondern, bedingt durch die Zeitereignisse seit der Entstehung der Oper, ein »Grenzfall des Kriminalromans«, eine Satire in der Nachfolge von Cervantes und Swift, in der »die Verhältnisse, unter denen wir leben, ihrer Rechtsbegriffe« (Walter Benjamin) entkleidet werden.

Bertolt Brecht, am 10. Februar 1898 in Augsburg geboren, starb am 14. August 1956 in Berlin. Sein Werk erscheint im Suhrkamp Verlag.

Bertolt Brecht
Dreigroschenroman

Suhrkamp

Der Text folgt der Ausgabe: Bertolt Brecht, *Werke.*
Große kommentierte Berliner und Frankfurter Ausgabe.
Herausgegeben von Werner Hecht, Jan Knopf,
Werner Mittenzwei, Klaus-Detlef Müller.
Band 16: Prosa 1. *Dreigroschenroman.*
Bearbeitet von Wolfgang Jeske.
Frankfurt am Main 1990

suhrkamp taschenbuch 2804
Erste Auflage dieser Ausgabe 1998

Druck: C. H. Beck'sche Buchdruckerei, Nördlingen
Printed in Germany

1 2 3 4 5 6 – 03 02 01 00 99 98

Dreigroschenroman

Dem Roman liegt das Theaterstück »Die Dreigroschenoper« und John Gays »Beggars Opera« zugrunde.

Die Bleibe

Und er nahm, was sie gaben, denn hart ist die Not
Doch er sprach (denn er war kein Tor):
»Warum gebt Ihr mir Obdach? Warum gebt Ihr mir Brot?
Weh! Was habt Ihr mit mir vor?!«
(Aus »Herrn Aigihns Untergang«. Alte irische Ballade)

Ein Soldat namens George Fewkoombey wurde im Burenkrieg ins Bein geschossen, so daß ihm in einem Hospital in Kaptown der Unterschenkel amputiert werden mußte. Er kehrte nach London zurück und bekam 75 Pfund ausbezahlt, dafür unterzeichnete er ein Papier, worauf stand, daß er keinerlei Ansprüche mehr an den Staat habe. Die 75 Pfund steckte er in eine kleine Kneipe in Newgate, die in letzter Zeit, wie er sich aus den Büchern, kleinen, mit Bleistift geführten, bierfleckigen Kladden, überzeugen konnte, ihre reichlich 40 Schilling abwarf.

Als er in das winzige Hinterzimmer eingezogen war und den Schankbetrieb zusammen mit einem alten Weib ein paar Wochen geführt hatte, wußte er, daß sein Bein sich nicht besonders rentiert hatte: die Einnahmen blieben erheblich unter 40 Schillingen, obgleich es der Soldat an Höflichkeit seinen Gästen gegenüber nicht fehlen ließ. Er erfuhr, daß die letzte Zeit durch im Viertel gebaut worden war, so daß die Maurer für Betrieb in der Kneipe gesorgt hatten. Der Bau war aber jetzt fertig und damit war es mit der vielen Kundschaft aus. Der neue Käufer hätte das, wie man ihm sagte, aus den Büchern leicht erkennen können, da die Einnahmen an den Wochentagen entgegen allen Erfahrungen des Gastwirtsgewerbes höher gewesen waren als an den Feiertagen; jedoch war der Mann bisher nur Gast solcher Lokale gewesen und nicht Wirt. Er konnte das Lokal knapp vier Monate halten, umsomehr, als er zuviel Zeit damit verschwendete, den Wohnort des früheren Besitzers ausfindig zu machen, und lag dann mittellos auf der Straße.

Eine Zeitlang fand er Unterkunft bei einer jungen Kriegerfrau, deren Kindern er, während sie ihren kleinen Laden versorgte, vom Kriege erzählte. Dann schrieb ihr Mann, er komme auf Urlaub, und sie wollte den Soldaten, mit dem sie inzwischen, wie das in engen Wohnungen eben geht, geschlafen hatte, möglichst rasch aus der Wohnung haben. Er vertrödelte noch ein paar Tage, mußte dennoch heraus, besuchte sie noch einige Male, als der Mann schon zurück war, bekam auch etwas zu essen vorgesetzt, kam aber doch immer mehr herunter und versank in dem endlosen Zug der Elenden, die der Hunger Tag und Nacht durch die Straßen der Hauptstadt der Welt spült.

Eines Morgens stand er auf einer der Themsebrücken. Er hatte seit zwei Tagen nichts Richtiges gegessen, denn die Leute, an die er sich in seiner alten Soldatenmontur in den Kneipen herangemacht hatte, bezahlten ihm wohl einige Getränke, aber kein Essen. Ohne die Montur hätten sie ihm auch keine Getränke bezahlt, er hatte sie deshalb eigens angezogen gehabt.

Jetzt ging er wieder in seinen Zivilkleidern, die er als Wirt getragen hatte. Denn er hatte vor zu betteln und schämte sich. Er schämte sich nicht, daß er eine Kugel ins Bein bekommen und eine unrentable Wirtschaft gekauft hatte, sondern daß er darauf angewiesen war, wildfremden Leuten Geld abzuverlangen. Seiner Meinung nach schuldete keiner keinem etwas.

Das Betteln wurde ihm schwer. Das war der Beruf für diejenigen, die nichts gelernt hatten; nur wollte auch dieser Beruf anscheinend gelernt sein. Er sprach mehrere Leute hintereinander an, aber mit einem hochmütigen Gesichtsausdruck und besorgt, sich den Angesprochenen nicht in den Weg zu stellen, damit sie sich nicht belästigt fühlen sollten. Auch wählte er verhältnismäßig lange Sätze, die erst zu Ende kamen, wenn die Angeredeten schon vorüber waren; auch hielt er die Hand nicht hin. So hatte, als er sich schon an die fünf Mal gedemütigt hatte, wohl kaum einer gemerkt, daß er angebettelt worden war.

Wohl aber hatte es jemand anderes gemerkt; denn plötzlich hörte er von hinten eine heisere Stimme sagen: »Wirst du dich wohl hier wegschwingen, du Hund!« Schuldbewußt wie er war, sah er sich gar nicht um. Er ging einfach weiter, die Schultern eingezogen. Erst nach einigen Hundert Schritten wagte er sich umzublicken und sah zwei zerlumpte Straßenbettler niederster Sorte beieinander stehen und ihm nachschauen. Sie folgten ihm auch, als er forthinkte.

Erst einige Straßen weiter sah er sie nicht mehr hinter sich.

Am nächsten Tage, als er in der Gegend der Docks herumlungerte, immer noch ab und zu Personen der niederen Klasse durch seine Versuche, sie anzusprechen, in Erstaunen versetzend, wurde er plötzlich in den Rücken geschlagen. Gleichzeitig steckte ihm der Schläger etwas in die Tasche. Er sah niemand mehr, als er sich umblickte, aber aus der Tasche zog er eine steife Karte, vielfach eingebogen und unsäglich verdreckt, auf der eine Firma gedruckt stand: J. J. Peachum, Old Oakstraße 7, und darunter, mit Bleistift geschmiert: »Wenn dir deine Gnochen was Wehrt sinn, dann adresse wie obig!« Es war zweimal unterstrichen.

Langsam ging es Fewkoombey auf, daß die Überfälle mit seiner Bettelei zusammenhängen müßten. Er verspürte jedoch keine besondere Lust, in die Old Oakstraße zu gehen.

Nachmittags, vor einer Stehbierhalle, wurde er von einem Bettler angesprochen, den er als einen der zwei vom vorigen Tage erkannte. Er schien heute verträglicher. Er war noch ein junger Mann und sah nicht eigentlich schlimm aus. Er faßte Fewkoombey am Rockärmel und zog ihn mit sich.

»Du verdammter Dreckhund«, begann er mit freundlicher Stimme und ganz ruhig, »zeig deine Nummer!«

»Was für eine Nummer?« fragte der Soldat.

Neben ihm herschlendernd, weiter freundlich, aber ihn keinen Augenblick loslassend, erklärte ihm der junge Mann in der Sprache dieser Schichten, daß sein neues Gewerbe ebenso geordnet sei wie jedes andere, vielleicht noch besser; daß er sich nämlich in keiner wilden, von zivilisierten Menschen verlassenen Gegend befinde, sondern in einer großen und geordneten Stadt, der Hauptstadt der Welt. Für die Ausübung seines neuen Handwerks brauche er also eine Nummer, eine Art Erlaubnismarke, die er da und da bekommen könne – nicht umsonst, es gab da eine Gesellschaft mit dem Sitz in der Old Oakstraße, der er rechtmäßig angehören müsse.

Fewkoombey hörte, ohne eine einzige Frage zu stellen, zu. Dann erwiderte er, ebenso freundlich – sie gingen durch eine menschenreiche Straße –, er freue sich, daß es eine solche Gesellschaft gebe, genau wie bei den Maurern und den Friseuren, er zöge aber für seinen Teil vor, zu tun was ihm beliebe, da ihm in seinem Leben schon eher zuviel Vorschriften gemacht worden seien als zu wenige, was sein Holzbein beweise.

Damit reichte er seinem Begleiter, der ihm mit einer Miene zugehört hatte, als höre er eine ihn außerordentlich interessierende Ausführung eines erfahrenen Mannes, der er nur nicht ganz beistimmen könne, die Hand zum Abschied, und der schlug ihm lachend wie einem alten Bekannten auf die Schulter und ging über die Straße. Fewkoombey gefiel sein Lachen nicht.

In den nächsten Tagen ging es ihm immer schlechter.

Es stellte sich heraus, daß man, um einigermaßen regelmäßig Almosen zu bekommen, an einer bestimmten Stelle sitzen mußte (und da gab es dann noch gute und schlechte), und das konnte er nicht. Er wurde immer vertrieben. Er wußte nicht, wie es die andern machten. Irgendwie sahen sie alle elender aus als er. Ihre Kleider waren richtige Lumpen, durch die man die Knochen sehen konnte (später erfuhr er, daß in gewissen Kreisen ein Anzug ohne solche Einblicke auf Fleischpartien als ein Auslagefenster galt, das mit Papier verklebt ist). Auch ihr körperliches Aussehen war schlimmer; sie hatten mehr und ärgere Gebrechen. Viele saßen ohne Unterlagen auf dem kalten Boden, so daß der Passant wirklich die Sicherheit hatte, daß sich der Mensch eine Krankheit holen mußte. Fewkoombey hätte sich gern auf den kalten Boden gesetzt, wenn es ihm nur erlaubt worden wäre. Der entsetzliche und erbarmungswürdige Sitz war aber anscheinend nicht Allgemeingut. Polizisten und Bettler störten ihn immerfort auf.

Durch das, was er durchmachte, holte er sich eine Erkältung, die sich auf die Brust schlug, so daß er mit Stichen in der Brust in hohem Fieber herumlief.

Eines Abends begegnete er wieder dem jungen Bettler, der ihm sogleich folgte. Zwei Straßen weiter hatte sich diesem noch ein anderer Bettler zugesellt. Er fing an zu laufen, sie liefen auch.

Er bog in einige kleinere Gassen ein, um sie los zu werden. Er meinte schon, dies sei ihm gelungen, da standen sie bei einer Straßenecke plötzlich vor ihm, und bevor er sie noch genauer sah, schlugen sie mit Stöcken nach ihm. Einer warf sich sogar auf das Pflaster und zog ihn an seinem Holzbein, so daß er hinterrücks auf den Hinterkopf fiel. In diesem Augenblick ließen sie aber von ihm ab und liefen weg; um die Ecke war ein Schutzmann gekommen.

Fewkoombey glaubte schon, der Schutzmann könnte ihn hochnehmen, da rollte aus einer Häusernische unmittelbar neben ihm auf einem kleinen Karren ein dritter Bettler hervor und deutete aufgeregt auf die Entlaufenden, wobei er mit gurgelnder Stimme etwas dem Schutzmann zu erklären suchte. Als Fewkoombey, von dem Schutzmann hochgerissen und mit einem Tritt vorwärtsgestoßen, weitertrabte, blieb der Bettler dicht hinter ihm, mit beiden Armen seinen eisernen Karren rudernd.

Ihm schienen die Beine zu fehlen.

An einer weiteren Straßenecke griff der Beinlose Fewkoombey an die Hose. Sie befanden sich im schmutzigsten Viertel, die Gassen waren nicht breiter als eine Mannslänge, neben ihnen gähnte ein niedriger Durchgang in einen dunklen Hof. »Hier herein!« befahl der Krüppel gurgelnd. Da er zugleich mit seinem Gefährt, das einen stählernen Hebel an der Seite hatte, an Fewkoombeys Schienbein fuhr und dieser vom Hungern geschwächt war, brachte er ihn wirklich in den kaum drei Meter im Geviert messenden Hof. Und bevor der Überraschte um sich blicken konnte, kletterte der Krüppel, ein älterer Mensch mit riesiger Kinnlade, affenartig aus seinem Karren, besaß plötzlich wieder seine beiden gesunden Beine und stürzte sich auf ihn.

Er überragte Fewkoombey um gut eine Haupteslänge und seine Arme waren wie die eines Orang Utans.

»Jacke aus!« rief er. *»Zeige in offenem, ehrlichem Kampf, ob du fähiger bist als ich, eine sich gut rentierende Stellung zu besitzen, die wir beide erstreben. ›Freie Bahn dem Tüchtigen!‹ und ›Wehe dem Besiegten!‹ ist mein Wahlspruch. Auf diese Art ist der ganzen Menschheit gedient, denn nur die Tüchtigen kommen so in die Höhe und in den Besitz des Schönen auf Erden. Wende aber keine unfairen Mittel an, schlage nicht unter den Gürtel und ins Genick und laß die Knie aus dem Spiel! Der Kampf muß, soll er Geltung haben, nach den Regeln des Britischen Faustkämpferverbandes ausgefochten werden!«*

Der Kampf war kurz. Seelisch und körperlich zerbrochen schlich Fewkoombey hinter dem Alten her.

Von der Old Oakstraße war nicht mehr die Rede.

Eine Woche lang blieb er unter der Fuchtel des Alten, der ihn an einer bestimmten Ecke aufstellte, übrigens wieder in Soldatenuniform, und der ihn auch, wenn abends abgerechnet worden war, abfütterte.

Seine Einnahmen blieben immer unter einer sehr niederen Grenze. Er mußte sie an den Alten abliefern, wußte also oft nicht einmal, ob die paar Groschen die Bratheringe und die Tasse Schnaps niederster Sorte deckten, die seine Hauptmahlzeit bildeten. Der Alte, dessen Gebrechen schlimmer schien und in Wirklichkeit überhaupt nicht vorhanden war, hatte einen ganz anderen Zulauf als er.

Mit der Zeit kam der Soldat zu der Überzeugung, daß sein Chef nur den Platz auf der Brücke, sich selber gegenüber, besetzt haben wollte. Die Haupteinnahmequelle waren die Leute, die regelmäßig an der Stelle vorbeikamen, jeden Vormittag oder, wenn sie ins Geschäft gingen am Morgen und abends, wenn sie heimgingen. Sie gaben nur einmal und sie benutzten zwar im allgemeinen immer dieselbe Straßenseite, aber manchmal nach längeren Zeitläufen wechselten sie doch. Vollständig konnte man sich auf sie keinesfalls verlassen.

Fewkoombey fühlte, diese Stellung war ein Fortschritt, aber sie war noch nicht das Richtige.

Nach Ablauf der Woche bekam der Alte anscheinend seinetwegen Anstände bei der geheimnisvollen Gesellschaft in der Old Oakstraße. Drei, vier Bettler überfielen die beiden, als sie frühmorgens eben ihren Unterschlupf in einem Schiffsschuppen verlassen wollten und schleppten sie mehrere Straßen lang in ein Haus mit einem kleinen, unsäglich verdreckten Laden, auf dessen Schild »Instrumente« stand.

Hinter einem wurmstichigen Ladentisch standen zwei Männer. Der eine, klein und dürr, von gemeinem Gesichtsausdruck, mit einer ehemals schwarzen Hose und einer ebensolchen Weste bekleidet, stand in Hemdsärmeln und einen zerbeulten Hut auf dem Hinterkopf, die Hände in den Hosentaschen, am Schaufenster und blickte in den trüben Morgen hinaus. Er wandte sich nicht um und gab kein Zeichen von Interesse von sich. Der andere war dick und krebsrot im Gesicht und sah womöglich noch gemeiner aus.

»Guten Morgen, Herr Smithy«, begrüßte er den Alten, höhnisch, wie es schien, und ging ihm voraus durch eine blechbeschlagene Tür ins Nebenzimmer. Der Alte blickte unsicher um sich, bevor er ihm zusammen mit den Männern, die ihn geholt hatten, folgte. Sein Gesicht war grau geworden.

Fewkoombey blieb, wie übersehen, in dem kleinen Ladenraum stehen. An der Wand hingen ein paar Musikinstrumente, alte, zerbeulte Trompeten, Geigen ohne Saiten, einige zerschrammte Drehorgelkästen. Das Geschäft schien nicht sehr gut zu gehen, die Instrumente waren von dickem Staub bedeckt.

Fewkoombey sollte noch erfahren, daß die sieben oder acht Musikklamotten keine besondere Rolle in dem Geschäft spielten, in das er getreten war. Auch die schmale, nur zweifenstrige Front des Hauses deutete höchst unvollkommen den Umfang der von ihr vertretenen Baulichkeiten an. Auch der Ladentisch mit der wackligen Kassenschublade bekannte nicht Farbe.

In dem alten Fachbau, der drei ganz geräumige Häuser mit zwei Höfen umfaßte, waren eine Schneiderei mit einem halben Dutzend Mädchen und eine Schuhmacherwerkstatt mit nicht weniger Fachleuten erster Ordnung etabliert. Und vor allem gab es irgendwo hier eine Kartothek, in der gut 6000 Namen geführt wurden, die Männern und Frauen gehörten, die alle die Ehre hatten, für dieses Haus zu arbeiten.

Der Soldat begriff noch keineswegs, wie dieser eigentümliche und anrüchige Betrieb funktionieren mochte; dazu brauchte er noch wochenlang. Aber er war zu zermürbt, um nicht einzusehen, daß es ein Glück für ihn wäre, hier einzutreten, in eine große, geheimnisvolle und mächtige Organisation.

Herr Smithy, Fewkoombeys erster Brotgeber, kam an diesem Vormittag nicht mehr zum Vorschein, und Fewkoombey sah ihn später höchstens zwei oder drei Mal wieder und nur von fern.

Der Dicke rief nach einiger Zeit, die Blechtür einen Spalt weit öffnend, in den Laden herein:

»Hat echtes Holzbein.«

Der Kleine, der aber der Herr zu sein schien, ging auf Fewkoombey zu und hob ihm mit einem schnellen Griff die Hose hoch, um das Holzbein zu sehen. Dann ging er, die Hände wieder in den Hosentaschen, zu dem blinden Fenster zurück, sah hinaus und sagte leise:

»Was können Sie?«

»Nichts«, sagte der Soldat ebenso leise. »Ich bettle.«

»Das möchte jeder«, sagte der kleine Mann höhnisch und nicht einmal hersehend. *»Sie haben ein Holzbein. Und weil Sie ein Holzbein haben, wollen Sie betteln? Ach! Aber Sie haben dieses Ihr Bein im Dienst des Vaterlandes verloren? Umso schlimmer! Das kann jedem passieren? Sicherlich! (Außer er ist Kriegsmini-*

ster.) Da ist jeder auf den andern angewiesen, wenn das Bein weg ist? Unbestreitbar! Aber ebenso unbestreitbar, daß keiner gern etwas hergibt! Kriege, das sind Ausnahmefälle. Wenn ein Erdbeben stattfindet, dafür kann keiner was. Als ob man nicht das Schindluder kennte, das mit dem Patriotismus der Patrioten getrieben wird! Zuerst melden sie sich alle freiwillig und dann, wenn das Bein weg ist, will es keiner gewesen sein! Ganz abgesehen von den unzähligen Fällen, wo ein Bierkutscher, dem beim gewöhnlichen Gelderwerb, eben dem Bierfahren, das Bein abhanden kam, von der Schlacht bei Dingsda daherfaselt! Und noch etwas, die Hauptsache: darum gilt es doch als so verdienstvoll, für das Vaterland in den Krieg zu ziehen, darum überhäuft man doch eben diese Braven so mit Ehren und Beifall, weil dann das Bein weg ist! Wenn nicht dieses kleine Risiko dabei wäre, also gut, dieses große Risiko, wozu dann die tiefe Dankbarkeit der ganzen Nation? Im Grunde sind Sie ein Antikriegsdemonstrant, leugnen Sie schon erst gar nicht! Sie wollen, indem Sie so herumstehen und sich gar keine Mühe geben, Ihren Stumpf zu verbergen, zum Ausdruck bringen: ach, was sind Kriege für furchtbare Dinge, man verliert sein Bein dabei! Schämen Sie sich, Herr! Kriege sind so notwendig, wie sie furchtbar sind. Soll uns alles weggenommen werden? Sollen auf dieser britischen Insel fremde Leute herumwirtschaften, Feinde? Wünschen Sie etwa, inmitten von Feinden zu leben? Sehen Sie, Sie wünschen es nicht! Kurz, Sie sollen nicht mit Ihrem Elend hausieren gehen, Mann. Sie haben das Zeug nicht dazu ...«

Als er ausgesprochen hatte, ging er, ohne den Soldaten anzusehen, an ihm vorbei in das Kontor hinter der Blechtür. Aber der Dicke kam heraus und führte ihn, des Beines wegen, wie er sagte, durch einen Hof in einen zweiten Hof, wo er ihm einen Hundezwinger übergab.

In der Folge trieb sich der Soldat zu jeder Tages- und Nachtzeit auf dem einen Hofe herum und kontrollierte die Blindenhunde. Davon gab es eine ganze Anzahl; sie waren nicht nach der Eignung, blinde Leute zu führen, ausgesucht (es gab hier keine fünf solcher Bedauernswerten), sondern nach anderen Gesichtspunkten, nämlich danach, ob sie genug Mitleid hervorriefen, d. h. billig genug aussahen, was zum Teil allerdings auch von der Fütterung abhängt. Sie sahen sehr billig aus.

Wäre Fewkoombey von einem Volkszählungsbeamten gefragt worden, was für einen Beruf er ausübe, wäre er in Verlegenheit gewesen, ganz abgesehen von allen Bedenken, vielleicht der Polizei aufzufallen. Kaum hätte er sich einen Bettler genannt. Er war Angestellter in einem Unternehmen, das Utensilien für Straßenbettel verkaufte.

Es wurden keinerlei Versuche mehr angestellt, aus ihm einen einigermaßen leistungsfähigen Bettler zu machen. Die Fachleute hier hatten auf den ersten Blick erkannt, daß er es so weit niemals bringen würde. Er hatte Glück gehabt. Er besaß keine von den Eigenschaften, die einen Bettler ausmachen, aber er besaß, was nicht jeder hier von sich sagen konnte, ein echtes Holzbein und das genügte, ihm ein Engagement zu verschaffen.

Ab und zu wurde er in den Laden gerufen und mußte einem Beamten der nächsten Polizeistation sein Holzbein vorzeigen. Zu diesem Zweck hätte es gar nicht so echt zu sein brauchen, wie es leider war. Der Mann sah kaum hin. Es war da fast immer zufällig Fräulein Polly Peachum, die Tochter des Chefs, im Laden, die mit Beamten umzugehen wußte.

Im großen und ganzen aber lebte der frühere Soldat das halbe Jahr, das ihm noch vergönnt war, unter den Hunden. Dann sollte er auf eine eigentümliche Art dieses spärlich gewordene Leben verlieren, einen Strick um den Hals, unter dem Beifall einer großen Volksmenge.

Der kleine Mann, den er am ersten Morgen seiner Anwesenheit in diesem interessanten Hause am Schaufenster hatte stehen sehen, war Herr Jonathan Jeremiah Peachum gewesen.

ERSTES BUCH
LIEBE UND HEIRAT DER POLLY PEACHUM

Einst glaubte ich, als ich noch unschuldig war
– und das war ich einst grad so wie du –
Vielleicht kommt auch zu mir einmal einer
Und dann muß ich wissen, was ich tu.
Und wenn er Geld hat
Und wenn er nett ist
Und sein Kragen ist auch werktags rein
Und wenn er weiß, was sich bei einer Dame schickt
Dann sage ich ihm »Nein«.
Da behält man seinen Kopf oben
Und man bleibt ganz allgemein.
Sicher scheint der Mond die ganze Nacht
Sicher wird das Boot am Ufer festgemacht
Aber weiter kann nichts sein.
Ja, da kann man sich doch nicht nur hinlegen!
Ja, da muß man kalt und herzlos sein.
Ja, da könnte so viel geschehen!
Ach, da gibt's überhaupt nur: Nein.

Der Erste, der kam, war ein Mann aus Kent
Der war, wie ein Mann sein soll.
Der Zweite hatte drei Schiffe im Hafen
Und der Dritte war nach mir toll.
Und als sie Geld hatten
Und als sie nett waren
Und ihr Kragen war auch werktags rein
Und als sie wußten, was sich bei einer Dame schickt
Da sagte ich ihnen: »Nein«.
Da behielt ich meinen Kopf oben
Und ich blieb ganz allgemein.
Sicher schien der Mond die ganze Nacht
Sicher war das Boot am Ufer festgemacht
Aber weiter konnte nichts sein.
Ja, da kann man sich doch nicht nur hinlegen!
Ja, da mußt ich kalt und herzlos sein.
Ja, da könnte doch viel geschehen!
Aber da gibt's überhaupt nur: Nein.

Jedoch eines Tages, und der Tag war blau
Kam einer, der mich nicht bat
Und er hängte seinen Hut an den Nagel in meiner Kammer
Und ich wußte nicht mehr, was ich tat.
Und als er kein Geld hatte
Und als er nicht nett war
Und sein Kragen war auch am Sonntag nicht rein
Und als er nicht wußte, was sich bei einer Dame schickt
Zu ihm sagte ich nicht nein.
Da behielt ich meinen Kopf nicht oben
Und ich blieb nicht allgemein.

Dreigroschenroman

Ach, es schien der Mond die ganze Nacht
Und es ward das Boot am Ufer losgemacht
Und es konnte gar nicht anders sein!
Ja, da muß man sich doch einfach hinlegen!
Ja, da kann man doch nicht kalt und herzlos sein.
Ach, da mußte so viel geschehen!
Ja, da gab's überhaupt kein Nein.

(Lied der Polly Peachum)

I
Bettlers Freund

Um der zunehmenden Verhärtung der Menschen zu begegnen, hatte der Geschäftsmann J. J. Peachum einen Laden eröffnet, in dem die Elendsten der Elenden sich jenes Aussehen erwerben konnten, das zu den immer verstockteren Herzen sprach.

Zuerst nur mit dem Verkauf gebrauchter Musikinstrumente beschäftigt, die von Bettlern und Hofsängern gekauft oder entliehen wurden, dann sich auch als Armenpfleger des Sprengels betätigend, da die Einnahmen nicht ausreichten, hatte er Gelegenheit gehabt, die Lage der Ärmsten zu studieren. Die Verwendung seiner Instrumente durch die Bettler war das erste, was ihm zu denken gegeben hatte.

Man weiß, daß die Menschen diese Instrumente benutzen, um die Herzen zu rühren, was ja nicht ganz leicht ist. Je besser situiert jemand ist, desto schwerer wird es ihm für gewöhnlich, Rührung zu empfinden. Er ist bereit, die höchsten Preise für Konzerte zu bezahlen, von denen er sich die so ersehnte seelische Bewegung verspricht. Aber auch der weniger gut Gestellte hat immer einen Groschen übrig, um sein von den Existenzkämpfen verhärtetes Herz durch die eine oder andere kleine Melodie erschüttern zu lassen.

Immer wieder erlebte Jonathan Jeremiah Peachum jedoch, wie seine Kunden bei ihm mit der Miete für die alten Orgeln in Rückstand gerieten. Es gibt, wie gesagt, einige wenige Dinge, die den Menschen unserer Zeit erschüttern, einige wenige, aber das Schlimme ist, daß sie, mehrmals angewendet, schon nicht mehr wirken, denn der Mensch hat die furchtbare Fähigkeit, sich gleichsam nach eigenem Belieben gefühllos zu machen, wenn er die für ihn schädlichen Folgen seiner Gefühlsseligkeit entdeckt. So kam es zum Beispiel, daß ein Mann, der einen andern Mann mit einem Armstumpf an der Straßenecke stehen sah, ihm wohl in seinem ersten Schrecken das erste Mal ein Zweipencestück zu geben bereit war, aber das zweite Mal nur mehr einen halben Penny, und sah er ihn das dritte Mal, übergab er ihn womöglich kaltblütig der Polizei.

Peachum hatte ganz klein angefangen.

Er unterstützte eine Zeitlang einige wenige Bettler mit seinem

Rat, Einarmige, Blinde, sehr alt Aussehende. Er suchte ihnen Arbeitsplätze aus, Orte, wo gegeben wurde; denn es wurde nicht überall gegeben und nicht zu jeder Zeit. Besser als Musik zu machen war es zum Beispiel im Juni, in Anlagen nachts Paare auf Bänken aufzustöbern, sie zahlten bereitwilliger.

Den Bettlern, die sich Peachum anvertrauten, gelang es bald besser, Einnahmen zu erzielen. Sie willigten ein, ihm für seine Mühe etwas von ihrem Verdienst abzulassen.

Er setzte seine Studien, sicherer gemacht, fort.

Verhältnismäßig bald erkannte er, daß das elende Aussehen, welches von der Natur hervorgebracht wurde, weit weniger wirkte, als ein durch einige Kunstgriffe berichtigtes Aussehen. Jene Leute, die nur einen Arm hatten, besaßen nicht immer auch die Gabe, unglücklich zu wirken. Andererseits fehlte den Begabteren oft der Stumpf. Hier mußte man eingreifen.

Peachum stellte einige künstliche Mißbildungen her, offenkundig zerquetschte Gliedmaßen zum Beispiel, das heißt Arme und Beine, denen man die Anwendung von Gewalt deutlich ansah. Dies hatte verblüffenden Erfolg.

Nach kurzer Zeit konnte er ein kleines Atelier für die Fabrikation solcher Gliedmaßen einrichten.

Bestimmte Ladeninhaber, vor allem Delikatessenhändler und Inhaber von Putzsalons, aber auch gewöhnliche Fleischer zahlten gern dem Bettler, der mit so ekelerregenden Gliedern vor dem Geschäft saß, einen kleinen Zoll, daß er weitergehe. Von hier war es nur ein kleiner Schritt bis zu schon höheren Abgaben, welche dafür bezahlt wurden, daß sich die Bettler zu Konkurrenten schicken ließen. Der Kleinhandel kämpfte schwer um seine Existenz.

Als die Kartothek Peachums, des »Bettlerfreundes«, wie er sich nannte, anwuchs, war es möglich, gewisse Distrikte für bestimmte Bettler zu monopolisieren. Eindringlinge wurden, unter Umständen mit Gewalt, ferngehalten. Dies verschaffte Peachums Unternehmen erst den eigentlichen Aufschwung.

Trotzdem ruhte er nicht auf diesen Lorbeeren aus. Unermüdlich war er bestrebt, seine Leute zu qualifizieren. In einigen Räumen seines nun schon bedeutend vergrößerten Geschäftshauses wurden die Bettler, die sich immer mehr in Angestellte verwandelten, nach strenger Eignungsprüfung in fachgemäßem Zittern,

Blindgehen usw. unterrichtet. Peachum duldete keinen Stillstand.

Es wurden Grundtypen des menschlichen Elends ausgebildet: Opfer des Fortschritts, Opfer der Kriegskunst, Opfer des industriellen Aufschwungs. Sie lernten die Herzen zu rühren, zur Nachdenklichkeit anzuregen, lästig zu fallen. Die Menschen sind selbstverständlich nicht dazu zu bringen, einträgliche Unternehmungen aufzugeben, aber häufig schwach genug, die Folgen vertuschen zu wollen.

Nach etwa 25 Jahren aufreibender Tätigkeit besaß Peachum drei Häuser und ein blühendes Geschäft.

Pfirsichblüte

Die Häuser, in denen Herr Jonathan Jeremiah Peachum seine eigenartige Fabrik unterhielt, hatten viele Räume. Darunter war auch ein kleines, rosa getünchtes Zimmer für Fräulein Polly Peachum. Zwei von den vier winzigen Zimmern gingen nach vorn auf die Straße, die andern beiden auf einen der Höfe hinaus, aber vor diesen lief, an der Außenwand des Hauses, ein Gang aus Holzfachwerk, so daß diese Fenster Leinenvorhänge haben mußten, sonst hätte man hineingesehen. Sie waren nur in den heißesten Nächten, der Saison, geöffnet, damit der Luftzug durchziehen konnte, denn das Zimmer war dann schwül. Es lag im zweiten Stockwerk, dicht unter dem Dach.

Fräulein Peachum hieß in dem ganzen Viertel allgemein der »Pfirsich«. Sie hatte eine sehr hübsche Haut.

Als sie vierzehn Jahre alt war, richtete man ihr das Zimmer oben im zweiten Stockwerk ein; wie die Leute sagten, damit sie ihre Mutter nicht soviel zu Gesicht bekäme, die eine Vorliebe für Spirituosen nicht bezwingen konnte. Von diesem Alter an wurde sie auch Fräulein genannt und erschien zu bestimmten Zeiten im vorderen Laden, besonders wenn Mitchgins vom Polizeirevier da war. Sie war anfangs vielleicht etwas zu jung für diese Verwendung, aber wie gesagt sehr hübsch.

In die anderen Räume, die Schneiderei und die Sattlerei, kam sie sehr selten. Ihr Vater hielt sie eher zum Besuch der Kirche an, als zu dem seiner Werkstätten. Immerhin kannte sie diese und fand nichts dabei.

Der Instrumentenladen blühte damals gerade mächtig auf und allgemein sagte man, daß der dicke Mitchgins ohne Polly viel mehr Interesse für dieses Geschäft gezeigt hätte. Es gingen kolossal viele Menschen aus und ein, der paar Instrumente wegen.

Jonathan Jeremiah Peachum war allerdings auch ehrenamtlicher Armenpfleger von insgesamt drei Sprengeln, aber die Armen gingen nicht gern zu ihm, sie waren wirklich zu arm dazu. Peachum hielt nichts von Betteln, außer wenn es unter seiner Leitung und fachgemäß betrieben wurde.

Es war übrigens nur selbstverständlich, daß der Pfirsich sich einige Mühe gab, gegen den dicken Mitchgins nett zu sein, denn alles geschah schließlich nur ihretwegen. Sie hörte ihren Vater oft genug sagen: »Wenn ich das Kind nicht hätte, würde ich keine Minute länger dieses Hundeleben führen, für dich jedenfalls nicht, Emma. Damit du dich unter den Boden saufen kannst, nicht, Emma!«

Emma war Frau Peachum, und wenn ihr Mann so seine Mißbilligung ihrer kleinen Gewohnheiten ausdrückte, sagte sie gern: »Hätte ich gewisse andere Annehmlichkeiten in unserer Ehe gehabt, wäre nie ein Tropfen über meine Lippen gekommen. Heute noch könnte ich damit aufhören.«

Solche Sätze hören Kinder häufig, und sie machen ihnen einen gewissen Eindruck.

Man denke, nebenbei gesagt, nicht etwa, der Pfirsich wäre im Hinblick auf die (wie gesagt winzigen) Gefälligkeiten gegen Mitchgins oder irgend jemand anderen erzogen worden. Im Gegenteil! Sie konnte sich an keine Zeit ihres jungen Lebens erinnern, wo sie in dem Badezuber der Waschküche (die Fenster wurden jedesmal verhängt) ohne ihr Nachthemd gebadet hätte. Herr Peachum hielt nichts davon, daß sie ihre nette Haut zu Gesicht bekam.

Herr Peachum hätte auch niemals daran gedacht, ihr nur für fünf Minuten freie Zeit außerhalb des elterlichen Hauses zu gönnen. Sie ging in die Schule wie alle andern Kinder. Sie wurde jedoch immer von Sam abgeholt.

»Deine Tochter ist ein Haufen Sinnlichkeit, nichts sonst!« sagte Herr Peachum seiner Gemahlin, als er Polly einmal dabei überraschte, wie sie die Fotografie eines Schauspielers, die sie aus der Zeitung ausgeschnitten hatte, an die Wand ihres Zimmers hängte. Dies blieb seine Meinung über sie jahrelang.

Frau Peachum hatte andere Ansichten über Sinnlichkeit, hauptsächlich waren sie bitter. Als ihre Tochter die achtzehn überschritten hatte, nahm sie sie an Sonntagnachmittagen mit in den »Tintenfisch«. Das war ein Gasthaus ehrbarer Art, das hinten dran einen kleinen Garten mit drei verkrüppelten Kastanienbäumen hatte. Dort spielte an Sonntagnachmittagen und -abenden eine Blechkapelle. Es wurde getanzt, selbstverständlich höchst ehrbar, die Mütter saßen mit dem Strickzeug den Gartenzaun entlang.

Hier konnte ein Mädchen wie die Peachum nicht lange unbeachtet bleiben. Es gab viele Bewerber, zwei davon konnten in Betracht gezogen werden. Von diesen war Herr Beckett zuerst da und Herr Smiles angenehmer. Dennoch begannen Herrn Becketts Aussichten gerade durch und erst mit Herrn Smiles' Auftauchen zu steigen.

Herr Beckett war ein untersetzter, stämmiger Vierziger mit einem Kopf wie ein Rettich. Er trug geknöpfte Gamaschen auf den Schuhen und einen sonderbar dicken Stock, den er kaum aus den großen Händen ließ. Sein Teint war nicht der gesündeste; mit Smiles, der viel jünger war und die gesunde Hautfarbe junger Leute zeigte, die auf der Themse rudern, war er überhaupt nicht zu vergleichen. Aber er war Geschäftsmann und Smiles war Schreiber in einem Anwaltsbüro, und insofern flößte Herr Beckett Frau Peachum ein ganz anderes Vertrauen ein. Solche jungen Leute wie Smiles kennen kein Verantwortungsgefühl; im großen ganzen leben sie in den Tag hinein, ihren Trieben hingegeben. Wie könnte es sich für solche Habenichtse rentieren, sich irgendeinen Zwang aufzuerlegen, um ihren Ruf zu befestigen; was soll ihnen ein Ruf?

Der Pfirsich besuchte in diesem Frühjahr eine abendliche Haushaltungsschule. Auf dem Rückwege tauchte mitunter Herr Smiles auf. Er drängte das Mädchen in Häusernischen und sprach mit ihr, beide Arme rechts und links von ihr ausgestreckt, die Handflächen an der Mauer. Im Grund verließ er sich darauf, daß er nach einigen Essenzen roch und tat selbst nicht allzu viel hinzu.

Seit Frau Peachum etwas witterte, durchsuchte sie die Wäsche ihrer Tochter einmal im Monat gründlicher und bevorzugte auf jede Weise Herrn Beckett. Herr Beckett war Holzhändler, ein

Herr mit soliden Grundsätzen. Von Frau Peachum energisch begönnert, spielte er sich in den Vordergrund, nicht nur äußerlich. Der Anziehungskraft des hübschen Mannes setzte er die nicht geringe Verführungskraft des gut situierten Mannes entgegen.

Sein Griff um die Hüfte beim Tanzen war immerhin erstaunlich für einen Holzhändler. Gerade dies gesicherte, von der Mutter anerkannte Glück schien lustige Untiefen zu haben. Dennoch kam Herr Beckett über solche öffentliche Vertraulichkeiten lange nicht hinaus.

Sein Nachteil Herrn Smiles gegenüber bestand vor allem darin, daß er als vielbeschäftigter Geschäftsmann nicht soviel Zeit hatte wie dieser. Er konnte nicht immer abkommen.

Trotzdem merkte er bald, daß die Peachums gesonnen waren, mit ihm Ernst zu machen. Glücklicherweise hatte er weniger als jeder andere gegen eine wirkliche Heirat einzuwenden. Er lud Frau Peachum und ihre Tochter zu einem kleinen Picknick auf der Themse ein, das an einem Sonntagvormittag stattfand. Es wäre beinahe ins Wasser gefallen, da Herr Peachum Samstag nachmittag gegen fünf Uhr in sehr leidendem Zustand nach Hause kam, mit erbarmungswürdiger Stimme Kamillentee verlangte, sofort das Bett aufsuchte und sich von seiner Frau einen in feuchte, heiße Tücher gewickelten Backstein auf den Bauch legen ließ.

Er war seit einiger Zeit in ein Geschäft verwickelt, das außerhalb seines sonstigen Tätigkeitsbereiches lag: es handelte sich um irgendwelche Transportschiffe. Die Angelegenheit schien sich nicht günstig zu entwickeln und Aufregungen schlugen sich bei ihm auf den Magen. Aber Sonntag früh ging er, wenn auch noch sehr anfällig, mit Frau und Tochter doch in die Kirche und dann sofort zu einer Besprechung. Die Frauen hatten Glück: er schien in ernstliche Schwierigkeiten geraten zu sein.

Für den Ausflug hatte Herr Beckett, der in einem weißen Anzug erschien, eine Bregg gemietet. Es war ein luftiges Gefährt auf zwei hohen Rädern mit nur zwei Sitzen. Der Kutscher saß auf einem Bock hinten oben.

Der Holzhändler hatte nicht ohne Mühe ein Gefährt mit so engem Sitz aufgestöbert.

Bei der Ausfahrt quetschte sich Frau Peachum zwischen Beckett und Polly, aber im Grünen wurden aus dem Korb, der vor den Füßen der drei auch noch hatte Platz finden müssen, außer Eiern, Schinkenbroten und Hühnchen auch drei Flaschen Likör ausgepackt, und so kam Herr Beckett auf der Rückfahrt glücklich neben das Mädchen zu sitzen.

Es regnete ein wenig; die Wolldecke, in die man sich wickelte, reichte nicht ganz, und Frau Peachum trieb mit ihrer Baßstimme den Kutscher an, da es schon auf zwei Uhr ging.

Der Abschied der beiden Damen vor dem »Tintenfisch« war kurz und es wurde keine weitere Vereinbarung getroffen. Der Holzhändler stand bei der Trennung, wenn man davon absieht, daß es ihm auf den platten Kopf regnete, in der gleichen Haltung vor seiner Bregg wie zu Beginn der kleinen Fahrt; aber er war nicht mehr der gleiche Mann. In der folgenden Woche saß er, ein Mann, dessen Zeit Geld war, jeden Abend, mit Ausnahme des Donnerstag, im »Tintenfisch«; eines Abends kam er sogar zweimal. Allein Frau Peachum sah ihn dreimal zu verschiedenen Tageszeiten in der Old Oakstraße stehen auf seinen schweren Stock gestützt, den er mit beiden Händen in den Rücken stemmte. In Wirklichkeit sah er viel öfter auf das Schild, auf dem »Instrumente« stand.

Er studierte das Haus.

Während er auf den Pfirsich wartete, beobachtete er genau den Betrieb dieses sonderbaren Instrumentengeschäftes. Er sah normale Gestalten in die Tür treten und andere auf niederen Krüppelkärren herausrudern. Er sah bald, daß es überhaupt keine andern waren. Sie waren in Wracks verwandelt worden. Die Natur des Geschäftes ging ihm allmählich auf. Er begriff, daß es eine Goldgrube sein mußte.

Frau Peachum, die ihn hinter der Fensterscheibe im ersten Stockwerk betrachtete, machte sich ihre Gedanken über den zähen Liebhaber.

Er schien auf etwas von seiten des Pfirsichs zu warten, was nicht eintraf. Seine Ansicht, daß auf dem Ausflug etwas vorgefallen sei, was bestimmte Folgen haben mußte, wurde anscheinend von einer bestimmten Person nicht geteilt. Fräulein Peachum benutzte, wenn sie von ihrem Haushaltungskursus heimkam, einen Eingang, der in einer anderen Straße lag.

Nicht selten eilte sie weg, Smiles zu treffen. Es war lustig, mit ihm durch die Anlagen zu flanieren, abends, wenn die Bänke von

Paaren besetzt waren. Er sagte ihr nette Sachen und kümmerte sich sozusagen um ihr Aussehen. Eine bestimmte Stelle an ihrem Hals wollte er sehen können, sonst war das Kleid »ungünstig«. Er sagte, sie mache ihn verrückt.

Er kam immer sehr pünktlich zu dem Rendezvous und ziemlich schnell. Dadurch entstand der Eindruck, daß er allerhand Verpflichtungen habe.

Der Pfirsich blühte in diesen Tagen erst richtig auf. Es war Frühling. Polly ging in einem leichten, blauen Kleid mit weißen Tupfen durch die Schneiderei, wo in Kleidungsstücke Stearinkerzenwachs hineingebügelt wurde, damit sie fleckig aussahen, und hob, wenn die verkümmerten Mädchen in dem schmalen, krummen Zimmer mit den nur zwei hoch gelegenen Fenstern unehrerbietige Bemerkungen machten, die Röcke, einen kleinen, weißen Hintern zeigend.

Sie balgte sich mit den Hunden im Hof und gab ihnen, schrecklich lachend, komische Namen. Einen von ihnen, einen Foxterrier, nannte sie Smiles. Den armseligen Pflaumenbaum im Hof fand sie plötzlich hübsch. Sie sang, wenn sie sich wusch am Morgen, und war verliebt, ohne einen Bestimmten zu meinen.

Ihr Vollmondgesicht auf die Ellenbogen gestützt, lag sie abends im Kreuzstock und las Romane.

»*Ach*«, seufzte sie, »*wie erschütternd ist doch der Kampf Elviras, dieses reinen, schönen Mädchens mit ihren sündigen Gedanken! Sie liebt ihren Geliebten, diesen hochgemuten, sportgestählten Mann; sie liebt ihn aus tiefstem Herzen, mit den lautersten und edelsten Gefühlen, und doch gibt es Wünsche tief in ihrem Innern, dunkle, triebhafte, schwüle Wünsche, die von sündigen Leidenschaften nicht allzu verschieden sind! ›Wie wird mir angesichts dieses geliebten Mannes?‹ seufzt sie oft. ›Und wo wird mir so?‹ Und mein Fall ist, mit dem Elviras verglichen, sogar noch schlimmer. Denn ich liebe nicht und hege jene Wünsche doch! Kann ich vorgeben, daß mein Geliebter sie in mir weckt? Ich kann es nicht vorgeben. Ich werde doch nicht von der Schönheit überwältigt – von Schönheit kann man bei Herrn Beckett wohl kaum sprechen, noch von hochgemut bei Herrn Smiles – ich stehe sozusagen in der Frühe auf aus meinen Federn und beim Waschen, einer gewiß unschuldigen Beschäftigung, kommen mir solche Wünsche, die leider ganz allgemein gerichtet sind, beinahe auf jeden Mann, und die Herrn Beckett und Herrn Smiles in meinen Augen erst zu Schönheiten machen! Was soll ich von mir denken? Wenn das so weiter geht, daß ich in dieser weltabgeschiedenen Kammer mit den unschuldig rosa getünchten Wänden, das Leintuch bis zum Kinn hoch gezogen, mir solche Bilder ausmale – von meinen Träumen will ich schon gar nicht reden –, muß ich noch fürchten, meine fleischlichen Begierden führen mich in den Rinnstein, wo manch andere endete, wie ich höre. Noch einige solcher Nächte und ich lasse mich mit dem einbeinigen George auf dem Hundehof ein! Was muß ich nur tun, daß ich Herrn Beckett, der doch nach allem eine gute Partie sein muß, weiterhin so kurz halten kann, wie er es von seiner Zukünftigen erwartet? Wie ihm mit jenem offenen, klaren Auge gegenübertreten, das ihm mögliche eigene niedere Wünsche, die vor der Heirat nie und nimmer erfüllt werden dürfen, vergehen angesichts dieser offenkundigen, vertrauenden Unschuld?«*

Der Entschluß des Pfirsichs, den Holzhändler zu heiraten, hatte sich ohne besonderes Zutun desselben in ihr gefestigt. Der durchaus praktische Sinn der Tochter des Herrn Peachum hatte für den Gesetzteren und Verläßlicheren unter ihren beiden Bewerbern entschieden.

Immerhin gelang es dem lustigen Smiles, Fräulein Peachum wieder und wieder zu treffen. Er vermochte sie sogar dazu zu bewegen, mit ihm sein möbliertes Zimmer aufzusuchen, wo sie endgültig den Eindruck gewann, er sei wirtschaftlich überhaupt nicht imstande, eine Frau zu unterhalten. Als sie zum zweiten Male kam und mit ihm aus dem Haus trat, wurde sie von Herrn Beckett gesehen.

Frau Peachum öffnete einen interessanten Brief von ihm, in dem er Polly beschwor, ihm eine Zusammenkunft zu gewähren und sie unverhohlen an ein gewisses Vorkommnis beim Picknick erinnerte. Es war ein sehr unangenehm wirkender Brief.

Frau Peachum richtete es ein, daß Herr Beckett ihre Tochter am nächsten Sonntag wieder im »Tintenfisch« treffen konnte. Sie wußte nichts Genaues von Smiles, hätte die Wahrheit darüber niemandem geglaubt und besann sich nur immer, wie sie ihre Tochter in schicklicher Form davor warnen könnte, sich zu früh mit dem Holzhändler einzulassen, den sie zu ihrem Schwiegersohn ausersehen hatte. Sie stellte sich, nachts und besonders gegen Morgen zu, im Bett neben ihrem kleinen Mann liegend, schon immerzu mit Vergnügen die ehelichen Umarmungen zwischen ihrer Tochter und Jimmy, wie sie den Holzhändler nannte, vor.

Ihre Sorge war unnötig.

An den runden, eisernen Tischen unter den Kastanien saßen die Gäste dicht gedrängt, außer wenn getanzt wurde, und dann tanzten Polly und Herr Beckett auch. Die Unterhaltung war dadurch erschwert. Dennoch gelang es Herrn Beckett, die beiden Damen zu fesseln.

Der Holzhändler bestellte sich eine Portion Hammelleber, dazu Essig und Öl. Während er sie sich fachkundig anrichtete, brachte er das Gespräch auf den Raubmörder Stanford Sills, den die Zeitungen wieder einmal für einige Morde in der Gegend der Westindiadocks verantwortlich machten. Die beiden Damen kannten den Namen und tauschten mit Herrn Beckett Mutmaßungen aus über die Person, die sich hinter dem seit Jahren gesuchten Mörder verbergen mochte.

Herr Beckett erzählte recht anschaulich von diesem Herrn, für dessen Morde die Polizei allerdings niemals richtige Motive fand und vor dem in der Unterwelt, wie es hieß, eine geradezu abergläubische Furcht herrschte. Es war vorgekommen, daß von der Polizei gesuchte Einbrecher freiwillig nach Scotland Yard gekommen waren, da sie sich von dem »Messer«, wie Stanford Sills von der Hefe der Docks genannt wurde, verfolgt fühlten.

Polly wußte genau, wie er aussah und beschrieb ihn dem Holzhändler.

Er war blond und schlank wie eine Wespe und so elegant, daß man ihn auch in den Anzügen der Dockarbeiter für einen verkleideten Gentleman hielt. Er hatte grünliche Augen. Zu Frauen war er gütig.

Polly unterhielt sich ausgezeichnet. Herr Beckett hatte entschieden Eindruck auf sie gemacht.

Die beiden tanzten eifrig, und Frau Peachum hörte nur Teile der Unterhaltung des Paares. Zu ihrem Erstaunen sprach ihre Tochter ausschließlich von Herrn Smiles, und wie lustig er sei. Sie sah förmlich, wie »Jimmy« seinen Kragen durchschwitzte.

Polly schien ihn nicht schlecht am Wickel zu haben.

Am nächsten Vormittag stand er schon wieder auf der Straßenseite, die dem Laden gegenüber lag. Am Nachmittag stattete er Frau Peachum einen Besuch ab; zu ihrer Verzweiflung, denn sie hatte Angst vor Peachum, der nichts ahnte und dem die Sache erst vorsichtig auseinandergesetzt werden mußte.

Herr Beckett saß auf der Kante des mit rotem Samt gepolsterten Stuhles im Salon und warnte Frau Peachum vor Smiles, der ein übler, junger Mensch sei, ziemlich verlebt und hinter den Weibern her. Er fragte, ob Smiles Polly nicht mit Briefen verfolge und hätte anscheinend am liebsten den Kachelofen nach Briefresten durchstöbert.

Beim Weggehen begegnete er Polly auf der Treppe und begleitete sie in den Kursus. Sie plauderte von ihrem Elternhaus, den vielen Leuten, die immer aus- und eingingen, den jungen Herren in den Garderoberäumen, bei denen sie eine große Nummer habe, weil sie nie ekelhaft zu ihnen sei.

Dem Holzhändler schien es, als habe sie blaue Ringe um die Augen. Es drückte ihn sehr nieder.

Tatsächlich sah er sie nun vor seinem geistigen Auge in einem großen Haus wie in einem Taubenschlag, mit unzähligen Türen, aus denen immerfort junge Herren traten, also in einer für ein junges Mädchen ziemlich ungünstigen Behausung. In seinem Hinterkopf saß der Gedanke an den Vorfall bei dem Picknick, genauer gesagt auf der Rückfahrt vom Picknick. Es war dies ein Vorfall, von dem er weder jetzt noch später sprach, als ihn eine Reihe schwerer und aufeinander folgender Schicksalsschläge an längeren Unterhaltungen mit seiner Frau hinderten, der ihn aber sehr mitgenommen hatte. Er hatte ihm mit dem Zweifel an ihrer Unschuld ein eigentümliches Interesse an derselben eingeimpft.

Er war selten in ein weibliches Wesen so verschossen gewesen wie in den Pfirsich. Mehrere Umstände wirkten hier glücklich zusammen.

»Es ist ganz falsch«, sagte er sich mitunter, wenn er seine Gefühle überprüfte, *»sich zu fragen, ob man ein Mädchen ihres Geldes wegen oder ihrer selbst wegen heiratet. Das fällt oft zusammen. Es gibt wenig Dinge an einem Mädchen, die einen Mann sinnlich so reizen wie ein Vermögen. Ich würde sie natürlich auch so begehren, aber vielleicht nicht mit dieser Leidenschaft?«*

Der Holzhändler war kein Neuling in Damensachen. Er hatte schon einige, übrigens gleichzeitige, Ehen hinter sich. Für Abenteuer hatte er wenig Zeit, denn er war in höchst gefährliche Geschäfte verwickelt und hatte schwere Sorgen. Aber es war für ihn zweifellos notwendig, eine neue Ehe einzugehen: seine Läden standen nicht zum Besten.

Gleichzeitig hatte er in der Brusttasche mehrere Zeitungsausschnitte mit einem Interview, das der Polizeipräsident den Journalisten über den Raubmörder Stanford Sills gegeben hatte, den man »das Messer« nannte. Diese Ausschnitte waren ihm anonym zugeschickt worden, und er war davon sehr beunruhigt. Deshalb ließ er auch die Worte, die er auf den Lippen hatte, unausgesprochen.

Etwa eine Woche später kam der Geschäftsmann Jonathan Jeremiah Peachum durch die Machenschaften eines Herrn Coax in äußerste Bedrängnis und lenkte sein Auge auf seine erblühende Tochter.

II

Und sie zogen hinein in den Krieg
Und sie mußten Patronen haben
Und es fanden sich allerhand nette Leute
Die ihnen Patronen gaben.
»Ohne Munition kein Krieg.«
»Die sollst du haben, mein Sohn!
Ihr zieht für uns ins Feld
Wir machen für euch Munition.«

Und sie machten einen Haufen Munition
Und dann fehlte ihnen noch ein Krieg
Und es fanden sich allerhand nette Leute
Die sorgten dafür, daß er stieg.
»Auf, auf, mein Sohn, ins Feld!
Das Vaterland ist in Gefahr!
Auf, auf für Mütter und Schwestern
Für Thron und für Altar!«

(Kriegslied)

Ein Wunsch der Regierung Ihrer Majestät

William Coax war von Beruf Makler. Seiner Visitenkarte nach hatte er irgendwo in der City ein Büro; jedoch gab es kaum jemand, der je dorthin gekommen wäre, nicht einmal er selber suchte es auf. Es hätte auch gar keinen Zweck gehabt, denn es saß dort nur ein blasses, abgehärmtes Mädchen mit einer alten Schreibmaschine, deren Lettern in Unordnung waren, was nichts machte, da sie nicht zum Schreiben da war. Das Mädchen saß auch nur da, um die Post abzuwarten, und die kam hierher, damit Herr Coax niemanden seine Wohnung bekanntgeben mußte. Denn er empfing niemanden in seiner Wohnung, sondern machte alle Geschäfte im Restaurant ab.

Er pflegte zu sagen: »Ich brauche keinen Apparat. Ich mache nur große Geschäfte!« Er faßte auch nichts Schmutziges an; er trug immer Handschuhe. Außerdem trug er auffallende hellgraue Anzüge von der Stange, dazu violette Socken und grellrote Krawatten. Seiner Meinung nach hatte er die Figur für Normalanzüge, obwohl er lang und dünn war. Er glaubte, man vermute in ihm allgemein einen Militär in Zivil; er hielt sich also sehr aufrecht.

Wenn er auch keine teuren Angestellten hatte, so war er doch darum nicht ohne jede Hilfe. In gewissen Ministerien saßen Leute, die ihm mindestens so nützlich waren, wie ein paar unverschämte und faule Buchhalter.

Einen solchen Mann hatte er zum Beispiel im Marineministerium.

Von dem erfuhr er eines Tages, daß die Regierung Ihrer Majestät einen Wunsch hatte. Sie wünschte Transportschiffe für die Truppentransporte nach Kapstadt. Coax beschloß, den Versuch zu machen, ihr diesen Wunsch zu erfüllen.

Da es sich um eine maritime Angelegenheit handelte, fragte er in einer Kneipe, in der Seeleute minderer Qualität – Seeleute von der Stange – verkehrten, herum nach ein paar *möglichst alten Schiffen*. Er erfuhr auch von einigen. Sie gehörten der Reederfirma Brookley & Brookley, einer Art Reederei von der Stange.

Zu dieser Zeit gab es in London viele Leute, die es bei Ansuchen, die die Regierung an die Geschäftswelt um Unterstützung in dem Krieg gegen Südafrika richtete, nicht allzu genau nahmen. Sie waren durchaus bereit, der Regierung Marmelade zu verkaufen; sie selber zu essen wären sie nicht bereit gewesen. Zu diesen Leuten gehörte Herr Coax nicht. Er wünschte nicht, sich am Unglück seines Landes zu bereichern und in harmlose, aber langwierige und Büros und Schreibmaschinen erfordernde Untersuchungen verwickelt zu werden. Jeder andere hätte der Regierung auf Grund seiner Beziehungen die Schiffe angeboten, von denen Herr Coax in der bewußten Kneipe erfuhr. Sie waren geräumig und, wie eine vorsichtige Nachfrage bei Brookley & Brookley ergab, auch billig.

In der kurzen Unterredung, die der Makler mit Brookley & Brookley wegen der zum Kaufe ausstehenden Schiffe hatte, wurde von anderem als dem Tonnenraum und dem Preis nicht gesprochen. Weder stellte Herr Coax eine weitere Frage, noch brachten die Reeder die Sprache auf den Zustand der Schiffe. Alle drei Herren hätten dies jederzeit und vor jedem Gericht beschwören können.

Für Herrn Coax kamen die Schiffe der Herren Brookley & Brookley in keiner Weise in Betracht, trotz ihres Laderaums und ihrer Billigkeit. Er wußte eine Menge Leute in London, die bereit waren, Frachtschiffe für einen guten Preis zu erwerben. Die

Frachtsätze waren sehr hoch, des Krieges wegen. Schiffe standen sehr wenige zum Verkauf, und diese wenigen waren sehr teuer. Aber natürlich hätte sich niemand, der anständige Schiffe brauchte, an eine Reederei wie Brookley & Brookley gewandt.

Herr Coax suchte sehr angelegentlich nach anständigen Schiffen, wenn auch nicht für die Regierung, sondern im Auftrage von Privatfirmen. Der Wunsch der Regierung nach Laderaum war für ihn eine ganz und gar nebensächliche Angelegenheit und nur im Zusammenhang mit seinen Privatgeschäften von einigem Interesse. Er verwendete eine ganze Woche auf die weitere Suche.

Er ermittelte auch drei andere, zu Transporten geeignete Boote, die neuer und in jeder Hinsicht zuverlässig waren. Er mußte zu diesem Zweck mehrere Fahrten, eine bis nach Southampton, machen, und als er die Boote ausfindig gemacht hatte, gehörten sie verschiedenen Eigentümern und waren auch gar nicht billig, sahen aber einigermaßen Schiffen ähnlich.

Herr Coax merkte sich diese Schiffe vor und fuhr zurück nach London.

Dort nahm er die Befriedigung des Wunsches der Regierung wieder in Angriff. Aber wie man sehen wird, vernachlässigte er dadurch seine eigenen Interessen nicht. Sie waren und blieben eindeutig auf die möglichst billige Erwerbung einiger anständiger Frachtboote vom Typ der Southamptoner gerichtet.

Über die Angelegenheit der Regierung sprach Herr Coax in London mit einigen zu diesem Zweck zusammenberufenen anderen Geschäftsleuten. Es war nicht schwer, solche ausfindig zu machen. London brodelte vor Tatenlust. Die City brannte darauf, dem Land bei seinem Kampf mit den Buren beizustehen. Die Regierung war eine geradezu ideale Kundin.

Herr Peachum kam zur Kenntnis des Wunsches der Regierung Ihrer Majestät zusammen mit vier, fünf anderen Herren, die ebenso begierig waren wie er, in einem Wunsch der Regierung einen Befehl zu sehen.

Sie trafen sich alle in einem gut bürgerlichen Restaurant in Kensington. Sie fanden, daß sie unter sich einen echten Baronet, einen Buchmacher, den Direktor einer Textilfabrik in Südwales, einen Restaurateur, einen mehrfachen Hausbesitzer, einen Schafzüchter und den Inhaber eines großen Geschäfts für gebrauchte Musikinstrumente hatten.

Sie bestellten jeder für sich und Herr William Coax hielt eine kleine Rede.

»*Die Lage unseres Landes*«, führte er aus, »*ist ernst. Wie Sie wissen, begann der Krieg in Südafrika dadurch, daß friedliche englische Bürger aus heiterem Himmel überfallen wurden. Die Truppen Ihrer Majestät, die zu ihrem Schutze den Vormarsch begannen, sind überall in der heimtückischsten Weise angegriffen und bei dem Versuch, britisches Eigentum zu schützen, immerfort blutig insultiert worden. Sie alle haben von den Angriffen gelesen, denen sich unsere Regierung wegen ihrer übertriebenen Langmut und schon nicht mehr verständlichen Friedensliebe ausgesetzt hat. Heute, wenige Monate nach dem Beginn des Krieges, ringt England gegen einige toll gewordene Farmer um nicht weniger als den Bestand all seiner überseeischen Besitzungen. In der Stadt Mafeking sind englische Truppen von einem mächtigen Burenheer eingeschlossen und kämpfen um ihr Leben. Wer von Ihnen an der Börse zu tun hat, weiß, was so etwas für Folgen hat. Meine Herren, es handelt sich um die Entsetzung und Befreiung der Stadt Mafeking!* (Klatschen.) *Meine Herren, die Stunde erfordert auch von der britischen Geschäftswelt Kaltblütigkeit, Mut und Initiative. Wenn sie es daran ermangeln läßt, wird der Heldenmut unserer Jugend ohne Früchte bleiben. Denn: wer führt die Kriege? Der Soldat und der Geschäftsmann! Jeder an seinem Platz! Die Regierung versteht nichts von Geschäften. Die sind unsere Sache. Die Regierung sagt: wir brauchen Transportschiffe. Wir sagen: bitte, hier sind Transportschiffe. Die Regierung fragt uns: ihr seid Sachverständige, was kosten Transportschiffe? – Das können wir in Erfahrung bringen, sagen wir; bitte, Transportschiffe kosten soundsoviel. Die Regierung handelt nicht; sie weiß, daß das Geld im Lande bleibt. Unter Brüdern wird nicht gehandelt. Es ist gleich, ob das Geld der eine hat oder der andere. Die Regierung und ihre Geschäftsleute, das ist eine Familie. Sie haben Vertrauen zueinander und sind aufeinander angewiesen. Du kannst das nicht, sagt der eine zum andern, laß das mich machen. Wenn ich einmal etwas nicht kann, dann machst du's. So entsteht Vertrauen, so entstehen gleiche Interessen. Siehst du, Billy, sagt der Staatssekretär Soundso zu mir bei einer Zigarette, meine Frau kann da mit ihren 12 Zimmern nicht mehr zurechtkommen, was tun? – Kümmere dich nicht um solche Kleinigkeiten, sage ich, denke an dein Amt! Und ich regle die Sache. Dann erfahren Sie aus der Zeitung, daß der Staatssekretär die und die große Rede im Interesse des Landes gehalten hat, die uns wieder ein Stück vorwärts brachte in der Welt, und in Afrika oder in Indien oder wo weiß ich passiert irgendeine große Sache, die unser Land und seine Interessen betrifft, die wirklich großzügig sind. Du mußt den Kopf frei haben, Charles, sage ich, in unserm Interesse. Keinen Kleinkrams, keine Geldsorgen! Ich bin ein ganz schlichter, einfacher Geschäftsmann, ich will nicht in die Zeitung, ich will keine öffentliche Anerkennung, ich ermögliche dir still und ungenannt deine große Arbeit im Interesse des Landes, ich helfe mit. Und so wie ich, meine Herren, handeln Tausende von Geschäftsleuten, still und ohne Ruhm, möchte ich sagen, aber zäh und findig. Der Geschäftsmann besorgt das Schiff, der Soldat besteigt es. Der Geschäftsmann ist findig, der Soldat ist tapfer. Meine Herren, gründen wir ohne große Worte eine Gesellschaft zur Verwertung von Transportschiffen!«*

Herrn Coax' Rede hatte vollen Erfolg. Der Restaurateur dankte ihm im Namen der anderen Herren und im Namen Englands für den Fingerzeig, und nach einigen Erörterungen vom geschäftlichen Standpunkt aus wurde ein Vorvertrag aufgesetzt. Der Kellner brachte Feder und Tinte, der Buchmacher schrieb. Die von Herrn Coax benannten drei Schiffe sollten von der Firma Brookley & Brookley möglichst rasch käuflich erworben und instand gesetzt werden. Die Kaufsumme sollte in 8 (acht) Teile gehen und war beim Kauf bar auf den Tisch zu legen.

Als man so weit war, entstand eine große Stille am Tisch. Es handelte sich jetzt um die Gewinnanteile, hauptsächlich um den Anteil Coax', der das Geschäft gebracht hatte. Die Herren bestellten neu, Zigarren und Porter.

Dann sagte der Textilfabrikant leichthin, dem blauen Rauch seiner Importe nachblickend:

»Die Verteilung des Reingewinns denke ich mir so, daß durch 8 geteilt wird, nicht wahr, 8 sind wir doch? Und unser Freund Coax erhält zuerst eine Vermittlungsprovision von sagen wir – 10 Prozent des von der Regierung bezahlten Preises extra.«

Die Herren sahen auf Coax, übrigens nicht alle. Coax lehnte sich mitsamt seinem Stuhl zurück und sagte lächelnd:

»Das ist ein Witz.«

Seine Ansprüche waren, wie es sich zum Erstaunen der Herren herausstellte, ziemlich hoch. Sie zu besprechen dauerte über zwei Stunden. Dann waren sie nicht wesentlich heruntergebracht, aber alle hatten den Eindruck, sie würden es auch in zwei Jahren nicht sein. Die Provision sollte 25 Prozent betragen.

Als die Herren ächzend und mit Mienen, als unterschrieben sie das Todesurteil für ihre liebsten Anverwandten, ihre Namen auf das Papier gesetzt hatten, gingen sie schnell auseinander, ein jeglicher in seine Stadt.

Peachum hatte von der ganzen Sache, besonders von der Zähigkeit des Herrn Coax bei der Verteilung des Reingewinns, einen ausgezeichneten Eindruck gewonnen. So feilscht man nur, wenn das Geschäft solid ist.

Sorgen, von denen sich der Alltagsmensch nichts träumen lässt

An einem nebligen Vormittag fand in einem der zahllosen kleinen, kahlen, gelbmöbligen Büros der City eine Unterredung zwischen fünf Herren statt. Auf der Milchglastür, durch die man ins Büro trat, stand in Goldbuchstaben »Brookley & Brookley, Reeder«.

Zwei von den unterhandelnden Herren waren Brookley und Brookley, farblose, in ihrem Auftreten unschlüssige Herren, die eine vielleicht übertriebene Angst zeigten, die Verantwortung für irgendeinen Entschluß zu übernehmen, der sie beide betraf. Sie hatten ausschließlich das gegenseitige Wohl im Auge und waren anscheinend durchdrungen von der Überzeugung, daß sie zu schwach seien, diese gegenseitige Verantwortung zu tragen.

Wer sich in der City auskannte, behandelte diese beiden Brüder wie rohe Eier. Herr Coax kannte sich in der City aus. Es wurde ein Vertrag aufgesetzt, wonach die Frachtschiffe »Schöne Anna«, »Junger Schiffersmann« und »Optimist« für insgesamt 8200 (achttausendzweihundert) Pfund in den Besitz der neuen Gesellschaft übergehen sollten. Die Besichtigung wurde auf einen Donnerstag angesetzt. Unmittelbar nach ihr sollte der Vertrag unterschrieben und die Kaufsumme ausbezahlt werden.

»Ich sehe Sie alle sehr gern«, sagte der eine Herr Brookley, »aber es darf nicht dieser Schiffe wegen nötig sein.«

Es war alles fest ausgemacht.

Brookley und Brookley wunderten sich, als am nächsten Morgen Herr Coax noch einmal allein im Büro vorsprach und auf eigene Faust, nach Zusicherung strengster Diskretion, ein neues Angebot auf die Schiffe machte für den Fall, daß das gestern besprochene Geschäft nicht zustande kommen sollte. Die Brüder gerieten sogar in einige Aufregung.

Mittwoch nachmittag sprach der eine Herr Brookley bei Eastman, dem mehrfachen Hausbesitzer, vor, weil ihm dessen Adresse bekannt war und erkundigte sich gedrückt, ob die Sache nicht rückgängig zu machen sei; sie hätten ein neues Angebot, und er könne es seinem Bruder gegenüber nicht verantworten, zum alten Preis abzuschließen.

Eastman bedauerte im Namen der Gesellschaft, und Brookley murmelte etwas von Donnerstag abend 6 Uhr, wo er seine Handlungsfreiheit wieder habe, wenn nicht alles klappe. Eastman verständigte sofort die andern und ermahnte sie, pünktlich zu sein. Am Donnerstag vormittag bat Herr Coax Eastman in ein Restaurant und eröffnete ihm, daß er das Geld erst Samstag früh aufbringen könne.

Infolgedessen fand mittags zwei Uhr, kurz vor der Besichtigung, eine erregte Sitzung in einem andern Restaurant statt, in der der Textilfabrikant von Coax energisch die Beibringung seines Anteils oder eine völlige Neuregelung forderte. Er bot sich gleichzeitig an, Coaxens Verpflichtung und Gewinnanteil zu übernehmen.

Eastman unterschied bei seiner Beurteilung dieser Auslassung zwei Teile; dem einen, der Forderung, schloß er sich an, den zweiten, das Angebot, lehnte er ab. Er erklärte sich selbst bereit, den Coaxschen Anteil zu übernehmen.

Dazu waren von den sieben noch mehrere bereit. Daß Coax seinen Anteil verlieren sollte, wenn er sein Achtel nicht beisteuerte, und zwar sofort beisteuerte, war allen klar, ausgenommen Coax. Der äußerte einige Zweifel, allerdings schwache. Schließlich einigte man sich darauf, daß das Geschäft einfach in sieben statt in acht Teile gehen und Coax nur mehr seine Provision verbleiben sollte.

Coax traf dies anscheinend so, daß er krank wurde und heim ging, um sich ins Bett zu legen. Er erklärte, auch die Besichtigung nicht mehr mitmachen zu können.

Für die Besichtigung hatte Eastman einen früheren Schiffsingenieur bestellt, einen großen, hageren Mann namens Bile, der sich um alle seine Stellungen getrunken hatte. Sie trafen ihn in der Nähe der Docks und gingen auf Rat Eastmans mit ihm gleich noch mehrere Drinks nehmen, damit er in Stimmung käme und die alten Kästen tüchtig madig mache.

Die Brüder Brookley und Brookley trafen sie in deren Kontor, und zu den Schiffen war es von da nicht weit.

Es waren große, düstere Kästen aus den Tagen Nelsons. Es gibt immer Leute, die alte Dinge aufheben, Hüte, Zigarrenschachteln, Kinderwiegen, aus reiner Pietät oder einfachem Stumpfsinn. Solche Leute mußten diese Boote in ihr Herz geschlossen haben. Jedenfalls lagen sie noch in dem trüben Wasser und trotzten der Ansicht, daß alles einmal vergehe.

Anscheinend hatte man sie jahrelang oder jahrzehntelang in Ruhe gelassen. Aber jetzt warteten irgendwo in Transvaal einige Tausend Tommies auf Entsatz und da mußte man sie noch einmal bemühen. Nun, ihnen konnte es recht sein.

Der »Junge Schiffersmann« lag am nächsten, und ihn bestieg die Kommission.

Die Laufplanke war aus Holz, da war kein Zweifel. Das Deck sah nicht sehr einladend aus, aber der Boden war ebenfalls aus Holz, wie bei einem richtigen Schiff.

Es war kein Seemann unter den Besuchern. Einen solchen hätte man nicht die Treppe herunter gebracht. Er hätte Angst gehabt, sich den Kragen zu brechen.

Im Schiffsrumpf liefen die Ratten herum wie die Lämmer auf den Wiesen von Wales, große, dicke Tiere, die trotz hohen Alters niemals Menschen gesehen hatten und also deren Gefährlichkeit nicht einmal ahnten.

Ingenieur Bile hatte vorgehabt, sämtliche Tricks, mit denen gewissenlose Reeder einen schwimmenden Sarg als anheimelnde Luxusjacht zu verkleiden verstehen, mit zynischem Freimut zu entlarven. »Und was ist das, meine Herren?« hatte er sich vorgenommen zu sagen und hatte dabei diese oder jene Attrappe herunterreißen wollen. Jetzt stand er hilflos und müde herum und machte den Mund nicht auf. Ein Kind konnte sehen, was hier los war.

Das, was der »Junge Schiffersmann« hatte, konnte man mit bestem Willen keine Krankheit mehr nennen.

Von den zehn Männern entfernte sich keiner einen Schritt von der eisernen Treppe. Keiner hätte auch nur gewagt, sich an die Schiffswand zu stützen, wenn er über einen der verfaulten Gegenstände gestolpert wäre, die überall herumlagen. Es war zu befürchten, daß die Hand einfach durch die Wand durchging.

Eastman sagte plötzlich laut und fröhlich: »Ja, ja.« Es hallte wie in einem uralten Speicher.

Und da sagte der eine Herr Brookley ganz ruhig:

»Schließlich kommt es nicht auf das Äußere an. Die Hauptsache ist, ob ein Schiff seetüchtig ist und etwas aushält.«

Es gibt Leute, die die Fähigkeit besitzen, sich in andere überhaupt nicht einfühlen zu können, die von Tatsachen völlig unberührt bleiben und ihre Gedanken ganz und gar ungeniert, ohne jede Rücksicht auf die Umgebung und den Zeitpunkt, aussprechen. Solche Männer sind zu Führern geboren.

Die »Gesellschaft zur Verwertung von Transportschiffen« ging wie in einem bösen Traum zurück ans Land. Sie warf kaum noch einen Blick auf die »Schöne Anna« und den »Optimisten«, der von den Dreien vielleicht der allerheruntergekommenste war.

Als alle wieder im Büro von Brookley & Brookley saßen, hielt der eine Herr Brookley eine kleine Ansprache.

»Meine Herren«, sagte er, dabei zum Fenster hinaussehend, »ich habe den Eindruck, daß Sie sich ursprünglich mehr erwarteten, obgleich Ihnen der Preis bekannt war, daß Sie irgendwie enttäuscht sind und sich bei dem Geschäft nicht ganz wohl fühlen.«

Er warf einen flüchtigen Blick in die Runde, und da ihm niemand erwiderte, fuhr er fort:

»Wenn dem so wäre, würde ich Ihnen den Rat geben, unter keinen Umständen der inneren Stimme entgegen zu handeln, welche Ihnen sagt: heraus aus diesem Geschäft! Wenn Sie beeilt sind, werden Sie sich schwer tun, andere Boote im Augenblick in England aufzutreiben, besonders in dieser Preislage. Aber wenn Sie Zeit zum Suchen haben und es Ihnen auf ein paar Monate nicht ankommt, können Sie sicher etwas für Sie Passendes finden. ›Brookley & Brookley‹ kann die Schiffe durch einen Zufall ohne weiteres an den Mann bringen; wie ich gestern Herrn Eastman schon sagte, haben wir ein Angebot und würden Ihren Rücktritt gar nicht ungern sehen. Sogar über eine kleine Abstandssumme ließe sich unter Umständen reden. Es ist halb sechs Uhr und um sechs ein Viertel haben mein Bruder und ich eine andere Konferenz. Wir können und müssen also rasch zu Rande kommen.«

»Die Boote sind im Höchstfall 200 Pfund wert und überhaupt nicht seetüchtig«, sagte Bile ruhig.

Herr Brookley sah auf die Uhr.

»Sie hören, was Ihr Gewährsmann sagt. Wir haben keinen Grund, dem zu widersprechen. Wir denken nicht daran, Ihnen die Schiffe aufzudrängen. Wir sind gar nicht in der Lage, irgendeine Verantwortung zu übernehmen. Vielleicht ist es vom fachmännischen Standpunkt aus überhaupt das beste, sie als Kleinholz zu verkaufen. In diesem Falle wären die 200 Pfund, von denen Ihr Sachberater spricht, ungefähr richtig bemessen. Also überlegen Sie es sich, meine Herren!« Und er verließ mit seinem Bruder das Zimmer.

Als sie draußen waren, sagte Eastman halblaut:

»Diese Boote sind die einzigen, die zu haben sind. Das dürfen wir nicht vergessen. Ich würde dennoch zurückzucken, wenn ich nicht überzeugt wäre, daß das andere Angebot von niemand anderem als unserem Freund Coax stammt. Wir haben ihn zu sehr gedrückt. Er will das Geschäft mit anderen Partnern machen. Dümmeren.«

Einigen Leuten im Zimmer gingen die Augen auf. Fünf Minuten später standen sie, den Federhalter in der Hand, über dem Vertrag.

Auf dem Nachhauseweg sagte Eastman zu dem Ingenieur:

»Als Laie kann man sich gar nicht vorstellen, daß man in einem solchen Kasten auf das Meer hinausfahren kann. Man meint unwillkürlich, das morsche Zeug müsse sich einfach wie Papier im Wasser auflösen. Diese moderne Technik ist großartig. Sie macht noch etwas aus dem Nichts. Wetten, wenn die erst die Dinger angestrichen und ein wenig hergerichtet haben, werden sie noch ganz schmuck sein und ihren Dienst ebenso machen wie jedes andere Schiff! Der Laie hat ja keine Ahnung, was die Technik alles leisten kann!«

Und einige stumme Schritte weiter fuhr er bedrückt fort:
»Es ist ungeheuerlich, wie die Konkurrenz hinter einem her ist. Es gibt kein Geschäft, das so gemein wäre, daß nicht sofort ein anderer es macht, wenn man darauf verzichtet. Man muß ungeheuer schlucken können. Wenn man sich auch nur eine Sekunde auf menschliche Regungen einläßt, ist man glatt erschossen. Da hilft nur eiserne Disziplin und Selbstkontrolle. Andererseits kann man ja für nichts auch nichts verlangen. Wenn man das bleiben will, was man so im Volksmund anständig nennt, muß man eben Dreck schaufeln oder auf dem Bau arbeiten. Ja, man hat, sobald man einmal über das Mittelmaß hinaus ist, Sorgen, von denen sich der besitzlose Alltagsmensch nichts träumen läßt!«

Alles für das Kind

Herr Peachum machte sich Sorgen wegen Herrn Coax' Fernbleiben von der Besichtigung. Er konnte nicht einschlafen und verbrachte eine üble Nacht.

Er war beteiligt am Kauf dreier unbrauchbarer Schiffe, sein Anteil betrug etwa ein halbes Schiff, und nur bei Herrn Coax lag es, ob das Geld hinausgeworfen war oder nicht. Für einen Charakter wie Peachum bedeutete aber »in eines Mannes Hand sein« das gleiche was es für ein Kaninchen bedeutet, in der Hut eines Python zu sein. Die Frage war: würde Herr Coax die Schiffe weiter verkaufen? Warum war er nicht zur Besichtigung oder wenigstens zum Vertragsabschluß gekommen? Man hatte ihn aus dem Geschäft gedrängt: er war nicht mehr Mitbesitzer, sondern nur mehr Makler.

Einmal stand Herr Peachum auf, um zu sehen, ob alles Licht ausgedreht war, hauptsächlich jedoch aus innerer Unruhe. Er war nicht in der Lage, den geringsten Geldverlust zu verschmerzen. Es war das schlimmste bei Verlusten selbst kleinerer Summen, daß er sofort alles Zutrauen zu sich selbst verlor. Er traute niemandem, warum sollte er sich selbst trauen?

Das Licht war überall abgedreht, aber das Fenster von Pollys Zimmer nach der Außenveranda zu stand auf. Er konnte sie dunkel im Bett liegen sehen. Ärgerlich zog er das Fenster von außen zu.

»Warum tue ich das alles?« fragte er sich, als er wieder ins Bett stieg. »Einzig für das Kind. Ich muß noch zwei dieser Weibsbilder in der Schneiderei hinauswerfen. Die Schneiderei stinkt ja förmlich vor Faulheit. Ich kann doch nicht alle diese Leute mit durchfüttern. Das näht und näht, ob die Lumpen dann abgenommen werden oder nicht. Sie haben gar kein Risiko. Polly könnte auch endlich etwas arbeiten. Was glaubt sie eigentlich? Diesem Coax darf man nicht über den Weg trauen. Nie und nimmer hätte man ihn so hochnehmen dürfen! Das ist ein übler Patron, der nimmt so etwas zum Vorwand und läßt einen hängen. Dann drehe ich ihm den Hals ab, aber was hilft das?«

Er fuhr schweißbedeckt aus den Decken hoch:

»O ich verdammter Dummkopf! Ich bringe mich noch unter die Brückenbögen! Wie konnte ich mit einem Menschen ein Geschäft machen, dem ich nicht den Hals abdrehen kann?«

Am nächsten Morgen ging Peachum zu Eastman und mit diesem in Coaxens Kontor in der City. Tatsächlich gab das bleichsüchtige Mädchen vor, daß Coax verreist sei! Und das Kontor, in dem Peachum bisher noch nicht gewesen war, machte einen niederdrückenden Eindruck auf ihn. Das war das Büro eines Schwindlers!

Der Rest des Vormittags war furchtbar für Peachum.

Er war in das Geschäft eingestiegen, weil die Regierung betrogen werden sollte. Das hatte ihm ein blindes Vertrauen eingeflößt. Geschäfte dieser Art waren für gewöhnlich sicher. Andere Leute zu betrügen, das konnte wirklich die ehrliche Absicht eines Geschäftsmannes sein. Nur war die Welt eben immer noch schlechter, als man es sich denken konnte. In der Schlechtigkeit gab es ja überhaupt keine Grenze. Das war Peachums tiefste Überzeugung, eigentlich seine einzige.

Aber nach dem Essen kam Eastman mit dem Bescheid, es sei alles in bester Ordnung, Coax sei schon wieder zurück oder gar nicht weggewesen, nachmittags wolle er mit seinem Freund aus dem Marineamt die Schiffe besichtigen, die Herren sollten in einem Restaurant auf ihn warten.

Die Schiffe besichtigen! Das war eine neue Hiobsbotschaft. Die sieben Männer, die im Restaurant warteten, sahen nicht anders aus, als müßten sie sich auf dem »Optimisten« einschiffen.

Und um halb sechs Uhr kam Coax mit einer neuen, geradezu

flammenden Krawatte, so unsolide und hochstaplerisch wie nur möglich aussehend, in die Gaststube und holte aus der Brusttasche einen unterschriebenen und gestempelten Vertrag mit dem Marineamt und einen Scheck auf 5000 (fünftausend) Pfund, zahlbar sofort an die »Gesellschaft zur Verwertung von Transportschiffen m. b. H.«.

Der Staatssekretär hatte keine Zeit gehabt zur Besichtigung.

»Bei dem Vertrauensverhältnis, in dem wir stehen, spielen dergleichen Formalitäten gar keine Rolle«, äußerte Coax leichthin. »Ich habe übrigens für Sie 2000 Pfund ausgelegt. Ich habe sie Hale für seinen Witwen- und Waisenfond mittlerer Beamter zur Verfügung gestellt. Er fand tausend genug, aber ich dachte, eine gut geölte Maschine läuft besser.«

Er zeigte blendende Laune. Er war an diesem Tage wieder in Southampton gewesen und hatte sich eine Option auf die dortigen Frachtschiffe ausstellen lassen. Es ging alles wie am Schnürchen. Herr Coax hatte vor, den Gentlemen von der »Gesellschaft zur Verwertung von Transportschiffen« eine moralische Lehre zu erteilen. Die Southamptoner Schiffe sah er mit vollen, geblähten Segeln auf sich zuschwimmen.

Die Abwicklung, erklärte Herr Coax den Herren, sei so gedacht: die Schiffe sollten so bald wie möglich offiziell an die Regierung übergeben werden; der Umbau konnte nach dieser Übergabe weitergehen. Die Restzahlung der Regierung sollte aber erst nach absoluter Fertigstellung fällig sein.

Man war gern einverstanden.

Es wurde beschlossen, sofort zur Instandsetzung der Schiffe »Schöne Anna«, »Junger Schiffersmann« und »Optimist« zu schreiten. Eine kleine Überholung, Anstrich und so weiter, war unumgänglich. »Schließlich müssen die Dinger für eine Reise von einigen tausend Seemeilen halten«, sagte Coax ernst.

Die Sache wurde Eastman übergeben. Sie sollte ein paar hundert Pfund kosten, oder auch ein paar tausend. Man war, wie es sich herausstellte, allgemein etwas besorgt gewesen und darum jetzt zu einer gewissen Großzügigkeit geneigt, sogar Peachum.

Soweit stand alles gut, so gut, daß Peachum erstaunt war, als der Schafzüchter ihn einige Tage später aufsuchte und ihm gestand, er könne die Sache nicht mehr durchhalten, da er alles nur irgend auftreibbare Geld für Heereslieferungen benötige. Peachum nahm ihm nach langem Feilschen seinen Anteil ab, so daß er also jetzt mit zwei Siebentel aller Anteile im Geschäft stand. Das war ein unvermuteter Glücksfall.

Aber dann kamen beunruhigende Meldungen aus dem Marineamt.

Der Überbringer war wieder Eastman, der Coax in einem Restaurant gesprochen hatte. Danach sollten dem Staatssekretär nachträglich doch noch Schwierigkeiten wegen des Vertrags erwachsen sein. Von gewisser Seite sei ihm nahegelegt worden, eine Ingenieurkommission mit der Begutachtung der gekauften Schiffe zu beauftragen. Der Staatssekretär habe bisher diesem Ansuchen Widerstand entgegengesetzt, wolle aber jetzt die Objekte wenigstens selber in Augenschein nehmen. Es kam alles darauf an, daß dies erst geschah, wenn die Instandsetzung weit genug gediehen war.

Diese Nachricht war der Grund, daß Peachum vor dem Picknick mit allen Zeichen körperlicher Hinfälligkeit nach Hause kam, um sich mit einem Wärmekissen und Kamillentee zu Bett zu legen.

Eine Woche verging mit atemraubenden Verhandlungen. Sie waren sehr erschwert dadurch, daß Coax keine Adresse angab. Gefragt danach, gab er an, er sei gerade im Umzug begriffen.

Sämtliche Mitglieder der Gesellschaft jagten in einem fort zwischen ihren Behausungen und den Docks hin und her. Die Renovierungsarbeiten gingen nur langsam vonstatten. Im Bauch der »Schönen Anna« wurden Entdeckungen gemacht, die den Zimmerleuten die Haare zu Berge stehen ließen. Und der »Junge Schiffersmann« enthüllte ein Inneres, das schaudern machte. Der Zustand des »Optimisten« war so, daß die Ingenieure überhaupt noch zu keinem Entschluß gekommen waren, ob man ohne Gefahr für die Arbeiter eine Leiter an die Wände legen könnte.

Dazu kamen die Redereien und Gerüchte in der Gegend der Docks! Die Schiffszimmerleute machten kein Hehl aus ihren Entdeckungen, wenn sie beim Essen saßen; Hinweise Eastmans darauf, daß sie sich des Landesverrats schuldig machten, lösten nur Gelächter aus. Die Zimmerleute waren alle durch und durch sozialistisch verseucht.

Es war schon klar, daß die Reparaturen sich auf gut fünf- bis sechstausend Pfund stellen würden.

Während dieser Woche bekam Peachum Coax bei Eastman zu Gesicht. Er lud ihn ein zu einem Abendessen im häuslichen Kreise. Es kam jetzt alles mehr denn je auf Coax an. Coax trug übrigens eine im ganzen zuversichtliche Miene zur Schau.

Bei diesem Abendessen, dem auch Eastman beiwohnte, lernte Coax Polly kennen. Der Pfirsich machte Eindruck auf ihn. Er war ein Unterrockjäger schlimmster Sorte, und zwar einer von denen, die sich das selber übelnehmen.

Peachum hatte nach und nach allerhand über seine Affairen gehört, die sich alle in den niedersten Kreisen abspielten und immer dicht an gerichtlichen Ermittlungen vorbeiwitschten. Auch das hätte Peachum, wenn er es rechtzeitig erfahren hätte, davon abgehalten, mit Coax in ein Geschäft einzusteigen. Geschäftsleute, die den Kopf nicht nur beim Geschäft hatten, waren verloren. Immerhin konnte man nun nach Lage der Dinge Coax nur gewähren lassen.

Polly zeigt sich von der besten Seite. Sie unterhielt Coax wie eine Dame. Nach dem Kaffee setzte sie sich sogar ans Piano und sang mit ihrer hübschen, ein wenig blechernen Stimme ein patriotisches Lied.

Im Anschluß an das Abendessen wollte Coax nicht nach Hause gehen und bewog Eastman und sogar Peachum, mit ihm noch einen Bummel durch ein paar Lokale zu machen. Er setzte den grauen Velourhut schief auf und auf seinen hageren, grauen Wangen stand eine ungesunde Röte. Herr Peachum ging neben ihm her wie zu einem Begräbnis. Er wäre lieber noch einmal auf die Docks gegangen, wo jetzt unter erheblichen Mehrkosten auch nachts gearbeitet wurde.

In den Nachtlokalen benahm sich Coax wie ein Wüstling und nicht wie ein Geschäftsmann. Er bezahlte auch alles.

Am nächsten Tage brachte er die Nachricht, Hale vom Marineamt habe die Schiffe »Schöne Anna«, »Junger Schiffersmann« und »Optimist« nun offiziell abgenommen, und zwar ohne vorherige Besichtigung gegen eine Zahlung der TSV von 3000 Pfund.

III

> Denn wovon lebt der Mensch? Indem er stündlich
> Den Menschen peinigt, auszieht, anfällt, abwürgt und frißt!
> Nur dadurch lebt der Mensch, daß er so gründlich
> Vergessen kann, daß er ein Mensch doch ist.
> Ihr Herren, bildet euch nur da nichts ein:
> Der Mensch lebt nur von Missetat allein!
>
> (Dreigroschenfinale)

Die B.-Läden

Es gab eine ganze Anzahl von Läden gleicher Aufmachung in London, wo die Waren billiger als anderswo waren. Sie hießen B.-Läden. Das sollte Billigkeitsläden heißen; einige Leute, vornehmlich Ladenbesitzer, lasen es jedoch als Betrugsläden. Man konnte von Rasierklingen bis zu Wohnungseinrichtungsgegenständen alles ungewöhnlich billig bekommen und im großen und ganzen war die Geschäftsführung reell. Die ärmere Bevölkerung kaufte gern in diesen Läden, aber die Besitzer anderer Läden und die kleinen Handwerker waren über sie sehr aufgebracht.

Diese Läden gehörten Herrn Macheath. Er hatte noch einige andere Namen. Als Besitzer der B.-Läden nannte er sich ausschließlich Macheath.

Anfangs waren es nur wenige Filialen, zwei oder drei in der Gegend der Waterloobrücke, ein halbes Dutzend weiter östlich. Sie gingen sehr gut, da sie wirklich konkurrenzlos billig waren. So billige Waren sind nicht so leicht aufzutreiben und Herr Macheath mußte erst schwierige und gefahrvolle Organisationsarbeit leisten, bevor er daran denken konnte, sich zu vergrößern.

Diese Arbeit mußte außerdem sehr diskret geleistet werden. Niemand wußte, woher Herr Macheath seine Läden versorgte und wie er so billige Waren auftrieb.

Leuten, die sich darüber den Kopf zerbrachen, konnte er leicht nachweisen, daß in London und auch anderwärts ständig kleine Läden bankerott gingen, die gute Waren zu ortsüblichen Preisen erstanden hatten und am Tage ihres Untergangs froh waren, wenn sie ihnen zu irgendeinem Preise abgenommen wurden. *»Das Leben ist hart«*, sagte Herr Macheath dann, *»wir dürfen nicht weich sein.«*

Er hatte eine Vorliebe für große Worte. Aber er hatte nicht für alle seine Waren gleich gute Belege. Auch reichen solche Gelegenheitskäufe schwerlich ganz aus, nahezu ein Dutzend Läden ständig und mit so erstaunlich billigen Gegenständen zu füllen.

Im Geschäftsviertel gab es auch noch einen anderen Laden, der nicht nach dem B.-System eingerichtet war; dort konnte man Antiquitäten, Schmucksachen oder Bücher mit Antiquitätswert zu höheren Preisen kaufen, wenn auch immer noch preiswert, und von diesem Laden hieß es, er gehöre ebenfalls Herrn Macheath und aus seinem Reingewinn finanziere er die B.-Läden. Das war allerdings wenig wahrscheinlich und dann blieb immer noch die Frage, wie er diesen Laden mit Waren versah.

Im Sommer 19 . . geriet denn auch Herr Macheath zur Genugtuung der anderen Ladeninhaber in ernstliche Schwierigkeiten und mußte eine Bank, die National Deposit Bank um ihre Hilfe angehen.

Eine Prüfung durch die Bank ergab jedoch, daß die Firma Macheath gesund war. Gesund war besonders das System, nach dem die einzelnen Läden alle auf eigenen Beinen standen und nur bedingt Eigentum des Herrn Macheath genannt werden konnten. Macheath hatte erkannt, daß es vielen kleinen Leuten hauptsächlich um die Selbständigkeit zu tun war. Sie hatten eine Abneigung dagegen, ihre Arbeitskraft in Bausch und Bogen zu vermieten wie gewöhnliche Arbeiter oder Angestellte, sondern wollten auf eigene Tüchtigkeit gestellt sein. Sie wollten keine öde Gleichmacherei. Sie waren bereit, mehr zu arbeiten als andere, wollten dafür aber auch mehr verdienen können. Außerdem wünschten sie, daß niemand das Recht haben sollte, ihnen Befehle zu erteilen oder sie dumm anzureden.

Herr Macheath hatte in einigen Zeitungsinterviews sich über diese seine entscheidende Entdeckung des menschlichen Selbständigkeitstriebes geäußert.

Er nannte diesen Trieb einen Urtrieb der menschlichen Natur, gab jedoch der Vermutung Ausdruck, daß besonders der moderne Mensch, der Mensch des technischen Zeitalters, begeistert von dem allgemeinen, beispiellosen Triumph der Menschheit über die Natur, in einer Art sportlichen Geistes sich und andern seine überragende Tüchtigkeit zu beweisen wünsche. Diesen Ehrgeiz hielt Herr Macheath für hochgradig sittlich, da er in Form der alles verbilligenden Konkurrenz allen Menschen gleichermaßen zugute komme. An dem Konkurrenzkampf der Großen wünsche der Kleine nunmehr teilzunehmen. Es kam also für die Geschäftswelt darauf an, sich diesem Zuge der Zeit zu fügen und ihn sich nutzbar zu machen. Nicht gegen die menschliche Natur müssen wir handeln, rief Herr Macheath in seinen Aufsehen erregenden Artikeln aus, sondern mit ihr. Die B.-Läden waren ihrer Organisation nach eine Frucht dieser Erkenntnis. Anstatt Angestellten, bloßen Verkäufern, stand die Firma Macheath in ihren Verkaufsorganisationen selbständigen Ladenbesitzern gegenüber. Diesen – sorgfältig ausgewählten – Geschäftsleuten hatte die Firma zunächst ermöglicht, einen B.-Laden aufzumachen. Sie hatte ihnen die Läden eingerichtet und einen Kredit für die Waren eingeräumt. Allwöchentlich bekamen sie einen Posten Waren geliefert, den sie abzusetzen hatten. Sie konnten vollständig frei schalten und walten. Solange sie ihre Zinsen und die Waren bezahlten, hatte ihnen niemand in ihre Buchführung drein zu reden. Sie waren nur verpflichtet, den Verkaufspreis niedrig zu halten. Das System sollte ganz und gar dem kleinen Mann zugute kommen.

Meistens verzichteten die Ladeninhaber auf das Engagement teurer Arbeitskräfte. Die ganze Familie war im Laden beschäftigt. Diese Leute knauserten weder mit Arbeitsstunden, noch zeigten sie jene typische Gleichgültigkeit uninteressierter Angestellter am Gewinn – galt es doch ihrer eigenen Sache!

»Auf diese Weise«, schrieb Herr Macheath in einem anderen Artikel, *»wird auch der so verhängnisvollen und von allen Menschenfreunden beklagten Zerrüttung der Familie gesteuert. Die ganze Familie nimmt am Arbeitsprozeß teil. Da sie ein und dasselbe Interesse hat, ist sie wieder ein Herz und eine Seele. Die in mancher Hinsicht gefährliche Trennung von Arbeit und Privatleben, die das Familienmitglied bei der Arbeit die Familie und in der Familie die Arbeit vergessen läßt, verschwindet. Auch in dieser Hinsicht sind die B.-Läden vorbildlich.«*

Es war Herrn Macheath ein leichtes, die Bank davon zu überzeugen, daß seine Schwierigkeiten im Grunde gar keine Schwierigkeiten waren. Das Geld, das er brauchte, brauchte er zur Vergrößerung seines Betriebes. Trotzdem zögerte die Bank noch, da sie sich über die Person des Herrn Macheath selber nicht ganz im klaren war.

Um die Wahrheit zu sagen: es gab in der City einige üble Gerüchte um diesen Herrn, die sich nie zu Anklagen verdichteten und doch berücksichtigt werden mußten. Es handelte sich dabei weniger um die Methoden seines Einkaufs, obgleich auch diese eine Rolle spielten.

Er war zwei- oder dreimal in Skandalaffären verwickelt worden. Jedesmal hatte er seine Unschuld ohne weiteres nachweisen können. Zu gerichtlichen Verfahren war es in keinem der Fälle gekommen. Dennoch gab es immerfort Leute in der City, die weder Läden hatten, noch mit Ladenbesitzern verschwistert oder verschwägert waren und die, wenn auch nicht gerade öffentlich, behaupteten, Herr Macheath sei kein Gentleman. Einige hätten statt gewisser außergerichtlicher Vergleiche lieber Prozesse gesehen, anderen waren einfach Herrn Macheath' Anwälte zu gut.

Die Verhandlungen mit der National Deposit Bank zogen sich länger hin, als Macheath geglaubt hatte. Er fing schon an, zu bereuen, die Bank angegangen zu haben, denn nun mußte ein Scheitern den alten, schon erledigten Gerüchten um ihn neue Nahrung zuführen. Er hätte am liebsten abgebrochen.

Er benutzte aus bestimmten Gründen mehrere Rechtsanwälte des Temple. Von einem solchen erfuhr er eines Tages, daß zu den geachtetsten Kunden der National Deposit Bank ein Herr Jonathan Jeremiah Peachum gehöre, der eine unverheiratete Tochter habe. Es gelang Macheath, deren Bekanntschaft zu machen. Als sich ihm Aussichten eröffneten, widmete er sich ganz seiner Bewerbung um Polly Peachum, soviel Zeit und Nerven sie auch kostete. Daß er den beiden Damen gegenüber als Jimmy Beckett aufgetreten war, hatte seinen Grund nur in seiner Vorsichtigkeit.

Er vergewisserte sich noch einmal über den Stand des Peachumschen Geschäftes. Es war eine weitverzweigte Organisation von Bettlern, und die Methoden schienen schlau ausgedacht und sorgfältig durchprobiert. Ein Mann, der Peachum kannte, erzählte, warum die Peachumschen Bettler zum Beispiel nicht einfach Bilder ausstellten, die sie mitbrachten, sondern ihre Landschaften oder Portraits beliebter Persönlichkeiten mit bunten Kreiden auf die Trottoirs malten. Bei mitgebrachten Kunstwerken wußte das Publikum niemals, ob man in dem Bettler selbst den Künstler vor sich hatte; außerdem waren die Trottoirbilder vergänglich, die Schritte der Passanten beschädigten sie, der Regen wischte sie weg und es regnete ja jeden Tag! Jeden Tag mußten die Bilder neu gemalt werden, man mußte sie *heute* bezahlen! Solche Praktiken zeugten von großer Menschenkenntnis. Das Bettlergeschäft mußte, so geführt, große Einnahmen bringen.

Mitte Juni beschloß Macheath, sich über einige Bedenken untergeordneter Natur hinwegzusetzen und seine Bewerbung zu forcieren. Er mußte völlig solide an die Verehelichung herangehen und seine bürgerliche Existenz nachweisen.

Er fragte bei Frau Peachum brieflich an, wann sie ihn empfangen könne. Er hatte ihre Nervosität bei seinem ersten Besuch richtig gedeutet.

Sie bestellte ihn in den »Tintenfisch«, »um sich mit ihm auszusprechen«. Die Andeutungen, die sie dort über die Unberechenbarkeit der modernen Jugend machte, fielen Herrn Macheath, alias Beckett, sehr auf die Nerven.

»Die jungen Leute heutzutage«, beschwerte sich Frau Peachum, den Schaum ihres Porters von den Lippen wischend, »wissen überhaupt nicht, was sie wollen. Sie sind wie Kinder. Ich kenne meine Polly doch wirklich wie meinen Nähbeutel, aber wo ihr Herz steht, davon habe ich keine Ahnung. Vielleicht ist sie einfach noch zu jung. Sie hat ja gar keine Erfahrung mit Herren. Sie kennt vielleicht gerade den Unterschied zwischen einem Männchen und einem Weibchen bei den Hunden, weil sie mit Hunden in Berührung kommt, und den wird sie nicht so ganz genau kennen. An solche Sachen denkt sie überhaupt nicht. Sie müssen bedenken, daß sie nie anders als im Hemd gebadet hat! Wenn da so ein junger Schnösel ein wenig mit dem Spazierstöckchen wirbelt, meint sie womöglich Wunder was sie für ihn fühlt. Sie sind ja so romantisch! Was das Mädchen Romane verschlingt, davon *machen* Sie sich keine Vorstellung! Jetzt heißt es Herr Smiles hinten und Herr Smiles vorn. Dabei weiß ich buchstäblich, daß sie an Ihnen hängt. Eine Mutter weiß das. Ach, Herr Beckett!«

Und sie sah ihm tief in die Augen, nachdem sie festgestellt hatte, daß in ihrem Bierkrug nichts mehr war und der Wirtsgarten sonst keine Gäste hatte.

Als ihr Herr Beckett in aller Form mitteilte, daß er nicht Bekkett, sondern Macheath heiße, der Besitzer der bekannten B.-Läden sei und durchaus ehrbare Absichten habe, nahm sie davon anscheinend gar keine besondere Notiz, als habe sie von ihm allerhand erwartet und streifte ihn nur mit einem abwesend nachdenklichen Blick, der eher ausweichend war.

»Ach ja«, seufzte sie zerstreut, »daß nur um Gottes willen mein Mann nichts erfährt; der hat ja wieder seine eigenen Absichten mit dem Mädchen. Das können Sie sich ja denken. Er sagt immer: alles fürs Kind, und das meint er auch. Vorgestern bringt er plötzlich einen Herrn Coax angeschleppt. Er soll sehr gut situiert sein. Kennen Sie Herrn Coax?«

Macheath kannte Herrn Coax. Er war eine Nummer in der City.

Persönlich hatte Macheath nichts sehr Günstiges über Herrn Coax gehört.

Er war ein schlimmer Unterrockjäger. Was immer Macheath, dem der Kopf ja von geschäftlichen Ungelegenheiten voll war, an Absichten materieller Art haben mochte, bei der Nennung des Namen Coax ging ihm ein Stich durchs Herz. Er war bei dem Pfirsich noch mehr engagiert, als er sich selber zugestand.

»Was kann man da machen?« fragte er heiser.

»Ja, das möchte ich auch wissen«, sagte Frau Peachum in Gedanken und musterte ihn mit einem so kühlen Blick, daß ihm kalt wurde. »Die jungen Mädchen von heutzutage sind recht unberechenbar. Sie haben den Kopf voller romantischer Ideen.«

Dann aber legte sie ihre kleine, fette Hand auf die seine und rief den Kellner, um zu zahlen.

Auf dem kurzen Weg zwischen den Eisentischen hindurch erfuhr Herr Macheath nur noch, daß jedenfalls alles strengstens diskret, ohne Wissen Peachums vor sich gehen müßte. Noch am gleichen Abend traf er den Pfirsich selber und bekam die Erlaubnis, ein Stück mitzugehen.

Merkwürdigerweise ging sie die Old Oakstraße nach den Anlagen von Meath Gardens hinunter, obwohl sie eigentlich Haushaltungskursus hatte.

Macheath dachte schon, sie hätte dort ein Rendezvous und würde ihn abschütteln, wenn sie dort wären. Sie sah ein paar Mal um sich die Wege hinunter, traf aber keine Anstalten, ihn zu verabschieden, sondern setzte sich sogar mit ihm auf eine Bank in den Büschen.

Sie sah sehr hübsch aus in ihrem leichten Kleid und vollkommen ruhig. Übrigens war sie keineswegs ein Püppchen, sondern ein großes, gut gebautes Mädchen. Sie war eine ganze, keine halbe Portion.

Von Smiles und Coax wollte sie nicht reden.

»Dazu ist der Abend zu hübsch«, sagte sie. Daß er von Herrn Coax wußte, schien sie zu belustigen; sie lachte.

Als sie wieder den Weg zurückgingen, hatte er nichts erfahren, aber es war allerhand vorgefallen. Trotzdem war er nicht glücklich, denn sie hatte die Hauptsache nicht gestattet und unter dem Kleid fast nichts angehabt. Das war Herrn Macheath keineswegs recht und auch der Umstand, daß sie so ohne weiteres den Haushaltungskursus schwänzte, erzeugte in ihm finstere Gedanken. Man prüfte also dort überhaupt nicht die Anwesenheit der Schülerinnen!

Er wußte ebenso wie damals auf der Heimfahrt vom Picknick nicht recht, ob er wirklich einen Schritt vorwärts gekommen war und das peinigte ihn ungemein. So etwas mußte doch etwas für sie bedeuten! An ihrer Unschuld konnte er nicht zweifeln.

Auch Herr Peachum betrachtete an diesem Abend seine Tochter mit prüfendem Blick.

Die Angelegenheit der »Gesellschaft zur Verwertung von Transportschiffen« standen nachgerade verzweifelt. Am Tag zuvor war die Bombe geplatzt.

Die Bombe

Peachum hatte im Hof Ärger mit Fewkoombey gehabt. Der Soldat hatte im Anfang, froh, eine Unterkunft zu haben, seine Pflichten pünktlich erfüllt und die Blindenhunde auf dem richtigen Stand gehalten.

Ihre Fütterung war nicht ganz einfach; sie mußten so elend wie möglich aussehen, waren also immer am Rand des Krepierens zu halten. Ein Blinder mit einem fetten Hund hatte sehr wenig Aussicht auf wirkliches Mitleid. Das Publikum handelt natürlich ganz instinktiv. Kaum einer sieht nach solch einem

Hund; wenn er aber zufällig wohlgenährt ist, warnt irgendeine innere Stimme den Geber davor, sein Geld zum Fenster hinauszuschmeißen. Man muß wissen, daß diese Leute im Unterbewußtsein immer einen Grund suchen, ihr Geld behalten zu können. Ein guter Hund mußte sich vor Schwäche kaum auf den Beinen halten können.

Die Hunde wurden daher ständig auf ihr Gewicht kontrolliert. Wenn sie ihr Gewicht nicht hielten, war Fewkoombey schuld.

Peachum war mitten in der Untersuchung und wollte eben feststellen, ob der Einbeinige so weit gegangen war, bei der Eintragung der Gewichte in die Kladde Fälschungen vorzunehmen, nur um sein eigenes Brot nicht zu verlieren, als der Restaurateur vorsprach. Er brachte die Nachricht, Coax sei plötzlich an Bord der »Schönen Anna« erschienen und tobe.

Die beiden Herren gingen sogleich zu den Docks. Tatsächlich stand hier Coax zwischen Leitern und Anstreichern. Bei ihm stand bleich Eastman, mit starrem Blick auf die riesigen, dunklen Wände des Schiffsinnern glotzend. Er wagte es anscheinend nicht, den frisch Ankommenden ins Auge zu sehen.

Der kalte Blick, mit dem Coax ihn empfing, ging Peachum durch und durch.

»Ist das etwa eines der Schiffe, die Sie der Britischen Regierung verkauft haben?«

Peachum sah mit einem Male um Jahre gealtert aus.

Er kam sich nicht etwa aus den Wolken gefallen vor. Irgendwie hatte er immer geahnt, daß etwas in dem Unternehmen nicht ganz stimmte. Was Coax betraf, hatte er sich keinen Illusionen hingegeben. Allerdings hatte er nicht gleich so etwas erwartet.

Coax fand die »Schöne Anna« nicht in Ordnung! Peachum fühlte, daß es gar keinen Sinn hatte, hier lange Reden zu halten. Etwa darüber, daß schließlich Herr Coax es gewesen war, der ihnen die Schiffe empfohlen hatte. Peachum wußte, ohne langes Herumreden, daß ihm Coax einfach sagen würde, er, Coax, habe die Schiffe ja nie zu Gesicht bekommen. Alle andern aber hatten sie besichtigt, sogar vor Zeugen!

Eine dunkle Ahnung ging in ihm auf, in welcher Richtung sich das Coaxsche Geschäft (er hatte immer ein Separatgeschäft vermutet) bewegte. Nicht gegen den Staat, auf die »Gesellschaft zur

Verwertung von Transportschiffen« zu bewegte sich dieses Geschäft Coaxens wie eine grauenvolle Dampfwalze!

Die Einzelheiten waren natürlich noch nicht zu überblicken. Herr Coax hielt es noch nicht an der Zeit, seine Karten aufzulegen. Es gab nicht einmal einen Wortwechsel.

Herr Coax drehte sich auf dem Absatz um und ging schweigend mit tief verachtungsvollem Blick weg. Sein Anzug, von hinten gesehen, sah mehr denn je nach der Stange gekauft aus.

Peachum hatte auch gar kein Bedürfnis, sich mit seinen Leidensgenossen über das, was jetzt kommen würde, zu unterhalten. Er hörte noch undeutlich, wie Eastman davon sprach, man müsse schleunigst den Fabrikanten in Südwales und den Schafzüchter brieflich herbeirufen. Den Schafzüchter! Ohne ein weiteres Wort ging auch Peachum weg.

Am Abend hatte er hohes Fieber und legte sich mit einem Wickel zu Bett. Diese Nacht stand er nicht auf. Mochte das Licht brennen! Die Gasrechnung würde nie mehr bezahlt werden!

Am nächsten Vormittag ging er wie ein Schwerkranker zu den Docks hinunter. Er fand keinen Arbeiter mehr vor. Die Arbeiten an der »Schönen Anna« waren abgebrochen worden, wohl auf Anordnung Eastmans. Daraus war zu erkennen, wie dieser die Sachlage beurteilte.

Als er, mittags heimkehrend (nicht um zu essen!), hörte, zwei Herren hätten sich nach ihm erkundigt, vermutete er schon, die Kriminalpolizei fahnde nach ihm. Die Gesellschaft hatte immerhin die erste Rate der Regierung angenommen.

Es waren aber nur Eastman und der herbeigeeilte Fabrikant gewesen, wie sich bei näherer Befragung herausstellte. Peachum war froh, daß sie ihn nicht angetroffen hatten.

In das Kontor Coaxens zu gehen, hatte keinen Sinn. Das bleichsüchtige Mädchen war stumm wie ein Fisch, was die Adresse des Maklers betraf.

Da begegnete Peachum, nachmittags von einem vergeblichen Versuch, Eastman doch noch zu sprechen, zurückkehrend, Herrn Coax in Gesellschaft seiner Tochter in der Old Oakstraße.

Coax hatte Polly unterwegs getroffen und war mit ihr gegangen, obwohl sie ihn nicht sonderlich ermutigte. Er hatte ihr irgend etwas von interessanten Bildern erzählt, die er ihr gern gezeigt hätte. Sie hatte es nicht richtig verstanden. Er war ihr nicht sympathisch.

Als Peachum hinzutrat, tat Coax, als habe es zwischen ihm und Peachum nie die leiseste Entfremdung gegeben. Er reichte ihm die behandschuhte Hand, klopfte ihn mit der anderen kameradschaftlich auf die Schulter und verabschiedete sich schnell.

Während des Abendessens ging Herrn Peachum ein Mühlrad im Kopf herum.

Nach dem Abendessen schickte er seine maulende Frau hinaus und verhörte den Pfirsich.

Er tat sich gar keinen Zwang an und erfuhr, daß Herr Coax seiner Tochter gesagt hatte, was er den Geschäftsfreunden verschwieg, seine Adresse. Er hütete sich wohl, danach zu fragen, wozu. Er ging in das dunkle, kleine Kontor und schaute einige Zeit geistesabwesend durch das blinde Schaufenster. Dann kehrte er, nachdem er hastig einen Brief geschrieben hatte, in das Wohnzimmer zurück und gab Polly den Auftrag, sofort den Brief bei Herrn Coax abzugeben.

Polly war sehr erstaunt. Es war schon einhalb zehn Uhr.

Sie setzte aber den Hut auf und ging zu Herrn Coax.

Herr Coax war zu Hause. Als ihm ein junges Mädchen gemeldet wurde, das in einem der zahlreichen Zimmer mit einem Brief ihres Vaters auf Antwort warte, legte er verlegen die Serviette auf den Tisch und ging schnell hinaus.

Er wohnte mit seiner Schwester zusammen, einer sehr heftigen, kleinen Person, die ihren Bruder bei weitem nicht so schätzte, wie er das gewünscht hätte, und die aus ihren Vermutungen über seine moralischen Qualitäten auch gar kein Hehl zu machen pflegte.

Sie hatte viel mit ihm auszustehen.

Er verfügte über große kommerzielle Fähigkeiten und auch seine Prinzipien, sauberes Privatleben betreffend, waren durchaus die in seinen Kreisen üblichen. Nach seiner, übrigens von vielen geteilten, Ansicht bestand zwischen geschäftlichem und privatem Leben ein ungeheurer Unterschied. Im Geschäftsleben hatte man geradezu die Pflicht, jede Gewinnchance rücksichtslos auszunützen, genau so wie man kein Stück Brot wegwerfen durfte, weil es eine Gottesgabe ist; im Privatleben hatte man nicht das Recht, jemandem zu nahe zu treten. Soweit waren seine Ansichten streng korrekt.

Leider besaß er nicht immer die Kraft, seinen Prinzipien entsprechend zu leben. Zwischen seinen Ansichten über die Pflichten eines Gentleman dem weiblichen Geschlecht gegenüber und denen seiner Schwester bestand nicht der geringste Unterschied; genau wie seine Schwester, im Grund mit den gleichen Worten, verurteilte er selber seine, leider ständigen, Verfehlungen auf diesem Gebiete. Er pflegte oft nachdenklich zu sagen: »Ich bin nicht Herr über mich selbst.« Es war sozusagen so, daß weder seine Schwester noch er selber sich auch nur einen Augenblick allein lassen konnte.

Dabei irrten seine Wünsche auch noch, gesellschaftlich betrachtet, der Tiefe zu. Die allergemeinsten Weiber zogen ihn am heftigsten an. Aber auch Dienstmädchen konnte er nicht widerstehen.

Mit seinen Anzügen war es genauso. Sein Geschmack war furchtbar. Seine Kleidung erregte seiner Schwester körperliche Übelkeit. Er konnte sie ebenso wenig lassen wie das Dienstpersonal.

Seine Schwester beschenkte ihn zu allen nur denkbaren Festen mit geschmackvollen Krawatten. Er zog sie auch an. Auf dem Flur dann steckte er sich, wie von einem Dämon getrieben, noch eine andere in die Brusttasche. Auf der Treppe hing sie ihm rot und frech um den Hals.

Dies waren krankhafte Erscheinungen bei ihm. Er selber schob sie auf ein Darmleiden. Es waren Anfälle unbeherrschbarer Sinnlichkeit, die von Verstopfung herrührten.

Seine Schwester stand ihm in seinem tragischen Kampf gegen sich selber nach Kräften bei. Manchmal jedoch vergaß er sich so weit, daß er, einmal auf seiner »Tour«, ihre Hilfe wie eine Einmischung zu empfinden schien und sie heftig ablehnte.

Seine Schwester konnte daher, als ein Fräulein Peachum gemeldet wurde, nicht sehr viel mehr tun, als sich neben dem Zimmer, in dem die Begegnung stattfand, zu schaffen zu machen und möglichst laut zu husten.

An diesem Abend stand es mit Coax gerade sehr schlimm. Seine Leidenschaften hatten ihm schon den ganzen Tag zu schaffen gemacht. Es blieb ihm in diesem Zustand nichts übrig, als dem Pfirsich seine Fotografiensammlung zu zeigen, die aus allerhand Nuditäten bestand. Er tat es unter dem Vorwand, es sei eine frische Sendung, die eben eingelaufen sei.

Der Pfirsich sah kaum hin und bekam einen feuerroten Kopf. Es waren entsetzliche Schweinereien.

Coax las inzwischen den Brief, der nur eine Bitte um ein Gespräch unter vier Augen enthielt.

Auf dem Schreibtisch, der mit einer Glasplatte bedeckt war, lag eine große, goldene Brosche. Sie stammte von Coaxens verstorbener Mutter. Es war viel Gold daran; die Hauptsache bildeten drei große, hellblaue Steine von geringem Wert. Im großen und ganzen schien Coax seinen Geschmack von seiner Mutter geerbt zu haben.

Als er mit dem Brief zu Ende war oder vielleicht auch nur den Eindruck hatte, die Peachum habe genug von den Fotos gesehen, langte er nach der Brosche und hielt sie ihr hin mit der Frage, wie sie ihr gefalle.

»Ganz gut«, sagte sie mit etwas erstickter Stimme.

»Die können Sie sich mal holen«, sagte Coax und sah in die Ecke des Zimmers.

Sie antwortete natürlich nicht. Sie saß wieder ganz ruhig da und lächelte ihn sogar höflich an, als habe er einen Scherz gemacht. Er mußte sich sehr zusammennehmen. Er dachte schon daran, daß er sie heimbegleiten könne, aber seiner Schwester war es jetzt doch zu still nebenan geworden; sie kam herein und fing ein Gespräch mit Polly an.

Coax hatte einige Sorgen wegen der Fotografien, die vor ihr auf dem Tischchen lagen, aber die drehte sie wie in Gedanken um beim Sprechen.

Sie verstand sehr gut, mit Herren umzugehen, und auf Herrn Coax machte dieser kleine Zug einen ausgezeichneten Eindruck.

Polly konnte gleich darauf weggehen und ihrem Vater mitteilen, Herr Coax werde am nächsten Tage vorsprechen.

Sie hatte für diesen Herrn nichts übrig. Sie vergaß aber die Brosche nicht, die ihr einen tiefen Eindruck gemacht hatte. Sie erzählte am nächsten Morgen, als sie ihm sein Glas Milch brachte, dem Einbeinigen George, sie habe eine große Brosche von einem älteren Herrn verehrt bekommen und werde sie ihm nächstens zeigen. Auch späterhin noch dachte sie daran, besonders abends, vor dem Einschlafen.

Coax kam tatsächlich am nächsten Vormittag. Er weigerte sich, aus dem halbdunklen Instrumentenladen in das Kontor zu treten. Er trug einen schreiend gelben Radmantel und sprach sehr ernst, mit leiser Stimme.

Er gab zu, er habe beim Anblick des Transportschiffes »Schöne Anna« die Nerven verloren. Der Kasten sei ganz unmöglich. Es sei richtig, daß er selber die Firma Brookley & Brookley erwähnt habe, nur sei das doch ohne jede Kenntnis ihrer Boote geschehen. Seinem Freund, dem Staatssekretär, könne er diese schwimmenden Särge nicht einmal zeigen. Das schlimmste scheine ihm, daß die erste Rate schon bezahlt sei und die Admiralität mit den Schiffen rechne. Der Gesellschaft, der er ja, er müsse jetzt sagen, Gott sei Dank, nicht angehöre, könne geradezu der Vorwurf des Betruges gemacht werden, da die Besichtigung der Schiffe durch sie bekannt geworden sei, ebenso das ablehnende Gutachten eines Fachmannes namens Bile.

Coax deutete an, er könne sich eine Salvierung nur in der Richtung vorstellen, daß man sofort zum Ankauf anderer, wirklich anständiger Schiffe schreite. Die Entfernung der Namen »Schöne Anna«, »Junger Schiffersmann« und »Optimist« und ihre Ersetzung durch andere könne er allenfalls auf sich nehmen. Jedenfalls dürfe sein Freund *diese* Schiffe niemals gekauft haben.

Peachum sah heute weniger hinfällig aus als gestern. Er wußte natürlich, daß er für diesen Mann kein ebenbürtiger Gegner sein könnte. Das Gebiet, auf dem er groß, ja furchtbar war, war ein anderes. Er hatte es verlassen. Erfaßt von der patriotischen Welle, die durch das Land flutete, hatte er etwas Neues begonnen. Jetzt war er harmlos wie ein Krokodil auf dem Trafalgarplatz. Dennoch gab ihm die nunmehrige Gewißheit, es lediglich mit der menschlichen Gemeinheit zu tun zu haben, merkwürdigerweise eine Art Sicherheit und Hoffnung zurück. Er befand sich jedenfalls wieder unter Menschen.

Er betrachtete den schwatzenden Coax ruhig, fast kalt. Dann erwähnte er nur, seines Wissens gäbe es überhaupt keine anderen Schiffe.

Doch, sagte Coax langsam, in Southampton zum Beispiel sei eines.

Peachum nickte.

»Was kostet es, wenn Sie mich herauslassen?« fragte er trokken.

Coax schien ihn nicht zu verstehen und Peachum wiederholte seine Frage nicht mehr. Er wußte jetzt, daß es ein sehr großes Unternehmen des Herrn Coax war.

Nach einer kurzen Pause, in der er im Laden herumschlenderte und die verstaubten Musikinstrumente betrachtete, sagte Herr Coax noch, es sei unbedingt nötig, die Reparaturarbeiten in den Docks mit gesteigerter Energie fortzuführen. Die Besichtigung bei der offiziellen Übernahme werde wohl nur eine oberflächliche sein, es müsse also wenigstens die Oberfläche halbwegs ausschauen.

Unter der Tür warf er noch hin, er habe Mittwoch nächster Woche zufällig in Southampton zu tun.

IV

Ach, jeder Mensch wär lieber gut als roh
Doch die Verhältnisse, sie sind nicht so!
Dreigroschenfinale: Über die Unsicherheit
menschlicher Verhältnisse)

Ernste Besprechungen

Wie nicht jeder weiß, führen Kriege außer zu seelischem Aufschwung auch zu einer nicht unbeträchtlichen Belebung der Geschäfte. Sie haben viel Unheil im Gefolge, aber die Geschäftsleute haben sich gemeinhin nicht zu beklagen.

Peachum hatte gehofft, sich an den Gewinnen beteiligen zu können, als er in die Transportschiffeverwertungsgesellschaft eintrat. Eine gewisse Rolle spielte dabei, daß seine Tochter in heiratsfähiges Alter gekommen war, so daß Mehrverdienst erwünscht schien.

Der ungünstige Verlauf seiner geschäftlichen Operation auf ihm ungewohntem Boden veranlaßte Peachum zu einer Reihe sehr ernster Besprechungen mit seinem Geschäftsführer Beery.

Wiederholt saßen sie im Büro, in das man durch die eisenbeschlagene Tür aus dem Laden trat, Peachum, den unvermeidlichen Hut auf dem Kopf, am Schreibtisch mit Aufbau, der an die Wand geschoben war, und zwar gerade unter das hochliegende winzige Fensterchen, der vierschrötige Beery in der Ecke auf dem wackligen Eisenstuhl.

Peachum legte, in schmutzigen Hemdsärmeln dasitzend, die Arme auf den Schreibtisch und sah Beery nicht an, der ständig an einem Zigarrenstumpen kaute, den er wohl vor Jahren einmal aus einem Rinnstein gefischt hatte.

»Beery«, sagte Peachum in diesen Tagen immer wieder, »ich bin mit Ihnen nicht zufrieden. Einerseits sind Sie zu roh, andererseits wirtschaften Sie aus den Leuten nicht genug heraus. Auf der einen Seite höre ich Klagen, daß Sie die Leute nicht höflich genug behandeln, auf der andern Seite wird nicht verdient. Die Mädchen in der Schneiderei zum Beispiel behaupten, sie müßten Überstunden machen, dabei kommen sie nicht vom Fleck mit den Soldatenmonturen und sind zu 14 statt höchstens zu 9! Sie wissen, daß es bei mir keine Überstunden geben darf, und ebensowenig darf es überzähliges teures Personal geben. Die Zeiten sind ernst, sehr ernst, England steht in einem schweren Kampf, das Geschäft verträgt nicht die geringste Belastung, und Sie wirtschaften aus dem Vollen! Wenn der Karren umkippt, so liegt jeder, der in diesem Betrieb und durch ihn sein Brot erwirbt, auf der Straße. Und das kann jeden Tag geschehen. Ich erwarte Vorschläge von Ihnen.«

»Dann sagen Sie wieder, ich schinde das Personal, wenn ich Ersparungen mache«, sagte Beery verstockt.

»Das tun Sie auch. Den Neuen neulich konnte man drei Häuser weit brüllen hören, das geht nicht.«

»Wenn wir ihm ein Sofakissen vor das Maul halten, erstickt er, und das Theater dann, das Sie machen! Sie wissen doch selber, daß sie nicht die Gebühr herausrücken, wenn wir ihnen 'ne Zigarre zustecken mit ›wiegehtsimmeralterjunge?‹. Und den haben wir nur wegen der andern abgerieben. Das junge Gemüse zahlt überhaupt nicht mehr regelmäßig. Wir haben's ihm auch gesagt, daß es wegen der andern ist und waren dann ganz menschlich zu ihm, gleich wie Sie draus waren.«

»Jedenfalls, ich verwarne Sie nicht mehr oft, Beery. Ich dulde so was nicht. Und die Einnahmen von den ›Soldaten‹ gehen auch zurück. Wir gehen vor die Hunde, Beery, ich muß den Laden zumachen.«

»Ja, die Soldaten ziehen nicht, das ist richtig, Herr Peachum. Ich hab's genau nachgeprüft, das Publikum geht da nicht mit, da ist nichts zu machen. Ich hab Ihnen gesagt, wir dürfen keine Politik machen!«

Peachum überlegte. Er sah starr in die Ecke des verstaubten Schreibtisches und sein Dutzendgesicht hatte alle Unbedeutendheit verloren.

»Es fängt damit an«, sagte er, »daß Ihre Leute nicht im Bilde sind. Setzen Sie ein paar gutgeschriebene Artikel über Militärleben und Südafrika in den ›Ölzweig‹ und Ihre Soldaten wissen wenigstens halbwegs Bescheid!«

In einem der Kellerräume wurde eine eigene Zeitung, der »Ölzweig«, gedruckt, die wöchentlich erschien und für alle Sprengel personelle Nachrichten enthielt, Trauerfälle, Hochzeiten, Kindstaufen. Dies war für den Hausbettel wichtig. Das Blatt brachte viele kleine Geschichten rührender Art, Bibelsprüche und in jeder Nummer eine Denkaufgabe.

»Außerdem«, fuhr Peachum fort, »machen wir selber lauter Dummheiten. Wir dürfen die Leute nicht hinausschicken, wenn man längere Zeit nichts von der Front hört. Das ist ganz falsch. Jetzt ist dieses Mafeking eingeschlossen und der ganze Krieg rührt sich nicht vom Fleck, das spricht nicht für das Militär. Mit vollem Recht sagt man sich, wozu verlieren sie ihre Arme und Beine, wenn sie damit nichts erreichen! Die Unfähigkeit wird nie unterstützt! Und vor allem wird niemand gern an den Krieg erinnert, wenn er kein Erfolg ist. Ganz abgesehen davon, daß man sich sagt: die können ja noch froh sein, daß sie wenigstens zu Hause sind, die andern haben es schlimmer. Es war ein richtiger Gedanke, einen Teil unserer jüngeren Leute einzukleiden, aber man durfte sie nicht jederzeit auf die Straße schicken, nicht, wenn draußen keine Erfolge da sind. Holen Sie überhaupt mal die Leute herein!«

Beery holte sie, wenigstens die, die da waren. Sie steckten in abgenutzten Uniformen und sahen mürrisch drein. Sie verdienten nichts.

Peachum musterte sie stumm. Dabei war sein Blick abwesend und blieb an keinem Detail hängen. Langjährige Übung hatte ihn diesen Blick gelehrt.

»Das ist auch nichts!« sagte er plötzlich grob, während Beery wie ein treuer Hund an seinen Lippen hing, denn er kannte die Unfehlbarkeit seines Herrn. »Was haben Sie denn da ausgesucht? Das sind doch keine englischen Soldaten! Das sind Bergarbeiter! Schauen Sie sich doch den da einmal an, Mensch!« Und er deutete mit einer Kopfbewegung auf einen langen, älteren Menschen mit grämlichem Aussehen. »Das ist ein Miesmacher, ein Kommunist! So was stirbt doch nicht für England! Und wenn, mit Ach und Krach und nachdem er um die Löhnung gefeilscht hat! Soldaten sind junge, nette Leute, die auch im Unglück noch frisch und gut gelaunt aussehen. Und diese greulichen Verstümmelungen! Wollen S i e so was sehen? Da genügt doch ein Arm in der Binde. Und die Monturen müssen sauber sein. Es muß heißen: er hat nichts mehr als seine Montur, aber die hält er in Ehren! Das zieht, das versöhnt! Ich brauche Gentlemen! Einen diskreten und höflichen, aber nicht unterwürfigen

Ton. Schließlich ist so eine Verwundung ehrenvoll. Der dort kann angehen, die übrigen sollen die Monturen wieder abgeben.«

Die »Soldaten« gingen hinaus. Weder der Lange noch ein anderer hatte mit der Wimper gezuckt, es handelte sich ums Geschäft.

»Also, Beery, erstens nur nette, gut gewachsene junge Leute, bei denen es einen Sinn hat, wenn man sie ins Feld schickt und mit denen man mitfühlen kann, wenn ihnen was passiert ist. Zweitens keine grausamen Verstümmelungen. Drittens blitzblanke Monturen. Viertens diese hübschen Tommies nur, wenn in den amtlichen Bulletins irgendwelche Fortschritte des Krieges gemeldet werden – Siege oder Niederlagen, aber Fortschritte! Das bedeutet natürlich für Sie, daß Sie Zeitungen lesen. Ich kann von meinem Personal verlangen, daß es auf der Höhe ist und weiß, was in der Welt vorgeht. Wenn die Arbeitsstunden zu Ende sind, läuft der Dienst weiter. Sie lassen nach, Beery, ich sage es Ihnen immer wieder!«

Beery ging mit hochrotem Kopf hinaus und griff die nächsten Tage durch. In den Ateliers gab es Entlassungen und im Büro wurde geprügelt. Aber Herr Peachum wußte, daß an seinem Betrieb nicht mehr viel zu rationalisieren war. Er war rationalisiert. Die Verluste, die aus dem Transportschiffegeschäft drohten, waren aus dem Betrieb nicht mehr herauszuwirtschaften.

Peachum versuchte, sich den Blick ins Gedächtnis zurückzurufen, mit dem er Coax seine Tochter hatte messen sehen.

15 Pfund

Fräulein Polly Peachum ging es nicht gut. Sie war gezwungen, ihre Wäsche selbst in die Küche zu bringen und mußte froh sein, daß ihre Mutter sich wegen der zunehmenden Anfälligkeit Peachums nicht um dic Wäsche kümmern konnte.

Sie war mehrmals zu Herrn Smiles gelaufen, um dort Rat zu holen. Aber der Jüngling war selten zu Hause.

Als sie ihn doch einmal antraf, sagte er ihr:

»Wir werden schon irgend etwas finden. Aber dann müssen wir uns besser in acht nehmen. Wozu gibt es Verhütungsmittel, wenn man sie nicht anwendet?«

Dann sprach er nurmehr von Herrn Beckett und zwar in ganz verletzender Weise. Dabei ging Herrn Beckett diese Sache wirklich nichts an!

Im Hause wohnte ein altes Dienstmädchen. Polly wandte sich in ihrer Not an sie.

Sie schleppten zu zweit die alte, kupferne Sitzbadewanne in das kleine Zimmer, und Polly verbrühte sich stundenlang, indem sie stöhnend aus großen Kannen beinahe kochendes Wasser über ihre Lenden goß.

Auch brachte das alte Mädchen Töpfe voll brauner und grüner Tees, die alle getrunken werden mußten. Ab und zu steckte sie den Kopf, der dem einer Henne glich, zur Türe herein und fragte, ob es schon wirke. Es wirkte aber nicht.

Der einbeinige George hatte sich in sein Leben mit den Hunden ziemlich eingefunden. In seiner freien Zeit lag er in einem kleinen Blechschuppen im zweiten Hof, wo er sich zwischen allerhand Werkzeugen und Abfalltonnen ein Feldbett aufgeschlagen hatte. Zu seiner Unterhaltung las er in einem alten, vergriffenen Band der Britischen Enzyklopädie, den er auf dem Abort gefunden hatte. Es war nur etwa die Hälfte des Bandes und es war nicht der erste Band. Immerhin konnte man eine ganze Menge daraus erfahren, wenn es auch nicht zu einer kompletten Bildung reichte. Aber wer hat die schon?

Eines Tages überraschte der Pfirsich ihn bei der Lektüre und versprach, Herrn Peachum nichts davon zu verraten. Herr Peachum war nach Ansicht des Soldaten nicht der Mann, der seine Angestellten dafür ernährte, daß sie sich bildeten.

Einmal war der Einbeinige gerade nicht in seinem Schuppen, und Polly nahm sich das Buch in ihr Zimmer, um daraus womöglich etwas über sich zu erfahren. Sie kannte aber nicht die betreffenden Wörter, unter denen wohl stand, was sie brauchte, und vielleicht war dieser Teil des menschlichen Wissens auch in einem andern Band enthalten. Sie fand jedenfalls nichts.

George war sehr entsetzt, als er sein Buch nicht mehr vorfand. Er lag mehrere Tage trübsinnig auf dem Bett und war sogar zu den Hunden unfreundlich. Es war ein schwerer Fehler des Pfirsichs, daß sie das Buch nicht mehr an seinen Platz zurückbrachte, nachdem sie damit fertig war. Wenn die Leute den geringsten Kummer haben, werden sie noch gleichgültiger gegen andere, als sie es für gewöhnlich sind.

Wenige Tage darauf sprach sie mit George wegen der Hunde. Sie half ihm die kranke Pfote eines Spitzes verbinden. Plötzlich fragte sie ihn, ohne aufzusehen, was Mädchen machten, wenn sie glaubten, es sei etwas bei ihnen nicht in Ordnung. Sie frage das, weil eine Freundin im Haushaltungskurs sie daraufhin angesprochen habe.

George wickelte erst schweigend den Taschentuchfetzen um die Pfote des jammernden Köters und gab dann eine ebenso weisheitsvolle wie allgemein gehaltene Sentenz zum besten.

Aber am Abend zog er seine Zivilkleidung an, um einen Gang zu machen, und am nächsten Vormittag winkte er Polly an den Zwinger.

Er sagte ihr, wenn sie wolle, könne sie am Nachmittag zu einem Arzt in Kensington gehen, der eine große Frauenpraxis habe und nicht dumm sei.

Seine Freundin, dieselbe, bei der er während der Abwesenheit ihres Mannes im Feld gewohnt hatte und bei der er am Abend vorher gewesen war, hatte ihm die Adresse gegeben. Eigentlich waren es zwei Adressen gewesen, die des Arztes und die einer Hebamme. Die letztere war mehr für arme Mädchen. Fewkoombey dachte, daß für den Pfirsich die des Arztes in Frage komme, der viel weniger schmutzig arbeitete.

Der Pfirsich wollte nicht allein gehen, also ging der Soldat mit ihr.

Der Arzt bewohnte eine Wohnung in einer der großen Mietskasernen, die von Elend und Schmutz überquellen. Man mußte eine enge Treppe zwei Stockwerke hochsteigen, an lauter Wohnungen vorbei, deren Türen offenstanden, als seien die Zimmer nicht imstande, das ganze Elend zu fassen. Dann war man erstaunt, daß die Wohnung selber sehr komfortabel aussah. Schon der Vorraum war prachtvoll. In den Ecken standen in riesigen Töpfen Blattpflanzen, an der Wand hingen Teppiche, anscheinend aus fremden Ländern. Umso schäbiger sahen die Überröcke und Schirme der Patienten aus, die an eisernen Kleiderrechen hingen.

Im Wartezimmer saßen sieben bis acht Frauen, alle aus dem Mittelstand. Als der Arzt die Tür zum Ordinationsraum öffnete, um die nächste Patientin einzulassen, winkte er dem Pfirsich außer der Reihe, da sie besser gekleidet war als die übrigen Kunden. Sie folgte ihm bedrückt; der Soldat blieb im Wartezimmer sitzen.

Der Arzt war das, was Frauen einen schönen Mann nennen, mit gepflegtem, weichem Bart und hoher Stirn. An der Art, wie er seine Hände faltete, sah man, daß er auf sie besonders eingebildet war. Sein Gesicht war allerdings etwas verlebt und auch in seinen Augen lag allerhand Unangenehmes. Seine Stimme war ein wenig ölig.

Während er, zu Pollys heimlichem Erschrecken, ihren Namen und die Adresse in sein Buch eintrug, sah sie sich im Zimmer um. An den Wänden hingen allerlei Waffen, wie Negerspeere, Bögen, Köcher und kurze Messer, aber auch altertümliche Pistolen. In einer Ecke im Glasschrank lagen einige chirurgische Instrumente, die weit gefährlicher aussahen. Auf dem Schreibtisch lag ziemlich hoch Staub.

»Ja«, begann der Arzt, sich zurücklehnend und seine weißen Hände faltend, ohne daß Polly irgend etwas geäußert hätte außer ihrem Namen, *»was Sie von mir wollen, ist ganz unmöglich, liebes Fräulein. Haben Sie sich denn überhaupt überlegt, was für ein Ansinnen Sie an mich stellen? Alles Leben ist heilig, ganz abgesehen davon, daß es polizeiliche Vorschriften gibt. Ein Arzt, der das machen würde, was Sie haben wollen, würde seine Praxis verlieren und außerdem ins Gefängnis wandern. Sie werden sagen – wir Ärzte hören das so oft in unseren Sprechstunden – diese Vorschriften seien mittelalterlich. Nun, mein liebes Fräulein, ich habe diese Vorschriften nicht gemacht. Also gehen Sie hübsch ruhig nach Hause und beichten Sie Ihrer Frau Mutter. Sie ist eine Frau wie Sie und wird es an Verständnis nicht fehlen lassen. Sie hätten ja wahrscheinlich nicht einmal das Geld für eine solche Operation. Außerdem würde mein Gewissen es gar nicht zulassen, daß ich mich zu so etwas hergebe. Kein Arzt kann für die lumpigen 10 oder 20 Pfund seine ganze Existenz aufs Spiel setzen. Wir sind nicht unempfindlich für die Nöte unserer Mitmenschen. Als Arzt tun wir manchen tiefen Blick in das soziale Elend. Wenn es irgend geht, wenn Sie irgendeine Indikation hätten, Schwindsucht zumindest, würde ich sagen, wir machen die Sache, in fünf Minuten ist sie fertig, nachherige Schwierigkeiten gibt es nicht. Aber Sie sehen ganz und gar nicht nach Schwindsucht aus. Da müssen Sie schon dran glauben. Als Sie sich in jugendlichem Leichtsinn das Vergnügen verschafften, hätten Sie eben an die Folgen denken müssen. Man sieht sich vor, man überläßt sich*

nicht einfach seinen Gefühlen, sie mögen so angenehm sein wie sie wollen. Hernach rennt man dann zum Onkel Doktor und da gibt es ach und weh, Herr Doktor hin und Herr Doktor her und machen Sie mich nicht unglücklich! Ob der behandelnde Arzt, der das größte Risiko läuft, sich unglücklich macht, wenn er aus menschlichem Mitgefühl dann seine Hilfe nicht versagen zu können glaubt, bekümmert einen natürlich weniger. O Egoismus! Schließlich ist es ein unerlaubter Eingriff, und wenn man auch auf Narkose im Interesse der Patientin verzichtet, sind es immer noch 15 Pfund, die die Sache kostet, und zwar vorher, hinterher heißt es sonst plötzlich, was, Sie wollen mir einen Eingriff gemacht haben? Und der Arzt, der auch leben muß, hat das Nachsehen. Er kann in so einem Fall auch nicht Bücher führen und Rechnungen verschicken, schon im Interesse der Patientin. Wenn er gescheit ist, läßt er das Ganze überhaupt bleiben. Er ruiniert sich nur. Das keimende Leben, mein liebes Fräulein, ist so heilig wie das sonstige Leben. Die Religion hat ihre schwer wiegenden Bedenken nicht umsonst. Samstag nachmittag habe ich Sprechstunde, aber überlegen Sie es sich noch einmal gründlich, ob Sie diese schwere Verantwortung auf sich nehmen wollen, sonst lassen Sie es lieber bleiben. Und bringen Sie das Geld mit, sonst brauchen Sie gar nicht erst zu kommen. Hier hinaus geht es, liebes Kind!«

Der Pfirsich ging sehr niedergeschlagen weg. Wie sollten die 15 Pfund aufgebracht werden?

Das Mädchen und der Soldat trotteten verdrossen nebeneinander her.

»Es gäbe noch eine andere Adresse«, sagte der Soldat nach einer Weile. Sie beschlossen, hinzugehen.

Es war eine alte, dicke Frau und man verhandelte in der guten Stube. Polly saß auf einem roten Plüschsofa.

»Es kostet ein Pfund«, fing die Frau mißtrauisch an. »Billiger kann ich es nicht machen. Dann verbluten einem die Schweine das Sofa und man hat noch Auslagen. Und wenn Sie schreien, höre ich sofort auf und Sie können wieder weggehen. Haben Sie das Geld dabei? Dann sind Sie in einer halben Stunde fertig.«

Polly stand auf.

»Ich habe es nicht mit. Ich komme morgen wieder.«

Zu Fewkoombey sagte sie, als sie die Treppe hinuntergingen:

»Ich habe herumgeschaut. Es ist zu dreckig.«

»Es ist mehr für Dienstmädchen«, sagte der Soldat. Sie gingen heim.

Die Gedanken des Pfirsichs beschäftigten sich mit der Ladenkasse.

Sie hatte einen ziemlichen Abscheu vor Stehlen; er war ihr seit frühester Kindheit mit dem Stehlen zusammen anerzogen worden. Sie bekam wenige Pfennige (für türkischen Honig) und viele gute Ratschläge. Wenn sie den kleinen Finger in den Marmeladetopf steckte, hatte sie schreckliche Gewissensqualen auszuhalten. Der Geschmack der Marmelade war süß, der Gedanke an das Verbot bitter. Gott, wurde ihr gesagt, sah überall hin und lag Tag und Nacht auf der Lauer. Er sah angeblich alles, was sie tat. Bei manchem zuzusehen, war aber undelikat. Als er ihrer Ansicht nach genügend gesehen hatte, was er sicher nicht billigen konnte, hatte er bereits zuviel gesehen, um sich durch anständiges, aber anstrengendes Betragen noch zugunsten des Verbrechers umstimmen zu lassen. Das Strafregister war schon voll, neue Verbrechen hatten sicher keinen Platz mehr darauf, konnten also billig begangen werden. Polly war eine Verlorene und konnte sich jetzt jede Schandtat erlauben. Schließlich war es nur Faulheit von den Erwachsenen, daß sie Gott zum Aufpassen über die Marmeladetöpfe und Ladenkassen hielten wie einen Hofhund.

Aber zwischen dem Diebstahl von einigen Pence und dem von 15 Pfund war ein großer Unterschied.

Über die technischen Schwierigkeiten eines Diebstahls täuschte sich der Pfirsich, als sie sie für groß hielt. Sie hätte ihren Vater verhältnismäßig leicht bestehlen können. Die Ladenkasse war gut gesichert, aber Herr Peachum trug viel Geld in der Hosentasche mit sich herum. Er nahm es den Elendsten unerbittlich pennyweise ab, wechselte es in Silbergeld und steckte es nachlässig in die Hosentasche: seiner Ansicht nach konnte er auf die Dauer weder durch dieses Geld, noch durch anderes gerettet werden. Es war Gewissenhaftigkeit von ihm und bewies seine allgemeine Hoffnungslosigkeit, daß er es nicht einfach wegwarf: er durfte nicht das Geringste wegwerfen. Über eine Million Schillinge hätte er nicht anders gedacht. Nach seiner Meinung reichte weder sein Geld (auch nicht alles Geld der Welt) noch sein Kopf aus (und auch alle Köpfe der Welt reichten nicht aus). Dies war auch der Grund, warum er nicht arbeitete, sondern mit einem Hut auf dem Kopf und die Hände in den Hosentaschen durch sein Geschäft lief, lediglich kontrollierend, daß nichts unterblieb.

Seine Tochter hätte ihm ruhig innerhalb einer Woche die 15 Pfund aus der Tasche nehmen können, etwa nachts, im Schlafzimmer, selbst wenn er sie ertappt hätte, wäre es nicht so schlimm gewesen, wie sie es sich vielleicht vorstellte. Wäre er zum Beispiel aufgewacht, wäre sein Auge auf seine Tochter gefallen, die eben seine Taschen geleert hätte, hätte sicher kein Lid seiner Augen gezuckt, hätten sich für ihn wohl nur seine Träume fortgesetzt. Seine Tochter wäre bestraft worden, aber sie wäre kaum in seiner Achtung gefallen. Es gab niemand, der in seiner Achtung fallen konnte.

Leider kennen sich die Menschen zu wenig und so glaubte Polly, aus ihrem Vater die so notwendigen 15 Pfund nicht herausholen zu können.

Der Soldat machte, als sie ihm die Summe nannte, noch auf dem Hof das Angebot, den betreffenden Herrn zu Klump zu schlagen. Es gibt Sparkassen, die man zerschlagen muß, um das Geld herauszuholen. Nur, Herr Smiles war keine Sparkasse. Pollys Gedanken beschäftigten sich also wieder stärker mit Herrn Beckett.

Der Soldat aber legte sich, zurückgekehrt, nachdem er nach seinen Hunden gesehen hatte, wieder auf sein Feldbett.

Hätte er sich Gedanken gemacht, wären ungefähr dies seine Gedanken gewesen:

»*Wieder einmal fehlen 15 Pfund. Wären sie da, wäre es wieder einmal unerklärlich, wenn ein Mensch geboren würde. Warum sollte ein Weib so entmenscht sein, ein Kind in eine solche Welt zu setzen, wenn sie die 15 Pfund hätte, die genügen, es ungeboren sein zu lassen? Wie sollte es eine solche ungeheure Menge von Menschen geben, die sich gegenseitig wegen ein paar Lungenzügen Luft, eines Daches, durch das es manchmal nicht regnet, einigen Bissen schlecht schmeckender Nahrung zerfleischen, wenn jedesmal 15 Pfund da wären, sie abzutreiben? Mit wem sollte man die überflüssigen Kriege führen und für wen wären sie nötig? Wen könnte man ausbeuten, wenn man nicht schon seine Mutter so ausgebeutet hätte, daß sie die 15 Pfund nicht hatte? An den Eigentumsverhältnissen ist nichts zu ändern, das sagen alle Professoren. Die Eigentümer kann man nicht abschaffen, warum wenigstens nicht die Nichteigentümer? Das Gesetz verbietet die Abtreibung und die Unglücklichen wären angeblich schon glücklich, wenn sie abtreiben dürften. Sie bekämpfen also das Gesetz. Sie wünschen, daß man mit Messern in ihren Eingeweiden herumwühlt und die Frucht der Liebe herausschneidet und in die Latrinen wirft. Nun, ihr Wunsch kann ihnen nicht erfüllt werden. Es ist auch zu unverschämt! Hat nicht die Kirche das Leben für heilig erklärt? Wie können diese Weiber es also gefährden, indem sie sich weigern, Kinder in diese überfüllten, stinkenden, vom Gebrüll der Hungernden erfüllten Steinhaufen zu setzen? Sie müssen sich zusammennehmen statt sich so gehen zu lassen. Sie sollen einen Schluck Whisky nehmen, die Zähne zusammenbeißen und eben gebären. Da könnte jede daherkommen und nicht gebären wollen! Natürlich ist jeder das Hemd näher als der Rock und das eigene Kind zu schade für diese Welt. Mit ihrem Kind soll natürlich eine Ausnahme gemacht werden! Verdammter Egoismus! Es ist nur gut, daß das Abtreiben Geld kostet! Da gäbe es ja kein Aufhalten mehr . . .«*

So ungefähr hätte der Soldat wohl gedacht, wenn er gedacht hätte. Aber er dachte nicht: er war zur Disziplin erzogen.

Immerhin stand er kurz darauf auf und ging nach oben, um dem Pfirsich noch etwas zu sagen, was ihm eingefallen war, als er lag. Er mußte Polly zu seiner Freundin bringen. Die wußte sicher noch einen Ausweg.

Als er in das kleine, rosa getünchte Zimmer trat, lag der Pfirsich auf dem Bett, rücklings, die Hände brav an der Seite, mit dem Blick zur Decke.

Fewkoombey wollte eben zu sprechen anfangen, da fiel sein Auge auf ein zergriffenes Buch, das auf einem Rohrstuhl lag. Es war der Band der Britischen Enzyklopädie, oder vielmehr ein Teil desselben, Fewkoombey vertraut geworden in vielen Stunden. Einige Seiten davon konnte er schon auswendig, aber wie viele noch nicht!

Die Tatsache, daß das Buch, das er so sehr vermißt hatte, hier herumlag, erschütterte den Soldaten. Es freute ihn nicht, daß er es wieder haben konnte. Es erschütterte ihn, daß es weggekommen war. Es hatte in seinen Augen, muß man wissen, einen ungeheuren Wert. In einem Trödlerladen hätte selbst er es erstehen können – wenn es zufällig dagelegen wäre, aber warum sollte gerade dieser Band daliegen? Das konnte höchstens alle Jahrzehnte einmal vorkommen. Für den Pfirsich hatte er, wie wir wissen, gar keinen Wert. Fewkoombey hätte vielleicht nichts angeben können, gegen was er ihn sich hätte abtauschen lassen, ausgenommen den vollständigen Band. Trotzdem konnte er nicht darauf zugehen und ausrufen: ah, da ist ja mein Buch; wie ist das hierher gekommen? Ein solches Benehmen hätte die Sache in höchst unstatthafter Weise vertuscht. Der Anblick des Buches in diesem Zimmer änderte Fewkoombeys Ansichten über Fräulein Peachum völlig.

Als sie ihn daher fragte, was er wolle, murmelte er etwas von »wissenwollenwieesIhnengeht« und ging aus dem Zimmer heraus, ohne noch einen Blick auf sie oder das Buch zu werfen. Sie war zu niedergeschlagen, um das Eigentümliche seines Verhaltens zu bemerken.

Mit ihm ging ein freundlicher Mensch aus ihrem Zimmer, unentbehrlich in solcher Welt, durch nichts zu ersetzen, und ein Rat, der in ihr Leben vielleicht eingegriffen hätte.

Polly ging in diesen Tagen wieder zu Smiles. Da seine Vermieterin schon Verdacht geschöpft hatte, suchten sie den Stadtpark auf. Polly wollte sich auf eine Bank setzen, aber Smiles bestand auf einem Platz im Gebüsch.

Sie empfand das als Erpressung.

Er erzählte ihr, den Arm um ihre Hüfte, daß er große Anstrengungen gemacht hatte, etwas in Erfahrung zu bringen.

»Du mußt nicht glauben, daß ich nicht Tag und Nacht an die Sache denke«, sagte er, die Wange an ihre Wange lehnend. »Sie ist mir verdammt unangenehm. Du bist auch so reizbar seitdem. Statt daß du ruhig sitzt, hier zum Beispiel, wo es so hübsch ist unter den Sträuchern, sieh doch wirklich mal nach dem Mond, so ist er nicht immer, Lieb, aber du siehst ja nicht richtig hin, ich sage ja, statt daß du dich ein wenig ablenken läßt, was dir nur gut täte, fängst du immer mit der alten Chose an, fühlst du denn gar nichts mehr für mich? Macht es dir keinen Spaß mehr, wenn ich meine Hand hierher auf die Brust lege? Du hast gar kein Vertrauen zu mir. Das ist doch meine Sache, dich aus einer Lage herauszuhauen, in die ich dich gebracht habe, wenn du auch mitgemacht hast, das mußt du zugeben, Lieb. Also, schau, ich habe ja jetzt was, ich weiß genau, wie es gemacht wird, es ist verhältnismäßig einfach, du kannst es allein machen, kosten tut es gar nichts. Man nimmt eine Zwiebel.«

Sie sah ihn verständnislos an. Er fuhr hastig fort, den Arm zurücknehmend:

»Die Zwiebel, eine einfache Zwiebel, wie man sie in der Küche hat, setzt man ein und wartet, bis sie ausschlägt. Sie faßt nämlich überall Wurzel. Es sind ganz feine Würzelchen, weißt du. Wenn sie Wurzel gefaßt hat, das dauert vielleicht zwei bis drei Tage, dann zieht man sie heraus und da geht alles dann mit. Einfach, was?«

Polly stand ärgerlich auf. Sie zupfte ein wenig Moos von ihrem Rock und richtete ihren Hut, ohne etwas zu sagen. Als er beleidigt war, sagte sie kurz:

»Da würde doch kein Mensch 15 Pfund zahlen, wenn das mit einer Zwiebel ginge! Da verblutet man doch!«

Sie gingen ziemlich rasch aus dem Park. Er ließ beim Abschied deutlich erkennen, daß er das Gefühl hatte, das Seine getan zu haben.

Polly wußte Becketts anderen Namen Macheath und auch von seinen B.-Läden. Er hatte ihr das alles erzählt. Da er auch mit Holz handelte, war er berechtigt, sich nach Belieben einen Holzhändler zu nennen.

Polly traf ihn mehrmals, und einmal erzählte sie ihm probeweise von ihrem Gespräch mit dem Makler Coax. Sie sagte nichts davon, daß sie ihn in seiner Wohnung aufgesucht hatte, auch nichts von dem Brief ihres Vaters, aber einiges von interessanten Fotografien, die er ihr zu zeigen versprochen habe. Sie fügte hinzu, daß sie Coax nächstens besuchen werde, da seine Schwester eine sehr nette Frau sein solle.

Herr Beckett hörte ihr düster zu und machte den Eindruck, als ob er vor größeren Entschlüssen stehe.

Am späten Nachmittag ging Polly ihrer Mutter nach in das kleine Kellergelaß, in dem auf Bretterstellagen die Äpfel aufbewahrt wurden. Sie wußte, Frau Peachum liebte es nicht, wenn man ihr hierher folgte. Aber Polly versprach sich etwas davon, sie gerade hier und nirgends anders zu sprechen.

Als sie die Tür aufmachte, stand ihre Mutter erschrocken zwischen den Stellagen, ein Glas Whisky in der Hand. Die Flasche stand auf dem Tisch. Es war Frau Peachum schmerzlich genug, daß ihr Mann sie zwang, sich in eine so unwürdige Situation ihrem Kinde gegenüber zu begeben, eines gelegentlichen Glases Whisky wegen. Sie war 46 Jahre alt und kränkte sich über ihre Unfreiheit.

Polly aber sprach am liebsten mit ihr, wenn sie schuldbewußt war, denn im anderen Fall konnte sie sehr ekelhaft sein. Polly teilte ihr mit, daß sie Herrn Beckett heiraten wolle.

»Er heißt ja nicht einmal Beckett«, sagte Frau Peachum unwillig.

»Ja, er heißt Macheath, oder vielmehr: vielleicht heißt er so«, sagte der Pfirsich ruhig.

»Und Peachum? Was soll Peachum sagen zu einem Mann, der vielleicht so, vielleicht aber auch so heißt?« fragte Frau Peachum, das Glas mit einem Ruck auf die nächste Stellage stellend. »Das ist kein Mann, der dir Gewähr bietet. Ich habe auch Augen im Kopf und kann sehen, wie er tanzt, wenn er glaubt, ich sehe nicht hin. Und dann meint er, ich bin von vier, fünf Gläsern von dem Zeug im ›Tintenfisch‹ schon hinüber. So faßt kein Mann ein junges Mädchen um die Taille, der ein anständiges Geschäft hat. Mach mir da nichts vor! Liebe Polly, es sind keine vernünftigen Gründe, die du für einen solchen Mann geltend machen kannst, es ist etwas anderes, von dem ich lieber nicht reden will. Er hat dir den Kopf verdreht, das ist es.«

»Ja, er gefällt mir.«

»Eben, ich sage es ja«, rief Frau Peachum triumphierend, »du hast keinen klaren Kopf mehr! Du bist vernarrt in ihn und kannst nicht mehr sehen, wieviel zwei mal zwei ist!«

Polly ärgerte sich.

»Rede doch nicht so viel«, sagte sie würdig, »sage es Papa und dann soll er mit ihm sprechen.« Und sie drehte sich um und ging wieder auf ihr Zimmer.

Frau Peachum seufzte und leerte unwirsch das Glas. Nachts sprach sie mit ihrem Mann. Sie kannte Polly.

Am Nachmittag hatte Peachum einen furchtbaren Auftritt mit Coax erlebt. Der Makler hatte im Hinterzimmer eines Weinrestaurants offen den Ankauf neuer Schiffe verlangt. Das hatte in die »Gesellschaft zur Verwertung der alten« wie ein Blitz eingeschlagen. Eastman, der wohl schon seit Tagen vieles geahnt hatte, war einfach auf seinem Stuhl zusammengesunken, aber der Buchmacher war aufgesprungen, hatte gebrüllt wie ein Ochse und war dann weinend zusammengebrochen. Es hatte alles nichts genützt. Nach Coax gab es bereits erste Schritte einer Untersuchung des Kaufvertrages durch eine parlamentarische Kommission. Man hatte also Peachum, der zwei Anteile vertrat, beauftragt, Coax Ende der Woche nach Southampton zu begleiten. Er sollte dort wegen »einwandfreien« Transportschiffen Verhandlungen einleiten.

Trotzdem war man zur offiziellen Übergabe der alten Schiffe an die Regierungskommission in die Docks gegangen. Schon um kein Aufsehen zu erregen, mußte man sie abliefern, später konnten sie ausgetauscht werden. Die Überholung war noch nicht beendet, die Arbeiten gingen unter dem Regime der TSV wieder weiter. Die Kommission war nur durch zwei Beamte in Zivil vertreten, die rasch die Förmlichkeiten erledigten. Man war eine knappe Viertelstunde auf einer zugigen Kaimauer gestanden. Es regnete und man fror.

Als Frau Peachum ihrem Mann abends vor dem Einschlafen den Namen Macheath im Zusammenhang mit ihrer Tochter nannte, erlitt Peachum einen Wutanfall.

»Wer hat sich euch vorgestellt?« schrie er. »Dieser B.-Ladenschwindler? Was heißt das: vorgestellt? Wo treibt ihr euch rum, daß sich euch fremde Herren vorstellen? Das ist ein in der ganzen City bekannter Schwindler! So paßt du auf deine Tochter auf! Ich arbeite Tag und Nacht für sie und du bringst sie mit stadtbekannten Wüstlingen zusammen, die in den Vorzimmern der Banken herumsitzen, um ihre Betrugsläden sanieren zu lassen! Was ist das überhaupt mit deiner Tochter? Das ist ein Kapitel, in das ich bald Ordnung bringen werde! Mit diesem Coax hat sie unter den Augen ihrer Eltern Blicke gewechselt, die . . . Woher hat sie diese Sinnlichkeit?«

»Von dir nicht«, sagte Frau Peachum trocken, die Decke unterm Kinn.

»Allerdings nicht von mir«, sagte Herr Peachum wütend im Dunkeln. »Ich kann mir sie nicht leisten. Weil ich meinen klaren Kopf brauche, um nicht einfach von diesen Hyänen zerrissen zu werden!« Er brach kurz ab:

»Ich will nichts mehr hören. Pollys Umgang bestimme ich.«
Sein Entschluß war gefaßt, Polly betreffend.

Am nächsten Morgen nahm er sich seine Tochter im Büro vor. Er fragte sie rücksichtslos über ihren Besuch bei Herrn Coax aus und erfuhr von der Weinenden sogar von den Bildern. Es waren nackte Fräulein darauf gewesen.

Nach dem Verhör sagte ihr Peachum, er halte das meiste, was sie ihm gestanden habe, für Lügen. Herr Coax sei ein hochanständiger Geschäftsmann und sie könne froh sein, wenn er für sie Interesse zeige und nichts von ihrem Umgang gehört habe. Er ließ es bei dieser Andeutung.

Als sie sich mit Herrn Macheath traf, sagte sie ihm, daß ihr Vater niemals in eine Heirat mit ihm einwilligen würde, daß aber Herr Coax sie für Ende der Woche zu einem Picknick eingeladen habe. Das erste war wahr, das zweite erlogen.

Als Herr Macheath den Bescheid des Pfirsichs bekam, daß Herr Coax der Erwählte ihrer Eltern sei, war es für ihn klar, daß er gegen diesen Coax etwas tun müsse.

Nach einigem Nachdenken entschied er sich und fuhr in einem Pferdeomnibus in eine der schmierigen zweizimmerigen Zeitungsredaktionen, die für gewöhnlich von nicht ganz gut gewaschenen, wißbegierigen Herren mit salbungsvoller Sprechweise bewohnt werden.

Es wurden einige fleckige, fast zerfallene Bände alter Zeitungen geholt und durchgeblättert. Dann bestieg Herr Macheath einen zweiten Pferdeomnibus zum Unteren Blacksmithsquare, wo er in einem Hinterhaus einem übel aussehenden, dicken Mann in Hemdsärmeln einen Auftrag gab.

Dann fuhr er, obwohl es erst Nachmittag war, in einem dritten Omnibus nach Hause.

Er hatte ein kleines Einfamilienhaus in einer südlichen Vorstadt. Es lag hinter einem winzigen Gärtchen in einer Reihe mit ganz gleich aussehenden anderen Häusern. Er hatte es noch nicht lange; es war kaum eingerichtet. In einem der kahlen Zimmer standen ein paar Möbel, darunter ein neues Sofa, auf dem er schlief, und in der Küche gab es einen Gasherd und einen großen Eisschrank. Es war übrigens kein neues Haus. Macheath hatte es von einem seiner Geschäftsfreunde übernommen, der bankerott gegangen war.

Auf der niedrigen Steintreppe stehend, holte er einen ziemlich reichhaltigen Schlüsselbund aus der Tasche, probierte erst einige Schlüssel aus, bevor er den richtigen gefunden hatte und trat pfeifend in den völlig leeren Vorraum, wo nicht einmal ein Haken für den Hut eingeschlagen war.

In seinem Zimmer im ersten Stock, in dem übrigens eine musterhafte Ordnung herrschte, zog er seine Stiefel aus, legte sich auf das Sofa und blieb so liegen, bis es dunkel wurde.

Gegen zehn Uhr abends läutete es unten. Er ging hinunter und ließ einen dicken Mann ein, nahm ihm aber schon im Flur ab, was er brachte und schob ihn, ohne ein Wort zu äußern, wieder hinaus. Der Mann ging brummend weg. Anscheinend kannte er die Gegend.

Nachdem Macheath, der hier allerdings unter dem Namen Milburn wohnte, das Bündel Briefe und Papiere, das in Packpapier verschnürt war, auf seinen Waschtisch geleert und bei einer Petroleumlampe etwa eine halbe Stunde lang studiert hatte, machte er sich mit ein paar aus dem Schrank geholten Decken ein Bett zurecht und lag bald im Schlaf.

Am andern Vormittag hatte er im Polizeipräsidium eine Unterredung mit dem Chefinspektor.

Die beiden Herren studierten, über den leeren Diplomatenschreibtisch gebeugt, den Inhalt des Konvoluts in Packpapier und besonders ein liniertes Schulheft in rotem Umschlag, das Tagebuch des Herrn Coax.

Das Tagebuch enthielt nur das Privatleben des Maklers betreffende Daten. Seiner Durchsicht durch den Inspektor war die Versicherung des Herrn Macheath vorausgegangen, daß sich in dem Heft keinerlei geschäftliche Notizen befanden. Herr Brown wäre in diesem Falle nicht in der Lage gewesen, Einsicht zu nehmen.

Der Inhalt des Heftes war im allgemeinen moralischer Natur. Es fehlten nicht Hinweise auf gewisse Besuche und andere Fakten, aber hauptsächlich waren es moralische Betrachtungen, freimütige Selbstbildnisse, Zeugnisse eines unablässigen Kampfes gegen eine übermäßige Sinnlichkeit. Im Grunde standen diese Betrachtungen über dem geistigen Niveau der beiden Leser, für die sie allerdings auch nicht bestimmt waren.

Es gab auch Namen. Sie waren durch Anfangsbuchstaben angedeutet.

Beinahe an jedem zweiten oder dritten Tag (es war kein einziger Tag ausgelassen, das Tagebuch war mit äußerster Sorgfalt geführt, auch war kaum ein Wort durchgestrichen!) standen, mit roter Tusche geschrieben und mit dem Lineal sauber unterstrichen, Zahlen, etwa: »2 mal« oder »4 mal«. »4 mal« war übrigens selten, und eine höhere Zahl als »5 mal« kam nicht vor. Manchmal hieß es »1 mal«, dann war es nicht unterstrichen, sondern mit einem kleinen Kreis eingerahmt.

Zwei voneinander verschiedene Zeichen kamen auch noch vor. Was sie bedeuteten, war einer Eintragung auf der inneren Seite des Umschlags zu entnehmen: Stuhlgang und Einnahme von Stuhlmitteln. Auch diese Zeichen sahen wie gemalt aus. Herr Coax besaß eine schmissige, des Schwungs nicht entbehrende Handschrift.

Der sonstige Inhalt des Paketes bestand aus sehr fragwürdigen Fotografien. Sie wiesen einen hohen Grad von Benutzung auf.

Nach kurzer schweigender Lektüre drückte Brown auf einen Knopf und gab einem eintretenden Beamten einen Zettel, auf den er einige Worte geworfen hatte. Als der Beamte zurückkehrte, hatte er gleichfalls ein Konvolut auf den Tisch zu legen. Es enthielt Akten und Recherchen der Londoner Polizei.

Brown entnahm dem Bündel ein amtliches Schriftstück und verglich etwas daraus mit einer Eintragung in Coaxens Tagebuch. Den dicken Zeigefinger auf dieser Stelle liegen lassend, sagte er in seiner langsamen, gründlichen Art:

»Lieber Mac, den Burschen können wir hier nicht fassen. Was er für Geschäfte macht, wissen wir nicht; wir schnüffeln grundsätzlich nicht in den geschäftlichen Unternehmungen anständiger Leute herum; wo kämen wir da hin? Der Mann bezahlt seine Steuern, gut. Wir verstehen auch gar nichts von Geschäften. Mit dem Privatleben von Gentlemen befassen wir uns ebenfalls nicht, und Einbrüche hat er nicht gemacht. Das einzige wäre hier eine Anzeige von vor zwei Jahren, wo der Herr bei einer Razzia in einem Stundenhotel mit der Gattin eines Staatssekretärs im Marineamt angetroffen wurde. Aber das gibst du besser einem von den Zeitungsleuten in die Hand. Ich werde dir ein paar solche Burschen sagen, die so was aufmachen können.«

Er drückte wieder auf einen Knopf und bekam eine neue Mappe, ziemlich dick, auf der »Erpressungen« stand.

Er sah sie sorgfältig, wie es seine Art war, durch und entschied:

»Nimm Gawn. Das ist einer der Besten!«

Macheath nahm die Anzeige, steckte sie zu seinem eigenen Material, klopfte seinen Freund auf den Rücken und sagte leichthin:

»Wenn ich in der nächsten Zeit heiraten sollte, offiziell, du verstehst, würdest du zur Hochzeit kommen können? Es läge mir wegen der Bankleute daran. Sie ziehen nicht recht.«

»Wenn es sich machen läßt«, sagte Brown unlustig, »aber es darf wirklich nicht mehr oft sein.«

Macheath ging nachdenklich weg. Brown war nicht mehr ganz der alte, was sein Verhalten zu alten Freunden betraf. Er war natürlich treu wie Gold, aber es lag anscheinend eine ganze Masse Verantwortung neuerdings auf ihm . . .

Mit der Bank kam Macheath auch nicht zu Rande. Sie machte immer neue Vorbehalte.

Seine eigenen Leute machten schon Schwierigkeiten. Sie wollten Geld sehen. Es kam ihm drückend zum Bewußtsein, daß auf ihm die Sorge für nahezu 120 Menschen, teilweise mit Familie, lastete. Er nahm das nicht leicht.

Es mußte etwas geschehen, da war kein Zweifel. Wenn er das Geld des alten Peachum in die Hände bekam, konnte er aufatmen.

Er fuhr in einen seiner Läden an der Waterloobrücke. Es war kein B.-Laden, sondern ein anständiges Geschäft mit Antiquitäten und wurde von einer Frau geführt, Fanny Crysler, einer Person, die etwas von Kunstgegenständen verstand. Hierhin pflegte er zu gehen, wenn er etwas durchdenken mußte. Er saß dann im Kontor und blätterte das eine oder das andere Buch durch.

Fanny war leider nicht anwesend. Sie besuchte irgendeine Auktion. Mac legte Wert darauf, daß einige der Gegenstände, die hier verkauft wurden, einen richtigen Geburtsschein hatten.

Die Bücher, die im Kontor aufgeschichtet lagen und aus der Bibliothek des Pfarrers von Kingshall stammten, wie auf dem Kistendeckel mit Blaustift stand, enthielten äußerst obszöne Kupferstiche. Mac konnte so was nicht leiden. Er war in jeder

Beziehung gegen Kunst. Angewidert legte er die kostbaren Bände weg.

Dabei dachte er an Polly.

Wenn er in der letzten Zeit an sie dachte, befiel ihn immer eine unbeschreibliche Unruhe. Sie war viel zu sinnlich.

Er stand auf und ging in die Old Oakstraße.

Als er zweimal am Haus vorbeigegangen war, kam Polly herunter. Sie ging mit ihm ein paar Mal um das Häuserviertel.

Sie war sehr weich und schien irgendwelche Sorgen zu haben. Sie war auch bleicher als gewöhnlich. Macheath fielen die Schatten unter ihren Augen auf. Beim Auseinandergehen sah sie ihm nicht in die Augen.

Sie hatte noch beiläufig erwähnt, daß sie für einige Zeit nicht mehr in den Haushaltskursus gehen würde, ihn also nicht mehr treffen könnte. Und am Sonntag sollte das Picknick mit Coax stattfinden.

Macheath ging in schlechter Laune nach Tunnbridge. Er hatte sich erinnert, daß sein Donnerstag war.

Er hatte die Gewohnheit, jeden Donnerstagabend in einem bestimmten Haus in Tunnbridge zuzubringen. Er nahm dort bei den Mädchen eine Tasse Kaffee und unterhielt sich mit Jenny. Da er niedergedrückt war, ließ er sich von ihr die Karten legen. Sie brachte aber nichts Gescheites heraus. Die Mädchen langweilten ihn wie gewöhnlich. Er verkehrte hier seit über fünf Jahren.

Am nächsten Tage suchte er Gawn auf, der für verschiedene, nicht sehr gut beleumundete Zeitungen schrieb, und übergab ihm Material gegen William Coax.

Sehr kurz danach streute Miller von der National Deposit in eine geschäftliche Unterhaltung eine Bemerkung ein, die es Herrn Macheath geraten erscheinen ließ, unter Hintansetzung aller Bedenken raschest einen gut bürgerlichen Hausstand zu gründen, was auch Fräulein Polly Peachums Wünschen entsprach.

Die Bekämpfung des Herrn Coax wurde für Macheath dadurch überflüssig und die Übergabe des belastenden Materials geriet bei ihm in Vergessenheit.

V

Sie »kamen sich näher« zwischen Wild und Fisch
Und »gingen vereint durchs Leben«
Sie hatten kein Bett und sie hatten keinen Tisch
Und sie hatten selber nicht Wild noch Fisch
Und keinen Namen für die Kinder.
  Doch ob Schneewind pfeift, ob Regen rinnt
  Ersöff auch die Savann
  Es bleibt die Hanna Cash, mein Kind
  Bei ihrem lieben Mann.

Der Sheriff sagt, daß es 'n Schurke sei
Und die Milchfrau sagt: er geht krumm.
Sie aber sagt: was ist dabei?
Es ist mein Mann. Und sie war so frei
Und blieb bei ihm. Darum.
  Und wenn er hinkt und wenn er spinnt
  Und wenn er ihr Schläge gibt;
  Es fragt die Hanna Cash, mein Kind
  Doch nur: ob sie ihn liebt.

(Ballade von der Hanna Cash)

Ein kleines, aber gut fundiertes Unternehmen

Die National Deposit Bank war ein kleines, aber gut fundiertes Unternehmen, das sich in der Hauptsache mit dem Grundbesitz befaßte. Es gehörte einem siebenjährigen Mädchen und wurde von einem alten Prokuristen geleitet, Herrn Miller, der sich des Rates eines ebenfalls schon recht betagten Anwalts namens Hawthorne bediente; Hawthorne war der Vormund der kleinen Besitzerin.

Macheath hatte es bei seinen Verhandlungen mit der Bank nicht nur mit Herrn Miller, sondern auch mit Herrn Hawthorne zu tun. Sie waren zusammen über 150 Jahre alt, und wenn man es mit ihnen zu tun hatte, hatte man es eben mit anderthalb Jahrhunderten zu tun.

Macheath hatte sich gerade an sie gewandt und damit eine unbeschreibliche Geduldsprobe auf sich genommen, weil er die Gerüchte um seine B.-Läden ein für allemal zum Verstummen bringen wollte. Tatsächlich wäre in der City kein Mensch auf den Gedanken gekommen, ein Unternehmen, an dem die ND-

Bank beteiligt war, für ein nach 1780 gegründetes Unternehmen zu halten. Und so alte Firmen sind wirklich solide.

Aber gerade dieses Umstandes wegen kam er nicht vorwärts. Die Bank machte Ausflüchte über Ausflüchte. Sie wollte alles wissen, von den Ladenmieten angefangen bis zu den Lebensläufen der Ladenbesitzer. Trotzdem schien sie merkwürdigerweise interessiert. Macheath wußte, warum: das Grundstücksgeschäft, besonders das, was Herr Miller darunter verstand, war nicht mehr, was es dereinst gewesen war. Neue Einlagen wurden spärlich und die alten Objekte hatten vielfach schreckliche Umwertungen erfahren.

Herr Hawthorne sah mit einiger Besorgnis in die Zukunft. Er war nicht vollkommen zufrieden mit dem Prokuristen, Herrn Miller: obwohl er älter war als dieser, schien ihm Miller mitunter zu alt für die Leitung der Bank. Für so manches entgangene Geschäft machte er in seiner umständlichen Weise Millers Umständlichkeit verantwortlich. Im geheimen dachte er manchmal sogar daran, ihn durch eine jüngere, zügigere Kraft zu ersetzen, und Herr Miller fühlte das.

In Wirklichkeit hatten beide schon seit geraumer Zeit in ihrer Auffassung der neueren Zeit zu schwanken begonnen. Vielleicht war es eben doch nicht geraten, es so pedantisch genau zu nehmen. Andere Firmen nahmen es nicht so genau, machten Geschäfte und galten als verläßlich. Eine gewisse Großzügigkeit lag vielleicht einfach im Charakter der Zeit.

Als ihnen die Verbindung mit den neuartigen B.-Läden angetragen wurde, waren sie daher nicht so abgeneigt, wie man hätte denken sollen. Alles an der Sache war ein wenig ungewohnt und liederlich, aber das war eben das Neue daran, das Moderne. Natürlich konnten sie gerade von ihrem Standpunkt aus die Unterschiede zwischen den neuen Unternehmungen nicht so gut erfassen wie den zwischen den neuen und den alten. Ihre Fragerei war eher Gewohnheit. Im Grund waren sie schon halb entschlossen, die Sache zu machen. Besonders Hawthorne war entschlossen.

Miller hatte schon Macheath gegenüber Andeutungen fallen lassen, die nur so verstanden werden konnten, daß er für den Fall einer Einladung nicht allzu sehr zögern würde, ihn in seiner Häuslichkeit aufzusuchen – was viel bedeutete. Leider hatte Macheath keine Häuslichkeit gehabt. Als er jetzt in aller Form

Herrn Miller zu seiner bevorstehenden Hochzeit einlud, sagte dieser rasch zu, auch für Herrn Hawthorne.

Macheath hatte das Gefühl, diese Einladung könne mehr für das Zustandekommen der Geschäftsverbindung bedeuten als alle Belege der Welt. Er hatte recht damit.

Von der Bank aus begab er sich gutgelaunt in die Gegend der Waterloobrücke. Er hatte in dem hinteren Büro eine Unterredung mit Fanny Crysler und nahm sie mit sich weg.

Zusammen gingen sie durch einige vorzügliche Antiquitätenläden des Viertels und wählten Möbel aus. Es mußten ausgesucht schöne Stücke sein; die Preise spielten keine Rolle.

Als sie aber in einer Teestube den Lunch nahmen, versank Fanny in ein kurzes Schweigen und sagte dann plötzlich, mit dem Löffelchen auf die Untertasse klopfend:

»Das ist ja alles Unsinn. Wozu willst du eigentlich die Möbel? Für dich? Natürlich nicht! Du könntest zur Not darin wohnen, obgleich du mir nichts vormachen mußt: einige richtiggehende fabrikneue 40-Pfundzimmer sind auch für dich gemütlicher als das, was ich eben aussuchte. Du hast den Geschmack eines Möbelpackers, gib es zu, es schändet dich nicht. Aber die Möbel sind ja gar nicht für dich bestimmt, Mac. Sie sind für die Herren Miller und Hawthorne bestimmt, und was sollen die mit dem Zeug anfangen? Es muß eine moderne Wohnung sein und sie muß teuer sein. Es muß die Wohnung eines Mannes sein, der mit der Zeit geht. Dazwischen können ein paar alte Dinger stehen, die du von deiner Mutter geerbt hast. Ein Lehnstuhl mit Nähtisch und so. Ich werde das besorgen. Überlaß das mir. Es wird so sein, daß die Anderthalb Jahrhunderte um ihr Geld unbesorgt sein können, das sie dir anvertrauen.«

Macheath lachte; sie gingen den Weg durch die Läden wieder zurück und machten alles rückgängig. Fanny besorgte allein andere Möbel.

Polly hatte gelogen, als sie von einem Picknick gesprochen hatte, zu dem Herr Coax sie eingeladen habe. Sie hatte Herrn Coax überhaupt nicht mehr gesehen. Ein paar Mal hatte sie daran gedacht, ihn wegen der Brosche aufzusuchen. Die Brosche hätte in einem Juweliergeschäft, wahrscheinlich sogar in jeder Pfandleihe, ihrer Meinung nach 15 Pfund gebracht.

Aber sie stand sehr gut mit Mac. Er gefiel ihr immer besser.

Und sie hatte gemerkt, daß er ihr aufpaßte. Es lungerten fortwährend ein paar Leute um den Instrumentenladen herum, die ihr folgten, wenn sie ausging. Zuerst hatte es sie geärgert, dann schmeichelte es ihr nur noch. Sie hatte ein Gefühl der Geborgenheit bei Mac. Das war kein junger Schnösel wie Smiles, der überhaupt keine Verantwortung kannte. Als Mac von heimlicher Heirat sprach, stellte sie sich vergnügt das Gesicht ihres Vaters vor, wenn er die Sache erfahren würde.

Sie war überzeugt, daß die Erwähnung des Picknicks es gewesen war, die Mac zum Entschluß getrieben hatte. Er stellte sich unter Picknicks etwas sehr Wildes vor. Sie lachte, wenn sie daran dachte.

Freitag nachmittag packte Frau Peachum ihrem Mann ein Hemd und einige Kragen in eine Handtasche und Herr Peachum ging damit zum Bahnhof. Eine halbe Stunde später packte auch Polly in ihrem kleinen rosa Zimmer.

Sie hatte sich heimlich eine seidene Hemdhose gekauft und ein lila Korsett, und zwar in einem B.-Laden, um Mac zu überraschen. Das tat sie in die alte, schwarze Handtasche, dazu ein langes hochgeschlossenes Nachthemd, das einzige nicht geflickte.

An der Straßenecke kam eine geschlossene Kutsche auf sie zu, in der Macheath saß.

Macheath war in keiner sehr guten Laune, da er seit dem frühen Morgen auf den Beinen und um seinen gewohnten Mittagsschlaf gekommen war.

Sie fuhren zuerst beim Polizeipräsidium vorbei. Macheath ließ halten und ging auf einen Sprung zu Brown hinauf. Er fand auch Brown nervös. Er war schon zweimal bei ihm gewesen, um ihm das Kommen einzuschärfen.

Da die Suche nach einem passenden Haus bisher ergebnislos gewesen war, mußte er ihm mittags noch eine andere Adresse angeben, was Browns Laune nicht verbesserte. Er zeigte auch jetzt noch wenig wirkliche Lust zum Kommen, versprach es aber. Tatsächlich hing der Erfolg der ganzen Hochzeit von seinem Erscheinen ab. Es handelte sich dabei nicht nur um Hawthorne und Miller, sondern auch noch um einige andere Gäste, denen der Anblick des Polizeigewaltigen etwas sagen würde.

In der Nähe von Coventgarden setzte Mac Polly in einem Teehaus ab und fuhr selbst weiter nach Kensington. Seine Leute richteten dort die Wohnung für die Hochzeit ein, nachdem es vormittags in einem anderen Haus einen unangenehmen Zwischenfall gegeben hatte. Macs eigene Wohnung in Südlondon kam für die Festlichkeit nicht in Frage, weil zu klein.

Mac traf noch alles in größter Unordnung an. Die Möbel für die untere Etage waren vor denen der oberen eingetroffen und hinderten jetzt. Die Leute waren keine gelernten Möbelpacker; außerdem hatten sie getrunken. O'Hara, der die Equipierung leitete, entschuldigte sich damit, daß es zuviel Proteste gegeben habe.

Das Haus war das kleine Stadthaus des Herzogs von Somersetchire. Das große Stadthaus wäre auch frei gewesen, der Herzog selber weilte an der Riviera, aber das große Haus wäre zu protzig gewesen, war außerdem möbliert, während das kleine bis auf die Butlerwohnung leerstand. Der Butler war Macheath verpflichtet.

Macheath konnte hier nicht sehr viel tun, ging also bald wieder weg und fuhr noch einmal zu Brown. Er traf ihn nicht mehr im Präsidium an. Infolgedessen fuhr er über die Waterloobrücke, schickte Fanny zu Polly und suchte Brown in seiner Privatwohnung. Er fand ihn aber auch dort nicht.

Fanny erkannte den Pfirsich sofort nach der Beschreibung. Sie machte sich schnell bekannt mit ihr. Der Pfirsich war ein wenig nervös, weil Mac so lange ausblieb. Sie hielt schon bei der dritten Portion Tee. Sie hatte auch kein Geld bei sich.

Fannys Eintreffen beruhigte sie anfangs, dann aber machte sie sich Gedanken, in welchem Verhältnis Fanny wohl zu Mac stand. Fanny war etwas über dreißig und nicht häßlich. Sie lachte plötzlich und erzählte dem Pfirsich, daß sie für Mac einen Antiquitätenladen an der Waterloobridge führe, aber einen kranken Mann und zwei Kinder habe. Das beruhigte Polly merkwürdigerweise sogleich, allerdings nicht für die Dauer.

Das schlimmste war, daß es zu spät wurde, um noch in Geschäfte zu gehen, des Hochzeitskleides wegen. Die Angst, womöglich in ihrem gewöhnlichen Kleidchen den Abend zubringen zu müssen, nahm Polly alle Freude an der Hochzeit. Mac hatte ihr gesagt, es würde eine Menge feiner Leute da sein.

Mac kam ziemlich spät, übrigens ohne Brown aufgetrieben zu haben, und nahm die beiden Frauen in seine Kutsche. Polly duldete nicht, daß Fanny weggeschickt wurde, wie Mac es vorhatte. Ihre Einwendungen, sie habe kein richtiges Kleid an, überging Polly mit Stillschweigen.

Mac fluchte, als er auf die Uhr sah. Natürlich waren jetzt alle Läden zu. Er hatte volles Verständnis dafür, daß Polly nicht in ihrem Hauskleidchen ihr zukünftiges Heim betreten wollte, auch nicht durch einen Hintereingang. Ohne daß sie ein Wort sagen brauchte, ließ er die Kutsche im Park einige hundert Meter vom Haus halten und ging voraus, die Kleider zu besorgen.

Er beauftragte damit einen seiner Leute, der Spezialist für Konfektion war und genügend guten Geschmack hatte, Abteilungsleiter bei Worth zu werden, nur nicht genügend Solidität. Bei Worth fehlten am nächsten Tag fünf Kostüme und die Direktrice bestätigte der Polizei, daß es einige der besten waren. Bully bekam infolgedessen allerhand Scherereien in den nächsten Wochen, da es eben einen Mann von seinem Geschmack wenigstens in der Unterwelt nicht zum zweiten Mal gab. Aber Mac konnte Polly in die Kutsche ein erstklassiges Brautkleid bringen.

Eines der andern vier zog Fanny an; sie trug daher ebenfalls ein Brautkleid.

Im Haus traf Polly etwa fünfzig Leute an, die allerdings ganz verschiedenen Gesellschaftsschichten anzugehören schienen. Außer einem Lord Bloomsbury, einem Oberst, zwei Mitgliedern des Unterhauses, zwei bekannten Rechtsanwälten und dem Pfarrer von St. Margarets (der die Trauung in einem Nebenzimmer vollzog) schüttelte sie einer ganzen Reihe größtenteils beleibter kleiner Geschäftsleute von gesetztem Wesen die biedere Rechte, Macs Agenten und Einkäufern. Sie waren meist mit ihren Frauen erschienen.

Auch ein paar B.-Laden-Besitzer waren eingeladen worden, kümmerliche Gestalten in ordentlichen Anzügen mit festlichem Gesichtsausdruck. Sie standen herum, als ob sie ausgestellt würden.

Vom Haus konnte Polly im Trubel nicht viel sehen; sie hörte ihren Mann zu dem Lord sagen, er habe es von seinem Freund, dem Herzog von Somersetchire, gemietet.

Links von der Braut saß der alte Hawthorne. Polly, die er von Kind auf kannte, da sie oft mit ihrem Vater in die Bank gekommen war und, während die Herren Geschäfte besprachen, mit

Scheckformularen gespielt hatte, erzählte ihm, daß Mac und sie sich gestern mit den Eltern zerstritten hätten, weil Mac niemand aus der »Fabrik« bei der Hochzeit dulden wollte. Das war etwas fadenscheinig, aber die Anderthalb Jahrhunderte schienen es zu schlucken.

Der Platz rechts vom Bräutigam blieb vorerst unbesetzt.

Brown war noch immer nicht da. Macheath ging mehrmals mitten im Essen hinaus, um nach ihm zu schicken. Die ganze Hochzeit hatte für ihn keinen Wert ohne Brown. Bezeichnenderweise glaubte er, die Anwesenheit des Polizeibeamten müßte bei den Anderthalb Jahrhunderten einen bleibenden Eindruck hervorrufen.

Brown kam erst, als das Geflügel gereicht wurde. Er sah nicht sehr freudig gestimmt aus und trug nicht die Uniform. Mac nahm ihm das insgeheim übel.

Zu Polly war er reizend. Sie gefiel ihm wirklich. Sie saß ganz aufrecht, mit ein wenig gerötetem Gesicht und repräsentierte. Sie aß von allem nur ganz wenig, so wie es sich für Bräute auch gehört. Es macht einen unangenehmen Eindruck, wenn man zarte Wesen ganze Hühner und Fische in sich hineinschlingen sieht.

Die Tischordnung war nach Ansicht der meisten Gäste am unteren Tischende nicht ganz gerecht, aber man trug es der Braut nicht nach. Sie sah so strahlend aus, daß sie alle versöhnte.

Macheath hatte sich im stillen Sorgen gemacht wegen des Benehmens seiner Gäste. Die B.-Laden-Leute aßen ganz manierlich, weil sie sich nicht zu Hause fühlten, aber die Einkäufer waren selbstverständlich weniger gehemmt. Macheath, der sich zum Dessert zu ihnen setzte, hörte mit Unwillen das Gezischel ihrer Frauen, die sich natürlich nicht vertrugen, und schnappte sogar eine unverhüllte Zote auf, deren Urheber er sich merkte.

Im großen und ganzen war trotzdem die Auswahl, die er unter seinen Leuten getroffen hatte, eine vortreffliche gewesen. Keiner der Anwesenden war in irgendeinem der in- oder ausländischen Verbrecheralben abgebildet, ausgenommen Grooch, und den hätte ohne Daumenabdruck ganz Scotland Yard nicht wiedererkannt. Den Hauptteil stellten die Ladenbesitzer, die ja tatsächlich nichts auf dem Kerbholz hatten und durch ihr dämliches Aussehen unübertrefflich ehrlich wirkten. Jenny einzuladen war eine Frechheit von O'Hara; Prostituierte gehörten nicht in familiäre Zirkel, außerdem mußte zumindest der Oberst sie kennen. Leute wie Ready hingegen, »der Reisende«, einer der besten Totschläger und Plauderer des Empires, hoben das gesellige Niveau gewaltig. Eigentlich konnte sich die Gesellschaft ruhig sehen lassen.

Nach dem Kaffee zog er sich mit Hawthorne und Miller in ein anliegendes Zimmer zurück, wo noch die Requisiten der Trauung auf Tisch und Stühlen herumlagen. Brown hatte sich, durch Amtsgeschäfte entschuldigt, verabschiedet. Die drei Herren besprachen bei einem Gläschen Likör die Beteiligung der ND-Bank an den B.-Läden.

Die alten Herren gingen auf Einzelheiten noch nicht ein. Sie erwähnten mit keiner Silbe, daß sie das Ausbleiben von Pollys Eltern einigermaßen betrübt hatte. Macheath hatte natürlich damit gerechnet, daß sie dadurch beunruhigt sein würden. Trotzdem gab er keine Erklärungen. Er vertraute darauf, daß sich Herr Peachum früher oder später auf den Boden der Tatsachen stellen würde und das Schweigen der Anderthalb Jahrhunderte zeigte ihm, daß sie die Situation überblickten und sein Vertrauen teilten.

Zurückkehrend trafen sie die Gesellschaft beim Tanz. Der Pfirsich tanzte mit O'Hara. Das Jagdzimmer machte einen festlichen Eindruck. Es war im modernen Jugendstil eingerichtet.

Mac setzte sich für ein paar Minuten an die verlassene Tafel. Sein dickes Kinn war im steifen Kragen versunken, sein kahler Kopf gerötet, da er schon etwas getrunken hatte. Er versuchte nachzudenken. Es gelang ihm, in verhältnismäßig kurzer Zeit mehrere Gedanken zu fassen.

»Ach«, dachte er ungefähr, *»wie sind doch die schönsten Stunden des Lebens mit Unannehmlichkeiten durchsetzt, wie ein Stück Ochsenfleisch mit Sehnen! Die rührendsten Szenen werden durch Scherereien versaut! Wenn sich der Mensch innerlich am meisten erhebt und nur von reinstem Gefühl erfüllt ist, kommen ihm finanzielle Erwägungen in die Quere. Ich kann nicht einfach dasitzen und meinen Wein trinken. Wenn ich das täte, würden meine lieben Gäste, die Schweinekerle, sofort alles Reine hier besudeln. Ich muß also aufpassen und darf die Hose nicht aufmachen, wo sie am Bauch so spannt. Auf mich muß ich auch aufpassen, ich bin auch ein Schweinekerl. Alles könnte so schön sein,*

wenn diese Dreckhunde Rücksicht nähmen auf die Empfindungen, die man am schönsten Tag seines Lebens hat. Ich bin der beste Mensch, aber wenn jetzt Klawede mit Charleys Frau ins Nebenzimmer geht, werde ich wild. Ich dulde das nämlich nicht, in meinem Hause. Jenny hätte auch wegbleiben können, das stört doch. Ich kann meiner Frau keine solchen Menscher an die Seite setzen, das geht zu weit. Polly gefällt allgemein. Ich möchte es auch niemand geraten haben, nicht mit meiner Frau schlafen zu wollen. Schweine! Sie sollen sich mit ihren Ziegen vergnügen. Das heißt, meine ist keine Ziege, das darf ich nicht sagen, das ist gemein, meine darf ich nicht in einem Atem nennen mit andern. Sie steht himmelhoch über ihnen, auch über mir. Ich bin leider nicht anständig, kein wirklich feiner Mensch. Aber ich schaffe was. Wenn die Banksache unter Dach ist, da werde ich anständig sein, diesmal. Es ist so angenehm, wenn man anständig ist, und es schadet einem nicht finanziell. Oder wenig. Oder nützt sogar. Jetzt muß ich wieder aufstehen. Die schönsten Stunden sind voll Schererei. Das ist traurig, sehr traurig.«

Macheath stand auf, um die Kutsche vorfahren zu lassen. Als er seine Handtasche holte, überraschte er Bully, alias Hakenfingerjakob, mit Sägeroberts Frau und mußte Krach schlagen und sich »solche Schweinereien in seinem Hause verbitten«. Daß der Pfirsich noch immer mit dem windigen O'Hara tanzte, mißfiel ihm ebenfalls. Er unterbrach den Tanz ziemlich brüsk. Aber im allgemeinen konnte sich Mac nicht über den Verlauf des Festes beschweren.

Als das Brautpaar wegfuhr, um seine Hochzeitsreise anzutreten, standen die Gäste, wie es sich gehört, auf der Treppe und winkten. Daß dann ein Teil der Gäste Fanny als zweite Braut feierte, sah nur Mac, der als alter Menschenkenner durch das Rückfenster der Kutsche schaute.

Sie kamen gerade noch recht auf den Zug nach Liverpool.

Macheath kam die Hochzeitsreise zeitlich nicht sehr gelegen.

An der Peripherie waren zwei Wochen vorher zwei Stahlwarenläden ausgeraubt worden. In der Wochenschrift »Der Spiegel«, die so hieß, weil die Redaktion der Mitwelt solange den Spiegel vorhielt, bis sie zahlte, war nun vor einigen Tagen angedeutet worden, ein Mitglied der Redaktion habe Rasierklingen aus diesen Geschäften in einem B.-Laden zu kaufen bekommen.

O'Hara hatte sofort Verhandlungen eingeleitet, jedoch waren Macheath Zahlungen gerade unbequem, so daß er einen Redakteur, der ihm den Spiegel vorhielt, hinauswarf. Seitdem verlangte der »Spiegel« von den B.-Läden die Auflegung der Einkauforders für Rasierklingen. Natürlich konnten solche herbeigeschafft werden, aber ebenso natürlich war die Sache damit nicht zu Ende.

Bei der Beschaffung des Tafelsilbers war ebenfalls etwas passiert; da es zu rasch gehen mußte, hatte es einen Todesfall gegeben. Man hatte ihn dem Chef vertuschen wollen, um ihm nicht die Festfreude zu trüben, aber Mac hatte doch Wind davon bekommen. Auch hier war wieder die Ebbe in den Kassen der Platte daran schuld, daß schlecht gearbeitet wurde.

Macheath hätte, als er von dem Todesfall hörte, am liebsten noch im letzten Moment auf die Hochzeitsreise verzichtet; aber das ging nicht. Er gedachte also die Reise wenigstens mit einigen geschäftlichen Besorgungen zu vereinen und hatte darum Liverpool gewählt.

Der Pfirsich sah sehr hübsch aus im Eisenbahnabteil. O'Hara war ein Tänzer über dem Durchschnitt und auf dem kurzen Weg von der Treppe zur Kutsche unter breiten, nächtlichen Kastanien hatte sie das deutliche Gefühl gehabt, daß es wirklich der schönste Tag ihres Lebens war. Niemals noch hatten sich so viele Leute um sie gedreht. Sie war glücklich. Mac drückte ihr, vor den Mitreisenden versteckt, die heiße Hand.

In Liverpool hatten sie ein kleines Hotelzimmer bestellt. Bevor sie zu Bett gingen, tranken sie noch in der Halle eine Flasche Burgunder. Das war aber ein Fehler. Die Treppe hinaufsteigend merkte Mac, daß er ziemlich müde war.

Es war ihm kaum möglich, die neue Hemdhose gebührend zu bewundern, und lila Korsetts schien er gewohnt zu sein. Es war aber nur Müdigkeit von ihm.

Sie schliefen bald ein, aber mitten in der Nacht rasselte der Wecker herunter, den er vorsorglich gestellt hatte, und sie hatten noch eine angenehme Stunde. Mac gestand, ernstlich befragt, einige frühere Liebschaften (n i c h t die mit Fanny und die mit Jenny etwas unvollständig), und der Pfirsich gestand einen Kuß mit Smiles, allerdings nach endlosem Sträuben, so daß dieses Geständnis eigentlich den Höhepunkt des Tages bildete und den Grundstein zu seiner lange dauernden Liebe legte.

Auch Polly war glücklich und verzieh Mac seine berufliche Vergangenheit als Einbrecher, die er ihr bei der Flasche Burgunder in der Halle mitgeteilt hatte; er ließ sie den Stoßdegen ein Stück aus dem dicken Stock ziehen. Sie verzieh ihm sogar seine Liebschaften und, was mehr war, seine etwas befremdenden Gewohnheiten, wie das Sichaufderbrustkratzenuntermhemd: sie merkte daran deutlich, daß sie ihren Mann wirklich liebte.

Herr Jonathan Peachum hatte von dem Baronet, dem Buchmacher, dem Hausbesitzer, dem Textilmann und dem Restaurateur Vollmacht erhalten. Er traf Coax auf dem Bahnsteig.

Die Fahrt nach Southampton verlief, ohne daß die Herren mehr als zehn Worte wechselten. Coax las, den Zwicker auf der dünnen Nase, die »Times«, und Peachum saß still in der Ecke, die Hände aufeinander in der Gegend seines Nabels.

Einmal sah der Makler auf und sagte gleichgültig:

»Mafeking hält sich. Zähe Burschen!«

Peachum schwieg.

»Schlimm«, dachte er in seiner Ecke, *»Engländer wüten gegen Engländer. Nicht nur dieser hier, auch die in Mafeking sind gegen mich. Sollen sie sich doch ergeben! Dann brauchen sie keinen Entsatz und keine Schiffe, und das Geschäft geht zurück, das mir den Hals kostet! Jetzt sitzen sie dort in diesem heißen Klima und warten Tag für Tag auf die Schiffe, die ich ihnen von meinen Sparpfennigen kaufen soll. Haltet durch, sagen sie jeden Tag zueinander, wanket noch weichet nicht, eßt lieber weniger, stellt euch hinein in den Kugelregen, bis der alte Jonathan Peachum von seinen Spargroschen das Schiff kauft, das uns den Entsatz bringt. Wenn es nach ihnen ginge, müßte es schnell gehen, wenn es aber nach mir ginge, müßte es langsam gehen mit dem verdammten Schiffskauf; so haben wir ganz entgegengesetzte Interessen, und dabei kennen wir uns gar nicht.«*

Im Hotel in Southampton trennten sie sich eilig; sie aßen nicht einmal zusammen zu Abend. Aber mitten in der Nacht gab es einen bösen Krach in Coaxens Zimmer, das neben dem Peachums lag.

Peachum zog seine Hose an und ging hinüber. Da lag der Makler, bis zum Kinn zugedeckt, im Bett, und mitten im Zimmer stand nackt bis auf die Strümpfe eine noch ziemlich junge Person und schimpfte aus vollem Halse auf Coax.

Ihren Ausführungen konnte man entnehmen, daß sie nicht gewillt war, den Anforderungen, die an sie gestellt worden waren, nachzukommen. Sie wies auf eine langjährige Praxis mit reichen Erfahrungen hin und betonte ihre absolute Vorurteilslosigkeit; als Zeugen dafür nannte sie allerhand Hafenarbeiter, auch Matrosen, weitgereiste und anspruchsvolle Herren. Aber nicht einmal eine gewisse bejahrte Gerichtsperson, die als Sau stadtbekannt war, habe es gewagt, für 10 Schillinge derartige Ansprüche zu stellen.

Sie verstand es unübertrefflich, Coax herabzusetzen. Ohne Mühe fand sie für ihn Vergleiche, die diesem Buch, wenn sie wiedergegeben werden könnten, durch ihre poetische Kraft eine fast unbegrenzte Dauer verleihen würden.

Peachum war kaum eingetreten, als schon an die Tür geklopft wurde. Er hatte einige aufgeregte Kellner zurückzudrängen. Dann begann er, bei der Dame, die jetzt, die plüschene Tischdecke malerisch um die Schultern, sich ihre Schuhe anzog, den Sinn für geschäftliche Unternehmungen zu wecken.

Nach einem zähen Kampf ging sie, mit ein paar Geldscheinen im Strumpf und den Worten:

»Sie tun gut daran, Ihrem Freund noch rasch zwei oder drei Damen zu besorgen, wenn Sie ihn einigermaßen zu sich bringen wollen, daß er das Hotel verlassen kann, ohne auf allen vieren zu kriechen.«

Als sie weg war, mußten die beiden Herren packen, da das Hotel keinen Wert mehr auf ihre Anwesenheit legte. Sie zogen in ein anderes um.

Inzwischen war es gegen vier Uhr früh geworden. Sie gingen also nicht mehr zu Bett, sondern verschafften sich eine Kanne Tee und unterhielten sich.

Coax zeigte ein starkes Redebedürfnis. Er verhehlte Herrn Peachum nicht, daß die Szene in ihm kräftigen Abscheu erweckt habe. Freimütig wandte er sich gegen seine eigene Schwäche, mit solchem Abschaum der Bevölkerung zu verkehren.

»Diese Leute«, sagte er traurig und erregt, »verlieren, wenn man sie aus ihrem gewohnten Milieu nimmt, jede Haltung. Sie vertragen keine gentlemanmäßige Behandlung. Man kann es ihnen nicht einmal übelnehmen, sie wissen es nicht besser. Sie werden immer mit Schimpfwörtern gemeinster Sorte um sich werfen. Das dauernde Sichselbstbeschmutzen für Geld bringt sie um jede bessere Regung. Sie wollen nicht arbeiten. Sie wollen auch nicht den Gegenwert für das Geld erlegen, das sie bekommen. Im Grunde wollen sie ein bequemes Leben und sonst nichts. Das ist es auch, was mich am Sozialismus verstimmt. Dieser platte Materialismus ist unerträglich. Das höchste Glück eines solchen Wesens ist es, sich der Faulheit hinzugeben. Diese Menschheitsverbesserer werden niemals etwas erreichen. Sie rechnen nicht mit der menschlichen Natur, die durch und durch verderbt ist. Ja, wenn die Menschen so wären, wie wir möchten, dann könnte man allerhand mit ihnen anfangen. So scheitert alles. Am Ende bleibt der Katzenjammer übrig.«

Peachum stand, seiner Gewohnheit folgend, am Fenster und sah auf einen schon ziemlich hellen Platz hinab, der eben von einem Mann in blauer Bluse mit einem Hydranten gesprengt wurde. Die ersten Gemüsekarren ratterten, vom Hafen her kommend, vorbei.

Als Coax mit seiner Rede fertig war, sagte er trocken:

»Sie sollten heiraten, Coax.«

Coax griff nach diesem Rat wie nach einem Strohhalm.

»Vielleicht sollte ich das wirklich«, sagte er nachdenklich, »ich brauche ein liebendes Wesen um mich. Wollen Sie mir Ihre Tochter geben?«

»Ja«, sagte Peachum, ohne sich umzudrehen.

»Sie würden sie mir anvertrauen?«

»Sicher.«

Coax atmete hörbar. Wenn sich Peachum umgewandt hätte, hätte er bemerkt, daß Coax nicht sehr gut aussah. Die Sache war ihm auf die Nerven gegangen.

»Sie hätten keinen schlechten Schwiegersohn«, sagte er unruhig, »ich verstehe mein Geschäft. Und ich bin ein Mann von Grundsätzen. Wir müßten wahrhaftig über die Sache sprechen. Sehen Sie, das Geschäft, das ich eben abwickle, ist durch und durch gut; es ist wirklich großzügig. Sie wissen noch gar nicht, *wie* gut es ist. Sie sind selber hineinverwickelt und zwar ganz beträchtlich! Ich glaube, Sie ahnen noch gar nicht, was aus der Sache für mich herausspringt, Peachum. Sie sind Zeuge, wie ich ein Ding aufziehe. Ich kann Sie jetzt, wo sich ein solches Verhältnis zwischen uns anbahnt, ruhig ins Vertrauen ziehen; umsomehr, als im Grund schon alles unter Dach und Fach ist. Sie selbst hängen, soweit ich es überblicken kann, mit mindestens 7000 Pfund. Sie glauben es wohl nicht? Nun, was glauben Sie, daß die Kähne kosten, die wir heute besichtigen werden? Unter uns: ich weiß es schon. Es sind erstklassige Schiffe. Unter 35 000 Pfund werden wir, oder vielmehr werden Sie sie nicht bekommen können. Ohne die Option, die ich darauf habe, wären sie sogar noch teurer. Im ersten Augenblick werden Sie sagen, es sei dann immer noch eine Spanne bis zu den 49 000, die die Regierung bezahlt. Aber das sieht nur so aus. Sie kaufen die neuen Schiffe und die alten geben Sie ab, aber zu dem Preis, den Ihnen Ihr Sachverständiger genannt hat. Mehr sind sie wahrhaftig nicht wert. Wissen Sie ihn noch? 200 Pfund.«

Peachum hatte sich längst umgedreht. Jetzt griff er mit zitternder Hand nach der Gardine neben sich. Er sah Coax an wie eine Riesenschlange.

Coax lachte und fuhr fort:

»Die Reparaturkosten, die Schmiergelder, meine Provision machten für Sie nicht so viel aus, wenn die Schiffe billig wären und Sie 11 000 Pfund kosteten. Anders ist die Sache aber, wenn sie Sie 35 000 Pfund kosten. Und dazu kommen jetzt für die Umwechslung der Schiffe neue Schmiergelder, mindestens 7000 Pfund. Wie denken Sie darüber?«

Peachum sah jetzt in dem blassen Morgenlicht schwerkrank aus. Das schlimmste war, daß er es geahnt hatte! Er war einem Verbrecher in die Hände gefallen, und er hatte es von allem Anfang an geahnt. Wäre er gebildet gewesen, hätte er ausrufen können:

»Was ist Ödipus gegen mich? Allgemein und durch Jahrtausende galt er als der Unseligste der Sterblichen, das Musterstück der göttlichen Henker, der Hereingefallenste aller vom Weibe Geborenen! Gegen mich ist er ein Glückspilz. Er ging in ein schlechtes Geschäft hinein, ohne es zu ahnen. Zunächst schien es gut, nein, zunächst war es gut. Es war angenehm, bei dieser Frau zu schlafen, der Unstete fand ein häusliches Glück, jahrelang hatte der Mann keine Existenzsorgen, genoß er die allgemeine Achtung. Dann zeigte es sich, daß die eheliche Verbindung, die er

eingegangen war, keine dauerhafte sein konnte, schön, sie mußte gelöst werden, er war wieder ohne eheliche Bindung, das Bett der Frau blieb ihm in Zukunft verwehrt. Dummköpfe und Neider setzten ihm zu, gut, es waren sehr viele, beinahe alle, unangenehm! Aber es gab mehr Länder als dieses, für Vagabunden wie ihn hat es immer ziemlich viele gegeben. Sich selbst hatte er nichts vorzuwerfen: er hatte nichts Vermeidbares getan. Ich aber habe gewußt um alles, ich bin selber der Dummkopf, also lebensunfähig. Bei mir hat es sich gezeigt, daß man mir eine Schmeißfliege für 1000 (tausend) Pfund andrehen kann. Ich kann nicht mehr über die Straße gehen, ohne befürchten zu müssen, daß ich einen Omnibus für ein windverwehtes Blatt halte. Ich gehöre zu denen, die die Keulen zu hoch bezahlen, mit denen sie erschlagen werden, und die man noch mit den Preisen ihrer Gräber hereinlegt!«

Inzwischen war Coax der Anblick des alten Mannes langweilig geworden.

»Aus allen diesen Gründen«, sagte er ruhig, »bin ich ein geradezu idealer Schwiegersohn.«

Ihren Morgenkaffee tranken sie schon als Verwandte. Peachum sprach einige vorsichtige Worte über sein Instrumentengeschäft; der Makler gedachte flüchtig der hübschen Haut des Pfirsichs. Dann gingen die beiden Herren, ihre neuen Schiffe zu besichtigen.

Es waren zwei zu haben, sehr gut und sehr teuer. Zusammen mit einem dritten, das Coax in Plymouth wußte, kosteten sie genau 38 500 Pfund; mindestens 8000 Pfund mußte davon Coaxens Provision betragen. Da Peachum aus der Herde der Schafe in den Stand des Metzgers übergetreten war, machte er keine besonderen Schwierigkeiten mehr. Es eilte ihm hauptsächlich, nach Hause zu kommen. Auf dem Klosett hatte er auf einem kleinen Zettel nachgerechnet, was er ohne Polly verlieren würde. Fast schlimmer wäre es jedoch, Coaxens Gewinn zu ertragen. Diesen ungefähr überschlagend, stöhnte er so, daß ihn ein draußen Vorbeigehender fragte, ob er krank sei.

In der Tat beschäftigte von diesem Tage an Peachum weniger der Gedanke an den vernichtenden Verlust, der ihn beinahe betroffen hätte, sondern weit mehr der an die unheimlichen Gewinne, die aus einer Verwandtschaft mit dem Makler für ihn zu ziehen waren.

Das wichtigste war es jetzt, den Pfirsich vorzuschicken. Einen besseren Mann konnte das Mädchen überhaupt nicht bekommen. Er war ein Genie.

Dabei wußte Peachum erst einen kleinen Teil dessen, was Coax plante. Einiges von dem, was er zu wissen glaubte, plante Coax keineswegs.

Macheath erledigte in Liverpool seine Geschäfte. Zum ersten Mal begleitete Polly ihn in einen seiner Läden.

Aus einem halbdunklen Raum trat ihnen ein großer, unrasierter Mann entgegen. Der Laden war weiß getüncht. Auf Stellagen aus ungehobelten Brettern lagen sauber geordnet große Packen von Stoffen, ganze Bündel gelber Hausschuhe, Schachteln mit Taschenuhren, Zahnbürsten, Feuerzeugen, Haufen von Lampen, Notizbüchern, Tabakspfeifen, im ganzen etwa zwanzig verschiedene Artikel.

Als der Mann erfuhr, wen er vor sich hatte, öffnete er schweigend eine niedere Brettertür nach hinten zu und rief seine Frau in den Laden. Sie kam mit einem Säugling auf dem Arm aus einem winzigen, einfenstrigen Gelaß, in dem Polly durch die offene Tür ein Gewirr von Möbelstücken und Kindern sehen konnte.

Die beiden machten einen ungesunden Eindruck.

Sie waren voll Hoffnung. Der Mann meinte, er würde es schon schaffen. Es mache ihm nun einmal Freude, auf eigenen Beinen zu stehen. Was er anpacke, das lasse er nicht so leicht aus seinen Fäusten.

»Mein Mann ist einer von denen«, sagte die Frau, die ziemlich unterernährt aussah, »die sich nicht unterkriegen lassen.«

Soviel Polly verstehen konnte, ging es den Leuten trotzdem nicht gut. Die Miete war nicht hoch, wurde aber nicht gestundet. Die Posten, die von Herrn Macheath' Zentrale geliefert wurden, kamen unpünktlich herein, auch in ungleichen Mengen, und die unverkauften Restbestände machten den Laden zu einer Trödelbude. Dabei waren es entweder zu viele Artikel oder zu wenige. Wer Gummischuhe wollte, hatte kein Interesse für Taschenuhren, aber einen Regenschirm hätte er unter Umständen mitgenommen. Die andern Kettenläden waren eine starke Konkurrenz, trotz der höheren Preise.

Der Mann sagte, es sei sehr schwer, an diesem Monatsende schon abzurechnen.

Macheath klärte ihn ruhig und vernünftig darüber auf, daß die Konkurrenz der großen Kettenläden eine unsittliche sei, da dieselben fremde Arbeitskräfte ausbeuteten und zusammen mit den jüdischen Banken die Warenpreise ruinierten. Er beruhigte ihn aber über die großen Geschäfte, indem er anführte, daß in den prunkvollen Läden, etwa bei I. Aaron, keineswegs alles so glänzend stehe, wie es den Anschein habe. Sie seien innerlich durch und durch verfault, wenn sie auch äußerlich glänzten. Es handle sich gerade darum, den Kampf mit diesen Aarons und wie sie alle hießen, mit rücksichtsloser Energie aufzunehmen. Darin dürfe es keine Schonung geben.

Was die Miete anging, versprach er Zuschüsse; außerdem kleinere und vielfältigere Posten. Er sagte auch zu, für pünktliche Belieferung sorgen zu wollen. Er verlangte dafür mehr Reklame von seiten des Ladens. Die Leute könnten ja Handzettel malen, die Kinder könnten sie den Arbeitern am Fabriktor in die Hand drücken, das Papier werde die Zentrale stellen.

Kinder waren genug da. Polly trat für einen Augenblick in das Hinterzimmer.

Es war alles ziemlich sauber, allerdings gab es nur Trümmer von Möbeln. Auf einem baufälligen Sofa mit Einsturzgefahr lag eine alte Frau, die Mutter des Besitzers. Die Kinder glotzten. Die alte Frau sah hartnäckig nach der Wand.

Sie waren beide froh, als sie wieder ins Freie traten. Mac faßte seine Meinung in dem Satz zusammen:

»Entweder es hat einer einen B.-Laden oder viele Kinder!«

Bei dem nächsten B.-Laden (mehr als zwei gab es noch nicht in Liverpool) blieb Polly draußen stehen, bis Mac fertig war. Durch das Schaufenster, hinter dem erstaunlich billige und adrette Anzüge hingen, sah sie Mac mit einem jungen, schwindsüchtigen Mann reden, der auf einem rohen Holztisch Anzüge schneiderte. Er hielt während der Unterredung keinen Augenblick in seiner Arbeit inne.

Polly erfuhr nachher, daß der Mann die Stoffe geliefert bekomme, soundsoviele Meter für soundsoviele Anzüge, deren Preise festgesetzt waren, sehr niedrig natürlich.

»Die Leute, die hier kaufen«, sagte Mac, »können nicht viel bezahlen.«

Wenn der Mann sich nie verschnitt und der Absatz flott war, konnte er auf seine Kosten kommen. Besser würde er sich stehen, wenn er Familie hätte, mehr Arbeitskräfte. Aber das war seine Sache. Nach dem B.-System brauchte er sich keinerlei Vorschriften machen zu lassen.

Macheath erzählte, der Mann habe gegenüber seinem Bügelbrett an die Wand einen Zeitungsausschnitt geheftet. Auf dem stand: »Ohne Fleiß kein Preis.«

Nachdem Macheath noch in einem Engros-Stahlwarengeschäft einen Posten Rasierklingen mit vordatierter Rechnung bestellt hatte, war er in Liverpool fertig und sie konnten nach London zurückfahren.

Sie hatten den Plan, Herrn Peachum vorerst die Heirat zu verheimlichen, um ihn nicht unnötig vor den Kopf zu stoßen. Polly wollte allein heimkommen, die Mutter zum Schweigen bringen (sie hatte eine Flasche Kognak in der Handtasche) und Mac melden, wenn ihr Vater aus Southampton zurück war.

Aber als Polly den Laden betrat, war Herr Peachum schon aus Southampton zurück und alles in heller Aufregung wegen ihres Übernachtausbleibens.

Noch unter der Tür riß ihre Mutter ihr die Handtasche aus der Hand. Sie förderte daraus eine Flasche Kognak, eine in Liverpool gekaufte Hemdhose und ein Brautkleid ans Licht.

Die Wirkung dieses Anblicks war enorm; aber wer liebt Familienszenen und wer verzichtet nicht gern zu erfahren, was die alten Leute ihrer Tochter, der Frucht ihrer Leiber, sagten. Es kam alles ans Licht, der »Tintenfisch« sowohl wie das Liverpooler Hotelzimmer mit zwei Betten. Der Name Macheath, hinfort auch der seiner einzigen Tochter, war für Peachum ein Keulenschlag auf den Kopf. Vor Jonathan Peachum, den Soho und Whitechapel respektvoll den »Bettlerkönig« nannten, lag die Unterwelt der Britischen Inseln und ihrer Dominions wie ein aufgeschlagenes Buch. Er wußte, wer Macheath war.

Außerdem war er nicht nur ein geschändeter, sondern auch ein ruinierter Mann. Weder die drei Häuser, in deren Mauern er den ungeheuerlichen Keulenschlag des Schicksals erhielt, noch der wurmstichige Tisch, auf den er sich dabei stützte, gehörten ihm jetzt noch. Heute morgen hatte er drei Schiffe in Southampton gesehen, von denen mindestens eines er allein zu bezahlen hatte.

Und seine Tochter, der letzte Strohhalm, legte sich in ein Hotelbett in Liverpool zu einem dreckigen Einbrecher!

»Ich komme ins Zuchthaus«, wütete er, *»meine Tochter bringt mich ins Zuchthaus! Noch heute früh in Southampton bin ich nach einer schlaflosen Nacht gegangen und habe ihr ein Kleid gekauft, im Kontor liegt es, es hat zwei Pfund gekostet! Ich dachte, ich bringe ihr etwas mit, sie soll sehen, daß für sie gesorgt wird! Andere Kinder müssen von früh auf ihren Unterhalt erwerben, ihre Beine sind krumm, weil die Milch gespart wird. Ihre Gemüter sind verpestet, weil sie die Schattenseiten des Lebens zu früh sehen müssen. Meine Tochter trank Milch literweise, Vollmilch! Sie sah nur Fürsorge und Freundlichkeit. Sie lernte Klavierspielen! Jetzt, ein einziges Mal, verlange ich etwas von ihr, sie soll einen tüchtigen Geschäftsmann heiraten, einen Mann mit Prinzipien, der sie auf Händen tragen wird! Er wird mich ins Zuchthaus bringen, weil ich ihretwegen ein Geschäft gemacht habe, von dem ich nichts verstehe, einzig um ihr eine Mitgift zu verschaffen! Was glaubt dieses verderbte Geschöpf eigentlich? Wenn ich eine meiner Näherinnen mit meinem Geschäftsführer ertappe, fliegt sie, so sehe ich auf Moral in meinem Hause! Und meine Tochter sielt sich mit einem notorischen Heiratsschwindler und Mitgiftjäger. Jetzt kann ich zusehen, wie ich sie scheiden lasse. Und dann ist sie lädiert für ihr Leben. Coax wird es ihr nie verzeihen; er hat einen ausgesprochenen Sinn für Reinheit der Frau und, wie die Dinge stehen, ein Recht, wählerisch zu sein!«*

Der Pfirsich saß heulend in seinem Rosazimmer und wagte nicht, Mac, der im »Tintenfisch«, der Wiege allen Übels, auf Bescheid wartete, wann er seinem Schwiegervater den entscheidenden Besuch machen sollte, auch nur eine Botschaft zukommen zu lassen.

Macheath wartete den ganzen Abend geduldig oder ungeduldig, und am nächsten Vormittag ging er in den Instrumentenladen.

Ein großer, mürrischer Kerl von lebensgefährlichem Aussehen trat ihm entgegen, und als Mac seinen Namen nannte, nahm er ihn, ohne ein Wort zu entgegnen, bei den Schultern und warf ihn aus der Tür.

Zwei Tage später bekam er einen Zettel vom Pfirsich, er solle um Gottes willen sich nicht sehen lassen, und am Abend kam sie dennoch ganz verheult für wenige Minuten ans Straßeneck, um ihm zu sagen, ihr Vater bestehe darauf, daß sie in seinem Hause bleibe. Er enterbe sie sonst und zeige Mac außerdem bei der Polizei an, da er genug über ihn wisse.

Mac hörte ziemlich ruhig zu und sagte wenigstens nichts von Fliehen und solchem Unsinn. Er wollte sie nur für fünf Minuten in den Park haben, aber sie ging nicht mit.

Ein, zwei Wochen sahen sie sich nur auf Augenblicke.

VI

Ich begehre, nicht mehr zu leben. Laß ab von mir, denn meine Tage sind eitel.

Was ist ein Mensch, daß du ihn groß achtest, und bekümmerst dich um ihn?

Du suchest ihn täglich heim, und versuchest ihn alle Stunde.

Hab ich gesündigt, was tue ich dir damit, o du Menschenhüter? Warum machst du mich zum Ziel deiner Anläufe, daß ich mir selber eine Last bin?

Und warum vergibst du mir meine Missetat nicht und nimmst nicht weg meine Sünde? Denn nun werde ich mich in die Erde legen, und wenn du mich morgen suchest, werde ich nicht da sein.

(Das Buch Hiob)

Schwitzbäder

In Battersea, an der Ecke der Fourney- und der Deanstraße, lag eine alte Badeanstalt nur für Männer, wo hauptsächlich ältere Herren verkehrten. Die Einrichtung war ein wenig primitiv. Die Wannen waren aus Holz und schon ziemlich verwittert; die Tische, auf denen massiert wurde, waren etwas wacklig und die Badeleinen löchrig vom vielen Gebrauch. Aber es gab bestimmte medizinische Bäder dort, die, aus Kräutern hergestellt, nirgends sonst zu bekommen waren. Sie wurden nicht von Ärzten empfohlen; ein Besucher empfahl sie dem anderen. Die Anstalt hieß »Feathers Wannenbäder«. Die Preise waren nicht niedrig. Die Bedienung wurde von Mädchen ausgeführt.

Hier verkehrte William Coax; er kam mindestens einmal die Woche. Die Mitglieder der Transportschiffegesellschaft hatten sich daran gewöhnt, hierher zu kommen, wenn sie ihn sehen wollten.

Die Bäder wurden in abgeschlossenen Kojen genommen; auch die Massage wurde dort verabreicht. Die Schwitzkästen und Ruhepritschen jedoch standen in einem gemeinsamen Raum. Hier konnte man sich verhältnismäßig bequem unterhalten, besonders, wenn man alle Kojen belegte. Die Anstalt war darauf eingerichtet; es wurde dann einfach ein Schild »Belegt« an die Kasse gehängt.

Ihr gewöhnlicher Tag war der Montag. Zum Wochenende

blieb die Anstalt geschlossen, so daß das Personal am Beginn der neuen Woche nicht zu sehr abgearbeitet war. Coax war groß in solchen Berechnungen.

Einige der Mitglieder hatten sich am Anfang gesträubt gegen die Wahl dieses Zusammenkunftsortes. Schließlich wollte dann keiner sich ausschließen. Besonders als die Angelegenheiten der TSV eine so verhängnisvolle Wendung genommen hatten, wurden die Zusammenkünfte pünktlich eingehalten.

Es kam sogar Finney, ein ältlicher, vertrockneter Mensch von nörgelndem Wesen, der jede Art von Luxus verabscheute, von seinem Kräuterbad allerdings behauptete, es verschaffe ihm besser als sonst was Erleichterung bei seinem Magenleiden. Er vermutete ein Krebsleiden und unterhielt sich gern über seine Symptome. Das Bademädchen von Nummer 6 kannte sie schon auswendig.

Peachum hatte sich ein für allemal den einzigen Bademeister ausbedungen, einen großen, dicken Mann, der wegen seiner Massagen gefürchtet war. Die Mädchen waren im allgemeinen nicht zudringlich, aber für Peachums Geschmack zu leicht bekleidet.

Peachum sprach sogleich nach seiner Rückkehr aus Southampton mit Eastman und verständigte ihn von den Preisen der neuen Schiffe. Er gab ihm zu verstehen, daß der Ankauf unbedingt so rasch wie möglich erfolgen müsse. Zu diesem Zweck äußerte er sich ungemein abfällig über Coax und nannte ihn einen gewissenlosen Halsabschneider. Er würde ganz bestimmt den Versuch der Gesellschaft, der Regierung alte, baufällige Schiffe zu verkaufen, an die große Glocke hängen. Das ganze Geschäft sei von allem Anfang an darauf hinausgelaufen, sie zu etwas Kriminellem zu veranlassen und dann auszupressen. Der übliche und verantwortbare Gewinn bei Kriegslieferungen sei 300 Prozent. Der von der Gesellschaft angestrebte von über 450 Prozent werde furchtbaren Stunk machen. Eastman stimmte ihm zu, daß man erst nach dem Erwerb der neuen Schiffe mit dem Makler abrechnen könne. Sie beschlossen, die Mitglieder noch einige Tage zappeln zu lassen und erst bei der üblichen Montagszusammenkunft die sehr hohen Preise zur Sprache zu bringen. Coaxens Anwesenheit müsse sich eher günstig auswirken, da er dann immerhin noch einige Hoffnungen auf eine Erhöhung der Kaufsumme von seiten der Regierung machen könne.

Die Besprechung der sieben Herren in der Badeanstalt am darauffolgenden Montag verlief nicht ohne Spannungen.

Moon, der Textilfabrikant, Finney und der Baronet lagen schon auf den Pritschen. Peachum ließ sich noch massieren, und der Restaurateur Crowl, der kein Bad nehmen wollte, saß in Kleidern auf seinem Stuhl, als Eastman im Schwitzkasten zu berichten begann. Coax machte Freiübungen.

Eastman fing an mit der Notwendigkeit, sich den Verkauf der alten Kästen ein für allemal aus dem Kopf zu schlagen. Er betonte, der Plan sei verlockend gewesen, habe sich aber als undurchführbar herausgestellt. Für die 5000 Pfund, die man Coaxens Gewährsmann im Marineamt konzediert habe, könne man eine tatkräftige Unterstützung der Interessen der TSV verlangen, aber kein Augenzudrücken, das an ein Verbrechen grenze. Die Vertuschung des ersten, unseligen Versuchs der Gesellschaft mit der »Schönen Anna«, dem »Jungen Schiffersmann« und dem »Optimisten«, die Übertragung dieser Namen auf neue Schiffe werde weitere 7500 Pfund kosten, 4000 sofort und 3500 bei Geschäftsabschluß. Man müsse sie eben als Lehrlingsgeld betrachten.

Peachum beobachtete, während er vom Bademeister unsanft massiert wurde, mit Interesse einen stillen, unterirdischen Wettbewerb im Schwitzen zwischen dem dicken Eastman im Schwitzkasten und Crowl, der vollkommen angekleidet auf seinem Holzstuhl saß und ihm mit unbeschreiblich gierigem Ausdruck zuhörte. Der Restaurateur war das schwächste Glied in der Kette der TSV nach dem Ausscheiden des Schafzüchters. Er hatte von Anfang an über seine schlechte Geschäftslage geklagt und von einem Schwert gesprochen, das dauernd über ihm hänge. Gerade deshalb hatte er immer besonders eifrig das neue, gewinnbringende Geschäft verfolgt. Das zuerst eingezahlte Kapital stammte von seinem Schwiegervater. Jetzt trat er komischerweise mit dem Hausbesitzer in Wettbewerb im Schwitzen. Als Eastman, noch ganz trocken, von der Schwierigkeit, gerade jetzt geeignete Transportschiffe aufzutreiben, berichtete, fingen ihm schon die Schweißperlen an über die Stirn zu rinnen. Und als Eastman zu den eigentlichen Preisen (38 500 Pfund und 7500 Pfund) kam und selber die ersten kleinen Schweißtropfen hervorbrachte, saß der Restaurateur schon in Schweiß gebadet.

»*So sehr*«, dachte Peachum, »*übertrifft die Wirkung seelischer Einflüsse diejenigen rein körperlicher Maßnahmen. Der menschliche Körper ist ganz und gar in der Hand der Seele und des Gemütes.*«

Auch die übrigen Herren zeigten die furchtbaren Wirkungen seelischer Erregung auf Aussehen und Haltung. Finney, allerdings eine Memme, schlug sich mit der Hand klagend auf den Leib und Moon wimmerte wie ein altes Weib. Wären die Bademädchen zugegen gewesen, sie hätten sich sehr über die Schwächlichkeit dieser sonst so herrschsüchtigen Männer gewundert. Allerdings ist die Frau ja, allen medizinischen Forschungen zufolge, ungleich besser geeignet, Schmerzen auszuhalten als der Mann.

Peachum selber fühlte sich sehr elend im Gedanken an den furchtbaren Schlag, der ihn durch die unzeitgemäße Heirat seiner Tochter getroffen hatte.

Als Eastman mit seinem Bericht fertig war und aus dem Kasten heraustrat, sagte als erster der Restaurateur mit merkwürdig dumpfer Stimme, er sei dann also bankerott und müsse die Herren bitten, mit ihm nicht mehr zu rechnen. Alles noch zu Besprechende könnte man mit seinem Rechtsanwalt abmachen.

Er fügte hinzu, daß sein Schwiegervater 78 Jahre alt sei und das Geld auf seine Altersversicherung aufgenommen habe, in der Hoffnung, seiner Tochter eine sorgenlose Existenz zu verschaffen. Seine, Crowls, Kinder seien 8 und 12 Jahre alt. Eastman warf, sich die massigen Schenkel abtrocknend, ein, es werde schon nicht so schlimm sein, wurde aber von Moon deswegen angeherrscht. Er kränkte sich darüber.

Finney wies auf seine schwere (wahrscheinlich lebensgefährliche) Krankheit hin und bezweifelte, ob er die hier nötigen Summen aufbringen könne. Eastman erwiderte gereizt, daß auch er sich eine angenehmere Verwendung von etwa 3000 (dreitausend) Pfund denken könne. Der Baronet schwieg. Für seine Erziehung war viel Geld ausgegeben worden.

Inzwischen war Coax mit seinen Freiübungen fertig und konnte seinen Lämmern den Nackenschlag versetzen. Er trug einen rosa Badeanzug und schwarze Badeschuhe.

»Meine Herren«, sagte er, »wir sind noch nicht fertig. Sie haben den Preis gehört, zu dem anständige Schiffe zu haben sind.

Sie werden nicht erstaunt sein, zu hören, daß für Geld nicht alles feil ist. Diese Schiffe zum Beispiel sind für Geld allein nicht zu haben.«

In diesem Augenblick begann Crowl zu grinsen. Völlig vernichtet saß er auf seinem Holzstuhl, nickte mit dem fleischigen Kopf und grinste. Ihn ging der zweite Schlag nichts mehr an, da ihn schon der erste niedergestreckt hatte.

Coax sah mißtrauisch zu ihm hin und fuhr dann fort:

»Ich kann mir denken, daß Sie das Vertrauen zu sich einigermaßen verloren haben. Aber leider haben nicht nur Sie das Vertrauen zu Ihrer TSV verloren, sondern auch wir. Mein Schulfreund im Marineamt wünscht, daß das weitere Geschäft von mir abgewickelt wird.«

Die Herren, bis auf den Restaurateur alle nackt, also in jenem ungemütlichen Zustand, in dem sie dem Religionsunterricht zufolge einst auch vor Gottes Thron zu treten hatten, sanken noch etwas zusammen. Peachum stieß den dicken Badewärter zur Seite und richtete sich auf. Was Coax da sagte, das war auch ihm neu.

»Wir denken uns die Erledigung der unangenehmen Geschichte so«, sagte Coax. »Ihre Gesellschaft hat zunächst 8200 Pfund ausgezahlt. Davon wurden diese Dinger gekauft, von denen wir nicht reden wollen. Für die Verschönerung Ihres Ankaufs haben Sie, wie mir bekannt ist, über 5000 Pfund zur Verfügung gestellt. Erhalten haben Sie von der Regierung 5000 Pfund. Zu zahlen haben Sie noch laut Abmachung 25 Prozent von der Zahlung der Regierung als Provision an mich, das sind 12250 Pfund, und an meinen Freund, der erst 5000 Pfund erhalten hat, noch 7500 Pfund in zwei Raten, wie Ihnen ja Herr Eastman es nahegelegt hat. Auch kommen noch 38500 Pfund für die neuen Schiffe hinzu. Wenn Sie diese Summen zusammenrechnen, werden Sie finden, daß Sie insgesamt etwa 75000 Pfund Auslagen haben. Die Zahlung der Regierung beträgt 49000 Pfund, und die Gegenstände, von denen ich nicht rede, weil ich kein Staatsanwalt bin, erkläre ich mich bereit, für Ihre Rechnung um 2000 Pfund zu verkaufen. Wert sind sie, nach dem Urteil Ihres eigenen Sachverständigen, 200 Pfund. Immerhin haben Sie 5000 Pfund für Reparaturen hineingesteckt, und ich bin für korrekte Abwicklung. Wenn Sie abgerechnet haben, werden Sie, vorausgesetzt, meine Rechnung stimmt, als Gesamtverlust nicht mehr als 26000 Pfund buchen müssen. Ich brauche Ihnen nicht zu sagen, daß das etwa 20 Jahre Gefängnis aufwiegt, die Sie insgesamt zu gewärtigen hätten. Meine Herren, der letztere Weg steht Ihnen natürlich ebenfalls noch offen. Wenn Sie ihn zu betreten wünschen, kann ich Ihnen die Schecks über 5000 Pfund, die Sie mir für meinen Freund übergeben haben, sofort zurückerstatten. Ich habe sie bei mir.«

Die Findigeren unter den Anwesenden zweifelten daran nicht. Die Sache war von Coax ausgezeichnet durchdacht. Der Mann im Marineamt würde trotz der Rückgabe der Schecks und einiger Meineide hereinfallen, da er immerhin unbesichtigte Schiffe gekauft hatte, nur war damit der Gesellschaft kaum geholfen. Sie hatte Schiffe verkauft, von deren Unwert sie unterrichtet war.

Coax verlangte, die Gesellschaft solle sich einen Bevollmächtigten wählen, mit dem er dann Zug gegen Zug das Geschäft abwickeln wolle. Bis knapp vor der endgültigen Übergabe der fertigen Schiffe an die Regierung sollte alles durch die Gesellschaft unternommen werden, dann erst wollte er selber in den Regierungsvertrag eintreten, also erst, wenn die neuen Schiffe vorhanden und gegen die alten vertauscht seien.

Bis dahin mußten auch für den Fall plötzlicher Inspektionen die Arbeiten an den alten Schiffen fortgesetzt werden. So blieb das Schwert über der TSV bis ganz zuletzt hängen.

Die Gesellschaft fand nicht die Kraft, Einspruch zu erheben.

Als Coax am Ende alle Beteiligten zu einem kleinen Lunch in der Nähe aufforderte, hatte niemand Lust, ihm zu antworten. Er sagte also noch in aller Eile, daß er auf die Lieferung der Schiffe auf keinen Fall länger als acht Wochen warten könne und ging vor allen andern weg.

Die Herren beschlossen, die genaue Berechnung der noch entstehenden Kosten Eastman und Peachum zu überlassen und sich mit ihnen, sobald sie aufgestellt sei, wieder zu treffen, spätestens am nächsten Montag. Die Angelegenheit war in einem Stadium, wo man nüchterne Büros scheut und am liebsten so tut, als genüge es vollkommen, sich gelegentlich zu treffen.

Peachum war bekümmerter denn je.

Er arbeitete nun Coax in die Hand in der TSV. Aber er hatte nicht einmal seine Tochter frei für ihn; was sollte daraus werden?

Vormittags ging er zu den Docks. In den Schiffen summte es wie in Bienenkörben. Es wurde gehämmert, gesägt und gestrichen. Die Arbeiter standen auf schwankenden Leitern und hingen in gebrechlichen Drahtkörben. Peachum stand fröstelnd inmitten all des Fleißes und all der Betriebsamkeit. Es wurde an Material gespart bis zum Äußersten; Holz, Eisen, ja sogar die Farbe, alles war vom Billigsten. Und doch war es ein so ungeheures Verlustgeschäft!

Dann hastete Peachum in seine Fabrik zurück. Auch hier ging alles seinen Gang. Im Kontor rechneten die Bettler ab. Beery verglich aufmerksam die Beträge mit seinen Listen und nahm mißtrauisch und erfahren die Entschuldigungen für Rückgänge entgegen. Er schlichtete Grenzstreitigkeiten und Aktionen gegen Außenseiter. In den Werkstätten saßen die Mädchen über die langen Tische gebückt. Wenn der Bedarf der Fabrik gedeckt war, arbeiteten sie für Trödler und Weißwarengeschäfte. Der Instrumentenmacher reparierte Pfeifen für Leierkästen. Einige Bettler probierten neue Musikrollen aus und wählten lange, bevor sie sich entschieden. Im Schulzimmer war Unterricht. Eine vertrocknete Alte, abends Toilettenfrau in einem Restaurant, zeigte einem jungen Mädchen, wie man Blumen verkauft.

Seufzend stand Peachum herum. Was nützte das alles, wenn man immerfort versucht war, aufzuhorchen, ob nicht Schritte die Stiegen heraufklappten, weil die Polizei im Kontor erschienen war?

An allem war seine Tochter schuld.

Durch ihre hemmungslose Sinnlichkeit, wohl ein Erbe ihrer Mutter, sowie in Folge einer sträflichen Unerfahrenheit, hatte Polly sich einem mehr als dunklen Individuum in die Arme geworfen. Warum sie ihren Liebhaber auch noch gleich geheiratet hatte, war ihm ein Rätsel. Er vermutete Schreckliches. Seine Ansicht über die zwischen Verwandten nötige Distanz erlaubte es ihm aber nicht, sich mit ihr über Privatangelegenheiten zu unterhalten. Außerdem war es nur schädlich, über Dinge zu sprechen, die unter keinen Umständen sein durften und deren Bereinigung man verlangen konnte: durch Sprechen zog man sie nur in den Bereich der Möglichkeit und beraubte sich dadurch der Hauptwaffe, der offenkundigen Unfähigkeit, sich vorzustellen, es könnte etwas Unrechtes vorgekommen sein.

Mitten in der Nacht oder gegen Morgen stand Peachum für gewöhnlich noch einmal auf und lief nach oben, den Fachwerkgang entlang, um zu sehen, ob Polly noch da war. Dann sah er sie, durch das halboffene Fenster undeutlich, im Bett liegen. Sie wohnte ruhig weiter im Hause und schien ihren Mann kaum je zu treffen.

Auf jeden Fall mußte ihre Ehe so schnell wie möglich rückgängig gemacht werden. Peachum brauchte seine Tochter.

Daß Coax Polly nach wie vor nehmen würde, daran zweifelte Peachum keinen Augenblick. Er hatte dessen blinde Gier in Southampton bemerkt. Dieser Wüstling stand allzu offensichtlich unter der Gewalt seiner fleischlichen Begierden.

Und dieser Macheath schien immerhin das weitere Verbleiben seiner Frau unter dem elterlichen Dach hinnehmen zu wollen. Er unternahm nichts Ernstliches, ließ sich ohne Gegenmaßnahmen hinauswerfen und verbreitete auch, soweit Peachum es überprüfen konnte, vorläufig noch nirgends, wen er geheiratet hatte. Die Drohung mit der Enterbung schien voll gewirkt zu haben. Er war offenbar sehr gierig auf das Geld. Er brauchte es wohl.

Seine B.-Läden waren großzügig aufgezogen und benutzten sinnreich das ersparte Geld kleiner und kleinster Leute, aber sie waren auch primitiv genug, eigentlich nicht mehr als dunkle, ausgekalkte Löcher mit einigen Haufen roher Waren auf fichtenen Brettern, mit verzweifelten Menschen dahinter. Der Herbeischaffung der sehr billigen Waren konnte man nicht auf den Grund sehen.

Peachum versuchte, durch seine Bettler in Verbindung mit Inhabern solcher B.-Läden zu kommen. Er hatte nicht viel Erfolg damit. Die Leute schwiegen verbissen, haßten Bettler und schienen auch nicht viel über die Herkunft ihrer Waren zu wissen.

Mehr Erfolg hatte seine Nachforschung nach der Vergangenheit dieses Macheath. Sie wies jenes Halbdunkel über ganze Gruppen von Jahren hin auf, das die Biographien unserer großen Geschäftsleute auf vielen Seiten so stoffarm macht; sie steigen meist plötzlich und überraschend »senkrecht empor« aus dem Dunkel nach so und so vielen Jahren »harter und entbehrungsreicher Arbeit« – wobei für gewöhnlich vergessen wird mitzuteilen, welcher Leute.

Die kleinen Konkurrenten der B.-Läden behaupteten, Herr

Macheath habe sich in seiner nicht allzu weit zurückliegenden Jugend Heiratsschwindeleien zuschulden kommen lassen. Die betreffenden Mädchen nannten sie B.-Bräute, wußten aber keine Adressen anzugeben. Mit solchen vagen Gerüchten war nichts zu machen. Es war sowieso klar: irgendwie verlief dieses Leben nach rückwärts unten in die Unterwelt. Zu irgendeiner nicht allzu fern liegenden Zeit waren die Methoden dieses erfolgreichen Herrn noch nackter, gröber und den Gerichten greifbarer gewesen.

Unter anderem besuchte Peachum den »Spiegel«, jenes Blatt, das einmal eine Zeitlang behauptet hatte, Material gegen den Besitzer der B.-Läden in Händen zu haben. Die Leute erinnerten sich nur sehr schwach an die Sache und faselten irgend etwas von Mangel an richtigen Unterlagen. Peachum mußte, ohne etwas erfahren zu haben, abziehen, hatte jedoch den Eindruck, sie wüßten dort immer noch etwas, hätten auch Material.

Frau Peachum, in dieser Zeit mehr als sonst sich selber und damit dem Obstkeller überlassen, ahnte dumpf die Gefahr, die über dem Haus hing, und zerbrach sich ihrerseits ebenfalls den Kopf, wie sie Polly von dem »Holzhändler« wieder wegbringen könnte. Sie konnte Coax nicht leiden, weil er ein »Falscher« war, aber bestimmt war er die bessere Partie.

Sie wälzte Pläne, Macheath bei irgendeiner Weibersache zu ertappen. Er mußte unbedingt Weibergeschichten haben; sie hatte seinen Griff um die Hüfte Pollys nicht vergessen, und jetzt war er die ganze Zeit ohne Frau.

Aber dann dachte sie wieder, durch einige Kirschwasser geistig erhellt, daß solche Geschichten in diesem Stadium mit ihren tränenreichen Versöhnungen unweigerlich zu noch innigeren Beziehungen führen mußten. Sie gab also ihre Pläne wieder auf.

Peachum erwog bereits, dem Mitgiftjäger Geld anzubieten, aber dieser unnatürliche Ausweg schien ihm dann doch zu schwer.

Er schickte Beery hinter Macheath her. Der Holzhändler sprach mit ihm in Fanny Cryslers Antiquitätenladen.

Beery saß, ein Klumpen rohen Fleisches, auf der vordersten Kante eines zerbrechlichen Chippendalestuhles; den steifen Hut ließ er zwischen den dicken Knien baumeln.

»Herr Peachum läßt Ihnen sagen«, richtete er aus, »Sie sollen so schnell wie möglich die Polly aus der Sache wieder rauslassen, sonst geht's Ihnen dreckig. Sie hat schon genug von Ihnen. Und vor allem hat Herr Peachum genug von Ihnen. Wenn Sie denken, Sie haben sich in ein Fettnäpfchen gesetzt, so ist das ein gewaltiger Irrtum, Herr. Es gibt keine Mitgift! Wir haben knapp das laufende Bargeld, das wir brauchen. Sollten Sie was anderes gehört haben, dann hat man Ihnen einen Bären aufgebunden. Wir sind auch schon hinter einigen Weibern her, die sich ebenfalls Frau Macheath nennen könnten, wenn sie wollten und Ihren Aufenthaltsort kennen würden. Das können Sie sich hinter die Ohren schreiben, daß wir allerhand machen werden, um Sie los zu werden. Aber Herr Peachum sagt, er will keinen Krach mit Ihnen haben, sondern alles in Ruhe und Freundlichkeit abmachen, warum ist mir schleierhaft. Ich würde die Sache ganz anders anpacken, wissen Sie!«

Macheath lachte.

»Sagen Sie meinem Schwiegervater, wenn er mal in Verlegenheit ist, kann ich ihm mit kleineren Summen aushelfen«, sagte er freundlich.

»Wir sind nicht in Verlegenheit«, antwortete Beery grob, »aber Sie werden es bald sein. Wir sind in einem Rechtsstaat, Herr! Noch einmal: wir haben nicht die Marie, die Sie sich einreden. Es ist umsonst, Herr. Wir sind bettelarme Leute, aber die soll man nicht treten. Sonst könnte sich der Wurm krümmen, und zwar mächtig.«

»Aber draußen«, forderte ihn Macheath auf, »er muß sich draußen krümmen, nicht hier in meinem Geschäft!«

Beery ging mit einem tückischen Grunzen ab. Peachum seufzte, als er den Bericht erhielt.

Er hatte knapp acht Wochen; dann mußte er seine Tochter wieder zur Verfügung haben oder zahlen.

Der Restaurateur Crowl hatte nicht gelogen. Es stellte sich heraus, daß er nicht nur nichts zuzusetzen hatte, sondern sogar auf Gewinne aus dem Transportschiffegeschäft mit der Regierung angewiesen war, und zwar auf rasche Gewinne. Er war völlig bankerott.

Zudem meldete sich jetzt auch der Baronet, ein noch junger Mann, und gestand seine Zahlungsunfähigkeit. Er besaß verschuldete Ländereien in Schottland und stand vor der Entmündigung. Peachum und Eastman sprachen mit ihm wie mit einem kranken Pferd in Peachums Kontor.

Er hatte noch die Möglichkeit, reich zu heiraten. Es gab da eine selbständige Amerikanerin, die seinen alten Namen und seine Manieren zu kaufen bereit war. Ihr gefielen die Möbel in den englischen Landhäusern, besonders die Stühle.

Der junge Clive nannte sie eine Ziege und deutete Schauder an, aber Eastman reagierte darauf sehr sauer, machte ein ablehnend ernstes Gesicht und erkundigte sich betont respektvoll nach der Dame. Vergleiche ihrer Beine mit denen von (schlechten) Pferden überhörte er.

Die beiden Herren drohten mit dem Skandal, wenn die TSV aufflöge, und redeten dem jungen Mann so lange ins Gewissen, bis er versprach, die Amerikanerin anständig zu behandeln.

»*Wozu erziehen wir*«, sagte Eastman auf dem Heimweg zu Peachum, »*unseren Hochadel so sorgfältig in unseren Collidges, trainieren ihn, halten ihm jedes entstellende Wissen peinlich fern und veredeln sein Benehmen so sehr, daß er es mit der besten Dienerschaft aufnehmen kann? Gobelins hängt man nicht auf den Speicher. Rassepferde läßt man rennen. Herrenrassen züchtet man doch auch nicht zum Vergnügen. Eine Zeitlang war der Markt mit unseren Lords ein wenig überfüttert. Heute ist er wieder durchaus aufnahmefähig. Diese transatlantischen Metzger- und Strumpfwirkertöchter können sich wirklich nichts Besseres wünschen als unsere Jugend, wenn sie etwas um sich haben wollen, was tatsächlich kunstgerecht zu gähnen versteht und übrigens die untergeordneten Rassen in Schach halten kann. Sie können in jeder Zeitschrift lesen, daß sich die Blüte unseres Landes drüben ausgezeichnet benimmt und allgemein Anklang findet.*«

Dennoch blieb Clive vorläufig ein Loch in der TSV.

Der für Montag festgesetzten Sitzung ging eine Unterredung zwischen Peachum und Coax voran.

Coax nahm die Nachricht von der endgültigen Zahlungsunfähigkeit Crowls und der vorläufigen des Baronets ohne Erregung auf. Er äußerte nur, er müsse sich eben an die Transportschiffeverwertungsgesellschaft als Ganzes halten. Er riet, die morschen Zweige vom Stamme der Gesellschaft abzuhacken, aber dafür zu sorgen, daß die abgestoßenen Mitglieder stumm blieben, und sprach dann von Polly. Diese gehe ihm, gestand er, nicht mehr aus dem Kopf. Das furchtbare Erlebnis in Southampton habe ihn innerlich verändert. Gewisse gute Adern in ihm seien dadurch sozusagen aufgebrochen. Er spüre einen ihn selbst überraschenden Durst nach Reinheit. Polly sei nun einmal dieses Idol für ihn. Sie erscheine ihm wie ein klarer Brunnen. Ein Gespräch mit ihr heilige gewissermaßen seine ganze Arbeitswoche. Alles das sagte er schlicht und Peachum voll in die Augen blickend.

Peachum hörte aufmerksam zu und verstand, daß die endgültige Abwicklung des Schiffegeschäfts zwischen ihnen keine besondere Schwierigkeit mit sich bringen würde. Coaxens vorsichtige Ausdrucksweise billigte er. Der Makler verstand, kaltes Blut zu bewahren.

Peachum ging allein in die Badeanstalt.

Die anderen Herren warteten schon auf ihn. Niemand badete. Man saß im Anzug auf den Holzschemeln, obwohl die Luft unerträglich warm und feucht war.

Peachum berichtete zunächst über den Zusammenbruch Crowls und des Baronets.

Beide blickten vor sich hin, der Baronet lächelnd.

Der Gesamtverlust betrage, erklärte Peachum weiter, wie Coax richtig angegeben habe, etwa 26000 Pfund, so daß auf jedes Mitglied rund 3800 Pfund träfen. Die TSV sei an einem vollkommen geräuschlosen Verlauf interessiert.

Er bot sich an, dabei die Hilfe seiner eigenen Bank, der National Deposit Bank, zu beschaffen, wenn man ihm die Leitung der Geschäfte übergäbe.

Die Herren nickten schwitzend. Auch Crowl und der Baronet nickten.

Peachum sah sinnend auf die beiden. Dann begann er wieder zu sprechen und verlangte ohne jeden Umschweif von Crowl und dem Baronet Schuldscheine auf ihren Anteil am Verlust sowie ihre Unterschrift unter eine genaue Darstellung des gesamten Hergangs. Sie sollten unterschreiben, daß sie nach Besichtigung der alten Schiffe und dem Anhören eines Fachmannes über deren Unwert sie der Regierung verkauft und deren Anzahlung darauf in Empfang genommen hatten. Diese Unterschrift würde ihnen bei Abzahlung ihrer Verbindlichkeiten zurückgegeben werden, sie sei gegen sie nicht ohne weiteres verwendbar, da ja eine Verwertung die ganze Gesellschaft kompromittieren würde, schütze aber doch die Gesellschaft vor Indiskretionen von ihrer Seite.

Der Baronet unterschrieb resigniert. Er verstand nur, daß er die »Ziege« nun ohne Widerrede ehelichen mußte. Der Restaurateur war wie von Sinnen.

Er erklärte, daß er eine solche Schmach seiner Frau und seinem 78jährigen Schwiegervater nicht antun könne. Er könne einfach nicht untaugliche Schiffe an die Regierung verkauft haben. Sein Schwiegervater sei Oberst gewesen. Auch seinen Kindern könne er nach der Unterzeichnung eines solchen Dokumentes nicht mehr in die (klaren) Augen schauen, sie dürften keinen Verbrecher zum Vater haben. Er habe immer jeder Versuchung, sich auf unrechte Art zu bereichern, widerstanden, sonst stünde er jetzt anders da. Seine Ehre gehe ihm noch über Geschäftsverluste.

»Sie haben mich ruiniert«, sagte er tränenüberströmt, als er unterschrieb, »ich bin im Mark gebrochen.«

Die Szene fiel allen auf die Nerven.

»Dieser Crowl«, sagte Eastman auf dem Heimweg zu Moon, »dieser Crowl kann nicht verlieren. Schlechte Rasse! Das hat gar keine Ehre im Leib! Sehen Sie den Baronet an! Er unterschrieb wie ein Mann. Er wird eine grauenvolle Person heiraten – wie ein Mann. Er steht ein für das, was er tut. Ein Mensch mit Familie sollte sich eben nicht in den Existenzkampf einlassen! Er kann seinen Kindern nicht in die Augen schauen! Aber der ›Schönen Anna‹ konnte er in die Augen schauen! Der ›Junge Schiffersmann‹ ist mindestens ebenso alt wie sein Schwiegervater! Er wollte ihn ohne weiteres wieder in den Kampf schicken. Warum soll sein Schwiegervater nicht mehr in den Kampf? – Ich bezahle auch nicht gern. Finney hat Magenkrebs. Murrt er? Wirft er ihn in die Waagschale? Peachum hat zwei Anteile. Beklagt er sich? Diesem Crowl fehlt einfach eine richtige Erziehung. Solche Leute sollte man in der City überhaupt nicht dulden! Vor jedem Geschäft sollte man seine Partner fragen: Herr, wo sind Sie erzogen? Können Sie nach dem Geschäft Ihren Kindern in die Augen schauen? Ist Ihr Herr Schwiegervater noch rüstig? – Dieser Crowl ist überhaupt kein Engländer, jedenfalls nicht für mich. Das will Herrenrasse sein?«

Peachum fühlte sich nach dieser Sitzung sehr elend. Der Regierungsvertrag sollte in Coaxens Hände übergehen, sobald die

TSV das Geschäft ausfinanziert haben würde. Und er hatte von Coax noch immer keine bindende Verabredung über eine Beteiligung an dessen Riesenverdienst, nicht einmal eine Zusage auf Kassierung seines Verlustes. Nach Lage der Dinge war solch eine Verabredung auch gar nicht zu treffen, bevor zwischen Coax und Polly ein Ehevertrag aufgesetzt werden konnte.

Peachum vermied jeden Gedanken daran, was werden würde, wenn er sich mit Coax nicht einigen könnte. Schon jetzt waren es nur mehr drei Leute, Finney, Moon und Eastman, die den Riesenverlust tragen mußten. Wenn sie nicht imstande waren, die neuen Schiffe zu bezahlen, konnte jetzt noch alles zur Katastrophe werden.

Mehr denn je benötigte er Coax.

Eines Abends sprach er mit Polly über ihn und daß sie zu ihm anständig sein müsse. Von ihrer Ehe dürfe er nichts erfahren. Dann deutete er ihr an, er sei zusammen mit ihm in ein Geschäft mit irgendwelchen Schiffen verwickelt, und zwar so, daß man »uns vielleicht noch das ganze Haus mit dem Laden über dem Kopf weg verkauft«.

Polly blickte erschreckt durch die altgewohnte, freundliche Stube mit den reinlich mit Sand gescheuerten ungestrichenen Fußbodenbrettern, dem weißen Kachelofen, den Mahagonnymöbeln und Florgardinen, als sie dies hörte. Sie liebte das alte Haus sehr, besonders die Höfe und Holzveranden, und träumte nachts, da von Schiffen die Rede gewesen war, daß dieses Haus, das eigentlich aus drei Häusern bestand, im Meere unterging, so daß die Meeresfluten durch die Türen kamen.

Am Morgen war sie halb und halb entschlossen, ein Opfer zu bringen.

»Schließlich will ich nicht an so etwas schuld sein«, dachte sie, »man soll mir hinterher nicht vorwerfen können, ich hätte ein Opfer gescheut! Natürlich ist es keine Kleinigkeit für ein Mädchen, sich einem ungeliebten Manne hinzugeben, wenn er so aussieht wie Herr Coax. Aber Familie ist Familie, und Egoismus ist etwas Häßliches. Man kann nicht nur an sich denken!«

Noch ein wenig im Bett liegen bleibend, erinnerte sie sich auch an die Brosche, die sie einmal bei Coax gesehen hatte und die in ihrer Vorstellung mit Coax untrennbar verknüpft war. Ursprünglich hatte sie die haben wollen, um sie für 15 Pfund zu verkaufen, da sie damals dringend 15 Pfund brauchte. Jetzt brauchte sie sie nicht mehr, aber sie hätte immer noch gern die Brosche gehabt.

Nach dem Mittagessen ging sie mit einem Brief ihres Vaters zu Coax. Sie machte ein kaltes und ablehnendes Gesicht, als ihr der Brief übergeben wurde. Sie glaubte nicht mehr, daß das, was ihr Vater ihr gestern über seine drohende Vernichtung gesagt hatte, stimmte, er konnte nur Mac nicht leiden.

Auch zu Coax war sie sehr kühl. Sie warf kaum einen Blick auf die Brosche, die immer noch auf dem Schreibtisch lag.

Dennoch war sie davon beeindruckt.

Coax placierte sie ziemlich weit weg vom Schreibtisch in einen Schaukelstuhl und legte ihr ein paar in dickes Leder eingebundene Bücher mit Bildern vor. Sie blätterte aber nicht darinnen, während er den Brief las. Er erhob sich also und verließ das Zimmer.

Auch jetzt noch schlug sie die Bücher nicht auf. Dennoch war sie rot im Gesicht, als er wieder hereinkam.

In Wirklichkeit war sie plötzlich fest entschlossen, die Brosche zu bekommen. »Wenn er sie mir schenkt«, dachte sie, »dann dauert ja alles nur fünf Minuten, wenn es so lange dauert. Umsonst kann er es nicht verlangen, so, wie er aussieht. Die Brosche ist bestimmt zwanzig Pfund wert und sieht zu einem offenen Kleid ganz gut aus. Natürlich ist an mehr als einen Kuß gar nicht zu denken, höchstens, daß er seinen Arm um mich legt. Das ist nicht zu viel für die Brosche. Andere Mädchen meines Alters müssen noch ganz andere Dinge machen, um ihre Miete bezahlen zu können. Die Männer sind ja wahnsinnig, daß sie solche Sachen dafür hergeben. Aber sie sind nun einmal so!«

Und sie seufzte.

Als der Makler zurückkam, mußte er denken, sie habe in die Bücher hineingeschaut und stehe unter ihrer Wirkung. Den frisch geschriebenen Antwortbrief durch die Luft schwenkend, damit die Tinte trocknen konnte, ging er auf sie zu. Sie stand hastig auf, als sie sein Gesicht sah.

Er hatte sich vergewissert, daß seine Schwester außer Hause war, legte den Brief auf den Schreibtisch und fiel über sie her.

Sie wehrte sich wenig, zuerst hatte sie noch ein kleines Bedauern, daß sie die Brosche nicht bekommen hatte, dann fügte sie sich aber, da er so außer sich war und des Vergnügens wegen. Dennoch hatte sie wenig von allem, denn mitten drin fiel ihr Mac ein, dem es nicht recht sein würde.

Als sie sich verabschiedete, war die Tinte auf dem Brief trokken.

Sie legte den Brief unten im Büro auf das Stehpult ihres Vaters und ging nach oben, wo sie sofort zu packen anfing. Eine halbe Stunde später ging sie, ohne besondere Vorsichtsmaßregeln zu ergreifen, durch den Instrumentenladen mit dem Koffer weg.

Sie hatte auf dem Rückweg gehört, Macheath lebe nun vollends mit einer anderen Frau zusammen, jener Fanny Crysler, die den Antiquitätenladen an der Waterloobridge hatte.

Ihr Vater und ihre Mutter warteten die halbe Nacht auf ihre Rückkehr. Herr Peachum stand am Fenster und sagte:

»Er hat sie also geholt. Er meint, er kann das. Es gibt für seinesgleichen keine Gesetze. Wenn er etwas will, holt er es sich. Wenn er ein Bedürfnis empfindet, mit meiner Tochter die Nacht zuzubringen, holt er sie sich aus meinem Haus weg und fällt über sie her. Ihre Haut gefällt ihm. Ich habe jeden Waschlappen bezahlt, den sie jemals gebraucht hat. Sie hat, soviel an mir liegt, ihren Körper niemals selber gesehen. Sie wurde im Nachthemd gebadet. Die Dummheit einer mannstollen Mutter und ihr eigener Leichtsinn, der vom Romanlesen kommt, haben sie zu dem gemacht, was sie heute ist. Aber was rede ich: als ob es um Liebe ginge! Als ob solch ein Bursche mit etwas anderem schliefe als mit einer Mitgift! Er wünscht, mein Geld zu haben, und er nimmt es sich! Was ist aus der Familie geworden, dem stillen Hort! Wo die Stürme des Lebens weitab vorüberbrausten, hier aber war Ruhe. Die Grausamkeiten des Existenzkampfes drangen nicht bis hierher, wo ein stilles Kind im Schoße der Gesittung still umsorgt aufblühte; die Erwägungen des Handels und Feilschens hatten keine Gültigkeit für diesen umhegten Bezirk. Wenn ein Jüngling sich der Tochter des Hauses nahte, um sie nach erbrachtem Nachweis seiner Fähigkeit, sie zu erhalten, zu einem Lebensbund aufzufordern, so konnten die betrübten Eltern sicher sein, daß es Liebe war, was die jungen Menschen vereinte, einige unglückliche Ausnahmen ausgenommen. So sollte es auch bei meiner Tochter sein. Aber wie ist es gekommen? Brutaler Raub! Ich erwerbe ein Vermögen durch Fleiß und Umsicht, umgeben von Schurken, ausge-

nutzt von faulen Arbeitern, denen nicht mehr die Arbeit und nur mehr der Lohn Vergnügen bereitet, und dann taucht dieser Coax auf, spiegelt mir ichweißnichtwas vor und beraubt mich! Mein Leben und Vermögen gegen ihn verteidigend, muß ich sehen, wie auch meine Tochter mir von einem Räuber entrissen wird! Ich habe mir die letzten Fasern von der Hand gearbeitet ihretwegen. Warum raufe ich mich herum mit dem Abschaum der Menschheit? Das ist ja ein Haifisch! Wenn ich meine Tochter, die die letzte Hilfsquelle meines Alters ist, wegschenke, dann stürzt mein Haus ein und mein letzter Hund läuft weg. Ich würde mich nicht getrauen, das Schwarze unter dem Nagel wegzuschenken, ohne das Gefühl zu haben, ich fordere den Hungertod direkt heraus!«

Polly kam aber nicht mehr zurück, weder in dieser Nacht noch überhaupt, bis ihr Mann verhaftet war.

Und Herr Peachum erfuhr niemals, daß sie die Begierden des Maklers nicht gereizt, sondern befriedigt hatte.

In den nächsten Tagen betrank sich Frau Peachum mehr als gewöhnlich und in diesem Zustand besprach sie sich mit dem früheren Soldaten Fewkoombey, der die Hunde besorgte, über ihren Kummer.

Er hatte dem Pfirsich die Sache mit dem Buch noch nicht verziehen, wenn er auch das Buch jetzt wieder hatte. Zuerst hatte er es überhaupt nicht mehr holen wollen, da sein Stolz es ihm verwehrte. Dann war er in inneren Kämpfen unterlegen und hatte es eines Tages während der Essenszeit sich wieder angeeignet.

Sein friedliches Studium sollte infolge des Gesprächs mit Frau Peachum nun eine Unterbrechung erfahren.

Als ihm die besorgte Mutter gestand, das unglückliche Mädchen habe den Kaufmann Macheath geehelicht, erinnerte er sich der schlimmsten Zeit seines Lebens, wo er, aus dem Heeresdienst entlassen und um sein Abstandsgeld betrogen, Unterkunft bei einer Kriegersfrau gefunden hatte. Sie hieß Mary Swayer und hatte einen dieser B.-Läden besessen. Er ließ unvorsichtigerweise einige Worte darüber fallen. Am Abend hieß ihn Herr Peachum ins Büro kommen und gab ihm einen Auftrag.

In den Westindiadocks dokterten noch immer einige Dutzend

Handwerker an den drei alten, todmüden Kästen herum, die, einem Gedanken des Herrn William Coax zufolge, vor ihrem Auseinanderfallen einiges Geld von einem mittleren schottischen Landsitz, einem gut gehenden Wettbüro, einem nicht ganz auf festen Füßen stehenden Restaurant in Harwich, einem Stock Mietskasernen in Kensington, einer Textilfabrik in Südwales und einem großen Geschäft für gebrauchte Musikinstrumente in der Old Oakstraße in neue Taschen ziehen sollten. Zumindest die letzte dieser bedrohten Firmen mußte gerettet werden.

ZWEITES BUCH
DIE ERMORDUNG DER KLEINGEWERBETREIBENDEN MARY SWAYER

Und der Haifisch, der hat Zähne
Und die trägt er im Gesicht
Und Macheath, der hat ein Messer
Doch das Messer sieht man nicht.

An der Themse grünem Wasser
Fallen plötzlich Leute um
Es ist weder Pest noch Cholera
Doch es heißt: Macheath geht um.

Und Schmul Meier bleibt verschwunden
Und so mancher reiche Mann
Und sein Geld hat Mackie Messer
Dem man nichts beweisen kann.

Jenny Towler ward gefunden
Mit 'nem Messer in der Brust
Und am Kai geht Mackie Messer
Der von allem nichts gewußt.

Wo ist Alfons Glite, der Fuhrherr?
Kommt das je ans Sonnenlicht?
Wer es immer wissen könnte
Mackie Messer weiß es nicht.

Und das große Feuer in Soho
Sieben Kinder und ein Greis
In der Menge Mackie Messer, den
Man nicht fragt und der nichts weiß.

Ach, es sind des Haifischs Flossen
Rot, wenn dieser Blut vergießt
Mackie Messer trägt 'nen Handschuh
Drauf man keine Untat liest.

(Die Moritat von Mackie Messer)

VII

Coelum, non animum mutant,
qui trans mare currunt.

Herr Macheath

Im Bewußtsein des durchschnittlichen Londoners spielten Gestalten wie »Jack the Ripper« oder jener unbekannte Raubmörder, genannt das »Messer«, keine große Rolle. Wenn sie auch ab und zu in den unsolideren Zeitungen auftauchten, so konnten sie es doch mit den Generälen, die den Transvaalkrieg führten, an Berühmtheit nicht aufnehmen; allerdings bedrohten diese auch unvergleichlich viel mehr Menschen als die allertätigsten Messerhelden. Aber in Limehouse und Whitechapel übertraf das »Messer« bei weitem an Ruhm den General, der die Buren bekämpfte. Die Leute in den großen, steinernen Konservenbüchsen von Whitechapel konnten sehr gut den Unterschied zwischen der Leistung eines Dutzendgenerals und ihrer eigenen Helden beurteilen. Für sie war es entscheidend, daß das »Messer« seine Untaten unter ganz anderer persönlicher Gefahr ausführte als die offiziellen Lesebuchhelden die ihren.

Limehouse und Whitechapel haben ihre eigene Geschichte und ihren eigenen Geschichtsunterricht. Der Unterricht beginnt bei den Säuglingen, und er wird von Personen jedes Alters erteilt. Die besten dieser Lehrer sind die Kinder unter ihnen, und sie wissen ausgezeichnet Bescheid um die hierorts anerkannten Herrscherdynastien.

Diese Herrscher verstehen so gut wie die der Schullesebücher jene zu bestrafen, die ihnen den Tribut verweigern. Es gibt unter ihnen Gerechte und Ungerechte wie unter jenen, nur weniger Schwächlinge, da gegen sie ja die Polizei eingesetzt wird, was jenen eigentlich nie passiert. Natürlich versuchen sie ebenso in anderem Lichte zu erscheinen wie jene: sie fälschen die Geschichte und sorgen für Legenden.

Manche überragenden Menschen tauchen wie Meteore aus dem Dunkel. Hindernisse, zu deren Überwindung andere, ebenfalls Begabte, Jahrzehnte benötigen, überspringen sie in Wochen. Ein paar tollkühne Untaten, beim allerersten Mal schon mit der Virtuosität erfahrener Fachleute verübt, und sie sind oben. Der Mann, den die Slums das »Messer« nannten, konnte sich in Wahrheit keiner solchen Karriere rühmen. Er tat es anscheinend dennoch. Seine nähere Umgebung, die Bande, vertuschte so gut es ging die ruhmlosen Mühen des Anfangs, die erfolg- und talentlosen Lehrlingsjahre.

Aber es war nicht sicher, ob der Mann, der die Bande begründete, überhaupt das »Messer« war. Er behauptete zwar seinen Leuten gegenüber steif und fest, der Raubmörder Stanford Sills zu sein und brachte nur daraufhin seine Bande zusammen, jedoch im Gefängnis zu Dartmoor wurde 1895 ein Mann hingerichtet, von dem zwar nicht er selber, wohl aber die Polizei behauptet hatte, daß er Stanford Sills heiße.

Die Taten, die den Ruf des »Messers« begründeten, waren ein paar schnell aufeinander folgende Raubmorde auf offener Straße gewesen. Für diese wurde der Mann in Dartmoor hingerichtet. Bekanntlich glaubt das Volk nicht an den Tod seiner Helden, wie man es noch in den allerletzten Jahren beim Tod der Kitchener und Kreuger beobachten konnte, und so wurden auch noch mehrere Raubmorde im Winter 95 dem »Messer« zugeschrieben, die bestimmt nicht von dem toten Mann auf dem Friedhof von Dartmoor ausgeführt wurden und kaum von dem Mann, der sich seinen Spitznamen angeeignet hatte und so diese Morde zeichnete.

Die Grausamkeit, Unerbittlichkeit und Schlauheit, mit der der betreffende Mann fremde Verbrecher zwang, den Ruhm ihrer Taten ihm abzutreten, war vielleicht beträchtlicher als die jener ihren Opfern gegenüber. Sie stand der, mit welcher unsere Universitätsprofessoren unter die Arbeiten ihrer Assistenten ihre Namen setzen, nur wenig nach.

Die Morde waren wahrscheinlich aus nacktem Hunger verübt worden, denn es herrschte ein außerordentlich strenger Winter und die Arbeitslosigkeit war sehr groß. Aber noch eine andere Leidenschaft teilte der Mann, der den Ruhm des »Messers« zur Organisation seiner Bande verwandte, mit Männern aus Sphären, die uns Bücherkäufern im Leben näherstehen: wie die meisten unserer erfolgreichen Industriellen, Schriftsteller, Gelehrten, Politiker usw. las er am liebsten in der Zeitung, daß er seine

Taten ohne eigentliches materielles Interesse, eher aus einer Art Sport oder Schaffensfreudigkeit verübe, wenn nicht aus einem unerklärlichen dämonischen Trieb heraus.

Es erschienen immer wieder Artikel in der Skandalpresse, die das Sportliche in den Verbrechen des »Messers« hervorhoben.

Dennoch ist es wahrscheinlich, daß dieser Dämon außer den Zeitungen ebenso wie unsere anderen berühmten Freunde auch noch sein Bankbuch las. Er hatte jedenfalls frühzeitig erkannt, daß die beste Ausbeute immer noch die Mitarbeiter ergeben, und dies ist die Erkenntnis, die allein eine wirkliche Karriere verbürgt.

Die Bande war zunächst klein, ihr Wirkungskreis bescheiden. Es waren immer noch Raubüberfälle, nur selten grobe und brutale Einbrüche. Mehr Originalität verrieten einige Methoden, das erbeutete Diebesgut an den Mann zu bringen. Eine davon lief durch die ganze Weltpresse.

Zwei energisch aussehende Kleinbürger betraten zum Beispiel den Speisesaal eines Luxusrestaurants in Hampstead, blieben einige Augenblicke suchend stehen und schritten dann auf einen ausgezeichnet gekleideten Herrn an einem der Tische zu.

»Das ist er«, sagte der eine mit lauter Stimme, »da sitzt er und verfrißt mein Geld! Ich heiße Cooper und er heißt Hawk. Hier, Herr Gerichtsvollzieher, mein Schuldtitel! Das Urteil ist sofort vollstreckbar. Der Ring am Mittelfinger ist gut und gern seine 200 Pfund wert, und draußen hat der feine Herr noch eine Chaise stehen, die auch nicht von Pappe ist, wenn man sie versteigert!«

Für gewöhnlich mußten die Kellner den Herrn zurückhalten, seinem taktlosen Gläubiger an die Gurgel zu springen. Er beteuerte, daß er seine Schuld nicht bestreite, aber die Form, in der man ihn pfänden wolle, ablehnen müsse.

Das Ende war, daß die Herren und noch einige andere Gäste hinausgingen und die Chaise besichtigten. Die Versteigerung fand dann in einer benachbarten Kneipe statt.

Der Herr und die beiden Kleinbürger verschwanden, und der Erlös, den das »Messer« aus der gestohlenen Chaise und dem geraubten Schmuck auf diese Weise erzielte, war sehr viel größer, als er beim Hehler gewesen wäre.

Das waren zweifellos neue Wege. Der Krebs des Diebstahls war der Hehler. Die Schwierigkeit, die Beute zu versilbern, blieb der schwächste Punkt des ganzen Gewerbes. Alle Bemühungen, die Bande hochzubringen, scheiterten an dieser Klippe.

Gegen Ende des Jahres 96 verschwand das »Messer« nahezu völlig aus dem Gesichtsfeld der Unterwelt, und ein ruhiger Mann namens Jimmy Beckett machte in Soho ein Geschäft mit Pflastersteinen und einem kleinen angeschlossenen Holzhandel auf. Er kaufte, wenn Häuser abgerissen wurden, alte Pflastersteine und war sehr genau mit den Rechnungsbelegen.

Dann kamen in Whitechapel größere Diebstähle von solchen Steinen vor. Eine Anzahl Kleinfuhrwerke holte am hellen Tage während der Essenspause der Straßenarbeiter die aufgestapelten neuen Pflastersteine ab. Kein Mensch dachte daran, sie aufzuhalten. Die Spur führte zu Jimmy Becketts Geschäft. Aber Herr Beckett konnte für seine Steine sehr gute Belege vorweisen.

An den Docks wurde eines Tages eine ganze Straße gestohlen, diesmal aus Holzwürfeln. Einige Arbeiter mit Fuhrwerken erschienen gegen Abend, sperrten in der Uniform der städtischen Arbeiter die Straße beim dichtesten Verkehr ab, rissen sie auf und verluden die Holzwürfel.

Der Skandal kam nicht in die Zeitungen, weil im Stadtparlament eben eine Untersuchung gegen eine Firma schwebte, die auf durchaus legalem Wege sich gerade in diesem Viertel auf Grund älterer und vorsichtig zurückgehaltener Verträge einiger Straßen bemächtigt hatte, die andere, kleinere Firmen gebaut hatten, so daß sie der größeren Firma noch einmal bezahlt werden mußten, obwohl sie ganz und gar fertig waren. Man wollte keine Parallelen ziehen lassen.

Zu dieser Zeit kamen wieder einige Fälle von Morden oder Totschlägen vor, die man der Messerbande zuschrieb, übrigens die letzten. Sie wurden aber von den Zeitungen kaum beachtet, da sie sich gegen Angehörige der alleruntersten Schichten richteten. Es waren fast nur noch Verbrecher, die bei provozierten Raufhändeln niedergeschossen wurden.

Hier ist es weniger zweifelhaft, daß die Morde von der Messerbande ausgingen.

In dieser Zeit wandte sich die Bande von den gemeinen Straßenüberfällen vollends ab und ganz dem Einbruch zu. Ihre Spezialität wurden Ladendiebstähle größeren Ausmaßes.

Schon um das Jahr 97 zählte die Messerbande über 120 ständige Mitarbeiter. Sie war sehr sorgfältig aufgebaut, höchstens zwei oder drei Mitglieder kannten den »Chef« von Angesicht zu Angesicht. Sie umfaßte Schmuggler, Hehler und Rechtsanwälte. Das »Messer« (das heißt der Mann, der sich so nannte) war ein sehr schlechter Einbrecher gewesen und hatte das angeblich gern selber zugegeben. Hingegen war er ein den Durchschnitt weit überragender Organisator. Man weiß, daß den letzteren die Palme unserer Zeit gehört. Sie scheinen die Unentbehrlichsten.

Tatsächlich gelang es der Messerbande in unglaublich kurzer Zeit, ziemlich alles, was wirklicher Ladeneinbruch war, unter ihre Kontrolle zu bringen. Es war mehr als gefährlich, für eigene Rechnung etwas auf diesem Gebiet zu unternehmen. Die Bande schämte sich nicht, sogar mit der Polizei darin unter einer Decke zu stecken. Jedermann wußte, daß Herr Beckett Beziehungen im Polizeipräsidium hatte.

Auslieferung an die Polizei wurde auch ein Mittel zur Stärkung der inneren Disziplin der Bande. Die Mitglieder, die den Gründer noch gekannt hatten, waren zu Beginn des Jahres 98 schon alle, oder beinahe alle von der Polizei gefaßt und zu langjährigen Gefängnisstrafen verurteilt.

Eines Tages verkaufte Beckett seine Lager an einen Herrn Macheath, der eben einige Läden in der City, die sogenannten B.-Läden, eröffnet hatte, die er mit billigen Artikeln versorgen wollte.

Als Jimmy Beckett, der Holzhändler, aus England verschwand – angeblich war er nach Britisch Nordamerika vereist – wurde, wie man in der Unterwelt hören konnte, ein gewisser O'Hara, ein noch junger Mann von großen Gaben, das offizielle Haupt der Organisation.

Herr Beckett empfahl ihn an Herrn Macheath und Herr Macheath schätzte ihn ziemlich hoch und nahm ihm laufend große Posten gangbarer Artikel ab. Das bedeutete die Ausschaltung der Hehlerzunft.

Die Organisation hatte einen regelmäßigen Abnehmer gefunden und blühte mächtig auf.

Herr Macheath konnte seine Preise niedrig halten, aber er wußte nie ganz genau, was für Artikel er hereinbekommen würde. Es stellte sich als günstig heraus, solche Artikel zu wählen, die durch ihre Bearbeitung von seiten der B.-Ladenbesitzer ihr Aussehen veränderten. Die Läden mußten aus Abnehmern zu Bestellern werden.

—

An diesem Entwicklungspunkt tauchte die Frage der Kapitalbeschaffung auf. Ein weiterer Ausbau der Bande in Richtung auf Laden- und Lagerdiebstähle erforderte größere Mittel, als Herrn Macheath verfügbar waren. Sein Unternehmen geriet in jene Schere, die alle unsere Geschäftsleute so fürchten.

Baute man die Warenbeschaffungsorganisation weiter aus, dann konnten die vorhandenen Läden das Herbeigeschaffte nicht mehr schlucken, und vergrößerte man den Ladenbetrieb, wurde wieder die erstere Organisation zu klein. Im Augenblick der Umstellung auf Planmäßigkeit von Beschaffung und Verkauf mußten beide Organisationen zugleich verstärkt werden.

Es gab schon andere Kettenläden, große Geschäfte mit guten Bankverbindungen. Sie lagen miteinander in scharfem Konkurrenzkampf. Es bedurfte größerer Mittel, als Herrn Macheath zur Verfügung standen, sich gegen sie durchzusetzen.

In dieser Lage hatte Herr Macheath Fräulein Polly Peachum geheiratet.

Ein Fehlschlag

An einem angenehmen Sommerabend fuhr Herr Macheath in einer alten Mietsdroschke in den westlichen Vorort, wo Herr Miller von der National Deposit wohnte.

Er trug einen leichten grauen Anzug und die Fahrt durch die Vorstädte im offenen Gefährt war unterhaltend, aber er fühlte sich nicht glücklich. Seine Heirat war ein Fehlschlag gewesen.

Seine Frau war hübscher als jede, die er vor ihr gehabt hatte, und er war auf seine Art in sie verliebt, aber er war nicht mehr zwanzigjährig und hatte keinerlei Sinn für Romantik. Er mußte manchmal den Gedanken verscheuchen, daß er mehr oder weniger hereingelegt worden war.

Herr Miller empfing ihn auf der Treppe seines Häuschens. Hinter ihm stand seine Frau, eine gutmütige, weitläufige Person über fünfzig, die Macheath sofort wie einen Sohn behandelte.

Man nahm den Tee und Miller plauderte von vergangenen Zeiten. Er erzählte einige Episoden aus der Geschichte der National Deposit.

Der Gründer der Bank war Angestellter bei Rothschild gewesen, als dieses Haus seine ersten großen Schlachten schlug. Er hieß Talk. Miller wiederholte eine Geschichte, die der alte Talk oft erzählt hatte.

Die Rothschilds waren schon groß im Geschäft und gehörten zu den bedeutendsten Firmen des Kontinents, als der Chef der Londoner Filiale, Nathanael Rothschild, eine neue Idee erprobte. Es herrschten kriegerische Zeiten. Die Unternehmungen bestanden größtenteils in der Finanzierung bestimmter Projekte der Regierungen; es handelte sich dabei nicht nur um Heereslieferungen, aber natürlich auch darum. Die Abrechnungen der Banken mit ihren großen Kunden waren meist sehr kompliziert; es herrschte eine gewisse Großzügigkeit. Unvorhergesehene Zwischenfälle in reichlicher Menge verteuerten alles ganz außerordentlich. Da standen in den Rechnungen Hunderte von Provisionen, die meisten gingen an Leute, die nicht genannt sein wollten usw. Der alte Nathanael nun, der damals noch ein junger Mann war, hatte die Idee, man könnte es einmal versuchen, Verträge abzuschließen, die so ausgeführt wurden, wie sie lauteten. Er wollte die Spesen vorher kalkulieren und dann sollte es bei der betreffenden Summe bleiben, gleichgültig, was für Zwischenfälle eintraten.

Auf diese Weise wollte er in die Finanzwelt das einführen, was im Privatleben Ehrlichkeit hieß.

Es war ein kühner Gedanke, und die andern Rothschilds, lauter Bankiers, wie man ja weiß, waren von allem Anfang an sehr dagegen. Sie machten dem Haupt der Familie die Hölle heiß. Aber er kümmerte sich um nichts und setzte sogleich ein solch kühnes Geschäft in die Tat um.

Miller beschrieb es genau, den Blick nachdenklich auf die Rhododendren des kleinen Gärtchens gerichtet; es war ziemlich verwickelt, irgendeine Zinkverwertungsangelegenheit.

Die Familie verwandelte sich beinahe in einen Trümmerhaufen während dieser Spekulation. Die Brüder konsultierten sogar einen Nervenarzt und einmal wollten sie Nathanael aus seinem Kontor heraus mit Gewalt in eine Privatirrenanstalt überführen lassen. Sie hatten es dem Arzt gegenüber ganz einfach. Er hörte die Idee und war im Bilde. Die Idee ersparte ihm jede weitere Diagnose.

Der Arzt trat mit zwei Wärtern in das Büro Nathanaels und sagte:

»Beunruhigen Sie sich nicht weiter, Herr Rothschild. Ihre Brüder sagen mir, Sie hätten in letzter Zeit sehr interessante Gedanken, seien aber ein wenig überarbeitet und mit den Nerven herunter. Sie kommen jetzt mit mir in ein nettes, stillgelegenes Haus in Wales, kümmern sich eine Zeitlang um nichts und leben nur Ihrer Gesundheit. Wir unterhalten uns über Ihre Ideen, die zweifellos ungemein fruchtbar sind. Sagen Sie nichts, ich stimme mit Ihnen vollständig überein und verstehe Sie. Sie haben recht und Ihre Familie hat unrecht, Sie wollen keine Spesen in Ihre Rechnungen setzen, das ist nur loyal. Können Sie mir zufällig sagen, wieviel 4 mal 13 ausmacht?«

Der Arzt mußte abziehen, aber Nathanael kam oft in bedrängte Situationen. Er wurde von jedermann betrogen, das heißt, niemand hielt sich ihm gegenüber an Verträge, aber er selber mußte es. Das Geschäft wurde dennoch zu guter Letzt ein Erfolg, aber die Brüder waren nicht so sehr im Unrecht gewesen, wie hernach alle meinten. Das Schicksal der Familie hing tatsächlich an einem Haar. Und der Erfolg kam nur, weil die Idee eben einzigartig und ganz unerwartet war. Überall gab es Spesen, nur die Rothschilds berechneten keine. In gewissem Sinn war es sogar ein wenig Schmutzkonkurrenz. Die Regierungen liefen natürlich dann zu den Rothschilds, wenigstens solange, bis die anderen den Trick ebenfalls heraus hatten. Heute ist absolute Ehrlichkeit bei den Abrechnungen eine Selbstverständlichkeit, aber einmal mußte einer darauf kommen. Die Menschheit muß alles, jeden Fortschritt, mühsam erkämpfen.

Macheath hörte angestrengt zu. Er konnte den Inhalt der Erzählung des alten Miller nur schwer verstehen; er kam ihm sozusagen nicht auf den Grund.

»Man sieht daraus«, sagte er schließlich unsicher, »daß man im Geschäftsleben a l l e s ausprobieren muß. Meinen Sie das? Wenn man vorwärts kommen und am Schluß des Jahres ein anständiges Plus haben will, muß man es mit allem versuchen, sogar mit den ausgefallensten Sachen.«

Während er seinen Tee schlürfte, wobei er seinen plumpen Daumen tief in der Tasse hatte, dachte er heftig nach. Er hatte den Eindruck, Miller zweifele an seinen Ideen und wolle ihm andeuten, was wirkliche Tricks seien. Er bemühte sich also, als Miller fertig war, einige seiner Tips ins richtige Licht zu stellen.

Bevor er begann, zog er aus seiner Brusttasche sorgsam zwei zusammengefaltete Zeitungsausschnitte mit seinen Artikeln über die Idee der B.-Läden, Selbständigkeit der kleinen Besitzer usw. Sie waren mit Rotstift umrandet. Miller kannte sie schon.

Macheath nahm sich eine Zigarre aus der äußeren Rocktasche, biß die Spitze ab, warf das Abgebissene mit zwei dicken Fingern auf den Kiesweg und zündete die Zigarre umständlich an.

Er hatte noch einige Gedanken, die nicht in der Zeitung veröffentlicht waren.

Seine Haupttätigkeit, führte er aus, sei jetzt gerade das Studium des Kunden.

Der Kunde trete dem Ladeninhaber gewöhnlich gegenüber als ein bedürfnisloser, am Geld hängender, übelwollender und mißtrauischer Bursche. Er sei ganz eindeutig feindlich eingestellt. Im Verkäufer erblicke er nicht seinen Freund und Ratgeber, der alles für ihn zu tun bereit ist, sondern einen bösen Menschen mit Hintergedanken, der ihn verführen und betrügen will. Demgegenüber verzweifle der Verkäufer zumeist, von vornherein eingeschüchtert, und gebe jede Bemühung auf, den Kunden wirklich für sich zu gewinnen, ihn zu bessern, menschlich aufzuschließen, kurz, ihn zum Käufer von Format zu machen. Er lege gottergeben seine Waren auf den Tisch und setze seine einzige Hoffnung auf den Mangel und das nackte Elend, das den Kunden hin und wieder einfach zwingt, einen Kauf zu tätigen.

In Wirklichkeit werde der Kunde dadurch aber zutiefst mißverstanden und verkannt. Er sei im Grunde seines Wesens nämlich besser, als er aussehe. Nur gewisse tragische Erlebnisse im Schoße seiner Familie oder im Erwerbsleben hätten ihn mißtrauisch und verschlossen gemacht. Im Grunde seines Wesens lebe eine stille Hoffnung, als das erkannt zu werden, was er sei: ein ganz großer Käufer! Er w o l l e nämlich kaufen! Denn ihm fehle ja so unendlich viel! Und wenn ihm nichts fehle, fühle er sich unglücklich! Dann wolle er, daß man ihn überzeuge, daß ihm etwas fehle! Er wisse so wenig.

»Verkäufer sein«, sagte Macheath, mit dem Teelöffel auf den Mahagonnytisch klopfend, *»ist: Lehrer sein. Verkaufen heißt: die Unwissenheit, die erschütternde Unwissenheit des Publikums bekämpfen. Wie wenige Menschen wissen, wie schlecht sie leben! Sie schlafen auf harten und quietschenden Betten, sitzen auf unbequemen und häßlichen Stühlen. Ihr Auge, ihr Hinterteil ist unaufhörlich beleidigt, sie fühlen es dumpf, aber erst, wenn sie anderes sehen, wissen sie es! Man muß ihnen wie Kindern sagen, was sie brauchen. Sie müssen kaufen, was sie brauchen können, nicht was sie haben müssen. Um das bei ihnen zu erreichen, muß man ihr Freund sein. Unter allen Umständen muß man zu ihnen freundlich sein, willfährig. Natürlich kommt einem ein Mensch, der nichts kauft, als ein gemeines Subjekt vor. Ein Hungerleider! denkt man unwillkürlich voller Verachtung und Ekel. Aber das darf man als Verkäufer eben nicht. Da muß man an das Gute im Menschen glauben, das nur geweckt zu werden braucht, und immer freundlich bleiben, immer freundlich, wenn das Herz auch bricht.«*

Macheath geriet mehr in Eifer, als er merkte. Dies war eine wunde Stelle bei seinen kleinen Läden. Die Leute waren nicht freundlich genug. Er ließ sie fortwährend kontrollieren, durch seine »Einkäufer«, und bestrafte alle Ladenbesitzer, die unfreundlich waren. Aber es half wenig. Die großen Läden hatten es da leichter. Das Personal muß die Peitsche im Rücken fühlen, damit es lächelt. Die kleinen Besitzer dachten immerfort an die unbezahlte Miete, wenn ein Kunde zu lange wählte. Verließ er den Laden, ohne etwas gekauft zu haben, machten sie Gesichter, als breche die Welt für sie zusammen. Der Kunde liebte es natürlich keineswegs, für die ganze Misere des Verkäufers verantwortlich gemacht zu werden. Wenn man ihn merken ließ, daß er einem den Todesstoß versetzt hatte, indem er nichts kaufte, wurde er böse. Man mußte lernen, den Tod im Herzen, zu lächeln! Ich werde es ihnen schon einbleuen, gutgelaunt auszusehen, und wenn ich sie mit Skorpionen züchtigen muß, dachte Macheath und wischte sich mit einem großen Taschentuch den Schweiß von der Stirn.

Nicht ohne Humor sprach er weiter.

Er nannte eine Anzahl von Methoden, die schwachen und unentwickelten Begierden des Publikums zu wecken. Eine gewisse wahllose Anordnung der Artikel tue schon Wunder. Dabei könne der Kunde Entdeckungen machen. Er erspähe Brauchbares. Nach kurzer Zeit schärfe sich sein Blick ganz ungemein. Das eine suchend, finde er auch das andere. Unter einem Haufen von Stoffen erblicke sein Falkenauge eine willkommene Seife usw. Sie hat nichts mit den gewünschten Stoffen für Schürzen zu tun, aber ist sie deswegen unbrauchbar? Nein. Er sichert sich die Seife. Er weiß nicht, ob er sie nicht irgendwann braucht! Wenn er einmal soweit ist, ist er Käufer.

Entscheidend seien natürlich die Preise. Wenn sie zu sehr differierten, ermüdeten sie den Käufer. Er komme dann ins Rechnen hinein. Dies müsse aber unter allen Umständen verhindert werden. Macheath wollte einige wenige Preiskategorien schaffen. Nichts erzeuge solch einen Rausch des Selbstbewußtseins im Käufer, als eine riesige Übersicht darüber, was alles er für eine bestimmte Summe kaufen könne. Wie, dieses große Gartenmöbel kostet nur so viel? Und dieser komplizierte Rasierapparat nicht mehr?

Die Preise aber müßten sehr vorsichtig gestuft werden. Das Publikum erschrecke weniger vor hohen Summen, als vor hohen Zahlen. 2 Schillinge seien mancher Frau zu viel, die 1 Schilling elfeinhalb Pence gern zahlen wolle.

Miller sah ihn mit seinen Plüschaugen neugierig an. Macheath war in großer Fahrt und erklärte Miller die Idee der Billigkeitsläden: nur wenige Artikel und nur drei oder vier Preiskategorien. Es schadete dabei nichts, wenn einige Artikel vom Publikum erst zusammengestellt werden mußten. Man konnte Gartenstühle zum Beispiel, die aus Klappsessel, Fußbank und Schirm bestehen, in diese Teile zerlegt verkaufen, so daß sie zwar zusammen etwas teurer kamen, als die ehern festgehaltenen Höchstpreise es versprachen, aber doch nicht aus den drei Preiskategorien herausfielen.

Die ganz kleinen Läden mit Werkstätten, die Schuhe oder Wäsche oder Tabakwaren herstellten und verkauften, sollten wie bisher geführt werden und nur Kredite bekommen. Aber die größeren wollte er mit Waren nur so vollstopfen. Der Einheitspreis sei die Grundidee, die London überwältigen werde. Er wolle sie in einer großen Werbewoche starten.

Miller winkte seiner Frau.

Frau Miller erhob sich diskret und ging hinaus. Miller wiegte bedächtig seinen weißen Kopf und sah seinen Besuch an, als suche er nach Worten.

»Wie steht denn jetzt der alte Peachum zu Ihrer Heirat?« fragte er dann. »Hat er sich darein gefunden?«

»Er hat kein Herz von Stein«, antwortete Macheath.

»Ach?« sagte Miller überrascht.

Macheath nahm einen Schluck aus seiner Tasse. Sie schwiegen eine Zeitlang. Man hörte ein paar Kinder auf der Straße brüllen. Sie fluchten über irgend was.

Miller fuhr mild fort:

»Dann ist alles sehr einfach. Sie verstehen, daß wir Ihren Schwiegervater gern mit in der Sache drin hätten. Es ist mehr wegen der Leute, die uns sonst fragen könnten, warum macht der eigene Schwiegervater nicht mit? Schließlich ist er tatsächlich der Mann, der am meisten Verständnis für Ihre Ideen haben muß, da er durch verwandtschaftliche Bande an Sie geknüpft ist. Bringen Sie Herrn Peachum mit und in zehn Minuten ist alles erledigt, Macheath!«

»Und wenn«, fragte Macheath plötzlich brüsk, »es mir nicht paßt, meinen Schwiegervater um eine Gefälligkeit anzugehen?«

»Regen Sie sich nicht auf, Macheath, es gibt nicht den geringsten Grund. Sie müssen doch verstehen, daß wir vorsichtig sein müssen. Die Bank gehört nicht uns, sondern der kleinen Talk, übrigens ein ausnehmend reizendes kleines Mädchen! Es ist richtig, Sie haben die Läden, aber eigentlich ist es mehr Ihre Idee, die uns interessiert, Macheath; die Läden kommen erst in zweiter Linie, sie sind ja auch ziemlich einfach, nicht wahr? Der springende Punkt bei der ganzen Sache ist und bleibt Ihre famose Idee, Einheitspreis, Werbewoche und Fruktifizierung der Selbständigkeit der kleinen Besitzer.«

Macheath verabschiedete sich ziemlich rasch.

Er ging noch ein Stück Weges zu Fuß. Es war schon dunkel. Er schwang seinen dicken Stock und hieb damit ab und zu in die Taxushecken der kleinen Vorgärten. Er war tief unzufrieden.

Polly war am Tag vorher nachmittags mit ihm im Park spazieren gewesen. Nach zwei Stunden war sie »nach Hause« gegangen. Er hatte nicht gewagt, sie zurückzuhalten.

Wozu hatte er überhaupt geheiratet?

Am nächsten Tage kam es zu einer weiteren Aussprache mit Miller und Hawthorne in der Bank. Sie änderte nichts an der Lage. Man bestimmte lediglich einen Termin.

Macheath tat alles, um die alten Leute von der Güte seiner Ideen zu überzeugen. Er beschrieb ungemein plastisch ihre Wirkung auf die Konkurrenz.

Sie hörten wohlwollend und aufmerksam zu und sagten dann, das sei allerdings noch Zukunftsmusik. Er solle seinen Schwiegervater interessieren und alles sei in bester Ordnung.

Während der ganzen Dauer der quälenden Verhandlungen konnte Macheath den Eindruck nicht los werden, daß es der Abend bei Miller gewesen sei, der ihm geschadet hatte. Wahrscheinlich waren diesen altmodischen Leuten seine Ideen zu fortschrittlich. Er ärgerte sich von neuem über die dämliche Rothschildgeschichte des alten Talk.

Auf den naheliegenden Gedanken, daß die alte grundehrliche National auf eine Verbindung mit ihm seiner eigenen dunklen Herkunft wegen, die der ebenfalls sehr düsteren Herkunft seiner Waren entsprach, verzichtet haben könnte, brachte ihn erst viel später Fanny Crysler.

Zu dem vereinbarten Termin hatte Macheath natürlich nichts Neues mitzuteilen. Er mußte zugeben, daß er mit Herrn Peachum ganz und gar »auseinander« sei. Miller und Hawthorne machten sofort äußerst betretene Gesichter. Sie warfen ihn nicht hinaus, aber sie stellten jetzt sogar ganz direkt einige unzarte, erstaunte Fragen.

Sie waren wirklich enttäuscht. Sie hatten sich nun einmal mit der Neuerung abgefunden und brannten eigentlich darauf, ihr altes Netz in die neuen Gewässer zu hängen.

Wenige Wochen später erfuhr Macheath, daß sie mit den *Chrestonschen Kettenläden* verhandelten.

Das war mehr als bitter. Die Chreston-Kettenläden waren es gerade, die Macheath als die zu überflügelnden Vorbilder vorgeschwebt hatten, große, solide Räume in guter Lage mit reicher Auswahl von Artikeln. Vermittels seiner Ideen hatte er sie auf die Kniee zwingen wollen. Statt dessen wurde ihm hinterbracht, daß der Chrestonkonzern nunmehr anläßlich einer neuen Kapitalaufnahme *Neuerungen* plane. Er kündigte eine große *Werbewoche* mit allerhand Überraschungen für das Publikum an.

Es handelte sich ganz offensichtlich um einen gemeinen Diebstahl an seinen Ideen, den Macheath den beiden Alten niemals zugetraut hätte und der ihn tief aufbrachte.

»Was«, wütete er Fanny gegenüber, *»man versucht mich zu betrügen? Ich tue alles, um solide zu werden, ich verzichte auf jede Gewaltanwendung und halte mich sklavisch oder doch jedenfalls ziemlich genau an die Gesetze, ich verleugne meine Herkunft, ziehe einen Stehkragen an, miete eine Fünfzimmerwohnung, schließe eine gutbürgerliche Vernunftehe und das erste, was ich in dieser höheren Sphäre erleben muß, ist, daß man mich bestiehlt! Das soll sittlich höher stehen, als was ich immer gemacht habe? Das steht niedriger! Diesen Leuten sind wir einfachen Verbrecher nicht gewachsen, Fanny. In zwei mal vierundzwanzig Stunden nehmen die uns nicht nur unsere ganze Beute weg, die wir im Schweiße unseres Angesichts zusammengekratzt haben, sondern auch unser Haus und unsere Stiefel; und sie nehmen das weg, ohne irgendein Gesetz zu verletzen, wahrscheinlich mit dem schönen Gefühl, einfach ihre Pflicht zu tun!«*

Er war durch den Betrug, der an ihm verübt war, im Innersten getroffen und zweifelte an seinen Fähigkeiten. Stundenlang fuhr er auf dem Pferdeomnibus kreuz und quer durch London, seinen trüben Gedanken nachhängend. Das Gewühl der auf- und absteigenden Leute tat ihm wohl, und der Wechsel der Stadtteile mit ihrer Armut und ihrem Wohlstand belebte ihn. Sein Mangel an Bildung aber, der es einer kleinen Bank und den Chrestonschen Kettenläden erlaubte, sich aus ihm einen guten Tag zu machen, bedrückte ihn unaufhörlich. Nur schwer fand er sein Gleichgewicht wieder.

Macheath durchlebte eine der schlimmsten Perioden seines Lebens.

Eines Freundes Hand

In diesen Tagen wurde ihm Fanny Crysler zu einem starken Halt.

Sie hatte eine kleine Wohnung in Lambeth mit hübschen alten Möbeln und einem Gastzimmer.

Macheath saß viel in ihrem Laden herum und am Abend

nahm sie ihn mit nach Hause, weil er nicht heim wollte. Er sagte immer, er bekomme kein Frühstück dort.

Einige Schwierigkeiten mit Grooch, mit dem sie ein ständiges Verhältnis hatte, überwand sie ohne Lärm; sie hielt ihn einfach einige Wochen fern.

Von Macheath' Ehe sprach sie niemals, sie wußte, daß er sie als Fehlschlag betrachtete, Polly auch kaum sah. Desto eifriger half sie ihm, Ordnung in die Angelegenheiten der B.-Läden zu bringen, die sich immer mißlicher gestalteten.

Die Besitzer rechneten schlecht oder gar nicht ab. Sie bekamen immerfort große Posten gleichartiger Waren herein, einmal Uhren und Brillen, ein andermal Tabakwaren und Pfeifen und wußten nicht, wie sie losbringen.

Ein unangenehmes Erlebnis mit einer Frau, der er freundlicherweise einen kleinen Laden abgelassen hatte, zeigte die Lage dieser armseligen Geschäfte. Es handelte sich um eine seiner alten Freundinnen, eine gewisse Mary Swayer.

Sie hatte erfahren, daß er geheiratet hatte. Aus irgendeinem Grunde hielt sie das für ein Unrecht an sich. Sie erhob ein großes Geschrei und fand Beschützer in Leuten, die sich in den B.-Läden herumtrieben und die Rede der Inhaber auf Herrn Macheath zu bringen suchten. Diese Beschützer saßen in der Redaktion der Zeitung »Der Spiegel«. Die Redaktion hatte wegen des Hinauswurfs ihres Kollegen großes Interesse für alle Angelegenheiten des Besitzers der B.-Läden. Sie war abergläubisch genug, zu glauben, daß, wer einen Spiegel zerbräche, sieben Jahre lang Unglück haben müsse. Außerdem hatte sie einen Ruf als soziales Kampfblatt, da sie nur reiche Leute angriff, und zwar deshalb, weil andere kein Geld hatten, um sich erpressen zu lassen. Macheath mußte also auf der Hut sein. Wie alle Begüterten mußte er einen ausgezeichneten moralischen Ruf haben. Er brauchte ihn, damit man ihm gestattete, die Eigentümer der B.-Läden zu betrügen.

Die Verhandlung zwischen ihm und der Swayer fand im Antiquitätenladen der Fanny Crysler und in deren Beisein statt.

Die Swayer, eine hübsche, vollbusige Blondine in der zweiten Hälfte der Zwanzig, erklärte, sie sei am Ende ihrer Kraft. Mac habe sie aus ihrem ganzen Kreis herausgezogen und mit seiner Eifersucht jahrelang traktiert. Dabei habe sie, ebenfalls jahrelang, zusehen müssen, wie er selber sozusagen von Blüte zu Blüte flatterte. Jetzt schäme er sich nicht, ihr den Tort anzutun, sich vor allen Leuten zu verheiraten. Sie habe ihren Mann, der jetzt im Krieg sei, nur mit Macs Einverständnis geheiratet und hänge nicht an ihm. Der Laden, den Mac ihr eingerichtet habe, sei Dreck. Ihr Mann habe ihr zwei Kinder aufgehängt. Wenn sie nicht wenigstens ein paar Pfund in die Hand bekäme, um ein oder zwei Nähmädchen einzustellen, könne sie ins Wasser gehen. Ihre Nerven streikten. Gewisse Äußerungen, die sie in der Wut ausgestoßen habe, seien nur so zu erklären.

Fanny versuchte vor allem, herauszubringen, ob die Verbindung mit dem »Spiegel« schon bestände. Sie fragte:

»Zu welchen Leuten hast du Äußerungen ausgestoßen? Das ist wichtig.«

Aber die Swayer hatte noch genug Nerven, um nicht auf den Leim zu gehen. Sie blieb ungenau und allgemein moralisch. Sie habe Mac die besten Jahre ihres Lebens geschenkt. Als sie mit ihm begonnen habe, sei sie ein blühendes junges Geschöpf gewesen; außer der Vergewaltigung im Alter von zwölf Jahren, die sie sogleich eingestanden habe, sei zwischen ihr und einem Mann nie etwas gewesen. Jetzt, wo Mac sie auf den Mist schmeiße, sei sie nicht mehr fähig, sich einen zu angeln. Und sie verwies auf die Spuren, die die Jahre und die Sorge um Mac auf ihrem Gesicht hinterlassen hatten.

Als sie gesprochen hatte, sprach Mac.

Er betonte, er sei ein Anhänger völliger Freiheit der Frau. Wenn sie sich einem Mann hingebe, so geschehe es auf eigene Verantwortung und eigenes Risiko. Er sei vollkommen dagegen, daß man ihr irgendwelche Vorschriften mache. Liebe sei keine Altersversicherung. Gewährte Liebe sei auch genossene Liebe.

Mary fing wieder zu schreien an. Was ihr gehabtes Vergnügen mit Mac zu tun habe? Als ob sie es nicht auch bei einem andern hätte bekommen können, zum Beispiel bei einem anständigen Menschen, der für eine Frau sorge, die ihm alles geopfert hat. Sie sei Verkäuferin gewesen und Mac habe sie aus dieser Stellung genommen, weil er einmal gesehen habe, wie der Chef sie auf die Leiter steigen ließ, damit sie eine Schachtel vom Regal hole und er ihre Beine sehen konnte. Jetzt wolle niemand mehr ihre Beine sehen, das solle sich Mac gesagt sein lassen. Der junge Mann, der so nett mit ihr über die ganze Schweinerei gesprochen habe, habe ihr das bestätigt.

Macheath wollte scharf antworten, aber Fanny hielt es für besser, Vorsicht walten zu lassen. Es war klar, daß die schlechte Geschäftslage an dem Verhalten der etwas gewöhnlichen, sonst nicht üblen Frau schuld war.

»Wie soll ich dieses Gelump verkaufen«, sagte Mary zornig, »meine Kunden brauchen doch nicht alle Uhren. Ich habe mich auf Unterwäsche eingerichtet. Soll ich, wenn Frau Scrubb einen Unterrock will, sagen: ich habe keinen, aber vielleicht nehmen Sie statt dessen eine Uhr? Es ist ja möglich, daß ihr Uhren gerade leichter stehlen könnt, unterbrecht mich nicht, ich denke mir auch mein Teil, wenn ich auch nicht im Pensionat war, wie Macs neue Frau, die Wäsche kann ich allein nicht fertig bringen, ich brauche ein, zwei Mädchen und das bedeutet, daß ich Geld haben muß.«

Die Verhandlung war lang und aufreibend. Mary kämpfte wie eine Tigerin. Den Vorschlag Fannys, Mac werde ihr, obwohl er keinerlei Verpflichtungen ihr gegenüber anerkenne, den Ausbau ihres B.-Ladens für Trikotagen ermöglichen, wenn sie dafür über ihre Beziehungen Schweigen bewahre, hörte sie vorgebeugt, mit zusammengekniffener Stirnhaut, fiebernd vor Mißtrauen, an.

Sie nahm den Scheck gierig, stopfte ihn abwesend in ihren Seidenbeutel und ging weg, ohne Mac mit einem Blick zu streifen.

»Es ist merkwürdig«, sagte Macheath, als er mit Fanny abends wieder in Lambeth saß, *»diese Läden wollen nicht bleiben, was sie sind. Früher machte man ein Geschäft auf, sagen wir eine Eisenhandlung, und dann blieb es eine Eisenhandlung. Heute will es immerfort etwas anderes werden. Was man auch immer macht: so wie es ist, kann es nicht bleiben. Ein Trikotagenladen muß eine Nähanstalt werden oder er geht kaputt. Die Nähanstalt will sofort Filialen aufmachen. Wenn sie ihre Miete nicht mehr bezahlen kann, will sie Filialen aufmachen. Mit den großen Geschäften ist es nicht anders. Chreston hat Kettenläden, riesige Dinger, aber jetzt muß er meine Ideen stehlen und etwas ganz Neues versuchen. Es ist kein Vormarsch, es ist eine Flucht. Das kommt daher, daß der Besitz kein Besitz mehr ist. Früher besaß einer einen Laden oder ein Haus und das war eine Einnahme-*

quelle. Heute kann das eine Ausgabequelle sein, der Grund des Ruins. Wie soll sich da ein Charakter bilden? Nehmen wir an, es besitzt einer Mut und Unternehmungsgeist. Der Mann hätte früher damit sein Glück gemacht. Heute eröffnet er ein Geschäft und ist verloren. Besitzt er Vorsicht, ist er auch verloren. Mut besteht plötzlich darin, seine Schulden zu bezahlen, Vorsicht darin, Schulden zu machen. Ein Mensch, der drei Jahre lang ein und dieselbe Ansicht hat, zeigt dadurch nur, daß er seit drei Jahren nicht mehr zum Spiel zugelassen wird.«

Fanny bereitete Tee und zog ihren Pyjama über. Ihre Haut, auch an den Beinen, war braun, ganz anders als die Pollys, dachte Macheath.

Sie hatte ihren eigenen Standpunkt, was die B.-Läden betraf.

Sie hielt sie für erledigt mit dem mißglückten Versuch, durch die Heirat oder die National Deposit Bank dafür Geldmittel aufzutreiben. Sie war der Ansicht, Macheath solle sie preisgeben.

»Mein Laden ist viel besser«, sagte sie, sich in ihren schottischen Stuhl zurücklehnend, mit gekreuzten Beinen, die Tasse auf dem Schoß. »Du solltest dich darauf konzentrieren. Grooch ist sehr geschickt. Er sagt, wenn er modernes Werkzeug hätte, könnte er viel machen. Selbst wenn dir das zu langsam geht, könntest du so auf einen oder ein paar wenige Streiche einen Haufen Geld verdienen und dann weiter sehen. Aber er macht es nur mit ganz modernem Instrumentarium.«

»Also wieder Einbruch!« sagte Macheath finster.

»Ja, aber mit modernen Werkzeugen!«

Sie einigten sich erst gegen Morgen.

Fanny riß, bevor sie ins Geschäft ging, die Bettbezüge im Gastzimmer weg und am Abend saß Grooch bei ihnen und diktierte seine Forderungen.

Macheath fühlte sich nicht wohl bei der ganzen Sache. Es bedrückte ihn, daß auch Fanny ihn nicht für den Mann hielt, der dem großen Spiel mit den Banken gewachsen war. Er hatte das Gefühl, als sei es eine furchtbare Degradierung und dazu eine endgültige.

Ein paar Tage später fuhren Macheath und Grooch nach Liverpool, wo gerade eine internationale Kriminalausstellung stattfand.

Sie sahen wundervolle Sachen. Es gab Einbruchswerkzeuge

für jeden Kassenschrank, auch den modernsten. Keine Alarmanlage war der modernen Technik gewachsen. Schlösser, so kompliziert sie immer erdacht waren, bildeten eigentlich nur für Leute Hindernisse, die ehrliche Absichten hatten; dem Fachmann hatten sie nichts zu melden.

Am Abend im Hotel gerieten sie in Streit, weil Grooch französische Modelle wollte, Macheath aber englische vorzog.

»Wir sind in England, Grooch«, erinnerte er ihn ärgerlich. »Engländer, verwendet englische Instrumente! Wie würde das ausschauen, wenn hier französische Erzeugnisse bevorzugt würden! Das wäre eine schöne Blamage! Du hast überhaupt kein Empfinden für das, was eine Nation bedeutet. Diese Instrumente sind von englischen Köpfen ersonnen, durch englischen Fleiß hergestellt und also gut genug für Engländer, sollte ich meinen. Ich nehme keine andern.«

Sie warteten bis zwei Uhr und machten sich dann auf die Socken.

In dem Gebäude waren sie rasch und auch den Wärter hatten sie schnell überwältigt. Aber als dann draußen Schritte hörbar wurden, versagten Macheath' Nerven vollständig. Schweißperlen auf dem Kopf, stand er mit erschrockenen Augen da und konnte den richtigen Dietrich nicht herausfinden. Kopfschüttelnd nahm ihm Grooch den Bund aus der Hand. Der Großkaufmann war anscheinend dieser Arbeit nicht mehr gewachsen.

Grooch mußte ziemlich allein mit allem fertig werden. Er wurde es. Am nächsten Mittag legten sie Fanny die Werkzeuge vor.

Grooch hatte in seinen Mußestunden sich schon allerhand Pläne für weitere Unternehmungen durch den Kopf gehen lassen. Er hatte mehrere Projekte zur Auswahl.

»Das bedeutet einen Haufen Geld«, sagte er andächtig. »Es ist sicherer als heiraten.«

Aber als Macheath zu Brown ans Themseufer fuhr, um sich in einer gewissen Frage Rat zu holen, erlebte er eine schlimme Überraschung.

»Grooch war es also?« fuhr ihn Brown an. »Das ist die Höhe! Hast du die Zeitungen gelesen?«

Sein Zorn hatte Gründe. Die Presse brachte den Einbruch in die Kriminalausstellung sehr groß.

Sie fand es komisch, daß man der Polizei Einbruchswerkzeuge durch einen Einbruch weggeholt hatte.

Brown war ernstlich verstimmt und wurde sehr energisch.

»Ich lasse dir auch nichts beschlagnahmen«, beschwerte er sich, »so viel Rücksicht auf meine Karriere kann ich schließlich von dir erwarten. Wir haben bisher fair play gespielt. Ich will gern zugeben, daß ich meine Stellung ohne die Verhaftungen, die du mir ermöglicht hast, nicht so leicht bekommen hätte. Aber mir sind unsere Beziehungen, die noch aus der Zeit stammen, wo du und ich in Indien standen, mehr als nur geschäftliche. Du setzt dich jetzt über die primitivste Rücksichtnahme unter alten Freunden hinweg. Ich hänge an meiner Stellung. Wenn ich meinen Beruf nicht liebte, würde ich ihn nicht ausüben. Ich bin kein Maurer. Aufgrund meiner Fähigkeiten kann ich Polizeipräsident werden. Es sind nicht die Streifen am Kragen, wie du vielleicht denkst. Ich kann es nicht ertragen, daß dieser Esel Williams die Stelle erhält, der er nie und nimmer gewachsen ist. Ich muß die Werkzeuge bis heute abend haben und den Mann, der sie gestohlen hat, dazu.«

Macheath hörte bestürzt zu. Er verstand, daß er Brown auf die Fußzehen getreten hatte. Er konnte ihm nur erklären, was ihn zu dem Einbruch bewogen hatte.

»Wenn du Geld haben mußt«, sagte Brown ein wenig besänftigt, »dann gibt es doch wohl andere Wege. Warum willst du nicht zu einer Bank gehen? Es gibt mehr Banken, als die National Deposit.«

Macheath erwiderte, daß seine Läden und auch die Gesellschaft, die den Einkauf besorgte, nicht in einem Zustand seien, der Banken anreizen könne, ihn zu finanzieren. Ohne ein anständiges Büro in der City könne er gar nichts machen.

Hierbei angelangt, zeigte sich Brown von seiner besten Seite. Er versprach ohne viel Nachhilfe, selber einiges Geld vorzustrecken.

»Warum unrechte Wege gehen?« redete er Macheath ins Gewissen. »Das soll man nicht. Ein Kaufmann bricht nicht ein. Ein Kaufmann kauft und verkauft. Damit erreicht er das gleiche. Als wir vor Petchawar in diesem Reisfeld lagen, Macky, und das starke Feuer erhielten, bist du da aufgestanden und auf die Shiks losgegangen mit einem dicken Ast? Das wäre nicht fachmännisch gewesen und also unzweckhaft. Du sagst, deine Geschäfte müssen erst in einen Zustand gebracht werden, der für Banken verlockend ist. Schön. Bring sie in diesen Zustand. Warum wendest du dich nicht an mich? Wenn es dir unangenehm ist, von einem Freund Geld zu nehmen, dann zahle mir doch Zinsen! Zahle mir mehr Zinsen als einem andern, zwanzig, oder meinetwegen fünfundzwanzig Prozent! Dann ist die Gefälligkeit auf deiner Seite. Ich weiß, daß du solide arbeitest. Ich will nicht, daß du auf die schiefe Bahn gerätst, wie irgendein dummer Kleinbürger, der nichts von Geschäften versteht und zu stehlen anfängt. Du mußt auch nicht wieder mit solchen Leuten arbeiten wie diesem Grooch! Arbeite mit den Banken, wie alle andern Geschäftsleute! Das ist doch eine andere Sache!«

Macheath war tief erschüttert. Als Männer, die in den Stürmen des Lebens gestanden hatten, konnten sie ihren Gefühlen nicht leicht Ausdruck verleihen. Ein verlegener Blick sagte in solchen Situationen vielleicht mehr als eine Umarmung.

»So bist du, Freddy«, sagte Mac mit würgender Stimme. »Es gibt Leute, die einem einen guten Rat geben, schön. Aber du hilfst auch materiell. Gerade das ist Freundschaft, nur das ist Freundschaft. Eines Freundes Hand...«

»Nur eines verlange ich«, fügte Brown noch hinzu und sah Macheath durchdringend an, »ich verlange, daß du solche Leute wie Grooch und O'Hara fallen läßt. Wenn nicht sofort, dann doch jedenfalls, wenn du aus dem schlimmsten Schlamassel heraus bist. Das Geschäft, das du vorhast, soll dir das ermöglichen. Wenn ich dir heute unter die Arme greife, so ist es deshalb, weil ich dich in Zukunft in anderer Umgebung sehen will. Das braucht nicht heute zu sein und auch nicht morgen. Ich weiß, du brauchst diese Elemente noch, um hochzukommen. Aber einmal muß es ein Ende haben, das verlange ich.«

Macheath nickte wortlos, Tränen in den Augen.

Er ging beglückt weg. Sie waren noch übereingekommen, Grooch fürs erste zu schonen und einen andern Mann als Einbrecher festzunehmen. Die Werkzeuge lieferte Macheath noch nachmittags ab.

Brown hielt ebenfalls Wort. Es war für ihn nicht ganz leicht, Geld aufzutreiben. Er mußte erst eine Razzia in gewissen Klubs anordnen und Macheath konnte die Wirkungen seiner Bemühungen noch bei Frau Lexer in Tunnbridge feststellen, wo er seine Donnerstagabende zu verbringen pflegte. Die Mädchen klagten sehr über die Abstriche, die Frau Lexer ihnen machte.

Aber eine Woche später hatte Macheath die Mittel in der Hand, seinen »Einkauf« in die Höhe zu bringen.

Er entwarf zusammen mit O'Hara einen genauen Marschplan. Zu den vorhandenen Lagerhäusern wurden noch einige Schuppen zugemietet. Ebenso wurde für Transportmittel gesorgt, schwere Lastfuhrwerke. Für Unternehmungen in Provinzstädten wurden Geldmittel bereitgestellt und Unterkünfte vorbereitet.

O'Hara erwies sich trotz seiner Jugend als sehr brauchbar. Er hatte jene ausgesprochene Abneigung, irgendwo mit Hand anzulegen, welche die Voraussetzung großer Karrieren ist. Macheath hatte das sogleich herausgefühlt; der junge Mann glich ihm darin. Sein Aufstieg hatte in sehr dunklen Tiefen begonnen. Mit sechzehn Jahren hatte er Ladendiebinnen und Mädchen geschwängert, die gewisse Verbrechen auf sich nehmen mußten und gesegneten Leibes leichter Freisprechung erlangten. An diese Zeit und an diesen Beruf wurde er aber nicht gerne erinnert.

Fanny vertrug sich weniger gut mit ihm. Ihr war er zu sehr von Frauen verwöhnt. Sie mißtraute ihm. Auch war er Groochs Konkurrent und die Liverpooler Geschichte hatte Grooch in Macheath' Schätzung zurückgeworfen.

Sie hielten ihre Besprechungen in Lambeth ab. Danach ging Macheath immer mit O'Hara weg. Das bewies ihr, daß er dem Jungen auch nicht allzusehr vertraute. Einmal war O'Hara noch zurückgekommen, um bei ihr zu bleiben, und sie mußte sehr deutlich werden.

Vor allem mißfiel ihr O'Haras skrupelloser Ausbeutungsstandpunkt seinen Kollegen gegenüber. Er war ein wahrer Blutsauger, unerbittlich. Selbst wenn er gar keinen Vorteil davon hatte, trat er für ihre Übervorteilung ein.

Nächtelang lag er wach, um neue Tricks auszudenken, durch die man mehr Geld aus den Leuten herausholen konnte.

Sie widersprach ihm darin immer. Es schien ihr geschäftlich dumm.

Im Verlauf der Liverpooler Geschichte war Sägerobert von der Polizei festgenommen worden. Darüber war es in der Bande beinahe zu einem offenen Aufruhr gegen die Führung gekommen. Man behauptete, Sägerobert sei an die Polizei ausgeliefert worden und erinnerte sich plötzlich an andere Fälle.

O'Hara berichtete grinsend von den erregten Auseinandersetzungen am Unteren Blacksmithsquare.

Fanny fuhr ihm über den Mund. Dies, sagte sie erregt, sei nichts zum Lachen. Wenn es schon vorkommen müsse, sei es eine blutig ernste Maßnahme und eine sehr bedauerliche dazu.

»Aber der Chef ist doch zu Sägerobert eigens in die Zelle gegangen und hat ihm die Hand geschüttelt«, sagte O'Hara spöttisch, zu Macheath hinüberschielend. Dieser war wirklich nach der Verhaftung ins Gefängnis gegangen und hatte dem geschnappten Kameraden gesagt, daß er zu ihm stand. In solchen Kleinigkeiten zeigte sich seine Führernatur.

Fanny Crysler fand das nur zynisch.

Es kam zu heftigen Zwistigkeiten in der kleinen Wohnung. Macheath saß schweigend dabei, eine dünne schwarze Zigarre zwischen den Lippen. Der Wortwechsel machte ihm Spaß. Er war immerfort eifersüchtig, auch wenn er gar nicht verliebt war. Es freute ihn, daß O'Hara bei Fanny kein Glück hatte.

Fanny setzte auseinander, daß seit der Verhaftung Sägeroberts die Aufregung in der Bande sich nicht gelegt hatte und einige Unternehmungen deswegen schief gegangen waren und setzte es nach stundenlangem Gezänk mit O'Hara durch, daß mit den Auslieferungen an die Polizei fürs erste Schluß gemacht wurde. Sie erreichte sogar bei dem für großzügige Regelungen immer zugänglichen Macheath, daß eine gute Rechtsanwaltsfirma für die Verteidigung gefaßter Bandenmitglieder fest verpflichtet wurde.

Macheath tat noch mehr. Er führte feste Löhne ein.

»Sie wollen sicher gehen«, sagte er nachdenklich, »eine Art Beamtendasein ist ihnen lieber, sie wollen nachts ruhig schlafen und nicht Sorgen haben müssen, daß am Ende des Monats das Geld für die Miete nicht im Haus ist. Das ist verständlich, wenn ich es mir auch ein wenig anders vorgestellt habe. Ich habe mir nämlich eigentlich eine Art Schicksalsverbundenheit vorgestellt, auf Gedeih und Verderb mit meinen Jungens sozusagen. Der Chef zieht sich den Riemen enger und die Angestellten ziehen ihn sich auch enger, so etwa, weißt du. Aber sie sollen haben, was sie wollen. Sie werden Gehälter bekommen, da sie, glaube ich, Gehälter wünschen. Klar.«

Er sah voraus, daß ihn feste Löhne erheblich billiger kommen würden, da er jetzt ganz groß einkaufen mußte, um eine Bank für seine Läden interessieren zu können.

Die Bande buchte das neue System der regelmäßigen Entlohnung als Sieg und Fanny hatte fortab eine gute Nummer bei den Leuten am Unteren Blacksmithsquare deshalb, denn Grooch hatte ihren Ruhm laut und schallend gesungen, sehr zum Ärger O'Haras. Sie habe den Chef gezwungen, das ganze Risiko zu übernehmen; er habe einwilligen müssen, ob er wollte oder nicht, da er sie brauche und bei guter Laune halten müsse.

Nach der Neuorganisation waren die Einbrecher der O'Hara-Bande keine kleinen Einzelunternehmer mehr, sondern Angestellte eines großen Unternehmens und nur als solche, also in Zusammenarbeit mit andern ihresgleichen, imstande zu arbeiten. Da gab es Spezialisten, die nur das Gebläse anzusetzen hatten; andere, die »Reisenden«, hatten die Gelegenheit ausgekundschaftet, wieder andere den Plan ausgearbeitet, ein Mann hatte festgestellt, wo die Ware untergebracht werden konnte, ein anderer hatte für die Alibis gesorgt. So ging der »Einkäufer« bei Ladeneinbrüchen, der die Ware auszuwählen hatte und ein Fachmann sein mußte, ohne jeden Aufenthalt durch die Schutzmauer mit seinen Packern an die Regale. Das war ein angenehmes und modernes Arbeiten und eine Rückkehr zu primitiveren Methoden war für diese Fachleute fast unmöglich, schon psychisch. Bei der unselbständigen Art ihrer Arbeit war es natürlich nötig, daß sie pünktlich und fortdauernd beschäftigt oder zumindest bezahlt wurden. Ob der Absatz der Waren stockte oder nicht, sie mußten jedenfalls weiter verhalten werden, da das Absatzproblem sie ja nichts anging.

»Du hast sie ja jetzt viel besser in der Hand«, sagte Fanny zu Macheath, als O'Hara noch in der Nacht an den Blacksmithsquare gegangen war. »Du benutzt keine Revolver und Messer gegen sie, aber du hast ihr Handwerkszeug. Du läßt sie nicht von der Polizei verhaften, aber der Hunger hält sie bei der Arbeit. Glaube mir, das ist besser. Alle modernen Unternehmer machen es so.«

Macheath nickte nachdenklich. Mit einigen Münzen in der

Hosentasche klimpernd, sie ab und zu herausnehmend, in die Luft werfend und wieder auffangend, ging er in Hemdsärmeln über den blauen chinesischen Teppich, Fannys bestes Stück.

Er hatte sich von dem Genickschlag durch die Anderthalb Jahrhunderte wieder ziemlich erholt und wälzte große Pläne.

Sie waren riesenhaft, entstammten aber trotzdem nicht etwa einem Kraftüberschuß bei ihm. Er hatte sie sehr nötig, um nicht unter die Räder zu kommen. Der Einkauf florierte jetzt. In die Läden drang ein Strom von Waren. Die Bretterregale füllten sich. Die Mary Swayers saßen bis tief in die Nacht und arbeiteten. Aus Ballen Leder wurden Stiefel. Wolle verwandelte sich unter den Händen ganzer Familien in Jumper. Schreibmaterialien und Lampen, Musikinstrumente und Teppiche stopften die kahlen Löcher voll.

Aber Macheath wußte, daß das Geld, das ihm Brown gepumpt hatte, kaum für sechs Wochen reichte, um den Einkauf O'Haras in Gang zu halten.

Aus einer solchen Lage konnten nur Pläne von napoleonischem Ausmaß retten.

VIII

On s'engage et puis on voit
(Napoléon)

»Aber es regnet draußen!«
»Aber die Hütte brennt über dem Kopf!
Lieber als verbrennen
Einen nassen Schopf!«
(Lied der Pioniere)

Napoleonische Pläne

In einem großen Gebäude der City mietete ein junger Mann einen ganzen Stock. Er unterschrieb den Kontrakt als Lord Bloomsbury und richtete vier bis fünf Büroräume ein. Er verwendete ziemlich alte, abgenutzte Möbel, die aber den Räumen das Aussehen eines schon betagten, überaus ehrbaren Geschäfts verliehen. Eine junge Frau mit goldbraunem Teint half ihm beim Aufstellen der Möbel und beim Engagement des Personals.

»Wissen Sie«, sagte sie, als die Möbel ankamen und er sie mißbilligend musterte, »altgewordene Geschäfte üben einen großen Zauber aus. Ihr Alter beweist, daß sie sich niemals etwas haben zu Schulden kommen lassen, was wiederum dafür spricht, daß man sie auch in Zukunft kaum erwischen wird.«

Der größte Raum wurde als Sitzungssaal ausgestattet. Auf die Glastüre des Hausflurs kamen große Goldbuchstaben: ZEG. Darunter stand kleiner »Zentrale Einkaufsgesellschaft«.

Die Gründersitzung der neuen Gesellschaft war kurz. Zwei in der City bekannte Anwälte, ein Herr O'Hara, ein Lord Bloomsbury und eine Frau Crysler wählten den Großhändler Macheath zum Präsidenten. Vizepräsident wurde Lord Bloomsbury. Macheath hatte ihn in einem Hause in Tunnbridge kennengelernt, wo er seine Donnerstagnachmittage verbrachte. Er hatte den bedeutungslosen, aber angenehmen jungen Mann mit leichter Mühe engagieren können, da dieser in ständigen Geldschwierigkeiten und in völliger Abhängigkeit von Jenny Month, Frau Lexers bester Kraft, war. Er war sehr dumm, schwieg aber mit Leidenschaft und hatte ein äußerst überlegenes Lächeln, das an keinerlei Anlässe gebunden war. Er machte den besten Eindruck und lebte davon.

Als erste Handlung der Gesellschaft wurden zwei Kontrakte unterfertigt. In dem einen verpflichtete sich Herr O'Hara, der ZEG größere Posten billiger Waren zu liefern. Der andere bewilligte Herrn Macheath für seine B.-Läden eine Option auf die von der ZEG besorgten Waren. Dann gab Herr Macheath den offiziellen Vorsitz an seinen Freund Lord Bloomsbury ab und bat die Herren, seine Präsidentschaft, wie bereits ausgemacht, der Öffentlichkeit gegenüber bis auf weiteres geheimzuhalten.

Die Herren gingen befriedigt auseinander und die Büros nahmen unter Leitung der Frau Crysler ihre Tätigkeit auf.

Sie bestand in der Korrespondenz mit einigen Agenten in englischen Provinzstädten und auf dem Kontinent, die für die ZEG die Warenvorräte bankerott gegangener Geschäfte einramschten, sowie der Leitung dieser Bestände in ein Lagerhaus in Soho. Die Belege über die eingegangenen Waren und die Quittungen über ausbezahlte Gelder wurden sorgfältig, aber in getrennten Ressorts katalogisiert. Auch die Eingänge des Lagerhauses wurden selbständig gebucht und wieder getrennt von der Auslieferung an die B.-Läden behandelt.

Das Büro arbeitete noch keine zwei Wochen, als in den Geschäftsräumen der Commercial Bank zwei Herren, Herr Macheath und Lord Bloomsbury, erschienen und die leitenden Direktoren der Bank zu sprechen wünschten.

Die Commercial Bank war ein Institut mit ausgezeichneten Beziehungen zu den Dominions, ein ziemlich neuer Prachtbau in der Great Russel Street. Sie finanzierte allerhand Handelsunternehmen, darunter die Aaronschen Kettenläden, B. Chrestons großen Konkurrenten und noch eine ganze Reihe kleinerer Firmen dieser Art in der Provinz.

Die Leute von der Commercial waren sehr ehrenwerte und im Kleinhandel versierte Herren. Sie empfingen Macheath mehr als reserviert. Wie es sich herausstellte, kannten sie die Organisation und die Lage der B.-Läden erstaunlich gut.

Macheath hatte sich eine ganz bestimmte Haltung zurechtgelegt.

»Die alte National hat mir auf meine Lager nichts gegeben, weil sie keinen erstklassigen Stammbaum hatten«, sagte er zu Bloomsbury, bevor sie in die Great Russel Street gingen. »Die Lager haben jetzt einen Stammbaum und außerdem gibt es jetzt scharfen Konkurrenzkampf; da wird die Neugier nach der Herkunft billiger Artikel bedeutend schwächer. Ich werde sagen müssen, daß die Lager sehr billig sind, sonst glauben sie mir nicht, daß ich ihr Geld, das sie mir leihen sollen, wieder herauswirtschafte. Aber damit ich den unverschämten Zinsfuß anbieten kann, den sie verlangen werden, müßte ich die Lager als so billig angeben, daß sie doch nach der Herkunft fragen, oder ich muß als Narr auftreten, der sich ruiniert. Verzweifelte Leute haben sie gern. Sie können mir glauben, Bloomsbury, daß es mir in meiner Lage nicht schwer fällt, als Verzweifelter aufzutreten: ich bin verloren.«

Macheath trat also nicht als kalter Geschäftsmann, sondern als ruinierter Mensch auf. Mit blassem Gesicht, Schweiß auf der Stirn, gestand er, daß er am Ende seiner Kraft sei. Er habe sich mit einem ausgearbeiteten Projekt vertrauensvoll an die National Deposit Bank gewandt und seine Offenheit sei schmählich mißbraucht worden. Diese Leute hätten seine Ideen kaltblütig gestohlen und seien damit zum Chrestonkonzern gegangen. Jetzt liege er mit riesigen Lagern fest, die abzunehmen er sich verpflichtet habe und für die ihm die ZEG jeden Tag unerschwingliche Mietskosten und Zinsen berechnen müsse.

Seine Läden auszubauen und mit Krediten zu versehen, fehle ihm das Geld. Die Lager ständen bei der ZEG zur Besichtigung.

Die Besichtigung am Unteren Blacksmithsquare fand statt und ergab tatsächlich große Bestände. Auch Quittungen und Belege für den Einkauf, darunter solche dänischer und französischer Firmen, konnten vorgewiesen werden.

Die Mienen der Commercial Direktoren klärten sich während der Besichtigung merklich auf.

Aber als Macheath und Bloomsbury am Tag danach wieder in die Bank kamen, saß neben den Herren Henry und Jacques Opper plötzlich ein fetter Herr von sehr jüdischem Aussehen, Herr I. Aaron, der Besitzer der Aaronschen Kettenläden, mit dem die Herren Opper, wie sie erklärten, zusammenarbeiteten.

»Herr Aaron«, sagte der jüngere Opper verbindlich, »Herr Aaron, den Sie kennen werden, interessiert sich sehr für Ihre Ideen, meine Herren.«

Macheath war einigermaßen verblüfft.

I. Aaron besaß mindestens anderthalb Dutzend große Geschäfte in den besten Gegenden der Stadt und die B.-Läden waren daneben nicht mehr als ein ruppiger, verlauster Straßenköter neben einem riesigen, gepflegten Neufundländer.

Minutenlang überlegte Macheath, ob es nicht besser wäre, sofort wieder das Zimmer zu verlassen. Er brauchte nur einen Blick auf die Herren Opper zu werfen, um zu sehen, daß sie ohne Aaron keinerlei Verbindung mit ihm eingehen würden. Er hatte das starke Gefühl, wiederum hereingelegt worden zu sein, ein Gefühl, an das er sich später oft erinnerte. Aber seine Lage gestattete ihm kein Zurück mehr. Er brauchte Geld.

Macheath wiederholte seine Geschichte und der große Aaron sagte heiter, das sei genau das, was er von B. Chreston erwartet hätte. Nach seiner Ansicht, die er in witzigen Wendungen auseinandersetzte, war Chreston, ein verhältnismäßig noch junger Mann, völlig skrupellos und nur auf Verdienen aus. Er sei trotz seiner Jugend oder wegen ihr ein typischer Vertreter jener Kaufleute schon etwas veralteter Art, die sich alles davon versprachen, das Publikum zu betrügen. Er, Aaron, sei keineswegs ein Moralist, Unmoral belustige ihn sogar, aber er halte nichts von ihr im Geschäftsleben. Sie habe einen zu kurzen Atem.

»Ihre Idee mit den Einheitspreisen ist nicht schlecht«, sagte er gutgelaunt, Macheath auf das Knie klopfend, »aber Ihre Lager«, und damit wandte er sich an Bloomsbury, der die ZEG vertrat, »sind fast noch besser. Wie kamen Sie an Herrn Macheath? Sie hätten gleich zu mir kommen können! Aber ich verstehe, der Weg geht über Herrn Macheath. Der kleine B.-Ladenbruder soll mitgenommen werden.«

Macheath hörte ihm mit wenig Spaß zu. Er fand seine Scherze dürftig. Er verspürte keinerlei Lust, Aaron an den Lagern zu beteiligen. Nur mit größter Selbstüberwindung spielte er seine Rolle als kleiner Mann, den der große Chreston beleidigt hatte, weiter.

Aaron schien sich sehr zu amüsieren, aber Macheath sah gut, daß ihm, so oft er den Namen Chreston erwähnte, eine leichte Röte über die Schläfen lief. Er hatte etwas gegen Chreston.

Tatsächlich war Chreston schon etwas zu sehr im Aufstieg. Auch die Herren von der Commercial Bank machten sich ihre Gedanken darüber. Für sie war die National Deposit, was für Aaron Chreston war. Diese Anderthalb Jahrhunderte hatten sich mit Grundstücken befaßt, was wollten sie im Kleinhandel? Ein kleines, langweiliges Institut mit ein wenig verschimmelten Kassenschränken! Die Commercial war zu groß, um Konkurrenzneid zu empfinden, aber sie hatte von ihrer Stellung im Kleinhandel eine sehr hohe Meinung. Sie fühlte sich durchaus als Schiedsrichter über alles, was mit dieser Branche zusammenhing. Sie hatte nicht das Gefühl, schnelle und skrupellose Geschäfte machen zu müssen. Ihre Mission war es, über die Moral im Kleinhandel zu wachen.

Man war sich klar, daß Männer vom Schlag des Macheath nur mit der Zange angefaßt werden könnten, aber hier schien wirklich ein etwas zweifelhafter Mann auf zumindest unkorrekte Weise behandelt worden zu sein. Jedermann konnte ihm ansehen, daß seine Nerven streikten. Er machte den Eindruck eines zutiefst Getroffenen.

Er ließ deutlich erkennen, daß er von Rachegedanken gegen die NDB und den Chrestonkonzern besessen war. Es lag ihm alles daran, diesen Herren einen Denkzettel zu erteilen, selbst unter persönlichen Opfern. Er stellte, anscheinend von seiner eigenen Beredsamkeit fortgerissen, I. Aaron seine Lager zu Schleuderpreisen zur Verfügung, damit Chreston brutal niederkonkurriert werden könnte, und verlangte als Gegenleistung nur, daß auch seine B.-Läden, gegen die er ja Verpflichtungen habe, in das Geschäft hereinkommen würden, zumal da es sich um lauter selbständige kleine Leute handele, die ihm ihr Vertrauen geschenkt hätten.

Die Möglichkeit, den Rachedurst des B.-Ladennapoleons, eine geschäftliche Unvernünftigkeit, die auf seine niedere Herkunft zu deuten schien, auszunützen, bestimmte die Herren von der Commercial und Herrn I. Aaron denn auch, dem Projekt näher zu treten.

Herr Macheath erhielt von dem Präsidenten der Commercial Bank, Herrn Jacques Opper, eine Einladung, ihn auf Warborn Castle über das Wochenende zu besuchen.

Warborn Castle war für das Ladengeschäft, was Downingstreet für die Außenpolitik und Wallstreet in New York wieder für einen andern Handelszweig ist. Dort liefen die »Fäden« zusammen.

Macheath kam sehr aufgeregt in das Büro der ZEG und Fanny

ließ sofort Bloomsbury holen. Macheath erklärte, er habe keine Ahnung, wie man auf Warborn Castle den Fisch äße.

Sie beratschlagten, wie man es anstellen könnte, daß die Einladung auf Bloomsbury ausgedehnt würde. Er behauptete allerdings, daß er auch nicht wisse, wie man in Warborn Castle den Fisch äße. Die Oppers waren noch nicht sehr lange dort.

Fanny erledigte die Angelegenheit durch ein offenes Gespräch mit Jacques Opper. Sie ging mit einer Mappe voll Details unter dem Arm in die Commercial Bank und zerstörte alle etwaigen Illusionen Oppers von den Manieren ihres Chefs. Sie sagte, Leute, die gewohnt seien, mit ihren Händen Geld zu schaufeln, benützten ihre Hände mitunter auch dazu, auf ihre Teller Fleischgänge zu schaufeln. Wenn man Bloomsbury miteinlüde, würde man jemand haben, der weniger Genie besaß als Macheath. Opper lud Bloomsbury ein.

Trotzdem wäre an diesem beinahe noch alles gescheitert. Er besaß keine so hohe Meinung von den Oppers wie Macheath, da er eben wenig von Geld verstand, und wollte unbedingt Jenny mitnehmen. Das stellte er sich als einen Hauptspaß vor. Er wollte sagen, Jenny sei seine Schwester, und dann mit ihr einen neueren Modetanz zeigen. Davon versprach er sich etwas.

Fanny brachte ihn mit großer Mühe davon ab.

Sie kontrollierte streng Macheath' Kleidung und nahm ihm seinen Degenstock ab.

»Du brauchst ihn jetzt nicht mehr«, sagte sie.

Im letzten Moment kaufte er sich allerdings noch ein Paar rindslederne Handschuhe von Naturfarbe mit fingerdicken Nähten, die sie nicht mehr sah. Bloomsbury bemerkte sie mit Wohlgefallen.

Auf der Fahrt nach Warborn Castle überzeugte Bloomsbury Macheath davon, daß es unbedingt nötig sei, die gewohnten Manieren beizubehalten; die Oppers würden sonst Macheath nicht mehr für einen Emporkömmling halten. Die kleine Rede, in der Bloomsbury dies zur Sprache brachte, war sein einziger Beitrag zu dem Geschäft, das durch Macheath' Eindringen in Warborn Castle eingeleitet wurde.

Das Weekend wurde viel angenehmer, als Macheath es sich vorgestellt hatte.

Sie stapften über wohlgepflegte Rasenflächen und aßen Wildpret, zu dem es alten Portwein gab. In der Bibliothek roch es nach altem, teurem Leder und Macheath konnte seine Materialkenntnis verwerten, die ihm Fanny an Hand pornographischer Luxusdrucke eingetrichtert hatte.

Der Seniorchef der Bank, Herr Jacques Opper, war unverheiratet und befaßte sich mit schöngeistigen Dingen, vor allem einer Biographie des Lykurgus. Die treibende Kraft im Geschäft war Henry Opper.

Bloomsbury war ziemlich überflüssig. Das Fischproblem spielte keine Rolle.

Macheath wunderte sich, in welcher Weise man auf Warborn Castle über geschäftliche Dinge sprach. Das Geld kam überhaupt nicht vor. Bloomsbury fand heraus, daß der große Aaron nur deswegen nicht eingeladen war, weil er für Jacques Oppers Geschmack zu viel von Geld redete. Jacques Opper konnte Geld nicht ausstehen. Er sagte: diese Dinge müssen eben irgendwie geordnet sein, damit ein einigermaßen erträgliches Leben möglich ist. Abends nach einer ausgezeichneten Mahlzeit kam er darauf zurück.

»Gewiß, man muß essen um zu leben. Aber man hat noch nicht gelebt, wenn man gegessen hat. Die eigentliche Triebkraft der Menschheit ist das Bedürfnis, sich auszudrücken, das heißt seine Persönlichkeit zu verewigen. Wobei das geschieht und wodurch, das ist völlig nebensächlich. Der geborene Reiter drückt sich aus, indem er reitet. Ob ihm das Pferd gehört, ist unendlich gleichgültig. Er will reiten. Ein anderer will Tische machen. Er ist glücklich, wenn er das geliebte Holz in der Hand hat und sich mit seinen Werkzeugen in ein Zimmer einschließen darf. Das ist das ganze Geheimnis der Wirtschaft. Wer nichts will, wer alles nur tut, um damit Geld zu verdienen, der ist auf jeden Fall ein armer Mensch, auch wenn er dieses Geld verdient. Ihm fehlt es am Eigentlichen. Er ist nichts und will daher auch nichts schaffen.«

Ohne Henry Opper wäre es Macheath schwer gewesen, die Rede auf Kettenläden und Kredite zu bringen.

Erst lange nach dem Kaffee konnte er entwickeln, was seine Prinzipien der Selbständigkeit der kleinen Besitzer bedeuteten. Da er in Schwung kam, erklärte er auch noch gleich, wie er das Prinzip wenigstens teilweise in größeren Läden, etwa denen Aarons, anwenden würde.

Mit großer Beharrlichkeit und immer aufs neue versicherte er allen, es sei natürlich ein Aberglaube, daß das Hauptgeschäft aus der Kundschaft herauszuholen wäre. Die eigentliche Einnahmequelle sei und bleibe der Angestellte.

Die Kundschaft sei eigentlich nur dazu da, es dem Geschäftsmann zu ermöglichen, aus seinen Angestellten und Arbeitern Nutzen zu ziehen.

Die Triebfeder des Angestellten aber sei der gemeine Eigennutz. Was kümmere, rief Macheath aus, den Verkäufer das Wohl und Wehe seiner Firma?! Gleichgültig sehe er den Kunden hinauslaufen, solange er noch sein Gehalt bekomme. Die einzige Rettung sei es, ihn am Geschäft zu beteiligen. Man müsse ihm einfach kurz entschlossen etwas in den Rachen werfen.

»Denken Sie an Gewinnbeteiligung?« fragte Opper erschrokken.

»An nichts anderes.«

»Aber das kommt doch furchtbar teuer«, sagte Opper.

»Da kann ich Ihnen nicht beipflichten«, gab Macheath zurück. »Die Beteiligung wird natürlich in Gutscheinen auf die Firma gewährt. Dadurch werden die Verkäufer als Kunden gewonnen.«

Henry Opper brummte irgend etwas. Aber Jacques, der Bücherwurm, sah Macheath aufmerksam und forschend an.

Alles in allem ging der Abend gut vorüber. Man begab sich verhältnismäßig früh auf die Zimmer. Mac konnte noch nicht schlafen. Er hielt Bloomsbury eine Rede über die Lahmheit der oberen Schichten.

»Diesen Leuten«, sagte er, mit hängenden Hosenträgern herumlaufend, »fehlt es an Ernst. Wenn man ihnen zuhört, könnte man glauben, sie verdienten ihr Geld nur um der Aufregungen willen, die damit verbunden sind. Das ist geradeso, wie wenn eine Dogge, die in einen Strudel gerät, behauptet, sie schwimme ans Ufer nur um des Sports willen. Sie meinen, ich weiß nicht, daß das Eindringen der Anderthalb Jahrhunderte in den Kleinhandel ihnen schlaflose Nächte bereitet. Chreston hat Geld bekommen, das bedeutet, daß Aaron Geld braucht. Sie bestellen mich hierher, als wollten sie meinen Charakter prüfen, aber in Wirklichkeit ist es natürlich mein Warenlager, auf das es ihnen ankommt. Wenn sie das nicht wissen, ist es umso schlimmer für sie. Ohne mein Warenlager könnte Aaron die Preise für seine teuren Waren niemals senken. Und bei allem Gewäsch über Lykurgus, oder wie der alte Grieche heißen mag, hat auch Jacques sehr genau aufgepaßt, was meine Waren kosten. Wo ich sie hernehme, fragen diese Leute schon gar nicht mehr. Daher ist der alte Satz ›Woher nehmen ohne zu stehlen‹ längst überholt, seit das Stehlen soviel Geld kostet. Ich will sehen, ob ich dieses Geld aus ihnen herauskriege, das sie so verachten.«

Macheath mißbilligte Jacques weit mehr als Henry, er nannte ihn vernagelt, aber zur gleichen Zeit, als er seinem Mitarbeiter gegenüber sich ereiferte, war es Jacques Opper, der dem immer noch zweifelnden Bruder beim Aufknöpfen der Hosenträger eine gute Meinung von ihm beibrachte.

»Dieser einfache Mann hat Ideen«, sagte er, »und was mehr ist: er hat Instinkt. Seine Anschauung vom Wert des Wettkampfes der Verkäufer ist geradezu griechisch. Er sieht nicht bloß simple Ausverkäufe wie Aaron; er sieht im Geist Wagenrennen. Sein Anteilschein ist eigentlich der Lorbeer, der dem Besseren winkt. Er weiß das alles nicht, aber er fühlt es. Er verlangt völlig zu Recht die voll ausgebildete harmonische Persönlichkeit beim rechten Verkäufer; Kollokakadia! als er ihn beschrieb, sah ich Alkibiades vor mir. Das ist nicht übel.«

Der jüngere Opper sah noch vor dem Einschlafen Aarons Verkäufer die erschlagenen Kunden zur Kassa schleifen, wie Achilles den Hektor.

In der Woche, die auf dieses Weekend folgte, kam die Einigung zwischen der Commercial Bank, dem Aaronschen Kettenlädenkonzern und der ZEG unter Dach. Aaron sollte hinfort von der ZEG zu gleichen Preisen Waren bekommen wie die B.-Läden.

Die Verträge, die Bloomsbury für die ZEG unterzeichnen mußte, waren schaudervoll.

Macheath wagte Bloomsbury nicht in die Augen zu schauen.

Dann, auf der Straße, bekam er einen Weinkrampf. Bloomsbury, betreten und nicht wenig erstaunt, brachte ihn in einen nahegelegenen Teeraum. Dort bestellten sie Butterbrote. Nur langsam fand Macheath seine Beherrschung zurück.

»Zu diesen Preisen, wie sie Aaron zahlt«, sagte Macheath zu Bloomsbury, als sie den Teeraum verließen, »können wir die

Waren nicht stehlen. Das ist unmöglich lange durchzuhalten. Damit können wir höchstens eine Werbewoche wie Chreston durchführen und das ist es, was die Brüder wollen. Sie wollen möglichst kurze Zeit mit uns zu tun haben. Sie sind zu fein dazu. Sehen Sie sich dieses Haus an, Bloomsbury! Marmor und Kupfer! Ich habe nie verstanden, warum das Publikum sein Geld zu Gebäuden hinträgt, die soviel gekostet haben und immer weiter kosten. Die Leute meinen offenbar, Firmen, die sich Marmor und Kupfer leisten können, brauchen kein Geld mehr, also sei ihr Geld dort sicher!«

Die alte kleine National Deposit war mehr nach seinem Geschmack gewesen. Ihre ärmlichen Büros schienen zu sagen: wir verdienen wenig an unseren Kunden.

Er dachte mit Kummer an die National Deposit Bank, dieses verräterische, alte Amphibium. Ohne die National bedeutete gegen die National. Die National beherbergte aber die Mitgift seiner Frau. Macheath hatte bittere Gefühle, wenn er daran dachte. Es war ihm klar, daß sein Kampf jetzt gegen diese Mitgift ging, die er, so eigentümlich war nun seine Lage, mit aller Kraft vernichten mußte, wenn er durchkommen wollte. Der Kampf gestattete keinen Pardon, er wurde nur durch Vernichtung des Gegners gewonnen.

Macheath sah eine Zeit harter Arbeit vor sich.

Es war teuer gewesen, die ZEG zu einem Lockvogel für die Commercial zu machen, aber hätte er jetzt seine kümmerlichen B.-Läden ausbauen dürfen, dann wären sie jedenfalls glänzend versorgt worden und hätten eine wunderbare Blütezeit erlebt. Statt dessen war das Schlimmste geschehen: er hatte Aaron hereinnehmen müssen, die Konkurrenz und die übermächtige Konkurrenz dazu! Er hatte seine Lager ausgebaut, um sie sich stehlen zu lassen! Er war wieder nicht wirklich vorwärts gekommen. Wenn kein Glückszufall Macheath zu Hilfe kam, blieb er nach wie vor verloren. Er glich einem Mann, der mit bloßen Füßen auf einer glühenden Herdplatte steht. Ein solcher Mann wird niemals aufhören, hochzuspringen, um den Platz zu wechseln, und sei es auch, einen heißen mit einem ebenso heißen. Seine gute Zeit besteht in den Augenblicken, wo sein Fuß in der Luft ist.

Im Augenblick hatte Macheath einiges Kapital für seine B.-Läden herausschlagen können. Sie konnten vermehrt und mit neuen Krediten versehen werden. Die rückständigen Löhne der »Einkäufer« O'Haras wurden ausbezahlt.

Vor den nach Newgate zusammengetrommelten B.-Laden-Besitzern hielt Macheath eine prinzipielle Rede.

Zuerst teilte er mit, daß er sich entschlossen habe, seine ungeteilte Arbeitskraft nunmehr ihnen, den B.-Läden, zu schenken. Zu seiner Entlastung habe er sich vom Einkauf so gut wie frei gemacht und diesen einer sehr potenten Gesellschaft, der ZEG, übertragen. Diese Gesellschaft biete Posten, die allerdings nur bei Abnahme größerer Quantitäten billig seien. Es habe sich auch darum gehandelt, zu verhindern, daß sie anderen Läden so günstige Offerten mache. Allein hätten aber die B.-Läden die ZEG niemals voll beschäftigen können.

Er fuhr fort:

»Wie Sie vielleicht gehört haben, sind die Vereinigten B.-Läden gestern in eine enge geschäftliche Verbindung mit den Aaronschen Kettenläden getreten. Die Zentrale Einkaufsgesellschaft m. b. H., die Sie, meine Herren, zukünftig beliefert, wird auch den Aaronschen Kettenladenkonzern beliefern. Was bedeutet dieser sensationelle Schritt des mächtigen Aaronkonzerns? Meine Herren, er bedeutet einen Sieg, einen überwältigenden Sieg der B.-Läden. Und was wichtiger ist: der B.-Ladenidee. Welche Idee ist das? Meine Herren, es ist die Idee, auch den armen und ärmsten Schichten der Bevölkerung die Gaben der modernen Industrie zugute kommen zu lassen. Ein Mensch der Masse, ein Dutzendmensch, das klingt nicht ehrenvoll. Meine Herren, darin liegt ein gut Teil Unwissenheit. Gerade die Masse macht es. Der Geschäftsmann, der den Groschen, den sauer erarbeiteten Groschen des Arbeiters über die Achsel ansieht, begeht einen schweren Fehler. Dieser Groschen ist so gut wie irgend anderes Geld. Und ein Dutzend ist zwölf mal so viel wie einer. Das ist die Idee der B.-Läden. Und diese Idee der B.-Läden, Ihre Idee, hat über den mächtigen Aaronkonzern mit seinen Dutzenden von großen Geschäften einen vollen Sieg davongetragen. Auch der Aaronkonzern wird zukünftig den ärmeren Schichten seine Tore öffnen und damit im Dienst der Idee der Billigkeit und des sozialen Fortschritts stehen. Manchen

Kleingläubigen unter Ihnen – es gibt ja überall Meckerer und Miesmacher – höre ich nun im stillen sagen: Warum sollte der mächtige Aaronkonzern mit uns kleinen Geschäftsleuten künftig zusammenarbeiten wollen? Und da müssen wir allerdings sagen: nicht wegen der blauen Augen der Billigkeitsläden! Wohin wir blicken in der Natur, geschieht nichts ohne materielle Interessen! Wo immer einer zu dem andern sagt: ich meine es gut mit dir, wir wollen zusammen . . . usw., da heißt es aufgepaßt! Denn die Menschen sind eben menschlich und keine Engel und sorgen vor allem erst einmal für sich selber. Aus Menschenfreundlichkeit allein geschieht gar nichts! Der Stärkere bezwingt den Schwächeren, und so wird es auch bei unserer Zusammenarbeit mit dem Aaronkonzern heißen: bei aller Freundschaft, wer ist hier der Stärkere? Also Kampf? Jawohl, meine Herren, Kampf! Aber friedlicher Kampf! Kampf im Dienste einer Idee! Der gesund denkende Geschäftsmann scheut den Kampf nicht. Nur der Schwächling scheut ihn, über den das Rad der Geschichte hinweggeht! Der Aaronkonzern hat sich uns angeschlossen, nicht weil unsere blauen Augen ihm gefielen, sondern weil er mußte, weil er Achtung hat vor der zähen, ausdauernden und opferfreudigen Arbeit der B.-Läden, und diese gilt es zu verstärken. Unsere Kraft beruht auf unserem Fleiß und auf unserer Genügsamkeit! Von uns weiß man: wir legen selber Hand an! Und darum habe auch ich mich entschlossen, in Zukunft meine ganze Kraft Ihnen und den B.-Läden zu widmen, nicht aus materiellem Interesse heraus, sondern weil ich an die Idee glaube und weil ich weiß: der unabhängige Kleinhandel ist der Nerv des Handels überhaupt und außerdem eine Goldgrube!«

Die Rede wurde von etwa einem halben Hundert Menschen männlichen und weiblichen Geschlechts und einigen Presseleuten angehört und hinterließ starke Eindrücke. Es waren nicht wenige schwächliche oder geschwächt aussehende Menschen darunter, aber der Appell an die eigene Kraft verhallt, wie man weiß, selten ungehört.

Macheath konnte mit seinem Erfolg zufrieden sein, aber er verließ die Sitzung zusammen mit Fanny Crysler und auf irgendeine Weise erfuhr Polly davon.

Er fand sie eines Abends ziemlich spät vor seiner Tür in Nunhead. Sie hatte in einem B.-Laden seine Adresse erfragt und saß schon ein paar Stunden vor der Gittertür. Sie war ziemlich kleinlaut und sagte gleich, sie habe es ohne ihn nicht mehr ausgehalten.

Während er die Haustür aufschloß, bereitete er sie auf die neue Wohnung vor, von der vorläufig nur ein Zimmer eingerichtet sei. Warum er die große Wohnung verlassen hatte, sagte er ihr oben, als sie auf dem einzigen Stuhl saß, ihren Koffer vor den Füßen.

Er sagte ihr ernst, die Einstellung ihres Vaters zu ihm habe ihn in allerhand Schwierigkeiten gebracht. Er gestehe offen, daß er mit der Mitgift oder wenigstens mit einer Verbesserung seines Kredites gerechnet habe.

»Ich hoffe«, sagte er, »daß du nicht enttäuscht bist, einen Mann zu haben, der mit dem Penny rechnet. Ich habe Zeit meines Lebens schwer gearbeitet; jetzt, wo ich Land sehe, brauche ich ein Stück Geld, um ganz in Ordnung zu kommen. Ein Mann meiner Art darf nicht ins Blinde hinein heiraten. Er muß sich in der Hand haben. Seine Frau muß ihm eine Hilfe sein können. Als ich meine Gefühle für dich entdeckte, habe ich dennoch den Kopf oben behalten und mich kühl gefragt: ist das die richtige Frau für dich? Mein Instinkt sagte mir: ja und meine Erkundigungen, die ich unterderhand diskret einzog, bewiesen mir, daß mich mein Instinkt nicht getäuscht hatte. Schon Kipling sagt: der kranke Mann stirbt und der starke Mann ficht.«

Er sehe darum andererseits auch der jetzt eingetretenen Situation kaltblütig ins Auge.

Er habe also die Wohnung wieder verkauft. Sie würden sich hier einrichten, wenn sie es nicht vorzöge, wieder zu ihrem Vater zurückzukehren, dessen Feindschaft ihm im Augenblick aus den erwähnten Gründen nicht angenehm sein würde.

Sie weinte ein wenig und sprach dann von den Zudringlichkeiten des Herrn Coax, denen sie schutzlos ausgesetzt sei. Dies verstand er sofort, und als sie ihm noch mitteilte, sie fühle sich schwanger, ein kleiner Macheath wachse unter ihrem Herzen heran, zeigte er sich von seiner besten Seite.

Er gestattete ihr sofort, nunmehr bei ihm zu bleiben.

Sein Ton war gegen früher verändert, er behandelte sie jetzt mit einer gewissen kurz angebundenen Überlegenheit, was ihr sehr gut gefiel.

Glücklich gestand sie ihm, daß sie immerzu darauf gewartet habe, daß er nachts zu ihr komme. Es sei nicht schwer, am Balkon hochzukommen. Unangenehm überrascht erwiderte er, er könne doch nicht bei Nacht und Nebel an einem Balkon hochklettern, um bei seiner eigenen Frau einzusteigen. Das scheine ihm durchaus unpassend.

Sie sah es ein.

Er lag noch lange neben ihr wach, die Hände unter dem Kopf gefaltet, in das ungewisse Licht der Vorhänge starrend.

»Ich werde ihn Dick nennen«, träumte er, *»ich werde ihn in allem belehren, ihm sagen, was ich weiß. Ich weiß viel. Manches, was ich mir noch mühsam geistig erarbeiten mußte, wird er von mir einfach zu hören bekommen, ohne jede Anstrengung. Ich werde ihn an der kleinen Hand nehmen und ihm erzählen, wie man einen Konzern leitet und aus den Leuten etwas herausholt, diesen schuftigen, unzuverlässigen, sich um jede Arbeit drückenden Brüdern. Wenn man dir deinen Brei vom Teller stehlen will, dann schlage zu mit deinem Löffel, werde ich ihm sagen; und zwar so oft, bis er es begreift. Wo du eine Tür einen Spalt offen siehst, da klemme gleich deinen Fuß hinein und dann vorwärts mit Wucht in das Gebäude! Nur nicht verzagt herumstehen und auf gebratene Tauben warten! Ich werde ihm das mit aller Geduld, aber auch mit aller Strenge beibringen. Dein Vater war ein ungelehrter Mann, aber kein Professor der Weltgeschichte konnte ihn lehren, wie man den Jungens das Fell über die Ohren zieht! Du kannst studieren, aber vergiß nie, wer dir das ermöglicht hat. Das Geld für dein Studium hat dein Vater Penny für Penny aus den Taschen zäher Burschen ziehen müssen. Vermehre dieses Kapital! Vermehre dein Wissen, aber vermehre auch die Grundlage.«*

Er schlief mit einer tiefen Falte auf der Stirn ein, aber sehr zufrieden mit Polly.

Vom nächsten Morgen ab holte sie die Milch im Milchgeschäft, lernte, ihm seine Hammelleber gut zuzubereiten, so wie sie ihm mundete, und half ihm, die anderen Zimmer einzurichten.

Sie sprach nicht von Fanny Crysler, weder in dieser ersten Nacht, noch später. Macheath fürchtete zuerst, Fanny Crysler, zu der sich seine Beziehungen in der letzten Zeit intimer gestaltet hatten, werde Schwierigkeiten machen, aber sie zeigte zu seiner Erleichterung keine Änderung in ihrem Verhalten, als er von nun an nachts wieder nach Hause ging. Er hätte sie ungern verstimmt, da sie ihm in der ZEG eine große Hilfe war. Er hatte sie hineingebracht, weil er glaubte, daß sie aus physischen Gründen an ihm hinge.

Er brauchte sie.

In einer Sitzung, die in dem großen, mit Mahagonnyhölzern getäfelten Sitzungssaal der Commercial stattfand, hatte man beschlossen, die Entscheidungsschlacht gegen Chreston drei Wochen nach dessen mit großem Tamtam angekündigter Werbewoche in einer schon jetzt anzukündigenden Werbewoche der Aaron- und B.-Läden zu schlagen.

IX

Der Mensch lebt durch den Kopf
Der Kopf reicht ihm nicht aus
Versuch es nur, von deinem Kopf
Lebt höchstens eine Laus.
 Denn für dieses Leben
 Ist der Mensch nicht schlau genug
 Niemals merkt er eben
 Allen Lug und Trug.

Ja, mach nur einen Plan
Sei nur ein großes Licht!
Und mach dann noch 'nen zweiten Plan
Gehn tun sie beide nicht.
 Denn für dieses Leben
 Ist der Mensch nicht schlecht genug
 Doch sein höhres Streben
 Ist ein schöner Zug.

Ja, renn nur nach dem Glück
Doch renne nicht zu sehr!
Denn alle rennen nach dem Glück
Das Glück rennt hinterher.
 Denn für dieses Leben
 Ist der Mensch nicht anspruchslos genug
 Drum ist all sein Streben
 Nur ein Selbstbetrug.

(Lied von der Unzulänglichkeit
menschlichen Strebens)

Kämpfe ringsum

Auch Herr Peachum stand in schweren Kämpfen.

Er mühte sich Tag und Nacht, sich das Schiffegeschäft vom Hals zu schaffen. Mit aller Macht strebte er wieder zurück zu seinem eigentlichen Fach, dem Großbettel.

Seine Sorgen, unter den Brückenbögen zu landen, sein Gefühl, betrogen worden zu sein von einem Schlaueren, Rücksichtsloseren, Lebensfähigeren, all das setzte sich in ihm um in den Gedanken, sein Bettelgeschäft auszubauen, das ja nur aus Bedrückung und Betrug erwuchs. Er war gewohnt, auch seinen Kummer zu verwerten.

Manchmal blieb er bei Fewkoombey im Hof am Zwinger stehen und redete mit ihm, als sei er sein Kompagnon. Der Einbeinige wunderte sich darüber, bis er merkte, daß Herr Peachum vielleicht ebenso sehr zu den Hunden redete, denn er sah ihn überhaupt nicht an.

»Ich lese in den Zeitungen«, sagte er z. B., *»daß in letzter Zeit zuviel gebettelt werde. Dabei sieht man nur alle paar Kilometer einen Bettelnden und immer denselben. Wenn man nach der Zahl der Bettler ginge, könnte man glauben, es gäbe kein Elend. Ich habe mich oft gefragt: wo sind eigentlich die Elenden? Die Antwort lautet: überall. Sie verbergen sich hinter ihrer Massenhaftigkeit. Es gibt außerdem ganze Riesenstädte, die nur von ihnen bewohnt werden, aber sie verstecken sich gleichsam in ihnen. Sie lassen sich nicht blicken, wo es hübsch ist. Sie meiden die angenehmen Straßen. Meistens arbeiten sie. Das verbirgt sie am besten. Daß sie nichts kaufen können, was ihren Hunger stillt, bemerkt man nicht, weil sie nicht in den Läden erscheinen, um nichts zu kaufen. Es sind ganze Völker, die in Hinterhäusern dahinsiechen. Die zeitgemäße Form ihrer Vernichtung ist eine fast unmerkliche (abgesehen davon, daß es eine anonyme ist!). Sie werden vernichtet, aber die Vernichtung dauert Jahre. Verfälschte Lebensmittel und davon noch zu wenig, verpestete Wohnungen, Beschneidung aller Lebensfunktionen, das alles braucht lange, bis es den Mann unten hat. Der Mensch ist unglaublich haltbar. Er stirbt nur ganz langsam ab, stückweise. Lange noch sieht er wie ein Mensch aus. Erst ganz zuletzt bekennt er Farbe und geht vollends ein. Diese eigentümliche Art unterzugehen macht es schwierig, den so massenhaften, unermeßlichen Untergang wahrzunehmen. Ich habe oft darüber nachgedacht, wie man dieses Elend, das wahre Elend, zu irgendeiner Wirkung bringen könnte. Es müßte ein unglaubliches Geschäft sein! Aber es ist unmöglich. Wie soll man den an sich gewiß erschütternden Blick einer Mutter verwenden, mit dem sie, ihr krankes Kind im Arm, das Wasser die Wand ihrer Kammer hinablaufen sieht? Man hätte solcher Mütter Hunderttausende, aber was soll man mit ihnen anstellen? Man kann doch nicht Führungen durch die Armenviertel veranstalten wie über die Schlachtfelder! Auch der Anblick eines vierzigjährigen Mannes, dem es zu Bewußtsein kommt, daß er aus dem Konkurrenzkampf ausschaltet, weil er*

verbraucht ist – nicht er, sondern die Umwelt hat mit seinen Kräften nicht hausgehalten –, dieser Anblick ist an die Nieren greifend, gewiß, aber der Mann gewährt ihn nicht der Öffentlichkeit. Geschäftlich betrachtet ist er also nutzlos. Das sind zwei Beispiele von Tausenden.«

Herr Peachum verlor plötzlich anscheinend die Lust am Sprechen. Mit einer abwesenden Bewegung wies er Fewkoombey an seine Arbeit und ging weg, mit einem sorgenvollen, unruhigen Gesichtsausdruck.

Oder er sagte:

»Es ist etwas Eigentümliches um das Bettelgeschäft. Gerade für mich war es im Anfang schwer, an dieses Geschäft zu glauben. Ich merkte aber dann, daß die Leute aus der gleichen Angst, aus der sie nehmen, auch zu geben bereit sind. Es fehlt ja auch nicht an Mitleid, nur kann man mit Mitleid nicht ebensogut eine warme Mahlzeit verdienen wie ohne Mitleid. Es ist mir auch klar, warum die Leute die Gebrechen der Bettler nicht schärfer nachprüfen, bevor sie geben. Sie sind ja überzeugt, daß da Wunden sind, wo sie hingeschlagen haben! Sollen keine Ruinierten weggehen, wo sie Geschäfte gemacht haben? Wenn sie für ihre Familie sorgten, sollten da nicht Familien unter die Brückenbögen geraten sein? Alle sind von vornherein überzeugt, daß angesichts ihrer eigenen Lebensweise allüberall tödlich Verwundete und unsäglich Hilfsbedürftige herumkriechen müssen. Wozu sich da die Mühe machen zu prüfen? Für die paar Pence, die man zu geben bereit ist!«

Ein andermal sagte er nur:

»Glauben Sie nicht, daß ich meine Blindenhunde aus Schlechtigkeit nicht dick füttere: es beeinträchtigt nur das Geschäft, wenn sie fett aussehen.«

Und eines Tages rügte er Fewkoombeys ruhige Miene mit den Worten:

»Sie sehen viel zu zufrieden aus. Ich sage allen meinen Leuten, sie müssen wie Erniedrigte und Beleidigte aussehen: um diesem hassenswerten Anblick zu entgehen, zahlt man gern.«

Er wäre sicher zutiefst erschrocken, wenn ihm zu Bewußtsein gekommen wäre, daß solche Redereien vor Angestellten auf eine schwere seelische Erkrankung hindeuteten; denn er wußte, daß kranke Leute auf keine Schonung rechnen konnten.

Das Herbeischaffen der Gelder für den Kauf der Southamptoner Schiffe Coaxens erwies sich als recht schwierig.

Miller von der Deposit Bank wehrte die Zumutung, 50000 Pfund zu kreditieren, mit aufgehobenen Händen ab. Er wollte seinen Kunden nicht vor den Kopf stoßen und berief sich auf seine Verantwortung gegenüber der siebenjährigen Inhaberin der Bank. Er stecke bis über den Hals in Geschäften mit großen Konzernen. Im Vertrauen gesagt, dem Chrestonkonzern. Über Peachums Kapitalmangel schien er sehr erschrocken und war es noch mehr als er schien.

Peachum hatte etwa 10000 Pfund Depotgelder bei der National Deposit Bank stehen. Aber die wollte er unter keinen Umständen anreißen. Außerdem hätten sie nicht ausgereicht.

Finney behauptete, nun endlich die Operation nötig zu haben, und drohte fortgesetzt damit, er gehe morgen in die Klinik. Nur Eastman kämpfte, aber er konnte nicht viele Erfolge buchen.

Da ereilte sie auch noch die Nachricht, Hale vom Marineamt werde von einem Skandal bedroht.

Coax kam eigens zu Peachum und wartete in dessen kleinem Büro hinter der Eisentür, bis Eastman geholt war.

Er berichtete folgendes:

Hale erhielt seit einigen Tagen erpresserische Briefe. Seine Frau war vor zwei Jahren bei einer Polizeirazzia in einem Stundenhotel mit einem seiner Freunde überrascht worden. Der Erpresser behauptete, das Tagebuch dieses Freundes zu besitzen, aus dem hervorgehe, daß Hale von der Sache erfahren habe – ohne Konsequenzen zu ziehen. Er stehe sogar mit diesem Freund jetzt noch in Geschäftsverbindung . . .

Der Makler sah Eastman, zu dem er hauptsächlich sprach, scharf und lange in die Augen. Dieser wandte sein gequältes Gesicht Peachum zu.

Peachum sah wieder schwer krank aus.

»Was kostet das Tagebuch?« fragte er mühsam, Coax dabei mit dem Blick ausweichend.

»Tausend«, sagte Coax leichthin.

»Die hat er. Die TSV hat ihm 9000 gezahlt.«

Das sagte Eastman.

Und Coax sagte geduldig:

»Er hat gar nichts. Seine Frau hat Toiletten. Sonst bekäme sie keine Freunde, auch nicht für Stundenhotels. Den Rest der Gelder, die er von der TSV bezog, muß er zur Niederschlagung der Untersuchung verwenden. Der Fall dieses Mannes ist tragisch.«

»Was geschieht, wenn er nicht zahlt?« fragte Peachum.

»Dann muß er gehen. Es ist furchtbar, daß die Leute, mit denen man geschäftlich zu tun hat, auch noch Privatangelegenheiten haben. Hale wandte sich in seiner Not sofort an mich, da ich sein bester Freund bin. Von einer Hilfe wollte er nichts wissen. Das ist dein Beamtendünkel, sagte ich ihm. Deine Schwierigkeit ist meine Schwierigkeit. Meine Herren, wir müssen Rat schaffen. Ein Mann wie Hale darf nicht solcher Lappalien wegen über Bord gehen. Das ist menschlich nicht verantwortbar. Aber auch schon aus ganz und gar egoistischen Erwägungen heraus müssen wir Hale stützen, meine Herren.«

Als Coax sich im Laden verabschiedete, zögerte er einen Augenblick.

»Fräulein Polly ist wohl immer noch nicht zurück aus Chamonix?« fragte er, seinen Borsalino in Form bringend, eine kecke, unternehmende Form übrigens.

»Nein«, sagte Peachum heiser.

Man hatte Coax vorgelogen, Polly sei in der Schweiz, um ihre Bildung zu vervollständigen. Peachum hatte schon, um die Illusion vollständiger zu machen, überlegt, ob er nicht falsche Ansichtskarten aus Chamonix besorgen lassen sollte. Aber das war nicht ratsam. Früher oder später mußte man Coax ja doch die ganze üble Geschichte beichten, nämlich wenn sie geordnet war. Da durften dann die Lügen nicht allzu dick gewesen sein.

Coax vergaß niemals, sich nach Polly zu erkundigen.

Peachum sollte sich am nächsten Montag mit Hale und Coax im Wannenbad treffen. Coax wickelte seine Geschäfte mit der TSV grundsätzlich in »Feathers Wannenbädern« und immer am Montag ab, gleichgültig, wieviel Zeit dadurch verloren ging.

Eine halbe Stunde, bevor Peachum bestellt war, trafen sich Coax und Hale dort.

Sie zogen sich langsam aus, ohne Mädchen. Hale, ein dicker Vierziger, sprach.

»Ich war immer gegen deine Seitensprünge mit Evelyn, das weißt du, William! Du hast sie dadurch nur Ranch entfremdet. Ich weiß, daß sie deinetwegen die schlimmsten Szenen mit

Ranch hatte, ich kann ein Lied davon singen. Jede psychische Mißhelligkeit wirft sie für Tage um. Und ich fühle mich nun einmal nicht wohl, wenn ihr etwas fehlt. Ich schätze sie eben. Und dann: Stundenhotel! Das ist ja krankhaft bei dir! Ich wundere mich, daß sie kein Nesselfieber bekam! In einem Stundenhotel, wo alle zwei Stunden die Wäsche gewechselt wird und also kategorisch feucht sein muß! Und vor allem die Vorstellung Stundenhotel! Evelyn ist das empfindlichste Geschöpf, das ich kenne. Es muß direkt ein perverser Reiz für sie gewesen sein, diese Wäsche! Und sonst ist sie so natürlich. Das ist das Schönste an ihr. Diese Sache verzeihe ich dir niemals, und es sind bei Gott nicht die Folgen, aus denen ich mir nichts mache, so bin ich nicht. Aber jetzt kann ich mich hinstellen und diese Krämer um 1000 Pfund anschnorren! Ich tue das furchtbar ungern. Was gehen die meine Privatangelegenheiten an? Sie können mit Recht sagen: Herr, wir machen mit Ihnen Geschäfte, wir bezahlen Ihnen nicht die Badekur! Ich ginge am liebsten jetzt noch weg. Schließlich bin ich Beamter.«

Coax sah ihn an und sagte:

»Ja, schließlich bist du Beamter.«

»Ich möchte wissen, woher dieser Gawn dein Tagebuch hat«, brummte Hale, die Socken auf einem Schemel ordnend.

Sie stiegen in die Holzzuber.

Hale nahm ein Moorbad, Coax hatte bestimmte belebende Kräuter in seinem Bottich.

»Bedenke,« fuhr Hale betrübt fort, als er lag, *»wie peinlich wir im Amt am Ehrenstandpunkt festhalten! Wir können kleinere Geschäfte machen. Ich will nicht von unseren bisherigen im Marineamt reden, ich will Großbritannien aus dem Spiel lassen, ich weiß nichts darüber, will auch als Engländer gar nichts darüber wissen. Aber bedenke, was Herr von Bismarck drüben für Geschäfte macht! Das ist ein ganz großer Mann! Er erwirbt sich ein schönes Vermögen und sein Land fährt gut dabei. Man beurteilt uns Staatsmänner nicht immer gerecht. Man sieht nur diese Aktion oder jene und beurteilt sie. Aber was weiß man von ihnen! Man sagt: die und die diplomatische Aktion war falsch, aber nur, weil man von ihren äußeren Erfolgen ausgeht. Eine ganz grobe Betrachtungsweise! Weiß man denn, was sie eigentlich bezweckt hat? Als der deutsche Kaiser an den Präsidenten Krüger telegra-*

fierte, welche Aktien stiegen da und welche fielen? Natürlich fragen das nur die Kommunisten. Aber unter uns, doch nicht nur sie: die Diplomaten auch. Es ist freilich plump gedacht, aber der Wirklichkeit ist dieses Denken sehr nahe. Die Hauptsache ist, plump denken lernen. Plumpes Denken, das ist das Denken der Großen. Politik ist die Fortführung der Geschäfte mit anderen Mitteln. Gerade deshalb müssen wir sehen, daß kein Schatten auf unsere persönliche Ehre fällt. Wenn die Sache mit dem Stundenhotel aufkommt, werde ich mit Schimpf und Schande aus dem Ministerium gejagt. Gegen einen solchen Verdacht helfen keinerlei Verdienste. Aber schließlich habe ich Ehrgefühl im Leibe und mit dem ist es unvereinbar, daß ich mich mit diesen Koofmichs herumschlage.«

An dieser Stelle unterbrach ihn Peachums Eintritt. Die drei Herren nahmen gemeinsam ein Schwitzbad.

Sie lagen auf den Pritschen, um auszukühlen, im Genick die vom Dampf nassen Tücher, als Peachum begann. Er sprach leise, wie ein Kranker, der er ja auch war.

»Unsere Zusammenarbeit, Herr Hale, war keine besonders vom Glück begünstigte. Entgegen unseren hochgespannten Erwartungen waren Sie, wie wir hören mußten, nicht in der Lage, unsere Schiffe für die Regierung zu erwerben, ein großer, ein riesiger Verlust für uns.«

Hale brummte etwas. Er lag ausgestreckt und patschte sich mit seinen kleinen, dicken Händen auf die schwammige Brust.

Peachum sprach weiter, immer sehr leise und mühsam.

»Wir sind lauter ganz kleine Geschäftsleute. Unser Geld ist sauer verdient. Ich hoffe, Sie haben alles versucht?«

Peachum drehte das Gesicht auf die Seite und sah nach dem Staatssekretär. Dieser schwieg jetzt. Er sah nicht besonders imposant aus. Es war ein Fehler von Coax gewesen, ihn ohne Kleider zu präsentieren. So sah er wie ein feister, unintelligenter Mensch aus, nicht wie ein hoher Beamter. Und irgend etwas an ihm fiel dem Freund der Bettler auf.

Eine kaum merkliche, aber eben doch in Erscheinung tretende Änderung ging in Peachums Sprechen vor sich.

»Wir hören von Herrn Coax, Sie haben Privatsorgen, die Sie in Ihrer Arbeit behindern? Wir bedauern das. Würde es Ihrer Arbeit dienlich sein, wenn wir Sie Ihrer Sorgen enthöben?«

Hale brummte wieder etwas. Er hätte gern Coax angesehen. Die Unterhaltung lief nicht wie erwartet.

»Sie wissen«, fuhr Peachum fort, »daß wir bei der Beschaffung der Transportschiffe Unglück hatten. Sie stellten sich nachträglich als nicht so gut heraus, wie sie uns geschildert worden waren. Wir hörten auch, Sie hätten ihretwegen Unannehmlichkeiten zu befürchten. Wir können uns denken, daß Privatsorgen es Ihnen noch erschweren, diesen Unannehmlichkeiten die Stirn zu bieten. Ich muß hier etwas ebenfalls Privates einschalten: ich sehe in Herrn Coax meinen zukünftigen Schwiegersohn.«

Coax drehte sich faul um. Leicht erstaunt sah er auf Peachum. Er erinnerte sich plötzlich an einen Augenblick in Peachums Laden, wo dieser an ihn die Frage gestellt hatte, für wieviel er ihn herauslasse aus dem Schiffegeschäft. Damals hatte er einen merkwürdigen Eindruck von ihm gewonnen, den er dann wieder vergessen hatte.

Inzwischen sprach Peachum weiter.

»Wir sollten«, sagte er ganz ruhig, »versuchen, doch die ursprünglichen Schiffe zu verwenden.«

Die beiden anderen Herren verhielten sich schweigend. Peachum wußte also jetzt, was er in Southampton noch nicht gewußt hatte: die Herren dachten immer noch daran, die alten Schiffe zu benutzen!

Coax lachte mißtönend.

»Ach so«, sagte er, »Sie wollen für den lumpigen Tausender jetzt Ihre alten Klamotten der Regierung aufhängen, noch vor Torschluß?«

Jetzt schwieg Peachum.

»Ist das die Forderung der TSV?« fragte Coax plötzlich brüsk.

Peachum wandte ihm liegend den Kopf zu.

»Nein«, sagte er, »die meine.«

Ein paar Minuten darauf begann Hale sich über den Londoner Nebel zu beklagen. Peachum stimmte ihm zu. Sie gingen in die Kabinen. Danach verabredeten sie sich vor der Badeanstalt. Coax hatte kein Wort mehr gesagt.

Jonathan Jeremiah Peachum sah jetzt, nach Monaten dunklen Tappens und wilder Befürchtungen, endlich klar.

Er hatte, als er seine Unterredung mit dem Staatssekretär begann, natürlich keine Sekunde gedacht, er könne um die Bewilligung ungerechtfertigter Ansprüche herumkommen oder den geringsten Gegendienst dafür erlangen. Nur aus alter Gewohnheit, als Geschäftsmann, in dessen Gehirn es nicht hinein will, daß er etwas geben soll, ohne etwas zu empfangen, hatte er, wenigstens um der Form zu genügen, nach etwas gesucht, was er verlangen könnte. Die Demütigung schien ihm einfach nicht tragbar, ganz offen Geld zu geben für n i c h t s. So versucht der halbwegs tüchtige Geschäftsmann von seinem ruinierten Bruder, dessen Ruin er aus gesellschaftlichen Gründen abwenden muß, wenigstens noch, sich dessen Lebensversicherung abtreten zu lassen; oder er befiehlt einem Bettler, für die alte Brotkruste wenigstens ein Loch im Garten auszuheben, das er von dem nächsten wieder zuschütten läßt. Hales Verstummen hatte Peachum dann ungeheuer erregt. Er s a h plötzlich.

Er sah nur, um zu leiden.

Nicht die neuen Southamptoner Schiffe, die ihm den Ruin brachten, würden an die Regierung geliefert werden, sondern die alten, seeuntüchtigen. Coax und dieser elende Hale preßten aus der schwachen, kranken, gutmütigen Transportschiffegesellschaft rücksichtslos heraus, was irgend noch drinnen steckte: die neuen Schiffe würden sie kaufen oder nicht kaufen, das hatte mit dem Regierungsgeschäft gar nichts zu tun; die TSV hatte sie jedenfalls zu bezahlen. Und das alles war von allem Anfang an geplant gewesen!

Daß Coax ihn nicht in den Plan eingeweiht hatte, erschreckte ihn tief. Coax behandelte ihn sonst durchaus als zukünftigen Schwiegervater.

Gleichzeitig fürchtete Peachum in dieser Zeit nichts mehr, als daß Coax wegen Polly ungeduldig werden könnte. Aber Coax zeigte keine Ungeduld.

Als Peachum im Auftrag der TSV Coax das für Hale bestimmte Geld überbrachte, lenkte er angstvoll die Rede auf seine Tochter. Coax blieb erst stumm, dann versicherte er, daß er nicht gesonnen sei, Polly zu drängen. Er wolle seiner selbst wegen geliebt werden. Auch Peachum solle sich keine Sorgen machen.

Wie immer Fräulein Polly sich ihm gegenüber stelle, er, Peachum, bleibe für ihn immer ihr Vater. Es sei ihm eine Freude, einmal in seinem Leben, das viele häßliche Seiten aufweise, einer tieferen und reineren Neigung Opfer zu bringen.

Herr Coax gehörte zu der verbreiteten Gattung der Allesüberdielippenbringer.

Peachum hörte mit unbewegtem Gesicht zu und beschloß zum tausendsten Male, die Ehe zwischen Coax und seiner Tochter zustande zu bringen. Ihm schienen Coax' Reden zu ätherisch und seine Motive zu schön, um von Bestand zu sein. Immerhin hatte Coax schon in dem Transportschiffegeschäft zum Ausdruck gebracht, daß er Herrn Peachums Geld nicht verschmähen würde.

Nach einer eingehenden Unterredung beschloß man in der Old Oakstraße, noch einen Versuch zu machen. Vielleicht konnte man Herrn Macheath geschäftliche Schwierigkeiten bereiten.

Eines Tages, mitten in der großen Verkaufskampagne, wurde Macheath gemeldet, daß sich in und vor den Läden plötzlich eine große Anzahl von Bettlern ansammelten. Sie durchwühlten die Artikel und sparten nicht mit Kritik. Laut schimpfend warfen sie alles durcheinander. Zu zweien und dreien stellten sie sich vor die Ladentür und unterhielten sich miteinander über den Schund, der hier verkauft wurde. Da das Publikum sich zwischen ihnen durchzwängen mußte, um in die Läden zu gelangen, und da sie ungemein schmutzig waren, kehrten viele Käufer einfach wieder auf der Straße um. Macheath sah sich die Sendboten seines Schwiegervaters vor verschiedenen Läden an. Er dachte zunächst daran, die Polizei zu ersuchen, Ordnung zu schaffen. Aber dann besann er sich eines Besseren und ließ von den Ladenbesitzern an einem Freitag, wo der Verkehr am stärksten war, handgemalte Schilder über den Schaufenstern anbringen, auf denen stand:

»HIER KÖNNEN SOGAR BETTLER GUTE WARE KAUFEN.«

Die Sache gelangte in die Zeitungen und die B.-Läden wurden populärer denn je.

Herr Peachum hatte noch einmal den kürzeren gezogen.

Aber wenn sein Schwiegersohn auch noch viele Schwierigkeiten vor sich sah, so sah er doch eine zu wenig. Herrn Peachums so kostspielige Begegnung mit einem hohen Beamten des Marineministeriums in »Feathers Wannenbädern« sollte in Herrn Macheath' hochstrebende Pläne noch tief eingreifen. Unauslöschlich sah Herr Peachum von nun an drei alte, baufällige Kästen voll von Soldaten auf hoher See schwimmen, ein horrendes Geschäft!

Ausverkauf

Macheath teilte seine Zeit zwischen O'Hara und Fanny Crysler. Er traf den ersteren für gewöhnlich in einem Rasiersalon, zusammen mit noch zwei anderen Leuten vom Blacksmithsquare, Father und Grooch, alten Einbrechern. In irgendeiner Kneipe entwarfen sie die wichtigeren der Einbrüche.

Macheath hatte immer noch gute Einfälle und war als Organisator unübertrefflich, aber die Sitzungen mit Fanny im Büro der ZEG brachten ihm weit mehr innere Befriedigung. Das Auskaufen verkrachter Läden erforderte nicht weniger List und war alles in allem zeitgemäßer.

Er hätte sich wie der Fisch im Wasser bei diesem Geschäft gefühlt, wenn er nicht den Kontrakt mit Aaron auf dem Hals gehabt hätte.

Einige intime Besprechungen in den Räumen der ZEG zwischen Macheath, Fanny Crysler und O'Hara endigten in düsterem Schweigen.

Man hatte vorsichtig begonnen, in die Aaronläden Artikel der ZEG zu leiten. Die auf Löhne gestellten Einkäufer wurden von O'Hara in fieberhafte Tätigkeit versetzt. Aber schon jetzt zeigte es sich, daß die ZEG zwar für die B.-Läden eine nahezu unerschöpfliche Quelle gewesen wäre, jedoch für die Lieferungen ungeheuren Ausmaßes, wie die Werbewoche zusammen mit den nunmehr hinzugetretenen, selber beinahe doppelt so starken Aarongeschäften sie verlangte, bei weitem nicht potent genug war.

Schon nach kurzer Zeit schrumpften die Vorräte sofort absetzbarer Artikel zusammen.

Macheath ging einige Tage niedergedrückter denn je herum. Er verspürte eine entsetzliche Furcht davor, den Herren Aaron und Opper einzugestehen, daß die immerfort besprochene Entscheidungsschlacht gegen Chreston überhaupt nicht stattfinden konnte. Dann setzte sich langsam in seinem Kopf ein ganz ungewöhnlich gefährlicher Plan durch.

In den Nächten an Pollys Seite überlegte er durch viele Stunden seine gefährdete Lage. Er sah schärfer und dachte leichter, wenn er ihren ruhigen, vertrauensvollen Atem hörte. Seine kühnsten Entschlüsse kamen so zustande.

Eines Morgens ging er, ohne Fanny und O'Hara verständigt zu haben, zu Aaron und sagte ihm folgendes:

»Wir dürfen nicht alles auf die Werbewoche setzen. Wir müssen dafür sorgen, daß Chreston die Luft schon vor seiner eigenen Werbewoche ausgeht. Am besten, wir fangen bereits jetzt mit dem Senken der Preise an. Die ZEG kann jetzt so gut liefern wie später. Aber Chrestons billige Artikel sind noch nicht fertig.«

Aaron sah ihn träumerisch an. Irgend etwas an Macheath gefiel ihm nicht. Für einen Räuber war er ziemlich gut bürgerlich, aber für einen Bürger war er ziemlich räuberisch. Er hatte auch zu wenig Haare auf seinem Rettichkopf. Aaron gab etwas auf solche Beobachtungen.

Aber dann stimmte er doch zu. Seine Frau ging in letzter Zeit mit Frau Macheath einkaufen und erzählte nur Gutes von dem Ehepaar Macheath. Sie schränkten sich jetzt sehr ein, erfuhr Aaron auf diesem Wege. Macheath rechnete abends das Haushaltungsbuch nach. Er stand auf dem Standpunkt, am Ende mache es der Penny.

Außerdem fand Macheath eine Stütze in dem älteren der beiden Oppers. Dieser hatte sich persönlich an der Umgestaltung der Personalpolitik in den Aaronschen Häusern beteiligt. Er war besessen von dem Gedanken des griechischen Wettkampfes, als dessen Urheber er selbstlos Macheath rühmte. Die Verkäufer wurden am Umsatz beteiligt und waren nunmehr genauso am Geschäft interessiert wie Besitzer von Läden. Der Wettkampf blühte.

Die Reklame vervielfachte sich. Die Läden wurden äußerst reichlich beliefert, die Zahl der Artikel erhöht. Auch die kleinen Gelasse der B.-Läden füllten sich bis obenhin. Das Publikum kaufte das eine und sah dabei das andere. Es schleppte weg, was es tragen konnte, durch die billigen Preise verführt. Große Inschriften, mit Buntstift auf Packpapier, klärten das Publikum darüber auf, daß dies die einzige und nie wiederkehrende Gelegenheit sei, überflüssige Dinge zu kaufen. Die Leute gingen wie Diebe aus den Läden, von geheimer Furcht erfüllt, der Ladenbesitzer werde doch noch plötzlich merken, daß er statt Schillingen Pence verlangt hatte.

Macheath war sehr fleißig. Er ging persönlich von einem Laden in den andern und unterstützte die Besitzer mit Ratschlägen, auch mit Bons auf Waren. Vor allem schaffte er riesige Mengen billigster Artikel her, teilweise bis aus Dänemark, Holland und Frankreich. Seine Zentrale Einkaufsgesellschaft unter O'Hara arbeitete Tag und Nacht.

Einige Posten wurden als aus Einbrüchen herrührend festgestellt. Die Anzeige traf einen B.-Laden in der Mulberrystraße, dessen Besitzerin Mary Swayer hieß. Die Artikel waren von Bettlern denunziert worden.

Macheath zog die Artikel zurück, stellte sie der Polizei auch aus anderen Läden zu und ließ sogar ein paar kleinere Einbrecher hochgehen.

Dennoch blieb Macheath eine Zeitlang beunruhigt. Er ahnte, daß sein Schwiegervater sein letztes Wort noch nicht gesprochen hatte. Es fehlte ihm bisher wohl nur die Gelegenheit.

»Der Haß deines Vaters«, sagte Macheath zu Polly, »ist nicht natürlich. Seine Abhängigkeit von diesem Coax muß wieder größer geworden sein. Er hört nicht auf, mir nachzustellen. Ich habe ein unangenehmes Gefühl, wenn ich an ihn denke. Ich dachte, er würde sich eines Tages auf den Boden der Tatsachen stellen. Schließlich zimmere ich mir und dir doch nur eine Existenz.«

In der stürmischen Entwicklung, die seine Geschäfte bald darauf nahmen, vergaß er allerdings wieder völlig diese Sorge.

Die Läden des Aaronkonzerns und die B.-Läden veröffentlichten in den großen Zeitungen, sie gäben Rabatt für Angehörige von Kriegsteilnehmern und wollten auch Kriegerwitwen bei der Bewerbung um neue Läden besonders berücksichtigen. Dieser Schritt fand viel Beifall.

Die Preise wurden mit allen Mitteln heruntergeschraubt.

Die Chrestonschen Kettenläden begannen die wahnsinnige

Konkurrenz bald zu spüren und sahen sich gezwungen, auch mit ihren Preisen herunterzugehen. Die National Deposit Bank strengte sich erstaunlich an. Miller und Hawthorne saßen nächtelang mit Chreston über den Büchern. Die Kampagne verschlang Unsummen. Die Anderthalb Jahrhunderte wagten sich kaum mehr in die Augen zu schauen. Sie fühlten sehr stark ihre Verantwortung.

Um sie zum Äußersten anzuspornen, ließ Macheath mit ihnen durch Mittelsleute wieder Beziehungen aufnehmen. Sie sollten daraus den Schluß ziehen, der Commercial Bank hinter den Aaron- und B.-Läden gehe langsam der Atem aus, die Brüder Opper suchten unauffällige Wege zu I. Chreston.

Sie zogen auch diesen Schluß und senkten von neuem die Preise für die kleinen Artikel.

Auch Aaron und Macheath mußten also mit den Preisen noch einmal herunter. Dabei standen die großen Werbewochen der beiden Konzerne unmittelbar vor der Tür!

Das Publikum hatte längst begriffen, daß es sich um eine Entscheidungsschlacht zwischen Aaron und Chreston handelte. Es begriff auch, daß es jetzt billig kaufen könne. Es kaufte tapfer, doch warteten viele Hausfrauen auch auf noch niedrigere Preise. Sie strichen gierig durch die Verkaufsräume und verglichen die Warenpreise.

Aaron nahm bereits die Vorarbeiten für die neue Staffelung der Artikelpreise in Angriff. Dabei lernte er seinen neuen Kompagnon schätzen. Wenn er seinen Rettichkopf sah, grübelte er immer darüber nach, ob dieser Mann wohl einen kurzen Brief orthographisch schreiben könnte; aber Kopfrechnen konnte er zweifellos. Es sollte sich zeigen, daß er mehr konnte.

Von der ZEG wäre jetzt die große Werbewoche vorzubereiten gewesen, die alles Bisherige in den Schatten stellen sollte. Fortgesetzt nahmen Aarons Kettenläden die Artikel der ZEG vergnügt herein, soviel sie beibrachten und sagten kaum dankeschön. Die Profite waren allerdings nicht allzu groß, da die Preise schon jetzt unter jeder wirklichen Verdienstgrenze lagen, aber es handelte sich ja zunächst lediglich um die endgültige Ausschaltung der Konkurrenz. Für die große Werbewoche verließ sich Aaron völlig auf die wunderbare ZEG. Sie schien ja unbegrenzt leistungsfähig.

Sie war es durchaus nicht.

Als die Lager immer mehr zusammenschrumpften, erlitt Macheath in Fannys Laden einen schweren seelischen Zusammenbruch. Er schrie weinend, man plündere ihn aus, er sei unter Wegelagerer gefallen. Er tue, was er könne, aber man wolle ihm die Haut über den Kopf ziehen. Er halte dieses Leben auf dem Vulkan nicht aus. Man könne von ihm nicht mehr verlangen, als ein einzelner Mensch leisten könne.

Der unmittelbare Anlaß zu diesem Anfall war ein Gespräch mit Jacques Opper gewesen, in dem dieser die große Werbewoche als Olympiade geschildert und Henry Opper Inseratkosten in phantastischer Höhe bewilligt hatte.

Fanny machte Kompressen und rieb Macs Oberkörper mit Arnica ein. Er weinte die halbe Nacht durch und beschuldigte sie, auch sie betrachte ihn nur als Preisboxer, der für sie alle seine Gesundheit zu Markte tragen solle.

Wie vielen großen Männern graute ihm vor seinen eigenen Entschlüssen, wenn sie ausgeführt werden mußten. So fiel Napoleon in Ohnmacht im Augenblick des lange geplanten Staatsstreiches.

Diese Stimmung wechselte mit anderen Stimmungen.

Mitunter war er besser gelaunt und lud sie in feine Restaurants in Soho ein, wo er mit ihr über die Gesichter lachte, die Aaron und die Oppers vermutlich machen würden, wenn sein großer Plan glückte.

Fanny lachte mit ihm, aber sie wußte nicht, was er mit dem großen Plan meinte. Er verriet seine Absichten lange niemandem, auch ihr nicht.

Für gewöhnlich überwogen aber die düsteren Stimmungen. O'Haras Leute begannen die Situation auszunutzen und Forderungen zu stellen.

Eines Tages im September wurde Macheath durch einen Boten O'Haras an den Unteren Blacksmithsquare gerufen.

Das war ganz und gar ungewöhnlich. Macheath zeigte sich niemals in den Lagerräumen am Unteren Blacksmithsquare. Von der ganzen O'Hara-Bande kannten ihn nur noch O'Hara, Father und Grooch von früher als Herrn Beckett.

Dennoch fuhr Macheath hin. Es mußte sich um etwas Besonderes handeln. Er traf O'Hara in dem Rasiersalon.

Sie gingen schweigend zusammen in eine benachbarte Kneipe.

O'Hara entschuldigte sich wegen der Bestellung und erzählte, er habe Macheath ohne Wissen der Crysler sprechen wollen. Es gingen allerhand merkwürdige Dinge in der Bande vor und Fanny spiele eine ziemlich dunkle Rolle.

Der Bande passe der neue Betrieb nicht. Die festen Bezüge seien ihnen zu klein. Er, O'Hara, habe sofort scharf durchgegriffen, aber Fanny trete ihm entgegen, wo sie nur könne, und hintertreibe alle seine Maßnahmen. Wahrscheinlich stecke sie mit Grooch zusammen, der ihr jedenfalls bei der Verhetzung der Bande getreulich helfe. Er wohne auch neuerdings wieder bei ihr in Lambeth.

Macheath war sehr betroffen. Er hatte Fanny für völlig hörig gehalten.

Jetzt hatte sie, nach O'Haras Aussage, die Lohnkürzungen, die man seit dem Konkurrenzfeldzug gegen Chreston bei der Bande durchgeführt hatte, durch Provisionen von der ZEG ausgeglichen. Das habe aber der Bande nicht genügt. Seit etwa einer Woche arbeite sie nicht wie gewöhnlich. Es fänden Sabotageakte statt und einige Einheiten erschienen überhaupt nicht mehr zur Arbeit. O'Hara fragte, ob denn der Rückgang der Lieferungen von seiten der B.-Läden nicht reklamiert worden sei.

Macheath wußte nichts von Reklamationen. Die B.-Läden-Leute waren gerade jetzt im Gegenteil sehr hoffnungsvoll gestimmt.

»Dann kauft sie die Waren irgendwo anders«, sagte O'Hara aufgeregt, »und Ihnen sagt sie also überhaupt nichts von hier unten?«

Macheath malte mit dem Finger in einer Bierlache auf dem Tisch und sah O'Hara mit einem schrägen Blick aus seinen wäßrigen Augen an. Er bestellte sich ein paar starke Zigarren und schickte den jungen Mann in die Ridegasse, wo die Bande, wie er erzählte, eben eine Besprechung abhielt.

O'Hara wußte nichts von den regulären Einkäufen der ZEG. Nach Macheath' Ansicht ging es ihn absolut nichts an, wenn sich die ZEG Belege verschaffte.

Als O'Hara zurückkam, berichtete er, es sei nichts zu machen. Sie hätten ihm gesagt, die Crysler wisse, was ihre Forderungen seien.

Er beschwerte sich zum hundertsten Male, daß Macheath ihm alle Macht genommen habe, als er die Auslieferung der renitenten Mitglieder an die Polizei aufgegeben habe.

Sie fuhren zusammen an die Waterloobrücke, wo aber Fannys Laden schon geschlossen war. Sie trafen sie in Lambeth. Grooch war bei ihr.

Es kam zu einer erregten Auseinandersetzung, bei der Macheath sich wieder schweigend verhielt. Er ging, mit einem schiefen Blick auf Grooch, den er auch sehr kühl begrüßt hatte, ins Nebenzimmer und kramte aus einem Empireschränkchen eine Zigarrenkiste. Das machte den Eindruck großer Vertrautheit mit dieser Wohnung und Fanny schien etwas verlegen.

Im übrigen stellte es sich tatsächlich heraus, daß Fanny die Forderungen der Bande für gerecht hielt. Sie wollten das Arbeitsverhältnis noch einmal umgeändert haben. Es sollte wieder so sein, daß die Bande auf eigenes Risiko arbeitete und die Waren bezahlt bekam.

»Die Löhne sind zu sehr gedrückt worden«, schloß Fanny, »sie wollen nicht mehr.«

»Das ist doch nur für kurze Zeit«, bequemte sich Macheath zu einer Antwort, »die Waren müssen jetzt billig sein. Wenn Chreston niederkonkurriert ist, können wir mit den Preisen und also auch mit den Löhnen wieder hochgehen.«

O'Hara schlug mit der Faust auf den Tisch.

»Sie nutzen nur die Konjunktur aus! Das ist es!«

»Die Aktionen gegen Chreston kann man ihnen nicht klar machen«, beharrte Fanny, »sie gehen sie auch nichts an. Sie wissen nicht, wozu sie dienen und erfahren nicht, wann sie beendet sind. Sie wollen ihr Geld haben.«

»Es ist nicht nett«, sagte Macheath, wie es schien, abwesend, »erst wollten sie feste Bezüge wie Beamte, jetzt wollen sie wieder selbständiges Einkommen. Das ist keine Schicksalsverbundenheit von Führer und Geführten. Immerfort wälzen sie sich von einer Seite auf die andere. Einmal wollen sie da hinaus, einmal dort. Gestern feste Löhne, heute Beteiligung. Das führt zu nichts Gutem. Es ist kein Zusammenstehen auf Gedeih und Verderb.«

»Rede nicht immer von Verbundenheit auf Gedeih und Verderb, Mac!« sagte Fanny gereizt. »Das könnte zu leicht dein Gedeih und ihr Verderb sein.«

»Es können aber schlechte Zeiten kommen«, beharrte Macheath, »wer trägt dann die Verantwortung?«

»Sie werden sie schon selber tragen. Sei da nicht zu feinfühlig!«

»Schön«, sagte Macheath plötzlich kurz. »Sie sollen haben, was sie wollen. Sag ihnen, sie können sich bei dir bedanken, Fanny.«

Und er stand auf.

Fanny sah ihn aufmerksam an.

»Sie sollen also wieder frei liefern können?«

»Ja. Aber ich bestelle.«

Er nahm die Hüte O'Haras und Groochs vom Kleiderrechen in der Flurgarderobe und gab sie ihnen mit abwesendem Blick. Grooch schien etwas erstaunt.

»Ich habe mit dir noch etwas zu besprechen!« sagte Macheath nachlässig zu Fanny, und die beiden Männer gingen verdrossen weg.

Fanny brachte sie hinunter. Als sie wieder nach oben kam, stand Macheath mit unbestimmtem Gesichtsausdruck am Fenster. Er hatte den Vorhang zurückgeschoben und sah auf die Straße hinunter.

»Vielleicht kommt Grooch noch einmal zurück«, sagte er ruhig, »und sieht nach, ob noch Licht ist. Wir gehen also besser ins Schlafzimmer.«

Er ging sogleich voran. Das Schlafzimmer lag neben dem Wohnzimmer und wie dieses nach der Straße hinaus. Macheath wartete, bis Fanny herinnen war, und löschte dann das Licht im Wohnzimmer aus.

»Das Licht im Schlafzimmer genügt«, sagte er, »du mußt sparen. Die Provisionen an die Bande gehen von deinem Konto ab.«

Er setzte sich auf das Bett und zeigte auf einen geblümten Lehnstuhl. Fanny setzte sich gekränkt und beunruhigt. Er pflegte sonst seine Besitzerrechte nicht so hervorzukehren.

»Bist du eifersüchtig?« fragte er plötzlich.

Sie sah ihn verständnislos an. Dann lachte sie.

»Das wollte ich dich fragen, Mac. Du bist komisch.«

»Dann sag, was du von dem ganzen Plan weißt«, brummte er ärgerlich, »alles.«

Sie war ziemlich erstaunt, denn sie wußte gar nichts von seinem Plan. Sie war einfach dafür gewesen, daß man die Leute anständig behandelte. Sie wollte keine Kräche haben und stand auf dem Standpunkt leben und leben lassen. Vielleicht nahm sie den Standpunkt auch ein, weil Grooch zu der Bande gehörte.

Als er ihr nun seinen Plan auseinandersetzte, war sie nur erstaunt.

Er glaubte ihr, daß sie nichts davon geahnt hatte, war aber jetzt im Zug und trug ihr die Sache vor. Sie konnte besser zuhören als irgend sonst jemand.

Es gab allerhand schwache Punkte in der Stellung Chrestons und der National Deposit Bank. Hier sah er noch gewaltige Entwicklungsmöglichkeiten. Immerhin war einer der Hauptkunden der Anderthalb Jahrhunderte Herr Peachum und immerhin war Herr Peachum sein Schwiegervater. Aber zuerst wollte er mit seinen Verbündeten, mit Aaron und der Commercial Bank, »ins reine kommen«.

»Ich kann nicht mit ihm so rückhaltlos und ohne Hintergedanken Seite an Seite kämpfen, wie ich es möchte, so lange ich das Gefühl habe, daß er mich betrogen hat. Das steht zwischen uns. Wenn ich ihm gezeigt habe, was eine Harke ist, dann können wir viel leichter in ein anständiges Verhältnis zueinander kommen.«

Er hatte vor, die Lieferungen an die Aaron- und auch an seine eigenen Läden in nächster Zeit abzustoppen. Durch dieses Manöver wollte er Aaron und die Commercial Bank-Leute, kurz bevor sie Chreston niedergezwungen hätten, »den Bissen sozusagen halb im Maul«, in eine verzweifelte Situation bringen, in der sie zur Austragung des Endkampfes keine Waren mehr hatten, so daß sie merkten, wie sie auf ihn angewiesen waren. Die ZEG konnte dann die Kontrakte erneuern und andere Preise diktieren. Mitten im Konkurrenzkampf, knapp vor der großen Werbewoche, würde Aaron nicht mit leeren Lagern dastehen wollen. Zahlte Aaron aber andere, angemessenere Preise, dann konnte die bisherige fragwürdige Form des Einkaufs fallen gelassen werden. Deshalb war für Macheath die neue Abmachung mit den O'Hara-Leuten von heute abend ein ganz unverhoffter Glücksfall. Ihn verlangte es nach geordneten Verhältnissen.

»Ich muß einen Hausstand gründen«, sagte er schlicht. »Ich komme in die Jahre, wo man ein Bankkonto haben muß.«

Während des Redens wurde er fröhlich und stapfte unternehmend durch das Zimmer, seine Zigarre gut in Brand haltend.

Er hatte tatsächlich über der Mühe, die es ihn kostete, sich ihr verständlich zu machen, seinen Ärger wegen Grooch vergessen. Er hatte auch gedacht, sie müsse etwas von seinem Plan erraten haben, als sie die Freiheitsbestrebungen der Bande so förderte.

Jetzt war sie so begeistert, daß er Mühe hatte, wegzukommen.

Erst auf dem Heimweg nach Nunhead fiel ihm Grooch ein und daß er wieder bei Fanny wohnte. Er beschloß, Fanny trotz allem ein wenig kalt zu stellen. Sie wurde ihm auch zu selbständig.

Eine historische Sitzung

Ein paar Tage später fand im Beisein von Macheath eine Sitzung der ZEG statt.

Macheath eröffnete sie mit der Aufforderung, die Herren möchten sich mit Zigarren versorgen; es stünde auch Whisky und Soda bereit, denn die Besprechung würde voraussichtlich anstrengend sein.

Dann legte er, die frische Zigarre im Mund rollend, nicht ohne Genuß vor sich auf den grün überzogenen Tisch die Aufstellungen, die er zusammen mit dem großen Aaron in betreff der Werbewoche gemacht hatte. Sie waren sehr umfangreich und gingen bis ins letzte Detail.

»Wir haben daran vier Tage gearbeitet. Letzten Sonntag habe ich sie in Warborn Castle vorgelegt. Jacques Opper sagte, das gäbe eine Olympiade, an die man sich in Londoner Geschäftskreisen noch jahrelang erinnern würde.«

Macheath sprach langsam und gedehnt. Er lehnte sich in seinen Wachstuchstuhl zurück und befragte Fanny, ob die ZEG die erforderlichen Warenmengen rechtzeitig beschaffen könne. Die Zahlen, die er anführte, waren ungeheuerlich.

Fanny lächelte und sagte, an Bloomsbury gewandt, der nichts verstand und verlegen auf die beiden Anwälte blickte:

»Ausgeschlossen. Wir sind am Ende. Wir könnten höchstens ein Drittel liefern. Die Kampagne ist viel zu früh begonnen worden.«

»Das ist böse«, sagte Macheath und blickte zur Decke.

»Das Drittel könnten wir immerhin liefern«, schlug Fanny tapfer vor.

»Das ist kein Vorschlag auf einen gigantischen Plan wie den da, von dem Jacques Opper sagt, so etwas hätten höchstens die alten Griechen im Wettkampf geleistet«, erwiderte Macheath unergründlich. »Ein Drittel! Ich stehe auf dem Standpunkt, man erfüllt Verpflichtungen entweder ganz oder gar nicht. Sind es eigentlich Verpflichtungen im juristischen Sinn, ich meine, nicht nur moralische, die wir natürlich haben, Freunden gegenüber?«

»Wir haben alles abgearbeitet«, sagte Fanny kurz.

»Schlimm«, sagte Macheath und blickte zur Decke.

»Machen Sie ein Ende«, sagte der eine Anwalt, Rigger, dem die Kömodie nicht so viel Spaß bereitete wie Macheath, »Sie wollen also Aaron hängen lassen?«

»Was heißt, ich will? Ich muß! Schließlich trifft es auch meine B.-Läden mit«, sagte Macheath mißbilligend, »sie sind davon schwerst betroffen. Ich kann für sie keine Ausnahme machen. Chreston wird seine Werbewoche zustande bringen und wir nicht, das ist schlimm genug. Aber wir haben nichts mehr. Ich habe Ihnen nicht umsonst geraten, sich mit Whisky zu versorgen, wir sind am Ende und können von Glück sagen, wenn die ZEG die Krise übersteht. Machen wir uns an die Arbeit, ich möchte eine brüske Erklärung Aaron gegenüber vermeiden. Der Warenzufluß muß ganz allmählich abnehmen. Das will organisiert sein. Wenn wir schon nicht den Zustrom sorgfältig organisieren können, wollen wir wenigstens die Stockung organisieren. Und nun noch etwas, meine Herren, vergessen Sie niemals: der kranke Mann stirbt, und der starke Mann ficht! So ist es im Leben.«

»Erledigen wir das Nötigste!« schloß Rigger kurz ab. Er hatte nichts zu sagen, aber die Sache gefiel ihm nicht sehr.

Macheath war noch nicht fertig.

»Es ist eine schwere Prüfung für unsere Freunde von den B.-Läden«, fuhr er langsam fort, die Zigarre in die linke Hand nehmend, um mit der rechten einen Bleistift ergreifen zu können, »es steht leider nicht in unserer Macht, sie zu erleichtern. Viele von ihnen sind mit den Zinsen und Abrechnungen im Rückstand, und wir brauchen jetzt, wo die Zeiten anfangen, hart zu werden, jeden Penny unseres verborgten Geldes selber. Sie müssen ans Zurückzahlen denken. Wir haben ihnen geholfen, als wir ihnen Kredite gaben, jetzt müssen sie uns helfen, indem sie sie zurückzahlen, das ist nur billig. Wir brauchen Reserven, um über die knappe Zeit hinwegzukommen. Man muß auch im Auge behalten, daß sie alle kaputt wären, wenn wir fielen.«

Nun erschrak sogar Fanny. Sie hatte nicht gedacht, daß das nötig sein würde. Wofür wollte Mac die Reserven? Kam er denn weiter, wenn seine Läden zusammenkrachten? Aaron würde wanken, aber überstehen, Chreston, der Feind, würde mit Glanz siegen, wenn auch nur fürs erste, wie Mac hoffte, aber die kleinen Läden würden wie die Eintagsfliegen wegsterben.

Macheath war schon mitten in der Arbeit. Er schmierte alle erreichbaren Zettel voll. O'Hara war in seinem Element.

Die fünf legten genau fest, wie man den Strom der Waren in die Läden versiegen lassen konnte, und Macheath beharrte darauf, daß die B.-Läden genauso wie die Aaronschen knapp gehalten würden. Er konnte keine begründeten Klagen Aarons und damit der Commercial Bank brauchen.

Die Durchführung dieses Beschlusses wurde sofort in Angriff genommen. Mitten in der Verkaufskampagne begannen die Warenzuflüsse zu stocken.

In blindem Vertrauen auf die Unerschöpflichkeit der ZEG hatte Aaron mit ihr neue feste Kontrakte mit Konventionalstrafen für den Fall der Nichtlieferung nicht eigens und ausdrücklich abgeschlossen. Aaron und seine Bank gerieten in Verwirrung und erkundigten sich zuallererst, ob die B.-Läden besser beliefert wurden. Sie erfuhren, daß sie ebenso nach Waren dürsteten wie sie selber.

In der Tat stürmten die B.-Laden-Besitzer das ZEG-Büro in der City, wo Frau Crysler sie, stets freundlich bleibend, von einem Tag auf den andern vertröstete.

Nach Hause zurückgekehrt, fanden sie Briefe von Herrn Macheath vor, in denen sie gebeten wurden, die rückständigen Kredite in Ordnung zu bringen.

Macheath, von den Herren der Commercial Bank in ihr Büro gebeten, gab sich als ratlos und schmerzlich überrascht.

Eine Zigarre aus seinem Etui nehmend und sie dann kopfschüttelnd wieder zurücksteckend, als sei ihm in diesen Tagen selbst das Rauchen verleidet, sagte er:

»Ich bin vor allem menschlich enttäuscht. Meine Läden sind in schlimmster Verfassung. Die armen Leute haben sich große Kosten gemacht für die Vorreklame. Sie haben die Schilder größtenteils selber gemalt und jetzt sind die Läden leer wie Mauselöcher. Voll von Leuten und leer von Waren! Kurz vor dem ersten Oktober, wo die Mieten fällig sind! Außerdem haben sie Hilfskräfte für den Ausverkauf eingestellt. Aber ich will gar nicht davon sprechen. Schließlich sind das nur materielle Verluste. Viel schlimmer trifft mich die menschliche Seite der Sache. Bloomsbury ist ein persönlicher Freund von mir gewesen. Er hätte mir das nie und nimmer antun dürfen. Ich betrachte es nicht als eine geschäftliche, sondern als eine menschliche Unfairneß.«

Diese Haltung führte Macheath folgerichtig und entschlossen durch. Er verkroch sich keineswegs vor seinen Freunden in den B.-Läden, sondern erschien nach wie vor bei ihnen. Mit ernster Miene begründete er, warum er sein Geld zusammenhalten müsse, saß ohne Standesdünkel in den Hinterstuben, setzte sich die Kinder auf die Knie und bemühte sich in jeder Weise, etwas von seiner Zuversicht und Trotzalledemstimmung unter den verzweifelten Ladenbesitzern zu verbreiten.

Er sprach mit den Frauen ihre Nöte durch und zeigte ihnen, wie es immer noch neue Möglichkeiten zu sparen gab, die sie übersehen hatten. Die Männer nahm er sich einzeln vor.

»Ich trage schwer an der Sache, aber ich lasse es mir nicht merken«, drängte er. »Sie müssen Ihrer Frau in diesen schweren Zeiten ein Halt sein.«

So zeigte er sich als geborener Führer und bewies, daß man alles sagen kann, wenn man nur einen unerschütterlichen Willen besitzt.

Er kannte diese kleinen Leute. Ihre anfänglich finsteren Mienen schreckten ihn nicht. Sie mußten jetzt durchhalten und stark sein. »Nur die Starken bleiben übrig«, sagte er, ihnen forschend in die unsicheren Augen spähend. Diesen Blick vergaßen die Betroffenen lange nicht mehr.

Wie die Geschichte zeigt, haben gerade diese Schichten eine Schwäche für Weltanschauungen, die es gutheißen, wenn der Starke über den Schwachen triumphiert.

Übrigens sprach Macheath in diesen Tagen auch mit Polly nur

in diesem Ton. Er verlangte von ihr äußerste Sparsamkeit. Er wollte mit seinen Leuten durchhungern, sagte er ihr ernst. Er kaufte sich schlechtere Zigarren und rauchte weniger. Er bestellte sogar eine Zeitung ab.

»Treue um Treue«, sagte er. »Ich verlange viel von ihnen, das Äußerste. Wie jene spartanische Mutter zu ihrem Sohne sagte, der in die Schlacht zog: Entweder mit dem Schild oder auf dem Schild, so sage auch ich meinen Freunden von den B.-Läden: Entweder mit dem Ladenschild oder auf dem Ladenschild! Da muß ich aber dann auch ihnen die Treue halten in schweren Stunden. Du siehst jetzt den Grund, warum ich dein Wirtschaftsgeld kürze!«

Mit Jacques Opper versuchte er sich auszusprechen. Aber Opper war merkwürdigerweise recht kurz angebunden. Er sagte trocken, für ihn scheide derjenige, der kein Glück habe, genauso aus wie derjenige, der keinen Verstand habe. Mitleid mit Gescheiterten sei Schwäche.

Macheath fand die griechische Philosophie etwas zu grausam.

Liebesgaben

Macheath hatte noch große Lagerbestände von Leinwand und Wolle. Kurz vor dem Beschluß der ZEG, den Warenzustrom in die Läden abzustoppen, hatte er aus einem Einbruch in eine Textilfabrik in Wales bedeutende Posten Leinwand hereinbekommen. Er wußte nicht, wohin damit.

In den Zeitungen stand wieder viel über den Krieg in Südafrika.

Nicht nur in London fanden erbitterte Kämpfe statt, sondern auch in Südafrika, und nicht nur durch die Interessenstreitigkeiten in London wurden die unbemittelteren Schichten besonders in Mitleidenschaft gezogen – man denke an die Tom Smiths und Mary Swayers der B.-Läden, die in diesen Tagen verzweifelt nach Waren ausspähten –, sondern auch durch die Interessenstreitigkeiten in Südafrika.

Hier mußte geholfen werden.

Es bildeten sich Hilfskomitees. Die Damen der besseren Gesellschaft sprangen in die Bresche. Alt und jung wetteiferte. In vornehmen Häusern und in Schulen wurden für die Verwundeten von schönen Händen Leinwandfetzen zu Charpie zerzupft. Auch wurden Hemden für die tapferen Krieger genäht und Strümpfe gestrickt. Das Wort Opfer gewann einen neuen Klang.

Macheath schickte Polly in einige der Komitees. Er erzielte gute Abschlüsse für seine Leinwand, auch für Wolle.

Polly verbrachte die Nachmittage in improvisierten Nähstuben, wo die Damen bei einer Tasse Tee Männerhemden nähten. Sie hatten alle ernsthafte Gesichter, und die Gespräche standen unter dem Zeichen des Opfers.

»Sie werden sich freuen, solche schöne, weiße Hemden zu bekommen«, sagten die Damen.

Mit dem Daumennagel die Säume glatt streichend, plauderte man von Englands Größe.

Je älter die Damen waren, desto blutdürstiger waren sie.

»Man macht viel zu viel Federlesen mit diesen Banditen, die unsere braven Tommies aus dem Hinterhalt niederknallen«, sagte eine alte, vornehme Dame neben Polly, »man müßte sie einfach aufgreifen und erschießen, damit sie merken, was es heißt, mit England anzubinden! Das sind überhaupt keine Menschen! Das sind wilde Tiere! Haben Sie gehört, daß sie die Brunnen vergiften? Nur unsere Leute sind immer fair, aber das sollten sie nicht, wenn es sich um solches Gesindel handelt! Finden Sie nicht, meine Liebe?«

»Unsere Leute«, seufzte eine noch Ältere mit einer großen Brille, »sollen so unerhört mutig ins Feuer gehen. Im größten Kugelregen gehen sie vor wie auf dem Exerzierplatz. Es ist ihnen ganz gleichgültig, ob sie fallen oder nicht. Ein Zeitungskorrespondent hat Umfragen veranstaltet. Sie sagten alle dasselbe: auf uns kommt es nicht an, wenn nur England mit Stolz auf uns schauen kann.«

»Sie tun nur ihre Pflicht«, sagte die erste streng, »tun wir die unsere!«

Und sie nähten eifriger.

Zwei junge Mädchen begannen zu kichern. Sie bekamen feuerrote Gesichter und bemühten sich, einander nicht anzuschauen, da sie sonst losprusten mußten. Die Mütter wiesen sie ärgerlich zur Ruhe.

Eine etwa Zwanzigjährige sagte ruhig:

»Wenn man in der Zeitung liest, wie es draußen zugeht und dann an die hübschen jungen Leute in Soldatenuniform denkt, freut es einen gar nicht mehr.«

Die beiden jungen Mädchen prusteten los. Sie gaben den Kampf gegen ihre unernste Natur keinen Augenblick auf, sondern schluckten wie Verzweifelte, zogen, während sich ihre Körper schüttelten vor Gelächter, tiefernste Grimassen und krümmten sich ganz zusammen vor Anstrengung, ernst zu bleiben.

Eine junge Frau kam ihnen zu Hilfe.

»Ich weiß nicht«, begann sie ein neues Gespräch, »wenn ich unsere braven Tommies sehe in ihren verschwitzten, durchgewetzten Uniformröcken und an die Schlachten und Strapazen denke, die sie durchgemacht haben, dann könnte ich sie direkt küssen, ohne Bad, so verschwitzt und blutig sie eben sind. Wirklich!«

Polly warf ihr einen flüchtigen Blick zu.

»Wie recht hat mein Vater«, dachte sie, während sie ihr rundes Gesicht tiefer über die Näharbeit beugte, »nach den Siegen muß man abgerissene, ärmliche und verwundete Soldaten auf den Bettel schicken, aber nach Niederlagen hübsche, die vor Sauberkeit glänzen. Das ist die ganze Kunst.«

Das Gespräch wandte sich den Liebesgaben zu.

Die Damen sandten kleine Pakete mit Rauchwaren, Schokolade und Briefchen ins Feld, alles in nette lila- und rosafarbene Schleifchen gebunden.

»Bei Aaron in der Millerstreet bekommt man am meisten Tabak für einen Schilling«, erzählte eines der Mädchen eifrig. »Er ist vielleicht nicht ganz so gut, aber sie wollen ja lieber mehr als guten, das sagen alle.«

Die Soldaten bedankten sich durch Briefe, die die Mädchen herumzeigten. Sie enthielten entzückende orthographische Fehler und waren sehr ideal gehalten.

»Schade, daß man nicht auch die Hemden und Socken selber mit Briefchen hinausschicken darf«, sagte das Mädchen, das in der Millerstraße kaufte, »das würde viel mehr Spaß machen.«

Plötzlich wandte sich die Alte mit der Brille an Polly und sagte mit wutzitternder Stimme:

»Wenn ich daran denke, daß dieses saubere englische Linnen sich vielleicht bald mit dem Blut eines britischen Jungen färbt, könnte ich mit eigener Hand solch einen Mörder niederschlagen.«

Polly sah erschreckt nach der alten Dame, deren vertrocknete Hand mit der Nadel in der Luft zitterte und deren Kinnlade kraftlos herabgefallen war.

Es wurde ihr schlecht und sie mußte hinausgehen.

Die Damen kümmerten sich um sie unter Ach- und Wehrufen.

»Sie ist in gesegneten Umständen«, flüsterte eine von ihnen den andern zu.

Als Polly wieder, noch ein wenig blaß, in die Stube kam und sich still zu dem Chor der nähenden Blutsäuferinnen setzte, sagte eine mit großen, sanften Kuhaugen:

»Hoffentlich wird es ein Junge! England braucht Männer!«

Dann wandte sich das Gespräch einer anderen Frage zu. Eine dicke Frau in einem geblümten Seidenkleid, deren Gatte, wie alle wußten, Admiral war, erzählte:

»Die Haltung der unteren Klassen ist bewundernswürdig. Ich bin noch in einem anderen Komitee, wo wir Charpie zupfen. Sie sollten auch mal hinsehen. Es ist ein sehr netter Kreis. Da kam am letzten Dienstag eine einfache Frau, man sah ihr ordentlich an, daß bei ihr zu Hause Schmalhans Küchenmeister ist, und gab ein sauber gewaschenes, immer wieder gestopftes Hemd ab. Mein Mann hat noch zwei, sagte sie, ich habe gelesen, daß es draußen so furchtbare Verwundungen gibt. Als ich es meinem Mann erzählte, sagte er: das ist eine britische Mutter! Von der könnte manche Herzogin noch zulernen!«

Sie blickte stolz in die Runde.

»Jeder an seinem Platz und jeder nach seinem Vermögen!« sagte die vornehme Greisin neben Polly abweisend.

Polly konnte ihrem Mann berichten, daß sie eine ganze Reihe Einladungen in vornehme Häuser erhalten hätte. Er war sehr zufrieden, daß er seine Bestände so gut los geworden war und ermunterte sie, weiterhin eifrig an der großen Hilfsaktion für die Britischen Krieger teilzunehmen.

Herr X

Macheath beklagte sich, so oft er die Herren Aaron und Opper zu Gesicht bekam, über die Treulosigkeit seines einstigen Freundes Bloomsbury, aber er hatte doch das Gefühl, daß er seine eigene Abhängigkeit von der Zentralen Einkaufsgesellschaft in diesem Moment noch mehr betonen mußte. Besonders das Mißtrauen der Commercial Bank war nicht leicht zu besänftigen. Sie geriet durch das Manöver der plötzlichen Warenzufuhrstockung ganz und gar in die Hände der ZEG und diese Hände durften keinesfalls als die des Herrn Macheath erkannt werden.

Er berief also eine zweite, streng vertrauliche Sitzung der ZEG ein. Er wurde im Protokoll als Herr X geführt. Er ließ sich den Entwurf eines höflich gehaltenen, juristisch abgefaßten Briefes an Herrn Macheath, Nunhead, genehmigen, in dem die ZEG höflich und bestimmt darauf hinwies, daß die seinerzeitigen Abmachungen Preise enthalten hätten, die als bloße Reklamepreise gedacht gewesen seien. Die Lager der ZEG seien im Augenblick etwas erschöpft, sie würde aber sobald wie möglich die Lieferungen wieder in größeren Mengen aufnehmen. Allerdings auf der Grundlage neuer Preise.

Zur allgemeinen Verblüffung stand, als schon alles erledigt war, gegen neun Uhr Bloomsbury auf und fragte stotternd, ob nicht durch diese Maßnahme die Besitzer der B.-Läden geschädigt würden.

Der Einwand Bloomsburys kam wirklich überraschend.

Es war ein stiller Abend, man saß friedlich um den schweren Tisch. Die Fenster waren geöffnet, da es warm war, und man konnte das Grün der Kastanien von gegenüber im Licht der Gaslaternen sehen.

Macheath legte sogleich seine Zigarre weg und hielt eine kleine, vornehmlich an seinen Freund Bloomsbury gerichtete Rede, in der er betonte, für die B.-Laden-Besitzer bedeute dies eine kurze Zeit der Entbehrung, aber geschäftliche und überhaupt menschliche Erfolge seien an die Fähigkeit geknüpft, zu gelegener Zeit O p f e r zu bringen. Der kranke Mann sterbe und der starke Mann fechte. So sei es immer gewesen und werde es immer sein. Die B.-Laden-Besitzer müßten jetzt zeigen, w a s i n i h n e n s t e c k e. Er empfahl übrigens Fanny Crysler, genauestens darauf zu achten, wer jetzt versage und wer durchhalte. Auch an O'Haras Einkäufer sei diese Schicksalsfrage herangetreten.

Er seinerseits übernehme die volle Verantwortung. Jeden B.-Laden-Besitzer, den Fanny Crysler auf die Straße setze, habe er auf die Straße gesetzt. Wer nicht an ihn glaube, könne nicht mit ihm arbeiten.

Aber dann stand Fanny, ohne Macheath anzuschauen, auf und berichtete trocken Einzelheiten über die Notlage der B.-Laden-Besitzer. Was mit ihnen geschehe, sei nichts anderes als eine kalte Abwürgung. Die meisten könnten sich keinen Monat länger halten. Sie frage sich und die andern, ob es für die Gesellschaft tragbar sei, wenn die B.-Läden kaputt gingen.

Sie schloß mit den Worten:

»Wenn wir nicht noch heute hier Hilfsaktionen beschließen, ist eine Katastrophe nicht mehr aufzuhalten.«

Macheath sagte kühl und wie es schien verwundert: erstens gingen höchstens die B.-Laden-Besitzer kaputt und nicht die B.-Läden, was ein großer Unterschied sei, und zweitens sei die Gesellschaft nicht in einer Lage, in der sie den Witwen und Waisen unter die Arme greifen könnte. Außerdem stehe er auf dem Standpunkt: laß fallen, was fällt bzw. was fällt, muß man noch stoßen.

Damit war die Sitzung beendet. Es war ein Samstagabend. Man schrieb den 20. September.

O'Hara ärgerte sich noch beim Weggehen über die Schlußrede, wie er sich immer über Macs Hang zur Pose ärgerte. Warum sollte man sich dieses Bloomsbury wegen so benehmen, als glaube man selber an seine eigenen Worte? Aber Mac ließ ja nicht einmal, wenn sie unter vier Augen sprachen, diese Maske fallen. Er haßte zynische Redereien und sprach von den zweifelhaftesten Dingen im biedersten Geschäftston. O'Hara fühlte sich dadurch regelmäßig in seinem Schamgefühl verletzt.

Er führte aber alles pünktlich aus, wie es verabredet war, und stand wie ein Mann gegen die Einkäufer, die schon wieder einige Wochen feiern sollten, und zwar nunmehr auf ihre eigene Rechnung. Der Warenzustrom versickerte nun ganz. Und der Eindruck des Briefes der ZEG, den Macheath der Commercial Bank schweigend überreichte, war außerordentlich stark.

Die kleinen Besitzer der B.-Läden gerieten innerhalb weniger Tage in die äußerste Verwirrung. Sie hatten alle persönliche Verpflichtungen gegenüber den Hausbesitzern, dazu überall Wechsel laufen, teils für den Betrieb, teils noch für die Einrichtung. Innerhalb kürzester Zeit waren ein halbes Dutzend neue B.-Läden aufgemacht worden, die alle noch kaum richtig in Schuß waren. Sie mußten jetzt natürlich glauben, sie seien an die großen Kettenläden verraten worden. Ihre Verzweiflung war vollkommen.

Von diesem Zeitpunkt an fischten Herrn Peachums Angestellte mitunter Inhaber von B.-Läden oder Angehörige von ihnen in den Straßen auf, die zu betteln versuchten.

Da sie von den Agenten des Herrn Macheath an die Luft gesetzt worden waren, war ihre *Selbständigkeit* noch gestiegen. Ihre *Unabhängigkeit* hatte ein schier unerträgliches Maß erreicht, sie waren nicht einmal mehr an feste Wohnungen gebunden. Durch *eigene Tüchtigkeit* waren sie bis zu Körpergewichten von 100 Pfund abgemagert.

Peachum konnte sie samt und sonders nicht brauchen, da sie noch mindestens zwei Monate benötigten, bis ihr *Stolz* vergangen war.

Aaron und die Oppers standen vor einem Rätsel. Ihr Ton gegen Bloomsbury war zuerst sehr heftig, wurde aber dann ungewöhnlich mild kurz vor der Werbewoche. Aarons Häuser waren jetzt an die billigen Artikel der ZEG gewöhnt wie an Kokain. Sie mußten davon haben.

Macheath war nicht in der Commercial, als Bloomsbury dort vorsprach. Er hielt Aaron gegenüber die Behauptung aufrecht, er habe mit Bloomsbury völlig gebrochen und die Räumlichkeiten der ZEG seit Wochen nicht mehr betreten. Aaron und die beiden Oppers, die übrigens mit Aaron nicht mehr so herzlich zu stehen schienen wie vor einiger Zeit, bemühten sich sehr um den Lord, der, eine dicke Importe in seinem kleinen Mäulchen, an Jenny dachte und versprach, alles zu tun, daß die »Differenzen« beigelegt würden. Man beschloß, die Große Werbewoche vorerst nicht abzusagen. Bloomsbury stellte in Aussicht, die ZEG werde bald wieder flott sein und liefern. Sämtliche Herren schieden mit allgemeinem herzlichem Händeschütteln. Man hatte allseitig das

Gefühl, sich menschlich nahe gekommen zu sein. Es war auch bereits von höheren Preisen gesprochen worden.

Übrigens lud Jacques Opper Macheath sogar für das Wochenende zu sich nach Warborn Castle ein.

Diesmal nahm Macheath Polly mit. Fanny mußte alle ihre Überredungskünste aufwenden, um Pollys Toiletten auf mittlerer Höhe zu halten. Macheath wollte sie wie eine Herzogin ausstaffieren; das wäre schlimmer gewesen als vor Wochen der Plan Bloomsburys, Jenny mitzunehmen.

Frau Opper nahm Polly sehr freundlich auf.

Polly sprach weder zu viel noch zu wenig und wunderte sich nur, daß die Oppers beim Essen so laut schmatzten.

Bei dem Seniorchef der Bank, Herrn Jacques Opper, hatte sie wieder ihren Sondererfolg, den sie immer bei Herren gesetzteren Alters hatte.

Als Jacques Opper und Macheath im Park herumgingen, deutete der Bankier auf die uralten, knorrigen Eichen, zwischen denen frisches Gras sproßte und sagte:

»Sehen Sie, lieber Macheath, sie stehen alle einzeln, in weitem Abstand voneinander. Sie haben es gut, nicht wahr? Wissen Sie, ich halte es mit Leuten, die Glück haben. Diese Bäume haben Glück. Man sage doch nicht, sie können nichts dafür, daß die Gärtner sie sorgsam gepflanzt haben: sie sehen prächtig aus.«

Macheath ging stumm neben ihm her und nahm sich vor, Glück zu haben.

Leider kam in diese so harmonische Entwicklung ein Mißton: Macheath erhielt die Mitteilung des Chefinspektors Brown, er könne sich hinfort einer Verhaftung seines Freundes nicht mehr widersetzen. Auf die, übrigens plötzlich sehr schwierig gewordene, Nachfrage, warum, wurde Macheath die Antwort zuteil, wegen des Verdachts der Ermordung der Kleingewerbetreibenden Mary Swayer.

X

Meine Herren, heute sehen Sie mich Gläser abwaschen
Und ich mache das Bett für jeden.
Und Sie geben mir einen Penny und ich bedanke mich schnell
Und Sie sehen meine Lumpen und dies lumpige Hotel
Und Sie wissen nicht, mit wem Sie reden.
Aber eines Abends wird ein Geschrei sein am Hafen
Und man fragt, was ist das für ein Geschrei?
Und man wird mich lächeln sehn bei meinen Gläsern
Und man sagt, was lächelt die dabei?
  Und ein Schiff mit acht Segeln
  Und mit fünfzig Kanonen
  Wird liegen am Kai.

Man sagt, geh, wisch deine Gläser, mein Kind!
Und man reicht mir den Penny hin
Und der Penny wird genommen
Und das Bett wird gemacht:
Es wird keiner mehr drin schlafen in dieser Nacht
Und sie wissen immer noch nicht, wer ich bin.
Aber eines Abends wird ein Getös sein am Hafen
Und man fragt: was ist das für ein Getös?
Und man wird mich stehen sehen hinterm Fenster
Und man sagt: was lächelt die so bös?
  Und das Schiff mit acht Segeln
  Und mit fünfzig Kanonen
  Wird beschießen die Stadt.

Meine Herren, da wird wohl Ihr Lachen aufhören
Denn die Mauern werden fallen hin
Und die Stadt wird gemacht dem Erdboden gleich
Nur ein lumpiges Hotel wird verschont von jedem Streich
Und man fragt: wer wohnt Besonderer darin?
Und in dieser Nacht wird ein Geschrei um das Hotel sein
Und man fragt: warum wird das Hotel verschont?
Und man wird mich sehen treten aus der Tür gen Morgen
Und man sagt: *die* hat darin gewohnt?
  Und das Schiff mit acht Segeln
  Und mit fünfzig Kanonen
  Wird beflaggen den Mast.

Und es werden kommen Hundert gen Mittag an Land
Und werden in den Schatten treten
Und fangen einen jeglichen aus jeglicher Tür
Und ihn legen in Ketten und ihn bringen zu mir
Und mich fragen: welchen sollen wir töten?
Und an diesem Mittag wird es still sein am Hafen
Wenn man fragt, wer wohl sterben muß.

Und dann werden sie mich sagen hören: Alle!
Und wenn dann der Kopf fällt, sage ich: Hoppla!
  Und das Schiff mit acht Segeln
  Und mit fünfzig Kanonen
  Wird entschwinden mit mir.

(Träume eines Küchenmädchens)

Noch einmal der 20. September

Mary Swayers Laden für Trikotagen lag in der Mulberrystraße, nahe der Waterloobrücke. Als Fewkoombey sie besuchte, fand er sie mit ihren zwei Kindern in einem kleinen Loch hinter dem Ladenraum hausen, wie die meisten B.-Laden-Besitzer. Der Ladenraum war etwas größer als die Räume für gewöhnlich waren und durch einen Mittelvorhang in zwei Teile geteilt. Vorn der Straße zu stand der Verkaufstisch; dahinter arbeiteten zwei halbwüchsige Nähmädchen bei Gaslicht. Die Wohnkammer erhielt ihr Licht vom Hof her durch ein winziges Fenster. Es reichte für den Nähraum nicht aus, obwohl die Tür zwischen ihm und der Kammer schon der Heizung wegen immer offen stand.

Mary ging es nicht gut. Ihr Mann in Mafeking schickte ihr fast nichts. Er war vor seiner Ehe mit ihr schon einmal verheiratet gewesen, so daß, da er ihretwegen geschieden worden war, seine Löhnung in zwei Teile ging.

Auf dem Laden lagen erhebliche Schulden. Macs Scheck hatte nicht lange vorgehalten. Sie war auch ein wenig schlampig und verstand das Geschäft nicht sehr gut. Den Nähmädchen zahlte sie fast nichts, aber der Ertrag ihrer Arbeit war auch nicht viel wert und Mary war zu gefallsüchtig und gab ihnen immer zu essen, wenn sie ihre mageren Margarinestullen herauszogen, die sie stundenlang neben ihrer Arbeit kauten. Mary wollte immer allen Leuten gefallen und wegen ihrer Großzügigkeit bewundert werden. Sie borgte sogar Geld aus.

Quer über ihr Ladenfenster war ein Papier geklebt; darauf stand: »DIESER LADEN WIRD VON EINER KRIEGERFRAU GEFÜHRT.« Sie erzählte auch den Kunden gern von ihrem Mann in Mafeking oder zeigte aus der »Times« geschnittene strategische Skizzen, aus denen die Lage dieser belagerten Stadt zu sehen war. Sie sah hübsch aus hinter ihrem Ladentisch und das Unglück war nur, daß gerade ihre Waren im allgemeinen von Frauen und nicht von Männern gekauft wurden. Sonst hätte sie vielleicht ein besseres Geschäft gemacht. Aber auch dann hätte sie nicht aus Versehen oder Gleichgültigkeit statt einer Unterhose zwei einpacken dürfen. Solche Dinge untergraben das Vertrauen der Kundschaft.

Fewkoombey kam einige Male abends nach der Geschäftszeit in den Laden und saß bei ihr, wenn sie ausräumte, nachdem die Kinder zu Bett gebracht waren.

Sie erzählte ihm, daß das Schild aus dem Auslagefenster ihr viele Unbequemlichkeiten mache. Die Geschäfte aus der Nachbarschaft beschwerten sich über unlauteren Wettbewerb. Sie sagten, daß ihr Mann Soldat sei, habe nichts mit ihren schon sowieso zu billigen Strumpfwaren zu tun. Auch aus patriotischen Erwägungen seien solche Schilder anfechtbar. Es sähe nicht gut aus, wenn die Frauen englischer Soldaten die Barmherzigkeit des Publikums anrufen müßten. Das letztere fand auch Fewkoombey.

Über Mac sprach sie nicht viel. Nach Polly erkundigte sie sich kaum. Schließlich hatte sie ihn seit Jahren nicht mehr richtig gesehen.

Seit sie die Nähmädchen hatte, ging es ihr etwas besser. Das Geschäft belebte sich.

Aber dann kamen die Tage, wo die Warenzufuhr stockte. Sie war schon von der Versammlung, auf der Macheath die Vereinigung der B.-Läden mit den Aaronschen Kettenläden verkündigte, recht verstört nach Hause gekommen. Das bedeutete doch wieder nur, daß alle Preise noch weiter heruntergingen und man die Waren auch nicht mehr billiger als die großen Aaronläden bekam. Sie hatte kein Interesse für die notleidende Londoner Bevölkerung. Für sie war Macs Redekunst ungefähr dasselbe, wie die Schneikunst der Wolken im Winter, das, was die Zerschmetterkunst der Sturmwogen für das Schiff ist.

Alle Läden gingen jetzt immerzu mit den Preisen herunter. Auch die Chreston-Geschäfte verschleuderten ihre Waren. Und jetzt ging ihr, wo die Leute bei ihr Wolle und Garn gekauft hätten, im Herbst die Wolle und das Garn aus! Sie bekam einen gedruckten Zettel ins Haus geschickt, sie solle die Warenvorräte strecken, es kämen sobald keine neuen mehr nach. Sie verlor gleich zu Beginn völlig den Kopf.

Sie war nicht mehr widerstandsfähig. Sorgen und ungesundes Leben hatten sie heruntergebracht. Sie war auch zu frühzeitig ins Erwerbsleben eingetreten. Die häufigen Unterbrechungen der Schwangerschaft, mangelhaft ausgeführt, hatten ihr geschadet. Von Natur halten die Menschen zu Beginn ihres dritten Jahrzehntes vor ihrer besten Zeit, aber sie dürfen nicht einen B.-Laden in Soho besitzen. Es gab viele Frauen und Männer wie sie in London und anderwärts.

Sie versuchte zuerst, Mac zu erreichen. Natürlich kam sie nicht an ihn heran. Fanny Crysler vertröstete sie von Mal zu Mal. Schließlich drohte sie, zu den Leuten vom »Spiegel« zu gehen, wenn er nicht mit ihr wenigstens spräche.

Er ließ sich auch dann nicht sprechen, und so ging sie eines Abends zur Redaktion des »Spiegels« mit Fewkoombey.

Die Leute dort waren nett zu ihr. Sie versprachen ihr Geld für Material gegen den B.-Ladennapoleon. Sie wollten etwas über die Herkunft der Waren wissen. Aber darüber wußte sie nichts. Sie kamen eben von der Zentralen Einkaufsgesellschaft. Dafür erzählte sie, Macheath sei das »Messer«. Die Leute sahen sie mit offenen Mündern an und brachen in ein homerisches Gelächter aus. Als sie verwirrt sagte, er habe Eddy Black umgelegt, schlugen sie ihr gutmütig scherzend auf den Rücken und luden sie zu einem Abendessen ein.

Sie ging verzweifelt weg. Fewkoombey berichtete alles Peachum. Es war das erste, was er berichten konnte.

Peachum stand in seinem kleinen, finsteren Kontor, den steifen Hut auf dem Kopf, und sah ihn sinnend an. Er hatte den dikken Zerberus hinausgeschickt. Dieser Macheath war immerhin sein Schwiegersohn.

Die Sache war völlig unbrauchbar. Das Gerede, Macheath sei das »Messer«, hatten ihm schon seine Bettler hinterbracht. Er war natürlich nicht so unklug gewesen, damit auf das Polizeipräsidium zu gehen. Man hätte einfach gelacht dort. Daß dieser Mensch aus den Tiefen der Gesellschaft aufgestiegen war, stimmte sicher. Daß er gleich das »Messer« war, das ging selbst Peachum zu weit. Aber auch wenn er es gewesen wäre: solcherlei war gänzlich uninteressant. Damit konnten andere ihre Zeit verschwenden, Wahrheiten nachzuforschen, die u n w a h r s c h e i n l i c h waren! Die Wahrheit war nichts, die Wahrscheinlichkeit alles!

»Jedermann weiß«, sagte Peachum oft, *»daß die Verbrechen der Besitzenden durch nichts so geschützt sind, wie durch ihre Unwahrscheinlichkeit. Die Politiker können überhaupt nur deshalb Geld nehmen, weil man sich ihre Korruptheit allgemein feiner und geistiger vorstellt, als sie es ist. Würde sie einer so schildern, wie sie ist, nämlich ganz plump, dann würde jedermann ausrufen: was für ein plumper Patron! und damit den Schilderer meinen. Dabei wirkt nur das Plumpe, eben schon deswegen, weil es unwahrscheinlich ist! Herr Gladstone könnte in aller Seelenruhe Westminster anzünden und behaupten, die Konservativen haben es gemacht. Niemand würde das natürlich von diesen glauben, denn sie haben nach Ansicht aller Welt viel feinere Mittel, um zu bekommen, was sie wollen, aber niemand würde die Schuld auch jemals auf Herrn Gladstone schieben. Ein Minister läuft doch nicht mit Petroleumkannen herum! Natürlich, sagen die kleinen Leute, nehmen die Besitzenden den andern das Geld nicht einfach aus der Tasche! Tatsächlich besteht ja auch ein Unterschied zwischen der Art und Weise, wie Rothschild eine Bank an sich bringt und einem ordinären Bankeinbruch. Das weiß man doch! Ich aber weiß: jene, die ihre Verbrechen im großen ausführen, sind so ziemlich die einzigen, die auch kleine begehen können, ohne gefaßt zu werden, sie machen ausgiebigen Gebrauch davon.«*

Fewkoombey sollte aber weiter mit der Swayer verkehren und versuchen, Besseres aus ihr herauszuholen.

Der Soldat saß also viel bei ihr in diesen Tagen. Ganze Abende verbrachte er im Gespräch mit ihr. Sie hatte das dunkle Gefühl, daß über ihr in höheren Regionen irgend etwas vorgegangen war, was sie ruinieren mußte.

Macheath hatte sie dazu verlockt, ihr bißchen Geld in den Laden zu stecken, und jetzt half er ihr nicht weiter. Alles hatte doch zunächst nach Hilfe ausgesehen. Daß sie keine Waren mehr hereinbekam, schien ihr nicht so wichtig. Es waren eben keine da. Aber dann mußte Macheath eben helfen, wenn sie die Miete nicht mehr bezahlen konnte.

»Dieser Mensch hat mich auf dem Gewissen«, sagte sie, »man kann ja nichts gegen sein Schicksal, Fewkoombey. Mein Schicksal heißt Herr Macheath und wohnt in Nunhead. Manchmal denke ich, ich möchte auf ihn einschlagen mit meinen beiden

Fäusten, immerfort in sein Gesicht. Das wäre sooo nötig für mich. Wenigstens träumen möchte ich es, wie ich ihn bestrafe für seine Gemeinheit. Ich will immer, daß ich gerade das träume, aber ich träume es nie. Ich bin nachts zu müde.«

Ein anderes Mal klagte sie:

»Ich rechne doch mit jedem Pfennig. Die Leute sagen, ich gebe zuviel Kredit. Ich sei zu gutmütig. Aber das ist doch eine ganz falsche Beschuldigung. Wenn ich keinen Kredit gebe, dann bleiben die Kunden aus. Ich habe nur die ganz kleinen Leute. Die andern gehen in die großen Geschäfte, wo es mehr Auswahl gibt. Das schlimmste ist, daß er in der Clithestraße einen neuen B.-Laden hat aufmachen lassen. Damit hat er mir das Rückgrat gebrochen. Das ist zuviel.«

Auf diesen neuen Laden kam sie immerfort zurück. Sie sah ihn Tag und Nacht vor sich. Immer häufiger redete sie vom Inswassergehen.

Fewkoombey saß bei ihr, wenn sie die Kartons einräumte und auf die Stellagen schob, wobei sie sich immer ein wenig strecken mußte. Er saß auf der Kante eines Stuhles mit löchrigem Strohgeflecht und nur drei Beinen und zwischen seinem Rücken und der Lehne klemmten sich noch einige Pappschachteln. Aber er rauchte aus seiner Stummelpfeife, die er von dort hatte retten können, wo er sein Bein hatte lassen müssen, und hielt weise Reden.

»Du hast kein Talent«, sagte er langsam, *»du hast nichts zu verkaufen. Das bißchen Brust und die frische Haut war schnell ausverkauft. Und du hast es zu niedrig abgegeben, aber vielleicht war auch nicht mehr dafür zu bekommen. Es wird eben allerhand verlangt. Da gibt es Leute, die kommen an, bepackt über und über mit lauter Talenten, alles gut verkäuflich, sie können das Zeug kaum schleppen, man braucht nur ein paar Wände um sie zu stellen und der Kaufladen ist fertig. Zu denen gehörst du nicht und gehöre ich nicht. Leute wie du und ich bieten am Meeresstrand Salzwasser feil. Wir haben keine Talente, weniger, als ein Huhn Zähne im Mund hat. Ich habe dennoch eine Bleibe gefunden, aber da kann ich auch nicht ewig bleiben. Es ist mehr ein Zufall. Ich weiß wirklich immer noch nicht genau, woraufhin man mich dort durchfüttert. Ich suche immer nach etwas, wodurch ich mich unentbehrlich machen könnte. Es müßte viel-*

leicht etwas mit den Hunden sein, dachte ich schon. Aber die kann ja jeder andere auch pflegen. Es müßte etwas sein, daß es heißt: wo ist denn Fewkoombey? Er muß sofort kommen, es geht nicht ohne ihn. Der ganze Laden steht ja still, Gottseidank, da ist er! Ich habe lange nach etwas gesucht, aber ich habe nichts gefunden. Wenn man keine Talente hat, dann muß man ein übriges tun. Dann heißt es, sich doppelt und dreifach nützlich machen!«

Wenn er soweit gekommen war, wurde er unruhig auf seinem Stuhl und fing wieder an, ihr zuzusetzen und sie auszufragen nach diesem Macheath, über den er etwas Genaueres in Erfahrung bringen mußte, wenn er nicht entlassen werden wollte.

Aber er machte sie nur mißtrauisch und sie sagte ihm nichts. Sie sprach fast immer ganz allgemein.

Einmal ging sie zusammen mit einer alten Frau, die ebenfalls einen B.-Laden besaß und die sie auf der Sitzung, in der Macheath über die Vereinigung mit dem Aaronkonzern sprach, kennengelernt hatte, zu einer Wahrsagerin. Sie erzählte Fewkoombey mehrmals den Hergang dort.

Es war keine von den teuren Wahrsagerinnen.

»Wahrscheinlich!« sagte Mary, »war sie also auch nicht so gut wie eine teure.«

Sie wohnte im fünften Stock eines Hinterhauses und legte die Karten in der Küche. Sie setzte sich nicht einmal dazu. Sehr rasch »und wie auswendig gelernt« sagte sie einen Spruch herunter, »die Karten waren kaum richtig gefallen«, aber vielleicht machte sie es auch nur aus der Hand.

»Sie sind ein in den Stürmen des Lebens gefestigter Charakter«, sagte sie zu der alten Frau, die die Sorge um ihren Laden hergebracht hatte, »Sie sind es gewohnt, Ihrer Umgebung Ihren Willen aufzuzwingen, Sie sind ein Steinbock. Sie nehmen Ihr Leben energisch und sicher in die Hand und müssen auch am Ende triumphieren. Allerdings müssen Sie sich vor zwei Leidenschaften in acht nehmen, die in Ihnen toben, und dürfen einer Dame, deren Name mit B angeht, nicht allzusehr trauen. Sie könnte Ihrem Glück im Wege stehen. Im Juni des nächsten Jahres müssen Sie vorsichtig sein, da tritt der Sirius in das Zeichen der Waage, das ist für Sie ungünstig. Aber eigentlich ist das das einzig Gefährliche für Sie, das ich sehen kann. Es kostet einen Schilling, die Dame.«

Mary konnte es auswendig, sie lachte sogar ein wenig darüber. Aber sie hätte sich doch auch wahrsagen lassen, wenn es der alten Frau nicht schlecht geworden wäre, weil sie nichts Rechtes im Magen hatte.

»Man möchte doch ganz gern wissen«, sagte sie, »und wo kann man schon was erfahren?«

Nach ihrem gescheiterten Versuch beim »Spiegel« lief Mary an einem Freitagvormittag wieder in Fanny Cryslers Altladen. Fanny war entsetzt über ihr Aussehen und behielt sie den ganzen Vormittag bei sich, da sie glaubte, Mac komme vorbei. Aber Mac kam nicht, und so gingen die beiden Frauen mittags hinaus zu Macs Haus nach Nunhead, obwohl Fanny wußte, wie unangenehm dies Mac sein würde.

Polly empfing sie nicht unfreundlich. Sie bat sie in die gute Stube und lief in die Küche, Tee zu machen. Vorher band sie eine Schürze um, alles mit der betulichen Geschäftigkeit junger Hausfrauen, bei denen die Hantierung mit den Kochtöpfen noch etwas Sexuelles hat.

Fanny hatte Mary ausdrücklich untersagt, von Geschäften zu sprechen. Man wollte lediglich auf Mac warten. Aber schon als der Pfirsich den Tee hereintrug, brach Mary in Tränen aus. Sie konnte auf nicht mehr viel warten.

Sie erzählte ziemlich alles, was zu erzählen war, natürlich nichts von den sinnlosen Beschuldigungen, über die schon der »Spiegel« vor Lachen fast geborsten war, aber doch alles, woraus Macs Verpflichtung ihr gegenüber hervorging.

Polly sah neugierig auf sie hin. Sie war noch nicht einmal zum Sitzen gekommen; das Teegeschirr hielt sie die ganze Zeit über in den Händen.

Der Tatbestand wurde völlig klar: Macheath hatte die Frau in einen seiner Billigkeitsläden hineingelockt und ließ sie jetzt dort verenden. Es wäre von ihm großherziger gewesen, sie mit einer Fleischerkeule totzuschlagen, als er ihrer überdrüssig geworden war.

Das Teegeschirr zitterte etwas in Pollys Hand, als sie Mary erwiderte. Sie sagte ungefähr folgendes:

Das mit den Geschäften könne sie nicht übersehen. Daß ihr Mann (mein Mann) Mary in einen B.-Laden »hineingelockt« haben könnte, schiene ihr nicht ganz glaubhaft. Wahrscheinlich werde er ihn ihr geschenkt haben. Daß er sie dort verenden lasse, sei doch eine lächerliche Beschuldigung, gegen die sie Mac in Schutz nehmen müsse als seine Frau. Er hätte doch nicht nur sie einen D.-Laden. Und diese vielen Leute, die auch einen hätten, würde doch wohl Mac nicht alle »verenden« lassen wollen. Es sei schon etwas unwahrscheinlich, das. Zu dem andern aber müsse sie, von Frau zu Frau, sagen: was Mac vor der Ehe getan und gelassen (getan und gelassen) habe, gehe sie ihrer Meinung nach nichts an. Sie müsse aber auch da sagen, und zwar als Frau: wenn eine Frau sich mit einem Mann einlasse, so wisse sie im allgemeinen, warum. Sie tue es auf ihr eigenes Risiko. Sie könne von dem betreffenden Mann dann auch nicht verlangen, daß er sie ihr ganzes Leben lang verhalte. Da würde ja sonst ein Mann ein halbes Dutzend Familien haben, bevor er dreißig Jahre alt sei. Es seien eben nicht immer die andern schuld, wenn jemand unter die Räder komme.

Als sie dies vorgebracht hatte, stellte sie das Geschirr ziemlich heftig auf den Tisch und es entstand eine Stille. Die Swayer hatte mit Weinen aufgehört und sah die junge Frau vor ihr mit leerem Gesichtsausdruck an. Auch Fanny war erstaunt. Sie stand mit einem Ruck auf.

Mary richtete sich aus ihrer zusammengedrückten Haltung auf und erhob sich ebenfalls, wenn auch langsamer. Sie suchte umständlich und mit unsicheren Händen ihren Beutel auf dem Tisch zusammen.

Inzwischen nahm Polly die Teekanne wieder auf und begann mit dem Einschenken der Tassen. Sie hatte die Kanne noch in der Hand, als die beiden Frauen gingen.

Fanny wollte Mary wieder mit sich nehmen. Aber die schüttelte den Kopf und stieg in eine vorüberfahrende Straßenbahn. Sie hatte einen abwesenden Ausdruck, und die Bahn fuhr, wie Fanny gleich darauf merkte, nicht in Richtung ihres Ladens in der Mulberrystraße. Ihr Denken war nicht mehr genau genug. Ihr waren nur mehr 27 (siebenundzwanzig) Stunden zu leben gegeben.

Fanny fahndete den Rest des Tages nach Macheath. Sie erreichte ihn erst am nächsten Vormittag, wo er rasch bei ihr im Geschäft vorsprach, beunruhigt und empört über die Erzählung seiner Frau vom Besuch der beiden. Er fuhr Fanny an und wollte wissen, was geschehen war. Fanny erzählte alles mit unbewegter Miene. Ihr hatte Pollys Verhalten mehr mißfallen, als sie sagen konnte. Sie hatte plötzlich gefühlt, daß auch sie nur Angestellte war. Macs Verhalten mißfiel ihr ebenfalls.

Sie brachte den neuen Laden in der Clithestraße zur Sprache und daß die Swayer am Rand ihrer Kräfte sei. Sie spreche ständig vom Inswassergehen.

Er sah sie nur wütend an, als sie ihm sagte, Mary warte auf ihn in der Mulberrystraße. Dann stürzte er fort. Es war der Tag der zweiten Aufsichtsratssitzung der ZEG. Er mußte vorher noch eine Menge erledigen.

Ein paar Stunden später schickte er einen Boten mit einem Zettel, die Swayer sollte gegen sieben Uhr in einer Kneipe bei den Westindiadocks auf ihn warten. Es war ihm wohl eingefallen, daß sie allerhand wußte.

Als Fanny gegen fünf Uhr in die Mulberrystraße kam, fand sie den Laden zu ihrer Erleichterung noch geöffnet. Mary saß hinter dem Ladentisch und nickte, als ihr die Botschaft ausgerichtet wurde. Im Laden war noch ein Mann mit einem Holzbein.

Pünktlich um sechs Uhr schloß Mary den Laden, schickte die Nähmädchen nach Hause und brachte kurz darauf die Kinder zu Bett. Dann ging sie mit Fewkoombey zu den Westindiadocks. So war in ihren letzten Stunden eigentlich immer noch jemand um sie.

Der Soldat versuchte auf dem Weg, sie zum Sprechen zu bringen. Aber sie blieb einsilbig. Vor der Kneipe schickte sie ihn weg. Er hatte sie umsonst begleitet. Und sie hätte ihm doch so leicht, wie er glaubte, etwas mitteilen können, was ihm in seiner Stellung bei Herrn Peachum vorwärts geholfen hätte.

Die Swayer wartete etwa zwei Stunden, wie später durch die Aussage des Wirtes festgestellt wurde, in der zu dieser Tageszeit leeren Gaststube. Dann ging sie, als Macheath nicht gekommen war, in der Richtung der Docks weg. Sie wollte, wie sie dem Wirt sagte, dem Herrn, den sie treffen sollte, entgegengehen. Aber sie ging niemandem und nichts mehr entgegen.

Sie wurde schon wenige Stunden danach von einem Polizisten und zwei Hafenarbeitern aus dem Wasser gefischt.

Herr Peachum sieht einen Ausweg

Da die Swayer Fewkoombey ersucht hatte, auf dem Rückweg noch nach den Kindern zu sehen und ihm auch den Schlüssel mitgegeben hatte, war er die Nacht über dort geblieben. Sie hätte sonst nicht hereingekonnt.

Am Morgen brachte man sie. Es sammelten sich im Laden gleich allerhand Leute aus der Nachbarschaft, so daß der Soldat nicht auffiel und wegkonnte. Die Leiche hatten sie auf den Ladentisch gelegt, da auf dem Bett in der Kammer Schachteln für Trikotagen lagen.

Durch Fewkoombey erfuhr Peachum sehr zeitig von Mary Swayers Tod und er konnte sofort seine Maßnahmen treffen. Das erste war, daß er die wirklichen Tatsachen feststellte.

Er schickte nicht weniger als dreißig seiner Bettler aus, die bei den Westindiadocks sowohl als auch in der Mulberrystraße, im Altgeschäft der Fanny Crysler und in Nunhead die Ermittlungen aufnahmen.

Schon bei der ersten Nachforschung in der Mulberrystraße durch die Polizei waren Leute Peachums dabei.

Er erfuhr, daß Schauerleute bei den Docks gegen neun Uhr eine Frauensperson gesehen hatten, die schnell nach dem Wasser zu ging. Fewkoombey brachte nachmittags, als er in die Mulberrystraße ging, um die Kinder von dort zu Fanny Crysler zu bringen, den Zettel mit zurück, auf dem die Bestellung Macs geschrieben stand. Eines der Kinder hatte ihn angekaut. Schon am Nachmittag stand es für Peachum fest, daß es sich um einen Selbstmord handelte.

Um ganz sicher zu gehen, verwandte er zwei weitere Tage auf Feststellungen Macheath betreffend. Es war zwar nicht herauszubringen, wo er sich zur fraglichen Zeit aufgehalten hatte, aber es stand fest, daß er Mary Swayer an diesem Abend nicht mehr getroffen hatte. Das genügte zur Not, um eine Anklage zu erheben.

Unumstößliche Gewißheit, daß Macheath wirklich nichts mit dem Tod der Swayer zu schaffen hatte, war nötig, weil er sonst natürlich ein ausgezeichnetes Alibi gehabt hätte. Er konnte auch so eines haben, aber darauf mußte man es ankommen lassen. Auf keinen Fall hatte er eines vorbereitet. Und ein natürliches war ja immer weniger glaubhaft und schlüssig.

Peachum nahm also einen guten Rechtsanwalt, der als Nebenkläger für die verwaisten Kinder der Swayer fungieren sollte und der Staatsanwaltschaft das Material überreichte. Peachum konnte das, da er Armenpfleger war.

Der Anwalt, Walley, stimmte Herrn Peachum, was das Alibi des Herrn Macheath betraf, vollkommen bei. Er sagte:

»Auch ich halte es nach allem, was wir wissen, für ausgeschlossen, daß Ihr Herr Schwiegersohn irgend etwas mit dem Tod der Swayer zu tun hatte. Infolgedessen ist es höchst unwahrscheinlich, daß er ein Alibi hat. Er wird irgend etwas daherfaseln von ›Restaurantgesessen‹ oder ›Theaterbesuchthaben‹ oder gar ›Kanndiedamenichtkompromittieren‹. Das Letztere wäre Ihnen wohl, wie die Verhältnisse liegen, besonders willkommen? Ein richtiges Alibi muß gemacht sein, und gemacht wird es nur, wenn man ein Verbrechen vor hat. Es ist ein Teil, und zwar ein Hauptteil, der verbrecherischen Handlung selber. Denken Sie doch an die Politik! Wenn zum Beispiel Kriege unternommen werden, da gibt es immer Alibis! Von Staatsstreichen nicht zu reden! Gewesen ist es immer der Überfallene. Der Überfaller hat ein Alibi!«

Das Material bestand aus dem handschriftlichen Zettel Macheath', der Aussage des ehemaligen Soldaten George Fewkoombey und der Aussage zweier Straßenbettler, die beeiden wollten, den Macheath in der Gesellschaft der von ihnen in Augenschein genommenen Swayer am Samstag abend gegen neun Uhr in der Gegend der Westindiadocks gesehen zu haben.

Herr Macheath wünscht London nicht zu verlassen

Macheath wurde erst am darauffolgenden Donnerstag verhaftet. Als er die Mitteilung Browns erhalten hatte, beorderte er seine Frau in ein Hotel im Osten der Stadt. O'Hara holte sie ab und sie aßen zu dritt zu Abend. O'Hara war der Sache nachgegangen, hatte aber zu spät von der Angelegenheit erfahren. Merkwürdigerweise hatte Fanny Crysler geschwiegen; sie mußte eigentlich vom Tod der Swayer gehört haben.

O'Hara war auch selber bei Brown gewesen. Brown hatte die Angelegenheit ebenfalls zu spät als eine Macheath betreffende erkannt. Die erste Untersuchung hatte Beecher von Scotland Yard geführt, ein verrückter Spürhund, der, einmal auf einer Fährte, sich nicht mehr zurückhalten konnte. Beecher hatte zunächst Selbstmord angenommen, auch die Recherchen bei anderen B.-Laden-Besitzern im Verein mit gewissen Artikeln, die im »Spiegel« über die letzten Unternehmungen Macheath', durch welche die B.-Läden in eine bedrängte Lage geraten seien, hatten genug natürliche Motive für einen Selbstmord ergeben. Aber nach der dezidierten Anzeige Peachums durch den Rechtsanwalt Walley hatte Beecher einen halbfertig geschriebenen Brief der Swayer vorgelegt, den man bei der Toten gefunden hatte. In diesem Brief bekannte sich Mary dazu, gewisse Zeitungsausschnitte, das »Messer« betreffend, anonym abgeschickt zu haben und fragte an, ob der Adressat nicht lieber doch »etwas anständiger« zu ihr sein wolle. Der Brief war mit »Lieber Mac« überschrieben!

O'Hara wußte auch die genaue Zeit, zu der Mary gestorben sein mußte: es war gegen neun Uhr abends. Als er dies berichtete, sah ihm Macheath mit einem schnellen Blick in die Augen. Neun Uhr war eine sehr ungünstige Zeit. Um neun Uhr hatte Macheath auf der Vorstandssitzung der ZEG gesessen. Der Inhalt dieser Unterredung, aber auch schon Macheath' Anwesenheit im Gebäude der ZEG, durften unter keinen Umständen öffentlich besprochen werden, sonst waren alle Unternehmungen der letzten Zeit vollständig erledigt. Bloomsbury war ein gutmütiger, junger Hund, aber er würde bestimmt nicht lügen vor Gericht und etwa aussagen, die Herren hätten Bridge gespielt.

Macheath mußte also unbedingt verschwinden und sich wenigstens so lange, bis Brown die Untersuchung niedergeschlagen hatte oder das Geschäft mit der Commercial Bank abgeschlossen war, im Ausland verborgen halten. O'Hara war dafür, daß Macheath jetzt mit Grooch und Fanny zusammen nach Schweden reiste, um gleichzeitig den dortigen »Einkauf« zu organisieren.

Was die Geschäfte betraf, wollte O'Hara eine Vollmacht, aber Macheath wollte sie lieber Polly geben. Sie stritten noch ein wenig, dann ging O'Hara.

Polly hatte bleich zugehört, ohne irgend etwas zu fragen. Sie begriff, daß das Ganze nur eine Aktion ihres Vaters gegen Macheath war. Von der Swayer war sie überzeugt, daß diese nur, um sich an ihm zu rächen, ins Wasser gegangen sei. Sie wollte aber vor allem unter keinen Umständen zulassen, daß Mac mit Fanny Crysler nach Schweden reiste.

Sie gingen nach dem Essen schweigend nach Hause. Als sie schon beim Auskleiden zornig von der Reise mit Fanny sprach, lachte Mac und versprach ohne weiteres, die Crysler in London zu lassen. Er behauptete, sie habe etwas mit Grooch. Polly war jedoch mißtrauisch. Sie glaubte Mac alles, nur nichts, was mit Frauen zusammenhing.

Spät nachts erwachte er, weil er sie schluchzen hörte. Sie redete etwas hin und her, und dann machte sie ihm, nachdem sie vereinbart hatten, er würde nicht böse werden, das Geständnis, sie habe etwas Dummes geträumt, und zwar etwa vor einer Woche. Sie habe geträumt, mit O'Hara geschlafen zu haben. Schluchzend fragte sie, ob das sehr schlimm sei, während Mac wie zu Eis erstarrt neben ihr lag.

»Siehst du«, sagte sie, »jetzt bist du böse. Ich hätte dir nichts sagen sollen, man soll nie etwas sagen. Ich kann doch nicht dafür, wenn ich träume. Es war auch nur ganz kurz und gar nicht so klar, daß es O'Hara war. Vielleicht war er es nicht. Es schien mir nur beim Aufwachen so, und dann bin ich erschrocken. Ich will doch mit niemandem schlafen als mit dir. Aber für meine Träume kann ich nichts. Ich dachte gleich: was soll ich da machen? Ich sage es Mac, dann ist es gut. Aber dann dachte ich, du würdest es nicht verstehen und vielleicht glauben, ich machte mir etwas aus O'Hara, und das ist gewiß nicht wahr. Er gefällt mir gar nicht. Sage doch, daß es nichts macht, Mac! Ich bin so unglücklich, daß ich das geträumt habe. Wenn du jetzt nicht fort müßtest, hätte ich überhaupt nichts gesagt. Ich habe auch seither nichts mehr so Dummes geträumt, nicht die Spur! Oder nur von dir!«

Mac lag eine ganze Zeit, ohne zu antworten. Dann fragte er sie, ohne auf ihre Versuche, sich an ihn zu schmiegen, zu achten, stocksteif daliegend, in kurzen, heiseren Sätzen aus. Wie es gewesen sei, als das geschah, genau. Ob es im Bett gewesen sei. Ob sie eigens ins Bett gegangen seien dazu. Ob er sie einfach umarmt habe, oder ob noch sonst etwas vor sich gegangen sei. Ob sie selber mitgemacht habe. Ob sie gleich gewußt habe, daß es O'Hara war. Warum sie nicht, als ihr das, wie sie sage, ganz am Ende aufgegangen sei, aufgehört habe. Ob sie Vergnügen dabei empfunden habe? Warum sie, wenn sie kein besonderes Vergnügen empfunden habe, nicht gleich aufgehört habe, als sie O'Hara erkannte? Was sie unter »keinem besonderen Vergnügen« verstehe? Und dergleichen mehr, bis Polly unter lauter Weinen so müde war, daß sie einschlief.

Am Schluß fanden sie sich natürlich wieder und Macheath freute sich nun, daß sie von neuem stürmisch ein Versprechen von ihm verlangte, nicht mit Fanny Crysler zu reisen. Er redete ihr auch zu, zu ihren eigenen Eltern zurückzukehren. Er begründete es damit, daß sie ihm dort am besten helfen könnte. Sie konnte ihm mitteilen, was ihr Vater alles gegen ihn plane. Sie schliefen getröstet ein.

Sie nahmen schon am nächsten Morgen Abschied voneinander. Als Macheath wegging, trug er wieder die Rindslederhandschuhe, aber auch seinen alten Degenstock. Sein Zug ging erst am späten Abend, aber er hatte noch viel zu tun. Die O'Hara-Leute waren wohl nicht in der besten Laune und Aaron oder einer der beiden Oppers mußten noch aufgesucht werden.

Aber zuerst ging Macheath zu Gawn, dem er seinerzeit das Material gegen den Makler Coax, Peachums Compagnon, übergeben hatte. Es war immer noch nirgends erschienen. Gawn war nicht zu Hause. Es hieß, er sei im »Correspondent«. Dort saßen einige Zeitungsleute um ihn herum und wollten Renntips aus ihm herausholen. Als Macheath eintrat, entstand eine eigentümliche Stille.

»Oho«, sagte einer der Jungen, nicht unfreundlich, »Macheath! Sie wollen wohl bei uns gegen Ihre Festnahme protestieren? Soll die hier vor sich gehen? Das ist anständig von Ihnen!«

Gawn, der, ein halbes Pfund Gummi kauend, lächelnd in ihrer Mitte saß, erkannte zuerst, daß Macheath von nichts wußte, und zog eine Zeitung aus der Brusttasche.

Macheath wurde schon gesucht. Sein Bild und Name stand in den Morgenausgaben. Beecher hatte ein Interview gegeben und von dem halben Brief der Ermordeten erzählt.

Gawn nahm Macheath unter den Arm und führte ihn weg. Sie suchten eine Kneipe auf.

Das Material gegen Coax, führte Gawn aus, sei eigentlich ein Material gegen Hale vom Marineamt, denn um dessen Frau handele es sich. Die Kampagne werde in den allernächsten Tagen losgehen.

Er verschwieg, daß er das ihm anvertraute Material lediglich zu einer saftigen Erpressung ausgenutzt hatte. Herrn Peachum kostete das eine Menge Geld. Pollys Mitgift wurde dadurch nicht größer.

Macheath entwickelte ihm noch einmal, daß er keinen offenen Skandal brauche, sondern eine gehörige Einschüchterung der ganzen Gesellschaft, die um diesen Coax herum sei. Gawn versprach, sein Bestes tun zu wollen und bat nur um ein Interview.

Sie stellten eines zusammen.

Es erschien schon in der Abendausgabe. Der Großhändler Macheath zeigte sich über die Beschuldigungen der Polizei sehr erstaunt.

»Ich bin Kaufmann«, hieß es, »und kein Verbrecher. Ich habe einige Feinde. Der beispiellose Erfolg und Aufschwung meiner B.-Läden hat sie auf den Plan gerufen. Aber ich pflege sie nicht mit dem Messer in der Hand anzufallen. Ich versuche, sie durch unermüdliche Arbeit im Dienst meiner Kunden zu besiegen. Alle Verdächtigungen gegen mich werden in ein paar Tagen nur auf die Köpfe derer zurückfallen, die sie ausstreuen. Ich hoffe, daß niemand von meinen Geschäftsfreunden aus den Kreisen des Kleinhandels, dessen Wohlergehen mir am Herzen liegt, an mir zweifelt. Diese Swayer ist mir persönlich nur wenig bekannt. Sie hatte, soviel ich weiß, einen der kleinen B.-Läden in der Gegend der Mulberrystraße. Ich hatte mit ihr nicht mehr zu tun, als mit einigen Dutzend anderen Ladeninhabern. Sie scheint sich selbst das Leben genommen zu haben. Ich finde das ebenso traurig, wie jeder andere anständige Geschäftsmann. Grund zur Depression ist gegenwärtig genug vorhanden, das weiß niemand besser als die Geschäftsleute. Die Verhältnisse der Frau Swayer scheinen besonders mißliche gewesen zu sein.«

Nach diesem Interview fuhr Macheath zur Commercial Bank. Er traf Henry Opper an.

Die Morgenblätter hatten schon in großer Aufmachung seinen Namen gebracht und Opper schien sehr bestürzt zu sein. Er hörte Macheath schweigend an und sagte dann: »Sie dürfen unter keinen Umständen ins Gefängnis gehen! Schuldig oder unschuldig: man war nicht im Gefängnis. Gehen Sie ins Ausland! Sie können Ihre Geschäfte von dort abwickeln. In der ZEG sitzen ja Freunde von Ihnen, auch wir werden nach dem Rechten sehen, wenn Sie es wünschen. Aber fahren Sie auf der Stelle! Aaron war auch schon da. Er ist außer sich.«

Macheath ging sehr nachdenklich weg. Oppers Eifer, ihn zum Wegreisen zu veranlassen, gefiel ihm nicht. Er fuhr an den Unteren Blacksmithsquare, wo er in einen schmierigen Rasiersalon eintrat. In dem niederen, nach kaltem Rauch stinkenden Raum herrschte ein großer Verkehr. Hier trieb sich die halbe Londoner Unterwelt herum. An keinem anderen Ort konnte man mehr hören als hier.

Die Rasierstühle waren besetzt. Macheath setzte sich auf die Bank unter die Wartenden. Vor ihnen stand auf dem Boden eine große Messingschale, in die sie die Zigarettenstummel und Kaugummi spucken konnten.

Macheath sah kein bekanntes Gesicht.

Ein kleiner, verdrückter Mensch erzählte ziemlich laut über die Zollschikanen in einem dänischen Hafen.

»Sie wollen nichts Billiges hereinbekommen«, beschwerte er sich, »der kleine Mann soll sich keine Brillanten kaufen können. Das ist eine Gemeinheit! Kohlen und Kartoffeln m u ß der Mensch haben, aber wenn man ihm bei Brillanten auch noch solche Knüppel zwischen die Beine wirft, dann sagt er eben am Schluß: na, denn nicht, liebe Tante!«

Macheath merkte sich den Mann vor: er gefiel ihm.

Der Friseur, ein unförmiger Koloß mit winzigem Kopf, auf dem aber eine Friseurkunstausstellung stattfand, hatte Macheath mit einem kleinen, schlauen Blick gestreift, als er sich setzte. Er hatte eine Verabredung mit Macheath, die Rede bei seinem Erscheinen auf ihn zu bringen und tat dies jetzt. Der Laden begann vom Swayermord zu sprechen.

Die allgemeine Ansicht war, daß der Großhändler mit dem Tod der Swayer nichts zu tun haben könne.

»So'n Mann macht das nicht!« sagte der Schmuggler überlegen. »Der hat anderes zu tun. Habt ihr 'ne Ahnung, was so'n Mann in einem Arbeitstag alles zu verrichten hat! Sie soll ihm gedroht haben! Was kann die ihm schon drohen? Was die sagt, das führt doch nur zu ihrer sofortigen Verhaftung wegen Majestätsbeleidigung und polizeiwidriger Dummheit!«

»Und kein Alibi soll er haben! Er hat wohl jedem 'ne Belohnung von zehn Pfund ausgesetzt, der aussagt, daß er ihn in der fraglichen Zeit nicht gesehen hat? Nee, der will höchstens mal 'ne Zeitlang mit dem Operngucker beobachten, wer da laut lacht, wenn er sich verhaften läßt, so ist das!«

Viel mehr kam nicht heraus.

Macheath wartete nicht ab, bis die Reihe an ihn kam. Er ging, seinen dicken Stock unter die Achsel geklemmt, zu Fuß durch zwei, drei Gassen, bis er vor einem baufälligen, einstöckigen Haus stand, in dem eine Kohlenhandlung etabliert war. Auf einer schwarzen Tafel hatte der Kohlenhändler mit Kreide die Kohlenpreise aufgezeichnet.

Macheath las für Anthrazit die Zahl 23 und ging weiter. In ein Haus mit der Nummer 23 trat er ein, nachdem er mit dem Stock an die Tür geschlagen hatte. Manchmal kostete der Anthrazit 23, manchmal auch 27 oder gar 29, je nachdem, wo die Bande gerade ihr Hauptquartier hatte. Die wirklichen Kohlenpreise, hatte Macheath einmal O'Hara gesagt, hingen auch von einer ganzen Menge von Umständen ab, die mit Kohle eigentlich nichts zu tun hätten. Und der Kohlenmann verkaufte auch gar keinen Anthrazit.

Macheath ging mit hallenden Schritten durch zwei Höfe, die durch Lagerschuppen gebildet wurden und bog im dritten in ein erleuchtetes Büro zu ebener Erde ein.

Grooch und Father saßen auf Mahagonnytischen, Bierflaschen neben sich, und Grooch diktierte einer flott angezogenen, jungen Person Briefe. In den Nebenräumen wurden Kisten verpackt.

Grooch stand beim Eintreten des Chefs auf, Father blieb sitzen.

»Gut, daß Sie mal einen Blick hierherwerfen, Chef!« sagte Father mürrisch. »Hier ist kein Zug mehr drin. Nichts als Aufsässigkeit und Widerwillen.«

Macheath nahm schweigend von einer roh gezimmerten Stellage an der Wand einen dicken Folianten und setzte sich mit ihm auf die Lehne eines Empiresessels, der bessere Tage und feinere Gesellschaft gesehen hatte. Die ZEG hatte ihre offiziellen Büros in der City. Hier war der Lagerplatz. Zwischen den beiden Stellen gab es keinen Verkehr, außer auf großen Umwegen.

Solange Father auf dem Tisch saß, wollte Macheath nicht reden. Infolgedessen berichtete Grooch.

Die Untätigkeit wirkte sich sehr ungünstig aus. Die Schuppen waren zum Teil noch voll von Waren. O'Hara hatte es den Leuten frei gestellt, auf eigene Faust zu arbeiten, bis man wieder neue Bestände brauchen konnte. Aber er hatte die Handwerkszeuge nicht herausgegeben. Sie waren im Besitz der Gesellschaft. Mit den alten, primitiven Werkzeugen wollten oder konnten aber die Fachleute O'Haras nicht mehr arbeiten. Selbst für die Ladeneinbrüche waren zumindest Lastwagen nötig. Und vor allem: genaue Pläne für die Zusammenarbeit. Die Leute waren also aufgeschmissen. Sie saßen herum und fraßen einander an.

Macheath lachte.

»Ich dachte, sie waren sich zu gut für ein Beamtendasein mit gesicherten Bezügen. Sie wollten doch wieder aufs weite Meer hinaus, ungebunden und frei!« sagte er nachlässig. »Immerfort machen sie Bewegung und nie wundern sie sich, wenn sie durchsetzen, was sie wollen. Wenn *ich* mit meinen Forderungen durchkomme, dann fürchte ich immer das Schlimmste.«

»Sie kämen schon durch, wenn sie die Werkzeuge hätten«, sagte Father grob.

»Ja, wenn«, erwiderte Macheath gelangweilt.

Father griff noch einmal an:

»Quite will uns den neuen Bohrer abkaufen. Er sagt, er hat das Geld beisammen, und außer ihm kann keiner damit umgehen.«

»Ich verkaufe kein Handwerkszeug«, sagte Macheath verdrossen. »Übrigens sind auch meine Tischplatten nicht zum Draufsitzen da.«

Er nahm den Lagerplan, der sauber auf einen Karton aufgezogen war, zur Hand und schickte das Mädchen mit einer Kopfbewegung hinaus.

»Warum sind die Schuppen noch voll? Es ist beschlossen, alles zu räumen bis auf 23.«

Grooch sah Father an, der brummend aufgestanden war.

»Davon hat O'Hara nichts verlauten lassen«, sagte er und nahm den Blick nicht von Father.

Macheath ließ sich seine Überraschung nicht anmerken. Er blätterte einen der Kataloge durch, um Zeit zu gewinnen.

Dann fuhr er ruhig fort:

»Die Schuppen von 29 müssen geräumt werden. Es ist möglich, daß O'Hara in der nächsten Zeit zeigen muß, daß die Lager leer sind.«

»Wohin sollen die Sachen? Es ist hauptsächlich Tabak und Rasierzeug. Man muß sie aber unbedingt noch lagern lassen, sie sind viel zu frisch. Die Birminghamer Sachen sind darunter. Darüber schreiben die Zeitungen immer noch kilometerlange Artikel. Und dann ist Leder und Wolle da, das können die B.-Läden gut brauchen.«

»Es muß ganz weg. Es darf nichts davon zum Verkauf kommen. Ihr macht am besten ein Feuer an damit! Die Schuppen sind ja versichert.«

Grooch war ehrlich erschrocken.

»Aber können es nicht die Jungens selber verwenden? Das macht doch verdammt böses Blut, wenn sie das wegschaufeln sollen. Sie haben es schließlich zusammengeholt.«

Macheath langweilte sich.

»Ich denke, dafür sind sie bezahlt worden. Und für das Wegschaffen zahle ich ebenfalls Stundenlohn. Ich will nicht, daß das Zeug herumkommt. Außerdem sollen sie ihren Tabak kaufen, zum Beispiel in den B.-Läden. Noch was: die Papiere für hier zeichnet meine Frau und nicht O'Hara. Fertig?«

Er stand auf und zog die Handschuhe an. Grooch hielt ihn noch auf.

»Honneymaker läuft uns die Bude ein. Er will jede Beschäftigung übernehmen. Die Sache mit dem Sicherheitsschloß ist schief gegangen.«

»War es nicht sicher oder zu sicher?«

»Alles in Ordnung. Aber die Fabrik hat ihn hereingelegt mit dem Patent.«

Macheath lachte wieder. Honneymaker war ein führender Mann der Branche gewesen zu seiner Zeit, ein erstklassiger Einbrecher. Als es mit ihm körperlich bergab ging – damals trieb man noch nicht Sport – verlegte er sich aufs Erfinden und erfand ein Sicherheitsschloß. Er verwandte alle seine Erfahrungen dabei, die Erfahrungen eines tätigen Lebens, voll von Studium und Unternehmungslust. Jetzt hatte er in der bekannten Schlösserfabrik, der er seine Sache angeboten hatte, seinen Meister gefunden.

»Er kann einen B.-Laden haben«, sagte Macheath und ging grinsend weg.

Aber es war ihm nicht lustig zumute.

Die Beschlüsse wurden nicht ausgeführt. Jeden Tag konnte Aaron auf den Gedanken verfallen, sich die Lager zeigen zu lassen. Fanny, überzeugt, daß sie geräumt waren wie verabredet, würde keinen Anlaß sehen, sie ihm nicht zu zeigen, und dann waren sie noch ganz vollgestopft.

Wieder auf der Straße stehend, überlegte Macheath einen Augenblick, ob er gleich zu Fanny Crysler gehen sollte oder zu Frau Lexer nach Tunnbridge. Es war sein Donnerstag.

Er fand heraus, daß er Fanny noch auf dem Bahnhof abfangen konnte, wo sie auf ihn warten würde und daß er in Tunnbridge wahrscheinlich Brown finden könnte. Brown war wie er jeden Donnerstag dort. Sie spielten hier gewöhnlich eine Partie Dame.

Macheath' Verkehr mit den Damen von Tunnbridge im Haus der Frau Lexer bedurfte seiner eigenen Ansicht nach einer Entschuldigung, jedoch reichte dazu die besondere Art seines Geschäftes aus. Er erfuhr hier besser als anderswo alles über die privaten Verhältnisse der Bande. Den rein geschäftlichen Verkehr hatte er gelegentlich zu Zwecken der Erheiterung ausgenutzt, wozu er als Junggeselle in gemäßigtem Umfang berechtigt gewesen war; was jedoch diese intime Seite betraf, so schätzte er, wie er oft sagte, seine regelmäßigen und mit pedantischer Pünktlichkeit eingehaltenen Besuche in ein und demselben Tunnbridger Kaffeehaus hauptsächlich, weil sie Gewohnheiten waren, die zu pflegen und nähren beinahe das Hauptziel eines eben bürgerlichen Lebens darstellt. Seinen eigentlichen geschlechtlichen Bedarf deckte Macheath nach einigen jugendlichen Verwirrungen am liebsten da, wo er damit gewisse Annehmlichkeiten häuslicher oder geschäftlicher Art vereinen konnte, also bei Frauen, die nicht ganz unvermögend waren, oder mit ihm in Geschäftsbeziehungen standen wie Fanny.

Macheath wußte genau, daß seine Ehe ihm geschadet hatte in den Bezirken, wo sein Einkauf verankert war. Der Tod der Mary Swayer gefiel gewissen Leuten bestimmt nicht. Sie saßen jetzt wohl beisammen und sagten: Mac wird fett. Er glaubt wohl, er ist schon oben.

Es gab kaum jemanden, der ehrlich beschwören konnte, daß er

immer Macheath geheißen habe, aber es gab auch niemanden, der ihm nachweisen konnte, daß er unter dem und dem Namen da und da zur Schule gegangen, da und da Schauermann oder Kontorist, da und da Zimmerherr gewesen sei. Immerhin konnte jeden Tag das Gerücht verbreitet werden, er sei ein ganz gewöhnlicher Spießbürger, und dann hätte es eines sehr kostspieligen und gefährlichen Blutbades größeren Ausmaßes bedurft, damit das Halbdämmer, in dem man fett werden konnte, wieder hergestellt worden wäre. Und er war wirklich schon etwas beleibt und nur mehr für geistige Arbeiten geeignet.

Er ging also nach Tunnbridge, um etwas zu erfahren und um Brown zu treffen.

Er ging nicht in die unteren Räume, sondern kletterte eine baufällige Stiege hoch in die Küche. Ein paar Mädchen saßen herum und tranken Kaffee. Ein dickes Weib in Unterhosen plättete Wäsche. Am Fenster wurde Mühle gespielt. Ein dünnes, sattelnäsiges Mädchen stopfte einen Berg Strümpfe. Alle waren leicht bekleidet, nur eine hatte einen geblümten Schlafrock an.

Als Macheath eintrat, gab es ein Hallo. Die Frauen hatten die Zeitungen gelesen, auch das Interview mit Gawn lag auf dem Bügelbrett. Daß Macheath dennoch kam wie jeden Donnerstag, imponierte allen.

Brown war noch nicht da.

Macheath bekam seinen Kaffee vorgesetzt und langte, ohne die Handschuhe auszuziehen, nachlässig nach der Zeitung.

»Heute abend verreise ich«, sagte er lesend, »ich dachte gleich: dumm, daß heute mein Donnerstag ist. Es ist schrecklich, wenn man ein solcher Gewohnheitsmensch ist! Aber ich kann mich doch von diesen Polypen nicht von meinen ältesten Gewohnheiten abbringen lassen. Sonst wäre ich mittags gefahren. Wo bleibt eigentlich Brown?«

Eine Klingel auf einem der Zimmer ging. Das dicke Weib legte das Bügeleisen auf einen kleinen Gußeisenständer, warf einen Kattunüberhang um und ging hinaus, einen Gast zufriedenzustellen. Nach fünf Minuten kam sie zurück, prüfte das Eisen mit dem abgeleckten Finger, ob es noch warm war, und bügelte weiter.

»Das Ding mit der Swayer hast du doch nicht gedreht«, sagte sie, wie ihm schien, verächtlich.

»So«, sagte er und sah sie aufmerksam an.

»Na, wir dachten, du bist zu fein geworden zu so was.«

»Wer dachte das?« fragte Macheath interessiert.

Das dicke Weib beruhigte ihn:

»Immer ruhig, Mac. Gequatscht wird über jeden.«

Mac hatte ein feines Gehör. Die Luft war nicht rein. Eine Art Widerwillen überkam ihn plötzlich.

Während er schweigend in der schmutzigen Küche saß und dem plättenden Weib zusah, dachte er gründlicher über seine Lage nach, als er es seit langem hatte tun können.

Der Boden, auf dem er immer gestanden war und gekämpft hatte, fing an, unter seinen Füßen nachzugeben. Dieses Gesindel, das ihm seine Einkäufe zu besorgen hatte, wollte sich einer geistigen Führung auf die Dauer nicht beugen. Eine Menge kleiner Züge fielen ihm plötzlich ein, die er in den vergangenen Wochen kaum beachtet hatte. Da und dort waren strikte und wohldurchdachte Befehle nicht mehr ganz exakt durchgeführt worden; nachher wurden die Nachlässigkeiten durch die Spitzen der Organisation vor ihm verschleiert. Besonders seit dem großen Abstoppen der »Einkäufe« hatte er zum Beispiel durch Grooch allerhand von der »Unzufriedenheit« unten gehört. Dieses Gesindel konnte groß angelegte Operationen nicht durchhalten.

Und jetzt hatte er entdecken müssen, daß O'Hara wichtigste Befehle einfach ignorierte!

An O'Haras Haltung war seit langem nicht alles wie früher. Heute hatte er die Vollmacht haben wollen. Als sie dann Polly bekam, hatte er nicht sehr lange widersprochen. Warum wohl nicht?

Ganz plötzlich überlief Macheath eine heiße Welle des Mißtrauens.

Polly, dachte er. Was war eigentlich mit Polly und O'Hara los? Jetzt hatte sie die Vollmacht. Was würde sie damit machen? Und mit einem Male wußte er, warum ihn von Anfang an das Vorkommnis auf der Heimfahrt von dem Picknick an der Themse so gequält hatte.

»Eine Frau, die das duldet, und zwar bei so oberflächlicher Bekanntschaft«, sagte er sich erbittert, *»kann doch überhaupt keine Gewähr geben, einem Mann eine wirkliche Lebensgefährtin zu sein. Sie ist ja viel zu sinnlich. Und das ist doch nicht nur eine ero-*

tische Angelegenheit, sondern vor allem, wie es sich zeigt, eine geschäftliche! Was wird sie anfangen mit einer Vollmacht ihres angetrauten Mannes in der Hand, wenn sie ihrer eigenen Beine nicht sicher ist? Da hat doch die Treue der Frau erst den tieferen Sinn!«

Wie rasch waren die beiden mit seiner Abreise einverstanden gewesen! Da gab es kein »Aberduwirstmirdochfehlen«. Dazu war man zu vernünftig. Vielen Dank für diese Art Vernunft!

Macheath stand voller Bitterkeit auf und schlenderte in die Büroräume hinüber. Es waren ziemlich geräumige Zimmer mit kahlen Kontormöbeln, kleinen Tischchen mit Schreibmappen und gewöhnlichen Sofas. Man konnte auch Zimmer ohne Sofas bekommen, dann benutzte man die Tische mit dem grünen Löschpapier. Es war die besondere Annehmlichkeit des Hauses, daß man hier gleichzeitig seine Korrespondenz erledigen konnte. Die Mädchen waren alle geübte Kurzschriftschreiberinnen.

Das Haus wurde meist von Geschäftsleuten besucht.

Macheath hätte gern ein paar Briefe diktiert; aber nur Jenny war mit seiner Korrespondenz vertraut und kannte seine Gewohnheiten. Sie konnte sich zur Not mit einigen Notizen für einen Brief behelfen.

Und Jenny war nicht da. Sie war mit Bloomsbury an der See. Ihr nahm anscheinend niemand ihren Aufstieg übel.

Macheath öffnete stehend eine Klappe in der Tapete und hörte sich ein Diktat nebenan an.

». . . und können wir also Ihren Standpunkt nicht begreifen. Entweder Sie liefern den Santos zu 85 $^{1}/_{5}$ frei Antwerpen, oder Sie reduzieren den an sich horrenden Preis, horrenden unterstrichen, dann ist der Zoll unsere Sache.«

Macheath ging mißmutig wieder in die Küche zurück, wo er sich verdrossen niedersetzte.

Er wartete immer noch auf Brown. Von der Unterredung mit ihm wollte er es abhängig machen, ob er London verließ oder nicht. Vorbereitet für seine Flucht war alles. Grooch würde auf dem Bahnhof warten, hoffentlich mit Fanny. Aber eine halbe Stunde verging, es wurde dunkel, so daß das Gaslicht angezündet werden mußte. Der Betrieb kam langsam in Schwung und Brown erschien nicht. Um Macheath kümmerte sich niemand mehr. Er saß finster in der Stube und döste.

Unter diesen Umständen konnte er nicht wegfahren.

Er mußte die ZEG wieder ganz in die Hand bekommen und dann auflösen. Was war das für eine Existenzbasis, bei der man nicht einmal ruhig wegfahren konnte, wenn die Polizei hinter einem her war!

Und auch die großen, geschäftlichen Transaktionen mit der Commercial Bank konnte er, nur von Unzuverlässigen und Gaunern umgeben, wie er war, immer noch besser vom Gefängnis aus abwickeln, als vom Ausland aus.

Ein wahrer Durst nach Solidität befiel ihn. Ein gewisses Maß von Ehrlichkeit und Vertragstreue, einfach von menschlicher Verläßlichkeit, war eben doch unentbehrlich, wenn es sich um größere Geschäfte handelte! Warum wäre sonst Ehrlichkeit, fragte er sich, überhaupt so geschätzt, wenn es auch ohne sie ginge? Das ganze Bürgertum war ja doch darauf schließlich begründet. Man mußte aus seinen Angestellten herausholen, was irgend ging, und dann mußte man ehrlich und anständig Geschäfte machen. Wenn man nicht einmal seinem Kompagnon trauen konnte, wie sollte man sich da auf das Geschäft konzentrieren können?

Endlich gegen sieben Uhr kam Brown.

Hier war immer der beste Ort für sie gewesen, sich zu treffen. In diesem Etablissement spürte man Brown nicht nach. Es hätte für unfein gegolten, einem Beamten von Scotland Yard hierher nachzuschnüffeln. Schließlich mußte das Privatleben aus dem Spiel bleiben!

Brown überschüttete ihn sofort mit Vorwürfen.

»Wie kannst du noch hier sein!« schrie er, das Zimmer wie ein gefangener Tiger durchlaufend. »Ich habe dir doch sagen lassen, daß deine Sache übel steht! Die Untersuchung führt Beecher, und das ist der unzuverlässigste Beamte, den ich habe. Wenn der eine Spur wittert, ist er nicht mehr zu halten und vergißt jede Disziplin. Er würde seinen eigenen Skatbruder verhaften. Heute nachmittag war die gerichtliche Leichenschau. Es wurde auf Tod durch Mord erkannt, nachdem Beecher gesprochen hatte. Der Hauptverdacht liegt auf dir. Das Schlimmste ist dieser Erpressungsbrief der Swayer, in dem droht sie dir ja direkt damit, über das ›Messer‹ Mitteilungen zu machen. Was wußte sie da?«

»Nichts«, sagte Macheath, auf dem Sofa sitzend, die Abendpresse vor sich, »sie hatte Vermutungen.«

»Und dieser Fewkoombey?«

»Der Hausdiener meines Schwiegervaters, ein abgedankter Soldat. Er hat sich in der letzten Zeit anscheinend an die Swayer herangemacht.«

Brown notierte sich etwas auf seiner Manschette.

»O'Hara sagte, ihr hättet ein Alibi, könnt es aber nicht nennen?«

»Ja. Das Protokoll einer Aufsichtsratssitzung, die nicht stattgefunden haben darf.«

»Das einzige Gute ist, daß die paar Schauerleute, die der Swayer begegnet sind, keinen Begleiter gesehen haben. Aber dein Zettel, auf dem du sie für den Abend bestellst, ist furchtbar und der liegt bei den Akten.«

Brown fing wieder an zu schreien. Macheath müsse sofort weg, auf der Stelle.

Macheath sah ihn vorwurfsvoll an.

»Ich habe etwas anderes von dir erwartet«, sagte er sentimental, »ich habe erwartet, daß du mir anders entgegentrittst, wenn ich in solcher Lage, gehetzt und von allen verraten, mich vertrauensvoll an dich wende, Freddy. Auf Grund unserer Beziehungen durfte ich annehmen, du würdest mir sagen: hier, Mac, ist ein Zufluchtsort für dich. Hier laß dich nieder! Wenn du schon die Ehre verloren hast, sollst du wenigstens eine Gelegenheit haben, dein Vermögen zu retten.«

»Was heißt das?« fuhr Brown auf.

Macheath sah ihn trübe an.

»Ich kann doch vom Ausland aus nicht meine Geschäfte weiterführen. Wie denkst du dir das? Opper sagt mir, mein Ruf sei hin, wenn ich ins Gefängnis gehe; aber ich habe herausgehört, daß sie mich ausräubern werden, wenn ich außer Landes gehe. Ich muß auf meinem Posten bleiben. Ich muß zu dir ins Gefängnis und meine Arbeit wieder aufnehmen. Ich bin ein Pferd, das in den Sielen stirbt, Freddy!«

»Das ist ausgeschlossen«, brummte Brown, aber er schien unschlüssig geworden.

»Bedenke«, erinnerte ihn Macheath mit gedämpfter Stimme, »daß mir eine Menge kleiner Leute ihr Schicksal anvertraut haben. Auch du bist darunter. Dein Geld ist ebenfalls weg, wenn ich London verlasse. Nun, du kannst es verschmerzen; aber es gibt andere, die erledigt wären!«

Brown brummte wieder.

»Es ist mein Schwiegervater«, klagte Macheath, »er kann mich nicht leiden. Ich habe mich niemals recht um seine Feindseligkeiten gekümmert. Es war immer so wie mit einem Zahn, der zu klopfen anfängt. Man übersieht es. Man denkt, vielleicht hört es wieder auf. Man will nicht daran denken. Und eines Morgens ist die Backe hochgegangen wie Pfannkuchenteig.«

Sie saßen über eine Stunde zusammen und Brown erzählte sorgenvoll, was er von Herrn Peachum wußte, dem Urheber allen Übels.

Herr J. J. Peachum war nicht der erste beste, der Polizei nicht unbekannt. Sein Instrumentenladen hatte schon mehrmals im Mittelpunkt bekümmerter Gespräche im Präsidium gestanden. Zum ersten Mal vor etwa zwölf Jahren. Damals hatte man ihm seinen Betrieb unterbinden wollen, war aber nicht damit durchgedrungen. Brown erzählte Mac die Geschichte:

»Wir waren ganz im Bilde mit seinem Instrumentenladen und er wußte, daß wir zum Schlage gegen ihn ausholten. Er kam aufs Präsidium. Er hielt eine hinterhältige und unverschämte Rede über das Recht der Armut, zu stinken und all so was. Wir warfen ihn natürlich hinaus und setzten die Aktion fort. Wir merkten bald, daß an ihm etwas dran war. Es wurde damals gerade in Whitechapel mitten in den ärgsten Vierteln ein Denkmal für irgendeinen Philantropen enthüllt, der in der Gegend allerhand Dummheiten gegen Alkoholmißbrauch getrieben hatte, ich glaube, er schenkte Limonaden aus mit Hilfe junger Mädchen, die ebenfalls irgendwie gerettet waren. Zu der Einweihung des Denkmals, eines großen, weißen Dings, sollte die Königin kommen. Wir richteten die Gegend ein wenig her. So, wie sie war und wie sie die Bewohner zum Alkoholmißbrauch angeregt hatte, konnte die Königin sie nicht betreten. Mehrere Hektoliter Tünche taten Wunder. Wir verwandelten den Schandfleck in eine Art Gartenstraße. Aus Schuttablagerungsplätzen wurden Kinderspielplätze, halb eingestürzte Mietshäuser bekamen ein trauliches Aussehen, die schlimmsten Stellen wurden mit Guirlanden zugedeckt. Aus Löchern, in denen zwölf bis fünfzehn Menschen hausten, hingen achtmeterlange Fahnen; ich erinnere mich noch, wie sich die Bewohner darüber beschwerten, weil ihnen die Fahnenstange zu viel Platz wegnahm; diese Leute schämen sich ja nicht einmal der Löcher, in denen sie unterkriechen! Aus einem öffentlichen Haus trieben wir die Insassinnen heraus und setzten eine Tafel »HEIM FÜR GEFALLENE MÄDCHEN«, was es ja auch war. Kurz, wir taten unser Bestes, einen hübschen und menschenwürdigen und beruhigenden Anblick zu schaffen. Bei der Vorbesichtigung durch den Premier selber kam es dann zum Eclat. Zwischen den neuen Blumenstöcken der frisch getünchten Häuser tauchten die bekannten, ekelhaften Visagen von Berufsbettlern des Herrn Peachum auf. Es waren Hunderte und Aberhunderte. Und als der Premier unten entlang fuhr, sangen sie die Nationalhymne herunter! Wir hatten gar nicht erst versucht, die Kinder dieses Viertels irgendwie zu drapieren; hier ist ja jeder Täuschungsversuch aussichtslos: die dünnen Gliedmaßen der Rachitis verbirgt kein Sammetanzug. Und was nützt es, Polizistenkinder zu verwenden, wenn plötzlich dann doch ein echtes Kind unter die importierten geschmuggelt ist und auf die Frage des dicken, rosigen Premiers nach seinem Alter statt fünf Jahre, wie man seiner Größe nach annehmen müßte, sechzehn Jahre angibt? Dicht am Denkmal standen Halbwüchsige, denen man alle Laster der Welt aus den Augenhöhlen grinsen sah. Sie kamen in kleinen Trupps mit Luftballons und Lutschbonbons aus dem Puff. Nun, die Besichtigung endete mit einem schrillen Mißklang, und wir stellten Herrn Peachum seine Konzession aus. Wir wollten mit ihm nichts zu tun haben. Und der Mann ist dein Schwiegervater! Das ist keine Kleinigkeit, Mac!«

Brown war ehrlich besorgt. Er machte sich auf einen schweren Kampf gefaßt. Er besaß viele schlechte Eigenschaften, aber er war ein guter Kamerad. Er und Mac hatten zusammen in Indien gedient. Mac konnte auf seine Treue bauen.

»*Treue*«, sagte der Polizeipräsident, der alte Soldat, oft in engstem Kreise, »*Treue findet man nur bei Soldaten. Woher mag das kommen? Die Antwort lautet einfach: der Soldat ist auf Treue angewiesen. Von einem, der treu ist, heißt es: mit dem kann man Pferde stehlen. Das ist es. Der Soldat muß mit seinem Kameraden Pferde stehlen können. Wo keine Pferde gestohlen werden, da ist keine Treue. Ist das klar? Wenn man mit dem Bajonett vor muß, meist doch ohne rechten Grund, wenn man um sich hauen und stechen und würgen muß, dann muß man neben sich wahre Kameradschaft wissen, ein Bajonett, das für einen sticht, haut und würgt. Nur in solchen Lagen entwickeln sich Tugenden dieser höchsten Art. Für den Soldaten ist die Treue überhaupt mit dem Beruf gegeben. Er ist nicht nur einem bestimmten Freund treu, er kann sich seine Korporalschaft nicht aussuchen. Darum muß er schlechthin treu sein. Der Zivilitiker versteht das nicht. Er versteht nicht, wie ein General zum Beispiel seinem Monarchen treu sein kann und dann der Republik, wie zum Beispiel der Marschall Mac Mahon. Mac Mahon wird immer Treue bewahren. Wenn die Republik fallen sollte, wird er wieder dem König Treue halten. Und so fort in alle Unendlichkeit! Nur das ist Treue!«*

Als Macheath ihn verließ, war Brown ziemlich ausgesöhnt mit dem Entschluß seines Freundes, ins Gefängnis zu gehen. Erleichtert beeilte er sich, noch einen Brief an den Gefängnisdirektor zu diktieren.

Sie hatten verabredet, daß Macheath sich beim Präsidium melden sollte. Aber beim Einsteigen in den Bus gingen ihm Gedanken, Polly betreffend, durch den Kopf, die ihm seit Stunden heimlich zu schaffen machten. Er änderte seine Absicht und fuhr nach Nunhead.

Er kam gegen acht Uhr dort an. Erstaunt sah er oben in Pollys Zimmer Licht. Sie hätte schon längst bei ihren Eltern sein sollen.

Vor dem Gärtchen gingen ein paar Kriminalbeamte auf und ab, ganz offen.

Nun wurde ein zweites Fenster hell. Polly hantierte wohl in der Küche herum. Sie gedachte also die Nacht noch hier zuzubringen.

Macheath ging entschlossen auf die Haustür zu. An der Gartentür wurde er angehalten. Er nickte, als man ihm die Hand von hinten auf die Schulter legte. Die Beamten waren einverstanden, daß er mit seiner Frau sprach.

Polly stand wirklich am Kochherd. Sie begriff sofort, wer die Männer bei Mac waren, aber sie war erstaunt, daß er in London geblieben war.

»Bist du noch nicht heimgegangen?« fragte er böse, unter der Küchentür stehend.

»Nein«, sagte sie ruhig, »ich war bei Fanny Crysler.«

»Und?« fragte er.

»Sie reist nach Schweden«, sagte sie.

»Aber ich nicht«, sagte er finster, »pack mir etwas Wäsche ein.«

Er ging sehr beunruhigt ins Gefängnis, und zwar wegen Polly beunruhigt.

Am andern Morgen besuchte ihn Walley im Auftrage Herrn Peachums. Er sprach ihm von Scheidung und ließ dabei durchblicken, daß es in diesem Falle vielleicht entlastendes Material für ihn gäbe.

»Wozu haben Sie diesen Prozeß nötig?« fragte der Anwalt. »Ihre Geschäfte florieren. Lassen Sie sich scheiden, und es gibt keinen Prozeß. Das entscheidende Material ist in unseren Händen. Herr Peachum will seine Tochter zurückhaben, das ist alles.«

Macheath wies ihn schroff ab. Er betonte, seine Ehe sei eine Neigungsehe.

XI

Ach, sie sind die besten Leute
Wenn man sie nicht grade stört
Bei dem Kampfe um die Beute
Welche ihnen nicht gehört.
(Lied des Polizeichefs)

Die Blätter werden gelb

An einem frühen Morgen kam Polly Peachum, jetzt Frau Macheath, wieder nach Hause. Sie hatte trotz der morgendlichen Stunde einen Einspänner aufgetrieben. Am Stadtpark vorbeifahrend sah sie, daß die Eichen schon gelbe Blätter hatten.

Unten im Laden fiel ihr die große Unruhe auf. Ihre Mutter stand inmitten übernächtiger Näherinnen und zankte sich mit Beery. Den Pfirsich beachtete sie kaum. Irgend jemand brachte das Gepäck nach oben und nach einiger Zeit den Morgenkaffee.

Man erwartete eine polizeiliche Hausdurchsuchung und räumte schon seit sieben Stunden allerhand bei Seite. Krücken, die von Einbeinigen nicht verwendet werden konnten, bestimmte Wagen mit verborgenen Fächern für die Beine, vor allem die Soldatenmonturen wurden abtransportiert. Die Kartotheken kamen in schwer zugängliche Kellerräume.

Seit Mitternacht waren Boten unterwegs, die die Bettler abhalten sollten, am Morgen an ihre Arbeitsstätte zu kommen.

Den Frisiersalon konnte man eben noch in das Nachbarhaus schaffen, als gegen Mittag die Kriminalpolizei das Haus betrat.

Sie fahndete hauptsächlich nach dem Soldaten Fewkoombey, der sich in der Frühe nicht, wie ihm nahegelegt war, auf der Polizei gemeldet hatte. Aber der Soldat wurde nicht gefunden. Er sei, gab Herr Peachum an, wegen renitenten Benehmens am Vorabend entlassen worden.

Das Haus oder vielmehr die drei Häuser sähen wie ein Fuchsbau aus, berichtete Beecher, es enthalte eine Tischlerwerkstatt und eine Schneiderei, alles für Bettler und alles in erstaunlichem Ausmaße.

Fewkoombey war in der Tat für ein paar Tage in ein kleines Hafenhotel gezogen. Er durfte sein Zimmer nicht verlassen, aber er hatte seinen Band der Britischen Enzyklopädie dabei.

Seiner Hunde nahm sich der Pfirsich an, froh, eine Beschäftigung zu haben. Ihren Vater sah sie erst am nächsten Mittag wieder. Er tat, als sei sie nie weg gewesen.

Aber nach dem Essen kam Coax, um mit Herrn Peachum zu sprechen, und als er danach aus dem Kontor trat und Polly gerade im Flur den Hut aufsetzte, um wegzugehen, begrüßte er sie mit tiefer Bewegung.

»Wahrhaftig«, sagte er emphatisch, »der Pfirsich ist erblüht! Das macht der Süden!«

Er ergriff ihre beiden Hände und verlangte ein Klavierstück.

Hinter ihm stand vor der Blechtür Herr Peachum und Polly bemerkte an ihm einen so flehenden Blick, daß sie wortlos mit dem Makler nach oben ging und die »Klosterglocken« spielte.

Als der Makler weg war und Polly ebenfalls wegging, sah sie ihren Vater im Wohnzimmer des ersten Stockes sitzen. Er saß ganz still und sah nach dem blinden Fenster.

Coax hatte ihm mitgeteilt, daß das Schiffegeschäft in zwei Wochen abgeschlossen sein müsse.

Zum ersten Male hatte er angedeutet, wie er sich die Abwicklung dachte. Peachum sollte die vollen Summen zunächst bereitstellen; der dann in Angriff zu nehmende Ehekontrakt sollte die Angelegenheit zwischen Peachum und Coax nachträglich regeln. Auf diese Weise würde Peachum seine Verluste wieder zurückerstattet bekommen und Coax sich mit dem Gewinn als Mitgift Pollys begnügen.

Zunächst die Summen voll bereitstellen! Das war furchtbar!

Als Frau Peachum nach Hause kam, mußte sie ihren Mann zu Bett bringen. Er konnte kaum noch reden und kam fast nicht die Treppe hoch. In der Nacht vermeinte er zu sterben. Seine Frau mußte ihm eine halbe Flasche Arnica über die Herzgegend schütten. Er erwog sogar die Hinzuziehung eines Arztes!

Am andern Vormittag ging er schlapp durch die Höfe, in denen jeder Stein von ihm bezahlt war und die er jetzt für dieses schwammige, verfaulte Holz weggeben sollte, das in den Docks auf seine Kosten betrügerisch angestrichen wurde. Ein Riesengeschäft für die, die es machten!

Aus einer Entfernung von fünf Schritten sah er, Hände in den Hosentaschen, Hut im Genick, abwesend auf seine Tochter, die zwischen zwei verkrüppelten Bäumchen, die schon ganz gelbes Laub hatten, die Hunde versorgte.

Sollte er wirklich nicht aus ihr doch noch das große Geschäft herauswirtschaften können, den großen Ruin vermeiden? Wenn er sie nur für diesen Coax wieder frei bekam! Auf keine andere Weise als durch die festesten Familienbande verknüpft, würde dieser verkommene, verbrecherische, schmutzige Unheilsmakler ihn in das Geschäft hereinnehmen. Nur seine verabscheuungswürdige Lüsternheit konnte ihn vielleicht dazu verleiten. Vielleicht!

Und dieser Macheath ging lieber ins Gefängnis und nahm einen bösen Prozeß auf sich, als daß er seine Beute frei gab.

Er zermarterte sich den Kopf, wie er ihn zu einer Scheidung bewegen könnte.

Wenn er zum Beispiel selber hinginge und ihm sagte:

»Wissen Sie, das Sie Ihren Raub an einem armen Mann begangen haben? Sie denken wohl: ein armer Mann, umso besser! Mit ihm kann man machen, was man will. Aber das ist ein Irrtum, Herr! Unterschätzen Sie nicht die Macht der Armen! Sie wissen vielleicht nicht, daß ihnen in unserem Staate die gleichen Rechte zustehen wie den Reichen? Daß der Schwächere geschützt werden muß, weil er sonst unter die Räder gerät? Bedenken Sie doch: er hat nichts sonst, als diese gleichen Rechte!«

Stundenlang entwarf er Reden dieser Art. Aber er fand nichts Zwingendes. Er begriff, daß es nichts, schlechterdings nichts gab, was einen halbwegs vernünftigen Menschen hätte veranlassen können, etwas, was er hatte, herauszugeben, außer tatsächlicher Gewalt.

Den ganzen Vormittag kämpfte Peachum mit sich. Dann rang sich aus Qual und Schwäche der Gedanke in ihm durch, das Äußerste zu tun, dem Schwiegersohn G e l d anzubieten.

Ein kleiner, schmieriger Herr, ein Winkeladvokat aus dem Osten, sprach in seinem Namen bei Macheath vor.

Er stellte ihm schon im zweiten seiner Sätze brüsk Geld in Aussicht für den Fall, daß Herr Macheath in eine Scheidung einwillige.

»Wieviel Geld?« fragte Macheath, ungläubig lächelnd.

Der Advokat murmelte etwas von einigen hundert Pfund.

»Sagen Sie meinem Schwiegervater«, erklärte Herr Macheath, ihn wie ein interessantes Reptil anblickend, »der Vater meiner Frau stehe in meiner Achtung doch zu hoch, als daß ich ihm solch ein Angebot ernstlich zutrauen könnte. Ich kann nicht annehmen, daß mein Schwiegervater glaubt, seine Tochter schenke einem Mann ihr Herz, der bereit wäre, es für 500 Pfund zu verkaufen.«

Der Advokat verbeugte sich verwirrt und ging.

Ein paar Tage später sah sich Herr Macheath in einer Lage, in der er Angeboten dieser Art, vorausgesetzt, sie konnten verdoppelt werden, mit mehr Respekt entgegengetreten wäre.

Aber der kleine, schmierige Herr kam nicht wieder. Solche Angebote werden im Leben selten wiederholt.

Der Gedanke ist frei

Macheath bewohnte eine Zelle, die in einem sonst unbewohnten Trakt lag. Sie hatte früher als Krankenzimmer für mehrere Patienten gedient und war hoch und geräumig. Sie war auch hell genug, da sie zwei richtige Fenster hatte.

Brown hatte einen dicken, roten Teppich hineinschaffen lassen. An der Wand hing sogar ein Bild der Königin Viktoria. Macheath konnte auch Zeitungen halten, er las sie aber nicht gern; sie waren voll von rührseligen Beschreibungen der Swayer, die dem Leser immer wieder als sehr hübsch geschildert wurde. Noch schädlicher waren die Reportagen über den Laden und die kümmerliche Wohnung, in der sie ihr letztes halbes Jahr verbracht hatte.

Von ihm selber stand nur in den unseriösen Blättern etwas, direkte Beschuldigungen waren vermieden. Die dunklen Andeutungen herrschten vor.

Bücher hätte Macheath haben können, soviel er wollte, außer pornographischen. Die wurden nicht geduldet, weil der Gefängnisgeistliche ab und zu kam. Die Bibel wurde aber geliefert.

Besuche kamen wenige, aber nicht, weil die Gefängnisverwaltung sie gehindert hätte. O'Hara hatte eine tiefe Abneigung, sich in diesem Haus zu zeigen. Er haßte es, Bekannten zu begegnen. Er sollte später noch Jahre in einem ähnlichen Haus zubringen. Auch Fanny Crysler ließ sich selten blicken.

Was die Tätigkeit der Bande und die Zustände in den B.-Läden anlangte, war Macheath auf die Berichte Pollys angewiesen. Sie arbeitete mit O'Hara zusammen, und zwar meist nachmittags in Macs Arbeitszimmer in Nunhead. Die Haft stellte sich doch als schwere Fessel heraus.

Am meisten bedrückt war Macheath, daß Aaron nichts von sich hören ließ. Schließlich war er sein Kompagnon. Er zerbrach sich den Kopf, was der große Aaron gegen ihn haben könnte. Die bloße Tatsache der Untersuchungshaft konnte es nicht sein. Das Geschäftsleben kannte Schlimmeres.

Allmählich wurde er sich darüber klar, daß er von Aaron und den Oppers große Schwierigkeiten zu erwarten hatte. Der Prozeß, den ihm sein Schwiegervater angehängt hatte, bedeutete womöglich das Ende seiner Geschäftsverbindung mit ihnen. Mußte er sein Alibi preisgeben, dann stand er vor seinen Kompagnons nackt und bloß als der Hauptmacher der »neutralen« ZEG da!

In den stillen Nächten in seiner Zelle grübelte er über neue Wege nach. Seine Gedanken sammelten sich immer mehr um Chreston. Konnte er nicht Chreston in die Hand bekommen oder sich wenigstens mit ihm liieren?

»Mein Kompagnon Aaron«, dachte er, »findet es nicht für der Mühe wert, mich zu besuchen, wenn ich soviel durchmache. Ich habe ihn als meinen Freund betrachtet – gewisse kleine Unstimmigkeiten zwischen uns hätten sich sicher mit der Zeit geklärt – und Chreston war mein Feind. Nun ist es eine alte Weisheit, daß man, wenn sich eine Freundschaft abkühlt, rechtzeitig losschlagen muß, damit man der erste ist. Man soll im Kampf nie starr daran festhalten, wer der Verbündete und wer der Gegner ist. Das ist verhängnisvoll, wie jede vorgefaßte Meinung. Vielleicht ist mein wirklicher naturgegebener Verbündeter Chreston und mein Feind Aaron? Das kann sich sozusagen im Verlauf der Geschäfte jeden Augenblick herausstellen! Es ist natürlich furchtbar, wenn man sich ständig vor Entscheidungen von solcher Tragweite gestellt sieht!«

Mit Bitterkeit dachte er daran, daß nur das Fehlen der Mitgift Pollys ihn auf den Weg getrieben hatte, den er dann mit so viel Sorgen gegangen war.

In Gedanken betrachtete er eine imaginäre Polly im Eck der Zelle. Sollte er nicht aus ihr doch noch das große Geschäft herausholen können?

Langsam begann sich in ihm ein neuer Plan zu formen.

Polly begleitete ihn mitunter, wenn er zum Untersuchungsrichter fuhr.

»Das schlimmste ist es«, sagte er bei einer solchen Fahrt zu ihr, während sie in dem wackligen Zweispänner, zwei Polizisten im Nebencoupé, durch die nebligen Straßen holperten, »daß O'Hara nicht mehr richtig zieht. Er räumt trotz ausdrücklichen Befehls die Lager nicht. Weißt du, was er hat?«

»Nein«, sagte sie, ein wenig erschreckt.

»Könntest du ihn nicht ausholen?« fragte er, im Schein der mitunter hereinfallenden Lichtstreifen ihr Gesicht suchend. Jene andere Wagenfahrt mit ihr fiel ihm wieder ein. Der Gedanke war ihm unangenehm, da er an O'Hara dachte. Es war ihm auch unangenehm, daß sie auf seine Frage einfach nicht antwortete.

Macheath hatte seine Zweifel an ihrer Treue. Er sagte sich nur immer wieder:

»Sie ist ganz bestimmt treu, schon weil sie schwanger ist. So etwas würde sie nicht tun. Es wäre zu häßlich und vor allem unklug. Ich käme ja bestimmt dahinter und was könnte sie dann machen? Sie wird es also auch aus Klugheit nicht tun. Sie weiß, daß ich sie zerschmettern, ja zerschmettern würde, wenn da das Allergeringste vorkäme. Ich würde so weit gehen, sie eine Hure zu nennen. Was, würde ich sagen, ich sitze hier und du kannst keine drei Wochen warten? Du bist eine Hure, nichts weiter! Sie müßte zusammenbrechen. Sage das nicht, würde sie heulen, das kann doch nicht sein, daß ich so bin. Eine Hure bist du, würde ich sagen. Ein Kind unter dem Herzen und damit huren? Das ist das Letzte! Das macht keine Hafenhure! Mich schüttelt ja der physische Ekel, wenn ich an dich denke. Das alles müßte sie sich sagen lassen. So was riskiert keine Frau. Es ist ja wahr: ich könnte es mir ja tatsächlich ganz im Ernst nicht gefallen lassen, wenn sie sich mit anderen Kerls einließe. Sie ist als Weib doch wie Wachs in der Hand eines Mannes. Solch ein Akt, das ist doch ein tiefer Eindruck in die gesamte Psyche. Sie wäre total unbrauchbar für mich nach so was. Irgendein Kerl könnte alles von ihr verlangen. Sie würde mich glatt ans Messer liefern. Und ich muß mich doch auf sie verlassen können, gerade jetzt. Da ist es gut, daß ich sie geschwängert habe. So kann sie nicht herumlaufen wie sie will. Sie kann es einfach nicht. Sie braucht mich körperlich. In diesem Zu-

stand läßt das Weib keinen andern Mann an sich heran, schon aus biologischen Gründen. Die biologischen Gründe sind immer die besten!«

Tatsächlich war sie in diesen Wochen sehr weich zu ihm und sprach nicht mehr von Fanny Crysler und der schwedischen Reise. Er ließ sie durch Father ständig bewachen und bekämpfte alle quälenden Gedanken, daß der mit O'Hara, den er hauptsächlich verdächtigte, zusammenstecken könnte, da er Polly und O'Hara brauchte. Denn jetzt begann der Endkampf. Und er mußte seine Hauptschläge vom Gefängnis aus tun.

Er war in mißlicher Lage, ohne Zweifel. Es war ihm ganz klar, daß er alles Private ausschalten mußte, bis seine Geschäfte geordnet waren.

Er mußte Polly dazu verwenden, die National Deposit Bank vom Chreston-Konzern zu trennen. Knapp vor dem Gefängnis entwickelte er ihr rasch, was sie zu tun hatte.

Sie sollte in die National Deposit Bank zu Miller gehen, einen Gruß von ihrem Vater ausrichten, dann etwas herumdrücken, als wolle sie mit der Sprache nicht heraus, dann in Tränen ausbrechen und den alten Mann fragen, was sie tun solle: ihr Mann wolle in der nächsten Zeit das Konto ihres Vaters, ihre Mitgift, bei der Bank abheben und es ganz und gar in sein Kleinladengeschäft stecken. Ihr Vater werde schon in den nächsten Tagen der Bank seinen Besuch abstatten. Man werde ihr voraussichtlich nahe legen, sie solle doch einfach ihren Vater beschwören, die Mitgift nicht herauszugeben. Darauf solle sie antworten, ihr Vater sei in ihren Mann völlig vernarrt, und weinend weggehen.

Sie war sofort bereit, so daß er ihr, ein wenig gerührt, sogar den Grund dieser Maßnahmen angab.

Er entwickelte ihr, daß sich die Bank in diesem Falle wahrscheinlich sogleich mit ihm ins Benehmen setzen würde. Dann konnte er verlangen, daß sie sich von Chreston etwas distanziere. Auf diese Weise würde dann vermutlich Chreston gekrochen kommen. Der mußte durch den heftigen Konkurrenzkampf ohnedies schon ganz herunten sein.

Die Art, wie Mac von seinen Geschäften sprach, machte Polly einen tiefen Eindruck.

Sie erkannte deutlich, daß er dabei war, ihrer beider Existenz aufzubauen.

»Ich bin ihm keine gute Frau«, dachte sie. *»Er kämpft für mich, und ich treibe mich herum. Wenn es auch nur oberflächlich ist und nichts mit meinen tieferen Gefühlen zu tun hat, daß ich ab und zu mit anderen Männern schlafe, weil ich nicht aushalten kann, wenn man mich in die Hand küßt, und ich ihm auch nichts wegnehme, denn er findet mich nachher ebenso reizend, und wenn es auch angenehm ist, besonders mit O'Hara, und es niemanden etwas angeht, so ist es eben doch nicht recht und mit der Zeit wird man es mir noch ansehen, daß ich so bin, das gibt dann diese scharfen Falten.«*

Sie ging ergriffen weg und nahm sich selbst das Versprechen ab, sogleich mit O'Hara, an den sie ja schließlich nur sinnliche Bande knüpften, zu brechen, um so mehr, als er tatsächlich in der letzten Zeit von Mac so schlecht gesprochen und Pläne angedeutet hatte, sich selbständig zu machen.

Sie sagte es ihm am nämlichen Abend in einem Restaurant, wo sie sich für gewöhnlich trafen. Er lachte und schlug vor, die geschäftlichen Sachen in seiner Wohnung zu erledigen; sie hatte wieder einige Unterschriften unter Kündigungen zu setzen.

»Gut«, sagte er, »machen wir Schluß. Du bist völlig frei in deinen Entschlüssen. Niemand kann dich zu etwas zwingen, was du nicht willst. Ich bin der Letzte, der eine Frau zur Liebe zwingt, davon verspreche ich mir nichts. Wenn das geringste auftaucht, was dagegen spricht, unterläßt man es am besten sofort. Aber deswegen kannst du doch mitkommen und die notwendige Arbeit erledigen. Was hat das mit unserem Verhältnis zu tun? Können nicht zwei erwachsene Menschen in einem Raum sein, ohne übereinander herzufallen? Psychische und ethische Gründe sprechen dagegen, daß wir sexuell verkehren, also werden wir nicht sexuell verkehren. Das ist ganz einfach. Sollten diese Spießer mit ihrem trüben Mißtrauen und ihrem schmutzigen Verdacht etwa recht behalten? Wir sind zwei freie Menschen.«

Er konnte sehr gut reden und hatte ein Gymnasium besucht. Sie ging mit ihm und sie machten die Arbeit fertig. Dann schliefen sie zusammen, da zwar psychische und ethische Gründe dagegen, aber sexuelle Gründe dafür sprachen. Dennoch war es für lange Zeit ihr letzter Verkehr.

Am nächsten Morgen ging der Pfirsich zu Miller in die National Deposit Bank.

Sie sah frisch und ausgeruht aus und war in bester Verfassung. Sie hatte nach dem Sündenfall niemals Gewissensbisse, sondern immer nur vorher.

Miller empfing sie in seinem Privatkontor. Sie bestellte einen Gruß von ihrem Vater, drückte etwas herum, als wolle sie mit der Sprache nicht heraus, brach dann in Tränen aus und sagte alles, was Mac ihr eingetrichtert hatte.

»Mac«, schluchzte sie, »ist so ehrgeizig. Er will immer der Oberste sein. Und da braucht er natürlich Geld und wieder Geld. Er unterstützt soviel Leute. Diese Swayer hat er auch unterstützt. Es war nur Gemeinheit von ihr, daß sie ihn so verleumdete. Ich kann ihm auch gar nicht in den Arm fallen, wenn er nach meiner Mitgift greift, er ist so großzügig.«

Miller war erschrockener, als sie erwartet hatte. Der alte Mann wurde ganz grau im Gesicht, als er hörte, daß Peachums Konto eingefordert werden sollte. Er stotterte etwas von Hawthorne und ging ins Nebenzimmer. Nach einer Viertelstunde ging sie weg, da er nicht zurückkam.

Schon am Nachmittag saßen die Anderthalb Jahrhunderte in Macs Zelle. Er trug seinen gewöhnlichen Anzug, ließ für sie Stühle holen und bot ihnen Zigarren an.

Die Zelle war kein übler Verhandlungsort. Der rote Teppich war allerdings nicht mehr da. Eine Zeitung hatte von dem Komfort berichtet, den Großkaufleute in Gefängnissen genossen. Darauf hatten zwei Polizisten den Teppich aufgerollt und fortgetragen. Aber das Bild der Königin war noch da.

Brown blieb so entgegenkommend wie möglich. Er hatte seine Provision von Macheath stets pünktlich bekommen und war von Natur aus dankbar. Er war kein Politiker: er pflegte sich an Abmachungen zu halten.

»Man kann auch in Kerkermauern frei sein«, sagte Macheath deshalb zu Hawthorne, sich befriedigt umschauend, *»Freiheit ist etwas Geistiges. Wer sie hat, dem kann sie nie und nimmer genommen werden. Wie singt doch der Dichter? In Ketten frei! Es gibt Leute, die sind es außerhalb der Gefängnisse nicht. Man kann den Körper in Fesseln legen, den Geist nicht. Der Gedanke ist frei!«* ,

»Meine Herren«, begann Macheath schließlich die Unterredung, in seiner Zelle auf und ab gehend. »Sie sehen mich durch

Ihren Besuch überrascht. Die Zufälle des Lebens, sein ewiges Auf und Ab, haben uns vor nicht zu langer Zeit auseinander gebracht. Wir trennten uns wie Gefährten, die sich sagen: bis hierher sind wir zusammen gewandert, hier gehen unsere Wege auseinander. Trauern wir nicht. Sagen wir frohgemut auf Wiedersehen! Sie gingen, wie ich hörte, zu Chreston, ich wandte mich Aaron zu. Jeder von uns ging seinen Geschäften nach, die darin bestanden, dem Publikum immer dankenswertere Dienste zu erweisen. Habe ich recht?«

Miller räusperte sich und Hawthorne, verfallen aussehend, griff den Faden auf.

»Herr Macheath«, sagte er leise, »Ihre Auffassung der Vorgänge ehrt Sie. Manch einer hätte uns damals mißverstehen können, als wir nach reiflicher Erwägung uns für Chreston entschieden. Die National Deposit Bank gehört einem Kind. Wir sind seine Sachverwalter und können nicht der Stimme unserer Sympathien folgen, wie andere, selbständigere Leute. Wir hören, Sie wollen gewisse Gelder, die Ihr Herr Schwiegervater unserem Institut anvertraut hat, abheben?«

»Ganz richtig«, erwiderte Macheath, »ich benötige dieses Geld, um gewisse geschäftliche Operationen durchzuführen, die der Konkurrenzkampf meinen Läden aufzwingt.«

Hawthorne und Miller sahen sich an.

»Ist es der Chreston-Konzern, der Ihnen solche Operationen zur Pflicht macht?« fragte Hawthorne beinahe murmelnd.

»Vielleicht«, sagte Macheath.

»Das tut uns aber leid«, sagte Hawthorne und Miller nickte.

»Ich glaube es Ihnen«, räumte Macheath ein.

Hawthorne war etwas betroffen.

»Von einer höheren Warte aus, Herr Macheath«, sagte er, »ist es fast natürlich, daß die leistungsfähigeren Unternehmungen die schwächeren auffressen. So ist es auch in der Natur. Ich brauche es Ihnen nicht zu sagen.«

»Nein«, sagte Macheath.

»Als Sie vor einiger Zeit wieder Verbindungen mit uns aufnahmen, glaubten wir den Augenblick gekommen, wo wir Ihnen unsere Hilfe anbieten konnten.«

Macheath freute sich.

»Ich weiß. Sie verdoppelten Ihre Anstrengungen. Sie steckten schnell noch alles Geld hinein in Chreston, was da war und auch – was nicht da war.«

Macheath hielt inne. Er hatte den letzten Satz ganz leicht hin gesagt, ohne nachzudenken. Immerhin erwartete er jetzt einen Protest und plötzlich sah er zu seinem größten Erstaunen diesen Protest ausbleiben.

Ein Blick auf die Anderthalb Jahrhunderte und er wußte alles. Sie hatten die Depotgelder angegriffen!

In Macheath' Rede war kaum eine Stockung eingetreten, als er frohgemut weiterfuhr:

»Sie verkauften sozusagen Ihr letztes Hemd und leider auch das anderer Leute; ist es nicht so?«

Hawthorne hatte den Kopf sinken lassen. Miller sah blind nach oben zum Guckloch in der Zelle hinauf.

»Was verlangen Sie?« brachte Hawthorne heiser hervor.

»Alles«, sagte Macheath vergnügt. »Fast alles; also nicht viel. Ich muß die Sache von ziemlich niederer Warte aus betrachten. Warten Sie, wir wollen sehen, was dabei herauskommt!«

Er wählte sich sorgfältig eine der dicken, großen Importen aus der Kiste, biß die Spitze ab, blies durch, rollte das handliche dicke Ding zwischen den dicken Lippen und zündete es an. Es war ein schöner, gesegneter Augenblick seines Lebens, der viele weniger schöne gutmachte. Eine blaue Wolke von Rauch kam aus seinem Munde.

»Warten Sie«, sagte er, »Sie haben die Gelder meines Schwiegervaters veruntreut. Sie sind mit Ihren hundertfünfzig Jahren in den Tresor eingebrochen. Mit diesem Geld hat dann Chreston es ausgehalten, seine Waren unter dem Preis zu verschleudern. Das sollte Aaron und meine B.-Läden kaputt machen. Also erst Raub und dann Mord. Auf der Landstraße ist es umgekehrt. Da kommt zuerst der Mord. Allerdings wenn wir kaputt gewesen wären, hättet Ihr uns aufgefressen! Pfui! Wirklich, Hawthorne, das ist zuviel Natur!«

»Was verlangen Sie?« wiederholte Hawthorne und sah jetzt mit blauen, unerschrockenen Augen zu seinem Gegner auf.

Das sind die ersten ehrlichen Leute, dachte Macheath, die ich je gesehen habe. Die einzigen.

»Sehen Sie«, sagte er langsam, »ich könnte ja viel verlangen, aber ich habe mich entschlossen, viel zu bieten. So bin ich. Ich werde Sie nicht vernichten, sondern unterstützen. Zu diesem Zwecke trete ich am besten in Ihre Bank ein, sagen wir als Geschäftsführender Direktor, und noch vorher machen wir folgendes: wir ziehen uns erst einmal von Chreston zurück, da er, von höherer Warte aus betrachtet, der von Natur Schwächere ist. Das unsinnige und unsittliche Verschleudern mühsam erworbenen Gutes hört auf. Unser Geld verlangen wir zurück, so daß er seine Schwäche richtig fühlt. Wahrscheinlich wird er dann Sehnsucht nach einer starken Führung bekommen. Ist das ein Vorschlag?«

Miller war aufgestanden, Hawthorne betrachtete ihn von unten her. Miller warf einen kurzen und verwunderten Blick auf ihn, aber er blieb nach wie vor sitzen. Das änderte viel für Miller. Er begann zu altern. Sein Rücken krümmte sich, seine Zähne fielen aus, sein Haar wurde schütter, seine Weisheit nahm zu.

»Es ist für die Firma«, murmelte er, »wenn ich verzichte.«

»So ist es«, sagte Macheath.

Die Anderthalb Jahrhunderte gingen traurig weg. Sie hatten versprochen, die Papiere vorzubereiten, die man zum Eintritt des Großkaufmanns Macheath in die National Deposit Bank benötigte. Außerdem wollten sie Chreston die Kredite kündigen.

Einige Tage wartete Macheath auf Chreston, der unbedingt gekrochen kommen mußte, da er doch seine unmittelbar vor der Tür stehende Werbewoche nicht ohne die Unterstützung seiner Bank durchführen konnte. Nach dem verschärften Konkurrenzkampf der letzten Wochen mußten seine Lager erschöpft sein.

Aber Chreston meldete sich nicht bei Macheath.

Statt dessen spielten sich in der ZEG dunkle und undurchsichtige Dinge ab.

Nur wenige und ungenaue Berichte kamen vom Unteren Blacksmithsquare ins Untersuchungsgefängnis. O'Hara ließ sich immer noch nicht sehen. Macheath' Befehle wurden anscheinend überhaupt nicht beachtet.

Auch Polly konnte ihm nichts Genaues sagen. Sie ging immer wieder hin, wurde aber immer wieder hingehalten. O'Hara behauptete, Inventur zu machen. Sie wurde nur nie fertig.

Als Polly, nun selber recht beunruhigt, wieder einmal hingekommen war, sah sie, wie eben Kisten mit Waren auf Lastwagen fortgeschafft wurden; die Gäule überfuhren sie beinahe in dem dunklen, engen Hausgang. O'Hara war nicht anwesend und

Grooch war sehr verlegen. Er konnte nicht sagen, wo die Kisten hinkämen.

Polly ging aufgeregt heim. Sie war mit O'Hara schon längst völlig zerstritten, da sie nicht dulden konnte, daß er Macs Interessen schädigte. Am nächsten Tag schimpfte sie über O'Hara bei ihrem Mann los und schrie, er sei unehrlich, stehle die Waren, um sie heimlich zu verkaufen, und habe auch schon versucht, von ihr die Schlüssel herauszubekommen für die Einbruchswerkzeuge, er wolle anscheinend mit einem Teil der Jungens auf eigene Faust weiterarbeiten.

Macheath beruhigte sie. Er bat sie, zu Miller zu gehen.

Es schmeichelte ihr sehr, daß er sie so in seine Geschäfte hereinzog. Sie kam in die Bank, als mache sie nur einen kleinen Abstecher von einem Spaziergang und schlenderte, während Miller Bericht erstattete, die Hände mit dem Ridicul auf dem Rücken, im Zimmer umher und betrachtete die Stahlstiche an den Wänden.

Sie erfuhr, Chreston sei anfangs über die Kreditsperrung sehr erschrocken gewesen, nunmehr hoffe er aber, ohne weitere Kredite auszukommen. Er habe kürzlich größere Posten zu erstaunlich niederen Preisen hereinbekommen und erwarte sich von seiner Werbewoche ein ansehnliches Geschäft.

Macheath gefiel diese Nachricht nicht.

In seinem Auftrag verlangte Polly bei einem zweiten Besuch in der Bank, Miller solle sich die so billigen Lager persönlich ansehen, bevor er die Wechsel prolongiere.

Auf diesem Rundgang wurde Miller von Fanny Crysler begleitet, die wieder näher heranzuziehen Macheath beschlossen hatte. Sie stellte fest, daß die neuen Posten zu erstaunlich niederen Preisen, mit denen Chreston seine Werbewoche bestreiten wollte, aus den Beständen des Unteren Blacksmithsquare herrührten.

Als sie Macheath in seiner Zelle gegenüber saß, wagte sie kaum, es ihm zu sagen. Sie sprach so lange von anderen Dingen, bis er sie anschrie. Er begriff alles, bevor ihr erster Satz zu Ende gesprochen war.

O'Hara hatte eine lukrative Art gefunden, die Lager zu räumen. Er hatte die Konkurrenz damit gefüttert.

Macheath geriet in rasende Wut.

»Das ist Verrat am Vorabend der Schlacht!« schrie er. »Und das, während ich hier sitze, an Händen und Füßen gefesselt! Und warum sitze ich hier? Warum dulde ich diesen schmutzigen Verdacht? Ein Wort von mir und ich könnte frei hier hinaus spazieren. Warum spreche ich es nicht aus? Weil ich in mir eine Verpflichtung fühle, dieses Geschäft durchzustehen und die Fahne nicht an den Feind auszuliefern! Weil ich an die Existenzen denke, die vernichtet würden, wenn ich spräche! Weil ich sage: Treue um Treue! Und dann behandelt man mich so! Was soll ich jetzt dem kleinen Mann der B.-Läden sagen, wenn er mich fragt, wohin ich ihn führe? Er steht in halbleeren Löchern, für welche die Miete fällig ist, ohne Waren, am Schaufenster noch die Ankündigung billiger Ausverkäufe, hinter sich eine hungernde Familie, ohne Rohmaterial in den Händen! Er steht trotzdem aufrecht, unermüdlich im Kampf, voll von Hoffnungen, vertrauend auf mich, begeistert für die große, gemeinsame Idee! Und solch ein Lump fällt uns in den Rücken! Ich werde ihn zu Hackfleisch verarbeiten!«

Er lief in seiner Zelle viele Kilometer ab. Aber am nächsten Morgen ergriff er dennoch keine Maßnahmen gegen O'Hara.

»Es ist seine alte Unentschlossenheit«, sagte Fanny zu Grooch. »Schlimm, daß er solch ein Stimmungsmensch ist. Wenn er menschlich enttäuscht ist, ist er zu jeder klaren Stellungnahme wochenlang unfähig. Er gibt sich ganz seinem Weltschmerz hin. Erst dann richtet er sich wieder langsam an seiner Idee auf.«

»Hat er überhaupt eine Idee?« fragte Grooch zweifelnd. »Ich meine, wirkliche Pläne, nicht nur Einfälle! Manchmal fürchte ich, wenn ihm einmal nichts Ausgefallenes mehr einfällt, ist er einfach erledigt.«

»Man muß an ihn glauben«, sagte Fanny ruhig.

Die Transporte aus der Ridegasse gingen immer weiter. Macheath tat nichts, sie abzustoppen.

Statt dessen setzte er eine Besprechung mit den beiden Anwälten im Aufsichtsrat der ZEG und Fanny an und bestand auf der energischen Ausführung der Beschlüsse vom 20. September, wonach die Schulden der B.-Läden an die ZEG sofort eingetrieben werden sollten. Anscheinend hatte er einen neuen Plan ausgedacht.

Er bemühte sich, soviel bares Geld in die Hand zu bekommen, wie es irgend ging. Fanny Crysler half ihm dabei im Büro der ZEG. Sie hatte soziale Neigungen und die Verwandlung der B.-Laden-Organisation in einen Trümmerhaufen ging ihr sehr gegen den Strich. Aber sie wußte, daß es jetzt um Sein oder Nichtsein ging. Sie preßte aus den kleinen Ladenbesitzern heraus, was sie konnte. Sie bemerkte erst sehr spät, was sie damit machte.

Eines Abends kam sie müde von der Büroarbeit in der ZEG auf einen Sprung in ihren Antiquitätenladen. Obwohl es schon nach Geschäftsschluß war, sah sie ihn hell erleuchtet. Im Laden standen einige Herren, darunter der Anwalt Rigger, herum. Ihre Vertretung legte eben die Bücher vor.

Rigger teilte ihr trocken mit, daß Herr Macheath den Laden zu verkaufen wünsche. Er schien erstaunt, daß ihr davon nichts bekannt war. Sie bekam einen Weinkrampf.

Macheath hatte in der Tat vergessen, es ihr mitzuteilen. Er war ihrer so sicher, daß es ihm nichts ausgemacht hätte, ihr nebenbei zu sagen, er benötige jetzt das Geld, das in dem Geschäft steckte. Es war eine seiner ergiebigsten Reserven. Leider hatte er noch am Nachmittag, wo sie bei ihm war, nicht ein Wort davon erwähnt.

Sie ging völlig verstört nach Hause.

Als sie einige Tage lang nicht kam, auch auf Bestellungen nicht, schrieb ihr Macheath einen groben Brief. Er konnte sich natürlich denken, was sie hatte, aber auch jetzt noch entschuldigte er sich nicht. Er hatte andere Sorgen. Es war ganz gut, wenn sie bei solchen Anlässen merkte, daß sie immer noch eine A n g e s t e l l t e war.

Macheath begann eine groß angelegte Tätigkeit zu entfalten.

Seine Haft hatte zwar wieder eine Verschärfung erfahren.

Einige Tage lang meldeten sich bei ihm allerhand Leute, die, wenn sie die Besuchserlaubnis erhielten, davon keinen Gebrauch machten und wieder im Wartezimmer umkehrten. Im »Spiegel« stand dann sensationell aufgemacht, wie viele Leute die Erlaubnis bekommen hatten. Brown mußte also die Besuche einschränken. Auf diese Weise gab Herr Peachum ab und zu ein Lebenszeichen von sich.

Aber Macheath' geschäftliche Operationen duldeten keine Schranken.

Er bekam Zahnschmerzen und Brown erlaubte ihm, einen

Zahnarzt aufzusuchen. Das Ordinationszimmer hatte zwei Eingänge. Während die Polizisten auf dem Flur und im Wartezimmer wachten, empfing Macheath nicht wenige Leute, mit denen er dringend zu reden hatte.

Auf dem Operationsstuhl sitzend, die Serviette um den Hals gehängt für den Fall, daß ein Polizist hereinkam, unterhandelte er mit zahlreichen grinsenden Frauen und Mädchen.

Polly war ebenfalls in Behandlung. Sie saß an dem Schreibtisch des Zahnarztes, der inzwischen sein Frühstück verzehrte. In ein Büchlein schrieb sie die Namen der Besucherinnen und den Geldbetrag, den Macheath ihnen überwies. Sie nahm das Geld aus einer kleinen Tasche, die sie mitgebracht hatte. Es war die Ausbeute aus den B.-Läden. Einige Gerichtsvollzieher hatten mitgesammelt.

Die Frauen unterschrieben ihr eine kleine Quittung, bevor sie gingen. Sie lachten alle, auch Polly lachte. Die Sache war sehr lustig.

Im »Spiegel« erschien dann allerdings wieder eine Schlagzeile: »DIE HAIFISCHE DER CITY LASSEN SICH IHRE ZÄHNE REPARIEREN.« Aber da war schon alles erledigt, was erledigt werden mußte.

Macheath war sehr aufgeräumt.

Er ließ Grooch vom Unteren Blacksmithsquare kommen und fragte ihn bei einer Zigarre – übrigens ebenfalls beim Zahnarzt – aus, wieviele von den ZEG-Leuten seiner Schätzung nach ihr Gewerbe satt hätten. Er habe vor, ihnen eine Chance zu geben.

Er brauche noch soundsoviele Leute, möglichst auch Frauen darunter, die an einem bestimmten Tag für ihn allerhand einkauften. Näheres würden sie noch erfahren. Wer sich dabei bewähre, könne darauf rechnen, einen B.-Laden zu besonders günstigen Bedingungen zu bekommen. Die ZEG werde in absehbarer Zeit kaum noch Aufträge erteilen oder Artikel nicht ganz ehrlicher Herkunft abnehmen. In den Läden, denen ein großer Aufstieg bevorstehe, könnten sie ein neues Leben beginnen, er würde sich freuen, so einige tüchtige Leute (andere interessierten ihn nicht) einer sozial wertvolleren Tätigkeit zuführen zu können.

Dann hielt er dem aufhorchenden, verblüfften Grooch eine Rede:

»Grooch«, sagte er, *»Sie sind ein alter Einbrecher. Ihr Beruf ist*

Einbrechen. Ich denke nicht daran, zu sagen, daß er seinem inneren Wesen nach veraltet wäre. Das wäre zu weit gegangen. Nur der Form nach, Grooch, ist er zurückgeblieben. Sie sind kleiner Handwerker, damit ist alles gesagt. Das ist ein untergehender Stand, das werden Sie mir nicht bestreiten. Was ist ein Dietrich gegen eine Aktie? Was ist ein Einbruch in eine Bank gegen die Gründung einer Bank? Was, mein lieber Grooch ist die Ermordung eines Mannes gegen die Anstellung eines Mannes? Sehen Sie, noch vor ein paar Jahren haben wir eine ganze Straße gestohlen, sie bestand aus Holzwürfeln, wir haben sie ausgestochen, aufgeladen und weggeführt. Wir meinten wunder, was wir geleistet hatten. In Wirklichkeit hatten wir uns unnötige Arbeit gemacht und uns in Gefahr begeben. Kurz darauf hörte ich, daß man sich nur als Stadtrat etwas um die Auftragsverteilung kümmern muß. Dann bekommt man eine solche Straße in Auftrag und hat mit dem Verdienst dabei, für eine Zeitlang ausgesorgt, ohne etwas riskiert zu haben. Ein anderes Mal verkaufte ich ein Haus, das mir nicht gehörte; es stand gerade leer. Ich brachte ein Schild an: ›Zu verkaufen, Erkundigungen bei XX‹. Das war ich. Kinkerlitzchen! Wirkliche Unmoral, nämlich unnötige Bevorzugung ungesetzlicher Wege und Mittel! Man braucht doch nur mit irgendwelchem Geld eine Serie baufälliger Einfamilienhäuser aufzurichten, sie auf Abzahlung zu verkaufen und zu warten, bis den Käufern das Geld ausgeht! Dann hat man die Häuser doch auch, und das kann man mehrere Male machen. Und ohne daß es die Polizei etwas angeht! Nehmen Sie jetzt unser Geschäft: wir brechen bei Nacht und Nebel ein und holen uns aus den Läden die Waren, die wir verkaufen wollen. Wozu? Wenn die Läden verkrachen, weil sie zu teuer arbeiten, können wir doch die Ware auch so haben durch einfachen, gesetzlichen Kauf zu einem Preis, der noch unter den Spesen eines Einbruchs liegt! Und wir haben, wenn Sie darauf Wert legen sollten, dann ebenso gestohlen, wie bei einem Einbruch; denn was in den verkrachten Läden an Waren lagerte, war ja auch schon den Leuten weggenommen, die sie gemacht hatten und denen man gesagt hatte: Arbeitskraft oder Leben! Man muß legal arbeiten. Es ist ebenso guter Sport! Ich bin a u c h *ein paar Mal, von Belgien herüber, an ein paar Herren mit weichen Hüten vorbei über die Laufplanken gegangen mit einer Lupusbinde quer über die Nase geklebt – es verändert ja nichts so sehr die Physiognomie – aber was ist das gegen das Spiel mit der ZEG? Eine Kinderei! Man benutzt heute friedlichere Methoden. Die grobe Gewalt hat ausgespielt. Man schickt, wie gesagt, keine Mörder mehr aus, wenn man den Gerichtsvollzieher schicken kann. Wir müssen aufbauen, nicht niederreißen, das heißt, wir müssen beim Aufbauen den Schnitt machen.«*

Mit zusammengekniffenen Augen maß er Grooch. Er hoffte, Fanny wieder zu versöhnen, wenn er ihn heranzog.

»Ich habe daran gedacht«, fuhr er fort, »die ganze Einkaufsgesellschaft aufzulösen und die Leute samt und sonders zu entlassen, auch Sie. Aber vielleicht wird sich das letztere umgehen lassen. Und, was die andern betrifft, wieviele glauben Sie könnten soviel Kapital aufnehmen, um den einen oder den anderen der nun ja in größerem Umfang frei werdenden B.-Läden erwerben zu können? Machen Sie mir eine Liste! Ich denke, ich kann auf die Weise aus den Jungens auch noch etwas herausholen. Man braucht sie ja nicht gleich auf die Straße zu werfen. Sie können übrigens Fanny fragen, wen sie für zuverlässig hält, sie hat ja ein Herz für die Jungens. Verstehen Sie, Grooch, ich will mich auf die andere Seite legen. Ich habe Sie kommen lassen, weil Sie anstellig sind; es gibt nämlich auch Leute, die die Zeichen der Zeit nicht verstehen und über die das Rad der Geschichte füglich hinweggehen wird.«

Grooch hörte geduldig zu und bemühte sich sichtbar, die Zeichen der Zeit zu verstehen. Er murmelte dann auch etwas über O'Hara.

»O'Hara?« sagte Macheath bedauernd. »Er hat immer den Kopf voll mit Weibergeschichten! Ich bin sicher, seine Belege für die Herkunft der Waren sind nicht so in Ordnung, wie sie sein sollten. Eines schönen Tages fragt ihn die Polizei danach und was dann?«

Er wurde einig mit Grooch. In den folgenden Jahren verwaltete Grooch den Einkauf für die Läden im südlichen London mit Vorsicht und Ehrlichkeit.

Chrestons Werbewoche

An einem heiteren Herbsttag eröffnete Chreston seine Werbewoche mit Einheitspreisen.

Schon früh sieben Uhr, zwei Stunden vor Beginn, lagerte vor den eisernen Schutzgittern der einzelnen Geschäfte eine Menge von Käufern. Nichts an ihnen war auffällig, höchstens die verhältnismäßig große Anzahl von Männern.

Zur Eröffnung waren die Herren Hawthorne und Miller von der National Deposit Bank erschienen. Sie warteten zusammen mit Chreston, einem dürren, drahtigen, langen Mann, im Büro des Hauptgeschäftes. Die alten Leuten waren hochgradig nervös. Chreston bewahrte völlige Ruhe. Seine Vorbereitungen waren sehr sorgfältig gewesen. Die Angestellten hatten bis spät in die Nacht hinein gearbeitet, um die Umstellung auf vier Preiskategorien zu bewerkstelligen. Schlag neun Uhr wurden die Türen geöffnet und das Publikum drang ein.

Von allem Anfang an kam es in allen Chreston-Geschäften gleichzeitig zu höchst merkwürdigen und unliebsamen Vorfällen. Das Publikum benahm sich ungewöhnlich.

Kaum hereingelassen, begann es, wie rasend zu kaufen. Niemand wählte. Das Kaufen begann an den nächstgelegenen Tischen und pflanzte sich auf die weitergelegenen fort. Die Leute rafften, ohne viel auszusuchen, große Mengen von Artikeln gleicher Art an sich, verstauten sie in Handtaschen oder gar Säcken, bezahlten mit ziemlich hohen Geldscheinen und entfernten sich eilig, um schon nach wenigen Minuten wiederzukommen.

Chreston bemerkte sehr bald, was vor sich ging. Das waren keine natürlichen Käufer, nicht jene mißtrauischen, wählerischen, feindlichen Mitmenschen, die lange wählten, bevor sie sich ewig banden. Sie gebrauchten rücksichtslos die Ellbögen, verdrängten wählerische Käufer brutal von den Tischen und übten ein wahres Schreckensregiment aus.

Die Verkäufer, an diesem Tage beteiligt an den Umsätzen, was eine Neuerung bedeutete, bemühten sich schweißtriefend, der Nachfrage zu genügen. Die Artikel wurden ihnen mit Flüchen aus den Händen gerissen. Nur an den Kassen war dieses Publikum genau. Es bestand auf gestempelten Zetteln, die den Artikelpreis quittierten.

Chreston ließ die Polizei holen. Sie kam und überzeugte sich von der äußerst regen Nachfrage des Publikums, stellte auch eine Reihe ihr bekannter, anrüchiger Elemente fest, konnte aber auf Grund des Tatbestandes nicht einschreiten. Das Publikum konnte nicht mit dem Gummiknüppel abgehalten werden, in einem Laden gegen Bargeld Käufe zu tätigen.

Vorübergehend schloß Chreston, der inzwischen auch in seine anderen Läden gefahren war und dort das gleiche Bild gesehen hatte, die Türen für ein paar Stunden. Als ihn aber die Reporter der Zeitungen deshalb zur Rede stellten, machte er wieder auf.

Vormittags und nachmittags bis gegen Abend buchten Polly und Grooch in einer kleinen Schankwirtschaft die Notes der eingekauften Bestände. Sie waren sehr beträchtlich.

Chreston las am Abend in der Presse, daß seine Werbewoche ein stürmischer Erfolg gewesen sei und daß das Publikum die umfangreichen Lager an einem einzigen Tage ausgekauft habe.

Tatsächlich sah es in seinen Räumen wie nach einer wüsten Schlacht aus. Ein riesiger Holzmückenschwarm schien alles ratzekahl gefressen zu haben. Er konnte sich diesen Streich der Konkurrenz nicht erklären.

Gegen Abend, während auf Handkarren und Lastfuhrwerken die gekauften Artikel einigen der Schuppen am Unteren Blacksmithsquare zurollten, empfing Macheath O'Hara bei sich in der Zelle.

»Ich liebe Selbständigkeit und Initiative«, sagte er ihm ruhig. »Es war eine ausgezeichnete Idee von dir, das schwer verkaufbare Zeug Chreston anzubieten. Wir hätten es niemals losgekriegt so ganz ohne Belege. Jetzt haben wir die Belege. Ich habe es nämlich wieder retourkaufen lassen. Wo ist das Geld?«

O'Hara war überrascht. Er machte nicht viele Ausflüchte. Er hatte von Chreston Wechsel bekommen, die lieferte er an Macheath ab. Belege über die Herkunft der Waren hatte Chreston weder empfangen noch verlangt.

O'Hara machte keinerlei Versuche, die Angelegenheit weiter zu klären, als Macheath' kleine Rede sie geklärt hatte. Er war abhängig von Macheath und dieser war abhängig von ihm. Zufällig hatte Macheath angefangen, von der Sache zu reden, vielleicht wäre sonst O'Hara darauf zu reden gekommen. Niemand konnte das Gegenteil beweisen. Es wäre häßlich gewesen, etwas anderes zu vermuten. Wirklich, es wäre sehr häßlich gewesen.

Als O'Hara gegangen war – er blieb aber noch etwas sitzen, allerdings schweigend – ließ Macheath Brown zu sich bitten.

Sie tranken Grog und rauchten. Macheath saß zusammengekauert auf seiner Pritsche und hob mit der Fußspitze den Teppich hoch, den Brown wieder hatte hereinschaffen lassen. Er fand schwer einen Anfang. Dann holte er weit aus.

»Erinnerst du dich noch an das, was du mir diesen Sommer sagtest, als wir über die Liverpooler Werkzeuge sprachen? Du wiesest mir einen Weg. Seitdem habe ich dich immer besser begriffen. Ich muß mich von den Resten meiner Vergangenheit frei machen; das wird mir immer klarer. Wenn ich nachts ohne Schlaf liege, denke ich an deine Worte und kämpfe gegen mein schlechteres Selbst.«

Er machte eine stimmungsvolle Pause. Brown sah ziemlich erschrocken aus.

»Vergiß nicht, daß ich dir auch mit einigem Geld ausgeholfen habe, das noch nicht herinnen ist«, sagte er unruhig.

»Ich wollte«, antwortete Macheath schmerzlich berührt, »wir redeten jetzt nicht über Geld, Brown. Es ist dir sicher, so wahr ich Macheath heiße.«

»Und ich wollte, du ließest diese Scherze, Mac!« ärgerte sich Brown.

Macheath fuhr ungerührt fort:

»Ich erinnere mich an deine damaligen Worte, als hättest du sie gestern gesprochen. Du mußt dich dieses O'Hara entledigen, sagtest du. Du mußt in andere Umgebung kommen. Du ließest mir Zeit dazu. Nun, ich bin so weit.«

Er sah Brown streng und ernst an.

»In meiner Einkaufsgesellschaft sind Unregelmäßigkeiten vorgekommen. Der Verdacht richtet sich gegen meinen Mann O'Hara, du kennst ihn.«

»Hat man dich hoch genommen?«

»Nein, nicht direkt. Aber die Waren, die an meine Läden und zuletzt auch an den Aaronkonzern geliefert wurden, sind anscheinend recht dunkler Herkunft. Es fehlen eine ganze Reihe von Belegen. Ich muß die Sache untersuchen lassen, sonst führt Aaron die Untersuchung und dann richtet sie sich gegen mich. Verstehst du?«

»Ich verstehe. Aber dieser O'Hara ist ein übler Kunde. Er wird dich kaum aus der Sache lassen.«

»Vielleicht doch«, sagte Macheath träumerisch, »vielleicht läßt er mich doch aus dem Spiel. Für einige Sachen hat er ja Belege. Nur nicht für alle. Und die er hat, sind in der ZEG aufgehoben. Dort hat sie Fanny unter sich.«

»Ach so«, murmelte Brown.

»Ja«, sagte Macheath befriedigt.

»Und was soll ich bei der Angelegenheit?« fragte Brown beruhigter.

»Vielleicht findest du noch was anderes heraus über ihn. Es müßte etwas sein, was man aufnehmen und auch fallen lassen kann, je nachdem er Vernunft zeigt oder nicht.«

»Das ginge natürlich«, sagte Brown, »ich mag Verräter auch nicht.«

»Auch sein Lebenswandel ist so ekelerregend«, fügte Macheath noch hinzu. »Ich habe lange zugesehen, wie er es mit den Weibern trieb. Immer wieder habe ich ihm seine Verdienste zugut gehalten. Ich konnte nie in seinem Hause verkehren. Aber jetzt ist meine Geduld erschöpft.«

Sie saßen noch eine Weile und rauchten.

Dann ging Brown.

Macheath ging langsam schlafen. Er hatte Sorgen.

XII

Wo ein Fohlen ersoffen ist,
da war Wasser.
(Altes Sprichwort)

Hat Herr Macheath Mary Swayer auf dem Gewissen?

Die Swayergeschichte fing an, Macheath mehr und mehr Kopfzerbrechen zu machen.

Peachums Anwalt Walley hatte eine Versammlung aller B.-Laden-Besitzer zusammengetrommelt. Sie waren in dem Hinterraum eines Restaurants vierter Güte zusammengehockt und hatten Unheil gebrütet.

Der Prozeß hatte die Zustände in den B.-Läden vor aller Öffentlichkeit aufgedeckt. Der dicke Walley rief zur Gründung eines Vereins geschädigter Kleingewerbetreibender auf. Er berichtete, der des Mordes verdächtige Großhändler wohne in einem fürstlichen Raum des Untersuchungsgefängnisses mit Perserteppichen.

Ein langer, schwindsüchtiger Schuster wies auf die sonderbare »Freundschaft« des Großhändlers mit der Ermordeten hin und forderte empört eine Untersuchung der Beziehungen zwischen Arbeitgeber und weiblichen Angestellten. Hier, rief er aus, werden Machtstellungen m i ß b r a u c h t!

Einige Besonnenere mahnten zur Mäßigung.

Eine alte Frau schlug vor, alle Abrechnungen mit Herrn Macheath bis zum Urteil aufzuschieben und zu versuchen, die Oktobermieten auf ihn abzuwälzen. Sie fand nur einen einzigen Anhänger, der die Maßnahme für gut befand, weil sie »Herrn Macheath zeigen würde, daß wir das Vertrauen zu ihm verloren haben«.

Die Vertreter der besonneneren Richtung gewannen aber rasch die Oberhand. Man faßte den Entschluß, wirtschaftliche Dinge aus dem Spiel zu lassen, da sie mit der Sache nichts zu tun hätten und nur die hohen, sittlichen Standpunkte der Anwesenden schädigten. Der Entschluß wurde einstimmig gefaßt. Auch die alte Frau stimmte ihm zu.

Es wurde also von wirtschaftlichen Dingen nicht mehr gesprochen. Die kleinen Leute lieben es sehr, ihren Zusammenbruch von hoher Warte aus zu betrachten.

Man beschloß einzig und allein, zu protestieren gegen die Schutzlosigkeit der Kleingewerbetreibenden und rücksichtsloses Eingreifen gegen den Mörder zu fordern »gleichgültig, welchem Stande er angehöre«.

Trotzdem war die Wirkung dieser Versammlung für Macheath ungünstig. Die Stimmung gegen ihn wuchs allgemein.

In den Zeitungen wurden Bilder von den hinterbliebenen Kindern veröffentlicht. Auf einem der Fotos sah man die Schaufensteraufschrift »Dieser Laden wird von einer Kriegersfrau geführt.«

Das Tollste leistete sich Peachum, indem er vor eine Reihe von B.-Läden Bettler aufstellte, verhungerte Individuen, die Schilder um den Hals trugen mit der Aufschrift: »Wenn Sie hier kaufen, kaufen Sie in m e i n e m Laden.« Die Besitzer der Läden taten nichts dagegen und die Zeitungen fotografierten auch das.

Sie stellten im Sperrdruck die Frage auf: »HAT MACHEATH DIE SWAYER UMS LEBEN GEBRACHT?«

Dabei mußte Macheath erreichen, daß das Verfahren niedergeschlagen wurde, ohne daß er sein Alibi preiszugeben brauchte.

Es hing alles davon ab, daß ein Selbstmord der Swayer glaubhaft gemacht werden konnte.

Er hatte die Anderthalb Jahrhunderte auf die Kniee gezwungen und er hatte Material gegen Chreston. Aber die Formalitäten für seinen Eintritt in die Bank brauchten Zeit, und das Material gegen Chreston konnte er erst voll auswerten, wenn er im Direktorium der Bank saß.

Die Preisgabe des Alibis aber konnte nur noch vermieden werden, wenn ein Selbstmord der Swayer glaubhaft gemacht werden konnte. Andererseits warf ein Selbstmord ein sehr düsteres Licht auf die Läden.

In der Nacht vor der Untersuchung durch die Grand Jury kam Brown und teilte Macheath niedergeschlagen mit, daß die Schauerleute, die Mary kurz vor ihrem Tod am Wasser a l l e i n gesehen hatten, wie vom Erdboden verschluckt seien. Brown hatte alles aufgeboten, sie ausfindig zu machen. Irgend jemand mußte sie entfernt haben. Walley hatte dem Polizeichef grinsend gesagt, die beiden hätten eben vor der Polizei falsch ausgesagt und fürchteten jetzt, schwören zu müssen. Macheath konnte sich also ausrechnen, wer die Zeugen weggeschafft hatte. Wahrscheinlich wohnten sie im gleichen Hotel wie Fewkoombey.

»*Ach*«, sagte er zu Brown, der ihm unglücklich zuhörte, »*was nützt deine Treue, wo es doch aufs Können ankommt! Du erinnerst mich an den guten, alten Skiller, der auch immer den besten Willen hatte und doch seiner Lebtag keinen Menschen umlegte, weil ihm eben die Fähigkeiten fehlten. Er war bereit, jedem Feind die Knochen im Leib einzeln zu Brei zu zerschlagen, nur erkannte er seine Feinde niemals, bevor es zu spät war; und ihn schreckten nicht vier Banknachtwächter, aber er ließ leider die Einbruchswerkzeuge zu Hause liegen! Du bist auch so; du zögerst im Gedenken an unsere gemeinsame Soldatenzeit keine Minute, meine belastenden Akten in einem Ofen zu verheizen. Aber ich bin leider nicht sicher, ob du nicht ein paar Seiten vergißt! Das sind große Schwächen, Freddy! Ihr Beamte seid dem Staat und auf die es im Staat ankommt, sicher ergeben, aber es ist ein Unglück, daß sich zum Staatsdienst gewöhnlich nur drängt, wer nicht ganz die Fähigkeiten hat, auf dem offenen Arbeitsmarkt seinen Posten zu verteidigen! Dadurch bekommt man alle diese Richter zum Beispiel herein, die von der besten Gesinnung beseelt sind, denen es aber ein wenig an Verstand fehlt. Sie sind durchaus bereit, die Gesetze mit der größten Strenge gegen die Habenichtse und Kommunisten anzuwenden, aber es gelingt ihnen nur selten, sie richtig hereinzulegen, ihnen ordentlich das Wort abzuschneiden, kurz, ihnen einen Strick zu drehen! Andererseits sehen sie sehr wohl, daß der und jener Angeklagte zu ihren Kreisen gehört, sympathisieren auch mit ihm, aber aus reiner Unfähigkeit, das Gesetz richtig anzuwenden und so auszulegen, wie es gemeint ist, oft nur aus pedantischem, denkfaulem Buchstabenglauben, sind sie ganz außerstande, den Mann herauszuhauen oder, wenn sie ihn heraushauen, dann sieht danach durch ihr Ungeschick unsere Gerichtsmaschinerie ganz und gar verbogen und beschädigt aus. Dabei ist diese Maschine ausgezeichnet, absolut zweckdienlich und muß nur verständig und logisch in Betrieb gesetzt werden, dann krümmt sie keinem von uns ein Haar. Um unsereinen unbelästigt zu lassen, braucht es keine Rechtsbeugung, die Rechtsanwendung genügt dazu vollkommen! O Freddy, du bist hochanständig zu mir, ich weiß es, aber du bist nicht sehr fähig!*«

Sie saßen lange auf in dieser Nacht und frischten manche schöne Erinnerung an gemeinsame Taten auf. Erst bevor er wegging, getraute sich Brown seinem Freund zu gestehen, daß sogar seine Angestellte Fanny Crysler ihn vor dem Richter belasten werde. Sie hatte in der Voruntersuchung die Unterredung zwischen Macheath und Mary in ihrem Laden zugegeben.

Die Sitzung der Grand Jury fand in einem freundlichen, hellen Raum statt. Der Richter war ein kleiner, dürrer Herr mit großen, blauen Augen, der sehr gut zu dem hellen, sonnigen Zimmer mit den weißen Gardinen und gekalkten Wänden paßte.

Die Aussagen des Gerichtsarztes und der Kriminalbeamten nahmen nicht viel Zeit in Anspruch. Die Verhandlung wandte sich rasch Macheath zu, der unter dem dringenden Verdacht stand, die Kleingewerbetreibende Swayer ermordet zu haben.

Walley, von Peachum bezahlt, vertrat als Nebenkläger die Kinder der Swayer. Macheath wurde von Rigger und Withe verteidigt. Als seinen Beruf gab er Großkaufmann an.

Macheath machte einen kleinen Fehler, als er nach seinen Vorstrafen gefragt wurde. Er hatte nicht das Gefühl, daß er irgendje bestraft worden sei, und sagte:

»Keine.«

Walley hakte sofort ein.

»Sind Sie nicht vor drei Jahren mit einer Buße von einem Pfund belegt worden, Angeklagter?«

»Ich kann mich nicht erinnern«, sagte Macheath, unangenehm berührt.

»So. Sie können sich nicht erinnern. Sie können sich nicht erinnern, daß Sie die Polizeistunde übertreten haben? Sie haben sie übertreten, aber Sie können sich nicht erinnern. Lassen Sie also mich Ihnen sagen: Sie sind vorbestraft.«

Rigger lachte bissig auf.

»Also vorbestraft wegen Übertretung der Polizeistunde! Das wird auch die einzige Strafe sein, die Sie je bekommen werden, Macheath!«

Walley stand schon wieder:

»Es handelt sich nicht um die Art des Vergehens, sondern um die merkwürdige Tatsache, daß der Angeklagte dasselbe und die Strafe dafür zu verbergen versucht. Gerade die Geringfügigkeit der ganzen Sache beweist, daß dem Macheath das Verbergen solcher Dinge, die ihn vor der Öffentlichkeit bloßstellen können, zur zweiten Natur geworden ist. Die Verhandlung wird dazu noch manches liefern.«

Rigger verwahrte sich gegen diese Beeinflussung des Gerichtshofes, aber Withe zog ihn am Ärmel zurück. Er war ein dicker Mann und hatte seine eigene Theorie über die Verteidigung, über die er sich mit Rigger nicht hatte einigen können. Er wollte auf Selbstmord der Swayer plädieren, Rigger auf Mord durch unbekannte Täter. Mit dem Alibi wollte man auf keinen Fall herausrücken.

Leider schien Walley, wie schon der Auftakt zeigte, den Auftrag zu haben, den Prozeß mit aller Schärfe zu führen.

Die beiden Schauerleute, die eine Frauensperson allein gegen neun Uhr abends dem Kai zu hatten gehen sehen, fehlten selbstverständlich, aber die Bettler, die den Angeklagten diesen Weg mit der Toten hatten gehen sehen, waren zur Stelle. Einer von ihnen, ein alter Kerl namens Stone, sagte folgendermaßen aus:

»Ich erinnere mich ganz genau an den Mann, der in Begleitung des Mädchens war. Es ist schon der, der da drüben sitzt. Wir schauen uns unsere Leute an. Der da gehört zu denen, die sich die Taschen dreimal umdrehen, bevor sie einen Penny rausrücken. Sie tun's überhaupt nur, wenn Damen dabei sind. Er suchte so lange herum nach 'ner Münze, die klein genug war, daß ich ihm sagte: vielleicht fahren Sie lieber erst nach Hause und drehen da alles von unten nach oben. Ist doch möglich, daß d a wo ein halber Penny, der falsch ist, hintern Diwan gerutscht ist, Herr! Ich erinnere mich noch wie an gestern, daß ich das gesagt habe, er schien nur ganz dicke Marie in der Tasche zu haben, der Herr. Dann wurde es aber doch noch ein Penny.«

Der Saal lachte. Rigger zog ein Zeitungsblatt aus seiner Aktentasche und gab es den Geschworenen hinüber. Es war die Fotografie der Schaufensterscheibe mit der Aufschrift, der zufolge Angehörigen von Kriegsteilnehmern in den B.-Läden Rabatt gewährt wurde.

»Diese Fotografie ist von unseren Gegnern veröffentlicht«, sagte Rigger ärgerlich, »ich frage Sie: handelt so ein Mann, dem soziales Gefühl abgeht?«

Walley behielt sich vor, das soziale Gefühl des Herrn Macheath später noch zu beleuchten und stellte zur Sache nur fest, daß Herr Stone jedenfalls an dem erwähnten kleinen Zug den Angeklagten wieder erkenne. Selbstverständlich sei dieser juridisch berechtigt, als Millionär Bettlern auch Hosenknöpfe zu schenken, gleichgültig sei vielleicht nur nicht, wo er sie hernähme.

Das war der erste Schlag gegen Macheath' Geschäftsmethoden und dieser wurde sehr unruhig.

Er sagte scharf: Knöpfe würden in Fabriken hergestellt.

Die Frage, sagte Walley abwinkend, sei, ob die Hersteller auch den vollen Preis dafür erhielten.

Jetzt sprang Rigger auf und fragte, ob der Gerichtshof kommunistische Propaganda dulden wolle.

Der Richter beruhigte die Parteien. Wesentlich von der Aussage des Zeugen sei nur, daß er den Angeklagten als den Herrn wieder erkenne, der am Mordabend am Kai die Swayer begleitete.

Rigger versprach, auf den Zeugen zurückzukommen und erinnerte, seiner Aussage stehe die der Schauerleute entgegen. Er rief den Kriminalkommissar auf, der die beiden abwesenden Schauerleute verhört hatte. Sie hatten tatsächlich von einer Frau allein gesprochen.

»Welcher Frau?« wollte Walley wissen.

Der Kommissar gestand: eine Fotografie der Ermordeten war den Schauerleuten nicht gezeigt worden.

Walley erhob sich triumphierend.

»Famose Zeugen!« krähte er. »Sie haben irgendeine Frau in den Docks allein gehen sehen! Als ob es da nicht mehr als eine gäbe!«

Aus dem Zeugenzimmer trat auf seinen Wink eine Person, die deutlich den untersten Ständen angehörte. Sie sagte aus, sie sei Prostituierte, ihre Gegend seien die Docks. An jenem Samstagabend sei sie an den Kais auf den Strich gegangen. Sie habe keinen Freier gefunden. Es sei keine gute Gegend. Sie selbst arbeite dort nur, weil die Hafenanlagen schlecht beleuchtet seien und sie eine Gesichtsrose habe.

Rigger fragte sie, ob die Gegend nicht sehr unsicher sei für einzelne Frauen der dort häufigen schlechten Elemente wegen.

Sie sagte:

»Für uns nicht.«

»Die Frauen dort«, erklärte Walley, »tragen keine Reichtümer mit sich.«

Es gäbe auch Lustmörder, beharrte Rigger.

»Die gibt es für uns überall«, sagte die Zeugin unberührt.

Wie es mit dem Konkurrenzkampf der Prostituierten sei, wollte Rigger wissen. Ob nicht ein großer Haß der Mädchen gegeneinander der Freier wegen bestehe? Schließlich seien doch die Männer dort, was für dunkle Absichten sie immer hätten, für die Mädchen Geschäftsobjekte.

»Wir haben unsere Reviere«, sagte die Zeugin.

»Außerdem haben Sie doch auch Beschützer?«

»Ich nicht.«

»Warum nicht?«

»Weil ich zu wenig bringe.«

»Ach was, Kleinvieh gibt auch Mist. Reden Sie uns doch nichts vor hier. Und die Beschützer sind nicht nur gegen die Kunden da, sondern auch gegen die andern Prostituierten, die in fremdem ›Revier‹ fischen, oder ist es nicht so?«

»Vielleicht«, sagte die Zeugin.

»Ich stelle das fest«, erklärte Rigger geschwollen den Geschworenen, »weil ich es für möglich halte, daß die Swayer auf eine Art ums Leben kam, wie sie aus den Aussagen der Zeugin herausgelesen werden kann.«

Withe fiel ihm in den Rücken:

»Wir wissen doch«, murmelte er über seinen Akten, »wie die Swayer ums Leben kam. Lassen Sie das doch!«

Die Zeugin wurde entlassen. Jedermann mußte zugeben, daß sie ganz gut »die Frau allein« sein konnte, die von den Schauerleuten gesehen worden war. Und dann konnte die Swayer von Macheath begleitet worden sein, wie es die Bettler gesehen haben wollten.

Unter lebhafter Erregung der Presseleute wurde von Walley Fewkoombey aufgerufen, der seit seiner ersten Aussage verschwunden gewesen war.

Rigger fragte ihn sogleich, wo er gesteckt habe.

Walley antwortete für ihn:

»Er war unter besonderer Obhut. Wir wollten nicht, daß ihm etwas geschieht. Immerhin ist ja auch Frau Swayer etwas geschehen.«

Fewkoombey sagte in ruhigem Ton über seine Erlebnisse mit der Toten aus. Macheath hatte sie bestellt, sie hatte ihn erwartet, als er, Fewkoombey, von ihr wegging. Sie wollte ihn wohl veranlassen, ihr finanziell auszuhelfen; wahrscheinlich wollte sie ihm auch drohen, da sie wohl etwas von ihm wußte.

Rigger stand auf.

»Fürchtete Frau Swayer den Angeklagten?«

»Was heißt das?«

»Ob sie fürchtete, es könne ihr etwas von ihm passieren, zum Beispiel ein Stoß ins Wasser?«

»Doch wohl kaum, sonst hätte sie sich nicht mit ihm dort unten getroffen.«

»Sehr richtig, Fewkoombey. Sonst hätte sie sich nicht mit ihm getroffen. Sie sagte also nichts von Furcht?«

»Nein.«

Jetzt erhob sich der dicke Withe. Mit seiner hohen Kopfstimme fragte er, ob Frau Swayer denn gar nichts fürchtete von Herrn Macheath? Ob sie nicht zum Beispiel gewisse geschäftliche Maßnahmen gegen sich von ihm fürchtete?

Der ehemalige Soldat zögerte mit der Antwort. Dann sagte er ruhig:

»Sie meinte allerdings, er würde geschäftlich auf sie keine besondere Rücksicht nehmen. Insofern fürchtete sie ihn.«

»Ganz richtig«, sagte Withe und setzte sich mit Aplomb.

Walley hatte feixend zugehört. Jetzt sagte er:

»Nicht wahr, es gibt noch ein Drittes. Ihr Wunsch, geldliche Unterstützung zu bekommen, ihre Bedürftigkeit kann noch größer gewesen sein als ihre Furcht, dabei körperlich etwas zu riskieren! Sie haben ja vorhin gehört, wie wenig zum Beispiel die Straßenmädchen auf ihre eigene Furcht vor Anschlägen schlimmster Art Rücksicht nehmen können! Ich stehe hier als Beauftragter zweier Waisen, meine Herren. Wir wollen Herrn Fewkoombeys Aussage entnehmen, daß diese Mutter keine Furcht verriet, als es galt, ihren Kindern Nahrung zu verschaffen.«

Dann bestätigte Macheath auf Befragen, daß der Zettel, auf dem er die Swayer bestellte, von ihm herrühre. Die Schrift der Swayer zu kennen, leugnete er. Er kannte sie wirklich nicht; sonst hätte er die Schreiberin jenes Briefes über das »Messer«, den er so lange mit sich herumgetragen hatte, rechtzeitig erkannt.

Der Vorsitzende machte eine Mittagspause. Polly ging zu ihrem Mann in ein Zimmer, wo außer ihm nur noch die Anwälte waren. Sie stritten in einer Ecke über die Methode der Verteidigung.

Mac und Polly aßen ein Sandwich. Er war über das Verfahren sehr niedergeschlagen. Er fragte unter anderem, was Walley mit der dummen Bemerkung gemeint hatte: die Frage sei, ob die Hersteller auch den vollen Preis erhielten.

»Das ist doch unglaublich unverschämt«, sagte Mac, »er meinte natürlich damit, daß meine Waren gestohlen sind. Angenommen, ich verkaufe Knöpfe. Angenommen, ich kaufe sie zuvor, zum Beispiel von verkrachten Kleinfirmen. Im Effekt ist es das gleiche, wie wenn ich sie stehlen würde; es wird eben nicht der volle Preis gezahlt. Und wenn ich den Kleinfirmen den vollen Preis bezahle! Die Hersteller sind sie auch nicht. Den Herstellern, daß heißt den Knopfmachern, sind die Knöpfe gestohlen, auch wenn sie für ihre Arbeit bezahlt wurden. Sie bekommen natürlich nicht den vollen Preis. Wo sollte da der Profit herkommen? Ich muß sagen, ich drehe die Hand nicht herum zwischen Stehlen und ›Kaufen‹. Das wird mir dieser Walley bezahlen; das ist eine Schädigung!«

Polly gab ihm recht.

Sie war in der Zwischenzeit noch hübscher geworden. Sie hatte den ganzen Sommer über viel geschwommen und im Sonnenbad gelegen, natürlich an geschützten Stellen, ihres Zustandes wegen. Ihre Arme waren noch leicht gebräunt, aber über den Ellbögen weiß, das sah man, wenn die losen, kurzen Ärmel ihrer Bluse zurückfielen. Es wirkte sehr reizvoll; sie wußte es.

Die Verhandlung wurde auf Wunsch Walleys mit der Vernehmung der Fanny Crysler fortgesetzt.

Sie hatte Schatten unter den Augen und war nervös. Der Verlust ihres Antiquitätenladens hatte ihr sehr zugesetzt.

Sie sagte nur aus, daß die Verstorbene Herrn Macheath um ein Darlehn angegangen habe auf Grund von früheren freundschaftlichen Beziehungen.

»Sie drohte aber doch damit, daß sie etwas über den Angeklagten wisse?«

»Sie meinte wohl, die Umstände ihrer Verheiratung«, antwortete die Zeugin schnell, »dabei hatte Herr Macheath eine Rolle gespielt, an die er vielleicht nicht öffentlich erinnert sein wollte.«

»Was wissen Sie über das ›Messer‹?« fragte Walley plötzlich.

Sie erbleichte sichtlich unter ihrem Schleier.

»Nichts«, sagte sie mühsam. »Nur, was in den Zeitungen steht.«

»Sie hat aber dem Angeklagten gedroht mit Enthüllungen und dabei vom ›Messer‹ gesprochen.«

Fanny hatte sich wieder gefaßt. Sie sagte gleichgültig:

»Das weiß ich nicht mehr. Sie hat viel Unsinn geredet, da sie sehr aufgeregt war und sich für zurückgesetzt hielt. Sicher war ihm nur unangenehm, daß sie überhaupt von ihren Beziehungen zu ihm öffentlich reden wollte.«

Withe wollte plötzlich wissen, wie die wirtschaftliche Lage der Toten gewesen sei.

»Sie war nicht gut, aber nicht schlechter als die anderer Ladenbesitzer. Die Läden gehen zur Zeit alle schlecht.«

»Sind Sie Angestellte des Angeklagten?« fragte Walley breit.

»Ja.«

»Vielleicht bringt die Verteidigung lieber eigene Zeugen über die Geschäftsgebarung des Macheath bei«, sagte Walley ironisch, »Leute, die nicht bei ihm angestellt sind.«

Withe ärgerte sich.

»Der Kollege«, sagte er gewichtig, »scheint zu glauben, daß es keine Leute in England mehr gibt, die die Wahrheit sagen, ohne Rücksicht auf wirtschaftliche Interessen zu nehmen. Ich muß sagen, daß ich das traurig finde.«

»Was finden Sie traurig?« fragte Walley nicht ohne Behagen, »daß es keine solchen Menschen mehr gibt oder daß ich das glaube?«

Aber der Richter winkte ab. Walley vernahm nun einen Redakteur des »Spiegels«.

Als dieser ohne Umschweif erzählte, die Verstorbene habe Herrn Macheath als den berüchtigten Verbrecher das »Messer« bezeichnet, hatte Rigger es leicht.

»Das zeigt doch jedem Einsichtigen, das heißt jedem, der keine Zeitung liest, auf welch jämmerlich schwachen Beinen die Anklage steht!« rief er aus. »Herr Macheath soll das ›Messer‹ sein! Unsere Großkaufleute sollen mit Blendlaternen herumlaufen und Geldschränke knacken! Meine Herren, wir wissen, wessen der Neid fähig ist. Aber alles muß seine Grenzen haben! Die ganze Anklage basiert darauf, daß Herr Macheath, einer unserer bekanntesten Geschäftsleute, insgeheim gar kein Geschäftsmann, sondern ein Verbrecher ist, ein Mörder! Denn sonst hätte die Anklage ja keinen Sinn. Wenn er kein Mörder ist, sondern der allbekannte Besitzer der B.-Läden, dann hatte er ja keinen Grund, die ›Enthüllungen‹ einer Person, über deren Moral wir nichts Abfälliges sagen wollen, da sie tot ist, zu fürchten! Es ist absurd!«

Er setzte sich krachend.

Walley wandte sich an den Angeklagten:

»Herr Macheath, wie erklären Sie sich die Drohungen der Toten gegen Sie?«

Macheath stand langsam auf. Er sah freimütig verlegen aus.

»Meine Herren«, sagte er zu den Geschworenen, sie der Reihe nach anblickend, »es macht mich etwas verlegen, darüber zu sprechen. Ich kann es nur als Mann zu Männern. Als solcher muß ich gestehen, daß ich mich nicht frei von Schuld fühle. Sie mögen von sich sagen können, Sie seien in Ihren Beziehungen zu Frauen immer vollkommen korrekt verfahren, hätten nichts versäumt, keine Schmerzen zugefügt, und sei es auch unbewußt. Ich kann das nicht von mir sagen. Ich hatte keine ›Beziehungen‹, wie man das so nennt, zu dem armen Geschöpf, das Mary Swayer hieß und von der Hand eines Schurken niedergestreckt wurde oder vielleicht auch von eigener Hand, wie dies mein Verteidiger, Herr Withe, meint. Aber hatte sie vielleicht Beziehungen zu mir? Ich war ihr Chef, um es trocken auszudrücken, früher mag ich sie ein paar Mal getroffen, vielleicht auch allerhand Hoffnungen in ihr erweckt haben. Meine Herren, wer von uns Männern weiß, was er in dieser Beziehung, ohne es zu wissen, vielleicht sündigt? Sie wissen sicher so gut wie ich, wie schwer es einem Chef mitunter fällt, zu seinen weiblichen Angestellten die richtige Distanz zu wahren. Wer könnte es den armen Mädchen, die meist schwer arbeiten müssen und wenig von ihrem Leben genießen, im Ernst verargen, wenn sie sich in ihre Chefs, Angehörige einer höheren Klasse, kultivierter als der gewöhnliche Umgang dieser Armen, ein wenig verlieben? Und von hier bis zu heimlichen Hoffnungen und von diesen wieder zu schlimmen Enttäuschungen ist doch nur ein kleiner Schritt! Gestatten Sie mir, daß ich dem nichts mehr hinzufüge.«

Die Abendblätter brachten diese Rede fast alle in Sperrdruck. Die »menschlich anständige« Haltung des Besitzers der B.-Läden fand allgemeinen Anklang. Nur eine proletarische Zeitung bewarf den B.-Ladennapoleon mit Schmutz. Sie konnte aber nicht ernst genommen werden, da sie dem Gegner, entgegen allem sportlichen Geist, menschliche Anständigkeit absprach und überhaupt auf die gewaltsame Umänderung der gesamten Gesellschaftsordnung ausging.

Die Verhandlung war mit der kleinen Rede Herrn Macheath' nicht zu Ende.

»Nach der Aussage der Zeugin Crysler sollen Sie doch selber die Beziehungen so weit ernst genommen haben, daß Sie sogar Geld an die Swayer zahlten?« fragte Walley mit einem zufriedenen Blick auf den Richter.

Der Richter war ein kleiner, eingetrockneter Herr und liebte es, von Reden, die Eindruck machten, ungerührt zu erscheinen.

Macheath antwortete sofort:

»Meine Herren, ich könnte sagen, daß man unter Umständen auch ohne Drohungen Geld gibt oder sogar trotz Drohungen, wenn einem der Bittsteller in gedrängter Lage erscheint. Ich tue es nicht. Ich sage nur, daß mir daran lag, solche Vorfälle wie den Besuch der Unglücklichen beim ›Spiegel‹, der dann allerdings doch erfolgte, zu verhindern. Als Geschäftsmann muß man auch jeden Schatten von Verdacht, der auf einen fallen könnte, vermeiden. Wieviel Bedeutung ich der Drohung beimaß, geht daraus hervor, daß ich sie unbeachtet ließ und nicht in den ›Bratfisch‹ ging!«

»Aber Sie bestellten die Swayer hin?«

»Das geschah aus Mitleid. Aus Mitleid wäre ich auch hingegangen, aber geschäftliche Besprechungen hielten mich dann ab. Wenn es mir ernst gewesen wäre, hätten mich solche geschäftlichen Gründe natürlich nicht abgehalten.«

Walley belebte sich.

»Was für geschäftliche Unterredungen waren das? Wenn Sie geschäftliche Unterredungen hatten, dann hatten Sie ja auch ein Alibi.«

Macheath sah nach seinen Anwälten. Dann sagte er:

»Ich möchte diese Unterredung aus geschäftlichen Gründen nicht preisgeben, wenn es nicht nötig ist.«

»Es ist vielleicht nötig«, sagte der Richter trocken.

Aber Rigger und Withe schüttelten die Köpfe und ließen einen Entlastungszeugen aufmarschieren, den Wirt des »Bratfisch«.

Er erklärte, daß die Verstorbene in seinem Lokal allein gesessen sei, lange gewartet habe, immer unruhiger geworden sei und beim Weggehen den Hut nicht aufgesetzt, sondern ihn in der Hand mitgenommen habe. Erkundigt habe sich nach ihr niemand.

Walley fragte ihn, ob man in sein Lokal von der Straße aus hereinsehen könne.

Die Antwort war ja.

Ob es von seinem Lokal aus noch mehr Möglichkeiten gäbe, wegzugehen, als die zu den Kais und die Dephsstraße zurück, wo sie ein allenfalls Zuspätkommender treffen mußte?

Die Antwort war nein.

Walley faßte zusammen: der Angeklagte konnte sein Opfer vor dem »Bratfisch« abgefangen oder es auf dem Rückweg getroffen haben.

Die großen, gläsernen Glaskugeln wurden angezündet, denn es wurde schon früh Abend, da der Herbst fortgeschritten war.

Walley wartete die Prozedur ab und fuhr fort:

»Man hat vorhin mit viel Humor die Frage aufgeworfen, womit diese kleine Ladenbesitzerin dem Großhändler Macheath gedroht haben könnte. Ich möchte jetzt einen Zeugen dazu vernehmen.«

Ein sonntäglich angezogener Mensch mit langen, hängenden Armen trat vor. Er war Schuster in einem Haus gegenüber dem Swayerschen Laden und sagte aus, die Verstorbene habe ihm gegenüber einmal geäußert, sie wisse schon, wo die Waren, die sie bekäme, herseien. Das habe sie in einem solchen Ton gesagt, daß er, der Zeuge, annehmen mußte, die Herkunft der Waren sei eine recht dunkle, eine, die das Licht zu scheuen hätte.

Macheath stand auf. Er wollte sofort antworten. Aber Rigger zog ihn am Ärmel und flüsterte ihm etwas zu. Macheath setzte sich und Rigger bat den Vorsitzenden um eine kleine Pause. Er wollte seinen Klienten, müde des ganzen uferlosen Geredes, bestimmen, sein Alibi doch preiszugeben.

Der Richter stimmte zu.

Aber auf dem Gang sagte ihnen Macheath sehr energisch, daß

er noch nicht in der Lage sei, sein Alibi öffentlich bekanntzugeben.

Sie sagten ihm beide, daß er dann wohl als in hohem Maße verdächtig aus der Untersuchung hervorgehen werde und die Klage wegen Mord zu gewärtigen habe. Withe wollte immerhin noch den Versuch machen, dem Gericht einen Selbstmord der Swayer einzureden. Rigger hatte nicht mehr den Mut, dem zu widersprechen.

Die Verhandlung ging nach einviertelstündiger Unterbrechung weiter.

Die Anwälte Macheath' teilten dem Gericht mit, daß ihr Klient leider nicht in der Lage sei, seinen Aufenthaltsort im Augenblick des Todes der Swayer anzugeben. Der Grund seines Schweigens sei ein rein geschäftlicher. Der Richter nahm die Entschuldigung ziemlich steif entgegen. Dann führte Withe aus, er seinerseits sei überzeugt, daß die Swayer überhaupt keinem Mord zum Opfer gefallen sei, sondern selbst die Hand gegen sich erhoben habe. Er wolle versuchen, dem Gericht dies nachzuweisen.

Withe rief seine Zeugen auf und verhörte sie. Es waren Besitzer von B.-Läden. Er bat sie, ihre Lage zu schildern.

Sie taten es. Übereinstimmend bekundeten sie, ihre Lage sei verzweifelt. Einer sagte, es sei kein Wunder, wenn sich da einer aufhänge. Besonders seit der Warenzustrom plötzlich versiegt sei, habe man nicht mehr aus noch ein gewußt. Withe dankte ihnen und rief Nachbarsleute der Swayer aus der Mulberrystraße auf. Er fragte sie:

»Wissen Sie etwas über das Geschäftsgebaren der verstorbenen Frau Swayer?«

»Jawohl, soviel man eben als Nachbar weiß.«

»War sie sehr geschickt als Geschäftsfrau?«

»Sie war fleißig.«

»Genau mit dem Gelde?«

»Nicht sehr. Wenn man es nicht besonders dick hatte, gab sie auch so die Ware ab.«

»Sie war also nicht tüchtig im üblichen Sinn?«

»Sie gab eben Socken ab, wenn einer ihr seine zerrissenen zeigte. Man brauchte nur bei nassem Wetter zu kommen.«

»Also nicht, was man eine genaue Geschäftsfrau nennt?«

Der Zeuge schwieg.

»Meine Herren«, sagte Withe, »Sie sehen: wenn der Tod der unglücklichen Frau wirklich, wie wir glauben, ein freiwilliger war, dann würde die vorliegende Zeugenaussage beweisen, wohin Gutmütigkeit und Mildtätigkeit führen.«

Der Richter lächelte.

Eine alte Frau betrat den Zeugenstand.

»Erzählen Sie uns«, wurde sie von Herrn Withe aufgefordert, was die Verstorbene über die Art, wie sie zu ihrem Laden kam, Ihnen mitteilte!«

Die alte Frau schneuzte sich umständlich. Wahrscheinlich wollte sie ihr rotes Taschentuch zeigen.

»Sie hat ihn so gut wie geschenkt bekommen.«

»Ich dachte, sie habe dazugezahlt?«

»Wenig. Viel hatte sie ja nicht. Ihr Mann ist Soldat.«

»Aber etwas hatte sie doch? Und das hat sie zugezahlt?«

»Sie sagte es wenigstens.«

»Sagte sie, um wieviel es sich gehandelt hat?«

»Ich glaube, um 18 oder 19 Pfund. Mehr hatte sie bestimmt nicht. Nie.«

»Aber das hatte sie. Und das gab sie hinein, nicht wahr?«

»Sie wollte den Wohnraum sauberer haben wegen der Kinder. Es sieht ihr ganz gleich, daß sie in so was ihr einziges Geld hineinsteckte, so fürs Äußerliche, wie sie war.«

»Und hätte sie das verloren gehabt, diese 18 oder 19 Pfund, wenn sie herausgemußt hätte wegen nicht gezahlter Miete oder nicht bezahlter Ware?«

»Das ist klar. Das können Sie sich doch selber ausrechnen.«

»Was hätte sie dann noch machen können?«

»Wenig.«

Die alte Frau hatte ihr Schnupftuch immer in der Hand gehalten, als ob sie jeden Augenblick ein Niesen erwartete. Jetzt faltete sie es zusammen.

Die Verhandlung ging langsam weiter. Es wurden Details geklärt. Besonders Neues kam nicht zur Sprache. Gefragt darüber, was sie von der Ursache des Niederganges ihrer Läden wußten, äußerten einige Ladenbesitzer übereinstimmend: die Preise seien überall gefallen. Auch Chreston verkaufe zu Schleuderpreisen. Gründe für so was gab es wohl überhaupt nicht. Es sei so wenig zu bestimmen wie das Faktum, ob es in einem Jahr viel oder wenig auf die Äcker regne. Schlimm sei, daß die Zufuhr gestockt habe, aber das käme wohl daher, daß eben billige Waren nicht mehr auftreibbar gewesen seien. Herr Macheath selber hatte sich sehr bemüht, Ware herein zu bekommen, da ja er es gewesen sei, der sie veranlaßt hatte, neue Arbeitskräfte einzustellen und besondere Reklame zu machen, so daß die Vorräte so schnell aufgezehrt wurden. Aber er hatte eben nichts aufgetrieben und seine Einkaufsgesellschaft hatte ihn in Stich gelassen.

Schließlich faßte Withe – Rigger war merkwürdig stumm geworden – alles zusammen, was einen Selbstmord wahrscheinlich machen konnte.

Die Situation des kleinen Geschäftes, in das Frau Swayer ihre Ersparnisse gesteckt hatte, war unhaltbar geworden. Das war schließlich ein ausreichendes Motiv für einen Selbstmord.

»*Mary Swayer, meine Herren*«, rief der Anwalt aus, »*brauchte keinen Mörder. Ihr Tod war für den, der die Umstände kannte, unter denen sie zu leben gezwungen war, kein unauflösliches Rätsel. Wer dieses Leben, das Leben einer Kleingewerbetreibenden ärmlichster Art, kennt, der muß zugeben: wer ein solches Leben zu führen gezwungen ist, dem wird es nicht allzu fern liegen, einmal zu sagen: Schluß damit! Es war ein Leben, das wegzuwerfen keinen besonderen Entschluß kostete. Unterhöhlt von Schulden, begleitet von absoluter Aussichtslosigkeit, bot diese Existenz wie die so vieler keine besonderen Reize mehr. Sehen Sie sich die Behausung dieser Frau an (ich sage ausdrücklich nicht Wohnung! Auch Sie würden nicht wagen, dies eine Wohnung zu nennen)! Sehen Sie sich die Kinder dieses Weibes an! Nein, sehen Sie sie nicht an, wiegen Sie sie bloß! Wohnen Sie dem Alltag einer solchen Person bei und denken Sie nicht, daß es einen Sonntag für sie gäbe! Und in diesem Loch ist sie noch bedroht! An diese Tür klopfen noch Gläubiger! Nein, Mary Swayer brauchte nicht ermordet zu werden von Herrn Macheath – Mary Swayer hat selbst Hand an sich gelegt.*«

Wenn man einwandte, daß die Swayer eine sehr lebenslustige Person gewesen sei, so könne man dagegen sagen, daß ihr diese Lebenslust eben durch schlechten Geschäftsgang, vielleicht auch durch private Enttäuschung über die von seiten des Herrn Macheath ausbleibende Hilfe genommen worden sei. Daß sie diesem die Schuld zu geben suchte, wahrscheinlich aus tiefer Überzeugung, sei nicht verwunderlich. Die kleinen Geschäftsleute hätten keine besonders genaue Kenntnis der Gesetze, die den Handel beherrschten. Sie schöben für gewöhnlich einfach den größeren Geschäftsleuten die Schuld zu, wenn Krisenzeiten kämen. Daß diese Großen auch von ganz bestimmten, gesetzmäßigen, übrigens wenig berechenbaren Prozessen ökonomischer Art abhingen, ahnten die Kleinen nicht. Es sei eben eine Krise ausgebrochen und die kleinen, schwachen Unternehmen gingen zugrunde.

Walley unterbrach ihn, als er eben schon nichts mehr zu sagen wußte.

Er müsse wieder seine Frage von vorhin stellen, nach der Herr Macheath sich vor einer Stunde einen Moment lang geneigt gezeigt habe, sein interessantes Alibi doch noch zu lüften. In der City gingen Gerüchte, wonach die Herkunft der Waren für die B.-Läden in ziemliches Dunkel gehüllt sei. Herr Macheath behauptete, soviel er wisse, sie stammten von einer gewissen ZEG (Zentralen Einkaufsgesellschaft), ob Herr Macheath über diese Gesellschaft sprechen wolle.

»Nein«, antwortete Rigger nach kurzer Zwiesprache mit Macheath. »Das will Herr Macheath nicht.«

Jedenfalls sei die ZEG eine ordentlich eingetragene Firma, in deren Vorstand ein Mitglied des Hochadels und zwei Rechtsanwälte säßen. Es sei richtig, sie habe ihre Verpflichtungen in der letzten Zeit Herrn Macheath gegenüber nicht erfüllt. Jedoch sei das eine Sache zwischen ihm und der Gesellschaft, die nicht vor Gericht gehöre. Er gehe auf die ganze Frage nur deswegen ein, damit nicht der Eindruck entstehe, Herr Macheath sei selber an dem wirtschaftlichen Zusammenbruch der Mary Swayer schuld gewesen. Sein Kollege Withe habe die Lage der B.-Läden als eine sehr ungünstige hingestellt. Sie sei zweifellos in der letzten Zeit ungünstig gewesen, aber nicht durch die Schuld des Herrn Macheath, sondern eben durch dic Schuld der ZEG, die plötzlich nicht mehr geliefert habe.

Er bot Zeugen dafür an, daß Herr Macheath in der kritischen Zeit oft selber in den Läden den Rock ausgezogen und mit Hand angelegt habe!

Auch Macheath meldete sich noch einmal zu Wort.

»Es ist hier gesagt worden«, führte er aus, »das Leben der Frau Swayer sei sehr schwer gewesen. Ein Selbstmord erscheine daher nicht ausgeschlossen. Dazu möchte ich bemerken, daß wir in den B.-Läden tatsächlich bis an die Grenze unserer Leistungsfähigkeit gehen. In dem unaufhörlichen Bestreben, dem Publikum zu dienen, legen wir uns Beschränkungen auf, die nur die Stärksten von uns aushalten. Wir sind zu billig. Unsere Gewinne sind so winzig, daß wir selber darben. Wir sind vielleicht zu fanatisch darauf aus, dem kleinen Käufer gute Ware zu erschwinglichen Preisen zu bieten. Ich gestehe offen ein, daß ich manchmal in den letzten Tagen, wo alles auf mich einstürmte, mir die Frage vorlegte, ob wir das durchhalten können. Vielleicht müssen wir mit den Preisen doch wieder herauf. Glauben Sie mir ruhig, daß mich der Tod meiner Mitarbeiterin tief getroffen hat.«

Der Richter sah kühl nach den emsig schreibenden Reportern, fragte Macheath noch einmal, ob er sein Alibi nicht doch angeben wolle, erhielt eine verneinende Antwort und ließ die Geschworenen sich zu ihrer Beratung zurückziehen.

Knapp zehn Minuten später kamen sie zurück und verkündeten das Ergebnis: die Mary Swayer sei nach Ansicht der Jury ermordet worden und der Kaufmann Macheath sei der Tat hinreichend verdächtig.

Die Zeitungen waren am Abend voll von dem »Fall Macheath«. Die fett gedruckten Überschriften lauteten: »DAS DUNKEL ÜBER DEM TOD DER MARY SWAYER LICHTET SICH.« Und: »IN WELCHEM GEHEIMNISVOLLEN KREIS WEILTE DER GROSSHÄNDLER IN DEN STUNDEN, WO SEINE FRÜHERE FREUNDIN STARB?«

In der Woche, die dem Prozeß folgte, bekam Macheath auch Nachricht von Aaron. Fanny Crysler kam zum ersten Mal seit seiner Inhaftierung ins Untersuchungsgefängnis, um ihm zu berichten, daß Aaron und die Commercial Bank eine ganz eigentümliche Reserve in ihrem Verkehr mit der ZEG an den Tag legten.

Aaron hatte bei einem Besuch etwas von »Zusammenhängen zwischen dieser Ermordung der Soundso und der Lieferungsstockung« gemurmelt. In der Ridegasse hatten sich verdächtig aussehende Individuen, wahrscheinlich Angestellte eines Detektivbüros, nach den Lagerhäusern der ZEG erkundigt.

Gestern hatte Jacques Opper, der Präsident der Commercial Bank, sie rufen lassen und sie schlankweg um die Belege für die letzten Lieferungen an den Aaronkonzern ersucht.

Macheath blickte sehr finster. Nach einigem Nachdenken trug er ihr auf, für neue Belege zu sorgen und zur Vorsicht auch auf Kredit neue Einkäufe in Belgien zu tätigen.

Als sie ging, sagte sie:

»Wenn dein Prozeß noch lange dauert, läßt sich die Sache nicht mehr halten; das weißt du hoffentlich!«

Über ihr persönliches Verhältnis sprachen sie nicht.

Es war die letzte Oktoberwoche.

Die Angelegenheiten der Herren Peachum und Macheath trieben einer Entscheidung zu.

Die »Schöne Anna«, der »Junge Schiffersmann« und der »Optimist« warteten geschminkt und korsettiert darauf, ihre alten Leiber dem Weltmeer wieder anzuvertrauen. Der »Optimist« mit dem Gefühl, seine letzten Wochen zu erleben. Peachum sah seine Tochter im Schleier mit dem Makler vor den Traualtar treten. Macheath sah sie in anderer Haltung und Umgebung. Die B.-Läden hatten die Hoffnung aufgegeben und nahmen zu an Weisheit und Kenntnis der Wirklichkeit. Der Makler Coax sollte nicht mehr allzu viele Tagebuchblätter mit seltsamen Zeichen füllen. Die Akten gegen den Mörder der Kleingewerbetreibenden Mary Swayer waren umsonst geschrieben und vermehrten sich nicht mehr lange. Und der Soldat Fewkoombey hatte noch etwa 65 Tage zu leben.

DRITTES BUCH
NUR WER IM WOHLSTAND LEBT, LEBT ANGENEHM!

Die Leute, die nur ihren Pflichten leben
Und ihren Sinn auf höhre Ziele richten
– Gefühle, die man kennt aus den Gedichten –
Die guten Leute treffen sehr daneben.
Da brechen sie mit Stolz ihr trocknes Brot
Ehrlich verdient: sie sind ganz schweißbedeckt!
Ach, über ihrem siebenten Gebot
Vergaßen sie, daß Fleisch viel besser schmeckt!
Ein Sichbescheiden nützt zwar, aber wem?
Nur wer im Wohlstand lebt, lebt angenehm!

Das ist gar nicht so schlecht: am Boden kleben
Und nur auf seinen niedern Vorteil schauen
Und dann ein frisches Bad und einen heben!
Und sich vor einem vollen Tisch aufbauen!
Ihr rümpft die Nase? Das sei kein Programm?
Euch ist der Mensch erst Mensch, wenn er sich plagt!
Ich muß gestehn, daß mir das nicht behagt
Ich bin gottlob nicht von so edlem Stamm.
Mir löst sich ganz von selbst das Glücksproblem:
Nur wer im Wohlstand lebt, lebt angenehm!

(Ballade vom angenehmen Leben)

XIII

Ultima ratio regis
(Inschrift auf preußischen Kanonen)

Schwerwiegende Entscheidungen

Mit fünf, sechs anderen Geschäftsleuten zusammen in einem Zimmer wäre Herr Peachum kaum aufgefallen. Dadurch, daß er gezwungen war, mit jedermann, der mit ihm in Berührung kam, auf Heller und Pfennig abzurechnen, hatte er für seine nähere Umgebung ein immerhin deutliches Gesicht, das eines harten und schwer betrügbaren Geschäftsmannes. Aber wer alle andern für Betrüger hält, besitzt deswegen noch lange kein Selbstvertrauen. Herr Peachum war keineswegs eine Persönlichkeit von Charakter. Eine starke, vielleicht übertriebene Furcht vor dem raschen Wechsel aller menschlichen Verhältnisse, eine ihm tief eingedrückte Vorstellung von der Bösartigkeit und der Unerbittlichkeit der Stadt, in der er lebte (und aller anderen Städte), trieb ihn, sich besonders hastig allen neu auftauchenden Ansprüchen seiner Umwelt anzugleichen. Seine Mitbürger konnten sich ihn nur vorstellen als den Besitzer von »J. J. Peachums Bettlergarderoben«, aber er wäre zu jeder Stunde bereit gewesen, jedes andere Geschäft zu eröffnen, das einträglicher, ungefährlicher oder auch nur, was die Dauer betrifft, sicherer gewesen wäre. Er war ein kleiner, dürrer Mann von kümmerlichem Aussehen: selbst das war aber sozusagen nicht endgültig. Bei einer Geschäftslage, die für kleine, dürre Männer mit kümmerlichem Aussehen keine Aussicht mehr gelassen hätte, hätte man Herrn Peachum sicher in tiefe Gedanken versinken sehen können, wie er sich in einen mittelgroßen, wohlgenährten und optimistischen Mann verwandeln könnte. Seine Kleinheit, Dürrheit und Kümmerlichkeit war nämlich nur ein Vorschlag von ihm, ein unverbindliches Angebot, das jederzeit zurückgenommen werden konnte. Darin lag etwas Jämmerliches, aber zugleich machte es auch seinen ganzen, nicht unbeträchtlichen, Erfolg aus. Er machte Geschäfte mit Jämmerlichkeit, auch mit seiner eigenen. Umgekehrt trieben ihn auch Gefahren wie diejenigen, denen er jetzt in seinem Existenzkampf zu begegnen hatte, über sich selbst hinaus. Mit dem Verlust seiner Existenz bedroht, andererseits durch die Aussicht auf großen Gewinn angespornt, verwandelte er sich in wenigen Wochen in einen Tiger, auch äußerlich. In den Tagen, wo er für Coax die Angelegenheiten der TSV zum Abschluß brachte, hatte er ein fleischiges und brutales Aussehen.

In Hemdsärmeln, die Hände im Hosensack, empfing er Hale, der ihn um 100 Pfund anpumpen kam, die er im Spiel verloren hatte. Peachum gab ihm nicht einen Penny.

Die Gesellschaft lag in offener Agonie.

Peachum hatte sie, nach seiner Unterredung mit Hale, noch einmal einberufen. Sie kamen alle. Der sonst stille Moon protestierte gegen die Abhaltung der Sitzung in den Wannenbädern. Er war vor der Zeit gekommen und hielt die einzelnen vor der Schwelle auf. Er schrie auf der Straße erregt, er habe diesen Schluderbetrieb satt. So fand die letzte Sitzung der Gesellschaft in einem benachbarten Restaurant statt.

Peachum berichtete über die Erpressungsmanöver Hales, betonte die Notwendigkeit, ihnen nachzugeben und verhehlte nicht, daß man auch noch auf weitere Anzapfungen dieser Art gefaßt sein müsse. Er erklärte, was ihn anlange, so sei seine Geduld erschöpft. Er bitte um die Ermächtigung, nach einer sofort vorzunehmenden Generalabrechnung, durch die festgelegt werden solle, was jeder zu zahlen habe, das Geschäft allein zu Ende führen zu können. Er garantiere für glatte Abwicklung, wenn ihm niemand mehr hineinrede.

Sein Vorschlag wurde angenommen.

Das Hereinbringen der festgesetzten Verlustraten besorgte Peachum mit äußerster Härte.

Dem Baronet nahm er Wechsel ab, die ihn für immer oder doch wenigstens für Monate in das Bett der Amerikanerin zwangen. Seine letzte Ausrede, er sei homosexuell, nahm Peachum nicht an. Eastman zahlte verhältnismäßig gutwillig; er konnte es: er hatte vor kurzem dic Mieten in seinen Häuserblocks im Norden erhöht, wo hauptsächlich Arbeiter wohnten, denen ein Umzug zu teuer war.

Moon brauchte, ehe er zahlte, überraschenderweise eine Spezialbehandlung. Er war Buchmacher und erst, als in immer wachsender Menge Bettler in sein Wettbüro eindrangen und vor ihm Aufstellung nahmen, einige mit den Schildern »Wer wettet, der hat – wer hat, kann geben!« und »Hier habe auch ich gewettet« bequemte sich Moon, 800 Pfund in bar und Sicherungen für den Rest beizubringen.

Crowl sprang allerdings im letzten Augenblick ab.

Er kam eines Vormittags in die Old Oakstraße und verlangte nach Peachum. Sie gingen zusammen seine Lage durch. Crowl erwähnte: »Dann kann ich mir also eine Kugel durch den Kopf schießen.« Peachum gab ihm Coaxens Kontoradresse. Es schien ihm lehrreich für Coax, zu sehen, wohin seine Drangsalierungen führten.

Der Restaurateur drang am selben Nachmittag in das in der City gelegene Büro ein und erklärte der dort anwesenden Schreibkraft, er sei mit dem Makler verabredet und wolle auf ihn warten. Er wartete über zwei Stunden, ohne daß Coax kam, der übrigens, wie es sich nachher herausstellte, von einer Verabredung nichts wußte. Als das Mädchen das Büro schließen wollte, murmelte er etwas Unverständliches, drehte sich zur Wand, wo ein Schirmständer stand, und schoß sich eine Revolverkugel in den Mund. Zu Hause auf seinem Tisch fand seine Frau einen Brief in verschlossenem Kuvert mit der Aufschrift »An meine Frau, erst um 8 Uhr abends zu öffnen, wenn nicht zurückgekehrt.« In diesem Brief stand nur: »Meine Lieben, bin von gewissenlosen Verbrechern ruiniert, verzeiht mir, da das Beste wollte. Albert Crowl, Restaurateur.«

Am meisten Schwierigkeiten machte zuletzt Finney.

Als er von Crowls Selbstmord hörte, beschloß er, sich nunmehr unverzüglich operieren zu lassen. Peachum kam aber noch rechtzeitig dahinter. Er stürzte sogleich in Finneys Wohnung. Finney war schon in die Klinik gegangen. Peachum mußte beinahe Brachialgewalt anwenden, um aus der Haushälterin die Adresse der Klinik herauszuholen. Er traf Finney eine halbe Stunde vor der Operation.

Seine Wut war grenzenlos, aber auch Finney sah ganz grün aus vor Zorn und beschloß sofort, seine Haushälterin zu entlassen. Peachum schrie so, daß die Schwestern der ganzen Station zusammenliefen. Er sagte der Oberin:

»Der Mann wird seinen Spucknapf nicht bezahlen. Er läßt sich überhaupt nur operieren, weil er vor größeren Zahlungen steht.

Hier in der Brusttasche habe ich eine Zeitung mit der Meldung vom Selbstmord des Restaurateurs Crowl, der auf ganz ähnliche Weise aus dem gleichen Geschäft ausspringen wollte wie dieser famose Herr hier! Die Zeitungen werden sich wundern, wozu Ihr Chirurg sich hergibt! Mag aber sein, daß er auf diese Weise Zulauf von Selbstmördern bekommt!«

Finney war solcher Gemeinheit nicht gewachsen und zahlte, bevor er sich in den Operationssaal schieben ließ.

Innerhalb einer knappen Woche hatte Peachum einen ziemlich genauen Überblick über die Summen, die aus der TSV herauszuholen waren.

Der Fall Crowl war für Macheath das Alarmsignal.

Fanny brachte ihm die Morgenzeitung mit der Mitteilung vom Selbstmord des Restaurateurs im Büro des Maklers Coax.

Macheath hatte seit einiger Zeit Fanny auf die Spur Peachums gesetzt. Das Transportschiffegeschäft seines Schwiegervaters mit dem Makler Coax interessierte ihn in steigendem Maße. Polly hatte ihm das Eingeständnis ihres Vaters, daß er durch Coax nahe am Ruin sei, verraten. Der Selbstmord des Crowl verbreitete einiges Licht über die Hintergründe dieses Geschäftes.

Von Polly erfuhr Macheath auch, daß an dem betreffenden Abend Coax zu ihrem Vater gekommen sei und daß er im Büro eine halbe Stunde lang herumgeschrien habe. Irgendwie habe er Peachum beschuldigt, etwas gegen ihn unternommen zu haben. Es war augenscheinlich, daß Peachum und Coax in einem Kampf auf Tod und Leben standen, ob gegeneinander oder zusammen gegen andere, war nicht festzustellen.

Gegen Mittag kam Fanny wieder. Sie war bereits in der Wohnung des Selbstmörders gewesen.

Sie hatte allerhand erfahren. Crowls Witwe war eine häßliche, tränenüberschwemmte Person ohne Selbstbeherrschung. Sie machte innerhalb von fünf Minuten Gott und die Welt verantwortlich für den Tod des ehemaligen Restaurateurs.

Fanny berichtete empört, sie habe in Gegenwart ihres alten Vaters geschrien: »Was soll ich jetzt mit diesem Wrack da? Seine Altersversicherung ist auch weg und er macht doch schon unter sich!«

Macheath schüttelte den Kopf über diese Taktlosigkeit. Aber er war aufs äußerste beunruhigt.

Die TSV, anscheinend jetzt unter der Führung Peachums, sei in einer sehr schwierigen Situation, hatte Fanny herausgebracht. Coax scheine Peachum völlig in der Hand zu haben, »ungefähr so, wie du Hawthorne«, sagte Fanny. In allernächster Zeit benötige sie größere Geldmittel, eigentlich schon seit Wochen. Peachum scheine allerdings irgend etwas geplant zu haben, was diese Ausgabe, die für ihn kaum tragbar sei, überflüssig gemacht hätte. Nur so sei es erklärlich, warum er immer noch nicht sein Geld bei der National Deposit Bank abgehoben habe.

Macheath wußte, daß Peachum gehofft hatte, seine Tochter für den Makler frei zu bekommen. Da dies nicht gelungen war, mußte er nun bestimmt bluten. Mit seinem Besuch in der National Deposit war also stündlich zu rechnen.

Macheath selbst saß immer noch nicht in der Leitung der National Deposit Bank. Die Formalitäten standen aber unmittelbar vor der Erledigung. Es hing alles davon ab, daß er Zeit gewann, er mußte sich jetzt an die Mitgift halten und die Frau preisgeben, wenigstens für den Augenblick. Polly war ihm dann nicht verloren. Immerhin war sie schwanger von ihm, das würde sie schon an ihn binden.

Er mußte sein Werk vollenden.

Noch am selben Abend ließ er Peachums Anwalt Walley kommen und willigte in die Scheidung ein.

Coax verkehrte nach wie vor bei Peachums, ja er brachte sogar seine Schwester in der letzten Zeit immer mit und die Beziehungen der beiden Familien konnten nicht intimer sein. Fräulein Coax war entzückt von Frau Peachum und ihrer Tochter. Die älteren Damen spielten Whist im Salon und Polly arbeitete still an einer Stickerei, die Lord Nelson bei Trafalgar darstellte. Abends kam der Makler seine Schwester holen und setzte sich noch für einige Minuten zu den Damen. Er bat den Pfirsich wie gewöhnlich, ihm ein Klavierstück vorzuspielen. Das machte sie sehr gut. Sie hatte auch eine hübsche Stimme und beim Spielen fielen die Tüllärmel zurück, so daß man die vollen Arme sah.

Wenn er ihr beim Klavierspielen zuschaute, verstand er immer noch, daß er einmal sogar daran gedacht hatte, sie zu ehelichen. Sie hatte große Vorzüge.

»Sollte«, schrieb er in sein Tagebuch, *»es wirklich so viel ausmachen, daß man ein Mädchen bereits genossen hat? Was bedeutet schon diese erste, doch immer recht unvollkommene Umarmung? Man muß doch wohl an einen inneren Herrentrieb im Manne denken, der seinen Hauptgenuß darin findet, das Weib sich zu unterwerfen, es zu besiegen! Woher sonst diese Gleichgültigkeit nach vollzogener Besitznahme? Sie tritt sogar ein, wo es sich nicht einmal um den Raub einer Jungfernschaft handelt! Oder sollten wirklich wirtschaftliche Erwägungen eine solche Rolle im Seelenleben spielen? Sollte es mich tatsächlich innerlich, seelisch beeinflussen, daß die Peachum heute nicht mehr als Partie ernstlich in Betracht kommt, nachdem ihr Vater so in Verlust geraten ist? Schließlich wurden die Verluste ihm von mir selber beigebracht ... Aber der Instinkt fragt vielleicht gar nicht nach Schuld, sondern hält sich an die Tatsache ... Jedenfalls stellte ich an mir ein Gefühl vollständiger Entfremdung fest.«*

Solche Gefühle mußten vor Peachum verborgen werden.

Er verbarg sie. Die Nelkensträuße, die er ins Haus schickte, wurden größer.

Ende September erfuhr er, daß Herrn Peachums Tochter seit einem halben Jahr mit einem gewissen Macheath verheiratet sei. Er staunte, schwieg und bewahrte die Kunde in seinem Herzen.

Dann kam der Selbstmord Crowls, und Coax hatte einen guten, offiziellen Grund, verstimmt zu sein. Tatsächlich waren ihm Schwierigkeiten daraus erwachsen. Er war aus Geschäftsgründen Mitglied in einem bestimmten vornehmen Klub und hatte sich auf die Zeitungsnotiz von dem Vorfall in seinem Kontor hin gezwungen gesehen, dort auszutreten. Unangenehmer noch war es, daß für den Fall eines öffentlichen Skandals wegen der Schiffe sein Name jetzt untrennbar mit der Sache verfilzt war.

Der Fall Crowl gab Coax die Möglichkeit, Peachum zu schneiden. Er besuchte aber weiterhin zusammen mit seiner Schwester Frau Peachum und Polly. Das mußte genügen, Peachum in bezug auf Coaxens Zukunftsabsichten zu beruhigen. Als dann der Streik der Dockarbeiter ausbrach, kamen sich die beiden in gemeinsamer Arbeit menschlich wieder näher.

Peachum hatte vermittels allerhand Praktiken die Löhne der

Werftarbeiter mehrmals heruntergedrückt. Eines schönen Morgens erschienen nur mehr 5 von etwa 200 an der Arbeitsstelle. Die andern stellten sich vor den Toren auf, um zu verhindern, daß andere Arbeiter sich anboten.

Dies war unangenehm, ja gefährlich. Man konnte natürlich die endgültige Übergabe der Schiffe mit Hinweis auf den Streik hinausschieben. Aber in der vertraulichen Stimmung, die durch die gemeinsamen Schwierigkeiten unter den beiden Kompagnons auch jetzt noch erzeugt wurde, erzählte Coax, daß der Wunsch der Regierung, für ihre Truppentransporte von der TSV Schiffe zu bekommen, kein besonders heftiger gewesen sei. Sie verfügte über genügend Frachtraum. Es war Hale gewesen, der festgestellt hatte, daß man an höherer Stelle aber auch nichts gegen den Erwerb weiteren Frachtraums einwenden würde. Als der Vertrag geschlossen war, hatte Hale dann, mehr um unangenehmen Nachfragen zu begegnen, durch Freunde bei der Heeresleitung anregen lassen, einen kleinen Truppentransport auf die neu erworbenen Schiffe zu legen. Diese Truppen konnten natürlich auch anderswie eingeschifft werden. Aber die Option Coaxens auf die Southamptoner Ersatzkähne, die man doch immerhin bis zum Abschluß des riskanten Geschäfts zur Hand haben mußte, erlosch bald. Hale war ganz und gar haltlos geworden und konnte jeden Tag neue Erpressungen versuchen. Peachum tat alles, die Arbeit wieder in Gang zu bringen. Er steckte sich vor allem hinter die öffentlichen Körperschaften, indem er von »Erpressungen der Arbeiterschaft im Augenblick einer Notlage der Nation« sprach. Ihm schwebte der Einsatz von Militär vor.

Er ließ seine Werkstätten mit Hochdruck Uniformen herstellen. Er plante zunächst eine große Demonstration gegen die Streikenden durch invalide Soldaten. Es mußte, besonders in den Spalten der Zeitungen, einen tiefen Eindruck hervorrufen, wenn die alten, kriegsverletzten Soldaten das Interesse der gesamten Nation vertraten.

In diese Anstrengungen fiel Walleys Meldung von der Bereitschaft Macheath', sich nun doch scheiden zu lassen. Das furchtbare Hemmnis für Peachum, sich Coax' entscheidend zu versichern und so dem unseligen Geschäft, das ihn nun schon über ein Vierteljahr in Atem hielt, doch noch eine glückliche Wendung zu geben, schien jetzt gefallen.

Da schrie ihm seine Tochter, die ihre bevorstehende Scheidung aus dem Mund ihres Vaters vernahm, ein »ichbinschwanger« entgegen. Er war außer sich.

»Du wirst dennoch geschieden«, schrie er zurück, »du wirst geschieden und gehst zum Arzt! Meinst du, ich lasse mich von dir ruinieren? Ich habe schließlich auch Nerven und lasse auf mir nicht so herumtrampeln. Wenn ihr es zu toll treibt, lege ich mich ins Bett, drehe mich nach der Wand und lasse alles laufen, wie es läuft; dann könnt ihr ins Spital ziehen, Gesindel!«

Er blickte in diesen Tagen weder nach rechts noch nach links. Wie ein Bluthund verfolgte er seine Spur.

Er wußte zu wenig.

Hätte er geahnt, daß der Makler von der unseligen Heirat seiner Tochter schon lange unterrichtet war, hätte er auch nur gewußt, was bei dem letzten Besuch seiner Tochter in Herrn Coax' Wohnung vorgefallen war, hätte er anders operiert.

Polly ging noch am selben Abend zu ihrem Mann ins Gefängnis.

Er sagte ihr natürlich sogleich, daß das alles nur »pro forma« sei. Eine Scheidung dauere soundso lange. Schließlich brauche man nur einen nichtstimmenden Scheidungsgrund anzugeben, dann gehe noch im letzten Moment alles zurück. Die Einreichung der Scheidung sei nicht zu umgehen, da ihr Vater ihm allzu sehr zusetze und ihn ganz in der Hand habe.

»Er kann mich hängen lassen und er wird es, du kennst ihn!«

Polly sagte sofort, dann müsse sie zum Arzt und das Kind entfernen lassen. Sie habe in der Aufregung gestanden, daß sie schwanger sei.

Macheath erschrak. Damit hatte er nicht gerechnet. Mit belegter Stimme sagte er, seine Frau nicht anblickend, das gehe natürlich nicht, sein Kind könne er nicht opfern, wenigstens nicht ohne allerdringendste Not.

Tatsächlich beschäftigte ihn diese Sache, nachdem Polly verweint gegangen war, die halbe Nacht in seiner Zelle. Er besaß Familiensinn und hatte sich auf seinen Sohn gefreut. An ihn schmerzlich bewegt denkend, begann er, bevor er einschlief, zu glauben, gerade der Gedanke an seinen kleinen Sohn habe ihn zu seinen geschäftlichen Aktionen veranlaßt.

»Ach«, dachte er, *»wozu all diese Plackereien, wenn es mit uns*

plötzlich aus sein kann und es ist keiner da, der dann alles übernimmt? Wozu sitze ich hier in der Zelle, wenn es nicht für meinen Sohn wäre? Woher nähme ich die Kraft, das alles zu überwinden? Seine kleine Hand in der meinen werde ich mit ihm durch die Läden gehen, die einmal die seinen sein werden, und ihm sagen: mein Sohn, das hat Mühe und Fleiß gekostet, vergiß das nicht! Dein Vater hat dafür geblutet, daß du das hast. Er hat nicht nur für sich gearbeitet; er verlangt keinen Dank dafür, das tut er nicht, aber er sagt es dir immerhin, damit du siehst, daß ihr, dein Vater und du, durch allerhand verbunden seid. Dein Vater wird sterben, wenn seine Zeit gekommen ist, dann wirst du weiterarbeiten im Gedenken an ihn, der für dich . . . nun, immerhin, der für dich gearbeitet hat. – Das werde ich ihm sagen und er wird es verstehen. Ich werde ihn Dick nennen.«

Er war wirklich beeindruckt. Erst am Mittag des nächsten Tages ließ er Polly sagen, sie solle doch zum Arzt gehen, es sei nötig. Er rechnete damit, sie werde den Besuch so lange wie möglich hinausziehen, mindestens zwei bis drei Tage. Bis dahin hoffte er, etwas zustande gebracht zu haben, was die Operation verhinderte. Immerhin mußte sie mit derselben rechnen und durfte ihrem Vater auf keinen Fall Grund zum Mißtrauen geben.

Tatsächlich durfte er selber sich die Atempause, die er sich durch seine Einwilligung in die Scheidung verschafft hatte, um den Handstreich mit der National Deposit Bank ausführen zu können, nicht verkürzen lassen.

Er trieb Hawthorne und Miller erneut an, die Umwandlung der Bank zu beschleunigen.

Sie mußten im Wartezimmer erst eine halbe Stunde warten, Macheath hatte das so angeordnet. So saßen sie, unsäglich bedrückt, unter den Angehörigen der Gefängnisinsassen, versorgten oder verkommenen oder versorgten und verkommenen Personen beiderlei Geschlechts.

Macheath schrie sie an, die Sache dauere ihm zu lange, es sei ihm unverständlich, wie man ihn so lange darauf warten lassen könne, in ein völlig korruptes Unternehmen hineinzukommen.

Dann bearbeitete er mit ihnen die Angelegenheit Chreston.

Chreston hatte seinen Ausverkauf durchgeführt, ohne weitere Gelder aufzunehmen. Er war immer noch erstaunt über die Konkurrenz, die ihn ausgekauft hatte. Die Preise hatten allerdings weit unter dem Durchschnitt gelegen . . .

Die groß angekündigte Werbewoche der Aaron- und B.-Läden bereitete ihm Sorge, da das Publikum sehr darauf wartete. Von der bevorstehenden Übernahme der Bank durch Macheath wußte er noch nicht.

Nun ließ Macheath ihm mitteilen, einige der Posten, die er in seiner Werbewoche verkauft habe, seien verdächtig. Die Beschreibung in Birmingham gestohlener Waren treffe auf sie zu. Er bitte um Kaufbelege.

Daraufhin kam Chreston.

Er war ein einmeterneunzig großer, ausgetrockneter Herr, der eine Abneigung gegen Fleischgerichte, den Klerus und I. Aaron hatte. Er war sehr erschrocken.

»Herr Chreston«, empfing ihn Macheath sehr reserviert, »ein peinlicher Anlaß führt Sie hierher. Ich muß sagen, ich traute meinen Ohren nicht, als ich hören mußte, daß in Ihrem Ausverkauf größere Posten von ungewisser Herkunft unter das Publikum gebracht wurden. Ich hoffe, Sie haben Belege?«

Herr Chreston hatte keine Belege.

Die Posten hatte er gekauft, weil sie billig waren und weil er nach dem scharfen Konkurrenzkampf Waren brauchte. Belege hatte er nicht bekommen. Er sah so ertappt aus, als ob er gegen seine innerste Überzeugung ein frisches Kotelett verspeist hätte.

Macheath zeigte sich hart zu ihm. Er sprach mit salbungsvoller Stimme über Fairneß beim Konkurrenzkampf und die Weisheit des Gesetzes, das den Hehler und Weiterverkäufer ebenso bestraft wie den Stehler. Wenn er, Macheath, jetzt in seiner Werbewoche die betreffenden Posten verkaufe, führte er aus, so habe er Belege: nämlich die Quittungen Chrestons. Aber Chreston habe keine Belege. Dann klärte er ihn kurz und brutal darüber auf, daß er über kurzem in die Leitung der National Deposit eintrete. Anschließend nannte er ihm die Bedingungen, unter denen seine Läden in einen unter Herrn Macheath' Leitung stehenden und von der ZEG belieferten Ring eintreten könnten.

Der lange Herr Chreston war wie vor den Kopf geschlagen, als er hörte, die Konkurrenz sei in die Bank eingetreten, die ihn ganz in der Hand hatte. Er erkannte ziemlich rasch seine Lage.

Die Herren ließen sich vom Wärter Papier bringen und Bleistifte, malten Zahlen und deuteten mit den Zigarren darauf. An die Kerkerwand hatte Macheath einen blaugrünen Plan Londons geheftet; mit fettigem Rotstift umringelte er, fortgesetzt schwere Importen konsumierend, bestimmte Stadtbezirke, unterstrich Platznamen, zog ein kompliziertes Schema von Linien über die ganze Stadt und ihre Vororte. Es war das Verteilungsschema der B-C(Billigkeits-Chreston)-Läden.

Von Chrestons Geschäften mußten einige abgebaut, zusammengelegt, zu Geld gemacht werden. Macheath fetzte sie mit seinem Rotstift unbarmherzig zusammen. Seine Bank benötigte »ihr« Geld.

»Vergessen Sie nicht«, sagte Macheath zu Chreston, »die Bank gehört einem Kind. Mit diesem Vermögen ist unverantwortlich geschludert worden. Auch andere Vermögen sind bereits in Mitleidenschaft gezogen. Das muß aufhören. Ich muß imstande sein, der unmündigen Besitzerin gegenüber die Verantwortung zu übernehmen. Ich bin nicht sentimental, aber ich werde mir nicht nachsagen lassen, daß ich Kinder ausraube. Kinder sind Englands Zukunft, das wollen wir keinen Augenblick vergessen.«

Die Preise sollten langsam wieder hinaufgesetzt werden. Bei der Reklame mußte man das Wort Qualität einführen.

Macheath schilderte Fanny seine Aussprache mit Chreston und entwarf ein Bild von ihm.

»Es war eine Art stummes Zwiegespräch zwischen uns. Ich fragte ihn: stehen Sie ein für das, was Sie getan haben? Er antwortete mir schnell: nein. – Ach, Sie wünschen nicht Ihre Selbständigkeit zu verteidigen – um jeden Preis? fragte ich ihn weiter. Nicht um jeden Preis, antwortete er. – So wollen Sie sich lieber besiegt geben und den Nacken unter meinen Fuß beugen? – Allerdings, war seine Antwort, es kommt billiger. – Er ist nicht das, was man einen großen Charakter nennt, er ist ganz vernünftig. Es hat heutzutage nur noch wenig Sinn, sich eine Persönlichkeit zuzulegen.«

Miller und Hawthorne mußte Macheath einen neuen Schmerz bereiten. Er sagte, er müsse von Miller die Unterzeichnung einer Erklärung verlangen, daß er, Miller, auf eigene Verantwortung, auch ohne Wissen Hawthornes, die Peachumschen Depots für Spekulationszwecke angegriffen habe. Die Bank selber müsse rein dastehen.

Miller brach ganz und gar zusammen. Er legte den alten Kopf

auf die Stuhllehne und weinte. Dann nahm er sich zusammen, stand auf und sagte mit stiller Würde:

»Das kann ich nicht, Herr Macheath. Ich kann niemals unterschreiben, daß ich der Bank anvertraute Gelder zu Spekulationszwecken mißbraucht habe. Wissen Sie, was das ist: anvertraut? Sie haben mir Ihr sauer erworbenes Gut in die Hände gelegt. Sie haben gesagt: Herr Miller, hier ist mein Gut, alles was ich habe, ich überlasse es Ihnen zu treuen Händen, nehmen Sie es und verwalten Sie es mir nach bestem Wissen und Gewissen! Ich vertraue Ihnen! Ich bin ein Ehrenmann und Sie sind ein Ehrenmann. Und jetzt soll ich sagen: es ist weg. Ich bin noch hier, aber das Geld ist weg. Niemals. Hören Sie, Herr Macheath, das kann ich niemals sagen.«

»Aber Sie sind doch da, Herr Miller, und das Geld ist doch weg!«

»Ja«, sagte Herr Miller und setzte sich mit einem Ausdruck, wie ihn erstaunte Kinder haben können.

Er ging, immerfort den Kopf schüttelnd und irgend etwas vor sich hin murmelnd, hinaus, nachdem man noch über fünf Minuten gesessen hatte, ohne daß ein weiteres Wort gesprochen wurde.

Zwei Stunden später brachte der alte Hawthorne das Schriftstück.

Millers Name stand klar und deutlich, wie von einem Schuljungen geschrieben, darunter.

Hawthorne bat Macheath mit bewegter Stimme noch, Miller fürs erste an seinem Pult in der Bank zu belassen – natürlich ohne Gehalt – da der alte Mann nicht wisse, was er seiner Frau und seinen Nachbarn sagen solle.

Macheath willfahrte dieser Bitte.

Am selben Tag vollzog Macheath seinen Eintritt in die National Deposit Bank.

Eine Zentnerlast war ihm damit von der Seele. Jetzt konnten die Aaron und Opper erfahren, daß der Präsident der ZEG Macheath hieß, denn jetzt hieß auch der Direktor der National Deposit Bank Macheath. Und auch der Geschäftsfreund Chrestons hieß Macheath.

Polly war nach dem Mittagessen zu Frau Crowl gegangen.

Ihr Vater hatte sie geschickt. Sie nahm ihm seit jeher gewisse Verpflichtungen ab, die er als Armenpfleger hatte.

Frau Crowl war sehr gerührt über das Eßkörbchen mit der Flasche Apfelwein, das Polly brachte. Sie klagte recht über die TSV, die alle Möbel, die sie nicht »unbedingt« brauchte, hatte beschlagnahmen lassen und über ihren Vater, der trübselig zuhörte.

»Was soll ich nur mit ihm anfangen«, jammerte sie, »er ist schlimmer als die Kinder, die sind wenigstens stubenrein. Jetzt hat mein Mann seine Rente verspekuliert und wir haben überhaupt nichts mehr.«

»Wenn Sie wenigstens noch etwas aufbrächten, Frau Crowl«, sagte Polly mitleidig, »dann könnte ich vielleicht meinen Mann dazu bewegen, Ihnen einen seiner kleinen B.-Läden abzulassen. Da wären Sie wenigstens selbständig und Ihr eigener Herr. Aber das kostet eben auch ein kleines Anfangskapital.«

Sie war sehr nett zu Frau Crowl. Die trostlose Stube wurde heller, so lange sie dasaß, lächelnd und das leere Körbchen auf dem Schoß.

Frau Crowl zögerte. Ihr matter Blick ging, ohne den alten Mann zu streifen, über ihre elenden Möbel weg. Dann sagte sie plötzlich:

»Eine Aussicht hätte ich ja noch. Er hat noch eine Schwester, die könnte vielleicht in so etwas absolut Sicheres eine Kleinigkeit – mehr hat sie nicht – hineinstecken . . .«

Und indem sie sich an den alten Mann wandte:

»Was meinst du dazu?«

Der Alte sagte nichts. Er hatte wohl nichts verstanden. Sein Kopf schien nicht mehr in Ordnung zu sein.

Die beiden Frauen besprachen noch einige Minuten die Angelegenheit. Als sich Polly erhob, hatte sie das feste Versprechen gegeben, ihren Mann um einen Laden für Frau Crowl zu bitten. Sie vergaß es allerdings schon wieder auf der Treppe. Es war eine Leidenschaft von ihr, bei allen Leuten beliebt sein zu wollen.

Zurückgekehrt, wurde sie ins Büro ihres Vaters gerufen. Er eröffnete ihr in dürren Worten, daß ihr Mann in die Abtreibung eingewilligt habe. Er habe einen gewissen Grooch geschickt, der die Bestellung direkt an ihn gegeben habe. Für sie selbst liege ein Zettel auf ihrem Zimmer.

Polly las den Zettel und war tief getroffen. So wenig hing Mac an seinem Sohn? Denn für ihn war es doch sein Sohn, da er ja von Smiles nichts wußte! Es war abscheulich! Sie kränkte sich so, daß sie ihrer Mutter sagte, sie wolle noch am nämlichen Nachmittag zum Arzt, sie wisse auch einen solchen, es koste fünfzehn Pfund.

Frau Peachum wollte es zuerst mit Chinin versuchen.

Man nahm am ersten Tag drei Kapseln, am zweiten vier und so fort bis zu sieben. Über das hinaus durfte man nicht gehen, aber man durfte auch nicht bei Ohrensausen, Herzklopfen und Übelkeit das Zeug ausspucken und aufhören.

Frau Peachum erfuhr, daß es nicht mehr im ersten Monat war; so blieb nur noch der Arzt übrig.

Sie gingen gleich nach dem Tee. Der Arzt schien den Pfirsich nicht wiederzuerkennen; seine Praxis war wohl zu groß. Außerdem hatte er diesmal mit der Mutter zu verhandeln und für ihn waren diejenigen, mit denen er das Honorar ausmachte, die Patienten. Er saß inmitten seiner Waffen, strich seinen schönen, weichen, nicht ganz bakterienfreien Bart und sagte:

»Gnädige Frau, ich darf Sie wohl darauf aufmerksam machen, daß das, was Sie vorhaben, nicht mit dem Gesetz in Einklang steht.«

Er handhabte seine Stimme so, daß der erwähnte Einklang eine Art Sphärenmusik wurde. Aber Frau Peachum unterbrach ihn trocken mit:

»Ja, ich weiß, es kostet fünfzehn Pfund.«

Dreißig Jahre an der Seite ihres Mannes und reichlicher Konsum geistiger Getränke hatten sie die Menschen kennen gelehrt.

»Es ist nicht getan mit fünfzehn Pfund, einer Summe, von der ich übrigens nicht weiß, wie Sie darauf kommen, die Operation stellt sich etwas höher«, wehrte der Doktor salbungsvoll ab, »es ist eine Gewissensfrage.«

»Sie sagten, die Operation stellte sich höher? Wie hoch?« fragte Frau Peachum.

»Ach, sagen wir fünfundzwanzig Pfund, gnädige Frau, aber vor allem haben Sie die schwere Entscheidung zu fällen, ob Sie wirklich keimendes Leben vernichten wollen, das heißt, ob es wirklich eine unbedingte, gebieterische Notwendigkeit ist, wie etwa bei meinen armen Patienten, die einfach die Kosten für den Unterhalt von Kindern nicht aufbringen können, was zwar den

Eingriff als solchen nicht rechtfertigt, aber doch menschlich begreifbar macht, nicht wahr!«

Frau Peachum sah ihn aufmerksam an, dann sagte sie:

»Gerade um solch eine Notwendigkeit handelt es sich, Herr Doktor.«

»Dann ist es natürlich etwas anderes«, sagte der Doktor, da Frau Peachum und ihre Tochter aufgestanden waren, »dann bitte ich Sie für morgen nachmittag um drei Uhr hierher. Das Honorar wird gleich bezahlt, damit Ihnen keine Rechnungen ins Haus kommen, gnädige Frau, ich empfehle mich.«

Die Frauen gingen einen Kuchen essen. Da es zum Nachhausegehen zu früh war, gingen sie noch ins Kino.

Es war eines jener kleinen, ärmlichen Etablissements, die ununterbrochen liefen. Es hatte die Form eines langen Handtuchs. Die Projektionsfläche war winzig. Ein unaufhörlicher Regen ging über die Bilder und die Menschen bewegten sich darauf wie im Veitstanz.

Der Film hieß »Mutter, dein Kind ruft!«

Er begann damit, daß eine vornehme, noch junge Dame Toilette für eine Abendgesellschaft machte. Mit Hilfe ihrer Zofe schnallte sie ein meterlanges Korsett an und hängte sich ein paar Pfund Diamanten an Ohren und Hals. Sie bewunderte sich in einem Wandspiegel und ging dann ins Zimmer ihres Kindes, das im Bettchen lag. Es war ein etwa dreijähriges Töchterchen, im Augenblick krank. Der Arzt, ein ernster, bärtiger Mann, stand neben dem Bettchen und hielt ihren Puls. Dann wechselte er einige, wie es schien sehr ernste, Worte mit der jungen Mutter, die aber leichtfertig lachte, das Kind nur flüchtig umarmte und hinausrauschte.

In der Mitte des Ganges stand der Erklärer, ein dicker Herr.

»Leichtfertigkeit und Genußsucht«, sagte er mit etwas rauher Baßstimme, »verführen die junge Mutter dazu, ihr todkrankes Kind zu verlassen, um sich in die Arme rauschender Vergnügungen zu werfen.«

Jetzt sah man einen ungemein vornehm und prunkvoll ausgestatteten Salon, in dem eine größere Gesellschaft sich dem Tanzvergnügen hingab.

»Die Hautevolee in Saus und Braus«, erklärte gleichzeitig der Baß. .

Die junge Mutter trat ein. Ein Diener in Kniehosen meldete sie. Die Herren sprangen auf. Champagner wurde bestellt. Die junge Mutter saß zwischen zwei Kavalieren auf einem schwellenden Sammetsofa. Ab und zu erhob sie sich, um zu tanzen und flog von Arm zu Arm.

»Im Fluge enteilen die Stunden«, informierte der Erklärer das Publikum.

Dann sah man wieder das Kinderzimmer zu Hause. Dem Kind schien es erheblich schlechter zu gehen. Es saß aufrecht im Bettchen und streckte die Ärmchen nach seiner abwesenden Mama aus. Plötzlich fiel es zurück.

»Oh«, sagte der Baß, »es stirbt, oh, es sinkt zurück! Es ist vorbei!«

Man sah wieder den Ballsaal. Die junge Mutter schlürfte eben hintübergebeugt einen Champagnerkelch. Plötzlich wurde die Hinterwand des Salons durchsichtig; das Kinderzimmer tauchte auf; aus dem Bettchen erhob sich, ebenfalls durchsichtig, das kleine gestorbene Mädchen, bis es ganz senkrecht stand. Es hatte zwei Flügelchen an den Schultern, da es jetzt ein Engelchen war. Es flog zu seiner jungen, abwesenden Mutter in den Ballsaal, das heißt, es kam von hinten, aus der Salonwand heraus auf den Marmortisch zugeflattert, an dem die junge, pflichtvergessene Frau schwelgend saß, vor dem Tisch senkte es sich auf den Boden und löste sich in nichts auf.

»In einer Vision«, dröhnte der Baß, »sieht die Entsetzte ihr Kind bereits verstorben. Als Engel, ach so rührend, scheidet es von ihr auf ewig.«

Die junge Mutter fiel in Ohnmacht. Man sah sie noch für Sekunden in der Garderobe, wo sie schnell etwas überwarf.

»Oh, daß es nicht zu spät ist!« flüstert die Unglückliche, während sie mit fliegenden Pulsen etwas überwirft.

Dann kam wieder das Kinderzimmer und sie stürzte herein. Sie warf sich vor dem Bettchen auf die Knie, umarmte das gestorbene Töchterchen und rang die Hände. Alle bemühten sich um sie, aber sie konnten ihren Schmerz und ihre Selbstvorwürfe anscheinend nicht dämpfen.

Der Baß beschloß mit erstickter Stimme:

»Zu spät, zu spät! Vorbei das Glück!
Nicht Schmerz noch Reue bringts dir zurück!«

Die beiden Frauen saßen während des Filmes erschüttert zwischen dem anderen Publikum. Sie hatten sich an der Kasse Schokolade gekauft. Aber schon kurz nach Beginn des Melodramas hatten sie alles heruntergewürgt. Der Film packte sie.

Als das kleine Mädchen, fern von der leichtsinnigen Mutter, einsam starb, fühlte Polly einen stechenden Schmerz in der Brust. Sie griff im Dunkeln nach der Hand ihrer Mutter, die Tränen standen beiden Frauen in den Augen, als das gestorbene kleine Mädchen in den Ballsaal geflattert kam, mit seinen ausgestreckten Ärmchen und den hellen Locken. Sie verließen das Kino tief bewegt von diesem Kunstwerk.

»Ich bringe dich nicht dorthin morgen nachmittag!« sagte Frau Peachum gepreßt auf der Straße. Auch Polly konnte sich nicht mehr vorstellen, wie sie ihr Kind hatte opfern wollen. War sie nicht wie jene verbrecherisch leichtfertige Mutter im Ballsaal?

Erst in der Nacht erholten sich die beiden Frauen von der Wirkung der Kunst. Frau Peachum kam auf Baumwollstrümpfen in Pollys Kammer und sagte, auf dem Rand ihres Bettes sitzend:

»Du darfst morgen mittag nichts essen. Sonst spuckst du nach der Narkose.«

Polly sah die ganze Nacht die Waffensammlung des Doktors.

Herr Peachum war sehr beschäftigt.

Er empfing an diesem Abend den Anwalt Withe und Fanny Crysler. Peachum hatte darauf bestanden, daß sein Schwiegersohn ihm sogleich die Person nenne, die den Ehebruch vor Gericht beschwören würde. Er mußte sicher gehen.

Macheath hatte ein Mädchen aus dem öffentlichen Haus der Frau Lexer in Tunnbridge vorgeschlagen und der dicke Withe hatte sie in die Old Oakstraße gebracht. Sie hatte sich sehr freimütig geäußert, aber Herr Peachum hatte Anstoß genommen und diese Zeugin abgelehnt. Er sagte, er denke nicht daran, seine Tochter vor aller Welt soweit zu erniedrigen und fürchtete wohl in Wirklichkeit, das Zeugnis der Prostituierten könne vor Gericht angefochten werden.

Es hatte einen Wutanfall Macheath' gegeben.

»Mit wieviel Weibern soll ich eigentlich nach Ansicht und auf

Wunsch meines Schwiegervaters noch geschlechtlich verkehrt haben?« hatte er geschrien.

Er hatte dennoch eingewilligt, Fanny Crysler zu nennen.

Er saß zwar jetzt in der Leitung der Bank, aber ein Zusammenbruch Peachums war ihm immer noch nicht erwünscht: er betrachtete ihn jetzt als Kunden. Wenn dieser Kunde mit seinem Gegner auf eine Weise fertig werden konnte, die ihn nicht zwang, sein Geld abzuheben, war es für die Bank viel besser.

Der Gedanke an eine wirkliche Scheidung von Polly ging in diesen Tagen Macheath mehr als einmal durch den Kopf.

Grooch gegenüber, mit dem er, taktlos wie immer, die Aufstellung Fanny Cryslers als Zeugin durchsprach, äußerte er sich folgendermaßen:

»Es können Ereignisse eintreten, die mich und meine Frau auseinanderbringen. Es könnte dann von meiner Seite aus ein Bruch das Klügste sein. Aber wenn ich jetzt mein Verhältnis mit Fanny zugestehe, dann braucht das noch lange nicht den Bruch mit meiner Frau zu bedeuten. Sie ist immerhin schwanger von mir und da kann sie nicht jeder Laune nachgeben und wegen jeder Kleinigkeit weglaufen. Nur die allertriftigsten Gründe würden eine Frau in diesem Zustand dazu treiben, ihren Mann aufzugeben. Das ist der Vorteil, wenn sie schwanger sind. Dann merken sie, was sie an einem haben. Die Natur, Grooch, ist schlau. Sie setzt durch, was sie will. Und warum? Weil sie gerissen ist!«

Grooch hockte auf der Matratze, rauchte und nickte bedächtig.

»Es gibt nur einen Fall, in dem meine Frau mir daraus einen Strick drehen könnte«, fuhr Macheath nachdenklich fort. *»Das wäre, wenn sie sich wirklich von ihrem Kind, das sie trägt, trennen würde. Aber das wäre eine solche Kaltblütigkeit von ihr, daß es dann auch ganz gleich wäre, ob es zum Bruch kommt. Ich habe es ihr anheimgestellt. Ich habe nicht dafür und nicht dagegen gesprochen. Damit wollte ich ihr zu erkennen geben, daß alles ihr überlassen sein sollte. Das ist eine scharfe Prüfung für sie, eine Prüfung auf Herz und Nieren. Ich kann, offen gestanden, nicht wissen, wie sie sie bestehen wird. Ich weiß nicht einmal, ob nicht schon alles entschieden ist. In diesem Moment weiß ich nicht, ob sie das Kind noch unter dem Herzen trägt oder nicht. Ich habe mich gehütet, zu fragen. Ich kümmere mich scheinbar überhaupt*

nicht darum. Aber es wird die Zeit kommen, wo ich fragen werde: wo ist dein Kind? Wie bist du mit ihm umgegangen? War es dir so viel, daß du um nichts in der Welt dich von ihm trennen wolltest, oder war es etwa anders? Diese Minute wird über alles entscheiden.«

Grooch hatte von neuem genickt und Macheath glaubte wirklich in diesem Augenblick, was er sagte. Es lag ganz in seiner Art, strikte Anweisungen zu geben und dann unerbittlich diejenigen verantwortlich zu machen, die sie ausführten. Jetzt brachte Withe Fanny Crysler zu Peachum. Er empfing die beiden stehend in seinem kleinen Büro.

Fanny gab sich sehr natürlich und sie wirkte, wie immer, als Dame. Sie sagte, sie wolle Herrn Macheath den Gefallen erweisen, den er von ihr verlange. Sie sei nach keiner Seite gebunden und mache sich nichts aus dem Gerede der Welt.

»Halt!« unterbrach sie Peachum schroff. »Soll ich das so verstehen, daß Sie einen Meineid leisten wollen, um Herrn Macheath gefällig zu sein? Damit wäre uns in keiner Weise gedient.«

Fanny sah überrascht den Anwalt an, der betreten in eine Ecke des ärmlichen Gelasses stierte.

»Sie meinen«, sagte sie – sie saß als einzige von den dreien und jetzt zündete sie sich eine Zigarette an – »ich soll Ihnen sagen, ob ich wirklich mit Ihrem Schwiegersohn geschlafen habe?«

»Allerdings«, bestätigte Herr Peachum.

Sie lachte, aber nicht unangenehm. Dann wandte sie sich an Withe:

»Ich weiß nicht, ob das in Herrn Macheath' Sinn ist, Withe, daß ich über so was spreche.«

Sie ließ absichtlich die Anrede »Herr« weg, um zu zeigen, daß sie gesellschaftlich auf gleicher Stufe stand, das heißt zu Withes Klienten gehörte.

»Ob in Herrn Macheath' Sinn oder nicht«, sagte Herr Peachum erbittert, »jedenfalls muß ich es wissen. Und meine Frau muß es auch wissen, wenn Sie nichts dagegen haben. Es soll kein Scherz sein, das Ganze.«

Und er öffnete die Blechtür und schrie nach seiner Frau.

Sie schien nicht weit weg gewesen zu sein. Sie war sofort da. Neugierig sah sie auf den Besuch, die Hände über dem Bauch gefaltet. Sie war keine Dame.

»Das ist Fräulein Crysler«, stellte ihr Peachum die Dame vor, die ihre Zigarettenspitze sofort weggelegt hatte, aber das Bein über dem andern ließ, immer noch unbestimmt lächelnd. »Fräulein Crysler ist gekommen, mir die Mitteilung zu machen, daß sie mit Herrn Macheath bis in die letzte Zeit, also auch noch nach seiner Hochzeit, intim verkehrt hat. So ist es doch?«

»Sehr richtig«, sagte Fräulein Crysler nunmehr ganz ernst. Und aus Höflichkeit zu der fremden Frau fügte sie leicht hinzu:

»Ich leite ein Geschäft Herrn Macheath' und arbeite ständig mit ihm zusammen.«

Dann stand sie auf, packte ihre Zigarettenspitze in ihren Beutel, nickte mit dem Kopf und ging hinaus. Withe öffnete ihr die Tür, verlegen lächelnd.

Peachum schlief seit Monaten zum ersten Mal ruhig in dieser Nacht.

Er wollte am nächsten Morgen die entscheidende Unterredung mit Coax veranstalten. Er wollte ihm Pollys Fehltritt gestehen und zugleich Macheath' Einwilligung in die Scheidung vorlegen. Die Southamptoner Schiffe brauchten nicht gekauft zu werden, das Geld dafür lag, bis auf Peachums Anteil, da.

Aber am Morgen, als er sich eben rasierte, um zu Coax zu gehen, drang dieser bei ihm ein und schrie ihn, einen Brief schwenkend, an:

»Herr! Was machen Sie mit mir? Sie reden mir ein, ich solle Ihre Tochter heiraten. Monatelang bringen Sie mich mit ihr zusammen. Auf diese Weise sichern Sie sich eine Sonderstellung in unserem Geschäft, halten mich ab, gegen Sie vorzugehen wie gegen die anderen Betrüger, zu denen Sie gehören. Heute früh erfahre ich, Ihre Tochter sei längst verheiratet, liege in Scheidung, und ihr Mann sei ein Verbrecher, der, wie man mir sagt, im Gefängnis sitzt. Sind Sie wahnsinnig, Herr?«

Peachum stand, das Gesicht voll Seifenschaum, den Arm mit dem Messer erhoben, vor dem kleinen Spiegel, den er an den Fenstergriff gehängt hatte. Die Träger seiner Hosen schleiften hinter ihm am Boden. Er stöhnte dumpf.

»Ist das Ihre Antwort, Herr?« fuhr Coax eiskalt fort. »Ist es das, was Sie mir zu entgegnen haben? Ein Grunzen? Herr, Sie haben Mut!«

Peachum nahm das Messer herunter. Er hatte ein gemeines

Gesicht, aber jetzt war der Schmerz darin so groß, daß es fast gut aussah.

»Coax«, sagte er mit dumpfer Stimme, »aber Coax! Wie können Sie so sprechen!«

Und der Ausdruck seines Schmerzes war so echt, daß Coax nur mehr das Nötigste sagte.

»Sie werden innerhalb von zwei Stunden, zwei Stunden, Peachum, das Geld für die TSV abliefern und zwar bei mir im Büro, und sich nicht mehr blicken lassen danach, sonst sitzen Sie in fünf Stunden im Gefängnis bei Ihrem sauberen Herrn Schwiegersohn!«

Er ging aufrecht hinaus, wo er auf Polly und ihre Mutter stieß, die auf den Lärm herbeigeeilt waren. Als er an ihnen vorbeiging, sagte er schneidend:

»Guten Tag, Frau Macheath!«

Frau Peachum ging sofort ins Kontor. Als sie ihren Mann leichenblaß am Fenster stehen sah, wußte sie Bescheid.

»Wir werden noch etwas warten mit dem Arzt, Polly«, sagte sie eine Viertelstunde später zu ihrer Tochter.

Peachum war wie vor den Kopf geschlagen. Er hatte so fest mit den Begierden des Maklers gerechnet. Sie schienen ihm, dem Puritaner, so sicher, weil sie ihm so schmutzig schienen. Er hatte fest damit gerechnet, Coax werde seine materiellen Interessen seiner Wollust opfern und er hatte ihn darum verachtet. Er hatte ihn unterschätzt ...

Die Angelegenheiten entwickelten sich, auf den Schachzug des Herrn Coax hin, rasend.

Peachum ging in seine Bank und hörte, als er sein Depot abheben wollte, allerhand Ausflüchte. Mißtrauisch geworden, verlangte er Miller zu sprechen. Als man ihn warten ließ, drang er bei ihm ein. Eben kam, in höchster Eile, Hawthorne zur andern Tür herein. Ein Blick auf die Anderthalb Jahrhunderte und Peachum wußte alles, oder fast alles.

Eine kurze Unterredung schuf völlige Klarheit.

Er hatte schon mit Herrn Macheath zu verhandeln, wenn er an sein Geld heranwollte. Herr Macheath war seit gestern Geschäftsführender Direktor und im übrigen im Gefängnis.

Peachum ließ die alten Leute stehen und lief in Coaxens Büro. Es war schon elf Uhr.

Coax hörte seinen Bericht schweigend an. Dann sagte er trokken:

»Ich lasse Ihnen bis morgen mittag Zeit. Dann haben Sie das Geld oder Sicherungen dafür herbeigeschafft. Wie Sie sagen, ist Ihr Schwiegersohn Bankdirektor. Jetzt sofort geben Sie mir den Regierungsvertrag und das Schriftstück, in dem Crowl und der Baronet ihre Verfehlungen und damit die aller anderen eingestanden haben.«

Peachum ging noch einmal weg und holte die Schriftstücke für Coax. Er war wie in Trance. Dann ging er wieder nach Hause und schloß sich in seinem Büro ein. Er aß nichts. Gegen zwei Uhr ließ er Fewkoombey aus dem Hotel holen.

Der ehemalige Soldat sah wohlgenährt aus, im Gesicht fast dick. Nur seine Gesichtsfarbe war ungesund. Während Peachum mit ihm sprach, seiner Gewohnheit nach dem blinden Fenster an der Ecke zugewendet, stand der Einbeinige ohne die geringste Bewegung an der Blechtür, die Mütze zwischen den großen Händen.

Peachum sagte ihm kurz folgendes:

Auf seine Fabrik seien einige Anschläge verübt worden. Er müsse den Betrieb daher wesentlich einschränken und einen Teil seiner Leute auf die Straße setzen. Darunter werde auch Fewkoombey sein.

Eine Zeitlang sprach Herr Peachum über das furchtbare Problem der Arbeitslosigkeit.

»Ich bin mir wohl bewußt, was es heißt, seine Leute auf die Straße zu setzen. Besonders furchtbar sind die moralischen Folgen dieser Erscheinung. Der typische Arbeitslose verliert für gewöhnlich nur zu bald jeden sittlichen Halt. Er ist höchst selten fähig, gegen die zermürbenden Einflüsse des Hungers und der Kälte seine sittlichen Grundsätze durchzuhalten. Sein Selbstbewußtsein bricht zusammen. Er erkennt, daß er zur Last fällt. In dieser Verfassung wird er nur zu leicht das Opfer verantwortungsloser Hetzer, die ihn zum Feind der Ordnung machen wollen. Alles dies weiß ich, aber was soll ich tun?«

Es gäbe aber eine Möglichkeit, daß er nicht unbedingt und sofort einen Teil seiner Angestellten, darunter Fewkoombey, abbauen müsse. In London laufe ein Herr William Coax herum, der in seiner Brusttasche ein Schriftstück stecken habe, auf das er kein Recht besitze. Dieser Coax müsse erledigt werden, und zwar bis morgen früh. Ein Alibi sei für denjenigen, der diese Erledigung besorge, um dadurch die Entlassung soundsovieler Angestellten zu verhindern, vorhanden. Der Betreffende müsse einfach sogleich nach der Tat da und da hingehen und die Nacht über dort bleiben.

»Es ist eine geschäftliche Angelegenheit«, schloß Herr Peachum philosophisch. *»Es ist die Fortführung eines Geschäfts mit anderen Mitteln. Denken Sie an Krieg, Sie sind Soldat: wenn die Geschäftsleute am Rand ihrer Weisheit sind, dann kommt der Soldat dran. Es ist richtig, wir haben im Geschäftsleben für gewöhnlich andere, friedliche Methoden. Das heißt aber nur, daß es heute andere Möglichkeiten gibt, als ein griffestes Messer, um das Gewünschte zu erreichen. Leider bleiben Ausnahmen.«*

Der Soldat kannte den Makler Coax. Er hatte mitunter einen Brief bei ihm abgegeben.

Nach der Unterredung sah ihn Frau Peachum noch im Hof.

Es war das letzte Mal, daß er ihr vor Augen kam, und sie erzählte später mitunter, daß er ihr unheimlich vorgekommen sei. Er sei eine ganze Zeitlang zwischen der Wäsche gestanden, die zum Trocknen aufgehängt war und habe nach den Hunden hingeblickt. Hinübergegangen sei er aber nicht, obwohl sie ihr Fressen noch nicht bekommen hatten und schon danach jaulten.

»Gott weiß, was für blutige Gedanken er in seinem Kopf gehabt haben muß, wie er so dastand«, sagte sie seufzend.

In Wirklichkeit hatte er wohl gar keine Gedanken, wenn er sich nicht ausrechnete, wieviel die vor Nässe, nicht vor Kälte geschützte Stelle unter dem mit Dachpappe gedeckten Verschlag, in dem er eine Bleibe gefunden hatte, wert sein mochte. Die Zeit, die er hier hatte verbringen können, war kurz gewesen. Mit dem halben Band der Enzyklopädie war er nicht fertig geworden.

Als er den Instrumentenladen in der Old Oakstraße verließ, hatte er ein Messer in der rechten hinteren Hosentasche; einen Entschluß hatte er noch nicht.

Fast zur gleichen Zeit hatte Frau Polly Macheath eine Unterredung mit Herrn O'Hara. Sie fand in des letzteren Wohnung statt.

Frau Macheath erzählte mit großer Heftigkeit, daß sie eben einen Brief von ihrem Mann in ihrem Zimmer vorgefunden habe, in dem er ihr schrieb, sie brauche sich nicht mehr zu beunruhigen. Es werde nie zu einer Scheidung kommen (nie war unterstrichen), er werde zu gegebener Zeit einfach den Makler Coax des Ehebruchs mit ihr bezichtigen, er habe belastendes Material gegen Coax, das ihn öffentlich als Wüstling enthülle. Das würde Coax, auch wenn er in diesem Fall noch so unschuldig sei, jedes Interesse an einem Scheidungsprozeß nehmen.

Sie zeigte den Zettel, er war in aller Eile, mit Bleistift, geschrieben.

O'Hara schien nicht sehr betroffen.

»Coax soll als Zeuge geladen werden!« wiederholte Polly außer sich.

»Nun, und?« fragte O'Hara, sich nicht einmal vom Sofa erhebend, da es nach dem Essen war und er die »Times« las, und zwar den Sportsteil.

»Nun, und! Ich wünsche es nicht!«

»Hast du mit ihm Ehebruch getrieben?«

»Nein, natürlich nicht.«

»Warum wünschst du es dann nicht, daß er aussagt?«

»Weil ich es nicht wünsche. Genügt das nicht? Ich wünsche es nicht, also muß er weg, bevor es zur Verhandlung kommt.«

»Wenn ich dich recht verstehe, wünschst du also, daß er um die Ecke gebracht wird?«

»Nein, das wünsche ich natürlich nicht.«

Eine Pause trat ein. O'Hara nahm die Zeitung wieder auf.

»Nun, und?« fragte Polly. »Tu die Zeitung weg! Wie behandelst du mich denn? Ich habe dich etwas gefragt!«

»So?« sagte O'Hara. »Richtig. Er soll weg. Was geschieht übrigens, wenn er nicht wegkommt?«

»Dann gebe ich selbst einen Zeugen an, mit dem ich die Ehe gebrochen habe«, sagte Polly langsam und überlegt.

»Ach? Dann gibst du selbst einen Zeugen an ...«

»Du brauchst gar nicht so zu grinsen. Du verstehst das nur nicht. Ich werde mich niemals mit einer solchen lächerlichen Figur wie diesem Coax vor einem öffentlichen Gerichtshof hinstellen. Wenn ich schon die Ehe gebrochen habe, dann muß es mit einem einigermaßen passablen Mann gewesen sein. Hast du diesen Coax einmal gesehen? Das ist ein alter Bock, aber kein Mann, mit dem man eine Ehe bricht! Bei dir ist auch nichts dahinter, aber du stellst wenigstens äußerlich etwas vor. Jedenfalls reicht es für das Gericht aus.«

O'Hara war mehr als unangenehm berührt. Seine ganze, nicht geringe Erfahrung mit Frauen sagte ihm, daß der Grund, den Polly dafür angab, daß sie im Notfall, das heißt im Falle des Nochvorhandenseins des Maklers, ihn, O'Hara, nennen würde, ein für sie sehr triftiger war. Aber für ihn würde das den vorzeitigen Bruch mit seinem Chef Macheath bedeuten, das Scheitern seiner Pläne, möglicherweise noch Schlimmeres. Er kannte Macheath aus der Zeit, wo er noch Beckett geheißen hatte. Er war nicht immer dick und friedfertig gewesen.

O'Hara faltete die Zeitung sorgfältig zusammen und setzte sich auf.

»Halt jetzt den Mund«, sagte er grob, »du hast genug geschwatzt. Du kannst jetzt gehen.«

Er hatte begriffen, daß er nun bezahlen sollte. Polly ging weg, um ihn nicht zu ärgern. Sie trug nach der Mode der Zeit einen Hut so groß wie ein Wagenrad, mit gefärbten Federn, einen Gazeschleier, einen Sonnenschirm und ein Korsett, das den Hintern herausdrückte. Sie hatte sorgfältig Toilette gemacht und besah sich in jedem Schaufenster. Auf diese Weise sah sie auch, welche Männer ihr nachschauten oder nachliefen. Sie ging zu ihrem Mann ins Gefängnis.

Sie war bezaubernd zu Mac. Sie saß kokett auf der Pritsche, das eine Bein übergeschlagen und mit dem Schirm Löcher in die Luft bohrend und lobte Mac, daß er Coax nennen wolle, so daß der ganze Prozeß in die Versenkung fallen mußte. Sie würde vor dem Gerichtshof mit dem Schirm auf den Makler zeigen und sagen: mit diesem Herrn soll ich ins Bett gegangen sein? Und einfach lachen. Sie lachte sehr, als sie diese Szene beschrieb.

Mac blieb finster. Miller von der National Deposit Bank war bei ihm gewesen und hatte verstört von Peachums Besuch in der Bank berichtet. Dieser Coax bedeutete eine ernste Gefahr für Peachum und sein Vermögen. Er schien sich mit Polly nicht abspeisen zu lassen. Wenn aber Peachum mit Coax nicht fertig wurde, explodierte die Bank, deren Präsident zu werden soviel Mühe gekostet hatte. Er empfand schmerzlich seine Schicksalsverbundenheit mit seinem Schwiegervater und fühlte eine gewisse Sehnsucht, mit ihm zu reden, wie andere Schwiegersöhne mit ihren Schwiegervätern redeten, wenn der Wohlstand der Familie in Gefahr war.

Er war zu nervös, um Polly um sich haben zu können, und schickte sie bald fort. Sie ging nicht, ohne geküßt worden zu sein.

Gleich darauf hatte er eine ernste Unterredung mit seinem Mann Ready, Coax betreffend. Er war sein bester Totschläger.

Der kranke Mann stirbt

Inzwischen ging Coax die Harrowstraße hinunter, auf die Westindiadocks zu. Peachum hatte ihm gesagt, daß er seine Leute gegen den Streik demonstrieren lassen wolle. Er hatte sie in Soldatenuniformen gekleidet. Sie sollten den Unwillen der alten Soldaten zum Ausdruck bringen darüber, daß durch die Habgier der Dockarbeiter britische Soldaten nicht auf den Kriegsschauplatz gelangten. In der Old Oakstraße waren Schilder gemalt worden mit den Aufschriften »Ihr haltet unsere Kameraden vom Kampf ab!« und »Seht, was wir geopfert haben!«

Der Makler wollte sich den Rummel ansehen. Peachum hatte gemeint, er würde nicht groß werden, aber die Hauptsache sei die Verabredung mit den Zeitungen, etwas daraus zu machen.

Am Limehouse Pier traf der Makler Beery, der sehr erhitzt schien und ihm mitteilte, Peachum habe die Demonstration am Vormittag abgeblasen gehabt, dann, nach dem Essen, wieder angesetzt; jedoch habe man nicht alle Teilnehmer rechtzeitig erreichen können, so daß jetzt wohl eine recht lächerliche Teildemonstration stattfinden werde. Beery lief niedergeschlagen weg, um noch zu retten, was zu retten war.

Coax pfiff vor sich hin. Also Peachum hatte gestreikt und arbeitete jetzt schon wieder.

Je näher er an die Docks herankam, desto mehr Menschen sah er. Viele standen nur an den Straßenecken herum, aber eine ganze Menge zog auch wie er den Docks zu. Man schien etwas zu erwarten oder gesehen zu haben. Auf Befragen erfuhr er, daß invalide Soldaten an den Docks demonstrierten.

Das Gedränge wurde immer dichter.

Es war die Stunde des Schichtwechsels. Die Arbeiter, die noch arbeiteten, mußten die Docks verlassen. Da es bisher zu keinen Tätlichkeiten gekommen war, hatte man davon abgesehen, die Streikbrecher mit Kähnen von der Arbeitsstätte zu entfernen. Sie mußten also durch die Spaliere der Streikenden durch.

Tatsächlich hörte man auch ziemlichen Lärm aus der Gegend der Kais.

Ein paar Straßenecken weiter begegnete der Makler Beery aufs neue. Er zwängte sich gegen den Strom der zu den Kais vorstoßenden Massen durch.

Die beiden Männer standen einige Minuten zusammen, eingekeilt.

»*Es ist doch eine ganz beträchtliche Demonstration geworden*«, erzählte der Geschäftsführer aufgeregt. »*Von unseren Leuten ist nur etwa ein Drittel da, aber, man sollte es nicht glauben, es sind wirkliche Invalide gekommen. Die ganzen Straßen da vorn sind voll von blessierten Soldaten, und zwar echten. Damit konnten wir natürlich nicht rechnen. Unsere Leute bekommen die Demonstration bezahlt, da ist es verständlich, daß sie demonstrieren. Außerdem haben sie vom Krieg nichts gesehen. Aber die jetzt mitmachen, sind echte Soldaten. Sie beschuldigen wirklich die Dockarbeiter, daß sie nicht genug für die Nation opfern wollen! Hören Sie nur, wie sie brüllen! Das sind nicht die Arbeiter gegen die Streikbrecher, sondern die Soldaten, und zwar die schon zusammengeschossenen, gegen die streikenden Arbeiter! Zuerst wollten wir richtige Invalide engagieren, Herr Peachum meinte, sie bekämen so wenig Rente und seien in solchem Elend, daß sie für wenige Pennies alles tun würden, auch für den Krieg demonstrieren. Aber dann ließen wir das, weil uns unsere eigenen Leute verläßlicher erschienen. Jetzt zeigt es sich, wie falsch es gewesen wäre, ihnen etwas zu bezahlen. Sie tun es umsonst! Man rechnet nie genügend mit der Dummheit der Leute! Diese Leute ohne Arme und Beine und Augen sind immer noch für den Krieg! Dieses Kanonenfutter hält sich wahrhaftig für die Nation! Es ist phantastisch! Mit denen kann man noch viel machen, glauben Sie mir! Wir haben auch so einen, einen gewissen Fewkoombey, mit nur mehr einem Bein. Aber daß er so etwas machen würde, hätten wir nie geglaubt. Der hat allerdings schon den Frieden kennengelernt, die da vorn anscheinend noch nicht! Das ist zum Kugeln!*

Aber ich sage immer: man muß nur Krieg machen, da sind die Geschäftschancen ungeheuer; da treten Triebe ans Tageslicht, die man nie erwartet hätte und die man nur auszunützen braucht, und man kann jedes Geschäft ohne Kapital machen! Das ist großartig!«

Sie wurden auseinandergerissen.

In Achter- und Zehnerreihen, die Gasse ganz ausfüllend, das Geröll der Mitgerissenen an den Häuserwänden abstreifend, marschierten die Demonstranten, patriotische Lieder singend, stur vorwärts. Sie waren alle mehr oder weniger beschädigt. Einige humpelten auf Krücken, noch ungelenk, weil noch nicht lange; ein Hosenbein flatterte leer. Einige trugen den Arm in Schlingen, die Jacken über die Schultern gelegt; in der zunehmenden Dämmerung wirkten die schmutzig weißen Binden wie Fahnen. Es gab sogar Kriegsblinde in diesem tollen Zug, sie wurden geführt von solchen, die zu sehen glaubten. Man zeigte sie sich im Publikum wie Trophäen, die man erbeutet hatte. Andere Opfer rollten in kleinen Kärren mit, da sie die Beine auf dem Altar des Vaterlandes gelassen hatten. Die Leute auf den Fußsteigen winkten und warfen ihnen Scherzworte zu, die auf ihre Gebrechen Bezug nahmen; sie lachten zurück. Je zerstörter die Wracks waren, desto mehr begeisterte ihr Patriotismus das Publikum. Sie trieben untereinander geradezu Schmutzkonkurrenz; denn wie konnte zum Beispiel ein Einarmiger gegen einen Mann aufkommen, der beide Beine verloren hatte!

Das alles watete singend durch den knietiefen Unrat von Poplar und suchte mit letzten Kräften die entsetzlichen Elendsquartiere von Limehouse zu erreichen, Kriegslieder ausstoßend und die Luft mit Karbol und Hungeratem verpestend.

Unter den Uniformierten marschierten, in gleichem Schritt und Tritt, Zivilisten, größtenteils junge Herrchen, adrett angezogen, die es sich nicht nehmen ließen.

Aber alle wünschten, daß die Schiffe baldmöglichst fertig würden, damit man sie beladen könnte mit frischem Fleisch, unverletzten, zweiarmigen und zweibeinigen Leuten mit gesunden Augen. Diese Beschädigten, Unbrauchbaren, Ausgesonderten wünschten dringend und vor allem andern, sich zu vermehren. Das Elend zeigt einen enormen Fortpflanzungstrieb.

Es hieß, die Demonstranten zögen jetzt zum Stadtparlament,

um ein aktives Eingreifen der Polizei gegen die Streikenden zu fordern.

Coax begab sich auf den Rückweg. Es war schon ganz dunkel geworden. Der Herbst machte sich bemerkbar.

Überall standen noch Gruppen herum, die die Ereignisse besprachen. Im allgemeinen waren die Bewohner dieser Viertel natürlich für die Arbeiter. Sie kamen mit ihren Vermutungen dem wahren Sachverhalt ziemlich nahe. Sie gehörten anscheinend nicht zu dem »Volk Londons«, von dem die großen Zeitungen sprachen.

Der Makler ging rascher. Er war etwas beunruhigt wie immer, wenn er Aufläufen beiwohnte oder davon etwas erfuhr. Er trat in eine der kleinen, schmutzigen Schenken und nahm einen Whisky. Er fand ihn scheußlich schmeckend und dachte: diese Leute haben einen grauenhaften Geschmack!

Als er auf die Straße trat, stieß er mit einem Mann zusammen, der etwas murmelte und weglief. Es klapperte, er hatte ein Holzbein.

Der Zusammenstoß hatte Coax erschreckt. Es ging ihm durch den Kopf, daß man ihn anrempeln könnte, seiner zu guten Kleidung wegen.

»Eigentlich ist es auch unbegreiflich«, dachte er, »daß man uns nicht einfach niederschlägt, wo man uns trifft. Schließlich sind wir gar nicht so viele. Wenn ich darauf angewiesen wäre, daß Peachum mich verteidigt, stünde es nicht gut um mich. Auch ich würde nicht gerade mein Herzblut für ihn vergießen. Das schlimmste bei dem Gesindel in solchen Vierteln ist es, daß diese Leute vor einem Menschenleben nicht den geringsten Respekt haben. Sie denken, jedes Leben sei so wenig wert wir ihr eigenes. Dazu kommt noch, daß sie jeden besser Situierten von vornherein hassen, weil er ihnen geistig überlegen ist.«

An der nächsten Straßenecke hörte er hinter sich einige Schritte, drehte sich um und bekam einen schweren Schlag über den Kopf. Er sank stumm zusammen.

Er fiel auf das Pflaster, kroch auf die Häuserwand zu, erhielt einen zweiten Schlag und blieb liegen, bis eine Polizeistreife ihn fand. Die Polizisten hoben ihn auf und trugen ihn auf die Wache. Von dort kam er ins Schauhaus, wo er drei Tage später von seiner Schwester erkannt wurde. Sie ließ ihn auf dem Friedhof von Battersea bestatten, wo dann ein Stein, Nachbildung einer abgebrochenen Säule, die Inschrift »William Coax, 1850–1902« trug.

Fewkoombey war den ganzen Nachmittag hinter dem Makler hergegangen. Er hatte ihn nach dem Mittagsschlaf aus seiner Wohnung treten sehen, wie Herr Peachum ihm gesagt hatte. Nach sehr kurzer Zeit hatte er gemerkt, daß noch einige andere Leute dem Makler folgten.

Er hatte keine feste Absicht. Der Auftrag behagte ihm ganz und gar nicht. Aber er war eben in Marsch gesetzt und mußte marschieren.

Die paar Monate verhältnismäßig ruhiger Kost in der Old Oakstraße hatten ihn korrumpiert, mehr noch die Tage im Hafenhotel. Er wollte nicht mehr zurück in das kalte Nichts der Straßen, aus dem er aufgestiegen war, zumal jetzt, wo es bald Winter wurde.

Mehrmals war er dem Makler in der Menge ganz nahe, aber er hatte keine Lust, ihm schon etwas zu tun.

Während der Makler in der Kneipe stand, verlor er sogar sein Messer. Er hatte an dem Balken des Holzgeländers, an dem er lehnte, herumgeschnitzelt und das Messer war über die Böschung in den Graben gefallen. Er wollte hinuntersteigen, aber da sah er den Makler nicht mehr am Bartisch und lief über die Straße.

Als er mit ihm vor der Kneipe zusammenstieß, erschrak er, als plane jener einen Anschlag auf ihn und nicht umgekehrt.

Die Verfolgung begann wieder.

Fewkoombey merkte jetzt deutlich, daß sich an ihr noch mindestens zwei andere beteiligten. Sie gingen in Abständen voneinander, aber sie tauchten immer wieder alle zwei auf, wenn die Gassen leer waren.

Fewkoombey hatte, nachdem sein Messer weg war, keinerlei Aussicht mehr, den Makler kalt zu machen, dachte aber nicht daran. Er marschierte und begann mit sich zu reden.

»Fewkoombey, ich muß Sie entlassen«, redete er sich an. *»Ich brauche Sie nicht mehr. Sie werden mich fragen: was soll ich da anfangen? Ich muß Ihnen sagen: ich weiß es nicht. Ihre Aussichten sind sehr bescheiden. Sie haben, bevor Sie zu mir kamen, ver-*

sucht, Bettler zu werden. Sie haben sich gesagt: Sie haben Ihren Fuß verloren. Ohne diesen Fuß können Sie kein Gewerbe mehr ausüben, das Sie ernährt. Sie erwarteten, daß alle die Mörtelträger, Packer, Laufburschen, Fuhrleute und was weiß ich, eben die Passanten, darüber tief gebeugt sind, daß Sie nicht mehr Mörtel tragen, Möbel packen, Gäule lenken können und daß sie, von Ihrem Schicksal ergriffen, das Brot mit Ihnen teilen würden. Ein Irrtum! Wissen Sie, was die Leute sagen würden, wenn sie es für der Mühe wert oder für der Gemeinheit wert hielten, überhaupt zu Ihrem Fall etwas zu äußern? Sie würden sagen: er scheidet aus? Einer scheidet aus? Was ist das schon, wenn einer ausscheidet und tausend bleiben! Da wird doch nicht Luft! Ja, wenn tausend ausschieden! Wenn unsere Brotgeber erst überall herumfragen müßten, wo einer ist, der ihnen die Möbel trägt! – Wissen Sie, was alles unternommen wird, Leute aus dem Arbeitsprozeß herauszubringen? Vieles, Fewkoombey, von dem, was überhaupt unternommen wird! Das ist geradezu die Hauptarbeit der meisten Menschen. Man lebt doch nicht davon, daß man Möbel schleppen will, sondern davon, daß man sie nicht schleppen will, also herangelockt, gebeten, bezahlt werden muß. Dazu müßten wir aber zu wenige sein, unbedingt. Wenn wir genügend viele sind, beginnt der Krawall und die Schweinerei. Du bist jetzt draußen, Freund. Das ist ja richtig, daß du damit anfängst, wieder etwas sympathischer zu werden. Aber nicht so sympathisch! – Wir dürfen daher annehmen, Fewkoombey, daß Sie sich soweit der allgemeinen Sympathie erfreuen, daß man Sie nicht direkt verfolgen würde, wenn Sie still halten. Das ist ja auch, wie die Verhältnisse bei uns liegen, schon sehr viel. Aber Sie meinen, man sollte Sie bemitleiden? O Einfalt! Die Leute, die über die Brücke von Battersea gehen, sollen Sie bemitleiden! Diese ausgekochten, abgehärteten, jedes Elend (darunter auch Ihres) ertragenden Leute von Battersea! Was denken Sie, was eine richtige Auskochung, eine einigermaßen ausreichende Abhärtung kostet? Sie ist doch nicht von Natur da, sie muß doch erworben werden! Der Mensch wird doch nicht als Schlächter geboren! Sehen Sie diese Kauwerkzeuge an! Die Ihrigen, wenn Sie wollen, im Spiegel! Ich sage Ihnen, ein Viertel von diesen Kiefern würde genügen, die Speisen zu zerkleinern. Aber vor dem Kauen kommt der Biß, und wieviele von diesen Kauwerkzeugen glauben Sie wohl sind mächtig genug für diesen so wichtigen, so ausschlaggebenden Biß, der das Opfer niederwirft, ausliefert, tötet? Wenige, Herr, wenige. Ihnen fehlt der Fuß! Mehr haben Sie nicht zu bieten? Sie haben Hunger! Das ist alles? Unverschämtheit! Das ist, wie wenn jemand es versuchen wollte, auf der Straße die allgemeine Aufmerksamkeit auf sich zu lenken dadurch, daß er es vermag, auf einem Bein zu stehen. Solche gibt es doch Tausende! Da wird doch ganz anderes geboten. Sie sind unglücklich. Nun, Sie leiden unter dem Unglück der Unglücklicheren. Das macht Sie konkurrenzunfähig. Die Konkurrenz, mein Herr! Darauf beruht unsere Zivilisation, wenn Sie es noch nicht wissen sollten! Die Auswahl der Tüchtigsten! Die Auslese der Überragenden! Wie sollen sie überragen, wenn es niemanden gäbe, den sie überragen können? Gott sei Dank, daß es also Sie gibt. Da kann man Sie überragen. Die ganze Entwicklung aller Lebewesen dieses Planeten können wir uns nur so vorstellen, daß es Konkurrenz gibt. Woher sonst überhaupt eine Entwicklung? Woher der Affe, wenn der Saurier nicht konkurrenzunfähig war? Da sehen Sie! Ihnen fehlt das Bein. Gut, das können Sie zur Not beweisen (obwohl auch dazu noch der andere gehört, der bereit ist, Ihren Beweis anzunehmen! Aha, das haben Sie nicht bedacht!). Aber da ist doch noch das andere Bein, das h a b e n Sie! Und die Arme! Und den Kopf! Nein, mein Lieber, so einfach ist das nicht, das gibt keine Auslese! Das ist nichts als Bequemlichkeit, Schlechtrassigkeit und Renitenz! In Wirklichkeit sind Sie ein Schädling! Ohne daß es für Sie gut ist, schaden Sie, einfach durch Ihre Existenz, allen anderen, Leistungsfähigeren, Elenderen! Was, sagt man, so viele Unglückliche? Wie soll man da helfen? Wo soll man anfangen? Das ist klar: je mehr Unglück es gibt, desto weniger braucht man sich damit abzugeben. Es ist ja fast schon allgemein! Der Naturzustand! Die Welt ist eben unglücklich, so wie der Baum grün ist! Weg mit Ihnen!«

Es wurde dunkler.

Während des Selbstgesprächs war der Soldat in Zorn geraten. An einer Straßenecke angekommen, überlegte er schon, wie er den Makler anfallen könnte. Im selben Augenblick beobachtete er von seiner Ecke aus, wie ein schmaler Mensch im Havelock mit ein paar schnellen Schritten hinter dem Makler hereilte und ihm einen Sandsack oder etwas Ähnliches, Schweres, auf den Hinterkopf schlug. Fewkoombey erschrak, aber jetzt richtete sich der Niedergeknüppelte auf dem Gehsteig plötzlich wieder auf. Auf allen vieren kriechend versuchte er, an die Wand des Hauses zu kommen, anscheinend um sich anlehnen zu können.

Der Soldat sah einige Augenblicke lang scharf hinüber. Dann ging er schnell über die Gasse, bis er neben dem immer noch Kriechenden stand.

Langsam langte er in die Tasche seiner Jacke, dann in die rückwärtige seiner Hose. Aber er brachte kein Messer zum Vorschein, wie er wohl geglaubt hatte. Mit einem fast erstaunten Ausdruck sah er in seine leere Hand. Dann begann er, an der Wand lehnend, den Blick kühl auf den Kriechenden gerichtet, der jetzt eine Wendung gemacht hatte und keuchend nach der Gosse kroch, sein Holzbein abzuschnallen. Es war mit einem Lederriemen befestigt. Endlich hatte er es herunten, und während er es dem kriechenden Mann, der sich nicht umsah, über Rücken und Kopf schlug, dabei nur auf dem gesunden Bein nebenher hüpfend, stieß er, in Gedanken wohl immer noch bei der Mühe des Abschnallens, hervor: »Verfluchtes Bein!«

XIV
Der starke Mann ficht

Polly nähte zusammen mit ihrer Mutter an der Kindswäsche in ihrem kleinen, rosagetünchten Zimmer, als Beery hereinrief, ihr Vater wolle sie sprechen.

Sie lief nach unten, noch mit der Nadel und dem Faden in den Fingern.

Herr Peachum hatte seinen Ausgehanzug an und bedeutete ihr kurz, er wolle mit ihr B.-Läden besuchen.

Sie gingen die Old Oakstraße entlang dem Zentrum zu. Es war ein sonniger Spätherbsttag. Das Laub der Bäume war gelb und auf dem Kanal schwammen Kastanien.

Peachum sprach nichts, da er mit seiner Tochter nichts zu reden hatte. Aber sie faßte den Ausgang zu zweit als ein günstiges Zeichen auf, und da auch die armseligsten Viertel in der dünnen und goldenen Herbstluft freundlich wirkten, war sie sehr aufgeräumt.

Sie hatte noch nichts von O'Hara gehört. Herr Coax war in der Old Oakstraße nicht mehr aufgetaucht. Ihr Vater kam ihr viel ruhiger vor. Es schien eine leichte Entspannung eingetreten zu sein.

In der Backstraße traten sie in den ersten Laden. Ein großes Weib verkaufte Küchengeschirr und Werkzeuge. Sie kannte Polly und beantwortete daher Peachums Fragen, wenn auch mürrisch.

Sie erzählte, daß sie nur noch ganze geringe Posten hereinbekämen. Wenn ihr Mann nicht Spenglerarbeiten machte und Gartengeräte und Lampen reparierte, wären sie schon längst verhungert. Man habe ihnen aber jetzt regelmäßige Lieferungen von Spenglerwaren zugesagt.

Die Miete bezahlten sie allein, seien allerdings im Rückstand. Sie seien nicht die ersten Besitzer des Ladens; vor ihnen seien andere Leute da gewesen. Sie hatten die Einrichtung zurückgelassen dafür, daß ihre Nachfolger den Mietrückstand bezahlten.

»Es ist alles erst im Anfang«, erklärte Polly ihrem Vater, als sie weitergingen. »Die Geschäfte sind ja alle kaum ein halbes Jahr alt und Macs Festnahme war ein großes Unglück für die Leute. Aber es geht immer besser. Die durchhalten, werden auch auf einen grünen Zweig kommen.«

Peachum antwortete nichts.

Sie gingen mehrere Straßen schweigend nebeneinander her.

Der nächste Laden, den sie aufsuchten, war mit einer Schusterwerkstatt verbunden. Es gab ein halbes Dutzend Kinder, die älteren arbeiteten mit.

Sie bekamen, wie sie sagten, genug Leder geliefert, auch jetzt noch. Sie hatten sogar während der schlimmsten Zeit, wo die andern Läden einige Wochen lang gar nichts bekommen hatten, Leder in kleineren Quantitäten bezogen. Aber es war viel Ausschuß dabei und die Stücke wurden nach der Fläche bemessen, so daß sie den Abfall mitbezahlen mußten.

Der Mann war leider krank geworden. Auch war das Licht in dem Loch, wo sie arbeiteten, recht teuer und es mußte den ganzen Tag brennen.

»Besser ist es immer noch«, sagte die Frau, »als in der Fabrik. Da kann man sich eben gar nichts zuverdienen.«

Peachum nickte und fragte, ob die Schuhpreise von der liefernden Firma festgesetzt seien.

Die Antwort war: ja; und zu niedrig.

Als sie wieder auf der Straße waren, fragte Peachum seine Tochter:

»Rechnen sie denn überhaupt ab?«

Polly sagte, sie glaube, die Leute bekämen erst neue Ware, wenn die alte abgerechnet sei. Sie hatte Sorge, daß die Läden ihrem Vater sehr mißfielen, da er nichts sagte.

Im dritten Laden kamen sie kaum zum Fragen, da der Besitzer sofort anfing, von den Unruhen bei den Docks zu reden.

»Diese Kommunisten«, sagte er, *»muß man alle aufhängen. Sie schlagen einem die Fensterscheiben ein, als ob man sie von den Fabrikanten geschenkt bekäme! Sie hassen uns, weil sie nichts haben und wir haben etwas. Weil es ihnen nicht gelingt, hinauf zu kommen, möchten sie, daß es keinem gelingen soll. Alle Tüchtigkeit soll aufhören und der Bessere soll es nicht anders haben als der Unordentliche. Das sind die wahren Antichristen! Hier im Haus gibt es auch einige von ihnen. Trinken tun sie nicht, aber Schlimmeres, wie? Die möchten einem alles wegnehmen, den Schemel unter dem Hintern, wenn sie dran wären! Als ob wir nicht schon genug zu kämpfen hätten! Nur eines hätte Herr Macheath nicht tun sollen: sich mit dem Juden Aaron einlassen! Der wird ihm noch allerhand zu schaffen machen!«*

Während seines Geschwätzes sah sich Peachum im Laden um. In roh gezimmerten Kästen mit Glas lagen billige Uhren aus. Hauptsächlich wurden Wecker verkauft. Es gab aber auch Trikotagen und sogar Tabak. Über der Tür stand: Gemischtwaren.

Das Ehepaar, dem der Laden gehörte, machte einen ungesunden Eindruck. Der Mann war schon der dritte Besitzer dieses Ladens, der dritte, der den Versuch machte, auf eigenen Beinen zu stehen. Nach seinem und seiner Frau Aussehen zu urteilen, war der Versuch ziemlich anstrengend.

Der Mann hatte ein unterwürfiges Wesen, das schlecht zu seiner massigen Gestalt paßte. Die Frau verhielt sich schweigend und blickte finster.

»So ähnlich sind die Läden alle«, sagte Polly ein wenig bedrückt auf der Straße. »Willst du noch andere sehen?«

Sie fuhren mit dem Pferdeomnibus ein Stück und gingen noch in einige Läden.

Vor einem derselben blieb Peachum stehen und sah mit verschlossenem Gesichtsausdruck auf das Trottoir. Der Ladeninhaber hatte mit Kreide einen elegant gekleideten Herrn mit Zylinder darauf gemalt, sowie eine Liste seiner Reklamepreise. Diese Technik kannte Peachum.

Ein semmelblonder, noch junger Mann hinter einem Ladentisch mit Anzügen sagte ihnen:

»Wissen Sie, es w i r d verdient hier! Der Umsatz ist nicht unbedeutend. Wenn wir erst wieder billige Waren hereinbekommen und etwas höhere Preise nehmen dürfen und die Konkurrenz der Großen vom Leibe haben, dann ist es immerhin eine Existenz. Schließlich stehen wir morgens um 5 Uhr auf und zu Bett kommen wir auch nicht vor 10, 11 Uhr abends. Das m u ß doch etwas ausmachen auf die Dauer. Meinen Sie nicht?«

In einem anderen Laden war eben Umzug, als sie eintraten. Die Leute, die auszogen, hatten bis zur letzten Minute herumgetrödelt. Sie standen noch mit ihren Kindern und Möbeln in dem winzigen, gekalkten Raum, als die neuen Mieter schon ihre Klamotten draußen vom Fuhrwerk auf den Bürgersteig stellten.

Die Kinder heulten und bekamen Schläge von den erbitterten Eltern. Die neuen Mieter kamen herein, große, ruhige Menschen mit einem stillen Kind. Die Frau stellte allerlei Fragen nach dem Gaspreis und ob die Kammer wirklich trocken sei.

Die Ausziehenden schimpften und man konnte deutlich sehen, wie die Neuen sich genierten. Sie hatten einen Fehler gemacht, als sie mit Fragen anfingen, und wollten nichts mehr hören. Aber die Familie erzählte jetzt und packte tüchtig aus.

»Was die sagen, ist natürlich nicht ernst zu nehmen«, erklärte der neue Besitzer Polly und ihrem Vater mit etwas gerötetem Gesicht. »Sie sind verbittert. Jetzt ist alles schuld an ihrem Unglück, nur nicht sie selber.«

Und die Frau sagte verächtlich:

»Es sind Fabrikler. Sie gehen nach Lancashire, in die Spinnereien. Solche Leute sollten gar nicht erst mit selbständigen Geschäften anfangen. Die Fabrik ist das richtige für sie.«

Aber sie sah doch besorgt nach dem großen, feuchten Fleck, den die andere Frau ihr triumphierend gezeigt hatte. Als sie mieteten, hatte vor ihm ein Kleiderschrank gestanden . . .

Polly und ihr Vater gingen weg, noch bevor der Wirrwarr sich aufgelöst hatte. Sie fuhren zurück.

Polly redete nichts mehr, da sie glaubte, daß es keinen Zweck habe. Aber bevor sie nach Hause kamen, sagte sie doch noch einiges darüber, daß die Leute wenigstens ihre Selbständigkeit hätten und das auch zu schätzen wüßten. Sie wollten eben niemand über sich haben. Lieber arbeiteten sie die halbe Nacht durch.

Sie wußte nicht, ob ihr Vater ihr überhaupt noch zuhörte. Aber er hörte sehr genau zu.

Am nächsten Tag ging Peachum in die National Deposit Bank. Er brachte mehrere Stunden dort zu und arbeitete mit Miller. Über die Verbindung Macheath' mit Aaron konnte dieser wenig aussagen. Aber Peachum hatte längst begriffen, daß nur sein Schwiegersohn die Bank noch retten konnte. Die Art, wie er sich in ihren Besitz gesetzt hatte, war nicht ohne.

Im allgemeinen hatte Peachum von den B.-Läden einen guten Eindruck empfangen. Die Organisation war nicht schlecht. Auf diese Weise war aus den Leuten allerhand herauszuholen.

Polly hatte ganz unnötigerweise befürchtet, ihren Vater könne die Ärmlichkeit der Läden stören. Er wußte natürlich, daß Wohlstand nur die andere Seite der Armut war. Was war der Wohlstand der einen anderes als die Armut der andern?

»Mit den Weltverbesserern kann man mich jagen«, pflegte er oft zu sagen. *»Ich erinnere mich noch, wie eines Tages ein Riesen-*

geschrei in den Zeitungen erhoben wurde, die Slums seien keine menschenwürdigen Behausungen, sie seien unhygienisch. Man riß dann ein ganzes Viertel nieder und schaffte die Bewohner in hübsche, solide und hygienische Häuser drüben in Stokton-on-Tyne. Sie führten genaue Statistiken, fünf Jahre später verglichen sie ihre Tabellen und stellten fest, daß die Sterblichkeit in den Slums 2% betrug, aber in den neuen Häusern betrug sie 2,6%. Sie waren sehr erstaunt. Nun, die neuen Wohnungen kosteten einfach in der Woche 4–8 Schillinge mehr und das mußten sich die Bewohner vom Munde absparen. Daran hatten unsere Weltverbesserer und Menschheitsbeglücker nicht gedacht!«

Das Talent seines Schwiegersohnes machte Eindruck auf Peachum. Er fragte sich, gelegentlich von den Verträgen aufschauend, mit leerem Blick auf die Ruine Miller, ob ihre Feindschaft nicht doch nur die übliche zwischen den Generationen gewesen war. Er hatte ihn unterschätzt, ihn für einen Verbrecher gehalten. Er war aber ein schwer arbeitender und unbedingt weitblikkender Geschäftsmann.

Noch am gleichen Abend suchte Peachum seinen Anwalt Walley in dessen Privatwohnung auf.

Sie besprachen sich in einem großen, prachtvollen Raum mit reicher Stukkatur an den Wänden und vielen exotischen Teppichen. In einer Ecke, in der Nähe des riesigen Schreibtisches, standen in grauen Emailletöpfen fettblättrige Pflanzen.

»Sie kommen wegen der Scheidungsgeschichte?« fragte Walley, etwas kühl. »Offen gestanden ist mir nicht ganz wohl bei dem Gedanken an diesen Prozeß. Der Ehebruch des Herrn Macheath steht ja fest und wird zugegeben. Die Nennung des Herrn Coax, wenn ich recht unterrichtet bin, eines Ihrer Geschäftsfreunde, als Zeuge eines Ehebruchs Ihrer Tochter ist natürlich eine Finte, aber es wird auf diese Weise eine Menge schmutziger Wäsche gewaschen werden, fürchte ich.«

»Wer hat denn Herrn Coax als Zeugen genannt?« fragte Peachum erstaunt.

»Herr Macheath. Vor einigen Tagen.«

»So«, sagte Peachum langsam. »Nun, Herr Coax ist seit 2 Tagen abgängig. Er ist vorgestern nicht nach Hause gekommen. Seine Schwester, mit der er zusammenwohnte, scheint recht beunruhigt. Leider hat er gewisse Neigungen, die ihn mit der Hefe der Bevölkerung zusammenbringen, so daß sein Ausbleiben die schlimmsten Befürchtungen wecken muß. Ich fürchte, mit anderen Worten, daß wir uns um Coax nicht mehr zu kümmern brauchen.«

»Ach«, sagte Walley nur. Er sah sein Gegenüber prüfend an, als sei er nicht recht im Bilde.

»Ich habe jede Geschäftsverbindung mit Herrn Coax abgebrochen«, fuhr Peachum fort. »Ich hatte in Southampton mit ihm ein Erlebnis, das mir die Augen öffnete. Es sei mir erspart, die widerlichen und fast Brechreiz verursachenden Szenen zu schildern, die sich dabei meinen Augen boten. Von diesem Augenblick an war der Mann moralisch für mich erledigt.«

Dann ließ er das Thema Coax fallen und erklärte mit undurchdringlicher Miene, daß seine Tochter ihm mitgeteilt habe, sie erwarte von ihrem Mann ein Kind. Dadurch sei alles von Grund auf verändert. Eine Scheidung komme nun nicht mehr in Betracht.

Der Anwalt schien sehr erleichtert. Peachum sprach trocken weiter. Er erkundigte sich nach dem Stand und vermutlichen Ausgang des Prozesses seines Schwiegersohnes. Er ließ durchblicken, daß er nunmehr an einem günstigen Ausgang interessiert sei.

Der Anwalt spielte mit einem Brieföffner in Messerform.

»Herr Peachum«, sagte er, »und wenn Sie mich hängen: Ihr Schwiegersohn wird frei ausgehen. Nicht ein Schatten von Verdacht wird bleiben, verlassen Sie sich darauf. Er hat doch ein Alibi.«

»Schön«, sagte Peachum und wollte aufstehen.

»Nicht schön«, sagte Walley empört. »Ohne daß ein Mörder gefunden wird, kann die Freilassung noch geraume Zeit dauern. Das Alibi wird erst nachgeprüft. Nein, lieber Peachum, wir müssen da schon noch ein wenig nachhelfen.«

Er legte sich zurück und faltete die Händchen über seinem Bauch.

»Lieber Peachum«, sagte er breit, »Ihnen liegt und muß liegen an der völligen Aufklärung der Umstände, die zum Tode der Frau Swayer geführt haben. Ich glaube, Withe war es, der in der Verhandlung vor der Grand Jury die These verfochten hat, daß die Swayer in Anbetracht ihrer wirtschaftlichen Lage keinen

Mörder brauchte, um aus dem Leben zu scheiden. Es ging ihr tatsächlich schlecht genug.«

Walley hatte immer langsamer gesprochen, als suche er nach einem Übergang. Er sah an Herrn Peachum vorbei, der ruhig dasaß, die knochigen Hände zwischen den Knieen. Mit einem deutlichen Ruck sprach er weiter.

»Leider«, sagte er mit Nachdruck, »läßt sich diese Lesart angesichts der neu aufgetauchten Tatsachen nicht aufrecht erhalten.«

Walley war aufgestanden. Mit großen Schritten ging er über die dicken Teppiche, die seine Beredsamkeit ihm eingebracht hatte.

»Herr Peachum«, sagte er dann bedeutungsvoll, immer weitergehend, »in der Gesellschaft der verstorbenen Mary Swayer hielt sich in letzter Zeit ein Mann auf, der vielleicht noch schlechter dran war als sie, ein Soldat namens Fewkoombey. Die Verhandlung vor der Grand Jury sah ihn auf dem Zeugenstand. Er sagte aus, er sei an dem fraglichen Abend mit Frau Swayer zusammen gewesen, er habe sie noch zum Pier begleitet.«

Der Anwalt hielt inne. Er blieb vor Peachum brüsk stehen, sah ihn scharf an und sagte ruhig:

»Hier sprach der letzte Mensch, der die Tote sah, und niemand, der ihm zuhörte, kam auf den Gedanken, der so naheliegt. So sehr verblendete der Haß auf den gesellschaftlich über ihnen stehenden Mann die Augen der meist den einfachen Schichten entstammenden Zeugen! Auch in die Redaktion des ›Spiegels‹ begleitete der Soldat die unglückliche Swayer, die ihre Selbständigkeit wohl kaum mehr besessen haben dürfte. Es gibt Beweise, es muß Beweise geben, Aussagen von Nachbarn, was weiß ich, über die dämonische Herrschaft, die er über die Unglückliche ausübte. Er hatte sich in dem behaglichen Nest eingeigelt, während sich der Mann der Swayer, ebenfalls ein Soldat, ein Kamerad von ihm also, im Felde befand. Ein Mensch, dem es besonderes Vergnügen bereitete, die Frau seines Kameraden zu verführen, und all dies vollzog sich in einem kleinen Zimmer, vor den Augen der Kinder! Als er Witterung von der ganz ungewöhnlichen Freundlichkeit und väterlichen Fürsorge bekam, die Herr Macheath gegenüber dem Geringsten seiner Mitarbeiter an den Tag legt, muß er der Frau Tag und Nacht zugesetzt haben, die seltene Gelegenheit auszunutzen. In einem Anfall von Scham mag die früher immer anständige und ordentliche Frau sich geweigert haben, den Großhändler zu erpressen, es mag auf dem nächtlichen Pier zu einer Szene gekommen sein . . . jedenfalls werden wir die Aussage eines Hafenarbeiters haben, der am fraglichen Abend, auf einem Spaziergang begriffen, gegen neuneinviertel Uhr den Fewkoombey aus der Gegend des äußeren Piers kommen sah. Herr Peachum! (Der Anwalt erhob seine Stimme.) Gerade der Gedanke, der es uns verbietet, zu glauben, daß der wohlsituierte Bankier Macheath die Kleingewerbetreibende Swayer ums Leben gebracht haben könnte, legt es uns nahe, daß es der mittellose verrohte ehemalige Soldat Fewkoombey gewesen sein muß. Es ist der Gedanke an die Bildungsstufe, auf der sich ein Mann befindet. Das Kriegshandwerk, das den gebildeten, phantasievollen Menschen über sich selbst hinaushebt und ihn zu den edelsten Taten anfeuert, weckt im ungebildeten, verrohten Menschen die niedersten Triebe. Ihn lockt der Gewinn. Der Gewinn in jeder Form. Die reine Mordlust treibt ihn zum Mord. Für ihn gibt es nicht den offenen, alle Kräfte weckenden Wettbewerb, den Zug nach oben, den nimmer ruhenden Ehrgeiz, aus sich das Beste zu machen, der unsere gebildeten Schichten auszeichnet. Das bißchen Schulbildung kann ihn nicht entscheidend beeinflussen, meist ist es ja nur der warme Ofen, der ihn ins Schulzimmer lockt, wenn es nicht die Prügel sind, die zu Hause auf ihn herabregnen. Es gelingt ihm nicht, Geld zu verdienen, dazu ist er zu stumpfsinnig. Verdient er welches, dann kann er's nicht halten. Die Abfindung, die er vom Militär erhält, rinnt ihm durch die Finger. Bald hat er nichts mehr. Gerade Sie wissen es, Herr Peachum: London ist kein Kinderbewahrungsheim, wenn man nichts in der Tasche hat! Er versucht zu betteln. Es mißlingt, er ist wohl nicht sympathisch genug. Jetzt ist er in einer Verfassung, in der die leiseste Aussicht, Geld zu machen, ihn aller Hemmungen beraubt. Er muß töten, wenn er dadurch zu ein paar Schillingen kommen kann! Die Natur, die ihre Gaben ungleichmäßig verteilt, das Milieu, die Erziehung haben ihren Teil Schuld daran, wir wollen es nicht leugnen!«

Der Anwalt sah einige Augenblicke lang nach oben in den Kristallüster.

»Ich höre Sie einwenden«, fuhr er leise fort, »daß die Swayer eine armselige Person war, gerichtsnotorisch mittellos, sie trug wohl kaum mehr als ein paar Pennies bei sich. Ich habe Ihnen auseinandergesetzt, daß ich an eine Szene glaube, einen zu weit gegangenen Versuch, Zwang auf die Handlungsweise der Beklagenswerten auszuüben. Aber es kann sich auch nur um die paar Pennies gehandelt haben! Auch das ist möglich, sogar das! Was, für ein paar Pence ein Menschenleben? Kann es das geben? Meine Herren! (Der Anwalt, hingerissen von seiner Beredsamkeit, vergaß, daß er zu Hause war.) Ein Blick auf unsere Stadt enthüllt uns das Entsetzliche, Unglaubliche: es gibt das! Was sind Ihnen, meine Herren, einige Pennies? Was sind Ihnen einige Pfund? Um was müßte es sich handeln, damit Sie ... ich will den Gedanken nicht weiterspinnen. Wissen Sie, was eine Nacht unter den Brücken ist? Erlassen Sie mir die Schilderung!«

Der Anwalt stand, die ausgestreckten Hände auf die Stuhllehne gestützt, zwei Schritt vor Peachum, sah auf ihn herab und beendete ruhig, nur ein wenig abwesend, als memoriere er im Hinterkopf die Höhepunkte seines außerordentlichen Extempores für das Plädoyer:

»Ich fasse zusammen: was Mary Swayer in den Freitod hätte treiben können, die elende materielle Lage, das hat den Soldaten George Fewkoombey, den noch Elenderen, veranlaßt, sie zu töten. Denn ich frage mich, wenn ich zu einer Untat den Täter suchen soll, immer nur: wer hatte sie nötig, die Untat? Wer sie nötig hatte, Euer Ehrwürden und meine Herren, der hat sie vollbracht!«

Die erste Autorität auf dem Gebiet des Elends hörte ihm zustimmend zu.

Die Schlacht bei den Westindiadocks

Stürmisch die Nacht und die See geht hoch
Tapfer noch kämpft das Schiff.
Warum die Glocke so schaurig klingt?
Dort zeigt sich ein Riff!
Brav ist ein jeder an seinem Stand
Kämpft mit der See für das Vaterland
Dem Tode nah, dem Tode nah
Furchtlos und mutig stehn alle da.
Laut hallt die Glocke jetzt über das Deck
Nichts half das Kämpfen: das Schiff, es ist leck.
Macht euch bereit! Macht euch bereit!
Wir segeln jetzt in die Ewigkeit!
Gott sei mit uns!
Wir gehen schlafen am Grunde des Meeres zur Ruh.
Gott sei mit uns!

(»Seemannslos«)

Coax wurde erst am dritten Tage nach seiner Ermordung von seiner Schwester in einer Leichenhalle in Poplar gefunden. Die Presse behandelte den Tod des Maklers William Coax im Zusammenhang mit dem die Öffentlichkeit immer stärker beschäftigenden Streik der Dockarbeiter.

»Es kann kein Zweifel darüber bestehen«, schrieben die Zeitungen, *»daß William Coax für sein Land gefallen ist. Alle polizeilichen Untersuchungen lassen es als sicher erscheinen, daß streikende Arbeiter hier bis zum Mord gegangen sind. Coax hatte in Zusammenarbeit mit der Regierung Frachtraum für Truppentransporte nach Kapstadt beschafft. Wenn die Regierung nicht willens oder imstande ist, Leute, die mit ihr für das Land arbeiten, zu schützen, wird sich bald kein Geschäftsmann mehr für sie finden. Es ist tragisch, daß dieser verdiente Mann in unmittelbarem Zusammenhang mit einer schönen Demonstration invalider Soldaten umkam. Mehrere Hundert zu Krüppeln geschossene Leute demonstrierten nämlich an diesem Dienstag in den Docks gegen den unverantwortlichen Streik der Dockarbeiter, durch deren Schuld englische Soldaten, die in Mafeking eingeschlossen auf Entsatz warten, dem Untergang preisgegeben werden. Wie man weiß, geht der Streik um wenige Pence. Keiner der streikenden Arbeiter kann mit ein paar Pence mehr in der Woche auch nur ein paar Stiefel mehr kaufen. Die Notlage des Landes*

wird also um nichts und wieder nichts hier zu Erpressungen ausgenutzt, die nicht einmal den Erpressern etwas nützen. Die besten Köpfe unserer Industrie sind Tag und Nacht an der Arbeit, die Kosten der Lebenshaltung auf ein Minimum zu senken. Erst dieser Tage gab ein viel Aufsehen erregender Prozeß Gelegenheit zu studieren, wie unermüdlich die Geschäftswelt darauf bedacht ist, selbst unter Opfern lebensnotwendige Artikel zu verbilligen. Unter Einsatz aller Kräfte senken die Chrestonschen Kettenläden, senkt der Aaronkonzern, senken Dutzende kleiner, selbständiger Ladeninhaber und Handwerker, zusammengefaßt in dem bekannten B.-Laden-System, die Preise ihrer Artikel. Wie soll dies möglich sein, wenn ein Teil der Bevölkerung steifnackig auf seinem Schein besteht? Niemand wird bestreiten, daß die Arbeiter die gleichen Rechte auf angemessene Entschädigung für ihre Arbeit haben wie jeder andere Stand. Aber die Mittel, die hier angewendet werden, sind durch nichts zu rechtfertigen, besonders nicht in einer Zeit, wo das Imperium um seinen Bestand kämpft und jeder Opfer tragen muß. Man darf wohl erwarten, daß die Regierung jetzt endlich durchgreift. Die Ermordung des Kaufmanns William Coax ist ein flammendes Zeichen dafür, wie weit es mit England gekommen ist.«

Es mußte allerdings noch einiges andere geschehen, bevor die Regierung erkannte, was ihre Pflicht war.

Als Präsident der TSV gab Peachum eine Reihe von Interviews. Er brachte die Trauer der Gesellschaft um den unersetzlichen Geschäftsfreund zum Ausdruck und hob die hohen und vaterländischen Gesichtspunkte des Verstorbenen hervor. In der Zeit zwischen Coax' Auffindung und seiner Beerdigung widmete sich Peachum der rein geschäftlichen Seite der Schiffeangelegenheit.

Er sah für Fräulein Coax die Papiere des Verblichenen durch, stellte ihr die Zahlung der Provision in Höhe von 12250 Pfund in Aussicht und nahm eine, interne Angelegenheiten der TSV berührende, von zwei Mitgliedern unterzeichnete Urkunde an sich, ebenso die Option auf die Southamptoner Schiffe.

Er fand auch die Ankaufs- und Verkaufspapiere über die alten Kähne vor, die er für die TSV benötigte.

Dann machte er in den Papieren des Verewigten eine grandiose Entdeckung: er fand einen z w e i t e n Regierungsvertrag.

Dieser betraf die neuen Southamptoner Schiffe. Der Verblichene hatte, als er durch die TSV so billig in den Besitz dreier guter Kähne gelangt war, nicht gezögert, sie der Regierung anzubieten.

Der Gewinn aus diesem Geschäft mußte über 120000 Pfund ausmachen! Peachum schwindelte es.

Einen Augenblick lang befürchtete er, einem Schlaganfall zum Opfer zu fallen.

Im Zimmer nebenan, die Tür stand halb offen, saß Polly bei Fräulein Coax. Die beiden Frauen nähten an Trauerkleidern. Minutenlang kämpfte Peachum mit sich, ob er ein Glas Wasser verlangen sollte. Die Gefahr, daß Fräulein Coax dann etwas merkte, war groß. Es waren vielleicht die tragischsten Minuten seines Lebens. Er ging aus ihnen als Sieger hervor. Schwer atmend, die Hand auf das hämmernde Herz gepreßt, jeden Augenblick ein Zusammenbrechen befürchtend, entschloß er sich, auf den Schluck Wasser zu verzichten.

Als sein Aussehen wieder normal geworden war – er kontrollierte es im Glas des Bücherschrankes –, verabschiedete er sich mit bewegten Worten von Fräulein Coax und fuhr ins Marineamt.

Dort zwang er Hale, die beiden Regierungsverträge auf ihn zu übertragen. Dazu genügte, daß er dem Staatssekretär mit dem Einsenden der Quittung über tausend Pfund Vorschuß, die dieser Coax ausgestellt hatte, bei der Regierung drohte. Hale war sehr gebrochen wegen des Hingangs seines ältesten Freundes, den er, wie er sagte, wohl niemals ganz verwinden würde.

Der Gewinn aus dem ersten Schiffegeschäft stellte sich für Peachum auf cirka 29000 Pfund.

Seine Endabrechnung mit der TSV sah folgendermaßen aus:

Die sieben Teilhaber, von denen einer ausgeschieden war, dessen Anteil Peachum seinerzeit übernommen hatte, buchten als Ausgaben für die drei alten Schiffe, ihre Überholung, die Bestechungsgelder, die Provision für Coax und die drei neuen Schiffe (diese letzteren kosteten 38500 Pfund) insgesamt 77450 Pfund. Als Einnahme standen dem gegenüber die 49000 Pfund, welche die Regierung bezahlte. 2100 Pfund schrieb Peachum ab für die alten Schiffe, die er angeblich durch Brookley & Brookley hatte verkaufen lassen. Crowl hatte von seinem Verlustanteil immerhin schon fast 4/5 ausgespuckt, als er in die ewigen Jagdgründe einging.

Übrigens sollten die Southamptoner Schiffe in Wirklichkeit nur 30000 Pfund kosten, wie Peachum aus der Option ersah.

Auf dem Heimweg von der Einäscherung Coaxens, zu Fuß durch die Slums gehend, gab sich Peachum, zum ersten Mal im Wirbel dieser Tage, wieder seinen Gedanken hin.

»Merkwürdig«, dachte er, *»wie die komplizierten Geschäfte oft in ganz einfache, seit urdenklichen Zeiten gebräuchliche Handlungsweisen übergehen! Wirklich, nicht allzu weit entfernt ist unsre so viel gepriesene Zivilisation von der jener Zeiten, wo der Neandertaler mit der Keule seinen Feind niederschlagen mußte! Mit Verträgen und Regierungsstempeln fing es an und am Ende war Raubmord nötig! Wie sehr bin gerade ich gegen Mord! Welch eine abscheuliche Barbarei! Aber die Geschäfte machen ihn nötig. Man kann ihn nicht ganz entbehren. Es stehen ja Strafen darauf, aber auf dem Nichtmorden stehen auch Strafen und furchtbarere! Crowl zum Beispiel wurde mit dem Tode bestraft für seine schicksalsergebene Haltung in diesem schwierigen Transportschiffeverwertungsgeschäft. Ein Herunterkommen in die Slums, wie es mir mit meiner ganzen Familie drohte, ist nicht weniger als ein Inszuchthauskommen. Das sind Zuchthäuser auf Lebenszeit! Man hebt die Bildung und verfeinert die Gewissen, unzweifelhaft, das Bild dieses Coax wird mir und besonders seinem Mörder, diesem Fewkoombey, noch oft im Schlaf erscheinen – aber Bildung, Güte, Menschlichkeit allein sind nicht stark genug, reichen nicht entfernt aus, den Mord in der oder jener Form zu beseitigen, zu groß sind die Prämien, die auf ihn gesetzt sind und zu schwer die Strafen, die auf seiner Unterlassung stehen! Dieser Coax starb, umgebracht, eigentlich auf natürliche Weise! Mit ihm wäre alles entsetzlich geworden, ohne ihn geht alles oder beinahe alles gut aus! Freilich, ein Mord ist das letzte Mittel, das allerletzte, eben noch anwendbare! Und wenn man bedenkt: daß wir nur Geschäfte miteinander gemacht haben!«*

Am nächsten Morgen ging er wieder in die Docks. Es stand schlimm dort. Kaum ein Dutzend Arbeiter waren noch am Werk. Die Feindseligkeit der Arbeiter, die vor den Schiffen wachten, daß niemand bei ihm Arbeit nahm, erschütterte ihn.

»Überall brutale Gewalt!« sagte er bitter zu ein paar Angestellten, die um ihn standen und durch die halbblinden Fenster eines Schuppens auf die Docks hinausspähten. »Gut, sie wollen die Arbeit nicht machen für den Lohn, den ich zahle. Aber warum lassen sie da die nicht arbeiten, die sie machen wollen? Die dieses Geld brauchen, unbedingt, weil die Familie hungert! Warum vergewaltigen sie diese Allerärmsten und lassen sie nicht arbeiten? Jeder müßte doch frei sein, zu tun, was er will.«

Peachum war ratlos.

Da erlebte er eine Überraschung von seiten seiner Tochter und seines Schwiegersohnes.

Die Nachricht von Coaxens Tod hatte in der Familie Peachum eine eigentümliche Stimmung erzeugt.

Polly war sehr nervös; sie war froh, Fräulein Coax Trost zusprechen und ihr bei den Besorgungen helfen zu können, welche die Beerdigung des Maklers nötig machte. Diese Tätigkeit übte eine sehr beruhigende Wirkung auf sie aus.

Die in den Zeitungen groß aufgezogenen Berichte über den Streik in den Docks öffneten ihr übrigens die Augen über die Schwierigkeiten, in denen sich ihr Vater befand. Sie ließ ihn durch ihre Mutter fragen, ob er Leute brauche, die die Arbeitswilligen beschützen könnten, ihr Mann würde ihm gern solche Leute zur Verfügung stellen.

»Es ist«, berichtete Frau Peachum ihrem Mann, »als ob ihr durch das große Leid, das sie in diesen Tagen mitanschauen muß, die Augen für die Sorgen anderer aufgegangen sind. Sie will wissen, ob sie dir helfen kann.«

Peachum brummte etwas wie: »Der Kerl ist der größte Schwindler, den es in dieser Stadt gibt!« Aber dann ließ er seiner Tochter sagen, sie solle mit Beery darüber sprechen. Sie tat es.

»Man darf nicht der Stimme des Hasses folgen, wenn Vermögenswerte auf dem Spiel stehen«, hatte Macheath gesagt, als sie ihn fragte. »Stimmungsgemäß sind wir gegeneinander, aber die Verhältnisse verlangen gebieterisch eine Einigung.«

O'Hara schickte einige Dutzend von seinen Leuten in die Docks. Diese brachten sogleich ein System in die Bekämpfung des Streiks. Sie verfuhren mit den streikenden Arbeitern so, daß sogar die Polizisten zusammenschraken. Sie zeigten ausgesprochenen Ordnungssinn, brachen alle Knochen, derer sie habhaft werden konnten und schlugen in jedes Gesicht, das hungrig aussah. Der Bauingenieur sagte in bezug auf sie zu Peachum, in allen diesen sonst so rauhen Gesellen stecke eben doch ein guter Kern; es käme immer mal wieder nur darauf an, für was sie eingesetzt würden.

Die Streikbrecher faßten neuen Mut.

Dann brachten O'Haras Leute einen Haufen von Gesindel dazu, einige Lebensmittelgeschäfte in der Gegend der Docks zu stürmen.

Es entwickelte sich eine förmliche Schlacht, die in die Annalen der ZEG-Leute als »Schlacht bei den Westindiadocks« einging und die Niederlage der Dockarbeiter besiegelte.

Im Angesicht einer Mauer schweigender Arbeiter schlugen zunächst Bully und die Seinen ein paar Schaufensterscheiben ein. Als sie ins Innere drangen, fielen ihnen aber die Streikenden in die Arme, denn sie wollten nichts mit Plünderungen zu tun haben. Die ZEG-Leute ergriffen Schinken und andere Fleischstücke und schlugen damit auf die Hungernden ein. Ein schmächtiger Arbeiter wurde mit einer ganzen Ochsenlende niedergeschlagen. Einige bekamen Töpfe mit Sülze in die ausgemergelten Gesichter, so daß sie nichts mehr sehen konnten und blind der herbeieilenden Polizei in die Hände fielen. Auch mit kleinen Broten wurde geschmissen. Ein paar rachitische Kinder erlitten davon Verletzungen. Brotlaibe wurden zu furchtbaren Waffen. Einer alten Frau wurde der Arm, in dem sie die leere Markttasche hielt, mit einem Fünfpfundlaib gebrochen. Der gebrochene Arm zeugte dann vor Gericht gegen sie.

Die Zeitungen waren außer sich über die Plünderungen, besonders über die Art, wie »das Volk« mit den Lebensmitteln umging.

»Das sind die Schrecken der Anarchie«, schrieben sie, »der entfesselten Instinkte. Solche Szenen sollen sich die Herren Sozialisten hinter den Spiegel stecken, wenn sie ihre heuchlerischen Artikel gegen die bestehende Gesellschaftsordnung schmieren!«

Von diesem Augenblick an wurde gegen den Streik und die Lohnforderungen der Arbeiter behördlicherseits mit aller Schärfe vorgegangen.

Zwei Tage darauf wurde gegen die Streikenden Militär eingesetzt. Die jungen Truppen, die für Südafrika bestimmt waren, riegelten die Docks ab und schützten die Streikbrecher. Es gab noch einzelne Schießereien in den nächsten Tagen, aber die Fertigstellung der Transportschiffe konnte gesichert werden.

Der Hauptkampf war kurz und erbittert gewesen.

Es waren fast noch Rekruten, die hier zum ersten Mal sich schlugen. Sie waren besser genährt als die Arbeiter, aber wenn man ihnen Arbeitskittel oder den Arbeitern Uniformröcke angezogen hätte, wäre es schwer gewesen, die Kämpfenden auseinander zu kennen, so glichen sie sich, da sie der gleichen Klasse angehörten. Wirklich, ohne Uniformen und Waffen hätten die jungen Soldaten sich untereinander blutig geschlagen!

Man darf auch schließlich nicht vergessen, daß sie die gleiche Sprache sprachen, alle englisch und alle den Klang der niederen Klassen. Die Schimpfwörter, die sie sich zuriefen, waren die nämlichen. Wurde einem Soldaten der Gewehrkolben, den er schwang, entrissen, so schwang ihn der Arbeiter mit nicht geringerer Übung, da er Schmiedehämmer zu führen gewohnt war. Waren auch die Arbeiter weniger geschult in dieser Art zu kämpfen, so hatten doch auch sie mit der Milch ihrer Mütter das Bewußtsein eingesogen, daß sie, wenn sie sich nicht wehrten, keine einzige Kartoffel bekämen. Und auch die Soldaten wußten, aus derselben Quelle, daß sie ihre Löhnung nicht für Maulaffenfeilhalten bekamen. So bekämpften sie einander, einmal aufeinander losgelassen, wie sie alle zusammen die Armut bekämpften, den Hunger, seine Krankheiten, all das, was die Städte ihnen boten und womit das flache Land sie bedrohte.

Die Zeitungen berichteten ausführlich über die Kämpfe. Sie brachten die Beschreibungen mehr oder weniger übereinstimmend unter der Überschrift: »DIE JUNGEN TRUPPEN, FIEBERND, IHREN KAMERADEN IN MAFEKING ZU HILFE ZU EILEN, MÜSSEN IHRE TRANSPORTSCHIFFE MIT DEM BAJONETT IN DER FAUST EROBERN!«

Die Fertigstellung der Schiffe nahm dann nicht mehr viel Zeit in Anspruch. Die Hauptschwierigkeiten bestanden in einer Unmenge dieser Formalitäten, welche dazu bestimmt waren, die Nation vor Übervorteilung zu bewahren.

An einem Freitag wurden die Schiffe von der Regierungskommission abgenommen und eine Woche später liefen sie aus.

Es war ein sehr nebliger Tag. Die Reede war, obwohl es sich nur um einen der kleineren, wöchentlichen Truppentransporte handelte, voll von Militär, den Hinterbleibenden der abgehenden Soldaten, Mitgliedern der Regierung und der Presse. Man sah nicht allzuviel von dem Vorgang, man sah seine eigene Hand kaum vor Nebel.

»Liebe Freunde«, führte der Staatssekretär in seiner Rede aus, »die Zukunft Englands beruht auf dem Opfermut und der Tapferkeit seiner Jugend. Ganz England begrüßt den Augenblick, wo diese 2000 jungen Menschen, die Blüte der Nation, die Schiffe Ihrer Majestät besteigen, um ein Beispiel der Tapferkeit zu geben. Das Walten blindwütiger Elemente umgibt sie, sie sind bedroht von listigen und skrupellosen Feinden, mit ihnen ist nur der Genius Britanniens: sie sind in Gottes Hand, das sagt alles.«

Große, undeutliche Leiber, schoben sich die drei Schiffe in dem alles verhüllenden Nebel unter dem Schallen eines Militärmarsches und dem Schluchzen der Mütter und Bräute vom Kai.

Elf Stunden später ging der »Optimist«, noch im Kanal, im Nebel mit Mann und Maus unter.

Eine nationale Katastrophe

Als nun die stürmische Nacht vorbei
Ruht ach so tief das Schiff.
Nur die Delphine und satte Hai
Ziehn um das einsame Riff.
Von allen Menschen so lebensfroh
Keiner dem grausigen Tod entfloh.
Dort unten auf dem Meeresgrund
Schlummern sie friedlich mit bleichem Mund.
Still rauscht das Meer sein uraltes Lied
Mahnend dringt es uns ins Gemüt:
Seemann, gib acht, Seemann, gib acht!
Horch, was der Wind und das Meer dir sagt.
Schlaft wohl. Schlaft wohl.
Unter Korallen in friedlicher Ruh
Schläfst dereinst auch du.

(»Seemannslos«)

Peachum hörte das gellende Geschrei der Zeitungsjungen, als er vormittags in einem Omnibus die Oxfordstraße hinunterfuhr. Er stieg aus und las in einem der Extrablätter, daß der »Optimist« gesunken sei und daß Gerüchte in der City umgingen über

Anschläge auf die Truppentransporte. Die Transportschiffe hätten den Hafen in einem Zustand verlassen, der nicht als seetüchtig bezeichnet werden könne. Man hoffe, die Polizei werde die unverantwortlichen Elemente, die hier ihre Hand im Spiel hätten und die Sicherheit Britanniens bedrohten, zur Rechenschaft ziehen.

Er ging sofort nach Hause.

Auch in die Old Oakstraße waren die Extrablätter schon gelangt. Beery hatte eines in der Hand, als Peachum eintrat. Er war totenblaß und zitterte.

Peachum ging an ihm vorbei, ihm einen schiefen und schrecklichen Blick zuwerfend, aber Beery starrte ihm nach wie einer Erscheinung.

Frau Peachum empfing ihn mit der Freundlichkeit, die sie immer zeigte, wenn sie im Keller gewesen war. Sie hatte noch nichts gehört.

Peachum ging in den Raum, wo die Reservekartothek stand und schloß sich ein. Seine Frau hörte ihn stundenlang rastlos auf und ab gehen. Als sie ihn zum Abendessen holen wollte und an seine Tür klopfte, erhielt sie keine Antwort; das Essen, das sie vor die Tür stellte, rührte er nicht an. Er erwartete seine Verhaftung.

Gegen elf Uhr abends, also etwa 14 Stunden nach dem Herauskommen des Extrablattes, stieg er ins Büro hinunter und klingelte Beery. Er schickte ihn in die nächste Kneipe nach Zeitungen, da Beery vorgab, keine gekauft zu haben.

In den Zeitungen standen große Schlagzeilen wie »EIN NATIONALES UNGLÜCK« und »NEBEL VERURSACHT UNTERGANG DES OPTIMIST« sowie einige Beschreibungen des Unglücks, soweit man solche schon besaß. Andeutungen über die Ursache, besonders von der Art, wie sie das Extrablatt gebracht hatte, fehlten ganz. Es hieß nur, daß das Marineamt eine Untersuchung eingeleitet habe.

Peachum las alles durch, jede Zeile. Dann handelte er.

Er entwarf zusammen mit Beery den genauen Plan einer völligen Umstellung der Werkstätten. Über die Hälfte der Beschäftigten sollte in Uniformen eingekleidet werden und Kriegsverletzungen erhalten. Vom Standpunkt des Bettelgeschäftes aus betrachtet war solch ein nationales Unglück dasselbe wie ein

Sieg. Es bestand kein Zweifel, daß London, die Schilderung des Unglücks vor Augen, bereit sein würde, zu opfern. Jeder Mensch in Uniform mit halbwegs erkennbaren Schäden mußte die nächsten Tage auf Händen getragen werden.

Peachum arbeitete mehrere Stunden und erhob sich nach kurzem Schlaf. Die Werkstätten, Sattlerei, Schreinerei und Schneiderei, begannen früh um sechs Uhr mit der Herstellung von Uniformen und Stümpfen.

Am Vormittag fuhr Peachum, nach einem Umweg über das Marineamt, wo er Hale für 5 Minuten sprach, ins Polizeipräsidium.

Hale hatte ihm einen vorzüglichen Eindruck gemacht. Seine militärische Erziehung setzte den alten Beamten instand, Schicksalsschläge mit Fassung zu tragen. Das Amt war in vollem Betrieb. Hales Anordnungen waren knapp und treffend. Übermorgen sollte die offizielle Trauerfeier stattfinden. Für den zweiten Regierungsvertrag, der den Ankauf der Southamptoner Schiffe sicherte, sah Hale keine Gefahr, so lange nicht über das erste Geschäft ein Skandal losbrach.

Der Chefinspektor empfing Peachum mit deutlichem Mißtrauen, das sich erst legte, als er sich als Präsident der Transportschiffegesellschaft vorstellte, damit jeden Zweifel darüber tilgend, er sei wegen des Falles Macheath da, der in diesen Tagen zur Verhandlung kommen sollte.

Peachum fragte an, was er der Presse über die vermutliche Ursache des Unglücks mitteilen solle. Brown gab ihm bereitwillig Auskunft. Die Ursache des Untergangs war noch nicht ermittelt, man hatte jedoch Nachricht, daß auch der »Junge Schiffersmann« schwer havariert sei. Wahrscheinlich seien die beiden Schiffe im unsichtigen Wetter zusammengestoßen.

Peachum ging schnell weg und fuhr zu Eastman. Er benutzte den Rest des Vormittags, mit diesem und Moon – Finney lag operiert in der Klinik – die Schlußabrechnung zu machen. Beide Herren waren nicht in der Stimmung, sich in die Details des Geschäfts noch einmal zu vertiefen. Sie hatten auch die Southamptoner Schiffe, die sie unter den Namensschildern der alten Unglückskähne auf Fahrt glaubten, nie zu Gesicht bekommen und fürchteten die Untersuchung.

Auf dem Rückweg ließ sich Peachum Zeit. Er ging unschlüssig

durch die Straßen, Gespräche aufschnappend. Man sprach allgemein über die Katastrophe.

Vor einem winzigen, dunklen B.-Laden unterhielt sich der Besitzer mit einigen Passanten.

»Mit Wind und Wetter«, sagte er, »ist nicht zu spaßen. Da hilft kein menschliches Planen. Gegen den Nebel ist der Mensch machtlos. Das sind Naturkräfte, zerstörerische Elemente. Man hat ja so auch seine Sorgen, aber einfach auf den Grund sinken, mitten im Kanal! Das ist ein großes nationales Unglück! In der Trinitatiskirche soll Freitag eine Trauerfeier stattfinden. Ich wette, das sind die Kommunisten!«

Nachmittags arbeitete Peachum weiter mit Beery.

Die Schreibstuben für die Bettelbriefe wurden mit neuen Vorlagen ausgestattet. Mit zittriger Hand baten Kriegerwitwen, deren Männer »im kühlen Wellengrab ruhten«, um Unterstützung zur Eröffnung eines kleinen Geschäftes, wobei übrigens zum ersten Mal in den Bettelbriefen der Peachumschen Fabrik B.-Läden genannt wurden.

Die Adressen wurden sorgfältig aus den Kartothekbänden ausgezogen, welche die Namen mildtätiger Menschen nebst ihren besonderen Schwächen enthielten.

Die Peachumsche Fabrik zeigte sich dem nationalen Unglück gewachsen.

Gegen Abend wurde Peachum zu Brown bestellt.

Dieser erwartete ihn mit finsterer Miene. Im Zimmer waren noch zwei höhere Polizeibeamte anwesend.

Es war ein großer Raum. Auf dem Schreibtisch stand auf grünem Fließblatt ein fußhoher, bronzener Atlas, der im Genick eine laut tickende Uhr schleppte. Auf dem Zifferblatt stand: ultima multis! An der Wand hing ein Bild Wellingtons.

»Herr Peachum«, eröffnete der Chefinspektor die Unterhaltung, »nach den bisherigen Ermittlungen müssen bei dem Transportschiff ›Optimist‹ schwere innere Schäden vermutet werden. Es liegt zumindest ein Steuerbruch vor. Ich muß Ihnen mitteilen, daß der Staatssekretär im Marineamt, Hale, von seiner vorgesetzten Behörde die Anweisung erhalten hat, seine Privatwohnung bis auf weiteres nicht mehr zu verlassen. Allerdings ist dieser Befehl geheim zu halten. Ich nehme an, Sie haben den Wunsch, sich zu dieser Sache zu äußern.«

Herr Peachum sah starr vor sich hin.

»Ich habe diesen Wunsch«, sagte er. »Ich glaube an ein Verbrechen.«

Der Chefinspektor musterte ihn durchdringend mit einem jener Behördenblicke, die nicht dazu da sind, wahrzunehmen, sondern wahrgenommen zu werden.

Nach einem kurzen, eindrucksvollen Schweigen fuhr Peachum fort:

»Meine Herren, das Steuer muß gebrochen sein; ohne Sturm, ohne Verschulden des Steuermanns, bei etwas unsichtiger, aber ruhiger See. Es ist keine Untersuchung nötig, sondern nur etwas Nachdenken. Nur etwas Kenntnis unserer Verwaltung und aller Verwaltungen aller zivilisierten Länder. Nur eine kurze Betrachtung der Art, wie wir unsere Beamten, die das Wohl des Staates wahrzunehmen haben, auswählen, wie wir sie erziehen und wie sie sich und wozu sie sich der Nation zur Verfügung stellen. Nötig ist dann noch, um zu dem Schluß zu kommen, daß solche Schiffe unbedingt untergehen müssen, eine flüchtige Übersicht über den Zweck, zu dem sie gebaut, die Art, wie sie verkauft werden und den Gewinn, den sie bringen müssen. Wenn wir diese Betrachtungen erst einmal anstellen, dann müssen wir – ob wir wollen oder nicht – zu der Überzeugung gelangen, der ich vorhin Ausdruck gegeben habe, als ich sagte: ich glaube an ein Verbrechen.«

Die Herren im Zimmer sahen sich an. Peachum saß, sie standen jetzt, denn sie hatten sich erhoben. Peachum fuhr fort:

»Andere Betrachtungen anstellend, meine Herren, komme ich zu anderen Resultaten. Ausgehend von der Vorzüglichkeit unserer Regierung und der Ehrlichkeit unserer Kaufleute und Firmen, der Gerechtigkeit unserer Kriege und der Uneigennützigkeit aller unserer vernünftig essenden, anständig wohnenden und ordentlich gekleideten Mitbürger, komme ich angesichts des Untergangs eines unserer Kriegsfahrzeuge bei stiller See ohne jede Untersuchung oder nach jeder Untersuchung zu dem Schluß, daß ein Verbrechen ausgeschlossen und ein Unglücksfall wahrscheinlich, ja, sicher ist. Ich sage dann: ich glaube nicht an ein Verbrechen, sondern an ein Unglück.«

Herr Peachum sah die einzelnen Herren von unten herauf aufmerksam an, bevor er fortfuhr:

»Wenn Sie mir nun gestatten wollen, daß ich unter Ihren Augen von diesen beiden Überzeugungen eine auswähle, die mich befriedigt, so entscheide ich mich für die zweite. Sie ist bei weitem vorzuziehen. In zwei Tagen findet, wie ich höre, eine Trauerfeier für die ertrunkenen Soldaten Ihrer Majestät statt. Würden Sie es für gut und schicklich halten, wenn anläßlich dieser Feier dieselben kriegsverletzten Soldaten, die vor kurzem für das Auslaufen der Schiffe demonstriert haben, nunmehr gegen das Absacken dieser Schiffe demonstrieren würden? Wie ich höre, besteht anläßlich der Notiz eines Extrablattes diese Absicht in der Gegend der Docks.«

Herr Peachum ging unbelästigt aus dem Gebäude der Polizei.

Er sah überall schon Trauerfahnen und Fahnen auf Halbmast. Die Weltstadt trauerte um ihre Söhne.

Säuberungsaktion

Father war ein großer, knochiger Mann, einer der drei Leute, die Macheath noch als Beckett gekannt hatten. Er arbeitete unter O'Hara in der Ridegasse und war befreundet mit ihm.

Er hatte von Macheath den Auftrag erhalten, seine Frau und O'Hara zu überwachen und hatte seinen Freund sofort verständigt.

Sie räumten zusammen das Lager aus, das sie hätten vernichten sollen und verschoben es auf eigene Rechnung. Father hielt dabei Grooch ab, den dritten von den alten Leuten.

Außerdem wußte Father ziemlich alles von den Beziehungen O'Haras zu Frau Macheath, denn er hielt es für gut, über möglichst viele Dinge im Bilde zu sein.

Er war auch hinter dem Mann hergewesen, der den Makler Coax umgelegt hatte. Sein Freund O'Hara aber wußte nicht, daß er das wußte.

Eines Morgens kostete der Doppelzentner Anthrazit in der Ridegasse 28 Pence und in die Lagerräume hinter dem Haus Nummer 28 drangen drei Kriminalbeamte ein und holten Father, der dort ein Zimmerchen bewohnte, aus dem Bett. Sie ersuchten ihn in der höflichen Form, die Scotland Yard auszeichnet, ihnen das Lager zu zeigen.

Es war nicht mehr viel da, aber einiges lag doch noch herum. Sie nahmen den Bestand auf und verabschiedeten sich ohne viel Redereien.

Father zog sich langsam vollends an und ging, da O'Hara vor 11 Uhr nicht zu erwarten war, zu Macheath ins Untersuchungsgefängnis.

Macheath trank eben seinen Morgenkaffee. Er schnitt Father glatt das Wort ab.

»In den Schuppen 28 ist nichts mehr, da können sie ruhig nachschauen«, sagte er gleichgültig.

»Woher wissen Sie das?« fragte Father verstimmt und versuchte, sich auf den Tisch zu setzen.

»Weil ich angeordnet habe, daß er ausgeräumt werden soll«, entgegnete der Großhändler und tunkte einen Toast ein. »Darum ist er ausgeräumt worden. Vor fünf Wochen etwa.«

»Also er war noch halb voll, daß Sie's wissen. Wir wollten ihn morgen leer legen, aber heute war er noch halb voll.«

Macheath schwieg und aß weiter. Dann sagte er:

»So. Dann möchte ich nur wissen, was ihr in meinem Schuppen aufgestapelt habt. Hoffentlich war es nichts, was das Licht der Öffentlichkeit zu scheuen hat, und ihr habt Belege.«

Father schwieg betroffen. Erst nach einer Weile murmelte er halblaut:

»Sie kamen auch gradwegs nach Nummer 28.«

»Übel«, sagte Macheath und sah Father mit seinen wässerigen Augen von unten herauf an.

Dieser ermannte sich endlich. Er setzte sich mit einem plötzlichen Entschluß auf die Tischkante, den Kalender mit seiner großen Hand wegfegend, den Macheath vorsorglich hingelegt hatte und sagte laut und grob:

»Sie täuschen sich, Beckett, wenn Sie glauben, wir gehen für Sie nach Old Bailey. Wir denken nicht daran. O'Hara ist mein Freund und wir halten zusammen wie Kletten, wenn auch andere Leute allerhand Verrätereien im Schilde führen gegen ihre alten Kameraden. Haben Sie verstanden?«

Der Großhändler ließ sich in seinem Essen nicht stören.

»Sprechen Sie sich aus, Father, aber gehen Sie von meinem Tisch herunter, sonst lasse ich Sie hier herauswerfen, obwohl Sie ein alter Kamerad sind.«

Father stand ungelenk auf. Er zitterte vor Wut.

»Also so ist das? Sie wollen ausmisten? Von allem Anfang an legen Sie ein paar Dutzend gute Leute rein mit Ihrem System, erst zahlen Sie feste Bezüge, weil Sie die Lager voll haben wollen; dann brauchen Sie keine Ware mehr und zahlen Stücklohn, immer grade wie's für Sie günstig ist und jetzt liefern Sie sie glattwegs der Polizei aus! Aber Sie sind ja Bankier, was? Sie wissen ja von nichts, wie?«

Macheath betrachtete ihn aufmerksam.

»Ich bin nicht übelnehmerisch«, sagte er nicht unfreundlich. »Sie können frisch von der Leber weg mit mir reden. Sie müssen aber bedenken, daß Sie einen Auftrag hatten von mir, den Sie nicht ausgeführt haben. Sie sind allerdings befreundet mit O'Hara, aber das konnte ich nicht wissen. Er ist so ein gemeiner Hund, daß ich es nicht für möglich hielt, er könne Freunde haben, die für ihn ins Gefängnis gehen wollen.«

»Ach Sie!« Father stotterte vor Wut. »Lassen Sie Ihre saubere Frau von einem Spitzel beaufsichtigen! Er wird Ihnen allerhand mitteilen können! So übel scheinen O'Hara nicht alle Leute zu finden wie Sie, wissen Sie!«

Er war toll vor Wut, aber er beobachtete seinen Mann doch, während er redete.

Es nützte ihm nichts, Macheath ließ sich nichts anmerken. Er sagte nur:

»Ich sehe, Father, daß Sie nicht ganz so schlecht sind, wie Sie sich machen. Sie haben also doch Ihre Augen offen gehalten.«

»Ja, allerdings, Beckett, ein wenig.« Father senkte tückisch den Schädel. »Ich habe auch gesehen, was Sie mit dem Makler Coax haben machen lassen. Der Sandsack fiel nicht vom Himmel.«

Macheath legte plötzlich seinen Löffel weg. Er schien ehrlich interessiert.

»Father«, sagte er mit ganz anderer Stimme, »darüber müssen Sie mir was sagen. Das weiß ich nämlich wirklich nicht. Dieser Coax ist ja recht rasch gestorben.«

Father kämpfte einen heftigen Kampf mit sich aus. Er kannte Macheath, sein jetziger Ton war echt. Wenn er aber von der Ermordung des Coax nichts wußte, dann war das eine Privatsache seines Freundes O'Hara gewesen. Dann hatte er jetzt viel zu viel gesagt.

Macheath beobachtete gespannt seine Mimik.

»Father«, sagte er freundlich. »Sie können nichts mehr retten. Mit Sandsack arbeitet nur Giles. Ich kenne ihn nicht persönlich, das wissen Sie. Er ist O'Haras Mann, nicht? Wir sind jetzt so weit, Father. Sie müssen Ihr Gewissen erleichtern. Und Sie müssen sehen, daß Sie aus der Ridegasse herauskommen und einen Paß kriegen und Reisegeld, Mann. Ich bin kein Unmensch. Sie nennen mich immer Beckett, aber ich heiße Macheath. Ich will auch vergessen, daß Sie auf meiner Tischkante gesessen haben. Was Sie über meine Frau gesagt haben, war im Zorn gesagt. Sie können bis elf Uhr noch Ihren Koffer packen und dann in den Rasiersalon gehen, wo inzwischen Bescheid eingetroffen sein wird. Aber wenn Sie O'Hara ein einziges Wort sagen, zum Beispiel ›adieu‹ oder ›schönes Sauwetter heute‹, dann sitzen Sie um halb zwölf Uhr im Kittchen. Das müssen Sie verstehen.«

Father kam nicht dazu, noch etwas zu sagen. Macheath wollte nichts mehr hören. Er wollte vor allem nichts mehr über Polly und O'Hara hören. Er wollte keinen einzigen Gedanken mehr verschwenden an diese dunkle Angelegenheit. Er wollte keinem Mann mehr begegnen, der Lust verspüren konnte, mit ihm darüber zu reden.

Das konnte Father nicht wissen, aber es rettete ihn.

Er ging verstört in die Ridegasse zurück. Dort packte er seinen Handkoffer und zog seinen besten Anzug an. Es war halb elf Uhr, als er durch den Torbogen ging. O'Hara kam eben durch das vorderste Tor herein, seine Morgenzigarette zwischen den Lippen. Father schwankte, ob er ihm nicht doch etwas sagen sollte. Sie waren alte Freunde. Father hatte O'Haras Mutter gut gekannt.

Er stand unentschlossen hinter dem Torflügel, O'Hara hatte ihn noch nicht gesehen. Dann entschloß er sich.

Er trat hinter dem Torflügel vor und ging an dem Eintretenden vorbei, stumm, starr vor sich hinblickend, die Lippen wie die Kanten einer Stahlkassette zusammengepreßt.

O'Hara blickte ihm erstaunt nach.

Als Father um die nächste Ecke herum war, atmete er erleichtert auf. O'Hara mußte doch den Koffer gesehen haben und den guten, grauen Anzug.

Aber gegen halb zwölf Uhr wurde O'Hara in seiner Wohnung verhaftet.

Er trat im Polizeipräsidium sehr selbstbewußt auf. Als er erfuhr, daß die Anklage auf Einbruch und Hehlerei lautete, lachte er. Er behauptete, die Waren, die an die ZEG gegangen wären, gekauft zu haben. Die Belege lägen in dem Büro der ZEG in der City.

Man sagte ihm, gerade von dort sei die Anzeige gegen ihn erfolgt.

Er verlangte sogleich, mit dem Bankier konfrontiert zu werden.

Am Nachmittag geschah es. Anwesend waren in Macheath' Zelle Lord Bloomsbury und Herr Brown von Scotland Yard.

Bevor er ein Wort sagen konnte, trat Macheath auf ihn zu und sagte:

»Herr, woher haben Sie die Waren, die Sie für meine Läden seit einem halben Jahr geliefert haben?«

Erst als er wieder in seiner Zelle saß, konnte er sich von seinem Staunen erholen. Aber da wurde Sandsack-Giles zu ihm hereingestoßen.

Father schwamm schon auf hoher See, als ein Satz von ihm seinem Chef Macheath immer noch im Hinterkopf herumging. Der Satz hatte so ähnlich gelautet wie: passen Sie lieber auf Ihre saubere Frau auf!

Es regnete draußen. Während Macheath in seiner Zelle herumlief, die Hände in den Hosentaschen, horchte er auf den Regen. Manchmal blieb er eigens stehen, senkte den Rettichkopf und horchte besonders aufmerksam. Dann stieß er mit dem Fuß ärgerlich nach dem dicken Teppich und dachte:

»Gut, daß er jetzt im Moment jedenfalls sitzt. Da weiß ich doch. Man sagt mir, meine Leute beschweren sich über meine Unentschlossenheit. Aber wenn es darauf ankommt, habe ich noch immer meine Entschlußkraft gefunden. Ich weiß besser als jeder andere: man muß durchgreifen, mitunter. Man muß über alles unterrichtet sein, was im Geschäft vorgeht und man muß alles ausreifen lassen wie eine Eiterbeule. Und eines Tages muß man durchgreifen, plötzlich, aus heiterm Himmel, wie der Blitz, als Chef. Die ganze Unmoral wird aufgedeckt, schonungslos. Alles erstarrt. Der Chef hat lange zugesehen, aber dann hat er

durchgegriffen. Er hat nicht seine ältesten Kameraden geschont, als er merkte, daß da etwas faul war. So ist er, man kann ihn nicht täuschen.«

Er ging wieder einige Schritte, blieb noch einmal stehen und verfiel von neuem in Gedanken.

»Der Besitz einer Frau«, dachte er, *»ist schwierig geworden. Früher kam man von der Jagd zwei Stunden früher zurück, als man erwartet wurde, und scheuchte irgend so einen fleischigen Bengel aus dem Bett seiner Frau auf, was sage ich, aus dem Bett? Es genügte, sie in einem Raum mit einem Mann stehen zu sehen und alles war klar! Heute zwingt das Geschäftsleben sie, ob sie will oder nicht, ihre Waden den Blicken der Männerwelt auszusetzen, und in gewissen Büros wird geliebt, wie man sich die Hände wäscht, hauptsächlich um uns Unternehmer um die Arbeitszeit zu betrügen! An Entdeckung ist nicht mehr zu denken, wenn der Ehebruch so wenig auffällt und so wenig Bedeutung hat wie das Händewaschen.«*

Macheath schüttelte verwundert den Kopf, hörte wieder stärker den Herbstregen und ging weiter. Nach einiger Zeit setzte er sich an den Schreibtisch und nahm die Akten seines Prozesses vor.

Die Verhandlung sollte in ein paar Tagen stattfinden.

Unruhige Tage

Arbeiten und nicht verzweifeln.
(Carlyle)

Die kleine Fabrik in der Old Oakstraße arbeitete mit Überstunden und Nachtschicht.

In der Schneiderei hing, mit Reißnägeln an die Tapete geheftet, ein Zeitungsausschnitt, der den Heldentod der Putzmacherin Mary Anne Walkley behandelte.

Mary Anne Walkley, zwanzigjährig, beschäftigt in einer Hofputzmanufaktur, beteiligte sich an der Herstellung der Prachtkleider adeliger Damen für den Huldigungsball bei der frisch eingeführten Kronprinzessin. Es war die Höhe der Saison. 26½ Stunden arbeitete sie ohne Unterlaß, zusammen mit 60 anderen

Mädchen, je dreißig in einem Zimmer, das kaum ein Drittel der üblichen Kubikzoll Luft gewährte, während sie Nachts zwei und zwei ein Bett teilten in einem der Sticklöcher, in die der Schlafraum durch Bretterwände abgepfercht war. Cherry, Portwein, ein wenig Kaffee frischten ihre versagende Arbeitskraft auf, die sie so uneigennützig, gegen allergeringsten Lohn in den Dienst der Königin stellte; sie erkrankte am Freitag, nähte weiter und starb am Sonntag, nicht weniger eine Heldin als die Helden von Mafeking.

Mehr noch als dieser Anschlag mit seiner anfeuernden Moral beschleunigte Beerys Methode, unwillige oder schwächliche Arbeiterinnen einfach auf die Straße zu setzen, das Arbeitstempo.

»Du bist nicht schuld an deiner Schwindsucht«, pflegte er zu sagen, »aber ich auch nicht!«

Er hatte eine bauliche Erfindung gemacht: wie er feststellte, pflegten die Arbeiter und Arbeiterinnen auf dem Klosett gelegentlich eine Zigarette zu rauchen; vom Hof aus hatte er, wenn sie zu lange von der Arbeit wegblieben, den Rauch aus dem winzigen Fensterchen steigen sehen. Er ließ eine schiefe Holzwand bauen, so daß man nur gebückt sitzen konnte. Als Polly seinerzeit zu ihren Eltern zurückgekehrt war, hatte sie angesichts dieser Örtchen mit ihrem Ausblick auf die alten verkrüppelten Bäumchen des Hofes stille Rührung ergriffen; das war zu Hause.

Die Arbeit ging gut vorwärts. Aber in den Zeitungen standen, im Zusammenhang mit der Trauerfeier für die Opfer des Optimistunterganges, die übrigens auf den gleichen Tag, einen Donnerstag, fiel, wie die Hauptverhandlung gegen den Bankier Macheath, allerhand reichlich unverschämte Anfragen über den Fortgang der Untersuchung, die Schuldigen betreffend.

Der Chefinspektor schwieg sich aus. Peachum wußte, daß die Polizei in den Docks Nachforschungen betrieb. Es wurden auch einige Verhaftungen vorgenommen. Peachum studierte fieberhaft alle Zeitungen, aber sie brachten keinerlei Erklärungen von seiten des Präsidiums.

Dagegen trieben sich um das Haus in der Old Oakstraße allerhand Kriminalbeamte herum.

Peachum litt sehr in diesen Tagen.

»Es ist klar, daß es zum Schlimmsten kommt«, sagte er sich, besonders, wenn er nachts von den hellerleuchteten, von Arbeit

erfüllten Räumen durch dunkle Gänge in andere hellerleuchtete Räume ging und auf den Gängen etwas stehen blieb. *»Leben ist: daß es zum Schlimmsten kommt! Und doch wäre es denkbar, daß dieses eine Mal die Polizei nicht eingriffe! Der ›Optimist‹ ist untergegangen, ich leugne es nicht. Soll jetzt auch noch ich untergehen? Natürlich ist es ein Schade für die Hinterbliebenen, unleugbar. Aber ist ihnen geholfen, wenn es auch für mich ein Schade ist?«*

Dabei verdankte er dem Unglück dieser Tage einen kommerziellen Einfall. Er beruhte auf folgender Überlegung:

»Solche Unglücksfälle wie der mit dem ›Optimist‹ sind unvermeidbar. Sie werden immer wieder vorkommen. Kriege, Seestürme, Erdbeben, geschäftliche Unternehmungen, Mißernten sind ganz unvermeidlich. Wer die menschliche Natur kennt, weiß, daß alles Menschenwerk Stückwerk sein muß. Der Satz steht schon in der Bibel und es ist eine Befürchtung, die man beachten muß. In der Tat fürchten ja neun von zehn Menschen mit Recht die Zukunft. (Höchstens einer von tausend fürchtet sie mit Recht nicht.) Daran müßte man anknüpfen. Das könnte ein ausgezeichnetes Geschäft sein. Nehmen wir Dinge, die alle fürchten: Krankheit, Elend, den Tod. Sagen wir jenen, die sich fürchten, weil sie das Leben und ihre Mitmenschen kennen: wir versichern euch gegen eine solche unvermeidliche Zukunft. Ihr bezahlt uns laufend (so werdet ihr es gar nicht oder kaum bemerken) eine Kleinigkeit von euren Einkünften in den Tagen des Glücks und wir zahlen euch aus (oder im Fall eures Todes eure Hinterbliebenen), wenn die unvermeidliche Katastrophe eintritt! Ist das ein Vorschlag? Ich bin sicher, daß dieser Vorschlag begrüßt werden würde. Man muß den Menschen helfen! Hilfe, das lassen sie sich etwas kosten! Wenn ich aus dieser Sache jetzt herauskomme, wenn dieses eine Mal die Polizei nicht mit ihren plumpen Händen dazwischentappt, werde ich diesen Gedanken in die Tat umsetzen, das ist sicher. Denken wir nur an die Soldaten, die mit dem ›Optimist‹ untergingen. Es sind zum großen Teil Jugendliche, aber es sind auch Familienväter darunter. Wie ganz anders stünden die Familienangehörigen heute da, wenn die Soldaten sich gegen Schiffsunfälle hätten versichern lassen! Angesichts des Befehls, auf die Schiffe zu gehen, hatten sie gar keine andere Möglichkeit, als sich schleunigst versichern zu lassen. Sie

haben sie nicht wahrgenommen. Leute, die in den Zeitungen Beschreibungen von Katastrophen wie der des ›Optimist‹ lesen, müssen doch für eine solche Versicherung zu haben sein. Und es gibt so viele Katastrophen! Das Alter ist zum Beispiel eine! Das Alter in den großen Städten! Die letzten Lebensjahre der nicht mehr Ausnutzbaren! Unvermeidliche und doch entsetzliche Jahre! Auch die Arbeitslosigkeit ist solch ein Unfall. Da sind zum Beispiel meine Angestellten. Ich profitiere davon, daß sie nicht wissen, wo sie hingehen sollen, wenn ich sie auf die Straße werfe. Ich bedrücke sie so gut ich kann und ziehe meinen Gewinn daraus. Sie müssen, das kann ich annehmen, ein starkes Bedürfnis nach Hilfe haben. Vielleicht wäre also auch noch ein Gewinn daraus zu ziehen, ihnen zu helfen? Man könnte Gebäude, große, bauen, in denen diese Pennies verwaltet werden. So lange diese Krankenkassen nicht in Anspruch genommen werden, könnten sie blühen, werden sie in Anspruch genommen, könnten sie bankerott gehen. Jedenfalls, wenn man sich zwischen diese Leute und ihre Unternehmer schöbe und für sie ein paar Pennies mehr herausschlüge, könnte man diese Pennies für die geleistete Hilfe einbehalten. Es wäre ein glattes Geschäft. Denn die meisten der Zahlenden sterben doch in den Sielen, oder können ihre Gebrechen niemals nachweisen usw. usw. Allerdings, solche Dienste nehmen die Arbeiter vielleicht lieber von ihresgleichen, also von einstigen Arbeitern, in Empfang ... Nun, man könnte einige von ihnen hereinsetzen, pro forma. Man könnte für solche Versicherungen vielleicht sogar den Staat heranziehen. Man könnte sich Gesetze denken, die es den Arbeitern zur Pflicht machen, Beiträge zu zahlen. Der Staat selber müßte so den Leichtsinn der breiten Massen bekämpfen, ihren verbrecherischen, weltfremden Optimismus, es werde schon alles gut ausgehen, wo man doch weiß, was den Arbeitern und Angestellten und allen kleinen Leuten blüht! Man kann den Krieg nicht verhindern, ebenso wenig die Krisen. Man muß die Burschen auf die Straße setzen, wenn sich ihre Beschäftigung nicht mehr rentiert, man kann die Wohnungen nicht gesünder bauen, als die Mieten es gestatten usw. usw. – also muß man doch verfügen, daß sie vorsorgen! Bei dem bodenlosen Leichtsinn dieser unwissenden und denkfaulen Leute, mit dem sie Soldaten werden, Fabrikarbeiter usw., muß man einfach zu gesetzlichen Maßnahmen greifen. Man muß sie zwingen, sich zu versichern. Mehr können sie nicht, aber das müssen sie. Das liegt im öffentlichen Interesse und das ist auch ein Geschäft! Eine solche Versicherung zu gründen, würde allerdings etwas Kapital erfordern. Wenn mir die Sache mit den Schiffen jetzt glückt, wäre das Kapital da. Übrigens, die neuen Schiffe, die Southamptoner, sind absolut seetüchtig! Nur die Polizei darf nicht dazwischen kommen! Dieses eine Mal muß es klappen!«

Als am Mittwoch abend immer noch keine Stellungnahme der Polizei vorlag, neun Tage nach dem Untergang des »Optimist« und am Vorabend der behördlichen Trauerfeier, hielt Peachum die Nervenanspannung nicht länger aus.

In einer Art Panik beschloß er, die Polizei unter Druck zu setzen. Er schickte Beery und noch zwei Leute ins Präsidium mit ein paar Transparenten, auf denen Aufschriften gemalt waren wie »WAS WAR MIT DEM ›OPTIMIST‹ LOS?« »WAS HAT DAS MARINEAMT AN BESTECHUNGSGELDERN BEKOMMEN? FRAGE VON 200 INVALIDEN SOLDATEN.« und »WARUM ERTRANKEN DIE VOM ›OPTIMIST‹?« Eines der handgemalten Plakate trug sogar die Aufschrift »WER IST HERR PEACHUM?«

Beery gab auf der Polizei an, er komme von Herrn Peachum, dem Präsidenten der TSV. Die Plakate seien auf Umwegen, über einige Bettler, die bei ihm ihre Musikinstrumente entliehen, in seine Hände gelangt. Anscheinend sei für den nächsten Vormittag eine Demonstration mit solchen und ähnlichen Transparenten geplant.

Eine Stunde später ging Peachum selber noch einmal hin.

Brown fertigte ihn kurz ab. Seine Klage, er sei ruiniert, wenn eine solche Demonstration stattfinde, es könnte ihm dabei nichts nützen, wenn zugleich auch noch hohe Regierungsbeamte mit Schmutz beworfen würden, wurde kaum angehört.

Er ging verzweifelt weg.

Mit der nächsten Droschke fuhr er zur Redaktion des »Spiegel«.

Er verlangte den Chefredakteur und hatte eine sehr ernste Besprechung mit ihm, auf Grund derer der Mann versprach, in der Morgenausgabe zwei Spalten für eine sensationelle Erklärung des Präsidenten der Transportschiffegesellschaft über die Ursachen der Schiffskatastrophe bis früh 8 Uhr frei zu halten.

Danach ging Peachum zu Fuß nach Hause, ordnete die Durchführung der geplanten Demonstration für den nächsten Morgen an, riegelte sich in sein Kontor ein und schrieb die ganze Nacht durch.

Brown, der es für gut gehalten hatte, ihm die kalte Schulter zu zeigen, fühlte sich dennoch keineswegs wohl in seiner Haut. Er ordnete für den Abend noch einmal eine (die siebente) Razzia an den Docks an, verhörte die ersten zwanzig Arbeiter, die eingeliefert wurden, und fuhr niedergedrückt zu Macheath ins Gefängnis.

Macheath war allein und las ein Buch.

Brown schickte die Wärter weg und nahm sich Ale aus einer der Flaschen, die in der Ecke der Zelle standen.

Bevor er den Mund aufmachen konnte, um dem Freund sein Herz auszuschütten, begann dieser nervös:

»Was ist mit O'Hara? Ich bin verdammt unruhig. Hat er immer noch nicht gestanden?«

»Nein«, sagte Brown müde.

»Hast du ihm gesagt, daß wir ihm den Mord nachweisen können, wenn er sein verfluchtes Maul nicht hält?«

»Ja, alles. Er sagt, er will lieber hängen, als dich herauslassen. Er faßt es, glaube ich, von der menschlichen Seite auf.«

Macheath lief rastlos in der Zelle auf und ab. Sein Prozeß sollte morgen stattfinden. Wenn er nun schon morgen gestehen mußte, daß er der Präsident der Zentralen Einkaufsgesellschaft war, dann durfte er nicht auch noch in eine Einbruchsgeschichte verwickelt sein.

Schließlich setzte er sich aber wieder und wurde ruhiger.

»Der Mensch hat doch Vernunft«, sagte er, nach den Zigarren greifend. »Er folgt nicht seinen blinden Trieben, sondern Vernunftgründen. Daran glaube ich. Wenn ich nicht mehr daran glauben kann, lasse ich mich aufhängen. Die Städte, in denen wir leben, diese ganze Zivilisation mit ihren Segnungen sind die Beweise für die Macht der Vernunft. Auch dieser Mensch wird seinen blinden Rachedurst bekämpfen und vier Jahre Gefängnis, oder sagen wir drei Jahre, wir können ja noch einige Quittungen herausrücken, dem Tod durch den Strick vorziehen.«

Brown sagte noch, er habe O'Hara eine Frist bis morgen mittag zwei Uhr gegeben.

»Ja, um zwei Uhr spätestens muß ich die Erklärung haben«, sagte Macheath. »Gleich nach dem Prozeß habe ich eine Unterredung mit Chreston in der National Deposit Bank, zu der vielleicht auch Aaron und die Oppers kommen. Ich möchte das Geständnis meines Lieferanten vorlegen können, daß er sich Einbrüche hat zu Schulden kommen lassen.«

Dann durfte Brown endlich auf seine eigenen, nicht geringen Sorgen zu sprechen kommen.

Der Fall des »Optimist« sah übel aus. Es bestanden wenig Zweifel daran, daß das Schiff sowie seine zwei Schwesterschiffe in keinem guten Zustand abgeliefert worden waren. Die Gesellschaft, die diese Schiffe verkauft hatte, war in allerletzter Zeit schon einmal von einem »Unglück« betroffen worden. Der in der Gegend der Docks erstochene Makler William Coax hatte zu ihr in naher geschäftlicher Beziehung gestanden. Sein Tod war noch keineswegs aufgeklärt. Man hatte ein paar Arbeitslose verhaftet, Leute, die anläßlich des Streiks entlassen worden waren und ungeschickte Äußerungen getan hatten. Aber es war ihnen nichts Richtiges nachzuweisen gewesen. Der Untergang des »Optimist« drohte größere Wellen zu schlagen. Die Drohungen des Herrn Peachum nahm Brown nicht allzu ernst, was die unmittelbare Wirkung der Demonstration betraf. Es war Polizei in genügendem Ausmaß aufgeboten worden, die die morgige Trauerfeier durchaus vor Störungen bewahren konnte. Schlimmer war etwas anderes.

Der Chefinspektor senkte die Stimme, als er davon sprach.

Durch irgendeinen Kurzschluß im Marineamt war die Ordre, welche die beiden andern Schiffe, von denen doch zumindest das eine, das mit dem »Optimist« zusammengestoßen war, beschädigt sein mußte, zurückrief, nicht zur Versendung gelangt. Die Schiffe befanden sich weiter auf hoher See, mit Kurs auf Kapstadt. Das Marineamt zog überhaupt nicht recht in der Sache. Brown war deshalb sehr unsicher. Vielleicht sollte man die Demonstration doch überhaupt nicht erst herausfordern? Die Polizei hatte für die öffentliche Ordnung zu sorgen.

Freilich lag alles nicht ganz in der Hand Peachums, den man ja leicht zurückpfeifen konnte. Die Kommunisten planten ebenfalls Umzüge gegen die behördliche Trauerfeier. Diese Umzüge konnte man nicht verhindern.

»Sie haben doch kein Material ohne Peachum«, warf Macheath ein, der sich eine große Zigarre angezündet hatte.

»Nein, das haben sie kaum«, sagte Brown, ein wenig beruhigt. »Sie machen sich ja immer lächerlich mit ihren ewigen Vermutungen, die sie nie beweisen können.«

»Sie werden wieder etwas zusammenfaseln von Korruption in den Ministerien und womöglich noch andeuten, daß der Staatssekretär persönlich einige Tausender in die Hand gedrückt bekommen hat. Das ist doch nur lächerlich.«

»Weißt du«, sagte Brown, nunmehr sich auch eine Zigarre nehmend, *»ich kann mich etwas ärgern über diese Quatschköpfe. Immer hacken sie auf uns herum, weil wir angeblich die Gesetze nicht streng genug beachten. Als ob die Gesetze zu ihren Gunsten gemacht wären! Sie sind furchtbar darauf aus, daß alles in gesetzlichen Bahnen verläuft. Wenn es ein Gesetz gäbe, das Hale anständigerweise gestatten würde, für die Mühe, die es ihn kostet, die Augen zuzudrücken, eine Abgabe zu erheben, würden sie ihm die paar Tausender, die er genommen haben soll, nie vorwerfen. Sie hätten dann nicht das Gefühl, übers Ohr gehauen zu werden. Es ist geradezu komisch. Es ist doch wirklich in der großen Politik und so in der Wirtschaft nicht alles ganz stubenrein; da ist doch wirklich manches für den kleinen Steuerzahler, nun, sagen wir unverständlich. Und das sind doch Gewinne im größten Ausmaß! Das sind doch nicht nur ein paar Tausender! Jede kleine Textilfabrik schaufelt doch da ganz anders! Aber dann klammern sich unsere ›Aufklärer‹ immerfort an lauter Kleinkrams, sagen, die Stadtverwaltung sei bestechlich, die Polizei sei nicht unparteiisch oder Gottweißwas, was sie überdies nie beweisen können und was auch meist gar nicht stimmt! Solche Schwarzweißmalerei macht alles, was diese Schmutzaufwirbler vorbringen, einfach unglaubwürdig.«*

»Wenn jetzt einer mitschriebe, was du daherredest«, sagte Macheath bedächtig, »wäre es auch Schwarzweißmalerei.«

»Unglaubwürdig«, grinste Brown, »vollkommen unglaubwürdig!«

Sie sprachen eine Zeitlang über Politik.

»Es gibt eigentlich keine Partei«, beschwerte sich Macheath, *»die meine Interessen voll und ganz vertritt. Ich gehe nicht so weit, das Parlament eine Schwatzbude zu nennen, das ist nicht*

recht, gewiß nicht. Es wird nicht nur geredet im Parlament, es wird dort auch gehandelt. Es wird um alles mögliche dort gehandelt, das muß jeder zugeben, der nicht rettungslos verhetzt ist. Aber die Frage ist doch, ob das Parlament im Ernstfall ausreicht. Meiner Meinung nach, es ist die Meinung eines ernsthaft arbeitenden Geschäftsmannes, haben wir nicht die richtigen Leute an der Spitze des Staates. Sie gehören alle irgendwelchen Parteien an und Parteien sind selbstsüchtig. Ihr Standpunkt ist einseitig. Wir brauchen Männer, die über den Parteien stehen, so wie wir Geschäftsleute. Wir verkaufen unsere Ware an Arm und Reich. Wir verkaufen jedem ohne Ansehen der Person einen Zentner Kartoffeln, installieren ihm eine Lichtleitung, streichen ihm sein Haus an. Die Leitung des Staates ist eine moralische Aufgabe. Es muß erreicht werden, daß die Unternehmer gute Unternehmer, die Angestellten gute Angestellte, kurz: die Reichen gute Reiche und die Armen gute Arme sind. Ich bin überzeugt, daß die Zeit einer solchen Staatsführung kommen wird. Sie wird mich zu ihren Anhängern zählen.«

Brown seufzte.

»Leider haben wir eine solche Partei noch nicht. Was soll ich also jetzt machen?«

»Hast du denn nicht untersucht, was während des Streiks bei der Renovierung vorgegangen sein kann?«

»Natürlich. Die ganzen Tage her. Das war doch das erste. Aber da ist gar nichts vorgegangen.«

»Wieso? Diese Schiffszimmerleute, die eben erst erfolglos gestreikt haben, hatten doch allen Grund, da was zu machen in dieser Richtung? Ich habe nie verstanden, wie ein Mensch zu solchen Bedingungen arbeiten kann! Es sind wirklich Untermenschen.«

»Aber wenn sie arbeiten, dann arbeiten sie. Sie denken nicht daran, Schiffe kaputt zu machen, wenn sie angefangen haben, sie zu reparieren. Das ist irgend so eine Art Gedankenfaulheit bei ihnen, weißt du. Aber sie machen nie so etwas.«

»Aber du hattest doch m e i n e Leute dort, kurz nach dem Streik, oder vielmehr Peachum hatte sie.«

»Du meinst, daß die . . .«

»Selbstverständlich. Sie können doch solche Dinge ohne weiteres bezeugen. Ich werde Bully kommen lassen.«

»Könntest du das?« fragte Brown, ein wenig getröstet.

»Klar«, antwortete Macheath herzlich. »Das mache ich für dich. Und nebenbei, ohne dich in deinen Entschließungen beeinflussen zu wollen: Peachum ist immerhin mein Schwiegervater. Schließlich steckt die Mitgift meiner Frau in der National Deposit Bank. Ich bin dort Direktor. Die Depots sind durch den Konkurrenzkampf in eine betrübliche Unordnung geraten, wie ich feststellen mußte. Peachums Depots sind auch weg – ich kann sie ebenso gut als meine Depots bezeichnen, vom Familienstandpunkt aus. Dann gibt es noch eine ganze Menge kleiner Sparer, und jetzt nach der Optimist-Katastrophe würde der Lärm, den sie schlagen würden, wenn ihre Gelder weg sind, die patriotische Bewegung, die durch den Schiffsuntergang langsam in Schwung kommt, wieder schädigen. Mich verbinden keine Gefühlsbande mit meinem Schwiegervater, aber glaube mir, wenn du ihn da ganz aus dem Spiel läßt, ist es besser.«

Brown ging halb überzeugt weg und verhörte noch ein paar verhaftete Schiffszimmerleute.

Aber in der Nacht schlief er schlecht und gegen Morgen hatte er einen Traum.

Er fährt über eine der Themsebrücken. Plötzlich hört er etwas, ein Gurgeln, er steigt aus und beugt sich über das Geländer. Aber er kann nichts sehen. Er läuft also zurück und versucht, vom Rand aus einen Blick hinunter zu werfen. Und jetzt sieht er die Brücke auch: er sieht sie von unten. Es ist da ein kleiner Rest Erde, an dem die Wasser des Flusses reißend vorbeilaufen. Auf der Brücke wehen Fahnen, schwarze und solche mit den Farben der Nation. Auf dem kleinen Platz unter der mit Fahnen besetzten Brücke bewegt sich etwas Menschliches oder Menschenähnliches, das sich schnell ausbreitet, man weiß nicht woher, es scheint noch ein tieferes Unten hier zu geben; jedenfalls sind es schon ganze Haufen, die sich jetzt nach oben bewegen, die Böschung herauf, über die frisch gestrichenen Geländer hinweg, auf die Brücke selber, geradeswegs unter die Fahnen. Ja, dieser kleine Platz spuckt viele aus, zahllose, unaufhörliche; wenn es einmal begonnen hat, hört es nicht mehr auf. Freilich, es gibt Polizei, dort steht sie, sie wird die Brücke sperren, dort stehen Tanks, sie werden feuern; außerdem gibt es Militär, es wird – aber da ist das Elend schon, es formiert sich jetzt, es marschiert, seine Reihen sind lückenlos, genau so breit wie die Straßen, das füllt ja alles wie Wasser, das geht durch alles durch wie Wasser, es hat ja keine Substanz. Freilich wirft sich die Polizei entgegen, freilich wirbeln Gummiknüppel, aber was soll das schon, sie schlagen ja durch die Körper durch: in breiter Welle, quer durch die Polizei durch marschiert das Elend auf die schlummernde Stadt zu, durch rollende Tanks, durch Drahtverhaue durch, lautlos und schweigend durch das Haltbrüllen der Polizei und das Knattern der Maschinengewehre und ergießt sich wie ein schmutziger Fluß in die Häuser. Legionen von Elenden in lautlosem Marsch, durchsichtig und gesichtslos, unaufhaltbar, marschieren durch die Mauern, ein in die Kasernen, die Restaurants, die Gemäldegalerien, das Parlament, die Gerichtspaläste.

Brown quälte sich den Rest der Nacht mit diesem Traum, stand auf und fuhr in aller Frühe ins Amt. Er haßte es, von den linken Zeitungen zu träumen. Aber es war ihm doch der Gedanke gekommen, daß es die Trauerfeier wenig verschönern würde, wenn tatsächlich einige Hundert invalider Soldaten randalieren kämen.

Er trieb die Scheuerfrauen aus seinem Büro, setzte sich, rückte die grüne Lampe zurecht und schrieb eigenhändig eine Nachricht für die Presse.

Auch Herr Peachum stand an seinem Schreibtisch. Das Tintenglas vor sich, den Federhalter in der Hand, den Hut im Genick und in Hemdsärmeln hatte er die ganze Nacht vor seinem Stehpult gestanden oder sich in dem kleinen, aus einem eisernen Ofen überheizten Kontor herumgetrieben.

Er schrieb an einem Zeitungsartikel, in dem er die Öffentlichkeit mit den Machenschaften des Maklers Coax und eines hohen Beamten im Marineamt bekanntmachte.

Eine strafrechtliche Verfolgung war ihm selber natürlich sicher, wenn die Art des Transportschiffegeschäfts aufgedeckt wurde, aber die deutlichen Hinweise auf die Mißstände in der Marineverwaltung reichten aus, um das Interesse der Regierung an einer derartigen strafrechtlichen Verfolgung auf ein Minimum zusammenschrumpfen zu lassen. Allerdings, das neue Geschäft, das eigentliche Geschäft, fiel dann ins Wasser!

Ab und zu war Peachum fortgelaufen und hatte nach der Arbeit in den Werkstätten gesehen. Hier gab es sorgfältig gemalte Schilder, auf denen etwa stand: »WERDEN WIR NUR NACH SÜDAFRIKA GESCHICKT, DAMIT AM TRANSPORT VERDIENT WIRD?« oder »WENN IHR UNS SCHON IN DIE HÖLLE SCHICKT, DANN SORGT WENIGSTENS, DASS WIR DORT ANKOMMEN!« oder »NICHT VERUNGLÜCKT SIND DIE OPFER VOM ›OPTIMIST‹, SONDERN ERMORDET!« Und früh fünf Uhr war er noch herübergekommen und hatte den übernächtigten Malern, die in den Gängen bei Petroleumlampen vor den Transparenten knieten, ein weiteres Schild angegeben: »SCHLIMMER ALS STURM UND NEBEL WÜTET DIE HABSUCHT UNSERER GESCHÄFTSLEUTE.«

Jetzt, am Morgen, lag sein »Bekenntnis« im Briefumschlag auf dem wurmstichigen Schreibtisch Beerys und seine Leute hatten sich, die Schilder auf Handkärren mit sich führend, in die verschiedenen Stadtteile begeben, um die Demonstration in Gang zu bringen.

Eine Stunde später las er in einem Morgenblatt die Notiz, daß man die Kommunisten verhaftet habe, die den »Optimist« angebohrt hatten.

Er schickte Beery sofort an die Sammelpunkte seiner Leute, damit er die Demonstration abblase. Dann setzte er sich aufatmend zum Tee.

Die Leute im Polizeipräsidium waren also doch noch zu sich gekommen. Daß es die sozialistisch verhetzten Dockarbeiter waren, die das Schiff seeuntüchtig gemacht hatten, das paßte viel besser zu der nationalen Welle, von der die Zeitungen voll waren, als eine Nachricht über die Korruption im Marineamt gepaßt hätte.

Frau Peachum kam an das Bett Pollys, als es noch dunkel war. Sie setzte sich auf den Bettrand und überraschte ihre Tochter mit der Mitteilung, es sei ihren Bitten gelungen, den Vater mit der eigenmächtigen Heirat auszusöhnen.

Sie berichtete gerührt, was sie alles vorgebracht hatte.

»›*Reiße doch nicht*‹, sagte ich immer wieder, ›*diese zwei jungen Menschen auseinander, die sich in Liebe gefunden haben! Was Gott zusammen gefügt hat, das soll der Mensch nicht scheiden. Denke daran, auch wir waren einmal jung und unvernünftig, wenn auch in gewissen Grenzen. Kannst du es verantworten, daß sie sich in Liebeskummer verzehren und daß keimendes Leben freventlich vernichtet wird? Sie wollen nichts als einander angehören. Sie haben eine schlimme Zeit zusammen durchlebt; aber ihre Liebe hat obsiegt, und das ist auch etwas wert. Die Bande einer solchen Liebe können nicht einfach zerrissen werden. Ich weiß, du wolltest Coax zum Schwiegersohn haben. Sicherlich, er war eine stattliche Erscheinung und hatte ein einnehmendes Wesen. Du schätztest ihn eben sehr wegen seiner geschäftlichen Tüchtigkeit. Aber jetzt ist er tot und du kannst ihn nicht wieder ausgraben! Was hast du eigentlich noch gegen Macheath? Alle Leute sagen, daß er ebenfalls sehr tüchtig ist und sehr hinter dem Verdienen her. Die B.-Laden-Besitzer haben nichts zu lachen bei ihm. In seinen Betrieben gibt es keine Faulheit! Er wird Polly glücklich machen. Ich habe mit ihm gesprochen, er wird einen ausgezeichneten Ehemann abgeben. Solche Leute sind die besten Familienväter. Du hast immer das Glück deines Kindes im Auge gehabt! Wofür rackerst du dich ab früh und spät, wenn nicht für das Kind? Du hast das immer betont. Macheath hat einen starken Familiensinn bekundet, als er dir trotz eurer gespannten Beziehungen für die Westindiadocks seine Leute anbot. Er hat damit zu erkennen gegeben, daß ihm das Hab und Gut der Familie über alle persönlichen Differenzen hinaus heilig ist. Die Familie ist nun einmal die Grundlage aller Moral, das wird dir jeder sagen. Und die Grundlage der Familie ist die Liebe, das sage ich dir! Wenn es keine Familien gäbe, würde einer den andern auffressen, und es gäbe überhaupt kein anständiges Benehmen von Mensch zu Mensch. Was auch sonst sein mag, man kann ja nicht immer so sein, wie man möchte, auch in religiöser Hinsicht, die Familie muß man aus dem Spiel lassen. Darum ist sie der feste Hort, und eine Frau kann niemals den ersten Mann, dem sie angehört hat, vergessen. Es war eine Liebe auf den ersten Blick, das ist den wenigsten beschieden. Tue ein übriges, Peachum! Sie werden es dir nie vergessen! Unsere Polly ist nicht das Mädchen, das ohne die Einwilligung der Eltern wahrhaft glücklich werden kann!‹ «*

Frau Peachum versprach, von ihren Worten sehr bewegt, zur Gerichtsverhandlung mitzukommen.

»Du brauchst keine Angst wegen des Prozeßausganges zu haben«, sagte sie unter der Tür noch, »dein Vater hat vorgesorgt.«

Zu derselben Minute war Peachum unten vom Frühstückstisch aufgestanden und ans Fenster getreten.

Es war noch dunkel, aber in der Straße stand dicker, weißlicher Nebel. Eine Ahnung befiel ihn, als ob es für Beery nicht leicht sein würde, die Demonstranten mit ihren furchtbaren Schildern noch rechtzeitig zu erreichen.

XV

Und so kommt zum guten Ende
Alles unter einen Hut
Ist das nötige Geld vorhanden
Ist das Ende meistens gut.

Daß er nur im Trüben fische
Hat der Hinz den Kunz bedroht
Doch zum Schluß vereint am Tische
Essen sie des Armen Brot.

Denn die einen sind im Dunkeln
Und die andern sind im Licht
Und man siehet die im Lichte
Die im Dunkeln sieht man nicht.

(Dreigroschenfilm)

Das Alibi

Gegen 8 Uhr früh fuhr Polly mit ihrer Mutter ins Gefängnis. Ein starker Nebel lag über den Straßen Londons.

Als sie in die Zelle traten, wo noch das Gas brannte, hatte Macheath noch nicht gefrühstückt, aber seine Zelle war schon voll von Geschäftsleuten. Chreston war da, Miller und Grooch. Mit dicken Zigarren in den Mundwinkeln besprachen die Herren die letzten Details ihres Schlachtplans gegen die Commercial Bank.

Die Gerichtsverhandlung mußte schnell erledigt werden, denn schon für zwei Uhr mittags war im Gebäude der National Deposit Bank eine Sitzung anberaumt. Hawthorne hatte an die Herren I. Aaron und Jacques Opper einen Brief geschrieben, in dem er sie in die National Deposit Bank bat. Herr Macheath, hieß es in diesem Brief, sei in die Leitung der National Deposit Bank eingetreten. Er wolle den Herren einige Vorschläge zur Liquidierung des unerträglich gewordenen Konkurrenzkampfes im Kleinhandel unterbreiten.

Macheath hatte dem Richter das Protokoll jener Samstagabendsitzung des Vorstandes der Zentralen Einkaufsgesellschaft, in dem er als »Herr X« geführt wurde, bereits vorgelegt. Bloomsbury hatte eidesstattlich bezeugt, daß Macheath »Herr

X« war. Der Richter hatte Rigger gegenüber durchblicken lassen, daß er darin ein vollgültiges Alibi erblicke. Nach dem Wahrspruch der Grand Jury mußte die Verhandlung aber stattfinden.

Dennoch rechnete Macheath damit, um zwei Uhr in der National Deposit Bank sein zu können. Er hoffte im stillen, daß so kurz nach dem Prozeß seine Eigenschaft als Vorsitzender der Zentralen Einkaufsgesellschaft, die er dem Gericht angeben mußte, der Gegenpartei noch nicht bekannt sein würde.

Die Ankunft der beiden Damen machte der Sitzung ein Ende.

Polly trug ein einfaches, schwarzes Kleid, das sie schon beim Begräbnis des Maklers Coax getragen hatte. Auch ihre Mutter hatte Trauer angelegt. Man wollte nach der Verhandlung zu der Trauerfeier für die Opfer der Schiffskatastrophe.

Macheath war über das Mitkommen seiner Schwiegermutter sichtlich überrascht. Er stellte ihr die Anwesenden vor und es entwickelte sich ein Gespräch über den Londoner Nebel.

Macheath zog sich inzwischen mit seiner Frau in die andere Ecke der Zelle zurück, wo sein Frühstück bereit stand.

Polly erzählte ihm sogleich mit gedämpfter Stimme den Stimmungsumschwung ihres Vaters.

Macheath nickte. Er war sich immer noch nicht im klaren, welche Rolle Polly bei der Ermordung des Maklers Coax gespielt hatte. Er hatte inzwischen auch von Ready erfahren, daß Giles es war, der Coax niedergeschlagen hatte. Was hatte Giles, der nur von O'Hara geschickt sein konnte, mit Coax zu schaffen? War etwa Polly dagegen, daß Coax in dem Ehescheidungsprozeß aussagte? Wenn ja, welche Macht hatte sie über O'Hara?

Im Grund hatte Macheath nicht vor, die Angelegenheit mit Polly allzu scharf zu beleuchten. Er fragte auch nichts über die Abtreibung. Polly war es, die darauf zu sprechen kam.

Nicht ohne einen glücklichen Ausdruck in ihrem blühenden, leicht geröteten Gesicht, dem das Schwarz ihres Kleides sehr zustatten kam, erzählte sie, wie ein Besuch im Kino sie und ihre Mutter von der schon festgesetzten Operation abgebracht hatte. Es war der tiefgehende Eindruck eines schlichten Kunstwerkes gewesen, der sie daran gehindert hatte, eine Sünde gegen das keimende Leben zu begehen. Das rührende Aussehen des kleinen Geschöpfes auf der Leinwand hatte sie besiegt.

»Niemals«, sagte sie, »wäre es mir möglich gewesen, danach noch zum Arzt zu gehen. Ich wäre mir wie eine Verbrecherin vorgekommen. Das mußt du verstehen, Mac, ich konnte einfach nicht mehr.«

Es war Polly unangenehm, daß sie sich Macheath nicht ganz eröffnen konnte. Sie hätte ihm lieber immer die Wahrheit gesagt, aber es ging nicht.

»Da ist zum Beispiel diese Sache mit O'Hara. Es wäre schrecklich, wenn er einmal darauf käme. Er würde glauben, ich hätte ihn hereingelegt. Nie würde er mir glauben, daß ich seinetwegen geschwiegen habe. Tatsächlich würde er, wenn ich ihm alles gestünde, eine ganz falsche Meinung von mir bekommen. Er würde meinen, er habe in mir keine zuverlässige Frau. Das wäre so falsch wie nur möglich. Er ist viel zu mißtrauisch, als daß man ihm die Wahrheit sagen könnte. Und er hat eine schlechte Meinung von den Frauen. Es ist sehr schwierig.«

Macheath versprach, sich den Film bei Gelegenheit anzusehen und machte sich an sein Frühstück. Er beschäftigte sich mit einem Ei. In den Pausen sprach er über die Art, in der er seine Läden in Zukunft führen wollte. Er sagte eine Menge weiser Dinge, aber Polly sah hauptsächlich zu, wie er das Ei behandelte. Sie hatte viel zu lernen, und das meiste von dem, was sie in Zukunft als Geschäftsfrau konnte – und sie konnte etwas –, lernte sie in diesen paar Minuten, wo sie zusah, wie ihr Mann das Ei aß. Er sprach von den kleinen Geschäften, den Läden der City, und auch das Ei war klein in seinen dicken Händen. Aber wie zart faßten sie es an! Es war wachsweich gekocht, vier Minuten und eine halbe. Kürzer gekocht wäre es zu schwabbelig geworden, länger gekocht zu hart. Was die kleinen Läden betraf, mußte man ebenfalls abwarten können, durfte allerdings auch nicht den Zeitpunkt verpassen. Das Kochen selber war eine Art Nichtstun, das Selbstbeherrschung verlangte. Aber es war auch eine Tätigkeit. Ein geschickter Koch konnte während der viereinhalb Minuten noch nebenbei etwas anderes in Angriff nehmen: schließlich ist ein Ei keine Mahlzeit! Macheath erwähnte das Ei mit keiner Silbe, er aß es nur. Aus der Art, wie er mit dem Löffel an die Schale klopfte, bevor er zum Köpfen schritt und wie er dann in dem Eiweiß herumsuchte, ging alles hervor. Dann kam der erste prüfende und doch energische Einstich, der zugleich den Löffel füllte: jetzt lag die Beschaffenheit des Ei's klar vor Augen, man hatte darauf zu achten, daß das, was vom Dotter beim Einholen des Löffels nicht auf dem Löffel bleiben wollte, wenigstens wieder in das geöffnete Ei zurückkippte. Den Löffel flink umgedreht und mit dem Griffende des Löffels Salz aus dem Fäßchen geholt und sorgfältig eingestreut! So wird im Innern des Ei's der Inhalt schmackhaft gemacht. Mit Dotter wird gleichzeitig immer eine Portion des Weißen mit kühn abschneidendem Löffel von der Schale gelöst. Die linke Hand hilft nach: sie dreht das Ei dem Löffel entgegen! So muß es glücken, so bleibt nichts zurück! Ist das Ei ausgenommen, wird es hochgehoben, etwas waagerecht, und hineingeschaut. Dann bleibt noch das Köpfchen: es ist zu Beginn des Unternehmens sorgfältig neben das Ei auf den Teller gelegt worden: es ergibt, auf einmal geleert, einen vollen Löffel.

Polly sah fasziniert zu; so etwas konnte man nicht überall sehen. Von Anfang an war der Ausdruck auf Macs Gesicht tief verloren, beinahe verkümmert. Es schien, als ob er sich ausschließlich von diesem Ei ernähren müßte, als sollte er aus diesem einen Ei seine ganzen Körperkräfte aufbauen, wahrhaftig keine kleine Aufgabe! Als schaute er immer noch außer auf das Ei an seinen ungeschlachten Gliedern hinab und dann wieder auf das kleine Ei. Daher wohl auch der nachdenkliche Blick auf die geleerte Schale, als alles vorbei war! Er haderte nicht; kein Seufzer entrang sich ihm, aber es war doch eben alles vorbei jetzt, und es blieben nur die Sorgen, ob es auch anschlagen würde . . . Und zwei Sekunden später warf er die Schalen ohne jede Sorgfalt auf den Teller (den Löffel allerdings legte er als das immer wieder nötige Handwerkszeug langsam und ordentlich zurück!) und wandte sich ohne sichtbares Bedauern, ja gänzlich gleichgültig vom Tisch ab.

Er war sehr ruhig. Die Verhandlungen, die vor ihm lagen, waren reine Formalitäten. Auch O'Haras wegen machte er sich keine Sorgen mehr. Er glaubte an die Vernunft, die den Mann veranlassen würde, die Einbrüche auf sein alleiniges Schuldkonto zu nehmen, um nicht wegen Anstiftung zum Mord angeklagt zu werden. Wie es vorauszusehen gewesen war, hatten ihn seine privaten Angelegenheiten um die geschäftliche Karriere gebracht.

Rigger kam. Es war Zeit, zum Gericht zu fahren.

Macheath machte sich fertig. Chreston und Miller gingen weg. Sie wollten in der National Deposit die letzten Vorbereitungen für die Konferenz treffen.

Macheath versprach, pünktlich zu sein.

Auf der Fahrt zum Gerichtsgebäude erzählte Rigger einiges über den Richter Laughers, der den Prozeß gegen Macheath führte.

Er sei kein Mann wie der Richter Broothley von der Grand Jury, der elf Monate im Jahr betrunken war und nur einen nüchtern, nämlich wenn er Ferien machte und in Schottland fischte. Während dieser vier Wochen trank er keinen Tropfen, denn er pflegte zu sagen: Fische lassen sich nicht so leicht fangen; die sind schlau, die glauben nicht an Gerechtigkeit.

Laughers brauche nicht zu trinken. Er sei ein ausgezeichneter Jurist und habe eine ungewöhnliche Fähigkeit, seine Gedanken zu konzentrieren. Er wurde infolgedessen niemals nervös, wenn jedermann alles sagte, was er auf dem Herzen hatte; sein geistiges Training setzte ihn instand, nicht das Geringste davon zu hören. Wenn er zur Verhandlung kam, war er gründlich vorbereitet. Er wußte genau, wie der Fall juristisch lag, und ließ sich nicht verwirren.

»Für den Juristen«, erzählte Rigger, »liegt ja der Fall immer ganz anders als für den Laien. Der Laie steht da und quatscht und behauptet, er sei unschuldig und denkt an Sachen, wie: daß er Haft nicht aushalten würde, oder: was macht inzwischen meine ernährerlose Familie? Oder: hätte ich nur damals einen Zeugen mit zu meiner Tante genommen! Der Richter beurteilt nur den Fall, hat nur ihn im Kopf und ist darum dem angeklagten Laien immer überlegen.«

Der Gerichtssaal war ziemlich voll. Die Zeitungsangriffe hatten gewirkt.

Weit hinten, aber doch so, daß Rigger ihn gleich sah, saß der große Aaron. Er saß auf einem Eckplatz am Mittelgang, hatte den Zylinder neben sich auf den Boden gestellt und putzte nervös seinen Zwicker. Neben sich hatte er seinen Prokuristen, einen Herrn Power.

Einen großen Teil des Raumes nahmen die B.-Laden-Besitzer ein.

Seit durch Gerichtsspruch offizieller Mordverdacht gegen ihn bestand, war Macheath sehr unpopulär bei ihnen geworden. Grooch, der unter ihnen saß und den sie nicht kannten, hörte immer wieder folgendes:

»Ich habe gehört, er lebe so einfach, rauche nur ganz wenig und trinke überhaupt nicht. Irgendwer hat sogar gesagt, daß er Vegetarier sei. Es hieß, persönlich könne man ihm nichts vorwerfen, er lebe ganz seiner Idee. Da hat man ihm natürlich viel durch die Finger gesehen, was so im Geschäft passierte. Es hieß immer: die Leute um ihn herum sind schlecht; er selber weiß von nichts. Seit ich höre, daß ihm solche Sachen wie die jetzt vorgeworfen werden, sehe ich alles mit ganz anderen Augen an.«

Die guten Leute waren sehr aufgeregt. Es war durchgesickert, daß der Gerichtshof es abgelehnt hatte, einen Alibinachweis des angeklagten Bankiers außerhalb der Verhandlung entgegen zu nehmen. Die guten Leute setzten starke Hoffnungen auf den dicken Walley, den sie sich gegenseitig zeigten.

Macheath war im schwarzen Gesellschaftsanzug erschienen.

Auch sonst noch bemerkte man einige Damen und Herren, die von hier aus anscheinend direkt zur Trauerfeier gehen wollten. Die schwarzen Anzüge erweckten den Eindruck, als ob dieser Teil des Publikums sozusagen nur auf einen Sprung hierher gekommen sei.

Die Herrschaften sprachen sehr laut über das letzte Rennen und die oder jene Neuigkeit aus der Geschäftswelt. Sie standen alle und riefen sich über andere Gruppen weg Scherzworte zu.

Die Verhandlung begann mit einiger Verspätung. Richter Laughers hatte noch anderweitig zu tun. Einer seiner Anwälte übergab dem Angeklagten ein Bündel Papiere, die er sofort eifrig durchzustudieren begann. Das Publikum nahm an, es handle sich um den Fall betreffende Akten, aber es waren nur Papiere, die Miller noch geschickt hatte, letzte Buchauszüge für die Konferenz.

Walley ging unter allgemeiner Aufmerksamkeit auf Rigger und Withe zu und zeigte ihnen eine Mappe. Withe nahm sie interessiert an sich und blätterte in den Dokumenten. Dann gingen er und Rigger zu ihrem Mandanten, um ihm die Dokumente zu zeigen. Aber Macheath winkte ihnen ab, er war in seine Papiere vertieft. Texte ausbessernd, hörte er mit halbem Ohr seinen Anwälten zu, um dann erstaunt den Kopf zu schütteln.

Endlich betrat Laughers mit Perücke, Hermelin und Scharlachrobe den Raum. Es wurde still und der Richter eröffnete die Verhandlung.

Er behandelte sie deutlich als Formsache. Man hatte den Eindruck, daß er sich nur seiner Gebrechlichkeit wegen gesetzt hatte.

Walley rief sogleich den Angeklagten Macheath als Zeugen auf. Dieser beantwortete kurz und lässig seine spärlichen Fragen. Die Verteidigung verzichtete überhaupt auf Fragen.

Als unter anderen Zeugen der Soldat Fewkoombey aufgerufen wurde, stellte es sich heraus, daß er im Gerichtssaal nicht anwesend war. Walley schien sehr ärgerlich. Nur Fewkoombey interessierte ihn und der war nicht da.

Dann stand Withe auf und begann eine längere Rede.

»Euer Ehrwürden«, führte er aus, »die Anklage gegen Herrn Macheath stützte sich auf seine Weigerung, bekannt zu geben, wo er sich während der Zeit, in der die unglückliche Mary Swayer den Tod fand, aufgehalten hat. Konnte dieses Alibi erbracht werden – Herr Macheath glaubte sich weigern zu müssen, es zu erbringen –, dann war die Anklage von vornherein gegenstandslos. Mary Swayer war dann, sei es durch Selbstmord, sei es durch Mord, jedenfalls nicht durch Herrn Macheath ums Leben gekommen. Schon an und für sich war die Anklage nicht gerade sehr glaubwürdig. Was sollte dem Großhändler und Bankier Macheath am Tod einer seiner Angestellten, mehr oder weniger Angestellten, gelegen sein? Es wurde in der Untersuchung vor der Grand Jury von Drohungen gesprochen, die sie gegen ihn ausgestoßen haben soll. Sie stieß diese Drohungen tatsächlich aus und zwar in der Redaktion des ›Spiegels‹. Aber was taten die Redakteure? Sie lachten darüber. Und Herr Macheath soll auch nur einen Finger gerührt haben, um solche Drohungen zu verhindern, über die man nur lacht? Aber ich will mich dabei nicht aufhalten. Herr Macheath besitzt ein ganz und gar unanfechtbares, nicht umzustoßendes Alibi für den Abend des 20. Septembers, das seine Teilnahme an einem eventuellen Mord als ganz und gar ausgeschlossen erweist. Hier übergebe ich Euer Ehrwürden das Protokoll der Sitzung der Zentralen Einkaufsgesellschaft m. b. H., an der Herr Macheath, und zwar als Vorsitzender, teilgenommen hat.«

Withe gab das Protokoll dem Richter.

»Als Zeugen nenne ich die hier anwesenden Herren von der ZEG, die das Protokoll unterzeichnet haben. Sie werden bestätigen, daß Herr Macheath der hier aus geschäftlichen Gründen als ›Herr X‹ geführte Herr war.«

Während der Richter die Namen der Unterzeichneten notierte und Bloomsbury, Fanny Crysler sowie die Anwälte Rigger und Withe an den Zeugenstand traten, gab es eine kleine Unruhe im Zuschauerraum. Zwei Herren waren aufgestanden und bahnten sich einen Weg durch die Zuhörer dem Ausgang zu.

»Ich weiß genug«, sagte der eine Herr zum andern ziemlich laut. »Das war die Sitzung, in der der Brief geschrieben wurde, nach dem keine Rasierklinge mehr in einen Laden kam. Und Macheath ist der Vorsitzende.«

Wie alle Zuschauer hatte auch Macheath den Aufbruch bemerkt. Er war ziemlich erschrocken.

»Hier steht noch ein Name«, murmelte der Richter, »ich glaube, O'Hara heißt das. Ist der Herr hier?«

Macheath stand nervös auf und sagte schnell:

»Dieser Herr ist auf Grund einer Anzeige wegen Hehlerei, die ich als Präsident der ZEG gegen ihn erstattet habe, verhaftet worden. Die strafbaren Handlungen geschahen zur Zeit und in Folge meiner Haft.«

Sich wieder setzend, sah er unruhig nach der Tür, durch die der große Aaron verschwunden war.

Fanny Crysler, Bloomsbury und die beiden Anwälte legten den Zeugeneid ab und beschworen, daß der in dem Protokoll erwähnte Herr der Bankier Macheath sei.

Dann erhob sich Withe noch einmal. Er hatte die Mappe in den Händen, die ihm zu Beginn der Verhandlung Walley übergeben hatte.

»Es ist nicht Sache meines Klienten«, sagte er lässig, »den wirklichen Mörder dem Gericht namhaft zu machen. Aber da eine restlose Aufklärung des Mordes an einer seiner Angestellten ihm am Herzen liegt, übergebe ich hier dem Gericht Akten, aus denen der mutmaßliche Mörder ersichtlich ist.«

Withe warf auf den Richtertisch einen Packen Akten und setzte sich erschöpft. Geräuschvoll erhoben sich die Zuschauer und begannen, ihre Unterhaltungen wieder aufzunehmen. Macheath hatte inzwischen wiederholt auf seine Uhr gesehen. Er war zweifellos sehr nervös.

Beinahe sofort, nachdem die Jury sich zurückgezogen hatte, um über seine Freisprechung zu beschließen, stand er auf und ging, von einem Polizisten gefolgt, auf den Gang zu den Presseleuten. Er führte sie zu einem leer stehenden kleinen Büro, nachdem er Polly etwas zugeflüstert hatte.

Der Polizist war es gewohnt, Verbrecher mit Presseleuten wie mit ihresgleichen sprechen zu sehen und gab nicht sonderlich acht. Als die Herren sich durch die Tür zwängten, blieb Macheath zurück, schloß die Tür zu und ging den Gang weiter.

Niemand achtete auf ihn. Er ging ohne Hut, sich an seinem Spitzkopf den Schweiß abtrocknend, die Treppe hinunter.

Vor der Tür unten holte Polly ihn ein.

Er mußte noch ins Polizeipräsidium und dann zur National Deposit Bank.

Als er mit Polly eben in die Kutsche stieg, kam Grooch nachgerannt. Sie fuhren los, in der Richtung zum Polizeipräsidium, kamen aber nur langsam vorwärts, da der Nebel sehr stark war.

Ein Sieg der Vernunft

Peachum hatte, während er in seinem kleinen Kontor einen neuen Artikel für den »Spiegel« schrieb, in dem er seiner Vermutung Ausdruck verlieh, daß subversive Elemente an dem Untergang des »Optimist« schuld sein müßten, den ganzen Vormittag vergeblich versucht, seine Leute in der Stadt zu erreichen. Einige der Boten kamen zurück; sie hatten an den Treffpunkten niemand mehr getroffen. Andere blieben verschollen.

Gegen Mittag verlor Peachum die Nerven und fuhr ins Polizeipräsidium. Er traf den Chefinspektor schon im schwarzen Anzug für die Feier. Er mußte aber aus einem Verhör geholt werden.

Peachum berichtete ihm, daß die Demonstration mehrerer hundert invalider Soldaten mit fürchterlichen Tafeln und Transparenten durch ihn nicht mehr aufhaltbar gewesen sei. Erfahrungsgemäß werde sich dem Zug eine riesige Menge anschließen. Er bewege sich auf die Trinitatiskirche zu.

»Lassen Sie einfach schießen!« stieß Peachum hervor. »Es ist nur Gesindel, der Abschaum! Ich kann Ihnen die Listen geben, es sind Vorbestrafte darunter! Sie fragen auf ihren Plakaten, was man mit ihren Kameraden auf dem ›Optimist‹ gemacht hat und wozu der Krieg dient. Lassen Sie unbedingt schießen! Niemand kann ihre Fragen beantworten, wir müssen schießen lassen.«

Brown brach der Schweiß aus.

Er notierte sich sämtliche Treffpunkte und ging damit weg.

Sorgenvoll begab sich Peachum in das Gebäude der National Deposit.

Kurz nach ihm stürzte Macheath ins Amtszimmer Browns. Der Chefinspektor wurde aus einer Konferenz mit den Inspektoren geholt. Inzwischen verhandelte der Bankier mit O'Hara, der, einen Polizisten neben sich, in der Ecke hockte, den Hut über den gefesselten Händen. Sein Verhör durch Brown war durch Peachums Dazwischenkunft unterbrochen worden.

O'Hara blickte ruhig, fast heiter. Er sprach auch heiter:

»Ich werde jetzt deine Verbrechen gestehen, Mac«, sagte er. »Ich werde dein Herz dadurch erleichtern. Wenn ich dir alles von der Seele gesprochen habe, wird es dir leichter werden.«

Macheath schickte den Polizisten, der ihn kannte, weg.

»Du bist nicht vernünftig, O'Hara. Wir haben noch ein paar Minuten Zeit, um dich vom Galgen zu retten, und du drechselst Sätze. Ich habe meinen Freund Brown gebeten, Giles laufen zu lassen, damit er nicht aussagen kann, wer ihn Coax hat umbringen lassen. Verstehst du?«

»Ganz gut. Ich soll im Gefängnis verschwinden.«

»Wir suchen dir an Belegen heraus, was wir können, O. Ich habe nichts gegen dich, im Gegenteil. Es ist einfach notwendig, das einer das übernimmt. Ich bin unabkömmlich, sonst bricht alles zusammen. Ich bin selber auch gesessen. Für die Sache.«

»Sechs Jahre Gefängnis für die Sache? Kommt nicht in Frage. Ich will auch meinen Spaß haben. Wenn ihr alle in die Luft geht, dann ist Hängen nicht zu viel dafür.«

»Es geht nicht so viel in die Luft, wie du meinst. Mir kann nichts nachgewiesen werden, auch von dir nicht. Nur das Geschäft wird geschädigt, wenn du nichts gestehst. Und es sind auch keine sechs Jahre für dich. Es sind höchstens vier. Du mußt Hehlerei aus etwa zehn, zwölf Einbrüchen zugeben, nicht mehr.

Für alles andere bekommst du die Belege. Das Citykontor hat recht anständig gearbeitet. Du sagst, du bist erst die letzten Monate vom rechten Weg abgeirrt.«

»Während du weg warst, was?«

»Ja, während ich weg war. Und du hast es nur aus sozialem Mitgefühl gemacht. Die Läden haben dich gedauert. Sie haben so sehr nach Waren gejammert. Du hast es nicht mehr mit ansehen können. Du stammst selber aus diesem Milieu. Es haben Existenzen auf dem Spiel gestanden. Es war auch dein Ehrgeiz als Geschäftsmann, billige Waren zu liefern. Die B.-Läden liefern die billigsten Waren Londons.«

»Ach, das soll ich auch sagen?«

»Es würde nichts schaden. Du mußt Vernunft annehmen und alles geschäftlich sehen. Aber du mußt dich jetzt sofort entscheiden, ich muß weg.«

Brown kam herein.

Die Verhandlung begann von vorn. Sie dauerte über eine Stunde. O'Hara schrie noch einmal. Macheath habe eine der besten Banden Londons und der Welt zugrunde gerichtet. Sie sei in alle Winde zerstreut. Er, O'Hara, werde ihm die Maske vom Gesicht reißen.

Aber dann wurde er vernünftiger. Das Gespräch wandte sich endlich der Realität zu. Er wollte nicht mehr Verkäufe als aus 2 bis 3 Einbrüchen zugeben. Sie einigten sich auf 5. Macheath verpflichtete sich, alle andern Waren mit Quittungen zu belegen.

Am Schluß gaben sie sich die Hand.

»Wie du es auch ansehen magst, O«, sagte Macheath, »es ist ein Sieg der Vernunft. Du konntest nicht anders entscheiden. Menschlich bedrückt mich diese Lösung. Du wirst heute nacht besser schlafen als ich.«

Macheath blieb noch einen Augenblick mit Brown allein. Er überreichte ihm ein kleines, versiegeltes Kouvert.

»Ich begleiche meine Schulden«, sagte er herzlich und er fügte feierlich hinzu: »Außerdem habe ich mir erlaubt, dir, lieber Freddy, zur Feier des heutigen Tages eine kleine Gratifikation zu dedizieren.«

Brown öffnete das Kouvert und umarmte seinen Freund und alten Waffengefährten gerührt.

»Ich nehme das an«, sagte er, ihn mit einem offenen, ehrlichen

Blick ansehend, »ich erhalte es, weil wir Freunde sind. Es ist nicht umgekehrt, ich hoffe, das weißt du, Mac!«

Mit Grooch und Polly wieder auf die Straße hinaustretend, konstatierte Macheath, daß der Nebel noch zugenommen hatte.

Nebel

Im Sitzungszimmer der National Deposit Bank warteten acht Herren.

In einer Ecke standen in einer Gruppe Herr Peachum, Hawthorne, Miller und Chreston. In der Ecke gegenüber, unter einer Gipsbüste des Prinzregenten, standen die beiden leitenden Herren von der Commercial Bank und Aaron mit seinem Prokuristen.

Die Gruppen vermieden es, nach einander zu blicken und unterhielten sich mit gedämpfter Stimme.

Aaron erzählte den beiden Oppers von der Verhandlung.

Als sie Hawthornes Einladung erhalten hatten, war Aaron über Macheath' offenkundiges Doppelspiel am wenigsten erstaunt gewesen. Die Art, wie er die Entdeckung aufnahm, daß sein Kompagnon Macheath gleichzeitig der Präsident der so feindseligen ZEG war und seit geraumer Zeit mit der Konkurrenz unter einer Decke steckte, zeigte ihn weiterhin als Geschäftsmann von Format. Er war dafür, daß man sich aller naheliegenden moralischen Emotionen enthalte und lediglich ins Auge fasse, wie sich die Situation nunmehr geändert habe. Die Herren von der Commercial Bank teilten allerdings seinen objektiven Standpunkt nicht und zeigten sich eher von dieser Auffassung befremdet.

Immerhin gestand auch Aaron, er sei gespannt, wie Macheath es anstellen würde, ihnen heute in die Augen zu blicken.

Macheath und Grooch traten ein.

Sie blieben an der Tür stehen und verbeugten sich. Die Herren der beiden andern Gruppen verbeugten sich ebenfalls.

Aus der einen Gruppe löste sich ein kleiner Mann mit gemeinem Gesichtsausdruck und trat auf die beiden Neueingetretenen zu.

»Gestatten Sie mir die Frage«, sagte er, »welcher von den Herren ist Herr Macheath?«

Macheath verbeugte sich noch einmal.

Peachum sah einen untersetzten stämmigen Vierziger mit einem Kopf wie ein Rettich.

Fast gleichzeitig sagten sie:

»Wie geht es Ihnen? Freue mich, Ihre Bekanntschaft zu machen.«

Dann ging Peachum wieder zu der Gruppe am Fenster zurück. Sein Schwiegersohn Macheath und Grooch blieben in der Nähe der Tür. Es schien Macheath nicht ratsam, sich mit Aaron und den eisig blickenden Herren Opper von der Commercial in ein Gespräch einzulassen.

So stand er unglücklich neben seinem Prokuristen Grooch. Beide in schwarzen Anzügen wie fast alle andern Herren im Raum und beide gut sichtbar in dem Gaslicht der Milchglaskugel neben ihnen.

»Sie warten nur darauf, Verträge machen zu können«, dachte Macheath angewidert. *»Dabei ekelt mich, den einstigen Straßenräuber, dieses Gefeilsche wirklich an! Da sitze ich dann und schlage mich um Prozente herum. Warum nehme ich nicht einfach mein Messer und renne es ihnen in den Leib, wenn sie mir nicht das ablassen wollen, was ich haben will? Was für eine unwürdige Art, so an den Zigarren zu ziehen und Verträge aufzusetzen! Sätzchen soll ich einschmuggeln und Andeutungen soll ich fallen lassen! Warum dann nicht gleich lieber: das Geld her oder ich schieße? Wozu einen Vertrag machen, wenn man mit Holzsplitterunterdiefingernägeltreiben das Gleiche erreicht? Immer dieses unwürdige Sichverschanzen hinter Richtern und Gerichtsvollziehern! Das erniedrigt einen doch vor sich selber. Freilich ist mit der einfachen, schlichten und natürlichen Straßenräuberei heute nichts mehr zu machen. Sie verhält sich zu der Kaufmannspraxis wie die Segelschiffahrt zur Dampfschiffahrt. Ja, aber die alten Zeiten waren menschlicher. Der alte, ehrliche Großgrundbesitz! Wie ist der heruntergekommen! Früher schlug der Großgrundbesitzer dem Pächter in die Fresse und warf ihn in den Schuldturm, heute muß er sich vor ein Gericht hinstellen und den Sohn eines Pächters, der dort als Richter sitzt, mit dem Gesetzbuch in der Hand zwingen, ihm einen Zettel Papier vollzuschmieren, mit dem er seinen Pächter auf die Straße jagen kann. Früher hat ein Unternehmer seine Arbeiter und Angestellten ein-*

fach hinausgeworfen, wenn ihnen der Lohn oder ihm der Profit nicht ausreichte. Er wirft sie auch heute noch hinaus, natürlich, er macht auch heute noch Profit, vielleicht macht er sogar mehr Profit heute als früher, aber unter welchen entwürdigenden Umständen! Er muß den Gewerkschaftsführern erst Zigarren in die ungewaschenen Mäuler stecken und ihnen eintrichtern, was sie den Herren Arbeitern sagen sollen, damit sie gnädigst in seinen Profit einwilligen. Das ist doch ein hündische Haltung! Einen anständigen Menschen würde unter solchen Umständen sein Profit überhaupt nicht mehr freuen, und wenn er noch so groß wäre! Er ist mit einer zu großen Preisgabe menschlicher Würde erkauft! Das betrifft sogar die Regierung. Natürlich werden auch heute die Massen angehalten zu einem arbeitsamen und opferfreudigen Leben, aber unter welch jämmerlichen Begleitumständen! Man schämt sich nicht, sie erst zu bitten, selber mit Stimmzetteln in der Hand die Polizei zu wählen, die sie niederhalten soll. Der allgemeine Mangel an Haltung macht sich auch hier bemerkbar. Diese Leute sollen sich von mir, einem einstmaligen gewöhnlichen Straßenräuber, gesagt sein lassen, daß ich mich früher, als ich mich noch einen Straßenräuber nennen durfte, zu einer solch niedrigen Haltung niemals hergegeben hätte!«

Man wartete auf Bloomsbury von der ZEG.

Er kam erst eine halbe Stunde nach Macheath und schüttelte ihm beide Hände.

»Sie sind frei gesprochen«, sagte er herzlich. »Wegen des Weglaufens haben Sie eine Ordnungsstrafe bekommen.«

Mit ihm war Fanny Crysler gekommen. Sie wartete jetzt mit Polly zusammen im Direktionszimmer. Macheath wollte sie seines Schwiegervaters wegen nicht im Sitzungssaal haben.

Die Herren nahmen um den großen runden Tisch Platz, auf dem eine Karaffe mit Wasser, sechs Gläser und eine Zigarrenkiste standen. Hawthorne als Notar und Hausherr eröffnete die Sitzung.

Er begrüßte die Anwesenden und gab sofort mit den Worten »Herr Macheath, der Ihnen allen bekannte Begründer der B.-Läden möchte Ihnen, wenn ich seinen Brief recht verstanden habe, einige Vorschläge unterbreiten« Macheath das Wort.

Aaron hob die fleischige Hand.

»Erlauben Sie, daß ich eine uns sehr dringend erscheinende Sache zuerst kläre, wir hätten sonst kaum die Ruhe, die Ausführungen des Herrn Macheath anzuhören. Es handelt sich um die Gerüchte über Unregelmäßigkeiten in der Zentralen Einkaufsgesellschaft.«

Macheath stand auf.

»Ich weiß darüber Bescheid«, sagte er langsam. »Die Gerüchte wurden hervorgerufen durch die Verhaftung eines Herrn O'Hara, der meine Läden belieferte. Die Verhaftung erfolgte auf eine Anzeige von mir selber. Die Herkunft einiger Bestände schien mir dunkel. Meine Nachforschungen ergaben, daß sie tatsächlich aus Einbrüchen stammten. O'Hara hat inzwischen vor der Polizei ein volles Geständnis abgelegt. Das Verfahren gegen ihn wegen Hehlerei ist erhoben worden.«

Aaron schien nicht sonderlich überrascht. Er nickte beistimmend, nicht ohne Hochachtung.

Macheath nahm jetzt das Wort zu seinen Vorschlägen. Er hielt sich so kurz wie möglich.

Das Ladengeschäft sei in eine starke Krise gekommen. Man habe sich in gegenseitigem Konkurrenzkampf so lange mit den Preisen unterboten, daß zuletzt an einen angemessenen Gewinn nicht mehr zu denken gewesen sei. Das Prinzip der Geschäfte mit Einheitspreisen sei der D i e n s t a m K u n d e n. Um diesen aber auf die Dauer leisten zu können, müßten sie g e s u n d sein und Rücklagen machen können. Das bisherige System des mehr oder weniger rücksichtslosen Konkurrenzkampfes habe die Bankinstitute stark belastet. Er mache den Vorschlag, ein den Aaron-, Chreston- und B.-Ladenkomplex zusammenfassendes ABC-Laden-Syndikat ins Leben zu rufen, das die Bedürfnisse des kaufenden Publikums studieren, eine regionale Gliederung der Läden organisieren, einen festen Verkaufsplan ausarbeiten und so angemessene Preise erzielen könne.

Der große Aaron sah verlegen auf die Herren von der Commercial Bank und sagte dann langsam, eine Beendigung des Konkurrenzkampfes scheine auch ihm wünschenswert.

Es wurde still und der Präsident der Commercial Bank räusperte sich.

»Ich stelle die Frage«, sagte er steif, »ob in der von Herrn Macheath angedeuteten Richtung bereits Besprechungen stattgefunden haben. Soviel ich weiß, gehört bis zu diesem Augenblick der

B.-Ladenkonzern des Herrn Macheath zu unserer Gruppe und ist dadurch an gewisse gemeinsam gefaßte Beschlüsse gebunden.«

Macheath wählte jedes Wort sorgfältig.

Durch verwandtschaftliche Beziehungen – er wies mit einer Handbewegung auf den ihm gegenüber sitzenden Herrn Peachum, der aber keine Miene verzog – sei er in die Notwendigkeit versetzt worden, sich mit den Geschäften der National Deposit Bank zu befassen, die mit den Chrestonschen Kettenläden arbeite. Die Erwägungen über das zukünftige Geschick dieses Konzerns seien sozusagen im Schoß seiner Familie angestellt worden. Es hätten dann auch mit Herrn Chreston persönlich gewisse Vorbesprechungen informatorischer Art stattgefunden.

»Und was haben diese Vorbesprechungen ergeben?« fragte Aaron, ohne nach seinen Bankleuten zu schauen.

»Vollste Übereinstimmung«, erwiderte Chreston für Macheath.

Aaron lachte.

»Wurde bei diesen Vorbesprechungen«, nahm der Präsident der Commercial wieder kühl das Wort, »Vorbesprechungen informatorischer Art im Schoße der Familie, auch die Rolle der Zentralen Einkaufsgesellschaft berührt?«

Dabei sah er Bloomsbury an, der unglücklich auf seinem Sessel herumrutschte, da er von nichts etwas verstand.

Mit großer Ruhe antwortete Macheath für ihn.

»Sie können diese Frage an mich richten«, sagte er.

»Ich richte sie an die ZEG«, gab Jacques Opper zurück.

»Also an mich«, bestätigte Macheath seelenruhig. »Die ZEG, das läßt sich nun nicht mehr länger verschweigen, ist zu mir seit einiger Zeit in nähere Beziehungen getreten.«

»Verwandtschaftliche Beziehungen?« fragte der jüngere Opper mit eisiger Ironie.

»Nein, freundschaftliche«, erwiderte Macheath freundlich. »Bloomsbury und ich sind Freunde.«

»Sehr interessant«, sagte Henry Opper und sah Aaron an.

Es entstand eine peinliche Stille. Hawthorne schenkte sich ein Glas Wasser ein und bat die Anwesenden höflich, doch jede Schärfe des Tones zu vermeiden.

»Also, Macheath«, resumierte Aaron nicht unfreundlich und

mit einem gewissen Galgenhumor, »Sie sind der Präsident der ZEG und der Direktor der NDB, sehe ich recht?«

Macheath nickte ernst.

»Also, Opper, das ändert eben die Sache«, faßte Aaron nun seinerseits zusammen, »wenn mich nicht alles täuscht – und warum soll mich auch fernerhin alles täuschen –, dann wird jetzt Chreston bald wieder von der ZEG neue Warenbestände erwarten können. Verwandtschaftliche und geschäftliche Beziehungen, denen sich noch freundschaftliche gesellen, schaffen, ohne jede Schärfe gesagt, eine sehr harmonische Atmosphäre auf der Gegenseite. Da fragt es sich eben, ob es weiterhin solche Gegenseiten überhaupt geben kann, Opper. Das können wir uns morgen zu Gemüte führen, das können wir uns aber auch schon heute zu Gemüte führen. Am besten gleich, meine Herren! Solche Suppen löffelt man am besten gleich aus. Wie denken Sie darüber?«

»Die ZEG«, warf Macheath ein, »ist eine sehr potente Organisation, wenn sie nicht allzu schlechte Preise erhält, was in letzter Zeit leider mehrfach geschehen ist. Der Druck, der durch die Preissenkungen auf die den Konzernen nicht angeschlossenen, freien Läden ausgeübt wurde, hat sich allerdings in letzter Zeit voll ausgewirkt. Es sind eine Reihe von Bankerotten erfolgt, menschlich gewiß eine deprimierende Sache, aber zur Gesundung des Ladengeschäfts doch beitragend. Aus den zusammengebrochenen Läden sind beträchtliche Bestände von Waren zu niedrigsten Preisen angefallen. Der kranke Mann stirbt und der starke Mann ficht, meine Herren!«

Aaron betrachtete seine Fingernägel. Niemand schien das Bedürfnis zu empfinden, etwas zu sagen. Macheath fuhr also fort:

»Eine Ankündigung, mein lieber Aaron, daß unsere Werbewoche nicht stattfinden kann, wäre sicher ungünstig. Bedenken Sie, daß das kaufende London unsere Kämpfe mitverfolgt hat. Ein Ring der hier vertretenen Firmen könnte sie natürlich sowohl absagen als auch stattfinden lassen.«

»Ach so«, sagte Aaron, »Sie würden Ihre Werbewoche also auf jeden Fall steigen lassen, wenn wir zu keiner Einigung kämen? Ich dachte, die Lager der ZEG seien im Augenblick erschöpft?«

»Sicher«, erklärte ihm Macheath bereitwillig, »aber ich habe einige Posten eingekauft – bei Chreston. Sie waren etwas teurer als bei der ZEG, aber nicht so teuer wie auf dem sonstigen Markt.«

»In einem Ring, wie Sie ihn sich vorstellen«, sagte Aaron, »würden Sie, der Sie gleichzeitig die ZEG sind, allerdings eine starke Position haben, Macheath?«

»Sagen wir – eine starke Verantwortung!« gab Macheath freundlich zurück.

»Was meinen Sie?« fragte Aaron die Herren von der Commercial Bank.

Henry Opper sah seinen Bruder an und sagte scharf:

»Das werde ich Ihnen sagen. Ich für mein Teil ziehe es vor, zu Herrn Macheath in keine von den drei möglichen Beziehungen zu treten. Außerdem bitte ich Sie, jetzt mit uns diesen Raum zu verlassen.«

Er stand auf.

Aaron sah ihn unglücklich an.

»Aber warum?« sagte er klagend, aber sitzen bleibend. »Hören Sie doch erst zu!«

Henry Opper blickte ihn einen Moment lang mit kalter Verachtung an. Dann wandte er sich stumm und ging, gefolgt von seinem musischen Bruder, nach einem kurzen Nicken aus dem Zimmer.

Aaron schaute jeden der Anwesenden der Reihe nach fest an.

»Meine Freunde haben keinen wirklichen Sinn für Humor, das ist nicht zu bezweifeln. Ich bin hier sitzen geblieben, weil ich Ihnen zeigen will, daß ich Sinn für Humor habe, und das voneinander zu wissen, ist für Geschäftsfreunde gut. Ich kann nicht weggehen, wenn mein Geschäft sitzen bleibt«, schloß er ärgerlich.

Da niemand das Wort ergriff, fuhr er fort:

»Eine Frage, die akut werden könnte, ist folgende: können wir der finanziellen Hilfe der Commercial Bank entraten?«

Zum ersten Mal griff Peachum in die Diskussion ein.

»Ich denke«, sagte er trocken, »daß mein Schwiegersohn das kann. Die Transportschiffeverwertungsgesellschaft, der ich vorstehe, erleidet glücklicherweise durch die so furchtbare Schiffskatastrophe keinen finanziellen Verlust. So kommen wenigstens zu den Opfern an Menschenleben nicht auch noch finanzielle

Opfer. Es ist, im Vertrauen gesagt, sogar eine weitere Zusammenarbeit mit der Regierung vorgesehen. Ich bin also, jedenfalls vorübergehend, bis ich eigene weitgreifende Pläne zu verwirklichen beginnen kann, in der Lage, einem aufstrebenden Unternehmen, wie es das ABC-Laden-Syndikat darstellt, meine Unterstützung angedeihen zu lassen.«

Aaron verbeugte sich im Sitzen. Dann sah er, fast träumerisch, auf Macheath. Sanft fragte er:

»Ich glaube, ich bin im Bilde, Macheath. Mich und die Commercial Bank haben Sie, mit Ihren phantastisch billigen Waren aus der ZEG in einen scharfen Konkurrenzkampf mit Chreston verwickelt, den Sie dadurch zu Boden rissen. Als er unten war und das Geld der National Deposit ausgegeben hatte, um seine Warenpreise ebenso senken zu können wie wir, haben Sie ihm durch die National die Kredite kündigen lassen. Uns aber, Ihre eigenen Läden mitinbegriffen, haben Sie auf dem Höhepunkt des Kampfes den Warenzustrom der ZEG abgeriegelt und jetzt trennen Sie mich von der Commercial, wie Sie Chreston von der National getrennt haben! Es ist superb! Wir müssen das mal ganz genau durchsprechen bei einer Flasche Achtundvierziger, wie? Aber jetzt Schluß mit Geschäften! Soviel ich sehe, sind die meisten von uns darauf aus, an der Trauerfeier bzw. Heldenehrung teilzunehmen. Dann müssen wir aber jetzt weggehen. Die Einzelheiten können wir ja heute doch nicht mehr regeln.«

Die andern Herren waren einverstanden. Das ABC-Laden-Syndikat unter Führung des Herrn Macheath war unter Dach.

Polly und Fanny, die im Direktionszimmer warteten, hatten sich gut unterhalten.

Fanny hatte ein lustiges Vorkommnis aus dem Prozeß erzählt.

Nach der Freisprechung beteiligten sich, wie sie lachend berichtete, an der Suche nach dem Bankier Macheath auch einige B.-Laden-Besitzer mit ihren Frauen. Fanny ging hinter ihnen her und hörte ihre Reden. Sie wollten ihm unbedingt die Hand schütteln.

Sie schimpften kräftig auf Walley, der sie verhetzt habe.

»Sicher hat dieser Walley damit irgendwelche unsauberen Zwecke verfolgt«, sagten sie empört.

Fanny erzählte Polly, daß das Alibi, das sie so befriedigte, weil es Macheath reinwusch, jene Sitzung der ZEG gewesen war, in der die Abriegelung des Warenzustroms beschlossen wurde, also ihr Ruin.

Polly lachte sehr und sie sprachen weiter über die Herbstmoden. Als die Sitzung zu Ende war, hatten sie sich schon gegenseitig eingeladen. Polly war ein wenig nervös, weil ihr Vater Mac heute zum ersten Mal gesehen hatte.

Sie sah ihren Mann zusammen mit ihrem Vater aus dem Sitzungszimmer treten. Sie gingen schweigend nebeneinander. Beide in Gedanken.

Man fuhr in vier Kutschen in die Kirche. Polly saß mit ihrem Mann allein in einer der Kutschen. Sie hielt seine Hand gefaßt. Die Liebe der beiden hatte also doch noch über alle Hindernisse gesiegt.

Der Nebel war während der Sitzung in der NDB womöglich noch stärker geworden. Die Kutschen kamen nur langsam vorwärts. An einigen Straßenkreuzungen entstanden Diskussionen der Kutscher über die Richtung.

In der zweiten Kutsche saßen Peachum, Fanny und Bloomsbury. Der letztere sprach begeistert über die Genialität seines Freundes Macheath.

»Er ist ein sehr starker Arbeiter«, sagte er ehrfurchtsvoll. »Er arbeitet eigentlich immer. An sich denkt er nicht, nur an seine Unternehmungen. Er gönnt sich kaum einen Urlaub, mittags schlingt er ein paar Happen hinunter. Erholen kann er sich eigentlich nur im Gefängnis.«

Dann sprach Fanny mit Herrn Peachum über Ladenmieten in Hampstead.

Sie stritten bald und Fanny Crysler sagte lachend und Peachum von der Seite anschauend, er wisse doch, sie sage immer die Wahrheit.

Peachum lächelte mühsam.

Er war grau im Gesicht und sah alt aus. Er hatte Furcht. In den Nebel hinaussehend, sah er undeutliche Züge, Menschenklumpen mit schrecklichen Tafeln, auf denen Anklagen standen, von ihm selber verfaßt.

»Der Nebel ist noch ein Glück«, dachte er, zurückgelehnt. »Er kann jeden Augenblick weichen. Was dann? Gewiß, ich lebe von Drohungen. Aber ich habe ein wenig zu stark gedroht diesmal. Das kann mir den Hals kosten. Nur die Polizei ist meine Zuversicht, aber wird sie tüchtig genug sein? Sie marschiert ebenfalls im Nebel. Alle hier sind voller Optimismus. Sie wissen nicht, was über ihnen schwebt, kennen die Tafeln nicht, die auf sie zuschwanken. Ach.«

Grooch fuhr mit Chreston und Aaron, der noch seinen Prokuristen dabei hatte.

Aaron hatte von Macheath einen starken Eindruck. Er gestand, daß er, als er vor Gericht gehört hatte, daß Macheath hinter der ZEG stehe, sogleich entschlossen gewesen sei, ihm eine führende Position im Syndikat einzuräumen.

Die Kutscher schienen übrigens nicht ganz sicher zu sein, ob der Weg richtig war. Sie hielten mehrere Male an und besprachen sich laut von ihren Kutschböcken aus. Sie kehrten auch einmal alle um.

Dann hielten sie wieder Passanten an, die aber ebenfalls nicht wußten, wo sie waren.

Ein Schutzmann gab ihnen eine Erklärung und sie beschleunigten daraufhin die Gangart ihrer Pferde, als wüßten sie jetzt Bescheid.

Macheath schrie mehrmals aus dem Fond:

»Trinitatiskirche!«

Aber dann stiegen Grooch und Aaron einmal aus, gingen über die Straße und stellten fest, daß man schon freies Feld sah, wenigstens auf der einen Seite der Straße.

Die Kutscher berieten. Sie zählten die Gegenden auf, wo auf der einen Seite der Straße freies Feld war. Da sie nicht übereinkamen, fuhren sie weiter. Hawthorne sagte zu Miller – die Anderthalb Jahrhunderte fuhren im letzten Wagen – unmutig:

»Man weiß überhaupt nicht mehr, wo man hingehört!«

Nach einer halbstündigen Fahrt verlor Macheath die Geduld und sagte zu Polly schroff:

»An der nächsten Ecke steigen wir aus und gehen in das erstbeste Haus. So geht es nicht weiter.«

Tatsächlich stieg er aus und mit ihm alle andern.

Das Haus, an das sie kamen, hatte eine hohe Mauer und schien ziemlich groß zu sein, wenn man auch im Nebel nichts Deutliches erkennen konnte. Die Mauer zog sich ziemlich lang hin, sie konnten lange nicht das Tor finden.

Als sie es fanden, sahen sie, daß sie vor dem Old Bailey Gefängnis standen.

Sie kehrten lachend um und stiegen unter allerlei Scherzen wieder in die Wagen. Es war jetzt klar, daß sie sich ganz und gar verirrt hatten.

Es war ein Zufall, daß sie noch einen zweiten Schutzmann trafen, der die Kutschen, als er hörte, daß die Herren städtische Einladungen für die Trinitatiskirche hatten, an eine Ecke brachte, von wo die Kutscher geradeaus fahren konnten. Sie kamen um mehr als eine Stunde zu spät.

Sie sahen wenig Leute auf dem Platz vor der Kirche, außer bettelnden invaliden Soldaten.

Peachum blickte von seiner Droschke aus ungläubig nach dem Portal.

Dutzende seiner Leute standen dort, durchnäßt und elend.

Er nahm einen von ihnen beiseite und erfuhr, daß Beery zwar nicht rechtzeitig an den Treffpunkt gekommen sei, der Aufmarsch aber dennoch nicht stattgefunden habe. Es hatte in aller Frühe eine regelrechte Aufstandsbewegung gegeben. Die Leute hatten die Tafeln weggeworfen und sich geweigert, an einem geschäftlich so bedeutenden Tag sich durch Schildertragen von der Arbeit abhalten zu lassen.

»Das Hemd steht uns näher als der Rock«, hatten sie gesagt. »Es ist besser, daß die Polizei nicht auf uns aufmerksam wird. Die Bevölkerung ist bereit, den armen Soldaten heute etwas zukommen zu lassen, damit sie nicht die Lust verlieren, für Englands Größe und Herrlichkeit ihre Gliedmaßen hinzugeben, und wir sollen wildfremde Leute in der Regierung beschuldigen, sie stellten uns nach? Wo bleibt da das Geschäft? Morgen zeigt man bettelnde Soldaten wieder den Schutzleuten an, heute feiert man sie. Es ist nicht alle Tage Schiffsuntergang. Wir können gegen die Korruption auch in Zeiten der Flaute demonstrieren.«

So oder so ähnlich räsonierend waren sie auseinandergelaufen.

Sie seien in den angrenzenden Straßen gut verteilt. Der Nebel hindere aber ihre Arbeit stark. Immer wieder seien sie statt an die Hinterbliebenen der Opfer, die ja reichlich gäben, an die vielen Vertreter der Regierung herangetreten.

Peachum ging aufatmend ins Innere der Kirche.

Die Kirche war noch halb leer. Die hohen Pfeiler hatte man mit schwarzem Tuch umwickelt. Vor der Kanzel lagen dicke Kränze.

Die Trauerfeier hatte noch nicht angefangen.

Noch nicht einmal der Militärkordon war eingetroffen. Die Kompanie tappte sich halbblind durch Chelsea und stieß endlich an die Themse. Sie wäre beinahe hineingefallen.

Fluchend marschierte sie zurück. Sie sollte als Ehrenwache ihre ertrunkenen Kameraden vor den Ausschreitungen des Pöbels beschirmen, nicht vor den Ausschreitungen der Wassermassen.

Als sie anlangte, fehlte die Geistlichkeit noch. Sie war im Nebel vom Weg abgekommen und auf die Schlachthöfe gelangt. Der Bischof, der die Rede für die Helden in der Rocktasche hatte, verirrte sich auf der Suche nach dem Portier und lief verzweifelt die schmalen Gassen entlang, durch die man die zum Schlachten bestimmten Tiere zu treiben pflegte. Er saß in einem leeren Hammelpferch, als ihn einige Wärter fanden.

Nach dem Eintreffen der Geistlichkeit begann die Trauerfeier für die Opfer nebst anschließender Heldenehrung.

Die Behörden waren schon da. Macheath sah Brown neben einem hohen Beamten sitzen, dessen Fotografie er in den Magazinen gesehen hatte. Er freute sich, daß Brown so unerreichbar für jedermann aussah, und war stolz auf ihn.

Der Herr neben Brown war Hale. Peachum entdeckte ihn sofort. Browns Kutsche war im Nebel auf die Hales gestoßen. Sie waren, da sie hofften, sich zusammen besser orientieren zu können, gemeinsam hierher gefahren.

Die Bänke für das Volk waren immer noch halb leer. Von Hinterbliebenen hatte man nicht allzu viele erwartet, aber Hunderte, deren Angehörige im Feld waren, hatten nicht mehr rechtzeitig eintreffen können.

Sie irrten, größtenteils Frauen und Mütter, in den Straßen der Kapitale umher und fragten an jedem Straßeneck oder auch in den Häusern oder Läden nach, wo die Heldenehrung und die Beweinung der Toten stattfinde.

Nach einem einleitenden Musikvortrag, der die Stimmung herstellte, hielt der Bischof, noch immer zitternd von seinem Abenteuer auf dem Viehhof, die Gedenkrede. Er hatte als Motto das Gleichnis des Herrn von den anvertrauten Pfunden.

Er verlas zunächst das Gleichnis aus den Evangelium Lucä, das mit den Worten beginnt:

Ein Edler zog ferne in ein Land, daß er ein Reich einnähme und dann wiederkäme.

Der Mann gab seinen Knechten jedem ein Pfund mit dem Bescheid, sie sollten handeln bis daß er wiederkäme. Als er wiederkam, hatte der eine Knecht zehn Pfund erhandelt. Der Edle gab ihm die Macht über zehn Städte. Der zweite hatte fünf Pfund erhandelt und bekam die Macht über fünf Städte. Aber der dritte hatte gar nichts erhandelt. Da nahm ihm der Edle das Pfund ab und gab es dem, der zehn Pfund erhandelt hatte. Wer da hat, dem wird gegeben werden, sagte er, von dem aber, der nicht hat, wird auch das genommen werden, das er hat.

Das war das Gleichnis und der Bischof baute seine Predigt darauf auf.

»Meine Freunde«, begann er die Rede, *»der furchtbare Untergang des Transportschiffes ›Optimist‹ im Kanal hat in unserem Lande eine Welle von Patriotismus ausgelöst. Es ist, als ob unserem Lande das Leid, das ihm widerfahren ist, die Augen geöffnet habe über seine Mission, die es fast schon vergessen hatte, als am Morgen des vorigen Donnerstag der Leser der Morgenzeitungen beim Frühstück neben seinem Teller die furchtbare Kunde vorfand von dem Unglück, das England betroffen hatte.*

Was verstehe ich nun darunter, wenn ich sage: die Augen werden geöffnet? Meine Freunde, es gibt von allen Vorgängen des Lebens, und das Leben besteht aus Vorgängen, ein Vorn und ein Hinten. Es gibt die Vordergründe eines Ereignisses, wie zum Beispiel unserer Schiffskatastrophe, und es gibt die Hintergründe. Und es gibt Leute, die sehen das Vorn, aber sie sehen nicht das Hinten. Die Hintergründe aber sind recht eigentlich das Wichtigste; nur wer sie kennt, kennt das Leben.

Was, meine Lieben, frage ich nun, sind aber diese Hintergründe der Katastrophe, die uns so schwer betroffen hat?«

Der Bischof lehnte sich zurück, so daß er hochaufgerichtet dastand. Mit kühnem, freiem Blick überflog er das Kirchenschiff unter ihm, die Vertreter der Behörden, die Offiziere des Marineamtes mit Hale an der Spitze, die Geschäftsleute und die Angehörigen von Kriegsteilnehmern.

»Meine Freunde«, fuhr der Bischof nach dieser Musterung fort, *»der Herr in unserm Gleichnis ist ein strenger Herr. Er verlangt sein Geld mit Zins und Zinseszins zurück. In dieser Sache*

spaßt er nicht. Den Knecht, der ihm nur sein Pfund wiedergeben will, stößt er aus in die Finsternis, wo da ist Heulen und Zähneklappern. Ja, meine Freunde, Gott, denn der Herr im Gleichnis ist unser Herr selber, Gott ist ein strenger Herr und besteht auf seinem Zins. Aber meine Freunde, er ist auch ein gerechter Herr. Er besteht nicht bei jedem seiner Knechte auf dem gleichen Zins. Er nimmt zehn Pfund für das eine und er nimmt auch die fünf Pfund des andern Knechtes. Er nimmt, was er bekommt. Nur das Garnichts des dritten Knechtes, des faulen, umständlichen, ungetreuen Knechtes, weist er zurück. Der Mann ist bei ihm abgemeldet. Dem soll auch noch genommen werden, was er hat, nämlich das Pfund, das alle von ihm bekommen haben, das Anfangskapital. Der tiefe Sinn dieses Gleichnisses besteht also in dem überraschenden Satz: Jedem nach seinem Vermögen.

Ich möchte hier ein paar Worte einschalten über den Begriff Pfund. Es gibt in der Heiligen Schrift 2 Fassungen des Gleichnisses, von dem wir reden. Das eine Mal wird von Pfunden gesprochen, das andere Mal von Talenten. Talente, das bedeutet zweierlei: erstens ein großes Geldstück aus Silber im alten Griechenland und zweitens eine geistige Fähigkeit. Ich meine, das ist ein schöner Doppelsinn. Fähigkeiten sind Geld, Leistung ist Wohlstand. Aber dies nur nebenbei.

Meine Freunde, wir begegnen auf Erden auf Schritt und Tritt der Ungleichheit. Jeder Mensch betritt als hilfloses kleines Bündel nackt und bloß die Welt. Er unterscheidet sich in diesem Zustand nicht von jedem andern Säugling. Aber nach einiger Zeit zeigen sich die Unterschiede. Der eine bleibt auf niederer Stufe stehen, der andere entwickelt sich weiter. Er ist klüger als sein Mitmensch, fleißiger, sparsamer, energischer, er überflügelt ihn durch seine Leistung. Er wird auch wohlhabender, mächtiger, angesehener als jener. Die Ungleichheit zeigt sich. Wie steht nun Gott dazu?

Schätzt er nun die Menschen nach ihrem verschiedenen Rang auch anders ein? Liebt er den einen, den mit der größeren Leistung mehr als den andern, der doch nur so Bescheidenes vorweisen kann? Nein, meine Freunde, das tut Gott nicht. Er teilt der Leistung ihren Preis zu, zehn Städte dem einen, fünf dem andern, ganz nach der Leistung, aber darüber hinaus gibt es für ihn dann keinen Unterschied. Darüber hinaus sind ihm seine Knechte gleich lieb. Und das, meine lieben Freunde, ist die Gleichheit vor Gott!

Meine Freunde, dieses Gleichnis von den Pfunden zeigt uns, wie wir das Opfer unserer Soldaten vom ›Optimist‹ zu betrachten haben.

Unser Land hat große Männer, deren Leistungen ungeheuer sind. Unsere Staatsmänner stehen Tag und Nacht auf der Kommandobrücke des Staatsschiffes. Unsere Generäle entwerfen die Pläne der Feldzüge, über die Karten gebeugt. Wir hier auf den Kanzeln, die Diener Gottes, tragen das Unsere dazu bei, daß die Herzen gestärkt werden. Und unsere Soldaten besteigen die Schiffe. Und gehen damit unter, wenn es Gottes unerforschlicher Wille ist. Wir geben unser Pfund mit Zinsen zurück, sie das ihre. Alle zusammen aber helfen wir mit, daß unser Land auch seinerseits das Pfund, das ihm Gott anvertraute, ständig vergrößert, damit wir dereinst, wenn wir vor Gott berufen werden, auf unser Land weisen und sagen können: Du hast uns Staatsmänner, Generäle, Kaufleute, Soldaten gegeben, siehe, o Herr, hier ist, was wir daraus gemacht haben!

Wenn wir alles, was geschieht, Gutes wie Böses, aber so auffassen, meine Freunde, dann bleiben wir nicht bei dem Vorn eines nationalen Unglücks wie des Untergangs des ›Optimist‹ stehen, wie das einige Leute tun, deren ganzes Sinnen eben nur an diese Erde gebunden ist. Dann fällt es uns wie Schuppen von den Augen und wir sehen die Hintergründe, und wenn wir diese sehen, dann sind unsere Soldaten und Matrosen, obwohl sie den Feind nicht erreicht haben, doch nicht umsonst untergegangen. Dann hat das Schiff, das da in dickem undurchdringlichem Nebel in die Tiefe sank, doch nicht ganz mit Unrecht den stolzen Namen ›Optimist‹ getragen. Denn sein Optimismus, meine Freunde, bestand darin, daß sein Untergang von der Nation richtig aufgefaßt werden würde! Dann haben wir auch durch dieses Schiff, das untergehen mußte, etwas gewonnen: es hat Zins und Zinseszins getragen, o Herr!«

Nach der Trauerfeier für die Opfer begaben sich Herr Peachum, das Ehepaar Macheath und die Herren von der National Deposit Bank und dem ABC-Laden-Syndikat noch in ein naheliegendes

Restaurant, um nach Abwicklung des Geschäftlichen das Private noch in seine Rechte treten zu lassen. Das Ehepaar Macheath stand im Mittelpunkt eines Kreuzfeuers von schmeichelhaften Ansprachen und Gratulationen.

Zuerst sprach Aaron.

»*Gnädige Frau, meine Herren*«, führte er aus, »*in der Geschichte des Kleinhandels Englands ist der heutige Tag ein bedeutender Markstein. An die Spitze eines großen Ladensyndikats tritt ein Mann, den wir alle in den vergangenen Monaten als einen f ü h r e n d e n Kopf auf unserem Gebiet erkennen durften. Von morgen ab wird er seine ungeteilte Kraft, seine famosen Geschäftskenntnisse, seine unbeugsame Energie und Kunst der Menschenbehandlung, die wir kennen und schätzen lernten, in den Dienst unserer gemeinsamen Sache stellen. Das Publikum wird sich überzeugen von dieser neuen Kraft. Nicht weiter werden wir Kaufleute unsere Kräfte durch gegenseitige Kämpfe zersplittern, sondern wir werden einen gemeinsamen Kampf führen. Wir alle haben erst vorhin die herrlichen Worte unseres Religionsstifters über das Pfund gehört. Unsere neue Leitung mit Herrn Macheath an der Spitze wird aus dem Pfund, das unsere weitverbreitete Organisation darstellt, herausholen, was irgend drinnen ist.*«

Herr J. J. Peachum machte in seiner Tischrede einen bemerkenswerten Vorschlag.

»*Ich will nicht sagen*«, sagte er, »*daß ich der Ehe meiner Tochter mit Herrn Macheath zu allen Zeiten gleich positiv gegenüber gestanden habe. Wirklich überzeugt, daß meine Tochter richtig gewählt hat, war ich erst, als ich einen Blick in die praktische Tätigkeit meines Schwiegersohnes warf. Ich sah, daß es sein Prinzip war, den unteren Schichten zu dienen. Das ließ in mir sogleich eine verwandte Saite erklingen. Man denkt gemeinhin ziemlich gering über die unteren Schichten; das ist aber ein großes Unrecht. Sie mögen weniger gebildet sein als wir, ihre Umgangsformen mögen gröber, ja roh sein; von der Notwendigkeit, daß alle Menschen, ob hoch oder niedrig, in H a r m o n i e nebeneinander leben müssen, soll nicht alles in den tierischen Zustand versinken, der nur zu oft der ihrige ist, mögen sie eine nur undeutliche Vorstellung haben, das alles ändert nichts an der Notwendigkeit, sich ihrer anzunehmen. Ich möchte gleich einen praktischen Vor-*

schlag machen: Sie, meine Herren und du, mein lieber Schwiegersohn, verkaufen Rasierklingen und Uhren, Haushaltungsgegenstände und was weiß ich, aber der Mensch lebt nicht davon allein. Er ist noch nicht in Ordnung, wenn er rasiert ist und weiß, wieviel Uhr es ist. Sie müssen weitergehen. Sie müssen ihm auch B i l d u n g *verkaufen, ich meine Bücher, ich denke an billige Romane, solche Sachen, die das Leben nicht grau in grau, sondern in lichteren Farben malen, die dem Alltagsmenschen eine höhere Welt vermitteln, ihn mit den feineren Sitten der höheren Schichten bekannt machen, der so erstrebenswerten Lebensweise der gesellschaftlich Bevorzugten. Ich rede nicht vom Geschäft, das damit zu machen ist – es kann bedeutend sein –, ich rede von der Menschheit, der damit ein Dienst erwiesen wird. Kurz, eine kleine Anregung.«*

Nachdem Herr Aaron im Namen des ABC-Läden-Syndikats Herrn Peachum für seine Anregung gedankt hatte, erhob sich der alte Hawthorne und erzählte scherzhaft ein kleines Detail aus den vergangenen Monaten.

»Ich will es an dieser Stelle nicht verhehlen«, sagte er gut gelaunt, *»daß es ein ganz bestimmtes, rein menschliches Erlebnis war, das uns von der National Deposit dazu gebracht hat, unsererseits alles zu tun, dem mörderischen Kampf der großen Kettenläden ein Ende zu bereiten. Es war ein Besuch von Frau Macheath, die hier unter uns sitzt, in der Bank. Sie sprach nicht von Geschäften. Sie sprach nur von rein menschlichen Dingen. Aber ihre Worte rührten uns so – auch ältere Leute haben nämlich ein Herz –, daß wir einfach nicht mehr anders konnten und ihrem vielgeschmähten Mann, der schuldlos im Kerker saß, einen Besuch abstatteten, bei dem dann alles weitere für eine Einigung besprochen wurde. Das war nicht, und nur das wollte ich sagen, so altmodisch es klingen mag, das war nicht Geschäftssinn, der hier einen Ausweg aus einer schlimmen Situation fand, sondern das war – die* L i e b e. *«*

Auch Polly erhob sich und mehr denn je sah sie wie ein voll erblühter Pfirsich aus, als sie folgende kleine Rede hielt:

»Obgleich es nicht beliebt ist, wenn wir Damen eine Rede halten, da man uns nicht gerne so geschäftlich auftreten sieht, möchte ich etwas sagen über die Freude, die es mir jetzt macht, daß ich immer meinen Gefühlen gefolgt bin und in der Liebe zu

meinem Mann nie geschwankt habe. Wir Frauen denken ja nicht so nüchtern wie die Herren der Schöpfung, aber man sieht aus meinem Beispiel, daß die wahre Liebe auch ganz gut ausgehen kann. Sie muß nur stark genug sein und man darf sich nicht darum kümmern, daß einen die Leute einmal ein wenig schief ansehen. Die gescheiten Pläne, meine ich, die unsere Männer aushecken, mögen ja ganz nützlich sein, aber wir Frauen obsiegen dann eben manchmal doch, eben durch die Liebe, auch wenn sie fast besinnungslos aussieht, und mehr als einmal habe ich erlebt, wie Mac, der kalte Geschäftsmann, alles hinwarf, seine ganze Karriere auf das Spiel setzte, um mich, die er in seinem Herzen erwählt hat, nicht zu verlieren, nicht wahr, Mac?«

Zum Schluß sprach Macheath:

»Liebe Frau, lieber Schwiegervater, meine Freunde! Im großen ganzen bin ich mit dem Abschluß, zu dem wir heute nach mannigfachen Mißverständnissen gekommen sind, zufrieden. Ich mache kein Hehl daraus: ich stamme von unten. Ich habe nicht immer an solchen Tischen gesessen und nicht immer mit so ehrenwerten Männern. Ich habe meine Tätigkeit klein begonnen, in einem anderen Milieu. Sie blieb aber im großen und ganzen immer die gleiche. Man schreibt im allgemeinen den Aufstieg eines Mannes seinem Ehrgeiz oder einem großen, verwickelten Plan zu. Offen gestanden, hatte ich keinen so großen Plan. Ich wollte nur immer dem Armenhaus entgehen. Mein Wahlspruch war: der kranke Mann stirbt und der starke Mann ficht. Schließlich kommen nur Leute wie ich nach oben. Sollte jemand schon oben sein und diesen Wahlspruch nicht beherzigen, dann wird er andererseits bald unten angelangt sein. Ich bin der Meinung meines Freundes Aaron, daß die Wirtschaft immer Männer meines Schlages erfordert hat. Andere Leute können aus dem Pfund, das die Vorsehung in ihre Hand gelegt hat, nicht das Geringste herausholen. Ich will keine Voraussagen machen, aber ich glaube, daß das Syndikat seine Schuldigkeit tun wird. Eins ist klar: so nieder wie sie gegenwärtig sind, können die Warenpreise nicht bleiben. Ich schließe mit dem Spruch: Immer aufwärts! per aspera ad astra! Und: Niemals zurückblicken!«

Während der letzten Sätze des Herrn Macheath hatte sich der Anwesenden tiefer Ernst bemächtigt. Alle fühlten, daß er hier ein Grundproblem berührt hatte.

Nachdenklich leerten sie ihre Gläser.

DAS PFUND DER ARMEN

Nur die kein Pfündlein haben
Was machen denn dann die?
Die lassen sich wohl begraben
Und es geht ohne sie?

Nein nein, wenn die nicht wären
Dann gäbs ja gar kein Pfund
Denn ohne ihr Schwielen und Schwären
Macht keiner sich gesund.

(Kinderlied)

Traum des Soldaten Fewkoombey

Auch der Soldat Fewkoombey war in der Trinitatiskirche gewesen. Seit seinem Anschlag auf den Makler Coax hatte er sich nur ein einziges Mal in der Old Oakstraße sehen lassen. Beery hatte ihn sofort hinausgeworfen.

In die Trinitatiskirche war er gegangen, weil er hoffte, dort an Herrn Peachum heranzukommen. Er wußte, daß dieser irgend etwas mit dem versunkenen Schiff zu tun gehabt hatte. Aber er kam natürlich nicht an ihn heran. So hörte er in der Kirche, die immerhin geheizt war, die Rede von den Pfunden.

In der Folge trieb er sich in der Gegend der Docks herum, ohne Obdach, ohne Freunde, auf der Flucht vor der Polizei. Er verkam immer mehr. Von der Anklage im Fall Mary Swayer erfuhr er nichts, da er keine Zeitungen las.

An einem kalten Novembertag kam es in der Westindiastraße vor einem Bäckerladen zu einem Auflauf.

Ein kleiner Junge nahm vom Ladentisch des Bäckers einen Laib Brot und rannte aus der Tür. Die Bäckersleute machten ein Geschrei, worauf Passanten die Verfolgung des Diebes aufnahmen. Er rannte sehr, so geschwind ihn seine kleinen Beine trugen, aber er kam nicht weit. An einer Straßenecke stellte ihm ein Mann ein Bein, er fiel aufs Pflaster, wurde ergriffen, in den Laden zurückgebracht und bald darauf von einem Polizisten weggeführt.

Die Leute verliefen sich schimpfend.

Unter denen, die den Jungen nach seinem Brotdiebstahl verfolgt hatten, war auch ein zerlumpter Mensch unbestimmbaren Alters. Als das Kind den Polizisten übergeben war, ging er den Docks zu. Dort wußte er eine Stelle, wo er übernachten konnte.

Genauer gesagt, war er derjenige gewesen, der das Bein gestellt hatte, über das der Junge gestürzt war. Er hatte es rein mechanisch getan.

Unter seiner Brücke angekommen, zog er etwas Halbverfaultes aus der Tasche, wickelte es aus dem Papier, aß es langsam, zog die Reste von Schuhen aus, die er an den Beinen mit sich schleifte, hob einen bestimmten Stein hoch, holte zwei Zeitungen darunter hervor, setzte sich, breitete die Zeitungen über die Beine, ließ den Oberkörper zurückfallen, legte den Kopf auf die ausgezogene Jacke und die beiden Hände und rollte sich möglichst eng zusammen. Er schlief ein und träumte.

Nach Jahren des Elends kam der Tag des Triumphes.

Die Massen erhoben sich, schüttelten endlich ihre Peiniger ab, entledigten sich in einem einzigen Aufwaschen ihrer Vertröster, vielleicht der furchtbarsten Feinde, die sie hatten, gaben alle Hoffnung endgültig auf und erkämpften den Sieg. Alles änderte sich von Grund auf. Die Gemeinheit verlor ihren hohen Ruhm, das Nützliche wurde berühmt, die Dummheit verlor ihre Vorrechte, mit der Roheit machte man keine Geschäfte mehr. Nicht das Erste oder Zweite, aber das Dritte oder Vierte war die Abhaltung eines großen Gerichts.

Jedermann weiß, was damit gemeint ist. Von diesem Gericht wurde immerzu gesprochen; seit urdenklichen Zeiten erwartete man es; alle Völker malten es sich sorgfältig aus. Einige Leute hatten versucht, es an das Ende aller Zeiten zu verlegen, aber dieser Versuch der Verschiebung war verdächtig gewesen, keinesfalls konnten die Völker so lange damit warten. Keine Rede konnte davon sein, daß dieses Gericht am Ende allen Lebens stehen konnte, da es doch eigentlich erst seinen Beginn einleitete. Bevor dieses Gericht stattgefunden hat, kann von wirklichem Leben natürlich nicht gesprochen werden.

Nun fand es statt.

Der Träumer war der Vorsitzende. Er wurde dies selbstverständlich erst nach erbittertem Kampf, da sich eine ungeheure Menge von Bewerbern gemeldet hatte, die brüllend und um sich schlagend wie Wahnsinnige um diese Vergünstigung kämpften. Weil niemand einen Träumer davon abhalten kann zu siegen, wurde unser Freund Vorsitzender des größten Gerichts aller Zeiten, des einzig wirklich notwendigen, umfassenden und gerechten.

Er sollte nicht nur die Lebenden vor seine Schranken ziehen, sondern auch die Toten, alle, die sich in einer bestimmten Weise gegen die Armen und Wehrlosen vergangen hatten, sei es durch Taten, sei es durch bloße Worte.

Die Arbeit des Soldaten Fewkoombey, der jetzt Oberster Richter war, würde eine ungeheure sein. Er veranschlagte die

Dauer des Richtens auf mehrere hundert Jahre. Denn es sollten ja alle klagen können, die jemals zu Boden getreten worden waren.

Nach langem Nachdenken, das allein schon Monate dauerte, beschloß der Oberste Richter, den Anfang mit einem Mann zu machen, der, nach Aussage eines Bischofs in einer Trauerfeier für untergegangene Soldaten, ein Gleichnis erfunden hatte, das zweitausend Jahre lang von allerlei Kanzeln herab angewendet worden war und nach Ansicht des Obersten Richters ein besonderes Verbrechen darstellte.

Die Verhandlung fand in einem Hof statt, in dem sonderbarerweise Wäsche zum Trocknen hing, und in Gegenwart von vierzehn Hunden, die in einem Zwinger saßen und zuhörten. Sie waren nicht gefüttert worden und sollten auch kein Fressen bekommen, bis der Urteilsspruch gefällt war.

Der Angeklagte wurde von zwei Bettlern vorgeführt.

Er war ein Kleingewerbetreibender oder ein Handwerker, man sah es an seiner billigen, aber ordentlichen Kleidung und seinem Gummistehkragen.

Auf dem Richtertisch lagen ein Messer und ein mit Tinte geschriebener Brief, an dem ein Aktenzeichen angeheftet war.

Die Verhandlung wurde mit der Frage des Obersten Richters an den Angeklagten, ob er sich der Tragweite seines Redens, des Redens überhaupt, bewußt sei, eröffnet.

Der Angeklagte erwiderte: ja, er sei als Religionsstifter allgemein bekannt.

Seine Antwort wurde, wie alles, was er antwortete, von einem riesigen Bettler, Herrn Smithy, aufgeschrieben, einem Mann, der dem Obersten Richter wegen seiner Genauigkeit im Aufschreiben bekannt war. Er hatte nämlich seinerzeit die Einnahmen seines Angestellten Fewkoombey beim Straßenbettel ungemein genau aufgeschrieben: sie wurden von ihm einverlangt.

Die zweite Frage des Obersten Richters war, ob sich der Angeklagte schuldig bekenne, in seinem Gleichnis unwahre Darstellungen von Tatbeständen geliefert und in Umlauf gebracht zu haben.

Der Angeklagte bestritt aufgeregt eine solche Schuld.

Es sei durchaus möglich, aus einem Pfund bei Fleiß und geeigneter Geschäftsführung fünf oder sogar zehn Pfund zu ziehen.

Auf die Frage, bei welcher Geschäftsführung, wußte er allerdings nur zu wiederholen, eben bei geeigneter, landläufiger Geschäftsführung.

Auf weiteres Drängen des Obersten Richters gab er zu, daß er für wirtschaftliche Dinge und Details kein Interesse habe. Er wisse infolgedessen wenig darüber.

Der Oberste Richter sah ihn starr an, um zu ergründen, ob dies die Wahrheit war, dann schlug er mit der Faust auf den Tisch, daß das rostige Messer und der Brief hochflogen. Aber er sagte nichts. Er fragte weiter:

»Sie sollen gesagt haben, daß nicht nur einige Leute, sondern alle Leute, also alle Menschen, die es gibt, ein Pfund mitbekommen? Ich mache Sie darauf aufmerksam, daß dies der Hauptpunkt ist.«

Der Angeklagte gab zu, solche Dinge gesagt zu haben. Er schien nur verwundert, daß dies der Hauptpunkt sein sollte.

»Dann sagen Sie uns, Angeklagter«, fuhr der Oberste Richter ganz ruhig fort, »wo Sie das gehört haben, daß alle Menschen auf Erden solch ein Pfund in die Hand bekommen, das da mehr wird, fünf Pfund oder gar zehn Pfund.«

»Das sagten alle«, erwiderte der Angeklagte langsam, weil er immer noch darüber nachdachte, warum gerade dies der Hauptpunkt sein sollte.

»Wir wollen sie herzitieren und sie fragen, die Ihnen das sagten«, schlug der Richter ernst vor.

Er schellte mit der Mittagsglocke und hinter der Wäsche vor kam eine Anzahl von Leuten, ähnlich gekleidet und ebenso mit Stehkrägen aus Gummi wie der Angeklagte, Bekannte von ihm, aus seiner Jugend, Nachbarn, Lehrer und Meister, auch Verwandte.

Sie stellten sich vor dem Richtertisch auf und wurden ausgefragt.

Sie gaben an, daß sie alle ein Pfund empfangen hatten. Als solch ein Pfund betrachteten sie ihren gesunden Menschenverstand, ihre Kenntnisse im Handwerk, ihren Fleiß.

»Und hattet ihr sonst noch etwas?« fragte der Richter.

Da gab der eine an, er habe noch eine Schreinerwerkstatt besessen. Das war der Vater des Angeklagten.

Ein anderer hatte von seinen Eltern das Geld zum Besuch einer Schule bekommen. Das war der Lehrer des Angeklagten.

Ein dritter hatte einen Spezereiwarenladen geerbt. Das war ein Nachbar des Angeklagten.

Der Richter nickte bei jeder dieser Aussagen, als hätte er gerade dies und nichts anderes erwartet. Er sah zu den Hunden hinüber, die sich an die Eisenstangen ihres Zwingers drängten, und lachte ihnen zu, allerdings lautlos.

»Da gehörte doch allerhand zu solch einem Pfund, nicht?« sagte er nur. Und zu den Zeugen sagte er:

»Habt Ihr auch tüchtig gewuchert mit eurem Pfund?«

Sie beteuerten alle mit lauter Stimme, daß sie nach besten Kräften mit ihrem Pfund gewuchert hätten, das Vorhandene instand gehalten, Neues hinzu erworben und dazu noch die Kinder aufgezogen und jedes mit einem Pfund versehen hätten.

Der Richter lachte wieder zu den Hunden hinüber.

Dann nahm er sich von neuem den Angeklagten vor. Ob er nicht auch noch anderen Leuten begegnet sei, Leuten ohne ein solches Pfund, wie es die Zeugen alle hatten?

Der Angeklagte schüttelte den Kopf.

Da schellte der Oberste Richter wieder mit seiner Essensglocke und hinter der Wäsche vor traten andere Leute. Sie waren schlechter angezogen als die vorigen und gingen mühsamer als sie.

»Wer seid ihr?« fragte der Richter. »Und warum haltet ihr euch abseits von den Zeugen, die schon hier stehen?«

Es stellte sich heraus, daß es die Dienstboten, die Knechte und Mägde der andern waren. Sie wollten nicht so unverschämt sein, zu dicht neben ihre Herrschaften hinzutreten.

»Kennt ihr den Angeklagten?« fragte der Richter sie.

Sie kannten ihn. Es war der, der oft zu ihnen gesprochen hatte. Er hatte ihnen unter anderem auch gesagt, daß jeder ein Pfund erhalten habe von Gott, seine Geistes- und Körperkräfte, die er mehren und gut verwenden müsse. Sie hatten es aus seinem eigenen Munde gehört.

»So kannte er euch also?« verhörte sie der Richter.

»Natürlich«, gaben sie zur Antwort, und der Angeklagte mußte zugeben, daß er sie kannte.

»Hat euer Pfund sich vermehrt?« fragte der Oberste Richter streng.

Sie erschraken und sagten: »Nein.«

»Hat er gesehen, daß es sich nicht vermehrte?«

Auf diese Frage wußten sie nicht gleich, was sie sagen sollten. Nach einer Zeit des Nachdenkens trat aber einer vor, ein kleiner Junge, der dem Jungen aufs Haar glich, dem der Soldat Fewkoombey vor einem Bäckerladen ein Bein gestellt hatte, das aus Holz war. Er stellte sich mutig vor dem Richter auf und sagte laut:

»Er muß es gesehen haben; denn wir haben gefroren, wenn es kalt war, und gehungert vor und nach dem Essen. Sieh selber, ob man es uns ansieht oder nicht.«

Er steckte zwei Finger in den Mund und pfiff und aus der Wäsche heraus, aber nässer als die, trat eine Frauensperson und glich genau der Kleingewerbetreibenden Mary Swayer.

Der Oberste Richter beugte sich vor auf seinem Stuhl, um sie besser betrachten zu können.

»Ich wollte dich verhören, ob es kalt ist, da, wo du herkommst, Mary«, sagte er laut, »aber ich sehe, es ist nicht nötig. Ich sehe, es ist kalt, da, wo du herkommst.«

Da er sah, daß sie erschöpft war, sagte er:

»Setz dich, Mary, du bist zuviel herumgelaufen.«

Sie sah sich um, wo ein Stuhl wäre, aber es war keiner da.

Der Richter schellte. Da schneite es aus der Luft, aber nur in einer dünnen Säule, nicht dicker als ein mittlerer Baum Umfang hat, bis eine Bank aus Schnee da war, auf die sie sich setzen konnte. Der Richter wartete so lange und sagte noch eigens:

»Sie ist ein wenig kalt, und wenn es warm wird, schmilzt die Bank, dann mußt du wieder stehen, aber das ist nun einmal nicht anders zu machen.«

Und zu den Zeugen sagte er:

»Es ist erwiesen. Ihr seid also hinausgeworfen worden, wo da Heulen ist und Zähneklappern?«

»Nein«, sagte einer von ihnen, mutig geworden. »Wir sind nie hereingelassen worden.«

Der Richter sah nachdenklich alle an. Er wandte sich wieder an den Angeklagten.

»Ihre Sache steht schlecht, lieber Mann. Sie müssen einen Verteidiger haben. Aber er muß zu Ihnen passen.«

Er schellte und aus dem Hause kam ein kleiner Mann mit gemeinem Gesichtsausdruck.

»Sind Sie der Verteidiger?« murmelte der Richter. »Dann stellen Sie sich hinter den Angeklagten.«

Als sich der kleine Mann hinter den Angeklagten stellte, wurde dieser blaß. Er sah wohl, daß es eine böse Absicht von dem Richter war, ihm diesen Verteidiger zu geben.

Der Oberste Richter erklärte nun, wo man hielt. Das Gericht nahm als erwiesen an, daß von den Behauptungen des Angeklagten zwei wahr seien, erstens, daß mit Pfunden gewuchert, das heißt Gewinne erzeugt werden können, und zweitens, daß diejenigen, die keine erzeugen, in eine Finsternis geworfen werden, wo da Heulen und Zähneklappern ist. Daß aber alle Menschen ein Pfund mitbekämen, das erklärte das Gericht als nicht erwiesen.

»Mary Swayer«, fing der Oberste Richter wieder an, »du hast dem Herrn Macheath einen Vertrag unterschrieben. Stand da etwas davon drinnen, daß keine neuen Läden in der Nachbarschaft des deinen aufgemacht werden dürften?«

Sie besann sich und sagte:

»Nein.«

»Warum hast du es nicht gemerkt, daß das fehlte?«

»Das weiß ich nicht, Few.«

Der Oberste Richter schellte. Zwischen der Wäsche vor kam ein langer Mensch mit einem Rohrstock. Das war der einstige Lehrer der Selbstmörderin.

»Du hast deine Schüler nicht lesen gelehrt«, beschuldigte ihn der Richter, »wie kommt das?«

Der lange Mensch sah die Sitzende scharf an und erklärte dann:

»Sie kann lesen.«

»Aber nicht Verträge, nicht Verträge!« schrie der Richter und war sehr zornig.

Der Lehrer machte ein beleidigtes Gesicht.

»Meine Schüler in Whitechapel brauchen keine Verträge lesen zu können«, brummte er. »Sie sollen arbeiten lernen, dann brauchen sie keine Verträge.«

»Was heißt Association?« fragte der Richter schnell.

»Vereinigung«, brummte der Lehrer erstaunt, »was soll das hier?«

»Richtig«, sagte der Oberste Richter befriedigt, »Vereinigung. Und was heißt Attica?«

Der Lehrer schwieg verstockt.

Der Oberste Richter schien enttäuscht, ging aber weiter.

»Haben Sie Schulbildung genossen?« wandte er sich an den Angeklagten, der zusammengeduckt dastand, den Kopf auf die Brust gesenkt. Und als der Mensch im Gummikragen nickte:

»Was ist Attica?«

Aber das wußte er nicht. Allerdings versuchte der Lehrer es ihm einzusagen. Es schien ihm nicht recht zu sein, daß der Angeklagte so wenig wußte.

»Ja«, sagte der Richter, »Sie wissen wenig.«

Aber der kleine Mann, der der Verteidiger war, griff ein, als dies zur Sprache kam und rief:

»Er wußte genug. Für uns wußte er genug.«

»Sicher«, murmelte der Richter unterwürfig. Er tat dies rein mechanisch.

Als er wieder seine Glocke erhob, kam ein schmächtiger Mensch in einem Kellnerkittel an den Richtertisch heran. Das war der Mann, der in der Schankwirtschaft Wirt gewesen war, bevor der Soldat Fewkoombey es wurde.

»Kann der Mann schreiben?«

Diese Frage richtete der Richter an den Lehrer. Dieser prüfte den Zeugen, erkannte ihn auch als seinen Schüler und nickte mit seinem großen Kopf.

»Aber mir«, sagte der Richter zornig zu dem Zeugen, »hast du nicht in den Vertrag geschrieben, daß es nur Gäste gab, so lange der Neubau gebaut wurde.«

»Das konnte ich nicht schreiben«, erwiderte der Kellner, »ich hatte nicht genug Geld, als ich die Wirtschaft anfing, und war froh, daß ich durch das Baujahr meine Schulden los wurde und wieder Kellner werden konnte.«

»Also konnte er n i c h t schreiben!« schrie der Richter, wieder sehr zornig.

Aber dann beherrschte er sich und machte eine Pause.

Als nun alle herumstanden und auf den Fortgang warteten, trat der Richter an den Lehrer heran und fragte ihn mit freundlicher, fast unterwürfiger Stimme, was Attica wirklich heiße. Er sei in seinem Buch nicht so weit gekommen, da man es ihm weggenommen habe. Aber der Lehrer sah ihn nur an und gab keine Antwort.

Der Oberste Richter seufzte und eröffnete die Verhandlung von neuem.

Er wußte nur nicht recht, wie fortfahren.

Er sah nach der Hauptzeugin Swayer hinüber und sah, daß sie wieder nähte. Sie führte die Nadel Stich für Stich, wenn sie auch keinen Stoff zu nähen hatte, denn der Warenzufluß stockte ja. Sie nähte also in der Luft und es wurde kein Hemd daraus.

»Wenn der Warenzustrom nicht versiegt wäre«, fragte der Richter nachdenklich und leise, »und wenn der neue Laden nicht eingerichtet worden wäre, hättest du dann vielleicht auf einen grünen Zweig kommen können, Mary?«

»Warum nicht?« sagte sie müde. »Da ich doch die Nähmädchen hatte.«

»Das ist ein Hauptpunkt«, sagte der Oberste Richter schnell. »Aber wir kommen nicht vorwärts. Ich hätte nie gedacht, daß es so schwer sein würde, hier Klarheit zu schaffen.«

Er stand auf und ging zum Zwinger hin. Die Hunde winselten freudig, da sie glaubten, daß sie nun Fressen bekommen sollten, aber das Rätsel war noch nicht gelöst.

Der Oberste Richter schielte hinüber. Da standen die Entlastungszeugen, die dem Angeklagten Recht gaben, wohlgenährt, gut gekleidet, mit Aussichten und Erfolgen, und ihnen gegenüber die Schlechtgenährten, Frühalternden, die Frau immerfort nähend ohne Stoff, auf der Bank von Schnee, der Junge, den Arm gebogen, als trüge er schwer an einem Brot, aber ohne Brot.

Als der Richter zurückging zu seinem Stuhl, stapfend auf seinem Holzbein, kam er am Angeklagten vorüber. Er dachte nach und sagte halblaut, im Vorbeigehen:

»Begreifst es denn *du* nicht?«

Aber der Mensch im Gummikragen zuckte nur die Achseln und konnte nichts sagen.

»Dieser Unterschied«, seufzte der Richter, »und kein Grund! Und doch muß etwas schuld sein, aber was?«

Er blieb unentschieden stehen, unschlüssig, ob es überhaupt Sinn hatte, sich wieder auf den Richterstuhl zu setzen.

»Das ist eben meine Unwissenheit«, dachte er, »ich bin zu ungebildet, um es herauszubringen, bei weitem zu ungebildet. Wenn ich nur wüßte, was ihr Pfund ist!«

Plötzlich stutzte er. Er erinnerte sich an seine Macht, die er neuerdings hatte. Er eilte zum Tisch. Mit einer weitausgreifenden Armbewegung schwang er seine Schelle.

Hinter der Wäsche hervor, in langem Zug, traten die Bände der Britischen Enzyklopädie, 40 an der Zahl. Sie gingen würdig, sie waren dick.

Vier Reihen tief standen sie ausgerichtet wie Soldaten vor dem Obersten Richter.

»Meine Freunde«, begann der Richter mit respektvoller Stimme, »wißt ihr etwas auszusagen über den Grund, warum einige von uns, der kleinste Teil, ihr Gut mehren, aus einem Pfund, wie es in der Bibel heißt und verlangt wird, zwei oder fünf oder gar zehn machen, aber andere, viele, die meisten vermehren in einem langen, arbeitsreichen Leben höchstens ihr Elend. Was, meine Freunde, ist das Pfund der Glücklichen, das so gewaltige Gewinne abwirft und um das unter ihnen, wie ich gehört habe, solch ein gewaltiger Kampf tobt? Woraus besteht es?«

Die Vierzig bildeten einen Kreis und berieten. Dann trat einer vor:

»Ich kann über das Kapital Auskunft geben«, sagte er mit grober, lauter und selbstbewußter Stimme. »Das Geld ist es, das seinen Zins wirft, wie die Kuh kalbt. Sei es ererbt, sei es erworben, wer darüber verfügt, dem wirft es Zins. Vielleicht sagt Ihnen das etwas.«

Der Richter wandte sich an die Swayer:

»Du hattest auch Geld, wenn ich mich recht erinnere. Versteh mich, ich frage dich nicht, wofür du es bekommen hast, aber du hattest welches. Es hat sich nicht vermehrt.«

»Ja«, sagte sie gleichgültig, »ich hatte ein wenig. Es war bald gar.«

»Es hat nicht gekalbt, Sie!« sagte der Richter streng.

Da trat ein anderer Band vor.

»Ich weiß etwas über die Arbeitskraft«, sagte er laut. »Wenn jemand seine Arbeitskraft in etwas hineinsteckt, dann wird es wertvoller. Steine sind nicht viel, aber ein Haus, verstehen Sie!«

»Ach«, sagte der Richter müde, »das kann es nicht sein. Arbeitskraft, die hatten wir alle. Aber das, in was wir sie hineinsteckten, gehörte nicht uns oder es ging rasch zu Grunde, wie, Mary?«

Auch noch andere Bände traten vor und sagten aus über Erfindungen oder Organisationstalent oder Sparsamkeit. Aber keiner konnte so richtig erklären, woraus das Pfund der Erfolgreichen bestand.

Am Schluß richteten sie sich militärisch aus in einer Reihe und zählten ab, damit der Oberste Richter sehe, daß auch keiner fehle, und es fehlte keiner.

Da ließ der Oberste Richter sie wieder abtreten und war bekümmerter denn je zuvor.

Wieder sah er nach der Hauptzeugin Mary Swayer, der Näherin.

»Der Sirius«, murmelte er.

Er setzte sich auf seinen Stuhl und schellte mit der Essensglocke.

Hinter der Wäsche hervor trat der Sirius. Er hatte fünf große Zacken und zwei kleine Füße.

»Sind Sie in der letzten Zeit«, fragte ihn der Oberste Richter, »in das Zeichen der Waage getreten?«

Der Sirius besann sich und verneinte dann.

»Wenn Sie in das Zeichen der Waage, oder in ein anderes Zeichen, getreten wären, hätte das dann, Ihrer Auffassung nach, eine Bedrohung für den Laden der Frau Swayer bedeuten können?«

Der Sirius bestritt dies ohne jedes Besinnen. Er schien sehr gekränkt.

»Also seid Ihr es auch nicht? Ihr macht dies auch nicht aus? Das Glück ist es auch nicht?«

»Wer behauptet denn den Unsinn«, sagte der Sirius.

Der Richter entließ ihn. Das Kinn auf der Brust saß er und sah verbissen vor sich hin.

Unter den Belastungszeugen entstand eine Unruhe.

»Wir müssen jetzt weggehen«, sagten sie, »Sie bringen es nicht heraus. Es ist eben eine große Ungleichheit und die andern sind klüger als wir.«

»Die Ungleichheit ist sehr groß«, ergriff der Verteidiger jetzt das Wort, seinen steifen Hut ins Genick schiebend. »Zwischen einem Mann mit einem Holzbein und einem Mann ohne Beine, der blind ist, ist ein riesiger Unterschied, der sich auch finanziell auswirkt, lieber Fewkoombey.«

Der Richter horchte sehr nach dem Verteidiger hin, er interessierte sich für jedes Wort von ihm, das sah man genau. Und der Richter wußte, daß man es sah.

»Laden Sie doch Beery, meinen Geschäftsführer!« forderte der Verteidiger höhnisch, »der ist der Sohn eines Arbeiters aus den Kohlengruben.«

Der Richter überlegte. Dann schellte er und Beery trat auf.

Er bestätigte, ohne gefragt zu sein, daß er ein Guthaben auf der Bank habe.

»Aber mir fällt auch etwas ein«, prahlte er, »die Abtritte mit der schrägen Rückenwand sind meine Idee gewesen.«

Der Verteidiger pflichtete ihm bei:

»Er versteht es eben, aus den Leuten etwas herauszuholen, das ist es.«

Die Belastungszeugen murrten.

»Schweigen Sie!« wies ihn der Oberste Richter zurecht.

Das Auge des Richters fiel auf die Dinge, die auf dem Tisch lagen, das Messer und den Brief. Er stand auf, ging auf die andere Seite des Tisches, blieb vor dem Tisch stehen wie ein Zeuge und sagte, wie ein solcher nach oben:

»Ich bekam dieses Messer als Pfund.«

Er stapfte hastig zurück zu seinem Stuhl und sagte streng:

»Das ist wieder ein Hauptpunkt. Mary, was bekamst du?« Und er zeigte ihr den Brief, um Ihre Aussage zu beeinflussen.

»Ich bekam den Brief als Pfund«, sagte sie, ihn verstehend, und damit half sie ihm ein Stück weiter.

»In dem Brief steht, daß du etwas auf deinen Brotgeber weißt, das ihn ins Zuchthaus bringen kann. Es ist eine Erpressung, nicht wahr?«

»Freilich«, sagte sie.

»Ja, das ist unser Pfund, so sieht unser Pfund aus«, murmelte er abwesend, »aber was ist das ihre?«

Er saß und hatte den Kopf in die Hand gestützt, zergrübelte sich und schien ganz verzweifelt.

»Es wird nicht klar«, jammerte er. »Diese B.-Läden, diese Kriegsschiffe! Gewinne über Gewinne! Woher kommen sie wirklich? Solche riesigen Geschäfte, solche Kriege, solche Ungleichheit! Wie machen sie das?«

Aber da sah er Beery stehen und da fiel ihm etwas ein. Er wandte sich an seinen Schreiber, der einmal sein Brotgeber gewesen war.

»Smithy«, fragte er ihn, »wenn du mich damals hättest behalten dürfen, wärest du da auf einen grünen Zweig gekommen?«

»Warum nicht?« antwortete Smithy.

»Aber dann ist es ja ganz klar«, sagte der Richter und seine Stimme zitterte vor Erregung, »dann ist es ja erwiesen, was euer Pfund ist! Steh auf, Mary, tritt vor, Kind, stell dich zu ihnen, Smithy!«

Und er wandte sich triumphierend an die Verwandten des Angeklagten:

»Das ist euer Pfund! Wir sind es! Der Mensch des Menschen Pfund! Wer keinen hat, ihn auszubeuten, beutet sich selbst aus! Es ist heraus! Ihr habt es verheimlicht! Da ist die Häuserwand – wo ist der Maurer? Ist er etwa ausgezahlt? Und dieses Papier! Das hat doch einer machen müssen! Hat er etwa genug dafür bekommen? Und der Tisch hier! Der das Holz dazu hobelte, ist man ihm wirklich nichts mehr schuldig? Die Wäsche am Strick! Der Strick! Und sogar der Baum, der sich nicht selber hier gepflanzt hat! Das Messer hier! Ist alles bezahlt? Voll? Natürlich nicht! Man muß ein Zirkular schicken: es werden ersucht sich zu melden, die nicht voll ausbezahlt wurden! Die Geschichtsbücher und Biographien genügen nicht! Wo sind die Lohnlisten?«

Und indem er sich dem Angeklagten zuwandte, mit lautester Stimme:

»Du bist überführt! Alles falsch beschrieben! Die Unwahrheit verbreitet! Da verurteile ich dich! Wegen Beihilfe! Weil du deinen Leuten dieses Gleichnis in die Hand gegeben hast, das auch ein Pfund ist! Mit dem gewuchert wird! Und alle, die es weitergeben, die es wagen, so etwas zu erzählen, die verurteile ich! Zum Tode! Und dann gehe ich weiter: wer es sich erzählen läßt und es wagt, nicht dagegen sofort einzuschreiten, den verurteile ich ebenfalls! Und da auch ich diesem Gleichnis zugehört und geschwiegen habe, da verurteile ich auch mich zum Tode!«

Und er setzte sich nieder, schweißbedeckt.

Wenige Tage darauf wurde der Soldat Fewkoombey verhaftet. Es wurde ihm der Prozeß gemacht, zu seinem Erstaunen wegen Ermordung der Mary Swayer. Er wurde zum Tode verurteilt und aufgehängt, in Anwesenheit und unter dem Beifall einer großen Menge von Kleingewerbetreibenden, Nähmädchen, invaliden Soldaten und Bettlern.

Inhalt

Bertolt Brecht
im Suhrkamp Verlag und
im Insel Verlag

Werke. Große kommentierte Berliner und Frankfurter Ausgabe. 30 Bände (33 Teile). Herausgegeben von Werner Hecht, Jan Knopf, Werner Mittenzwei und Klaus-Detlef Müller. Leinen und Leder

Ausgewählte Werke in 6 Bänden. Jubiläumsausgabe zum 100. Geburtstag. Gebunden in Kassette

Gesammelte Werke. Dünndruckausgabe in 8 Bänden. Leinen
Gesammelte Werke. Dünndruckausgabe in 10 Bänden (8 Bände und 2 Supplementbände). Leder

Gesammelte Werke. Werkausgabe in 20 Bänden. Textidentisch mit der Dünndruckausgabe. Supplementbände zur Werkausgabe. Band I-IV. Leinenkaschiert

Einzelausgaben

Stücke

Der aufhaltsame Aufstieg des Arturo Ui. es 144
Aufstieg und Fall der Stadt Mahagonny. Oper. es 21
Baal. Drei Fassungen. Kritisch ediert und kommentiert von Dieter Schmidt. es 170
Baal. Der böse Baal der asoziale. Texte, Varianten, Materialien. Kritisch ediert und kommentiert von Dieter Schmidt. es 248
Das Badener Lehrstück vom Einverständnis. Die Rundköpfe und die Spitzköpfe. Die Ausnahme und die Regel. Drei Lehrstücke. es 817
Gerhart Hauptmann: Biberpelz und roter Hahn. In der Bearbeitung Bertolt Brechts und des Berliner Ensembles. Herausgegeben und kommentiert von Klaus-Detlef Müller. es 634
Die Dreigroschenoper. Nach John Gays ›The Beggar's Opera‹. es 229 und BS 1155
Frühe Stücke. Baal. Trommeln in der Nacht. Im Dickicht der Städte. st 201
Furcht und Elend des Dritten Reiches. es 392
Furcht und Elend des III. Reiches. Erweiterte Ausgabe. BS 1271
Die Gewehre der Frau Carrar. es 219
Der gute Mensch von Sezuan. Parabelstück. es 73
Die heilige Johanna der Schlachthöfe. es 113

11/1/6.97

11/2/6.97

Bertolt Brecht
im Suhrkamp Verlag und
im Insel Verlag

Bertolt Brechts Hauspostille. Mit Anleitungen, Gesangsnoten und einem Anhange. BS 4 und st 2152

100 Gedichte. Ausgewählt von Siegfried Unseld. st 2800

Liebesgedichte. Ausgewählt von Elisabeth Hauptmann. IB 852

Das große Brecht-Liederbuch. Herausgegeben und kommentiert von Fritz Hennenberg. st 1216

Über Verführung. Gedichte. Mit Radierungen von Pablo Picasso. Zusammengestellt von Günter Berg. Gebunden

Prosa

Dreigroschenroman. es 184 (Prosa 3), st 1846 und st 2804

Flüchtlingsgespräche. st 1793

Flüchtlingsgespräche. Erweiterte Ausgabe. BS 1274

Die Geschäfte des Herrn Julius Caesar. Romanfragment. es 332

Geschichten vom Herrn Keuner. st 16 und Insel-Clip 21

Me-ti, Buch der Wendungen. BS 228

Die unwürdige Greisin und andere Geschichten. Zusammengestellt und mit Anmerkungen versehen von Wolfgang Jeske. st 1746

Die unwürdige Greisin und andere Geschichten. Herausgegeben von Wolfgang Jeske. Großdruck. it 2371

Schriften

Dialoge aus dem Messingkauf. BS 140

Politische Schriften. Ausgewählt von Werner Hecht. BS 242

Schriften zum Theater. Über eine nicht-aristotelische Dramatik. Zusammengestellt von Siegfried Unseld. BS 41

Über die bildenden Künste. Herausgegeben von Jost Hermand. es 691

Über experimentelles Theater. Herausgegeben von Werner Hecht. es 377

Brecht-Lesebücher

Brecht für Anfänger und Fortgeschrittene. Ein Lesebuch. Ausgewählt von Siegfried Unseld. Mit einem Vorwort von Hans Mayer. es 1826

Ich bin aus den schwarzen Wäldern. Seine Anfänge in Augsburg und München. 1913-1924. es 1832

Der Schnaps ist in die Toiletten geflossen. Seine Erfolge in Berlin. 1924 bis 1933. es 1833

Unterm dänischen Strohdach. Sein Exil in Skandinavien. 1933-1941. es 1834

11/3/6.97

Bertolt Brecht
im Suhrkamp Verlag und
im Insel Verlag

Broadway – the hard way. Sein Exil in den USA. 1941-1947. es 1835
Theaterarbeit in der DDR. 1948-1956. es 1836
Der Kinnhaken. Und andere Box- und Sportgeschichten. Herausgegeben und mit einem Nachwort von Günter Berg. st 2395
Lektüre für Minuten. Ausgewählt von Günter Berg. Gebunden
Reisen im Exil. 1933-1949. Zusammenstellung: Wolfgang Jeske. st 2555

Briefe
Briefe an Marianne Zoff und Hanne Hiob. Herausgegeben von Hanne Hiob. Redaktion und Anmerkungen von Günter Glaeser. Leinen
Briefe. 2 Bände. Herausgegeben und kommentiert von Günter Glaeser. Leinen
Liebste Bi! Briefe an Paula Banholzer. Herausgegeben von Helmut Gier und Jürgen Hillesheim. Kartoniert

Journale
Arbeitsjournal 1938-1955. 3 Bände. Herausgegeben von Werner Hecht. Leinen, und 2 Bände, st 2215

Tagebücher
Tagebuch No. 10. 1913. Faksimile der Handschrift und Transkription. Herausgegeben von Siegfried Unseld. Transkription der Handschrift und Anmerkungen von Günter Berg und Wolfgang Jeske. Im Schuber
Tagebücher 1920-1922. Autobiographische Aufzeichnungen 1920 bis 1954. Herausgegeben von Herta Ramthun. Leinen und kartoniert

Sekundärliteratur

Materialien
Brecht im Gespräch. Diskussionen, Dialoge, Interviews. Herausgegeben von Werner Hecht. es 771
Brecht in den USA. Herausgegeben von James K. Lyon. Übersetzung der Dokumente aus dem Englischen von Jane Walling und Fritz Wefelmeyer. st 2085
Brecht-Journal. Herausgegeben von Jan Knopf. es 1191
Brecht-Journal 2. Herausgegeben von Jan Knopf. es 1396
Brechts ›Antigone des Sophokles‹. Herausgegeben von Werner Hecht. stm. st 2075

11/4/6.97